王國維詩詞箋注

百尺朱樓臨大道。
樓外輕雷，不間昏和曉。
獨倚闌干人窈窕。
閑中數盡行人小。

一霎車塵生樹杪。
陌上樓頭，都向塵中老。
薄晚西風吹雨到。
明朝又是傷流潦。

王國維　著　　陳永正　箋注

上海古籍出版社

圖書在版編目(CIP)數據

王國維詩詞箋注/王國維著;陳永正箋注. 一上海:上海古籍出版社,2013.10(2023.9 重印)
ISBN 978-7-5325-7009-6

Ⅰ.①王… Ⅱ.①王… ②陳… Ⅲ.①古典詩歌一注釋一中國一民國 Ⅳ.①I222.76

中國版本圖書館 CIP 數據核字(2013)第 217495 號

王國維詩詞箋注
王國維 著
陳永正 箋注
上海古籍出版社出版发行
(上海市閔行區號景路 159 弄 1—5 號 A 座 5F 郵政編碼 201101)
(1)網址:www.guji.com.cn
(2)E—mail:gujil@guji.com.cn
(3)易文網網址:www.ewen.co
上海世紀出版股份有限公司發行中心發行經銷
南京展望文化發展有限公司排版 常熟人民印刷有限公司印刷
開本 890×1240 1/32 印張 19.75 插頁 5 字數 494,000
2013 年 10 月第 1 版 2023 年 9 月第 6 次印刷
印數:4,251—4,850
ISBN 978-7-5325-7009-6
I·2728 平裝定價:78.00 元

目　　録

詞(115首)

附録

前　言

王國維(1877—1927)是中國近代的著名學者。他是一位傑出的史學家、古文字學家,也是一位傑出的文藝理論家。王國維的《人間詞話》是近代最有影響的文學批評論著,作者並特意用自己的藝術思想去指導創作實踐,他的詩詞無論在題材或風格上都頗具特色。王國維不失爲清末民初一位獨樹一幟的詩人。

一

王國維,初名國楨,字静安,一字伯隅,初號禮堂,又號永觀,晚號觀堂。浙江海寧人。生於清光緒三年十月二十九日(1877 年 12 月 3 日)。静安先生出身于一個"世爲農商"[一]的家庭,其父乃譽能詩古文辭,攻書畫篆刻,中年後里居不出,以課子自娱。静安 10 歲時,"詩文時藝早已洛洛成誦"[二]。15 歲中秀才後,應鄉試不中,時中日之戰後,變法議起,得讀康有爲、梁啟超的疏論,遂放棄舉業,改習西學。光緒二十四年戊戌(1898)初,從海寧赴上海,在梁啟超任主編的《時務報》當書記校對,爲館主汪康年司筆札,並師事康門弟子歐榘甲,歐"示以傳孔教、重民權、改制度"之説[三]。是年六月,以業餘時間到羅振玉所辦的東文學社學習日語及理化知識。這期間,接受了“新學”和西學的影響,而對古典詩詞仍是情有獨鍾。一日,羅振玉偶在同舍學生扇頭看到静安的詠史詩,大爲激賞,並爲贍養其家,使無内顧之憂。静安感激知遇,事羅以師禮,自此結成終生依託的關係。戊戌政變後,《時務報》被迫停辦,羅氏留静安在東文學社任庶務,繼續學習哲學、數學、物理、化學、英語,直至庚子事變後東文學社解散。二十七年初,赴日本東京物理學校讀書,數月後,即因病輟學返國。静安結束了在學校的求學階段,“自是以後,遂爲獨學之時代”[四],對西方哲學、文學發生興趣,專意閲讀和研究康德、叔本華、尼采等人的哲學和美學著作,並從事哲學、教育學、倫理學、心理學等方面論著的譯述工作。

光緒二十九年(1903),静安受聘於南通師範學堂,任倫理學和國文教員。三十年秋,羅振玉創設江蘇師範學堂,邀静安赴蘇州參加籌辦工作,講授修身、文學、歷史等課程。開始致力於學術研究。幾年間,在羅氏主持的《教育世界》雜誌發表了大量文章,介紹西方哲學思想,闡述個人在教育、美學、文學等方面的見解。這時期的重要著作有《論叔本華之哲學及其教育學説》、《紅樓夢評論》等。三十一年(1905),《静安文集》初版刊行。

光緒三十二年(1906),羅振玉爲學部尚書榮慶奏調入爲學部參事,静安又相隨入京,暫寓羅氏家中,專力治宋詞元曲。次年春,由羅氏舉薦,被派在學部總務司行走,以後又任學部圖書館編譯、名詞館協修等職,直到 1911 年辛亥革命止。在北京期間,寫成了《曲録》、《戲曲考源》、《宋大曲考》等數種整理與研究古代戲曲的著作,在這個基礎上,於 1912 年流亡日本時完成了《宋元戲曲考》這一巨著。著名的詞學著作《人間詞話》,亦於光緒三十三四年間分期連載於《國粹學報》。

在詩詞創作上,光緒二十九年至三十三年這五年間,静安寫下他一生中最主要和最有價值的作品,即收入《静安詩稿》中的大部分詩作和《人間詞・甲稿》、《人間詞・乙稿》。

1911年辛亥革命爆發，静安於當年12月攜眷隨羅振玉東渡，寓居日本京都。"盡棄前學，專治經史"[五]，從事中國古代史料、古器物、古文字學的考訂工作，並常與日本學者交流。1916年春，應猶太富商哈同之聘回國到上海編輯《學術叢編》雜誌，繼續從事甲骨文及考古學的研究。1918年，兼任哈同辦的"倉聖明智大學"教授，後又應清室遺老沈曾植之邀，參加纂修《浙江通志》。在日本京都的五年和在上海的六年，是静安學術活動最盛的時期，寫下大量有很高學術價值的論著，1922年，編成《觀堂集林》二十卷刊行。同年受聘爲北京大學通訊導師。

1923年春，由蒙古貴族升允推薦，召爲清故宫"南書房行走"，5月入北京就職，食五品俸。1924年11月，馮玉祥將溥儀驅逐出宫，静安認爲是奇恥大辱，幾次要投御河自殺，因家人嚴密監視而未果。次年，任清華大學研究院教授，講授經史、小學，並從事西北地理及蒙古史料的整理和研究工作。1927年6月，當北伐軍向北節節推進之時，静安寫就遺書，謂"五十之年，祇欠一死，經此世變，義無再辱"[六]，在北京頤和園昆明湖投水自盡。終年50歲。

二

王國維的詩歌創作，大致可分爲四個時期。第一期爲問學江鄉時期(1889—1905)。第二期爲訪學日本時期(1911—1915)。第三期爲治學上海時期(1916—1923)。第四期爲講學北京時期(1923—1927)。

第一期包括静安在上海東文學社學習和在南通、蘇州兩地師範學校任教時期。主要作品有收入《静安詩稿》的古今體詩49首，加上早年所作《詠史》20首，以及後來的棄稿《戲效季英作口號詩》6

首,共75首,約占静安詩總數的五分之二。

静安問學江鄉時期,如饑似渴地研讀西方哲學書籍。如他所説的:"體素羸弱,性復憂鬱,人生之問題,日往復於吾前,自是始決從事於哲學。"[七]這期間的詩作,幾可視爲静安哲學思想的樣板。作於光緒二十五年(1899)的《題梅花畫箑》一詩,已爲這一期的創作定下了基調:

夢中恐怖諸天墮,眼底塵埃百斛強。苦憶羅浮山下住,萬梅花裏一胡牀。

"夢",人生是一場幻夢,夢中充滿恐怖,充滿痛苦。世界是虚妄的,無法預知的。静安一再感歎道:"人生一大夢,未審覺何時?"(《來日二首》之二)中國古代詩人也常歎息"人生如夢",這夢也有悲哀也有歡樂,而静安的"夢"是叔本華所説的"人生是一大夢"的無窮無盡的痛苦之夢。"夢",是虚幻的:"早知世界由心造,無奈悲歡觸緒來。"(《題友人三十小像》)"我欲乘龍問羲叔,兩般誰幻又誰真?"(《出門》)夢與現實,真幻難辨。"面牆見人影,真面固難知"(《來日二首》之二)。儘管無法瞭解人生的真面目,卻不得不面對這眼底污濁的"塵世":"朝朝吴市踏紅塵"(《九日遊留園》)、"不堪宵夢續塵勞"(《塵勞》)。生活在塵世中,總是感到局促難伸:"人生苦局促,俯仰多悲悸。"(《遊通州湖心亭》)"側身天地苦拘攣。"(《雜感》)個人無法得到自由,如魚在罟,如鳥在籠:"網罟一朝作,魚鳥失寧居。"(《偶成》)"野鳥困樊籠。"(《遊通州湖心亭》)"荆棘窘余步"(《來日二首》之一),終日營營役役,不遑寧處。詩人感到生活實在没有意義,他迷惘、懷疑、痛苦,發出了絶大的疑問:

來日滔滔來,去日滔滔去。適然百年内,與此七尺遇。

爾從何處來？行將徂何處？扶服徑幽谷，途遠日又暮。

——《來日二首》之一

痛苦來自人的自身，有生命，就有與生俱來的痛苦。在《欲覓》一詩中，静安明確揭示："憂與生來詎有端！"人類最大的敵人還是他自己。《老子》所説的"吾所以有大患，爲我有身"一語，爲静安深所服膺："大患固在我"、"我身即我敵"(《偶成二首》)。人生不斷"自屠"、"自燒"、"自縛"、"自鑽"，自己總是跟自己作對，最後走上自我毁滅的道路，這是人生無法避免的悲劇。静安曾説過："吾人之知識與實踐之二方面，無往而不與生活之欲相關係，即與痛苦相關係。"[八]"欲"，是生活中痛苦的根由。他在詩中不無悲憫地指出：芸芸衆生，無不在"冥然逐嗜欲，如蛾赴寒檠"(《端居》之二)。明知嗜欲如火般焚身，人們還是趨之不已。物欲，包括飲食之欲與男女之欲，都源於人的"生存意志"，即使有大智慧的"至人"，也不免"中夜博嗜欲"(《偶成》)，爲物欲所役。在《馮生》一詩中，静安爲人生的意志、物欲、痛苦作出生動的圖解：

衆庶馮生自足悲，真人何事困饘飾。家貧且貸河侯粟，行苦終思牧女糜。溟海巨鵬將徙日，雪山大道未成時。生平不索長生藥，但索丹方可忍饑。

連"真人"也要被飲食之欲所困擾。莊周要向監河侯貸粟，釋迦牟尼也因饑餓而接受牧女獻奉的乳糜，世界上没有可令人"忍饑"的丹方。而性欲，則爲延續物種所需，故爲生命意志的最終體現。静安詩中以蠶設喻："耑耑索其偶，如馬遭鞭棰。呴濡視遺卵，怡然即泥滓。明年二三月，㒓㒓長孫子。茫茫千萬載，輾轉復周始。"(《蠶》)語氣極爲冷峭。

生活既然是如此苦痛,如此可悲,世人唯有尋求“解脱”之道。静安先是想逃遁眼前的一切,“苦求樂土向塵寰”(《雜感》),他嚮往着羅浮山下的萬樹梅花,翁埠潮頭的千頃月色,在詩中多次表達自己歸隱山林的願望:“馳懷敷水條山裏”(《雜感》)、“便擬山中構一廬”(《重遊狼山寺》)、“我與野鷗申後約,不辭旦旦冒寒煙”(《曉步》)、“聞道南山薇蕨美,膏車徑去莫遲疑”(《病中即事》)。但歸隱畢竟是無法實現的,詩人衹好寄託於讀書和藝術之中。讀書是静安一生最大的樂趣。16 歲時即“以幼時所儲蓄之歲朝錢萬,購前四史於杭州,是爲平生讀書之始”[九],以後更得讀古今中外的奇書異籍:“百年那厭讀奇書”(《重遊狼山寺》),“周流觀石渠,蔽虧東觀籍”(《偶成》),沉浸在讀書中。忘掉世間一切的煩惱和痛苦,求得直接之慰藉。藝術創作,更是詩人内心感情的昇華,在美的創造中獲得“最純粹之快樂”,静安把寫詩作爲一種解脱之道:

> 不有言愁詩句在,閑愁那得暫時消!
>
> ——《拚飛》

> 誰能妄把平成業,换卻平生萬首詩。
>
> ——《坐致》

然而,讀書和創作,祇不過是暫時的解脱,深受叔本華思想影響的王國維,還想追尋終極的解脱之道:“蟬蜕人間世,兀然入泥洹。”(《偶成二首》之二)泥洹,即“涅槃”,意爲“寂滅”,叔本華認爲最終的解脱是“進入涅槃”,求得“寂滅中的極樂”[一〇]。對青年時代的静安來説,“涅槃”畢竟是難以接受的,他骨子裏還是一個懷疑論者:

人生過處惟存悔，知識增時祇益疑。

——《六月二十七日宿硤石》

這一"疑"字，使静安不致於溺而不返，但又增加了他内心的矛盾和痛苦："何爲方寸地，矛戟森縱横？聞道既未得，逐物又未能。衮衮百年内，持此欲何成？"（《端居》之二）"相逢夢中人，誰爲析余疑？"（《來日二首》之二）静安總是感到"胸中妄念苦難除"（《五月十五夜坐雨賦此》），所以他在詩中一再用楊朱歧路的典故："未免楊朱泣路歧"（《病中即事》）、"祇分楊朱歎歧路"（《天寒》）、"欲求大道況多歧"（《六月二十七日宿硤石》），最後，静安甚至連釋迦牟尼自己能否真正解脱都感到懷疑了："人間地獄真無間，死後泥洹枉自豪。終古衆生無度日，世尊祇合老塵囂。"（《平生》）他終於放棄哲學的探求，志趣轉移到文學的研究上。

除了上述的抒情詩外，值得注意的還有静安早期詩作《詠史二十首》。組詩當作於在東文學社學習時期前後。王氏集中失收，後載於《學衡》雜誌，原編者謂其"分詠中國全史，議論新奇而正大"。羅振玉因激賞其中"千秋壯觀君知否，黑海東頭望大秦"之句而"拔之於儔類之中，爲贍養其家，俾得力學"[一一]。組詩記述了中國歷史上的一些重大事件，對歷史人物分别作出評價，可見静安在青年時代對史學已經有濃厚的興趣。

第二期的詩歌有收入《觀堂集林》壬子至乙卯所作的古今體詩 23 首，加上《觀堂别集》辛亥所作"定居京都"詩四首及《題殷虚書契考釋》一首，共 28 首。静安在日本京都曾將壬子、癸卯兩年所作之詩編成《壬癸集》，以木活字排印出版。

這時期最重要作品有所謂"壬子三詩"，即長篇七古《頤和園詞》、《送日本狩野博士遊歐洲》、《蜀道難》三詩。辛亥革命後，静安追隨羅振玉流亡日本，懷往感今，對清王朝的滅亡無限痛惜。《頤和園詞》以慈禧太后的一生爲線索，敍述晚清史事。詩中寫慈禧聽政初年，任賢使能，國家重見"中興"，修建頤和園以行樂。五十年間，國事翻覆，中間又經歷過扶立光緒帝及庚子事變等事。慈禧死前以宣統帝入繼大統，最後清王朝卻被袁世凱所顛覆。詩人在篇末歎息道："定陵松柏鬱青青，應爲興亡一拊膺。卻憶年年寒食節，朱侯親上十三陵。"静安對此詩甚爲滿意，認爲雖或不如白居易《長恨歌》，但亦可追步吴偉業《圓圓曲》。然詩中對慈禧多有溢美之辭，亦時露清室遺老的思想，影響了本詩的藝術感染力。

《送日本狩野博士遊歐洲》一詩中，静安檢討了清王朝滅亡的緣由，表現了一位史學家應有的識力："百僚師師學奔走，大官諾諾競圓轉。廟堂已見綱紀弛，城闕還看士風變。食肉偏云馬肝美，取魚坐覺熊蹯賤。觀書韓起寧無感，聞樂延陵應所歎。巾車相送城南隅，歲琯甫更市朝换。嬴蹶俄然似土崩，梁亡自古稱魚爛。"清代末葉，已是綱紀廢弛，官僚無恥，士風墮落，僞學流行。因王朝内部腐敗而自取滅亡，静安在哀傷惋歎之餘亦感到無奈。

《蜀道難》一詩則專爲端方之死而發。端方是一位滿族大臣，亦頗好收藏金石文物，爲此静安頗有點惺惺相惜。端方在辛亥革命初起時被派往四川討"賊"，途中爲所率領的新軍將士所殺。端方其人其事，無論如何都不值得爲之大書特書，而静安在詩中卻揄揚備至，視其被殺爲壯美之悲劇，則未免帶有偏見了。

除了"壬子"三詩外，静安在這時期所寫的詩歌亦多有政治色彩。如《讀史二絶句》悲憤地指斥袁世凱強迫清帝退位並攫取政權：

> 楚漢龍爭元自可，師昭狐媚竟如何？阮生廣武原頭淚，應比回車痛哭多。

不少詩句明確地表示對革命的反對態度:"烈火幸逃將盡劫,神山況有未焚書","市朝言論雞三足,今古興亡貉一丘"(《定居京都……》),"可但先人知漢臘,定誰軍府問南冠"(《壬子歲除即事》),"盡有三山沉北極,可無七聖厄襄城"(《遊仙》)。此外,如《詠史》五首,借古諷今,讚美古代英明的帝王而對袁世凱及其追隨者深致不滿;《昔遊》六首,緬懷故國,極寫山川之美,慨歎欲歸不得。而長篇五古《隆裕皇太后挽歌辭九十韻》,則敷陳排比,敍述光緒之后隆裕的一生,感愴無限。隆裕先既失歡於光緒,接着又經歷戊戌政變與庚子之亂,光緒被幽囚而死後,過繼了溥儀作小皇帝,不及三年,辛亥革命發生,又遭到權臣袁世凱的迫脇,清帝遜位,不久,隆裕便鬱鬱而終。詩篇長達九百言,篇末更對隆裕與溥儀"寡婦孤兒"的命運表示了極大的哀切和同情:"補天愁石破,逐日恨泉乾。心事今逾白,精誠本自丹。"也許是這種"仁者的悲憤"[一二],使静安對清王室有着一份親近的感覺吧。在這時期的詩作中,有一首《癸丑三月三日京都蘭亭會詩》,詩歌記述日本京都的文人雅士在癸丑上巳日作"蘭亭集會"的盛事,當中以大量筆墨考據王羲之《蘭亭敍》石本的流傳經過,議論漢魏以來各種書體的演變過程,已開了第三期"以議論爲詩"的先聲。

第三期的詩作有收入《觀堂集林》丙辰至癸亥所作的古今體詩25首,加上《觀堂别集》中丙辰至壬戌所作的古今體詩22首,共47首。

静安自日本返國,寓居上海,與學者沈曾植過從甚密,專意研讀出土文獻,對古文字學、古音韻學、西北史地以及敦煌文獻、金石典籍均有精深的研究,寫下了大量的學術著作,這期間静安的詩往往也帶有濃郁的學究味。如長篇七古《海上送日本内藤博士》一詩,可説是叶韻的論文:"商侯治河此胥宇,灑沉澹災功微禹。王亥嗣作殷高祖,服牛千載德施普。擊牀何怒逢牧豎,河伯終爲上甲輔。中興大業邁乘杜,三十六葉承天序。”對殷商史和甲骨文不熟悉的讀者簡直不知所云。此外如《題沈乙庵方伯所藏趙千里雲麓早行圖》三首,議論宋元的南北宋畫家;《題敦煌所出唐人雜書六絶句》分别論述唐作户籍制度、佛經、小説、詩詞等;《冬夜讀山海經感賦》則專寫《山海經》中的横暴之徒如蚩尤、共工、相繇等,以此來譏刺革命黨人。還有題柳如是尺牘的二絶句,題漢磚的二絶句,題西泠印社圖的二絶句,都少情寡味,大似乾嘉學者以議論爲詩之作。

静安這時期的詩作,也受到“同光體之魁傑”沈曾植的影響,如《和巽齋老人伏日雜詩四章》,爲和沈氏之作,風格亦步趨之。其一云:

> 春心不可掬,秋思更難量。雨蟻仍争垤,風螢倏過牆。視天殊澶漫,觀化苦微茫。《演雅》誰能續,吾將起豫章。

錢仲聯謂其“簡雅有致”[一三]。“雨蟻”、“風螢”之語,隱含諷意,可見静安仍未忘情於政治。又如:“萬里玄黄龍戰野,一車寇媾鬼張弧”(《戊午日短至》)、“詰朝唱偃子,政可毆神奸”(《小除夕……》)等,亦不無憤激。至如《遊仙》詩惋傷張勳復辟失敗,詠張氏二烈女詩稱讚張曾敭殺害秋瑾,則更見作者的思想傾向了。

第四期的詩作包括《觀堂集林》癸亥以後的古今體詩 10 首、《觀堂别集》癸亥以後的律絶 30 首,以及佚詩 2 首,共 42 首。其中 37 首是爲清廢帝溥儀以及王公、大臣、太監、朋友題詠的,還有五首是賀壽詩。這些詩歌或表達對清室忠悃之情,或抒發世事滄桑的哀感,特别在馮玉祥“逼宫”之後,静安的詩歌更充滿徹骨的悲涼:“事去死生無上策,智窮江漢有回腸。”(《羅雪堂參事六十壽詩》之一)“瓊樓已自歸無地,寒谷那知歲有春。”(《袁中舟侍講五十生日壽詩》)静安似乎對一切都絶望了。

王國維詩歌創作的四個時期,與作者一生經歷的四個階段是一致的。静安在《人間詞話》中指出,有“詩人”之詩,有“政治家”之詩,“詩人之眼,則通古今而觀之”,“政治家之眼”,則“域於一人一事”。静安又認爲有“主觀之詩人”、“客觀之詩人”,主觀之詩人閲世淺,性情真,客觀之詩人閲世深,材料變化豐富。可以説,静安在第一期中是位“主觀之詩人”,所寫的是“詩人”之詩;在第二期中是位“客觀之詩人”,所寫的是“政治家”之詩。静安青年時醉心於哲學,而又常爲感情所困擾。他曾在哲學與詩歌兩大領域中彷徨:“余之性質,欲爲哲學家則感情苦多而知力苦寡,欲爲詩人則又苦感情寡而理性多。”[一四]其實静安是一位感情與理性都極爲豐厚的才人。他想爲解脱“人生之問題”而從事於哲學,在研究過程中,又知道哲學既有真理,也有謬誤,因而内心充滿着不可調和的矛盾和痛苦,發而爲詩,自能以最真摯的感情來表達自己對人生的態度。静安第一期的詩作,多半是“憂生”之詩。對人生種種問題感到困惑,滿懷悲憫之情,力求解脱之道,在作品中表現出一位理想家的“赤子之心”。近人論及静安的詩作,每謂其“在形式上更多的卻是學古”,“少作不過放翁境界”[一五],則未免是皮相之言。無疑,静安的少作在藝術手法上是受到陸游的影響,而其藝術語言則完全是獨創的。如上文所引的“人生過處惟存悔,知識增時衹益疑”、“人間地獄真無間,死後泥洹枉自豪”等語,是在古代任何一位詩人的集子中都找不到的。繆鉞謂静安詩“其中含有哲學意味,清邃淵永,在近五十年之作家中,能獨樹一幟”[一六],當以這一期的詩歌而言。在第二期中,静安創作了多首長篇古詩及組詩。辛亥革命推倒清王朝,舊的倫理道德也隨着政治制度的改變而分崩離析,静安徹底放棄他曾深愛的西方哲學和小説、詞曲的研究,“反經信古”[一七],在異國日本致力於甲骨學的開拓,取得卓越的成就。這時静安已飽歷世變,他寫的都是“憂世”之詩,是有爲而發的,寫作動機十分明確：爲"興亡"而拊膺歎息，提倡沂泗之上的孔子之道，表彰"忠節"，批判篡位奪權者。在作者心目中，這些是客觀的、宏壯的"史詩"，他在致鈴木虎雄書中談到《頤和園詞》："此詞於覺羅一姓末路之事略具。至於全國民之運命與其所以致病之由及其所得之果，尚有更可悲於此者，擬爲《東征賦》以發之。"[一八]可見静安是要作"政治家"之言的。令人惋惜的是，迂執和偏見，使静安無法理解政治的真相，他的詩作自然也無法做到真正的客觀。第三期的詩是"學人之詩"。以學問爲詩，以經術爲詩，以議論爲詩，以考據爲詩，如此種種，實已背離詩道，這期間除了和沈曾植唱酬的幾首詩外，佳作已是不多了。第四期的詩則是典型的"文學侍臣之詩"。應題，應景，應命，既無詩情，復無詩意，光是爲溥儀題畫的詩就有十四首，善頌善禱，真使人不敢相信這出於一位傑出的文藝理論家與詩人之手。

王國維一生衹留下 192 首詩，作爲一位詩人來説，數量不算很多。在近年出版的《中國近代文學大系・詩詞卷》中收録静安詩 47 首，錢仲聯編著的《近代詩鈔》中收録静安詩 74 首，入選的比例是相當高的。静安創作態度嚴謹，不苟作，不濫作，其詩歌的成就，以第一、二期爲最高，第三期也有一些佳製。在清末民初，詩壇上流行着以"詩界革命"爲號召的"新派詩"和以"宋詩運動"爲宗旨的"同光體詩"，不少詩人都受到這兩大流派的影響，而王國維卻能獨闢蹊徑，以西方文藝理論研究詩歌，並以之來指導詩歌創作，故其第一期的哲理抒情詩和第二期的長篇史詩都能取得較大的成功，在近代詩歌史上佔有不容忽視的一席之位。

三

王國維的《人間詞話》，是作者在繼承中國古代文學理論的傳統的基礎上，試圖將西方某些美學思想融匯到傳統的文藝批評中的一部重要著作。《人間詞話》中的一些有關藝術特徵和創作方法的論述，正是王國維進行詞的創作的理論根據。欣賞静安詞，應先對《人間詞話》有所瞭解，同樣地，要更深刻地研究《人間詞話》，也不能不讀静安詞。

《人間詞話》論詞的核心是"境界"説："詞以境界爲最上。有境界則自成高格，自有名句。五代、北宋之詞所以獨絶者在此。"至於"境界"一辭的具體定義，作者並未立説，故後世的注家蜂起，或以"意境"釋之，或謂即"作品中的世界"，或認爲指作品中"鮮明的藝術形象"，或認爲"衹要吾人内在之意識中確實有所感受，便亦可得稱爲境界"。郭紹虞解釋説："蓋所謂境界，不僅是指真實地反映客觀現實的圖景，也包括了作家主觀的情感，它是以主客觀統一的概念出現的。"[一九]王氏在他託名樊志厚所作的《人間詞·乙稿·序》中説："文學之事，其内足以攄己而外足以感人者，意與境二者而已。上焉者意與境渾，其次或以境勝，或以意勝。苟缺其一，不足以言文學。"這個"意境"説正是"境界"説的前身。"境界"説除了包有"意境"説的内容外，還強調了作家對客觀世界的真切感受："故能寫真景物、真感情者謂之有境界，否則謂之無境界也。"王氏把"寫真景物、真感情"作爲有境界的"最上"的標準，認爲衹有這樣，才能使詞"自成高格"。至於如何表現真景物、真感情的問題，王氏又提出"不隔"之説：要求"其言情也必沁人心脾，其寫景也必豁人耳目"。作品情景交融，鮮明生動，能使讀者獲得真切的感受，則是"不隔"。所謂"隔"，也就是説，作者對客觀事物没有真切的感受，或其感受被作品中處理不當的語言形象所阻隔，因而未能很好地傳給讀者，這樣的作品也就失去了感染力。

王國維又提出"有我之境"、"無我之境"之説："有我之境，以我觀物，故物皆著我之色彩；無我之境，以物觀物，故不知何者爲我，何者爲物。"所謂有我之境,是指客觀景物與主觀感情强烈交流時產生的境界。移情於景,融景於情,作品中的情與景互相作用,互相影響,故在客觀事物的描寫中帶有濃厚的主觀色彩。所謂無我之境,是指作者採取"萬物静觀"的態度,進行"不動心"的描寫,以達到"物我相忘"的境界。故王氏接着解説:"無我之境,人惟於静中得之;有我之境,於由動之静時得之。故一優美一宏壯也。"無論"有我"或"無我"之境,其實均有"我"在焉,所以王氏又特别作出解釋:"昔人論詩詞有景語情語之别,不知一切景語皆情語也。"

《人間詞話》還進一步接觸到創作方法問題:"有造境,有寫境,此理想與寫實二派之所由分。然二者頗難分别。因大詩人所造之境,必合乎自然,所寫之境,亦必鄰於理想故也。"作者注意到浪漫主義與現實主義之間的聯繫,並認爲可把理想與現實統一在創作中,這論點無疑是有它的啟發意義的。

王國維力圖在自己的創作實踐中貫徹其美學理論,一部《人間詞》就是他用以宣示世人的樣板。

《人間詞·乙稿·序》中説:"原夫文學之所以有意境者,以其能觀也。出於觀我者,意餘於境;而出於觀物者,境多於意。然非物無以見我,而自有我在。故二者常互相錯綜,能有所偏重,而不能有所偏廢也。文學之工不工,亦視其意境之有無與其深淺而已。"又云:"静安之爲詞,真能以意境勝。""静安之詞,大抵意深於歐(陽修),而境次於秦(觀)。"可見王氏頗以其詞"有意境"而自矜的。下面是他自己最欣賞的兩首詞:

昨夜夢中多少恨。細馬香車,兩兩行相近。對面似憐人瘦損。衆中不惜搴帷問。　陌上輕雷聽隱轔。夢裏難從,覺後那堪訊。蠟淚窗前堆一寸。人間衹有相思分。

——《蝶戀花》

春到臨春花正嫵。遲日闌干，蜂蝶飛無數。誰遣一春抛卻去。馬蹄日日章臺路。　　幾度尋春春不遇。不見春來，那識春歸處。斜日晚風楊柳渚。馬頭何處無飛絮。

——《蝶戀花》

《人間詞話》原稿評説："鑿空而道，開詞家未有之境。余自謂才不若古人，但於力争第一義處，古人亦不如我用意耳。"這些詞深刻地表現了作者的内心世界。他孤寂地探索着、追求着，甘願擔荷着精神上的重壓，絶不退縮，絶不反悔。我們想起了馮延巳的"日日花前常病酒，不辭鏡裏朱顔瘦"（《鵲踏枝》）。柳永的"衣帶漸寬終不悔，爲伊銷得人憔悴"（《鳳棲梧》）。同樣的意境新美，真能得風人深致。我們還讀到這樣的詞句："殘夜小樓渾欲曙，四山積雪明如許。"（《蝶戀花》）"小閣重簾天易暮，隔簾陣陣飛紅雨。"（《蝶戀花》）"桐梢垂露脚，梢上驚烏掠。燈焰不成青，緑窗紗半明。"（《菩薩蠻》）"風枝和影弄，似妾西窗夢。夢醒即天涯，打窗聞落花。"（《菩薩蠻》）都有鮮明優美的藝術形象，可稱是有境界的名句。

真切，這是静安詞的又一特色。作者主張"寫真景物、真感情"，力求"不隔"。静安厭棄隸事用典，好用白描手法，真切地表現客觀世界和主觀世界，使讀者也獲得真切的感受。《人間詞・甲稿・序》稱其詞"往復幽咽，動摇人心，快而沉，直而能曲，不屑屑於言詞之末，而名句間出，殆往往度越前人"。如《蝶戀花》詞："冉冉蘅皋春又暮。千里生還，一訣成終古。自是精魂先魄去，淒涼病榻無多語。　　往事悠悠容細數。見説來生，衹恐來生誤。縱使兹盟終不負，那時能記今生否？"寫情如此，方爲不隔。悼亡之詞，仿佛納蘭性德的情調。又如："旋解凍痕生緑霧，倒涵高樹作金光。"（《浣溪沙》）"亂山四倚，人馬崎嶇行井底。路逐峰旋，斜日杏花明一山。”(《減字木蘭花》)“冉冉赤雲將綠繞。回首林間,無限斜陽好。”(《蝶戀花》)“濕螢光大,一一風前墮。”(《點絳脣》)寫景如此,方爲不隔。再看這首很美麗的小詞:

屏卻相思,近來知道都無益。不成抛擲。夢裏終相覓。

醒後樓臺,與夢俱明滅。西窗白。紛紛涼月。一院丁香雪。

——《點絳唇》

真是情景交融,意境兩渾。無法抛撇的相思,痛苦而無望的追求,一切,一切,都像迷離的夢。即使醒後,也如在夢中,明滅的樓臺,疑真疑幻。一結處更爲超絶,涼月色中潔白的丁香,烘托出詩人的孤寂與悵惘。這才是静安詞的最高境界。

静安詞中,常含着深邃的哲理。這些哲理是用形象的藝術語言表達出來的,與中國傳統的玄言詩和道學家詩、禪機詩等有本質上的區别。下面是他的名作《蝶戀花》詞:

百尺朱樓臨大道。樓外輕雷,不間昏和曉。獨倚闌干人窈窕。閑中數盡行人小。　一霎車塵生樹杪。陌上樓頭,都向塵中老。薄晚西風吹雨到。明朝又是傷流潦。

有人把這類詞都解釋爲“寫離情”之作。如果套用《人間詞話》的話來説,“遽以此意解釋諸詞”,則恐爲静安先生所“不許”。詞中所寫的是苦苦的相思,無望的等待,但它蘊含的意義已遠遠超出離愁别恨的範圍,表現了“常人皆能感之,而惟詩人能寫之”的“詩人之境界”,有着深刻的象徵意義。又如:

厚地高天,側身頗覺平生左。小齋如舸。自許迴旋可。

聊復浮生，得此須臾我。乾坤大。霜林獨坐。紅葉紛紛墮。

——《點絳唇》

詞中所寫的已不光是眼前的景物或是對時序的感歎，它喚起讀者對整個世界和人生的許多聯想，帶有濃厚的哲學意味。這正如作者所説的："雖比之五代、北宋之大詞人余愧有所不如，然此等大詞人亦未始無不及余之處。"静安的小令，就以它所含的迥深的哲理而遠出於古今人詞之上：

閣道風飄五丈旗。層樓突兀與雲齊。空餘明月連錢列，不照紅葩倒井披。　　頻摸索，且攀躋。千門萬户是耶非。人間總是堪疑處，唯有兹疑不可疑。

——《鷓鴣天》

"人間總是堪疑處，唯有兹疑不可疑"。這是我們從任何一位詞人的集子中都讀不到的句子。那也許是康德的"自在之物"？也許是黑格爾的"絶對精神"？也許還是叔本華的"意志"？王國維是善於把這些抽象的哲理用具體的形象表現出來的："换盡天涯芳草色，陌上深深，依舊年時轍。"（《蝶戀花》）"此夜清光渾似昨，不辭自下深深幕。"（《蝶戀花》）"卻向春風亭畔，數梧桐葉下。"（《好事近》）"驀然深省，起踏中庭千個影。"（《減字木蘭花》）"一片流雲無覓處，雲裏疏星，不共雲流去。"（《蝶戀花》）"辛苦錢塘江上水，日日西流，日日東趨海。"（《蝶戀花》）這些作品，思深而情苦，如《人間詞・甲稿・序》所云："若夫觀物之微，託興之深，則又君詞之特色。"

我們還注意到，静安詞中除三五篇詠物唱酬之作外，率皆無題。《人間詞話》云："詩之三百篇、十九首，詞之五代、北宋，皆無題也，詩詞中之意不能以題盡之也。"正像西方的"無標題音樂"一樣。詞無標題,更便於發揮語言"色彩"的表現力,使作品的意蘊更爲廣大而深永。

静安詞頗多"造境"之語。王氏曾在《屈子之文學精神》一文中指出,南人富想像,驅此想像入詩中,則思想之遊戲更爲自由,感情之發表更爲宛轉。《人間詞話》亦云:"故雖寫實家,亦理想家也。又雖如何虚構之境,其材料必求之於自然,而其構造,亦必從自然之法則。"像下面這首小詞:

連嶺去天知幾尺。嶺上秦關,關上元時闕。誰信京華塵裏客。獨來絶塞看明月。　　如此高寒真欲絶。眼底千山,一半溶溶白。小立西風吹素幘。人間幾度生華髮。

——《蝶戀花》

過片三句所寫的境界,"可謂千古壯觀",在寫實之中有象喻之意,已接近於《人間詞話》中所謂的"造境"了。王氏是善於把"造境"和"寫境"、"理想"和"寫實"溶匯起來的,他所造之景能"合乎自然",所寫之境亦"鄰於理想",如《浣溪沙》詞:"山寺微茫背夕曛,鳥飛不到半山昏。上方孤磬定行雲。　　試上高峰窺皓月,偶開天眼覷紅塵。可憐身是眼中人!"一篇小詞中,所寫的既有眼前實在之物,也有虚構之境,因而頗難分别何者爲寫境、何者爲造境了。故有學人竟把它看成是"象徵之作",謂"以假造之景象,表抽象之觀念"者[二〇],其實這仍是一首優美的寫景小詞,祇不過造境比現實更爲高遠罷了。

王國維詞現存僅一百一十五首,其中絶大多數爲小令。《人間詞話》云:"近體詩體製,以五七言絶句爲最尊……詞中小令如絶句。"作者把小令擡到"最尊"的地位,自有其深意。小令盛於五代、北宋,南宋以後,瀕於絶響,直到清初才有納蘭性德以工小令著稱於世。静安認爲自己"詞之體裁,亦與五代、北宋爲近","之所以爲五代、北宋之詞者，以其有意境在"，甚至認爲自己的成就超過了五代、北宋詞人，不讓納蘭性德[二一]。雖然未免過於自矜，但也可以看到他是深知小令創作的甘苦的。作小令，不能倚仗工力，須賴作詞者的性靈、情致，才可能在短小的篇幅中表現深厚的意境。静安正特意在這小小的天地中迴旋，以期得到自我的面目。

王國維强調了詞的"境界"，强調了"高格"、"名句"，而對作品的思想内容方面不免有所忽視。統觀他的詞作，主要有下面一些内容：

一、描述個人生活的遭遇，抒發對世界、對人生的感觸。這類作品可以《浣溪沙》詞爲代表：

> 天末同雲黯四垂。失行孤雁逆風飛。江湖寥落爾安歸。陌上金丸看落羽，閨中素手試調醯。今宵歡宴勝平時。

詞中採用象喻的手法，以失行的孤雁不幸的遭遇與閨中的歡宴作對比，表現了人生的痛苦。内容是深刻的，感情是沉重的。詞人總在咨嗟歎息："不須辛苦問虧成，一霎尊前了了見浮生。"(《虞美人》)"掩卷平生有百端，飽更憂患轉冥頑。"(《浣溪沙》)"從醉裏，憶平生。可憐心事太峥嶸。"(《鷓鴣天》)他的生活中充滿着矛盾痛苦，悲劇性格似乎已注定他未來的悲劇命運了。這種"憂生"、"憂世"的感情，往往通過比興寄託的手法來表現，其"言近而旨遠"、"託興之深"[二二]，有時是不容易體會得到的。

二、描寫相思離别、春恨秋懷，藉以表現對家國的忠愛之情。如《清平樂》詞：

> 斜行淡墨。袖得伊書跡。滿紙相思容易説，衹愛年年離别。　羅衾獨擁黄昏。春來幾點啼痕。厚薄但觀妾命，淺深莫問君恩。

這是自屈原以來詩人們慣用的"美人香草"式的設喻,表現了所謂的"拳拳忠悃"。又如:"君似朝陽,妾似傾陽藿。"(《蝶戀花》)"苑柳宮槐渾一片,長門西去昭陽殿。"(《蝶戀花》)寄意也都相近。王詞中還有好幾首表現了"蛾眉見妒"的悲憤之情的,如《虞美人》詞:"碧苔深鎖長門路,總爲蛾眉誤。自來積毀骨能銷,何況真紅一點臂砂嬌。　妾身但使分明在,肯把朱顏悔?從今不復夢承恩,且自簪花坐賞鏡中人。"儘管因自己的才華品格而招來世人的嫉妒,但抒情主人公還是倔強地堅持着初衷,決不屈服。

除了這兩大類外,還有不少描寫羈旅行役及登臨吊古之作。寫景抒懷,不乏佳製。也有一些悼亡詞,寫得哀感悲涼,摇人心魄。

王國維詞中長調僅得九首,占全集不足十分之一。作者在《人間詞話》中也聲明自己"填詞不喜作長調","所長殊不在是"。清季詞家,多以長調見長,王氏能舍彼取此,覷定小令一路,專意爲之,終能在詞壇中自樹一幟,不能不説是别具識力的。

王國維在託名樊志厚爲《人間詞》所作的兩篇序中,點出其爲詞之取徑:"君之於詞,於五代喜李後主、馮正中,於北宋喜永叔、子瞻、少游、美成,於南宋除稼軒、白石外,所嗜蓋鮮矣。"而《人間詞話》又批評周邦彦"創意之才少"、姜夔詞"局促"、"隔"、"無言外之味"。蘇軾、辛棄疾詞"曠"、"豪"、"狂",與静安性情不近,故其所心摹手追者,還是精於小令的李煜、馮延巳、歐陽修、秦觀數人而已。静安詞取徑未免偏狹,内容復嫌單調,這也許是王國維美學思想中的缺陷所致吧。

四

王國維詩現存一百九十二首。光緒三十二年(1906),《教育世界》雜誌丙午四月第一二四號,載有《静安詩稿》古今體詩四十九首,作者編訂《静安文集》時附於末。1921年,静安編定《觀堂集林》,録入1912年以來的部分詩作,1936年,王國華、趙萬里等編訂《海寧王静安先生遺書》,録1912年至1925年古今體詩五十八首,收入《觀堂集林》卷二十四《綴林》二。又録1911年至1927年古今體詩五十六首,收入《觀堂别集》卷四。是收入《遺書》中的詩共一百六十三首。此外,1927年《學衡》雜誌第六六期中收入静安未刊遺稿《讀史二十首》。尚有《戲效季英作口號詩》六首,見於《人間詞話》手稿封裏第一頁,《題殷虚書契考釋》一首,見静安1916年12月29日致羅振玉書中。此外,注釋者從《翰墨流芳》中輯得佚詩二首,綜上所述,静安詩共一百九十二首,是爲全璧。

静安詞現存一百一十五首。光緒三十二年(1906)《教育世界》雜誌丙午四月第一二三號中,刊載有《人間詞・甲稿》六十一首,次年丁未十月上旬第一六一號中,刊載有《人間詞・乙稿》四十三首。兩稿共收詞一百〇四首,均作於1904至1907年間。此外,《人間詞》尚有王國維的手稿本,藏於國家圖書館,浙江古籍出版社有仿真複製本發行。録詞九十七首。上有吴昌綬的眉批,並補録詞一首。《人間詞》後易名《苕華詞》,録詞九十二首,中有四首作於1910至1920年間。

《觀堂集林》卷二十四《綴林》二中,收入"乙巳至己酉"間的"長短句"二十三首,此蓋爲静安自定之本,足見矜慎之意。1918年夏,静安從《人間詞》中選出二十四首,題爲《履霜詞》,即見於《觀堂集林》中者。《觀堂外集》下編補録《人間詞》五十九首。朱祖謀《彊村遺書》中,録入《觀堂集林》中的二十三首,另補録"删餘稿"五十八首,共八十一首。1933年陳乃文輯有《静安詞》,録詞一百一十一首。同年,沈啟無編訂《人間詞及人間詞話》,録詞一百一十五首。

王國維詩詞向無全注本。本書詩部分以1940年商務印書館版的《海寧王静安先生遺書》爲底本,詞部分則以王國維手稿爲底本,參校其他各本,並作出詳細的注釋。静安先生所著詩詞,融文學、哲學、美學、史學以及金石書畫等多方面内容於其中,知識繁博,索解非易。注釋者學殖荒淺,錯漏定當難免,尚祈海内外學者方家有以教之。

本書稿蒙劉世南教授審閲,並提出寶貴意見。謹此致謝。

注:

[一] 王國維:《先太學君行狀》。
[二] 王國華:《海寧王静安先生遺書序》。
[三] 王有譽:《日記》"戊戌三月朔日"條。
[四] 王國維:《静庵文集續編·自序》。
[五] 羅振玉:《觀堂集林序》。
[六] 王國維:《與三子貞明之遺書》。
[七] 王國維:《静庵文集續編·自序》。
[八] 王國維:《静庵文集·紅樓夢評論》。
[九] 王國維:《静庵文集續編·自序》。
[一〇] 叔本華:《意志和表像的世界》。
[一一] 趙萬里:《王静安先生年譜》。
[一二] 葉嘉瑩:《王國維及其文學批評》79 頁。
[一三] 錢仲聯:《近代詩鈔》1853 頁。
[一四] 王國維:《静安文集續編·自序二》。
[一五] 錢仲聯:《近代詩鈔》1853 頁。
[一六] 繆鉞:《詩詞散論》107 頁。
[一七] 羅振玉:《海寧王忠慤傳》。
[一八] 《王國維全集·書信》27 頁。
[一九] 郭紹虞:《中國歷代文論選》,第四册。
[二〇] 葉嘉瑩:《王國維及其文學批評·附録》462 頁。
[二一] 樊志厚:《人間詞·乙稿·序》。
[二二] 王國維:《人間詞話》。

詩（192首）

詠史二十首

一

回首西陲勢渺茫，東遷種族幾星霜？[一]何當踏破雙芒屐，卻向昆侖望故鄉。[二]

【箋】 組詩二十首，爲静安生前未刊稿，始載於1928年11月《學衡》雜誌第66期。篇末有編者附記云："按右詩二十首，分詠中國全史，議論新奇而正大，爲静安先生壯歲所作。集中失收，且從未刊佈。本刊輾轉得之羅叔言（振玉）先生許，亟録之以示世人，編者識。"光緒二十四年(1898)二月，静安進入上海時務報館任書記。三月，羅振玉開設東文學社，静安復入社學習日文。據趙萬里《王静安先生年譜》(以下簡稱《趙譜》)載，羅振玉偶於同舍生扇頭讀静安撰題之詠史詩七言一首，有"千秋壯觀君知否？黑海西頭望大秦"之句，乃大異之，遂拔之於儔類之中。可知《詠史》詩爲羅、王二人相交之契機，羅氏因此而初知静安的文學才華，加以提拔，並爲贍養其家，使得專心問學。佛雛《王國維詩學研究》謂組詩"當作於戊戌正月(1898年2月)王氏赴上海進時務報社以前"；蕭艾《王國維詩詞箋校》(以下簡稱《蕭箋》)則"推定爲光緒二十年以後、二十四年以前"；袁英光、劉寅生《王國維年譜長編》則編定於1900年(光緒二十六年庚子)5月，謂"見《高嘯桐友朋手札》(手稿，上海圖書館藏)"。然據組詩第二十首，所詠爲日本史事，組詩當作於静安入東文學社習日文之時,即 1898 年 3 月至 6 月間。

【注釋】

[一] "回首"兩句:回顧西方的邊境,形勢渺渺茫茫。華夏種族向東遷徙,經歷了多少艱難歲月。
西陲:西面邊疆。詩中指甘肅、新疆以西地區。
星霜:星辰霜雪,一年一度轉易,因以星霜指年歲。亦有艱難辛苦之意。
清末以來,一些中外學者提出漢族西來説,時静安亦受其影響。

[二] "何當"兩句:什麼時候能親赴西陲,踏破一雙草鞋來到昆侖山上,眺望遥遠的故鄉?
何當:何時。
芒屐:草鞋。蘇軾《梵天寺次韻》詩:"草露濕芒屨。"
昆侖:昆侖山。《周禮·春官·大宗伯》鄭玄注:"禮地以夏至,謂神在昆侖者也。"西來説者每以此爲據。
此首詠華夏民族的來源。

二

兩條雲嶺摩天出,九曲黄河繞地回。[一]自是當年遊牧地,有人曾號伏羲來。[二]

【注釋】

[一] "兩條"兩句:兩條雲霧籠罩的山嶺摩天拔地而出,迂回曲折的黄河繞着大地奔流。兩條雲嶺:指昆侖山脈和天山山脈。
九曲:極言其曲折。盧綸《送郭判官赴振武》詩:"黄河九曲流,繚繞古邊州。"

［二］“自是”兩句：這裏本是當年先民遊牧的地方，曾產生過一位被稱爲伏羲的人物。
伏羲：古代傳説中的三皇之一。亦作“伏犧”、“伏戲”、“虙戲”，也稱爲“包犧”、“庖犧”、“炮犧”等。《易·繫辭》：“古者包犧氏之王天下也……作結繩而爲網罟，以田以漁。”《漢書·律曆志》載《世經》云：“作網罟以田取犧牲，故天下號曰炮犧氏。”《太平御覽》卷七八引《遁甲開山圖》曰：“仇夷山，四絶孤立，太昊之治，伏犧生處。”仇夷，即仇池。在今甘肅成縣。
此首詠華夏先民在西北遊牧時期的傳説人物伏羲氏。

三

憯憯生存起競争，流傳神話使人驚。［一］銅頭鐵額今安在？始信軒皇苦用兵。［二］

【注釋】

［一］“憯憯”兩句：爲憂慮自身的生存而引起種族間的競争，流傳下來的神話令人震驚。
憯憯（cǎncǎn 慘慘）：憂愁貌。《詩·小雅·雨無正》：“曾我暬御，憯憯日瘁。”
《蕭箋》云：“詩中‘生存競争’云云，當係從譯本中得見。按嚴復所譯《天演論》，刊前載吴汝綸序，知作於戊戌孟夏。然則《天演論》甫問世，王氏抵滬即見之，其嚮往新學如饑似渴之情，不難想見。”嚴復譯述赫胥黎的進化論著作《天演論》，1897 年首刊于《國聞報》增刊《國聞彙編》上，次年成書出版。譯著一出，“天演競争，優勝劣敗”、“物競天擇，適者生存”等語流傳於當時知識界，静安亦深受其影響。
［二］“銅頭”兩句：銅頭鐵額的蚩尤如今何在？這才知道當時軒轅

黄帝苦於用兵征戰。銅頭鐵額：指蚩尤。《史記・五帝本紀》正義引《龍魚河圖》云："黄帝攝政，有蚩尤兄弟八十一人，並獸身人語，銅頭鐵額，食沙石子，造立兵仗刀戟大弩，威振天下，誅殺無道，不慈仁……天遣玄女下授黄帝兵信神符，制伏蚩尤。"近代學者多認爲蚩尤爲傳説中的古代九黎族首領，以金爲兵，爲黄帝戰於涿鹿之野，失敗被殺。

軒皇：即黄帝軒轅氏。居於軒轅之丘，依所居以爲號，後世稱軒轅黄帝。黄帝爲古史傳説中最早的宗祖神，被認爲是華夏族的始祖。張衡《同聲歌》："衆夫所希見，天老教軒皇。"

此首詠華夏族始祖黄帝與蚩尤的戰争。

四

澶漫江淮萬里春，九黎才格又苗民。[一]即今魋髻窮山裏，此是江南舊主人。[二]

【注釋】

［一］ "澶漫"兩句：寬廣的江淮原野萬里春色，剛戰勝九黎族後又降服苗民。

澶（dàn 旦）漫：寬長、長遠。《文選・張衡〈西京賦〉》："澶漫靡迤。"劉良注："澶漫靡迤，寬長貌。"

九黎：上古部落名。《國語・楚語下》："及少皞之衰也，九黎亂德，民神雜糅。顓頊受之，乃命南正重司天以屬神，命火正黎司地以屬民，使復舊常，無相侵瀆。"韋昭注："九稱，黎氏九人，蚩尤之族也。"

苗民：《書・吕刑》："苗民弗用靈，制以刑……皇帝哀矜庶戮之不辜，報虐以威，遏絶苗民，無世在下。"苗民，即古苗族。《史記・五帝本紀》述堯舜時"三苗在江淮荆州，數爲亂"。

《書·大禹謨》:"三旬,苗民逆命。七旬,有苗格。"孔穎達疏:"禹欲脩德致遠,使有苗自來也。"一說苗民爲人名,九黎族的首領。格:來,至。指臣服。

［二］ "即今"兩句:如今結着髮髻居住在荒山野嶺中的苗族,本來是江南地區的舊主人啊。

魋(chuī 椎)髻:結成椎形的髮髻。左思《魏都賦》:"或魋髻而左言。"直到清代,苗族的男子仍蓄長髮,挽椎髻於頭頂,插髮針或木梳。

此首詠江南的土著民族。

五

二帝精魂死不孤,嵇山陵廟似蒼梧。[一]耄年未罷征苗旅,神武如斯曠代無。[二]

【注釋】

［一］ "二帝"兩句:舜帝和禹帝死後,他們的精神魂魄也不孤單,嵇山中禹帝的陵廟跟蒼梧中舜帝的陵廟相似。

二帝:指舜和禹。舜爲古史傳説中的帝王,商代的始祖神,本東夷族的首領,後世儒家把他與帝堯並稱,成萬世楷模的聖王。禹爲夏族的首領,亦被後世奉爲聖王。

嵇山:此指會稽山。在今浙江紹興市東南。《史記·夏本紀》載:"十年,帝禹東巡狩,至於會稽而崩。"後人在會稽山前建大禹廟。《太平寰宇記》卷九六"江南東道八越州·會稽縣":"《吴越春秋》云'禹巡行天下,還歸大越,會計修國之道,以會稽名山,仍爲地號'。""大禹廟,在縣南二十里。"

蒼梧:《史記·五帝本紀》:"(舜)踐帝位三十九年,南巡狩,崩於蒼梧之野。葬於江南九疑,是爲零陵。"集解引《皇覽》曰:

"舜塚在零陵營浦縣。其山九谿皆相似,故曰九疑。"

［二］ "耄年"兩句: 他們直到老年還没有停止過對苗族的戰争,像這樣的英明威武真是歷代所無。

征苗: 古史中屢載舜、禹對苗族的征伐。《書・舜典》:"竄三苗于三危。"《書・大禹謨》:"帝曰: 咨禹,惟時有苗弗率,汝徂征。""七旬有苗格。"

神武:《易・繫辭上》:"古之聰明叡智,神武而不殺者夫。"孔穎達疏:"古之聰明叡智神武之君,謂伏犧等用此《易》道能威服天下。"

此首詠舜、禹兩代征苗的功績。

六

銅刀歲歲戰東歐,石砮年年出挹婁。[一]畢竟中原開化早,已聞鏐鐵貢梁州。[二]

【注釋】

［一］ "銅刀"兩句: 東甌的越族年復年衹使用銅刀作戰,北方的挹婁也衹是年復年用石製的箭鏃進貢。

東歐: 即東甌。鄭樵《通志・氏族略》:"甌氏,亦作歐。東甌王之後也。"東甌,古族名。百越的一支。相傳爲春秋戰國時越國的遺族。分佈在今浙江南部甌江流域。《山海關・海内南經》:"甌居海中。"郭璞注:"今臨海永寧縣,即東甌。在岐海中也。"

挹婁: 古族名。肅慎之後。分佈在今東北吉林、黑龍江一帶。《國語・魯語》:"肅慎氏貢楛矢石砮,長尺有咫。"韋昭注:"砮,鏃也,以石爲之。"《晉書・東夷傳》:"肅慎氏,一名挹婁。在不咸山北。……周武王時,獻其楛矢,石砮。……魏景元末,來貢楛矢、石砮、弭、貂皮之屬……元帝中興,又詣江左貢其石砮。”

［二］ “畢竟”兩句：畢竟還是中原地區開化得較早,在夏代時已有鏐鐵從梁州入貢了。

鏐鐵:《史記·夏本紀》:“華陽黑水惟梁州……貢璆、鐵、銀、鏤、砮、磬。”鄭玄曰:“黄金之美者謂之鏐。”

梁州：古代九州之一。今陝西南部一帶。

此首詠東南、東北及中原地區的開化情況。

校：砮,原文作“弩”,誤,據詩意徑改。

七

誰向鈞天聽樂過,秦中自古鬼神多。[一]即今《詛楚文》猶在,才告巫咸又亞駝。[二]

【注釋】

［一］ “誰向”兩句：是誰人曾在夢中聽過鈞天的神樂？秦中地區自古以來就崇拜衆多的鬼神。

鈞天：天的正中,爲天帝居所。《史記·趙世家》載,趙簡子病,五日不知人事,醒後,語大夫曰:“我之帝所甚樂,與百神游於鈞天,廣樂九奏萬舞,不類三代之樂,其聲動人心。”又,張衡《西京賦》:“昔者大帝説秦繆公而覲之,饗以鈞天廣樂。”

“秦中”句：秦人好祀鬼而不敬祀祖先。《史記·秦本紀》載,直至秦惠文王十二年始效中國而設臘日,以歲終祭先祖。

［二］ “即今”兩句：到如今《詛楚文》還留存,記載着向巫咸懇告後又向亞駝祈祝。

詛楚文：秦國石刻文。宋代出土三石,出於渭水者稱《告大沈厥湫文》,出於長安祈年觀者稱《告巫咸文》,出於洛水者稱

《告亞駝文》。内容爲戰國時秦惠文王詛咒楚懷王之罪於天神,祈求神佑制克楚兵以復邊城。宋歐陽修《集古録·跋尾》:“右秦祀巫咸神文,今流俗渭之詛楚文。”

巫咸:古神巫名。《楚辭·離騷》:“巫咸將夕降兮。”王逸注:“巫咸,占神巫也。當殷中宗之世。”學者謂即安邑巫咸河大神。

亞(wū 烏)駝:學者謂即滹沱河大神。《詛楚文》:“有秦嗣毛敢用吉玉宣璧,使其宗祝邵鼛布,懇告於丕顯大神亞駝,以底楚王熊州之多罪。”“亞”字當讀如“烏”,平聲。静安於此用爲仄聲,似未當。按,静安《宋代之金石學》云:“岐陽石鼓文及秦告巫咸文,徽宗並致之宣和殿,又秦告大沈久湫文在南京蔡挺家,告亞駝文在洛陽劉忱家。”今《詛楚文》原石已佚,摹本見於《絳帖》。

此首詠秦國崇拜巫神的風俗。

八

《春秋》謎語苦難詮,歷史開山數腐遷。[一]前後固應無此作,一書上下二千年。[二]

【注釋】

[一] “春秋”兩句:《春秋》一書中隱晦的言詞實在難以詮釋,史書的開山之祖還應數司馬遷。

《春秋》:中國現存最早的編年體史書。由於它敍事過簡,以致後世不少儒生對它猜度曲解,如顏延之《庭誥》謂其“正言晦義”,郝敬《春秋直解》謂説《春秋》者“幾成射覆”,故王氏稱之爲“謎語”。

開山:佛教語。此喻開創門派。劉克莊《後村詩話·前集》卷二:“本朝詩,惟宛陵爲開山祖師。”

腐遷：指漢代史學家司馬遷。因他曾受過腐刑，故稱“腐遷”。

［二］“前後”兩句：像《史記》這樣的著作實在是空前絶後，一部書貫通了上下二千年的歷史。

無此作：歐陽修《梅聖俞墓誌銘》謂王曙見梅堯臣文，歎曰：“二百年無此作矣。”

“一書”句：裴駰《史記集解序》引班固語，稱司馬遷“馳騁古今上下數千載間”。張守節正義云：“言作《史記》採經傳百家之事上下二千餘年，此其甚勤於撰録也。”

此首讚美司馬遷在史學上的貢獻。

九

漢鑿昆池始見煤，當年貲力信雄哉。[一]於今莫笑胡僧妄，本是洪荒劫後灰。[二]

【注釋】

［一］“漢鑿”兩句：漢代開鑿昆明池時初次深挖見煤，當年的財力物力確實是非常雄厚啊。

昆池：昆明池。漢武帝元狩三年在長安西南所鑿的湖沼。《漢書・武帝紀》：“發謫吏穿昆明池。”顔師古注引臣瓚曰：“漢使求身毒國，而爲昆明所閉。今欲伐之，故作昆明池象之，以習水戰。在長安西南，周回四十里。”

貲力：資力。指財力、物力或人力。《新唐書・敬晦傳》：“晦處身儉勤，貲力遂充。”

［二］“於今”兩句：現在我們不要嘲笑那胡僧在隨便亂説，那池底的黑煤本來就是洪荒時期劫火的餘灰。

洪荒：指混沌、蒙昧之世。周興嗣《千字文》：“天地玄黄，宇宙洪荒。”

劫後灰：慧皎《高僧傳・竺法蘭》："昔漢武穿昆明池底，得黑灰，問東方朔。朔云：'不知。可問西域胡人。'後法蘭既至，衆人追以問之，蘭云：'世界終盡，劫火洞燒，此灰是也。'"佛教認爲，壞劫之末，將有劫火洞然，大千俱壞。

此首詠漢朝全盛時的財力物力。

一〇

揮戈大啟漢山河，武帝雄材世詎多。[一]輕騎今朝絶大漠，樓船明日下牂牁。[二]

【注釋】

［一］ "揮戈"兩句：漢武帝揮戈征戰，大大開拓了漢朝的領土，他的雄材大略在世界也是不多見的。

揮戈：陸玄《南征賦》："介夫揮戈而夙興，輕武總干而啟萬。"《魏書・傅永傳》："擐甲揮戈，單騎先入。"

武帝：漢武帝劉徹（前 156—前 87）。他曾對匈奴發動多次大規模進攻，收復河南地區，並在河西置郡。匈奴被迫遠遷漠北。武帝又征服閩越、東甌和南越，復在西南夷地區設置郡縣。鞏固了以漢族爲主體的統一的多民族封建國家。《漢書・武帝紀贊》："如武帝之雄材大略，不改文、景之恭儉以濟斯民，雖《詩》、《書》所稱何有加焉。"

［二］ "輕騎"兩句：今天剛派遣輕騎兵横跨大漠，明日又命令樓船沿牂牁江南下。

輕騎（jì 既）：輕捷的馬兵。《漢書・婁敬傳》："樓煩王，去長安近者七百里，輕騎一日一夕可以至。"

絶大漠：越過沙漠。《漢書・武帝紀》載，元朔六年，"夏四月，衛青復將六將軍絶幕，大克獲"。應劭曰："幕，沙幕，匈奴之南界也。”臣瓚曰:“沙土曰幕。直度曰絶。”

樓船:有樓層的戰船。《史記·平準書》載,漢武帝爲對越用兵,練習水戰,修昆明池。“治樓船,高十餘丈,旗幟加其上,甚壯”。又設“樓船將軍”的名號。

牂牁(zāngkē 臧柯):水名。或曰即盤江。《漢書·武帝紀》載,元鼎五年,“越馳義侯遺别將巴蜀罪人,發夜郎兵,下牂牁江,咸會番禺”。牂柯,即牂牁。

此首詠漢武帝南征北討拓土的武功。

一一

慧光東照日炎炎,河隴降王正款邊。[一]不是金人先入漢,永平誰證夢中緣?[二]

【注釋】

[一] “慧光”兩句:佛教智慧之光向東方照耀,如赤日炎炎。匈奴的降王也正在河隴邊境前來通好。

慧光:破除黑暗、照徹一切的智慧之光。指佛教。《無量壽經》卷下:“慧光明浄,超逾日月。”

河隴:河西與隴右。即今甘肅隴山、六盤山以西,河西走廊及湟水流域。

降王:指匈奴昆邪王。《漢書·武帝紀》載,元狩二年,“匈奴昆邪王殺休屠王,並將其衆合四萬餘人來降,置五屬國以處之,以其地爲武威、酒泉郡”。

款邊:謂外族前來通好。款邊,猶言款塞。《漢書·宣帝紀》:“夙夜惟念孝武皇帝躬履仁義,選明將,討不服,匈奴遠遁,平氐、羌、昆明、南蠻鄉風,款塞來享。”應劭曰:“款,叩也。皆叩塞門來服從也。”

［二］“不是”兩句：若不是武帝時佛像已先進入漢室，怎能驗證永平年間明帝那一場與佛有緣的奇夢？

金人：銅人。指銅鑄的佛像。《史記·匈奴列傳》：“漢使驃騎將軍去病將萬騎出隴西，過焉支山千餘里，擊匈奴，得胡首虜萬八千餘級，破得休屠王祭天金人。”張守節正義：“金人，即今佛像。”

永平：東漢明帝的年號。

夢中緣：《後漢書·西域傳·天竺國》：“世傳明帝夢見金人，長大，頂有光明，以問群臣。或曰：‘西方有神，名曰佛。其形長丈六尺而黄金色。’帝於是遣使天竺，問佛道法，遂於中國圖畫形像焉。”

此首詠佛教傳入中國的緣起。

一二

西域縱横盡百城，張陳遠略遜甘英。[一]千秋壯觀君知否？黑海東頭望大秦。[二]

【注釋】

［一］“西域”兩句：西域地區縱横不過百城而已，張騫、陳湯等人的遠略就不如甘英了。

張陳：謂張騫、陳湯。《漢書·陳湯傳》載，陳湯爲西域副校尉，率兵經温宿國、烏孫、康居，至郅支，斬單于、閼氏、太子、名王等。《漢書·西域傳》：“張騫始開西域之跡。”《史記·大宛列傳》載，張騫“身所至者大宛、大月氏、大夏、康居”，後又爲中郎將使烏孫，“分遣副使使大宛、康居、大月氏、大夏、安息、身毒、於窴、扜罙及諸旁國”，“於是西北國始通於漢矣”。

甘英：漢和帝時西域都護班超的掾吏。《後漢書·西域傳》載，和帝永元九年(97),“班超遣掾甘英,窮西海而還”。

兩句意謂張、陳之謀畫衹不過局限於西域百城。而甘英的遠略則直至西亞、歐洲。

［二］ “千秋”兩句：這千秋以來最雄偉的景象您知道嗎——甘英站在黑海東頭眺望着大秦國。

壯觀(guàn 貫)：宏偉的景象。司馬相如《封禪文》：“皇皇哉,此天下之壯觀。”納蘭性德《山海關》詩：“千秋壯觀聳於山。”

大秦：古國名。古代中國史書上對羅馬帝國的稱呼。《後漢書・西域傳》：“和帝永元九年,都護班超遣甘英使大秦,抵條支。臨大海欲度。而安息西界船人謂英曰：‘海水廣大,往來者逢善風三月乃得度,若遇遲風,亦有二歲者,故入海皆齎三歲糧。海中善使人思土戀慕,數有死亡者。’英聞之乃止。”又,《西域傳論》云：“其後甘英乃抵條支而歷安息,臨西海以望大秦、拒玉門、陽關者四萬餘里,靡不周盡焉。”詩語本此。按,條支爲今伊拉克,其海邊當爲波斯灣。安息爲波斯帝國一行省,在今伊朗高原東北部。

此首詠甘英西行的遠略。

一三

三方並帝古未有,兩賢相厄我所聞。[一]何來灑落樽前語,天下英雄惟使君。[二]

【注釋】

［一］ “三方”兩句：中國内三方並同稱帝古來未有,而兩位能人互相損害我卻时有所聞。

三方：指魏、蜀、吴三國。《晉書・宣帝紀贊》：“逮乎魏室,三方鼎峙,干戈不息,氛霧交飛。”

相厄：互相爲難、迫害。《史記·季布欒布列傳》載，高祖爲項羽將丁固所窘，高祖急，謂丁固曰："兩賢豈相厄哉！"丁固遂引兵還。項王滅後，高祖殺丁固。

［二］"何來"兩句：對飲時何來這樣灑脱不拘的話語：天下英雄就衹數您了！

灑落：瀟灑脱俗，不拘束。杜甫《公安縣懷古》："灑落君臣契。"

樽前：酒杯前。指在飲酒時。

使君：漢時稱刺史爲使君。蜀先主劉備曾爲豫州牧，故曹操以使君稱劉備。

兩句語本《三國志·蜀書·先主傳》："是時。曹公從容謂先生曰：'今天下英雄，唯使君與操耳。本初之徒，不足數也。'"曹公，指曹操。本初，袁紹之字。

此首讚美曹操愛重賢才的灑落襟懷。

一四

北臨洛水拜陵園，奉表遷都大義存。[一]縱使暮年終作賊，江東那更有桓温。[二]

【注釋】

［一］"北臨"兩句：桓温北征到洛水，拜謁先帝的陵園，還上請求遷都洛陽，心存民族大義。

《晉書·桓温傳》載，永和十二年(356)，桓温自江陵北伐，收復洛陽，"謁先帝諸陵，陵被侵毁者皆繕復之，兼置陵令"。又提出"移都洛陽，表疏十餘上，不許"。隆和元年(362)，又上疏請遷都洛陽，爲士族所反對，不果。

大義：大道理。《易·家人》："男女正，天地之大義也。"

［二］ “縱使”兩句：即使他晚年時終於淪爲亂臣賊子，但試看看，江東的晉朝那能再出現桓温這樣的人物！

桓温（312—375）：東晉譙國龍亢（今安徽懷遠）人。字元子。桓温爲一時權臣，曾廢海西公，立簡文帝。晚年以大司馬鎮姑孰，專擅朝政，甚至欲窺伺帝位。《晉書・桓温傳》：“温志在篡奪，事未遂而死。”《晉書・會稽王道子傳》載，桓温之子桓玄，“嘗候道子，正遇其醉，賓客滿坐，道子張目謂人曰：‘桓温晚途欲作賊。云何？’玄伏地流汗不得起。”

此首讚美東晉桓温北伐的壯志。

一五

江南天子皆詞客，河北諸王盡將材。［一］乍歌樂府《蘭陵曲》，又見湘東玉軸灰。［二］

【注釋】

［一］ “江南”兩句：在江南的六朝天子都是崇尚文學的詞客，而在河北的北朝歷代君王都是大將之材。

江南：指南朝。宋、齊、梁、陳相繼建都建業（今南京），故云。

詞客：擅長文辭的人。南朝的皇帝如宋文帝、齊高帝、齊武帝、梁武帝、梁簡文帝、梁元帝、陳後主都頗有文學才能，有詩文傳世。

河北：黄河以北地區，此指北朝。

諸王：指北朝苻堅、拓跋珪、慕容垂、高歡、宇文泰等人。

［二］ “乍歌”兩句：北朝的軍士才唱罷樂府的《蘭陵王入陣曲》，又看到南朝湘東王收藏的圖書化爲灰燼。

蘭陵曲：《北齊書・蘭陵武王長恭傳》載，北齊文襄之子長恭，封蘭陵武王。與周軍戰，“被圍甚急，城上人弗識，長恭免胄示之面，乃下弩手救之，於是大捷。武士共歌謡之，爲《蘭陵王入陣曲》是也”。

湘東：梁武帝第七子蕭繹，被封爲湘東王。好讀書著述，詩賦綺麗。後在江陵即位，是爲元帝。

玉軸：卷軸的美稱。指珍貴的圖書。“玉軸灰”，謂圖書被焚。庾信《哀江南賦》：“乃使玉軸揚灰，龍文折柱。”《南史·梁本紀》載，承聖三年(554)，西魏軍圍江陵，梁元帝無計可施，“乃聚圖書十餘萬卷盡燒之”。城陷，元帝被俘殺。

末兩句以蘭陵王與湘東王作對比，蘭陵習武，軍士歌樂府而奏捷；湘東能文，圖書成灰燼而亡身。

此首以尚武的北朝與尚文的南朝對比。讚美北方雄強的人物。

一六

晉陽蜿蜿起飛龍，北面傾心事犬戎。[一]親出渭橋擒頡利，文皇端不愧英雄！[二]

【注釋】

[一] “晉陽”兩句：李淵崛起於晉陽，終於成了真龍天子。他曾不惜低首傾心向突厥稱臣。

晉陽：今山西太原。隋煬帝大業十三年(617)，拜李淵爲太原留守。李淵於晉陽起兵反隋，攻陷長安。次年稱帝。事見《舊唐書·高祖紀》。

蜿蜿：屈曲貌。《楚辭·離騷》：“駕八龍之蜿蜿兮，載雲旗之委蛇。”

飛龍：《易·乾》：“九五，飛龍在天，利見大人。”孔疏：“猶若聖人有龍德，飛騰而居天位。”因以喻君主。陸游《題十八學士圖》:"晉陽龍飛雲滃滃,關洛萬里即日平。"

犬戎: 本爲古族名,即獫狁、西戎。《左傳・閔公二年》:"虢公敗犬戎於渭汭。"杜預注:"犬戎,西戎别在中國者。"杜甫《憶昔》詩:"犬戎直來坐御牀。"亦以犬戎指胡、突厥混種的安禄山。犬戎本先秦時戎人的一支,詩中指突厥。據《舊唐書・高祖本紀》及《劉文静傳》載,唐高祖李淵在太原起兵反隋,自爲手啟,卑辭厚禮,遣劉文静使於突厥始畢可汗,令率兵相應。劉文静對始畢説:"願與可汗兵馬同入京師,人衆土地入唐公,財帛金寶入突厥。"始畢大喜,出兵二千騎,獻馬千匹。

[二] "親出"兩句: 唐太宗能親自出渭橋與頡利約盟,後又擒獲頡利,他真的不愧是位英雄。

頡利: 東突厥可汗。

文皇: 指唐太宗。《舊唐書・太宗紀》:"百僚上謚號曰文皇帝,廟號太宗。"

《舊唐書・太宗紀》載,武德九年(626)八月,頡利引兵南下,至渭水便橋之北。唐太宗輕騎獨出,與頡利盟於便橋之上,突厥軍始退。貞觀四年(630),唐軍出塞,大破突厥軍,俘頡利至長安。《舊唐書・李靖傳》:"太宗初聞靖擒頡利,大悦,謂侍臣曰:'朕聞主憂臣辱,主辱臣死。往者國家草創,太上皇以百姓之故,稱臣於突厥,朕未嘗不痛心疾首,志滅匈奴,坐不安席,食不甘味。今者暫動偏師,無往不捷,單于款塞,恥其雪乎!'"太宗平定突厥,被尊爲"天可汗"。按,唐太宗親出渭橋共頡利訂盟,與出塞擒頡利是前後兩事。静安合爲一語,似不妥。

此首歌頌唐太宗平定突厥的功績。

一七

南海商船來大食,西京祆寺建波斯。[一]遠人盡

有如歸樂，知是唐家全盛時。[二]

【注釋】

[一] “南海”兩句：南海上的商船來自大食國，波斯人在西京建起了祆寺。

大食：古國名。即阿拉伯帝國。唐高宗永徽二年(651)，大食哈里發遣使來朝貢。《舊唐書·西戎傳》載，大食國在“長安中，遣使獻良馬。景雲二年，又獻方物。開元初，遣使來朝，進馬及寶鈿帶等方物”。大食商人多居於廣州和揚州，廣州設有蕃坊，以供居住。

西京：即長安。唐以洛陽爲東都，長安爲西都。

祆(xiān先)寺：祆教祭祀火神的寺院。祆教，即拜火教。姚寬《西溪叢語》卷上：“唐貞觀五年，有傳法穆護何禄將祆教詣闕聞奏。敕令長安崇化坊立祆寺，號大秦寺，又名波斯寺。”此外，長安布政坊、醴泉坊、普寧坊、靖恭坊均建有祆寺。

波斯：古國名，即今伊朗。祆教亦自波斯傳來，故稱祆寺爲波斯寺。

[二] “遠人”兩句：令遠方來的人都有賓至如歸之樂，這才是唐朝的全盛時期啊。

如歸：《左傳·襄公三十一年》載，晉文公爲盟主時，修平道路，裝飾宫室，隸人百官皆以本職接待賓客，“賓至如歸，無寧菑患，不畏寇盗，而亦不患燥濕”。

此首寫唐代盛時的對外交流活動。

一八

五國風霜慘不支，崖山波浪浩無涯。[一]當年國勢陵遲甚，争怪諸賢説攘夷。[二]

【注釋】

［一］ “五國”兩句：徽、欽二帝在五國城中飽歷風霜，慘不可支。崖山下浩蕩無邊的波浪覆滅了南宋小朝廷。

五國：五國城。宋徽宗、欽宗被金人俘後，囚死於五國頭城（即今黑龍江呼蘭縣）。《宋史·高宗紀》載，“建炎四年秋七月，乙卯，金人徙二帝自韓州之五國城”。

崖山：應作“厓山”。在今廣東新會縣南。《宋史·瀛國公紀》載，元至元十六年，即南宋祥興二年（1279），宋軍爲元軍戰敗，陸秀夫背負宋帝帝昺沉海於此。

［二］ “當年”兩句：當年宋朝的國勢已衰頹之極了，難怪那些學者要提出攘夷的高論了。

陵遲：衰頽、没落。《後漢書·袁紹傳》：“漢室陵遲，爲日久矣，今欲興之，不亦難乎。”

攘夷：抗拒異族入侵。《公羊傳·僖公四年》：“桓公救中國而攘夷狄。”後世學者，當外患日深時每重申攘夷之説。劉壎《隱居通議·文章八》謂宋朝的道學家“方且雍雍然，峨峨然，交誦致知格物之微言，深贊攘夷復土之偉畫”。

此首詠北宋、南宋國勢的衰微。

一九

黑水金山啟伯圖，長驅遠蹠世間無。［一］至今碧眼黄鬚客，猶自驚魂説拔都。［二］

【注釋】

［一］ “黑水”兩句：蒙古人在黑水金山之間開創宏偉的霸業，他們發動遠征，長驅直入，世間所無。

黑水：古河名。即黑龍江。

金山：即按臺山。漢稱金微山。即今阿爾泰山。
伯(bà 霸)圖：霸圖。稱霸的雄圖。李新《項羽廟》："伯圖未就人懷邦。"
遠蹠：遠行。曹植《七啟》："蹻捷若飛，蹈虛遠蹠。"

［二］"至今"兩句：直到今天那些碧眼黄鬚的西方人，談起拔都來還是驚魂不定。
碧眼黄鬚：指西方白種人。楊允孚《灤京雜詠》："碧眼黄鬚騎象來。"
拔都(1208—1255)：成吉思汗之孫术赤次子。1236年，拔都爲諸王之長，率軍西征。蹂躪整個東歐，兵鋒至今匈牙利、塞爾維亞一帶。建立欽察汗國。事見《元史》。
此首寫蒙古西征的霸業。

二〇

東海人奴蓋世雄，卷舒八道勢如風。[一]碧蹄倘得擒渠反，大壑何由起蟄龍。[二]

【注釋】

［一］"東海"兩句：那位在東海曾爲家奴的豐臣秀吉，實在是蓋世英雄，他在朝鮮國土上縱横馳驟，勢似飄風。
東海：日本位於東海之濱，因以指日本。
人奴：奴僕。詩中指豐臣秀吉(1537—1598)。日本戰國末期封建領主。他青年時曾爲織田信長的從僕，稱木下藤吉郎。屢立戰功，成爲信長麾下大將。後相繼征服各地領主。統一日本。《明史·日本傳》："平秀吉，薩摩州人之奴，雄健蹻捷，有口辯。信長悦之，令牧馬，名曰木下人。後漸用事，爲信長畫策，奪并二十餘州。……尋廢信長三子，僭稱'關白'，盡有其衆。”平秀吉，即豐臣秀吉。

蓋世雄：《史記・項羽本紀》：“力拔山兮氣蓋世。”李純甫《赤壁風月笛圖》：“誰識潭潭蓋世雄。”

卷舒：猶屈伸、進退。《三國志・魏書・傅嘏傳》：“掃除凶逆，芟夷遺寇，旌旗卷舒。”

八道：指朝鮮。朝鮮全國分爲三都、八道。《明史・朝鮮傳》：“倭遂犯全慶，逼王京。王京爲朝鮮八道之中。”八道，即京畿道、平安道、黄海道、江原道、慶尚道、全羅道、忠清道、咸鏡道。

［二］“碧蹄”兩句：當日李如松若在碧蹄館中擒他回來，那麽在大海中蟄伏的巨龍就無由興起了。

碧蹄：碧蹄館。朝鮮地名。王京以北三十里的一個驛站。《明史・日本傳》載，豐臣秀吉發動侵朝戰争，連陷釜山、漢城、平壤。中國派名將李如松爲提督率兵援朝。萬曆二十一年(1593)，“如松師大捷於平壤，朝鮮所失四道並復。如松乘勝趨碧蹄館，敗而退師。”

大壑：大海。《莊子・天地》：“夫大壑之爲物也，注焉而不滿，酌然而不竭。”

蟄龍：蟄伏的龍。指日本。《易・繫辭》：“龍蛇之蟄，以存身也。”曹松《題甘露寺》詩：“濤頭振蟄龍。”

兩句説，豐臣秀吉若被擒獲，日本就不能興起。按，豐臣秀吉在侵朝之前，已基本完成日本全國統一大業，並建立了新的封建體制，推行新政策獎勵新興工商業。

此首寫日本戰國末期武將豐臣秀吉的侵朝活動。

校： 第一首“卻向昆侖”，《近代詩鈔》云：向，“一作‘上’”。第十二首“黑海東頭”，《趙譜》作“黑海西頭”，誤。

雜　　詩（三首）　戊戌四月

一

飄風自北來，吹我中庭樹。烏烏覆其巢，向晦歸何處？[一]西山揚頹光，須臾復霾霧。儵儵長夜間，漫漫不知曙。[二]旨蓄既以罄，桑土又云腐。欲從鴻鵠翔，鎩羽不能遽。[三]陰陽陶萬匯，温溧固有數。亮無未雨謀，蒼蒼何喜怒。[四]

【箋】《雜詩》三首，《静安詩稿》編於"戊戌四月"，趙萬里《王静安先生年譜》祇列前二首。時静安初入《時務報》，並就讀東文學社，接受新思想薰陶，曾閱讀《讀西學書法》及梁啟超《農務新法》等書。報館中工作煩雜，收入微薄，生活清苦。詩人自負才能，頗有鴻鵠萬里之志，但又傷於局促斗室，不爲世用。詩中流露出一位處於末世的青年學子矛盾不安的心情，在藝術上仍有模仿漢魏的痕跡。

【注釋】

［一］"飄風"四句：暴風從西北吹來，摇撼我庭中的樹木。烏鳥的巢也被傾覆，到黄昏時它將飛歸何處？

飄風：旋風、暴風。杜甫《柟樹爲風雨所拔歎》："東南飄風動地至。"

中庭樹：庭中樹。毛滂《相見歡》詞："中庭樹，空階雨。"

［二］"西山"四句：西山反照着落日的殘輝，不多時又再籠罩着陰

暗的夜霧。毛羽凋殘的烏鳥在漫漫長夜中到處亂飛,不知什麽時候才到天亮。

頹光：猶言餘暉。李白《短歌行》:"爲人駐頹光。"

翛翛(xiāo 蕭):羽毛殘破貌。《詩・豳風・鴟鴞》:"予羽譙譙,予尾翛翛。"

漫漫：長久貌。寧戚《飯牛歌》:"長夜漫漫何時旦。"

［三］"旨蓄"四句：它的積蓄亦已用光,築巢的桑根也都腐爛。想要追隨鴻鵠遠颺高飛,但羽毛摧落不能馬上實現。

旨蓄：貯存的好食品。《詩・邶風・谷風》:"我有旨蓄,亦以禦冬。"

桑土(dù 杜):桑根皮。《詩・七月・鴟鴞》:"迨天之未陰雨,徹彼桑土,綢繆牖户。"朱熹《詩集傳》:"我及天未陰雨之時,而往取桑根以纏綿巢之隙穴,使之堅固,以備陰雨之患。"

鴻鵠(hù 斛):即鵠。天鵝。鴻鵠善高飛,因以喻志向遠大的人。丘遲《與陳伯之書》:"棄燕雀之小志,慕鴻鵠以高翔。"

鎩羽：羽毛脱落。柳宗元《零陵贈李卿元侍御簡吴武陵》詩:"鎩羽集枯幹,低昂互鳴悲。"

［四］"陰陽"四句：陰陽二氣化生世間萬物,暖和冷實應有個定數。料想那烏鳥也没有未雨綢繆,老天爺爲何這般無常喜怒?

萬匯：猶萬類,萬物。《易乾鑿度》卷上:"萬匯滋溢,陰陽成數。"韓愈《祭董相公文》:"五氣敘行,萬匯順成。"《淮南子・俶真訓》:"陶冶萬物,與造化者爲人。"

温溧(lì 栗):暖寒。

亮：通"諒"。韓愈《病鴟》詩:"亮無責報心。"

蒼蒼：謂天。《莊子・逍遥遊》:"天之蒼蒼,其正色邪?"董仲舒《春秋繁露・陰陽義》:"天亦有喜怒之氣,哀樂之心,與人相副。"《春秋繁露・天辯在人》:"天乃有喜怒哀樂之行,人亦有春秋冬夏之氣者,合類之謂也。"

時静安頗不安於報館工作。三月廿日致許同藺書中慨歎收入太少,"每月十二元",但因"學東文勢難間斷,已成騎虎之勢",故"進退兩難",十分苦悶。

二

美人如桃李,灼灼照我顔。貽我絶代寶,昆山青琅玕。[一]一朝各千里,執手涕汍瀾。我身局斗室,我魂馳關山。[二]神光互離合,咫尺不得攀。[三]惜哉此瑰寶,久棄巾箱間。[四]日月如矢激,倏忽鬢毛斑。我誦《唐棣》詩,愧恧當奚言。[五]

【注釋】

［一］ "美人"四句:美人像桃李花般美好,光彩照耀我的容顔。她贈給我絶代之寶——昆山出産的青玉。

"美人"句:曹植《雜詩》:"南國有佳人,容華若桃李。"

灼灼:鮮明貌。《詩·周南·桃夭》:"桃之夭夭,灼灼其華。"

照我顔:蘇轍《次韻子瞻淩虚臺》詩:"山高上干天,獨不照我顔。"

絶代寶:世間稀有的寶物。魏萬《金陵酬李翰林謫仙子》:"君抱碧海珠,我懷藍田玉。各稱希代寶,萬里遥相燭。"

昆山:昆侖山。産玉之地。《史記·李斯列傳》:"今陛下致昆山之玉,有隨和之寶。"

青琅玕:青色的美玉。張衡《四愁詩》:"美人贈我翠琅玕,何以報之雙玉盤。"其詩序又云:"效屈原以美人爲君子,以珍寶爲仁義,以水深雪雰爲小人。思以道術爲報,貽於時君,而懼讒邪不得以通。"本詩當襲此意。

［二］ "一朝"四句:一朝分隔,各在千里。臨別時執手相看,涕淚交流。我身局促於斗室之中,靈魂卻馳飛關山之外。

"一朝"句：王涯《閨人贈遠》："形影一朝别，煙波千里分。"

执手：《詩・鄭風・遵大路》："遵大路兮，摻執子之手兮。"鄭玄箋："言執手者，思望之甚也。"

汍(wán 完)瀾：同"丸瀾"。淚疾流貌。《漢金鄉長侯成碑》："泣涕丸瀾。"

局：局限，拘束。

斗室：極小之室。王明清《玉照新志》卷一："因揭寓舍之斗室，屏跡杜門。"

［三］"神光"兩句：兩人的精神欲離還合，雖然近在咫尺也不得相親。

神光：精神、神采。曹植《洛神賦》："徙倚傍徨，神光離合，乍陰乍陽。"

"咫尺"句：猶言"咫尺天涯"。李中《宫詞二首》之一："翠華咫尺隔天涯。"

［四］"惜哉"兩句：可惜啊，這珍貴的寶物，長期棄置在巾箱之中。

瑰(guī 歸)寶：特别珍貴的物品。亦以比喻傑出的人才。左思《吴都賦》："窺東山之府，則瑰寶溢目。"

巾箱：古時放頭巾等小物品的箱子。

兩句爲自己懷才不遇而歎息。時静安屢應鄉試不中，又受其父責難，故精神苦悶。

［五］"日月"四句：光陰如箭般迅疾，頃刻間便鬢髮斑斑。我吟誦着《唐棣》詩篇，慚愧之餘又有什麽話可説。

矢：箭。歐陽修《秋懷二首寄聖俞》詩："日月矢雙流。"韋莊《關河道中》詩："但見時光流似箭。"

唐棣：指《詩・小雅・常棣》。常棣，即棠棣、唐棣。首章云："常棣之華，鄂不韡韡。凡今之人，莫如兄弟。"七章云："妻子好合，如鼓瑟琴，兄弟既翕，和樂且湛。"詩中極寫兄弟之情，家庭之樂。

愧恧(nǜ 衄)：慚愧。駱賓王《夏日遊德州贈高回》詩："章句繁蕪,心神愧恧。”

末兩句歎息自己作客他鄉,不能與家人長聚。

三

豫章生七年,荏染不成株。其上矗楩楠,鬱鬱干雲衢。[一]匠石忽驚視,謂與凡材殊。詰朝事斤斧,浹辰塗丹朱。[二]明堂高且嚴,詄蕩天人居。虹梁抗日月,菡萏紛披敷。[三]顧此豫章苗,謂爲中欂櫨。付彼拙工輩,刻削失其初。[四]柯幹未云堅,不如櫟與樗。中道失所養,幽怨當何如?[五]

【注釋】

［一］“豫章”四句:樟樹生長了七年,還是枝條柔弱不能成材。它上邊矗立着高大的楩楠,濃陰密佈直上雲天。

豫章:指樟樹。《史記·司馬相如傳》:“楩枏豫章。”集解引郭璞曰:“楩,杞也,似梓,枏,葉似桑。豫章,大木也,生七年乃可知也。”

荏染:柔弱貌。《詩·小雅·巧言》:“荏染柔木,君子樹之。”

楩(pián 駢)楠:即“楩枏”,黄楩木與楠木。皆爲大樹。《淮南子·脩務訓》:“楩枏豫章之生也,七年而復知,故可以爲棺舟。”

［二］“匠石”四句:能工巧匠偶然看到它,吃了一驚,説這不同于一般的樹木。次日清晨便用斧子砍下來,不幾天後便塗上鮮麗的紅漆。

匠石:《莊子·人間世》所載的名石的巧匠,善於鑒別樹材的優劣。

詰朝：翌日，清晨。《左傳·僖公二十八年》："詰朝相見。"杜預注："詰朝，平旦。"

浹辰：自子日至亥日一周十二日爲浹辰。《左傳·成公九年》："浹辰之間，而楚克其三都。"杜預注："浹辰，十二日也。"

［三］"明堂"四句：朝廷的明堂高大莊嚴，是逍遥空闊的神仙居所。彩虹般的棟梁能擔負着日月，上面繪着許多美麗的荷花。

明堂：古代帝王宣明政教的地方。《禮記·明堂位》："明堂也者，明諸侯之尊卑也。"

高嚴：高峻。董仲舒《春秋繁露·三代改制質文》："制郊宫明堂員，其屋高嚴侈員。"

詄（dié 跌）蕩：空曠無際貌。《漢書·禮樂志》："天門開，詄蕩蕩。"

天人：神仙。亦指皇帝。常建《張天師草堂》詩："信是天人居，幽幽寂無喧。"

虹梁：拱曲如虹的屋梁。《文選·班固〈西都賦〉》："因瓌材而究奇，抗應龍之虹梁。"李善注："應龍虹梁，梁形如龍而曲如虹也。"

菡萏（hàndàn 頷淡）：荷花。

披敷：遍佈。《魯靈光殿賦》："發秀吐榮，菡萏披敷。"

［四］"顧此"四句：回頭看看這樟樹小苗，衹適合做小小的斗拱。便交給那些手藝差的工匠，亂刻亂削失去了它的原狀。

中（zhòng 衆）：適宜。

欂櫨（bólú 薄盧）：斗拱。柱上托梁的木塊。《禮記·明堂位》："山節。"鄭玄注："山節，刻欂盧以爲山也。"孔穎達疏引李巡云："欂，今欂盧也。則今之斗拱。"

［五］"柯幹"四句：當它枝幹還未曾長得堅實時，連櫟樗那樣下劣之材也比不上。在半路中失去了依託，滿懷幽怨那又怎麽辦呢？

櫟（lì 礫）：麻櫟。一種落葉喬木。因其木理扭曲，不能成材。

《莊子·人間世》:“匠石之齊,至於曲轅,見櫟社樹……是不材之木也,無所可用。”

樗(chū 初):即臭椿。古人常以爲柴薪。《莊子·逍遥遊》:“吾有大樹,人謂之樗,其大本擁腫而不中繩墨,其小枝卷曲而不中規矩,立之塗,匠者不顧。”

中道:半途。諸葛亮《出師表》:“中道崩殂。”

静安在詩中以樟樹自喻。樟樹未曾長成,祇能作下材之用。自傷自怨,可想見作者在时務報社工作時的心境。《蕭箋》謂“至匠石驚視、殊異凡材云云,豈其時已受知於羅振玉耶”,然據前後詩意,其説非是。

嘉興道中 己亥

舟入嘉興郭,清光拂客衣。朝陽承月上,遠樹與星稀。[一]歲富多新築,潮平露舊磯。如聞迎大府,河上有旌旂。[二]

【箋】 光緒二十五年己亥(1899)五月,静安自滬歸故鄉海寧,途經嘉興所作。初夏清晨,朝陽初上,江南水鄉一片繁榮的景象,使人心情欣悦,詩中也抹上一層静安少有的明快的色調。

【注釋】

[一] “舟入”四句:船駛入嘉興城外,晨光映照着客子的衣裳。朝

陽接着落月而上，遠樹上猶有稀疏的星星。

"清光"句：歐陽修《錢相中伏日池亭宴會分韻》詩："林光拂衣冷。"李端《都亭驛送郭判官之幽州幕府》詩："輕風拂客衣。"

據静安父乃譽的日記載，静安於陰曆五月十八日歸海寧。嘉興距海寧不過五十里，故當日可達。"朝陽"句是寫當時實景。

［二］"歲富"四句：豐收之後，農村多了新建的房子。潮水已平，露出舊時的磯石。好像聽説要迎接大官到來，河上飄拂着旌旗。

歲富：謂年景好。歲，指一年的農業收穫。

大府：大官。明清時稱總督、巡撫爲大府。

旌旂：指大府的儀仗。

八月十五夜月

一餐靈藥便長生，眼見山河幾變更。［一］留得當年好顔色，嫦娥底事太無情？［二］

【箋】 此詩《静安詩稿》列於《嘉興道中》之後，《趙譜》失載。佛雛《王國維詩學著述繫年》則編於光緒二十五年己亥(1899)。《蕭箋》謂"當作於庚子(1900)中秋"。據《詩稿》排列順序，當繫於己亥爲是。時爲戊戌政變一周年，正當中秋月圓之夜，光緒帝卻被囚於瀛臺，維新派人士或被殺或流亡，不得團聚，故詩人所感尤深。

【注釋】

［一］“一餐”兩句：才吃罷靈藥便求得長生，眼看着大地山河經歷了多少回變更！

靈藥：指長生藥。《淮南子·覽冥訓》：“羿請不死之藥於西王母，姮娥竊以奔月。”李商隱《嫦娥》詩：“嫦娥應悔偷靈藥，碧海青天夜夜心。”

詩謂“山河變更”，暗示變法失敗。

［二］“留得”兩句：衹爲想留得當年美好的顔容而竊藥，嫦娥爲什麽這樣無情太甚！

兩句表面一是責備嫦娥貪戀長生而奔月，實際上是不滿慈禧太后對光緒及維新人士的無情鎮壓。

紅　豆　詞（四首）

一

南國秋深可奈何，手持紅豆幾摩挲。［一］纍纍本是無情物，誰把閑愁付與他。［二］

【箋】紅豆詞四首，《趙譜》編於光緒二十五年。時静安仍在東文學社，受羅振玉的資助，解脱了經濟上的困境，安心問學。組詩四首，當爲在學時憶内之作。静安與妻莫氏，結縭於光緒二十二年冬，琴瑟静好，故詩中亦充滿了親愛之情。紅豆，别名相思子。王維《相思》詩:“紅豆生南國,秋來發幾枝。願君多采擷,此物最相思。”

【注釋】

［一］ “南國”兩句: 南方已到秋深時候,又有什麽辦法呢? 手拿着紅豆子,幾回細細摩挲。

按,紅豆樹秋天結子,故此詩云“秋深”。王維詩流行本每作“春來發幾枝”,當誤。

［二］ “纍纍”兩句: 紅豆子串串纍纍,本是無情之物,是誰人把閑愁寄託在它身上?

纍纍(léi 雷): 聯貫成串貌。梅堯臣《范景仁席中賦葡萄》詩:“朱盤何纍纍。”

無情物: 指草木。郭大同《西掖瑞柳賦》:“乾坤至誠,草木無情。”《壇經》:“令一切衆生,一切草木,有情無情,悉皆蒙潤。”

二

門外青驄郭外舟,人生無奈是離愁。［一］不辭苦向東風祝,到處人間作石尤。［二］

【注釋】

［一］ “門外”兩句: 門前繫着青驄馬,郊外泊着客船,人生最無奈的是離愁别緒。

青驄: 毛色青白相雜的駿馬。古樂府《西洲曲》:“繫馬門前樹。”周紫芝《減字木蘭花》:“門外青驄月下嘶。”

［二］ “不辭”兩句: 我寧願一再向東風祈求: 您在人間到處都變作石尤吧!

石尤：石尤風。伊世珍《琅嬛記》引《江湖紀聞》，謂有尤姓娶石氏女，情好甚篤。尤爲商遠行，妻阻之，不從。尤久不歸，石思念成疾，臨亡歎曰："吾恨不能阻其行，以至於此。今凡有商旅遠行，吾當作大風，爲天下婦人阻之。"故稱逆風、打頭風爲"石尤"。南朝宋孝武帝《丁督護歌》："願作石尤風，四面斷行旅。"

三

別浦盈盈水又波，憑欄渺渺思如何？[一]縱教踏破江南種，衹恐春來茁更多。[二]

【注釋】

［一］"別浦"兩句：在河浦上緑水盈盈輕波蕩漾，憑倚着欄干極目遠眺，生起怎樣的情懷啊！

別浦：河流入江海之處。以其有"別"字，故古代寫離情的詩每用此詞。杜甫《奉送卿二翁統節度鎮軍還江陵》詩："蕭條別浦清。"

思（sì 肆）：感情，情緒。

［二］"縱教"兩句：就算你把紅豆踩破了，在江南種下，衹怕到來年春天，會萌發出更多的相思！

縱教（jiāo 交）：即使。

四

匀圓萬顆争相似，暗數千回不厭癡。[一]留取他年銀燭下，拈來細與話相思。[二]

【注釋】

［一］“匀圓”兩句：相思子又圓又匀，千顆萬顆是那麽相似。暗自數遍千回萬回，也不煩厭自己的情癡。
兩句寫自己千百遍相思之情。

［二］“留取”兩句：等到將來的日子裏，跟她在銀燭之下，一顆一顆拈出來細細地傾訴相思之情。
納蘭性德《臨江仙》詞：“強拈紅豆酬卿。”

題梅花畫箑

夢中恐怖諸天墮，眼底塵埃百斛強。[一]苦憶羅浮山下住，萬梅花裏一胡牀。[二]

【箋】 對於年輕的静安來説，現實是一場没完没了的恐怖之夢，污濁的人世，已使他厭倦了，哪裏能尋得一片净土，寄託自己高潔的襟懷？羅浮山的梅花林，才是静安的理想境界。《趙譜》編於光緒二十五年(1899)。箑(shà 霎)：扇子。

【注釋】

［一］“夢中”兩句：夢中恐怖頓生，天空即將墜落。醒來時眼前祇見重濁的塵埃。
諸天：本佛教語，指衆天神。詩中指天界、天空。
斛(hú 槲)：十斗爲一斛。百斛，極言其重。

静安於人世生活，常有恐懼與痛苦之感。後來他在《叔本華與尼采》一文中引巴爾善曰："彼遠離希望與恐怖，而追求其純粹之思索，此彼之生活中最慰藉之頃也。"静安一生所追求者亦此，惜不可得耳。

［二］"苦憶"兩句：最令人懷想的是住在羅浮山下，萬樹梅花中放置着一張小椅，供我休息静賞。

羅浮山：在廣東博羅縣境。爲佛教四大名山之一。古代羅浮山遍植梅花。山中有梅花村。柳宗元《龍城録》載，隋開皇中，趙師雄遷謫羅浮，一日在林間見美人淡妝素服出迎，語言清麗，芳香襲人。共飲至醉，醒後唯見大梅花樹上，翠羽刺嘈，月落參横而已。詩中暗用此典。蘇軾《再用前韻》詩："羅浮山下梅花村。"

胡牀：即交椅。

題友人三十小像（二首）

一

勸君惜取鏡中姿，三十光陰隙裏馳。[一]四海一身原偶寄，千金三致豈前期。[二]論才君自輕儕輩，學道余猶半點癡。[三]差喜平生同一癖，宵深愛誦劍南詩。[四]

【箋】 作於光緒二十五年(1899)。題中的友人,當爲静安的少年同學。《蕭箋》云:"據陳守謙《祭王静安先生文》云:'予與君之訂交也,在清光緒辛卯歲,君年才十五耳……'云云,陳守謙長王氏七八歲,亦好宋詩。或其人耶?"詩中回憶舊時交誼,感慨世情變化,深刻沉着,不類青年手筆。

【注釋】

［一］ "勸君"兩句:我勸您愛惜如今鏡裏的容姿,三十年的光陰如白駒過隙般轉瞬即逝。

首句用杜秋娘《金縷曲》:"勸君惜取少年時。"

次句語本《莊子·知北遊》:"人生天地之間,若白駒之過郤(隙),忽然而已。"意謂時間如在縫隙中窺見飛馳的白馬,轉瞬即逝。

［二］ "四海"兩句:人的一生本是偶然寄居於四海之間,您能三次獲得千金,也算是數有前定了。

"四海"句:古以中國四境有海環繞,因代指天下。李頎《臨别送張諲入蜀》:"四海維一身。"《尸子》:"老萊子曰:'人生天地之間,寄也;寄者,固歸也。'"

千金三致:《史記·貨殖列傳》:"(范蠡)故善治生者,能擇人而任時。十九年之中三致千金,再分散與貧交疏昆弟。"

上句意謂人生如寄,下句寫友人善商賈致富。

［三］ "論才"兩句:説到才能,您自然看不起庸碌的同輩了;學道有得,我還是那樣癡黠各半的。

論才:韋莊《和薛先輩見寄初秋寓懷即事之作二十韻》:"鑒貌寧慚樂,論才豈謝任。"

儕(chái柴)輩:同輩,朋輩。

學道:學習道藝。《論語·陽貨》:"君子學道則愛人。"

半黠癡:謂性情中半是狡黠半是癡頑。《晉書·顧愷之傳》:"愷之在桓温府,常云:'愷之體中,癡黠各半,合而論之,正得平耳。'"癡,謂藏拙,不合流俗。詩中以東晉人物自況,可見静安之微尚。

［四］“差喜”兩句：可喜的是，我倆平生有同一癖好——喜歡在夜深時誦讀陸游的詩篇。

差喜：比較喜歡。胡仲弓《和劉後村雜興》詩：“冬深差喜病根除。”

同一癖：陸龜蒙《襲美見題郊居十首因次韻酬之以伸榮謝》：“祇有君同癖，閑來對曲肱。”

劍南詩：陸游有《劍南詩稿》。

二

幾看昆池累劫灰，俄驚滄海又樓臺。［一］早知世界由心造，無奈悲歡觸緒來。［二］翁埠潮回千頃月，超山雪盡萬株梅。［三］卜鄰莫忘他年約，同醉中山酒一杯。［四］

【注釋】

［一］“幾看”兩句：多少回看到昆明池下積起劫灰，忽然又驚見滄海變成陸地，建起樓臺。

昆池劫灰：見《詠史二十首》之九注。

次句寫滄海桑田之感。葛洪《神仙傳》：“（麻姑謂王方平曰）自接侍以來，見東海三爲桑田。向到蓬萊，水乃淺於往者略半也，豈復爲陵乎！”

［二］“早知”兩句：我早已知道世界萬象本由心生，最無奈悲歡之情還是觸緒紛來。

世界由心造：本佛教用語。《華嚴經・普賢行願品》：“應觀法界性，一切唯心造。”《楞伽經》卷一：“如來常說，諸法所生，唯心所現；一切因果，世界微塵，因心成體。”《楞伽經》謂“諸法皆幻”,“唯心現故”。意謂欲界、色界、無色界的一切皆由心造。
觸緒：觸動心緒。令狐楚《爲請朝覲表》:“心傷者觸緒成悲。”
兩句謂世界本爲虛妄,而個人感情仍難抑制。

［三］“翁埠”兩句：記得當年在翁埠觀潮,千頃洪波,溶溶月色;又在超山踏雪,同賞那萬樹寒梅。
翁埠：翁家埠。鎮名。在海寧城西南三十里。爲觀錢塘江潮的勝處。
超山：在海寧城西南六十里。超然獨特,故名。山多梅樹,有宋梅尤爲著名。
兩句回憶與友人交往的情景。

［四］“卜鄰”兩句：不要忘記我們曾約定：他日願爲鄰居,到那時同醉一杯中山酒吧!
卜鄰：選擇鄰居。向人表示願結爲鄰。杜甫《奉贈韋左丞丈二十二韻》:“李邕求識面,王翰願卜鄰。”徐鉉《稽神録·陸洎》:“惟君與我有緣,他日必當卜鄰。”
忘(wàng 望)：讀去聲。
中山酒：相傳産於中山的一種酒,飲之可醉千日。干寶《搜神記》卷十九:“狄希,中山人也。能造千日酒,飲之千日醉。”鮑溶《范真傳侍御累有寄因奉酬》詩之五:“聞道中山酒,一杯千日醒。”

校:“愛讀”,《静庵詩稿》作“愛誦”。“翁埠”作“翁步”。

雜　感

側身天地苦拘攣,姑射神人未可攀。[一]雲若無

心常淡淡，川如不競豈潺潺。[二]馳懷敷水條山裏，託意開元武德間。[三]終古詩人太無賴，苦求樂土向塵寰。[四]

【箋】 此詩是静安少時的主要作品，可窺見作者的志尚。詩人苦於紛紜塵務的拘束，常欲高蹈出世，騁懷於山水之間，過着隱者的生活。可惜他没有遇到武德、開元的太平時代，那就衹能躲進自己營造的"樂土"中，以讀書研究爲終生的精神寄託。錢鍾書《談藝録》謂静安詩"佳期者可入《飲冰室詩話》，而理窟過之"。並引録此詩云："此非柏拉圖之理想，而參以浪漫主義之企羡乎。"此詩作於光緒二十五年(1899)。

【注釋】

［一］ "側身"兩句：我置身於天地之間，苦於受到拘束，而姑射神人的高境卻無法追攀。

側身：廁身、置身。杜甫《將赴成都草堂途中有作先寄嚴鄭公》詩之五："側身天地更懷古，回首風塵甘息機。"

拘攣：拘束。揚雄《太玄賦》："蕩然肆志，不拘攣兮。"

姑射神人：《莊子·逍遥遊》："藐姑射之山，有神人居焉，肌膚若冰雪，淖約若處子。"後因以泛指仙人。詩中當以喻高潔美好的理想。

［二］ "雲若"兩句：白雲是那樣去住無心，總是悠閑淡静；流水如果真的不争競的話，它就不會終日潺潺。

上句出陶潛《歸去來辭》："雲無心以出岫。"下句用杜甫《江亭》詩："水流心不競，雲在意俱遲。"詩人淡然物外，無心争競。

［三］ "馳懷"兩句：我的情懷馳騁於敷水、條山之内，我的心意寄託在武德、開元之間。

敷水：水名。在陜西華陰縣西，出敷谷，流入渭水。

條山：中條山的省稱。在山西西南部。敷水、條山，均古代隱者棲居之地。詩語本陸游《睡起已亭午終日涼甚有賦》詩："頗聞王旅徂征近，敷水條山興已狂。"錢鍾書謂静安"'敷水條山'四字，亦疑節取放翁《東籬》詩：'每因清夢遊敷水，自覺前身隱華山。'以平仄故，易'華山'爲'條山'"（見《談藝録》二六、352頁）。非是。

開元武德：開元，唐玄宗李隆基年號（713—741）。武德，高祖李淵年號（618—626）。武德先於開元，本詩因格律而倒置之。杜甫《有歎》詩："武德開元際，蒼生豈重攀。"武德、開元爲唐朝國力鼎盛之時，故静安亦心嚮往之。

兩句雖本陸游《出遊歸鞍上口占》詩："寄懷楚水吴山裏，得意唐詩晉帖間。"然用意更爲深刻。

［四］ "終古"兩句：自古以來的詩人都的確是無可奈何的，他們苦苦地在塵世中尋求不可得的樂土。

終古：自古以來，往昔。

無賴：無奈。

樂土：安樂之地。《詩・魏風・碩鼠》："逝將去汝，適彼樂土。"

書古書中故紙 癸卯

昨夜書中得故紙，今朝隨意寫新詩。長捐篋

底終無恙,比入懷中便足奇。[一]黯淡誰能知汝恨,沾塗亦自笑余癡。書成付與爐中火,了卻人間是與非。[二]

【箋】 光緒二十九年癸卯(1903),春,静安應張謇之邀,至南通通州師範學校任教,生活稍爲平静。以後幾年間,是詩人創作力量旺盛的時候,寫下了大量詩詞,在藝術上亦日趨成熟,"今朝隨意寫新詩",可見其得意之情。

【注釋】

[一] "昨夜"四句:昨夜在古書中偶然覓得一張舊紙,今朝便用來隨意寫上新詩。它長期丟棄在篋底一直無事,及至藏進我懷中便可稱奇了。

捐:丟棄。捐篋底,意謂捐棄在箱篋裏。謝枋得《扇》詩:"紈素未應捐篋中。"

比:及。

"長捐"兩句,意在言外。紙在篋中,始終是一張白紙,當寫上詩句時,便承載了詩人的思想感情。静安一直鬱鬱失意,如今得到一個教職,自然心中快慰。

[二] "黯淡"四句:黯淡無光,有誰能知道你的幽恨?東塗西抹,我也笑自己實在癡迷。寫成詩後放到爐火中一燒了事——連同人間的是是非非。

"黯淡"句:一語相關。既指紙質,亦寫心境。詩人大概想跟過去的日子來個了斷吧,他並没有把寫成的新詩放入懷中珍藏,反而一把火把它燒掉。

沾塗:沾濕塗抹。蘇軾《讀仲閔詩卷因成長句》詩:"沾塗手足經年種,薦載珠璣一倍收。"指寫字。

末句意前人常見。朱熹《鷓鴣天》詞:"管甚人間閑是非。"憨山《勸世文》:"了卻人間閑是非。"

《蕭箋》云:"東坡詩:'偶見一張閑故紙,便疑身是永禪師。'古今詩人所感略同。"繆鉞《詩詞散論》亦特録此詩,認爲是静安悲觀主義的代表作,並云:"詩中藉故紙以喻人生,'書成付與爐中火,了卻人間是與非'。隱含毁滅此生無復顧惜之意。"

端　居(三首)

一

端居多暇日,自與塵世疏。[一]處處得幽賞,時時讀異書。高吟驚户牖,清談霏瓊琚。[二]有時作兒戲,距躍繞庭除。角力不恥北,説隱自忘愚。[三]雖慚雲中鶴,終勝轅下駒。如此胡不樂,問君意何如?[四]

【箋】 組詩三首,作於光緒二十九年(1903)夏初。幾年來塵勞鞅掌的静安,得到了一個小息的機會,讀書寫作,自得其樂。他在《自序》中説,是年春,始讀翻爾彭(Fairbanks)之社會學、及文(Jevons)之名學、海甫定(Hoffding)之心理學,又讀巴爾善(Panlsen)之《哲學概論》、文特爾彭(Windelband)之《哲學史》。讀書之餘,或戲玩自娱,或遊賞共樂。詩中表現了他的欣悦的心情,風格頗近陶、謝諸作。

【注釋】

［一］“端居”兩句：平常生活頗多閑暇的日子，自然與擾攘的塵世疏遠了。

端居：平常居處。許善心《奉和賜詩》：“正始振皇風，端居留眷想。”

多暇日：謝莊《月賦》：“陳王初喪應、劉，端憂多暇。”張華《勵志詩九首》之四：“出般于遊，居多暇日。”

“自與”句：韋應物《寄黄劉二尊師》：“中有無爲樂，自然與世疏。”

兩句爲組詩之緣起。

［二］“處處”四句：處處可得到幽雅的賞玩，時時可讀到新異的好書。有時高聲吟詠，聲震門户，有時良友清談，傾珠吐玉。

幽賞：指清雅的遊賞。李白《春夜宴從弟桃花園序》：“幽賞未已，高談轉清。”

異書：《後漢書・王充傳》：“著《論衡》八十五篇。”李賢注引晉袁山松《後漢書》中有“不見異人，當得異書”之語。詩中指西方文史哲著作。

高吟：古樂府《傷歌行》：“竚立吐高吟。”

户牖：門窗。陳與義《浴室觀雨以催詩走群龍爲韻得走字》詩：“壯觀驚户牖。”

霏瓊琚：形容談話如玉屑般霏霏而出。《晉書・胡毋輔之傳》：“彦國吐佳言如鋸木屑，霏霏不絶。”

［三］“有時”四句：有時還學兒童遊戲，歡欣跳躍繞着庭院；互相較量力氣也不怕輸。我喜歡這隱居生活，忘掉自己的可笑。

距躍：跳躍。《左傳・僖公二十八年》：“距躍三百。”向上跳爲距，向前跳爲躍。

北：敗北，輸。

説（yuè 悦）隱：喜愛隱居。

［四］“雖慚”四句：雖然慚愧不如雲中之鶴，但總勝於轅下之駒。

像這樣啊爲什麽不快樂,問一問您意欲如何?

雲中鶴:比喻志趣高遠的人。《南史·劉訏傳》引劉孝標書:"(劉)歊矯矯出塵,如雲中白鶴。"

轅下駒:車轅下不慣駕車的幼馬。比喻局促小器的人。《史記·魏其武安侯列傳》:"今日廷論,局趣效轅下駒。"局趣(cù促),拘束。

"問君"句:杜甫《天末懷李白》:"涼風起天末,君子意如何?"

二

陽春煦萬物,嘉樹自敷榮。枳棘茁其旁,既鋤還復生。[一]我生三十載,役役苦不平。如何萬物長,自作犧與牲。[二]安得吾喪我,表裏洞澄瑩。纖雲歸大壑,皓月行太清。[三]不然蒼蒼者,褫我聰與明。冥然逐嗜欲,如蛾赴寒檠。[四]何爲方寸地,矛戟森縱横?聞道既未得,逐物又未能。[五]衮衮百年内,持此欲何成?[六]

【注釋】

[一] "陽春"四句:温暖的春天養育着萬物,好樹也自開出花朵。枳棘等惡木冒出在它旁邊,鋤掉之後又再長出來。

阳春:《古樂府·長歌行》:"陽春布德澤,萬物生光輝。"

煦(xù緒):温暖。化育。裴度《諸葛武侯祠堂碑銘》:"煦物如春,化人如神。"

敷榮:開花。嵇康《琴賦》:"迫而察之,若衆葩敷榮曜春風。"

"枳棘"兩句:令狐楚《奏教當道兵馬狀》:"枳棘萌生,須鋤其本。"

［二］ "我生"四句：我生下來三十年，終日辛勞，真苦於世事不平。爲何作爲萬物之長的人類，自己卻成了犧牲品？
役役：勞苦不息貌。《莊子·齊物論》："終身役役，而不見其成功。"
萬物長：指人類。《書·泰誓上》："惟人萬物之靈。"《太平經》卷四五："人乃天地之子，萬物之長也。"
犧：祭祀用的純色牲畜。
牲：祭祀用的一般家畜。《書·微子》："今殷民乃攘竊神祇之犧、牷、牲。"

［三］ "安得"四句：怎能做到我摒棄了自己，使外表和內在都清澈明朗，像微雲歸於大谷，明月行於太空。
吾喪我：《莊子·齊物論》："今者，吾喪我。"郭象注："吾喪我，我自忘矣。我自忘矣，天下有何物足識哉。故都忘外內，然後超然俱得。"
"表裏"句：蘇軾《密州通判廳題名記》："君既故人，而簡易疏達，表裏洞然。"
澄瑩：澄澈晶瑩。崔膺《金鏡賦》："磨洗既畢，澄瑩秋日。"
"纖雲"句：張元幹《次韻錢申伯遊東山既歸述懷之章》："百年有盡雲歸壑。"
太清：指天空。劉向《遠遊》："載赤霄而淩太清。"
四句全用莊子意。寫出詩人澄明的襟抱。張孝祥《水調歌頭》："素月分輝，明河共影，表裏俱澄澈。"與此同意。然詩中似亦有叔本華的"自失"（一譯"自我喪失"）的意味，"即是說人們忘記了他的個體，忘記了他的意志"（《作爲意志和表像的世界》第三篇三十四章）。

［四］ "不然"四句：若不然，老天爺奪去我的耳聰和目明，使我昏昏然追逐着嗜欲，像飛蛾般撲向寒夜的燈光。
蒼蒼：指天。《莊子·逍遥遊》："天之蒼蒼，其正色邪？"
褫（shǐ恥）：奪去。

嗜欲：嗜好與欲望。指感官享受之欲。静安《叔本華之哲學及其教育學説》謂人之本質"有一特質焉，曰生活之欲"。

"如蛾"句：支曇諦《赴火蛾賦》："愚人貧身，如蛾投火。"

［五］"何爲"四句：爲什麽在方寸之心中，總是戈戟森嚴縱横交錯。想要領會道理又未有所得，光去追求外物又未能做到。

方寸地：指心。《列子·仲尼》："嘻，吾見子之心矣，方寸之地虚矣。"

聞道：領略道理。《論語·里仁》："朝聞道，夕死可矣。"

逐物：追求外物。《莊子·天下》："惜乎惠施之才，駘蕩而不得，逐萬物而不反。"

四句寫精神的痛苦與矛盾。《史記·禮書》："自子夏，門人之高弟也，猶云'出見紛華盛麗而説，入聞夫子之道而樂，二者心戰，未能自決。'"爲静安詩語所從出。

［六］"衮衮"兩句：在流水般的百年人生中，持着這樣的態度，又能想有什麽成就呢？衮衮：大水奔流貌。形容歲月流逝。韓嘐《高陽臺·除夜》詞："年華衮衮驚心。"

兩句本晉陶淵明《飲酒二十首》之三："鼎鼎百年内，持此欲何成。""鼎鼎"改作"衮衮"，一詞之易，用意大别。

三

孟夏天氣柔，草木日夕長。[一]遠山入吾廬，顧影自駘蕩。晴川帶芳甸，十里平如掌。[二]時與二三子，披草越林莽。清曠淡人慮，幽蒨遺世網。[三]歸來倚小閣，坐待新月上。漁火散微星，暮鐘發疏響。[四]高談達夜分，往往入遐想。詠此聊自娱，亦以示吾黨。[五]

【注釋】

［一］“孟夏”兩句：初夏時天氣清和，草木日夜都在生長。

孟夏：初夏。陶淵明《讀山海經》：“孟夏草木長，繞屋樹扶疏。”

［二］“遠山”四句：遠山映入我的小屋中，顧望山影自感到心情舒暢。晴天下的江水繞着芬芳的原野，一望十里，平坦如伸開的手掌。

“遠山”句：王冕《水竹居》詩：“遠山入屋情無限。”

駘（dài 殆）蕩：怡悦。阮籍《詠懷詩》之六十八：“遥顧望天津，駘蕩樂我心。”

晴川：張九齡《奉和吏部崔尚書雨後大明朝堂望南山》詩：“林花鋪近甸，煙靄繞晴川。”

芳甸：花草豐茂的原野。張若虚《春江花月夜》詩：“江流宛轉繞芳甸。”

平如掌：王僧孺《登高臺》詩：“九路平如掌，千門洞已開。”

［三］“時與”四句：不時跟兩三位朋友出遊，撥開荒草，越過樹叢。清朗開闊的自然環境令人俗慮全消，在幽静豐茂的樹林中擺脱塵世的束縛。

二三子：猶言諸君。幾個人。《論語・述而》：“吾無行而不與二三子者。”

披草：陶淵明《歸園田居》詩：“時復墟曲中，披草共來往。”

林莽：叢生的草木。宋玉《風賦》：“足石伐木，梢殺林莽。”

淡人慮：韋應物《東郊》詩：“青山澹吾慮。”

幽蒨（qiàn 倩）：幽静、茂密。袁中道《東遊日記》：“覺此地深林邃石，幽蒨不可測度。”

世網：比喻人世上禮法、習俗等對人的束縛。陸機《赴洛道中作》詩：“借問子何之，世網嬰我身。”

［四］“歸來”四句：回來後閑憑在小閣上，等待新月升起。江上點點漁火像微星散墜，黄昏时寺院傳來疏疏落落的鐘聲。

“漁火”句：韓愈《陪杜侍御遊湘西兩寺獨宿有題一首因獻楊侍御》詩：“山樓夜無月，漁火璨星點。”

“暮鐘”句：劉克莊《宿莊家》詩：“疏鐘逾澗響，微月轉林斜。”

［五］“高談”四句：餘興未息，大家高談闊淪直到深夜，所談的内容往往能引發人悠遠的想像。我寫成這詩聊以自娱，也用來出示給我的朋友們看看。

“高談”句：徐渭《懷帥惟審郎中戴公司成》詩：“高談常夜分，哀歌忽雷潰。”夜分，夜半。

遐想：高遠之想像。袁宏《三國名臣序贊》：“孔明盤桓，俟時而動。遐想管樂，遠明風流。”

“詠此”句：孫楚《榮啟期贊》：“撫琴自娱，詠此三樂。”

吾黨：我輩。《論語・公冶長》：“子在陳，曰：‘歸與，歸與，吾黨之小子狂簡。’”韓愈《山石》詩：“嗟哉吾黨二三子，安得至老不更歸。”

嘲　杜　鵑（二首）

一

去國千年萬事非，蜀山回首夢依稀。[一]自家慣作他鄉客，猶自朝朝勸客歸。[二]

【箋】兩首也是憶内之作。詩人聽到杜鵑鳥的悲啼，引起許多感觸。結婚七年，離多會少，通州距故鄉不過二百餘里，也不能時時歸去。題爲嘲杜鵑，實亦有自嘲之意。作於光緒二十九年(1903)春。陳聲聰《兼于閣詩話》卷三謂此詩"清虚綿邈，然其構思造語，仍近於詞"。

【注釋】

［一］ "去國"兩句：杜鵑啊，你離開故國千年，世上萬事皆非。回望蜀地山川，祇餘得依稀殘夢。

首句暗用遼東鶴之典。陶潛《搜神後記》卷一載，遼東人丁令威離家學道，後化鶴歸遼，有"去家千年今始歸，城郭如故人民非"之語。

"蜀山"句：傳説杜鵑鳥爲蜀王杜宇所化。《成都記》載，杜宇稱望帝，好稼穡。死後，其魂化爲鳥，名曰杜鵑。

［二］ "自家"兩句：你自己也慣作他鄉之客，爲什麽還要朝朝苦勸行客歸去呢？

勸客歸：《蜀王本紀》載，杜宇禪位出逃，"時此鳥適鳴，故蜀人以杜鵑鳴爲悲望帝，其鳴爲'不如歸去'云"。又，陶岳《零陵記》："杜鵑，其音云'不如歸去'。"梅堯臣《杜鵑》詩："蜀帝何年魄，千春化杜鵑。'不如歸去'語，亦自古來傳。"

二

干卿何事苦依依，塵世由來愛別離。[一]歲歲天涯啼血盡，不知催得幾人歸？[二]

【注釋】

［一］ "干卿"兩句：人世間自古以來都不免有別離的，這關你什麽事要苦苦悲啼呢？

"干卿"句：馬令《南唐書》卷二十一："元宗嘗戲延巳曰：'吹縐一池春水，干卿何事？'"干，關涉。卿，你。此指杜鵑。

愛別離：謂與親愛者別離。《大涅盤經》卷十二："八相爲苦：所謂生苦，老苦，病苦，死苦，愛別離苦，怨憎會苦，求不得苦，五陰盛苦。"

［二］"歲歲"兩句：你年年在天涯啼喚到血淚已盡，不知能夠催得幾多人歸去？

啼血：指杜鵑哀鳴出血。杜鵑鳥在春天杜鵑花開時即鳴。其喙又紅色，故古人謂其"夜啼達旦，血漬草木"。唐顧況《子規》詩："杜宇冤亡積有時，年年啼血動人悲。"

五月十五夜坐雨賦此

積雨兼旬煙滿湖，先生小疾未全蘇。[一]水聲粗悍如驕將，天色淒涼似病夫。[二]江上癡雲猶易散，胸中妄念苦難除。[三]何當直上千峰頂，看取金波湧太虛。[四]

【箋】 静安自幼體弱多病，他心中總是充滿着人們難以理解的不安和痛苦。光緒二十八年(1902)春，得日人藤田豐八介紹，到東京留學，才四五月即患病歸國。他在《自序》中說："體素羸弱，性復憂鬱，人生之問題，日往復於胸臆，自是始決計從事於哲學的研究。"秋天，他在致父王乃譽書中又謂近身體瘦弱，爲係慢病，已非醫治所能驟愈。詩人一直在疾病的陰影中生活，本詩正表現了他此時的心境。在藝術手法上，還是有摹擬陸游的痕跡。作於光緒二十九年(1903)。

【注釋】

［一］ “積雨”兩句：連綿二十多天的苦雨初收。荒煙籠罩着湖水，先生的小病還未完全康復。

積雨：久雨。王維《積雨輞川莊作》：“積雨空林煙火遲。”

兼旬：二十天。陳宓《次安溪趙簿雲津閣韻》：“兼旬積雨截晴虹。”

蘇：蘇息，恢復。

［二］ “水聲”兩句：雨後的流水聲像驕横的將軍那般粗厲壯猛。而陰沉的天色卻像衰病的人那樣黯淡淒涼。

兩句以猛將、病夫設喻。李洞《宿雩郊贈羅處士》詩：“南山落石水聲粗。”鄭燮《念奴嬌・石頭城》詞：“山色蒼涼，江流悍急。”亦以“蒼涼”、“粗”、“悍”形容山水。錢鍾書《談藝録》批評其句式“尤類朱竹垞《書劍南集後》所指摘者”。按，朱氏謂陸詩“句法稠疊，讀之終卷，令人生憎”。《蕭箋》則謂二語“天象與人情交錯爲文”。

［三］ “江上”兩句：江面上凝滯的陰雲也還易散，而人胸中的種種妄念卻難以消除。

癡雲：停滯不動的雲。李商隱《房中曲》：“嬌郎癡若雲。”陸游《芒種後經旬不雨偶得長句》詩：“癡雲不散猶遮客，野水無聲自入池。”

妄念：佛教語。虚妄的心念。釋智顗《修習止觀坐禪法要》詩：“若心不取，則妄念心息。”陸游《禹跡寺南有沈氏小園四十年前嘗題小闋壁間》詩：“年來妄念消除盡，回向禪龕一炷香。”

［四］ “何當”兩句：何時能直上千峰之頂，看那一輪明月從碧天中

湧出！

“何當”句：何當，何時。仇遠《與楊志行郭斗南馬德潤屠存博呂公弼曾義慶遊》詩：“緩行萬松間，直上千峰頭。”

金波：謂月光。借指月亮。白居易《對琴待月》詩：“玉軫臨風久，金波出霧遲。”

太虛：空寂之境。指天空。《文選·孫綽〈遊天台賦〉》：“太虛遼廓而無閡。”李善注：“太虛，谓天也。”

《蕭箋》云：“寫此詩時值風華正茂，浮想聯翩。‘何當直上千峰頂，看取金波湧太虛’，何嘗不可視作嚮往人生最高之理想境界耶？”

遊通州湖心亭

扁舟出西郭，言訪湖中寺。野鳥困樊籠，奮然思展翅。[一]入門緣亭坳，塵勞始一憩。方悉亭午熱，清風颯然至。[二]新荷三兩翻，葭菼去無際。湖光檻底明，山色樽前墜。[三]人生苦局促，俯仰多悲悸。[四]山川非吾故，紛然獨相媚。嗟爾不能言，安得同把臂。[五]

【箋】 詩人常感到自己像一隻困在籠中的鳥兒，無法展翅高飛。在詩歌中一再歎息“我身局斗室”（《雜詩》）、“側身天地苦拘攣”（《雜感》),他厭倦了役役的世網,每思徜徉於山水之間,以滌盡塵勞,尋回真我。通州故多佳景,但静安真的能夠捐去萬事,與山川景物融爲一體嗎?詩中抒發了對人生的深沉感喟。理想與現實不可調和的矛盾,使詩人總是陷於無法擺脱的痛苦中。作於光緒二十九年(1903)初夏。

【注釋】

[一] "扁舟"四句:駕一葉扁舟出到西郊,尋訪那湖中的古寺。好比野鳥久困在籠子裏,想要奮發展翅高飛。

言:句首語詞,無義。任希古《和左僕射燕公春日端居述懷》詩:"思掛五都冕,言訪北山巾。"

樊籠:關鳥獸的籠子。喻不自由之境地。陶淵明《歸園田居》之一:"久在樊籠裏,復得返自然。"潘岳《秋興賦序》:"譬猶池魚籠鳥,有江湖山藪之思。"

[二] "入門"四句:入寺門後沿着亭邊漫步,塵世的勞碌到這時才稍得歇息。正愁中午時的暑熱,清風忽又颯颯吹來。

塵勞:此指世俗事務的勞累。蕭統《同泰僧正講》詩:"何因動飛轡,暫使塵勞輕。"參見《塵勞》詩注。

亭午:正午。

"清風"句:白居易《偶作》二首之一:"清風颯然至,臥可致羲皇。"

[三] "新荷"四句:三兩枝新荷在風前翻動,岸邊的蘆葦一望無際。欄干下湖光更覺鮮明,遠處的山色仿佛移來座上。

葭菼(jiātǎn 加坦):蘆與荻。兩種水生植物。

樽:酒杯。王安石《思王逢原》詩"廬山南墮當書案"意境相近。

[四] "人生"兩句:人生總是苦於局促難伸,俯仰之間每多悲傷和恐懼。

上句語出《北史·夏侯夬傳》:"人生局促,何殊朝露。"局促,有匆促、短促意，亦有受束縛而不得舒展之意。杜甫《送樊侍御赴漢中判官》詩：“徘徊悲生離，局促老一世。”

俯仰：低頭抬頭，形容時間短暫。王羲之《蘭亭敘》：“俯仰之間，已爲陳跡。”

悲悸：悲傷與驚恐。《宋書・彭城王義康傳》：“塵觸靈威，伏紙悲悸。”

兩句是全詩的主旨。静安一生情緒，可用此二語概括。

［五］“山川”四句：山川雖不是我的故交，但還是紛紛向我作出美好的姿態。啊，可惜你們不能説話，怎樣才能結爲親密的朋友？

媚（mèi 昧）：愛，取悦。閻爾梅《贈張先誠》詩：“山川不媚人，光華使人媚。”異曲同工。

把臂：握持手臂。表示親密。錢起《過沈氏山居》詩：“貧交喜相見，把臂歡不足。”

六月二十七日宿硤石

新秋一夜蚊如市，唤起勞人使自思。［一］試問何鄉堪著我？欲求大道況多歧。［二］人生過處惟存悔，知識增時衹益疑。［三］欲語此懷誰與共，鼾聲四起斗離離。［四］

【箋】 南通師範學校在光緒二十九年（1903）四月初一正式開學。

此詩作於六月二十七日,即陽曆 8 月 19 日,爲學校暑假期間,静安時正返海寧度假。在船中飛蚊紛擾,一夜無寐,思緒萬千。天下之大,何處是安身立命之所?回顧 27 年走過的人生道路,心中充滿了懷疑和追悔。但又有誰人能理解自己呢?硤石,海寧鎮名,距静安舊居所在的鹽官鎮約 50 里。

【注釋】

[一] "新秋"兩句:新秋時分,一夜中飛蚊喧鬧有如墟市,唤起這勞悴的人,叫自己細細思量。

蚊如市:《埤雅·釋蟲》:"俗云,蚊有昏市。蓋蠅成市於朝,蚊成市於暮。"

勞人:憂傷之人。《詩·小雅·巷伯》:"視彼驕人,矜此勞人。"亦謂勞苦之人。本詩中當兼有兩意。

[二] "試問"兩句:試問哪一處地方能容得下我?想要尋求大道,卻衹見有許多歧途。

著:安放,放置。

多歧:語本《列子·説符》:"楊子之鄰人亡羊,既率其黨,又請楊子之豎追之。楊子曰:'嘻!亡一羊何追者之衆?'鄰人曰:'多歧路。'……心都子曰:'大道以多歧亡羊,學者以多方喪生。'"

静安常感到天地之大,無所容身。找不到合意的工作,不被人們所瞭解,精神上難尋出路。

[三] "人生"兩句:人生中,每當事過後總是留下追悔;知識不斷增加,也衹會增多心中的疑惑。

兩句是静安見道之語。道盡古今學人心事。錢鍾書《談藝録》云:"此皆西洋哲學常語;林之奇《拙齋紀聞》曰:'疑字悔字,皆進學門户。'用意無此曲折。"

《趙譜》云:"殆從叔本華知識論中得來,非尋常座右銘可比也。"

[四] "欲語"兩句:可是,我想把這看法説出來,又有誰能理解呢。

已是夜深了,滿天星斗燦爛,船上鼾聲四起。

斗:斗宿。此泛指衆星。

離離:明亮貌。衛恒《書勢》:“星離離以舒光。”陸游《露坐》詩:“斷魂漠漠斗離離。”

兩句以他人之酣睡反襯自己的清醒。

秋 夜 即 事

蕭然飯罷步魚磯,東寺疏鐘度夕霏。[一]一百八聲親數徹,不知清露濕人衣。[二]

【箋】 小詩是那樣的明浄,不染纖塵。表現了一位哲人澄澈的内心世界。作於光緒二十九年(1903)秋。

【注釋】

[一] “蕭然”兩句:晚飯後悠閑地漫步在魚磯上,東寺的疏鐘透過黄昏的霧靄傳來。

蕭然:蕭灑、閑適。葛洪《抱朴子·刺驕》:“高蹈獨往,蕭然自得。”

魚磯:釣魚者所坐的磯石。

夕霏:夕靄,夜霧。李群玉《湖閣》詩:“夕霏生水寺。”

[二] “一百”兩句:一百八聲鐘我親自一一數過,站久了,不知不覺清露沾濕了我的衣裳。

一百八聲：佛教認爲人生有 108 種煩惱，爲除煩惱，故寺鐘叩一百八下。又，褚人穫《堅瓠辛集》："天下晨昏鐘聲之數叩一百八聲者，一歲之義也。蓋年有十二月，有二十四氣，又有七十二候，正得其數。"

"清露"句：王粲《從軍行》："草露霑我衣。"

偶成二首

一

我身即我敵，外物非所虞。人生免繈褓，役物固有餘。[一]網罟一朝作，魚鳥失寧居。矯矯驊與騮，垂耳服我車。[二]玉女粲然笑，照我讀奇書。嗟汝矜智巧，坐此還自屠。[三]一日戰百慮，茲事與生俱。膏明蘭自燒，古語良非虛。[四]

【箋】 静安爲解決人生之間題，從事哲學研究，受叔本華影響甚深。二詩可看作是叔本華非理性主義倫理觀的詮釋。人能役使萬物，而無法擺脱自己，個體在欲望和痛苦中掙扎，衹有棄世絶欲，達到涅槃境界，才是最高理想。這是研究静安青年時代思想的重要作品。作於光緒二十九年(1903)秋。

【注釋】

［一］ “我身”四句：我的自身就是我的敵人，外界事物不是我所顧慮的。當人生脱離繈褓之後，就有足夠的能力去役使萬物了。

外物：外在的事物。《莊子・外物》：“外物不可必。”

“人生”句：《列子・天瑞》：“人生有不見明，不免繈褓者。”

役物：謂役使外物爲我所用。《荀子・修身》：“内省而外物輕矣。傳曰：‘君子役物，小人役於物。’此之謂矣。”

首句爲全詩之旨。以己身爲己敵，中西古哲每有此深慨。《老子》所謂“大患若身”、“自勝”，孔子所謂“克己”，叔本華所謂“喪失自我”，皆此意。

［二］ “網罟”四句：人們一朝製成了網罟，游魚和飛鳥就失去了安全；那高大強健的駿馬，也垂首貼耳爲我拉車子。

網罟（gǔ 古）：《易・繫辭下》：“作結繩而爲罔罟，以佃以漁。”此泛稱各種羅網。

垂耳：陳琳《與世子書》：“騄驥垂耳於坰牧。”

服（fù 負）車：駕車。賈誼《弔屈原賦》：“驥垂兩耳，服鹽車兮。”

四句點“役物”。

［三］ “玉女”四句：月亮彷彿像粲然而笑的仙女，照着我誦讀奇書。唉，你總是這樣恃着自己的聰明才智，一定會因此而毀掉自己！

玉女：仙女。《神異經・東荒經》：“［東王公］恒與一玉女投壺。”

粲然：笑貌。郭璞《遊仙詩》之二：“靈妃顧我笑，粲然啟玉齒。”黄庭堅《秘書省冬夜宿直寄懷李德素》詩：“姮娥攜青女，一笑粲萬瓦。”

奇書：詩中當指西哲的著作。陸游《雨夜》詩：“歸當讀奇書。”

矜：自恃、自誇。智巧，機謀巧詐。《韓非子・揚權》：“聖人之道,去智與巧。智巧不去,難以爲常。"

坐:因。

自屠:自毁、自殺。《吴越春秋》卷十:國人作離别之詞曰:"道祐有德兮,吴卒自屠。"陳師道《嗟哉行》:"韓子作志還自屠。"

[四] "一日"四句:一日要思考許許多多的問題,這事是與生俱來的。古時所説"蘭膏自煎",的確不是句虚話。

百慮:《易·繫辭》:"天下同歸而殊途,一致而百慮。"

"膏明"句:《莊子·人間世》:"山木自寇也,膏火自煎也。"成玄英疏:"膏能照明,以充燈炬,爲其有用,故被煎燒。豈獨膏木,在人亦焉。"蕭子顯《美女篇》:"餘光幸未息,蘭膏空自煎。蘭膏,以蘭草所浸的膏油。"《楚辭。招魂》:"蘭膏明燭。"五臣注:"以蘭漬膏,取其香也。"此可作"我身即我敵"的詮釋。

二

蠕蠕繭中蛹,自縛還自鑽。解鈴虎頷下,衹待繫者還。[一]大患固在我,他求寧非謾。[二]所以古達人,獨求心所安。翩然鴻鵠舉,山水恣汗漫。[三]奇花散磵谷,喈喈鳴鵷鸞。悠然七尺外,獨得我所觀。[四]至人更卓絶,古井浩無瀾。中夜搏嗜欲,甲裳朱且殷。[五]凱歌唱明發,筋力亦云單。蟬蜕人間世,兀然入泥洹。[六]此語聞自昔,踐之良獨難。厥途果奚從,吾欲問瞿曇。[七]

【注釋】

[一] "蠕蠕"四句:那在繭中蠕蠕而動的蟲蛹,它作繭自縛卻又自

己鑽出。在老虎的頷下解鈴,還須等繫鈴的人回來。

蝡蝡:同"蠕蠕"。昆蟲爬動的樣子。馬融《廣威頌》:"蝡蝡蟫蟫。"

自縛:《景德傳燈録》卷二九:"聲聞執法坐禪,如蠶吐絲自縛。"

解鈴:釋惠洪《林間集》卷下載,法眼問大衆曰:"虎項下金鈴,何人解得?"無人能對。泰欽禪師至,曰:"繫者解得。"

兩句皆用佛典。静安時探討哲學,思想上激烈矛盾衝突,無法自解,故有此喻。

[二] "大患"兩句:我知道,大禍患的産生全在於自己,從外界尋求解決辦法,豈不是句誑語?

大患:《老子》第十三章:"吾所以有大患者,爲吾有身。及吾無身,吾有何患!"人,作爲生命個體存在,即不免有大禍患。静安在《紅樓夢評論》開頭即引用《老子》此語及《莊子》"大塊載我以形,勞我以生",説明人類的憂患是與生俱來的。

謾(mán 蠻):謊言。

二語闡發上章"我身即我敵"之意。

[三] "所以"四句:所以古時的通達事理的人,衹是求自己心之所安。如鴻鵠般翩然高舉,在山水之間縱意遨遊。

達人:達理之人。《左傳·昭公七年》:"聖人有明德者,若不當世,其後必有達人。"孔穎達疏:"謂知能通達之人。"本詩中當指莊子。

心所安:《莊子·秋水》郭象注:"雖心所安,亦不使犯之。"成玄英疏:"惟心所安,則傷不能傷也。"

鴻鵠舉:《史記·留侯世家》:"鴻鵠高飛,一舉千里。羽翮已就,横絶四海。"

汗漫(mán 蠻):漫遊,遠遊。《淮南子·俶真訓》:"徙倚於汗漫之宇。"陳陶《謫仙吟贈趙道士》詩:"汗漫東遊黄鶴雛。"

[四] "奇花"四句:奇異的花卉散開在山谷中,高貴的鸞鳳在美妙

地鳴叫。我在這七尺身軀之外,能獨自悠然地觀賞。

磵(jiàn 澗)谷:兩山之間的谷道。蘇軾《臨江仙》詞:"幽花香澗谷。"

喈喈(jiē 皆):象聲詞。形容禽鳥的鳴聲。《詩·大雅·烝民》:"八鸞喈喈。"

鵷(yuān 淵)鸞:鸞鳳。

[五] "至人"四句:至人更是超凡脱俗,他的心如古井般深静無波。中夜時跟自己的嗜欲相搏鬥,仿佛鮮血染滿了戰袍。

至人:道家指修養極高,以達無我之境的人。《莊子·天下》:"不離於真,謂之至人。"

"古井"句:孟郊《列女操》:"波瀾誓不起,妾心古井水。"白居易《贈元稹》詩:"無波古井水。"

嗜欲:特别深的偏好。《莊子·大宗師》:"其耆欲深者,其天機淺。"

甲裳:皮革製的戰裳。《左傳·宣公十二年》:"趙旃棄車而走林,屈蕩搏之,得其甲裳。"

殷:紅色。此指血色。

四句寫"至人"以己爲敵。

[六] "凱歌"四句:當清晨唱起凱歌時,他已是筋疲力盡了。便像蟬蜕般離開人間,沉沉地進入涅槃的境界。

明發:清晨、黎明。《詩·小雅·小宛》:"明發不寐。"朱熹集傳:"謂將旦而光明開發也。"

單:通"殫"。竭力。

蟬蜕:蟬自幼蟲爲成蟲時須蜕殼。因以喻去故就新,脱胎换骨。《史記·屈原賈生列傳》:"蟬蜕於濁穢,以浮遊塵埃之外。不獲皭然泥而不滓者也。"

人間世:人間、人世。《莊子》有"人間世"篇。

兀然:昏沉貌。白居易《隱几》詩:"百體如槁木,兀然無所知。"

泥洹:佛教語。亦譯作"涅槃"。意爲"寂滅"。爲佛教全部修習所要達到的最高境界。《成实论》:"佛法究竟,必至泥洹。"《大乘起信論》:"以無明滅故,心無有起;以無起故,境界隨滅;以因緣俱滅故,心相皆盡,名得涅槃。"

末語亦叔本華所説的"解脱"、"寂滅中的極樂"(《作爲意志和表像的世界》第四編六十八章),"歸於梵天"、"進入涅槃"(同上七十一章)。静安《叔本華之哲學及其教育學説》云:"故最高之善,存於滅絶自己生活之欲,且使一切生物皆滅絶此欲,而同入於涅槃之境。"

[七] "此語"四句: 這些話我從古人的書中知道,但要實踐它也實在艱難。這條路何去何從,我真想問問釋迦牟尼了。

"踐之"句: 意謂知易行難。《書・説命中》:"非知之艱,行之惟艱。"孔傳:"言知之易,行之難。"

瞿曇: 佛教創始人釋迦牟尼之姓。

拚　飛

拚飛懶逐九秋雕,孤耿真成八月蜩。[一]偶作山遊難盡興,獨尋僧話亦無聊。[二]歡場祇自增蕭瑟,人海何由慰寂寥。[三]不有言愁詩句在,閑愁那得暫時消。[四]

【箋】 叔本華認爲,"人生是在痛苦和無聊之間像鐘擺一樣的來回擺動着"(《作爲意志和表像的世界》第四篇五十七章)。静安在詩詞中也多次寫自己的痛苦與無聊。本詩中的"拚飛",也是叔本華所説的"無目標無休止的追求掙扎"(同上),什麼活動都是無聊的,無論是山林中,在歡場裏,都無法擺脱那與生俱來的痛苦。唯一稍可慰藉的衹有藝術——"言愁詩句",以解閑愁。作於光緒二十九年(1903)秋。

【注釋】

[一] "拚飛"兩句:我懶得去追隨秋天的大雕上下翻飛,我的心情好比那八月的寒蟬無法振作。

拚(fān 翻)飛:翻飛。上下飛翔。《詩·周頌·小毖》:"拚飛維鳥。"朱熹集傳:"拚,飛貌。"

九秋雕:杜甫《雕賦》:"當九秋之淒清,見一鶚之直上。"

孤耿:自謙之辭。猶言"鄙意"。蘇洵《與歐陽内翰書三》:"閤下當時賜音問,以慰孤耿。"

蜩(tiáo 條):蟬。蟬鳴於夏,入秋則衰亡。

[二] "偶作"兩句:偶然去遊山玩水也難以盡興,獨自找僧人談話也覺無聊。

李涉《題鶴林寺》詩:"因過竹院逢僧話,偷得浮生半日閑。"

兩句可以叔本華的話作解:"困乏和痛苦如果一旦予人以喘息,空虚無聊又立即如此圍攏來,以致人必然又需要消遣。"(《作爲意志和表像的世界》第四篇五十七章)詩人想借游山與談話消除困苦,但又招致了無聊。

[三] "歡場"兩句:在尋歡作樂的場所中衹能增加蕭條冷落之感;茫茫人海,有什麼方法排遣自己的寂寞呢?

歡場:歡樂的場景。黄景仁《發潁州》詩:"歡場知有散,當散戚不忺。"

人海:司空圖《與李生論詩書》:"鯨鯢人海涸,魑魅棘林高。"

[四] "不有"兩句:若不是有這些言愁説恨的詩句,那心中的閑愁又怎能暫時消解啊!

末兩語亦是王國維對文學功用的看法。叔本華認爲通過藝術的解脱之道是暫時的，最徹底的解脱則是佛教的涅槃境界。静安亦借詩詞創作及鑒賞以求得暫時的精神解脱，即其在《紅樓夢評論》及《叔本華之哲學及其教育學説》等文中所説的“獲一時救濟”、“暫時之平和”。參見《馮生》箋。

重遊狼山寺

不過招提半載餘，秋高重訪素師居。[一]朅來桑下還三宿，便擬山中構一廬。[二]此地果容成小隱，百年那厭讀奇書。[三]君看嶺外囂塵上，詎有吾儕息影區！[四]

【箋】 狼山在江蘇南通南郊，高僅百餘米，北瞰平原，南臨長江，眼界空闊，故自唐宋以來，騷人墨客吟賞不絶。山有五，名女仙、軍山、劍脊、馬鞍、寶塔，合稱白狼五山。山中寺院建築群總名廣教寺。静安於南通任教時，曾屢遊狼山。此詩作於光緒二十九年(1903)秋。

【注釋】

［一］ “不過”兩句：我不到狼山寺已有半年多了，秋高氣爽的時節再來訪問素師的居處。

招提：梵語“四方”的音譯爲“拓鬥提奢”，省爲“拓提”，後誤爲“招提”。四方僧之住處稱招提僧坊，因以爲寺院的别稱。

素師：僧名。

［二］ “朅來”兩句：我再來好比那桑下三宿之戀，便想要在山中建間小屋居留了。

朅（qiè 挈）來：猶言來。

桑下三宿：佛教語。《後漢書·襄楷傳》：“浮屠不三宿桑下，不欲久生恩愛，精之至也。”李賢注：“言浮屠之人寄桑下者，不經三宿便即移去，示無愛戀之心也。”

兩句意本白居易《歲暮》詩：“擬近東林寺，溪邊結一廬。”

［三］ “此地”兩句：這個地方果真能容我作山林小隱，人生百年怎會厭煩細讀奇書呢！

小隱：謂隱居山林。王康琚《反招隱》詩：“小隱隱陵藪，大隱隱朝市。”

［四］ “君看”兩句：您看看在山嶺外那紛紛擾擾的塵世，哪有我輩安閑居住的地方啊！

囂塵上：喧鬧揚塵。指人世。《左傳·成公十六年》：“甚囂，且塵上矣。”

息影：語本《莊子·漁父》：“不知處陰以休影，處静以息跡，愚亦甚矣！”因以息影指閑居、歸隱。

塵　勞

迢迢征雁過東皋，謖謖長松卷怒濤。[一]苦覺秋風欺病骨，不堪宵夢續塵勞。[二]至今呵壁天無語，終古埋憂地不牢。[三]投閣沈淵爭一間，子雲何事反

離騷?[四]

【箋】“塵勞”之意,屢見於静安詩詞。厭煩污濁的塵世,更憚於肉體和精神上的煩惱和勞苦,詩人衹希望得到真正的解脱,叔本華的陰影始終籠罩在他那敏感的心上:“一種極高超的人物性格總帶有幾分沉默傷感的色彩……意識着一切身外之物的空虛,意識着一切生命的痛苦,不衹是意識着自己的痛苦。”(《作爲意志和表像的世界》第四編六十八章)既然問天無語,埋憂無地,自殺也許是最合適的選擇了。叔本華雖不贊成自殺,但他理解自殺者爲逃避痛苦而導致自己的否定,導致解脱的深層動機。静安最終選擇了這一道路,恐怕不是偶然的。此詩作於光緒二十九年(1903)秋。

【注釋】

[一] “迢迢”兩句:迢迢千里南飛的大雁經過東皋,高大的松林風聲謖謖,仿佛卷起怒濤。

東皋:阮籍《奏記詣蔣》:“方將耕於東皋之陽。”皋,澤畔。

謖謖(sù 肅):勁風聲。《世説新語·賞譽》:“世目李元禮謖謖如勁松下風。”

怒濤:形容松風。《王直方詩話》引僧詠松詩句:“濤聲清若空。”趙孟頫《宿五華山懷德清别業》詩:“一夜松濤枕上鳴。”

[二] “苦覺”兩句:更感覺寒冷的秋風像在欺淩我的病體,不堪的是連晚上做夢也繼續白天的煩惱。

“苦覺”句:病骨,指多病消瘦的身體。古人謂秋風蘇病,杜甫《江漢》詩“秋風病欲蘇”、蘇軾《浴日亭》詩“每覺蒼涼蘇病骨”,静安易“欺”字,可見其心境。

塵勞:本佛教用語。謂種種煩惱勞亂身心。《無量壽經》上:散諸塵勞,壞諸欲塹。《楞嚴經》卷四:“勞久發塵,自相渾濁,由是引起塵勞煩惱。又衆生迷悶,背覺合塵,故發塵勞,有世間相。”

[三] “至今”兩句:直到如今,若還呵壁問天,天仍無語;自古以來,

想要埋憂於地,地亦不牢。

呵壁:王逸《天問序》:"屈原既放,彷徨山澤。見楚有先王之廟及公卿祠堂,圖畫天地山川神靈,琦瑋僪佹,及古賢聖怪物行事,因書其壁,呵而問之,以渫憤懣。"因以呵壁爲向天責問以抒憤懣之典。天問,謂心有抑鬱不平之事而向天訴問。屈原作《天問》,王逸《序》云:"何不言問天?天尊不可問,故曰天問也。"

埋憂:《後漢書・仲長統傳》:"百慮何爲?至要在我。寄愁天上,埋憂地下。"此謂埋憂無地,無處可排遣憂愁。陸游《溪上避暑》詩:"古來寧有地埋憂?"

［四］"投閣"兩句:揚雄投閣與屈子沉淵兩事,相去不過一間而已,揚雄爲什麼要作《反離騷》呢?

投閣:《漢書・揚雄傳贊》謂揚雄時校書天禄閣,聞王莽誅甄豐,謫劉棻,恐被株連,乃投閣,幾死。後有詔勿問。京師傳語曰:"惟寂寞,自投閣。愛清净,作符命。"

沈淵:沉没於淵。指屈原自沉汨羅江中。《史記・屈原傳贊》:"余讀《離騷》、《天問》、《招魂》、《哀郢》,悲其志。適長沙,觀屈原所自沈淵,未嘗不垂涕,想其爲人。"

一間(jiàn 澗):猶言"一線",謂距離極近。

子雲:揚雄之字。

反離騷:揚雄所作的賦名。《漢書・揚雄傳》:"(雄)又怪屈原文過相如,至不容,作《離騷》,自投江而死,悲其文,讀之未嘗不流涕也。以爲君子得時則大行,不得時則龍蛇,遇不遇,命也,何必湛身哉!乃作書,往往摭《離騷》文而反之,自岷山投諸江流以吊屈原,名曰《反離騷》。"

静安認爲揚雄非屈原知己。屈原自沉,原因是問天無語,埋憂無地,内心的委屈與痛苦無法消釋,衹得尋求永久的解脱。王氏與屈子,頗有異代同悲之慨。

來日二首

一

來日滔滔來，去日滔滔去。適然百年内，與此七尺遇。[一]爾從何處來？行將徂何處？[二]扶服徑幽谷，途遠日又暮。雲然一罅開，熹微知天曙。[三]便欲從此逝，荆棘窘余步。税駕知何所，漫漫就前路。[四]常恐一擲中，失此黄金注。[五]我力既云痛，哲人倘見度。瞻望弗可及，求之縑與素。[六]

【箋】 静安研究哲學，是爲了探討宇宙和人生的問題，但他也越來越感到，時間過得太快，要學的東西太多，而真理卻無法窮盡。他在《自序》中歎息説："余疲於哲學有日矣。哲學上之説大都可愛者不可信，可信者不可愛。余知真理，而余又愛其謬誤……知其可信而不能愛，覺其可愛而不能信，此近二三年中最大之煩悶。"二詩寫自己的求索過程。他獨自在幽暗的山谷中探尋前路，筋疲力竭。雖看到一線曙光，但又找不到可以安身立命的處所，他想改途易轍了。此詩作於光緒二十九年(1903)。

【注釋】

［一］ "來日"四句：未來的日子像滔滔的水奔湧而來，過去的日子像滔滔的水奔流而去。我自己衹不過是偶然生下來，在短短的百年間寄寓在這七尺之軀内。

"來日"兩句：從陸游《湖上晚歸》詩"來日翩翩去日遒"化出。

適然：偶然。

七尺：指身體。

［二］“爾從”兩句：你從哪里來？又將到哪里去？

徂(cú 殂)：往。

兩句是古今哲人最大的疑問，亦爲全詩之主旨。静安在《紅樓夢評論》中引哀加爾詩云：“願言哲人，詔余其故：自何時始？來自何處？”又云：“哀加爾之問題，人人所有之問題而人人未解決之大問題也。”

［三］“扶服”四句：我急急匆匆地循着幽谷竭力前行，路途遥遠，日又將暮。忽然天上的陰雲開了一條縫隙，透下淡弱的晨光，知道天又將亮了。

扶服：同“匍匐”。手足著地而行，形容急遽。《禮・檀弓下》：“《詩》云：‘凡民有喪，扶服救之。’”

“途遠”句：庾信《哀江南賦》：“日暮途遠，人間何世！”

霅(shà 霎)然：散開貌。

熹微：陶淵明《歸去來兮辭》：“恨晨光之熹微。”

［四］“便欲”四句：我便想從此離去，但到處荆棘叢生，使我無法舉步。我將到哪兒停下來？衹好走上漫長的前路。

税駕：歇下車馬，休息。静安《叔本華之哲學及其教育學説》云：“目之所觀，耳之所聞，手足所觸，心之所思，無往而不與吾人之利害相關，終身僕僕而不知所税駕者，天下皆是也。”

四句寫彷徨的心情。

［五］“常恐”兩句：還怕在這孤注一擲中，失去最貴重的本錢！

一擲：指最後一次擲骰子，以決輸贏。司馬光《涑水紀聞》卷六：“(王欽若)數乘間言於上曰：‘澶淵一役，準以陛下爲孤注與敵博耳。’”辛棄疾《九議》：“於是乎爲國生事之説起焉，孤注一擲之説出焉。”

黄金：喻時間和生命。謝脁《詠蒲詩》：“所悲堂上曲，遂鑠黄金軀。”

静安把學習哲學作爲孤注，希望以此解決人生種種問題，但又疑慮是否選錯了道路,失去寶貴的時間。

［六］ “我力”四句：我的氣力早已竭盡,哲人們能把我接引嗎？四處盼望都不能見着,祇好從書本中去尋求。

痡(pū 鋪)：衰病。《詩・周南・卷耳》:“我僕痡矣。”力痡,謂力竭。

“瞻望”句：《詩・邶風・燕燕》:“瞻望弗及,實勞我心。”

縑素：細絹。指書册。葛洪《抱朴子・遐覽》:“縑素所寫者,積年之中,合集所見,當出二百許卷。”

二

宇宙何寥廓,吾知則有涯。面牆見人影,真面固難知。［一］簡簵半在水,本末互參池。持刀剡作矢,勁直固無虧。［二］耳目不足憑,何況胸所思。人生一大夢,未審覺何時。［三］相逢夢中人,誰爲析余疑？吾儕皆肉眼,何用試金篦。［四］

【注釋】

［一］ “宇宙”四句：宇宙是那樣遼闊無邊,而我的知識則有個止境。好比面對牆壁祇看見人影,而本來的面目實在難知。

宇宙：《莊子・讓王》:“吾立於宇宙之中。”

寥廓：空曠深遠。《楚辭・遠遊》:“上寥廓而無天。”

“吾知”句：語本《莊子・養生主》:“吾生也有涯,而知也無涯。以有涯隨無涯,殆矣。”世間的知識是無窮的。而個人所能掌握到的是有限的。

“面牆”兩句：兩句源于柏拉圖《理想國》卷九中的“洞穴設喻”：設想有人處於黑暗洞穴中,面壁而縛,祇能見到火炬在壁上所投下的他人的影子,便以爲這些人影便是真實的存在了。静安在認識論上亦接受康德的思想。康德認爲“事物本身"和"眼中的事物"是不一樣的,人們知道的衹是眼中"看到"的事物,而永遠無法確知事物"本來"的面貌。

[二] "箘簬"四句:箭竹一半浸在水中,竹根和竹梢長短不齊,拿刀子把它削成箭杆,它勁直的本性一點也没有失去。

箘簬(qūnlù 囷路):箭竹。《書·禹貢》:"惟箘簬、楛,三邦底貢厥名。"蔡沈集傳:"蓋竹之堅者,其材中矢之笴。"

參池:參差,長短不齊。

剡(yǎn 魘):削,削尖。

[三] "耳目"四句:連耳所聽和眼所見的都不足爲憑,何況是心中所想的呢。人生是一場大夢,不知什麽時候才能醒來。

"耳目"兩句:《淮南子·冥覽訓》:"耳目之察,不足以分物理;心意之倫,不足以定是非。"

"人生"兩句:《莊子·齊物論》:"方其夢也,不知其夢也。夢之中又占其夢焉。覺而後知其夢也。且有大覺而後知此其大夢也。"李昴英《題雪峰因大夢頂相》詩:"大夢何時覺,癡人問木人。"

叔本華説:"人生是一大夢",人生和夢都是同一本書的頁子,夢中同樣也有一種與現實生活的聯繫可以推求。(《作爲意志和表像的世界》第一編五章)

[四] "相逢"四句:我遇到的同樣是夢中人,誰能爲我解決這個疑問呢?我們都是凡夫肉眼,即使用金篦來醫治也是没用的。

肉眼:《智度論》卷三三載所謂"五眼",指肉眼、天眼、慧眼、法眼、佛眼。肉眼所見凡近。《維摩經·不二法門品》:"實見者尚不見實,何況非實,所以者何?非肉眼所見,慧眼乃能見。"

金篦:即金鎞、金錍。古時從印度傳入的治眼疾的工具,形如箭頭,用以刮去眼膜,使失明者復明。《大般涅槃經》卷八:"如目盲人,爲治目故,造詣良醫。是時良醫,即以金錍,決其眼膜。"杜甫《秋日夔府詠懷奉寄鄭監李賓客一百韻》詩:"金鎞空刮眼,鏡象未離銓。"與此同意。金鎞衹能使肉眼復明,而世界如鏡中之象,衆生皆幻夢中人,故無從析己之疑也。

登狼山支雲塔

數峰明媚互招尋，孤塔崚嶒試一臨。[一]檻底江流仍日夜，巖間海草未銷沈。[二]蓬萊自合今時淺，哀樂偏于我輩深。[三]局促百年何足道，滄桑回首亦駸駸。[四]

【箋】 支雲塔是狼山的勝境，始建於北宋太平興國年間，明成化十六年(1480)焚毁，十八年重建。塔高五層，方形仿樓閣式，有木梯可登頂，俯眺長江景色。張裕釗《遊狼山記》："山多古松桂，檜柏數百株，倚山爲寺，寺錯樹間。最上爲支雲塔，危居山巔，萬景畢納。"詩中寫登塔時所見所感，悲世事之變遷，傷人生之局促。静安像這崚嶒的孤塔，兀立於天地之間，縱覽今古，他領略着旁人所不能理解的痛苦與悲哀。此詩作於光緒二十九年(1903)。

【注釋】

［一］ "數峰"兩句：幾座鮮明美好的山峰像在互相召唤着，我登上這崚嶒孤聳的支雲塔向遠方眺望。

招尋：招呼，召唤。駱賓王《夏日遊山家同夏少府》詩："返照下層岑，物外狎招尋。"

［二］ "檻底"兩句：欄干下的江流依然晝夜不息，巖石間的海草還未凋枯漂去。

上句本謝朓《夜發新林至京邑贈西府同僚》詩："大江流日夜，客心悲未央。"

兩句以無盡的江流與細微的海草作對比，以見自然的永恒與生命的短暫。

［三］“蓬萊”兩句：時至今日，蓬萊的水又該淺於往時了；而對哀樂的感受，偏是我這樣的人特别深刻。

上句用滄海桑田之典。《神仙傳·王遠》：“麻姑自説云：‘接侍以來，已見東海三爲桑田。向到蓬萊，水又淺於往者會時略半也。豈將復還爲陵陸乎？’”

下句語出《世説新語·傷逝》：王戎喪子，悲不自勝。山簡問其何至於此？王曰：“聖人忘情，最下不及情；情之所鍾，正在我輩。”

静安已預感到世事將發生重大的變遷，而自己的感情又特别深刻和專注，故要承受比别人更多的痛苦。

［四］“局促”兩句：人生短促的百年又有什麽值得説的呢？回頭看看，滄海桑田的變化是多麽迅速！

局促：短促，拘束。詩中當合用二意。《太平御覽》卷八七〇引劉楨詩：“天地無期竟，民生甚局促。爲稱百年壽，誰能應此録？低昂倏忽去，炯若風中燭。”《北史·夏侯夬傳》：“人生局促，何殊朝露。”

駸駸（qīn 侵）：馬速行貌。引申爲疾速。

病中即事 甲辰

滴殘春雨住無期，開盡園花臥不知。［一］因病廢書增寂寞，強顔入世苦支離。［二］擬隨桑户游方外，未免楊朱泣路歧。［三］聞道南山薇蕨美，膏車徑去莫

遲疑。[四]

【箋】 光緒三十年甲辰(1904)正月,静安因積勞過度,患了瘰疬。精神的苦悶加上疾病的折磨,實在難以自振。不能讀書,不能出遊,終日困卧在牀上,一月二十二日寫給父親的信中,説到這病是陳患,係勞致,非二三月不可,日費元餘。他真想回到故鄉買山歸隱了。

【注釋】

［一］“滴殘”兩句:淅淅瀝瀝的春雨,一直下個不停。我病卧在牀上,園中的花開盡了也不知道。

滴殘:元好問《山居》詩二首之二:“簷溜滴殘山院静。”

［二］“因病”兩句:因病而棄書不讀,更增加寂寞之感;想勉強打起精神應付世務,可又苦於病體衰疲。

強顔:司馬遷《報任少卿書》:“及以至是,言不辱者,所謂強顔耳,曷足貴乎?”詩中有勉強之意。

入世:投身社會。劉向《九歎·惜賢》:“妄周容而入世兮,内距閉而不開。”

支離:憔悴,衰疲。

［三］“擬隨”兩句:想要追隨子桑户出遊於塵世之外,但又不免像楊朱那樣泣於歧路,無法作出抉擇。

桑户:即子桑户。古代魯國的隱士。《莊子·大宗師》載,子桑户、孟子反、子琴張三人爲友,桑户死,其二人臨屍而歌。孔子認爲這三人是“游方之外者也”。

方外:世外。權德輿《卧病喜惠上人李煉師茅處士見訪》詩:“方外三賢人,惠然來相親。”

楊朱:戰國時學者。《淮南子·説林訓》:“楊子見逵路而哭之,爲其可以南,可以北。”阮籍《詠懷》之二十:“楊朱泣歧路,墨子悲染絲。”

［四］“聞道”兩句:聽説終南山中薇蕨長得很好,快點兒駕車前往,

不要遲疑了。

南山：終南山。在今陝西西安市南。爲古代隱者隱居之地。

薇蕨：薇，即野豌豆；蕨，蕨菜。薇蕨皆爲野蔬，隱者所食。《詩·召南·草蟲》："陟彼南山，言采其蕨。"《史記·伯夷列傳》載，伯夷、叔齊隱于首陽山，采薇而食。

膏車：以油塗車軸。駕車出發前的準備工作。韓愈《送李愿歸盤谷序》："膏吾車兮秣吾馬，從子于盤兮，終吾生以徜徉。"

暮　春

晨翻書帙鳥無嘩，晚步郊原草正芽。[一]院落春深新著燕，池塘雨過亂鳴蛙。[二]心閑差許觀身世，病起初能玩物華。[三]但使猖狂過百歲，不嫌孤負此生涯。[四]

【箋】 光緒三十年(1904)三月下旬，静安自滬返海寧休養。宿疾新愈，心情怡悦，眼前萬物，都充滿了勃勃生機。他很少有這樣的閑心，去欣賞那蛙鳴燕舞。甚至覺得，生活還是有意義的。讀書散步，優悠度日，也算是不負此生了。

【注釋】

［一］ "晨翻"兩句：清晨時翻閲書卷，也不覺鳥兒喧鬧；傍晚時散步郊原，青草正在抽芽。

"鳥無嘩",意謂專心讀書,故不聞鳥聲。

［二］ "院落"兩句：春深時分,院子裏飛來了築巢的新燕;微雨過後,池塘中響起零亂的蛙聲。

"池塘"句：趙師秀《約客》詩:"黄梅時節家家雨,春草池塘處處蛙。"夏言《浣溪沙》詞:"簾幕受風低乳燕,池塘過雨急鳴蛙。"

［三］ "心閑"兩句：心情閑適,這時可以冷静地觀察自身與世界;久病初愈,還能夠細細地賞玩自然景物。

差許：尚可。吴芾《和許守小閣》詩:"默坐觀身世。"

物華：自然景物。高正臣《晦日置酒林亭》詩:"三春玩物華。"

［四］ "但使"兩句：衹要讓我這樣隨心所欲地度過百歲,我也不嫌會辜負這一生。

猖狂：尢所束縛,隨心所欲。《莊子·在宥》:"浮游,不知所求;猖狂,不知所往。"

孤負：同"辜負"。

校："病起初能玩物華",《静庵詩稿》作"病起粗能玩物華"。

馮　生

衆庶馮生自足悲,真人何事困饘飩。[一]家貧且貸河侯粟,行苦終思牧女糜。[二]溟海巨鵬將徙日,雪山大道未成時。[三]生平不索長生藥,但索丹方可忍饑。[四]

【箋】 馮生,語本漢賈誼《鵩鳥賦》:"貪夫徇財,烈士殉名,夸者死權,衆庶馮生。"馮生,意爲恃矜其生,貪生。人們都是珍惜自己生命的,爲了活着,得吃飯穿衣,静安一生,都不免爲衣食奔走,故對"馮生"一語深有所感。他在同年撰的《紅樓夢評論》中又説:"美術之務,在描寫人生之痛苦及其解脱之道,而吾儕馮生之徒,於桎梏之世界中,離此生活之欲之争鬥,而得其暫時之平和,此一切美術之目的也。"此詩亦著意寫人生之痛苦,但解脱之道卻不易尋求,祇能作"但索丹方"的無可奈何的呼號了。詩作於光緒三十年(1904)春暮。静安時閑居海寧,經濟收入減少,生活頗爲窘迫,故此詩當有實際感受而發。

【注釋】

［一］ "衆庶"兩句:一般的芸芸衆生貪戀生命已自足悲,爲什麽連得道的真人也要爲飲食所困?

馮(píng 憑)生:《史記·伯夷列傳》引賈誼"衆庶馮生"語。司馬貞索隱:"馮者,恃也,音憑。言衆庶之情,蓋恃矜其生也。鄒誕本作'每生'。每者,冒也,即貪冒之義。"

真人:道家稱存養本性的得道的人。《莊子·大宗師》:"古人之真人,其寢不夢,其覺無憂,其食不甘,其息深深。"

饘飽(zhānyǐ 氈以):饘,稠粥;飽,以油和米粉製成的粥狀食品。亦泛指粥。"飽"字上聲,此作平聲讀。

［二］ "家貧"兩句:像莊周那樣修養很高的人也因家貧而向監河侯借粟,像釋迦牟尼那樣道行堅苦的人也因腹饑而要吃牧女奉獻的乳糜。

上句典出《莊子·外物》:"莊周家貧,故往貸粟于監河侯。監河侯曰:'諾。我將得邑金,將貸子三百金,可乎?'"

下句典見《佛本行經·不然阿蘭品第十五》:"(釋迦)日進一麻,半粒粳米,日日省食,久羸形體。……於是便受,喜悦喜力,二女乳糜,甘露之施。"謂釋迦在尼禪河邊苦修,因斷食而身體衰弱，後來接受了牧女難陀波羅獻奉的乳糜。

［三］“溟海”兩句：那正是在北海中的巨鵬將要南飛之日，雪山中苦修的釋迦還未得大道之時。

上句典出《莊子·逍遥遊》：“北溟有魚，其名爲鯤。鯤之大，不知其幾千里也。化而爲鳥，其名爲鵬，鵬之背，不知其幾千里也……是鳥也，海運則將徙于南溟。”

雪山：指印度北部諸雪山。相傳釋迦牟尼成道前曾在雪山中苦行，故釋迦又稱“雪山大士”、“雪山童子”。《大涅槃經》卷十四：“我於爾時，住於雪山。其山清静。”

“溟海”句呼應“家貧”句，“雪山”句呼應“行苦”句。詩意謂莊周、釋迦等大智大慧者在大道未成時依然爲饑寒所困。

［四］“生平”兩句：我平生不願索求長生之藥，但索取丹方便可忍饑了。

丹方：煉丹藥的方術。葛洪《抱朴子·金丹》：“又諸小餌丹方甚多，然作之有深淺，故力勢不同。”詩中當指辟穀服食之方。如靈寶派之“入山終身不食方”、“休糧方”、“知命丹”等，服食之後，據云可終身不饑。

兩句是憤激之語。人生求温飽甚難，得辟穀之方或忍饑不食，則更勝於古之真人了。《蕭箋》云：“此詩結語，吐詞不惟有見，且極沉痛！而又爲最平常之道理。”

曉　步

興來隨意步南阡，夾道垂楊相帶妍。[一]萬木沈

酣新雨後，百昌蘇醒曉風前。[二]四時可愛惟春日，一事能狂便少年。[三]我與野鷗申後約，不辭旦旦冒寒煙。[四]

【箋】 此詩與《暮春》情調相仿，自然明快，實不可多得的佳作。光緒三十年(1904)春夏之間，静安在海寧家居養病，幾年來在外勞碌奔波，難有片時寧息，如今可以好好享受閑適的生活了。静安在晨間散步，賞玩眼前的美景，春日萬物昭蘇，精神自覺振奮。

【注釋】

[一] "興來"兩句：清晨時乘興在南郊隨意漫步，小路兩旁的垂楊相映，更覺鮮妍。

阡：道路，借指野外。

[二] "萬木"兩句：萬木在新雨之後仿佛還在沉睡，各種動物已經在曉風吹拂中蘇醒了。

沈酣：熟睡貌。樹木含雨而低垂，故云。

百昌：百物。詩中專指動物。《莊子·在宥》："今夫百昌，皆生於土而反於土。"陸德明釋文引司馬彪曰："猶百物也。"

[三] "四時"兩句：一年四季中最可愛的衹有春天，如果做到"能狂"這點便可算是少年人了。

韋莊《晚春》詩："四時惟愛春。"兩句從韓偓《三月》詩"四時最好是三月，一去不回惟少年"化出，然用意比韓詩深刻。一"狂"字，可想見静安内心的孤傲。錢鍾書《談藝録》云："謂老成人而'能狂'，即不失爲'少年'，即言倘狂態尚猶存，則少年未渠一去不回也。"意謂"能狂"即具有年輕人的心態。韓愈《東都遇春》："少年氣直狂，有意與春競。"黄庭堅《戲答公益春思二首》之一："能狂直須狂，會意自不惡。" 用意相似。

[四] "我與"兩句：我跟野鷗一再申明後約：我不辭日日衝寒，與

它同遊於野煙之中。
《列子·黄帝》:"海上之人有好漚鳥者,每旦之海上,從漚鳥遊,漚鳥之至者百住而不止。"人無機詐之心,故能與鷗鳥親近。
末兩句謂與鷗鳥爲友,微露詩人隱逸的志趣。

蠶

余家浙水濱,栽桑徑百里。年年三四月,春蠶盈筐篚。[一]蠕蠕食復息,蠢蠢眠又起。[二]口腹雖累人,操作終自己。絲盡口卒瘏,織就鴛鴦被。[三]一朝毛羽成,委之如敝屣。嵓嵓索其偶,如馬遭鞭箠。呴濡視遺卵,恬然即泥滓。[四]明年二三月,儠儠長孫子。茫茫千萬載,輾轉周復始。[五]嗟汝竟何爲?草草閲生死。豈伊悦此生,抑由天所畀?畀者固不仁,悦者長已矣。[六]勸君歌少息,人生亦如此![七]

【箋】 這首詩是叔本華的人生哲學的圖解。叔本華認爲,"以生命意志本身爲内在本質的自然,也以它全部的力量在鞭策着人和動物去繁殖。"大自然所關心的祇是種族的保存,對個體的死亡是完全不關心的。(《意志》第四編六十章)詩中以蠶爲喻,揭示大自然的內在本質,即所謂的生命意志,在性與生殖上表現得最爲強烈。而作爲個體的人,對生命中的勞悴與死亡,衹能感到痛苦與無奈。此詩作於光緒三十年(1904)春。

【注釋】

［一］“余家”四句:我家在浙水之濱,方圓百里栽種桑樹。年年三四月間,春蠶盛滿了人家的筐子。

浙水:即浙江、錢塘江。静安故居海寧鹽官鎮,在錢塘江北岸。

筐篚(fěi 匪):泛指養蠶的器具。如蠶箔、蠶簇等,均以竹編成。

［二］“蠕蠕”兩句:蠶兒蠕蠕而動,食了又歇;蠢蠢而動,眠了又起。

眠又起:蠶要經過三眠三起才能吐絲成蛹。秦觀《蠶書》:“蠶生明日,桑或柘葉,風戾以食之,寸二十分,晝夜五食,九日;不食一日一夜,謂之初眠。又七日,再眠如初;乃食葉寸十分,晝夜六食,又七日,三眠如再。”《爾雅翼》:“荀卿賦曰:‘三俯三起,事乃大已,’俯謂之眠。”

［三］“口腹”四句:吃桑葉雖然要辛苦别人,但吐絲還得靠它自己。絲吐盡了,蠶兒也困乏不堪,而蠶絲卻織成名貴的鴛鴦錦被。

“口腹”句:《後漢書·周燮傳序》載,太原閔仲叔,世稱節士。“客居安邑,老病家貧,不能得肉,日買豬肝一片,屠者或不肯與,安邑令聞,敕吏常給焉。仲叔怪而問之,知,乃歎曰:‘閔仲叔豈以口腹累安邑邪?’遂去,客沛,以壽終。”

操作:指蠶吐絲作繭。

瘏(tú 屠):疲病。《詩·豳風·鴟鴞》:“予口卒瘏。”意謂因口的勞累而致病困。

鴛鴦被:《西京雜記》卷一載,趙飛燕爲皇后,其女弟在昭陽殿“上襚三十五條”,其中有鴛鴦襦、鴛鴦被、鴛鴦褥。

［四］ “一朝”六句：蠶蛹一朝變成蠶蛾，就把蠶繭棄如敝屣。趕忙要去找尋配偶，像馬兒被鞭抽那樣急急匆匆。辛苦地產下它的卵子後，便安静地死去，復歸塵土。

敝屣：舊鞋。喻要丟棄的無用之物。《孟子·盡心上》：“舜視棄天下猶棄敝蹝也。”蹝、屣通。

耑耑（zhuān 專）：僅僅。

呴濡（xǔrú 許如）：語出《莊子·大宗師》：“泉涸，魚相與處於陸，相呴以濕，相濡以沫。”引申爲滋長化育。《淮南子·俶真訓》：“陰陽所呴，雨露所濡……此皆生一父母而閱一和也。”此指蠶兒交配後産卵。

恬然：安然。

即：就。

［五］ “明年”四句：到了明年二三月的時候，又孵化成一條條蠶子。在渺渺茫茫的千萬年中，就這樣反復循環，周而復始。

臝臝（luǒ 裸）：赤體之狀。《荀子·賦篇》：“有物於此，臝臝兮其狀，屢化如神。”

周復始：《春秋元命苞》：“如此循環，周而復始。”

［六］ “嗟汝”六句：唉，蠶兒啊，你究竟幹什麼？倉促地經歷了生死過程。難道真的喜歡這種生活，還是由老天爺所給予的呢？給予的固然是没有仁愛，喜歡的也就這麼過去了。

伊：語助詞，無義。

天所畀：天所給予。《書·多方》：“惟天不畀。”

不仁：《老子》：“天地不仁，以萬物爲芻狗。”

［七］ “勸君”兩句：勸勸您不要再唱了，人生也是像蠶兒樣的。

“人生”句：釋文珦《苕霅歌》：“堪笑人生亦如此，百年勞勞汲其形。”

末兩句點出主題。

平　生

平生苦憶挈盧敖，東過蓬萊浴海濤。[一]何處雲中聞犬吠，至今湖畔尚烏號。[二]人間地獄真無間，死後泥洹枉自豪。[三]終古衆生無度日，世尊祇合老塵囂。[四]

【箋】 静安在光緒三十年(1904)夏五月，撰《紅樓夢評論》一文。引録此詩。《蕭箋》云："王氏持叔本華哲學以評《紅樓夢》，認爲《紅樓夢》一書大旨在於描寫人生之痛苦及其解脱之道。"此詩亦將人間視爲真正的地獄，而死後的解脱與否，亦不可知。哀衆生之苦痛由於自造，又示其解脱之道不可自求，其悲觀情緒較《紅樓夢評論》爲甚。

【注釋】

［一］ "平生"兩句：我平生最想做的是，帶着盧敖東遊蓬萊仙島，沐浴在大海波濤之中。

盧敖：秦時燕人，秦始皇召爲博士，使求神仙。《淮南子·道應訓》："盧敖遊乎北海，經乎太陰，入乎玄闕。至於蒙谷之上。""唯敖爲背群離黨，窮觀於六合之外者，非敖而已乎？敖幼而好遊，至長不渝。"

［二］ "何處"兩句：在什麽地方能聽到雲中雞犬之聲？直到如今鼎湖畔還不斷有人死去。

上句典出王充《論衡·道虚》。謂淮南王得道，"舉家升天，畜産皆仙，犬吠於天上，雞鳴於雲中"。

下句典出《史記・封禪書》。謂黄帝鑄鼎荆山,鼎成,有龍垂胡髯下迎黄帝,黄帝上騎升天,墮其弓,百姓抱其弓而號。後世因名其處鼎湖,其弓曰烏號。後因以“烏號”爲稱人死亡之辭。

兩句意謂神仙不死之説亦爲虚妄。

［三］ “人間”兩句:人間,真的是可怕的無間地獄,人们受尽痛苦。死後的所謂泥洹也是徒然自誇而已。

無間(jiàn 澗):無間地獄。爲最下層之地獄。入者受苦無間。《楞嚴經》卷八:“亡者神識,飛墜乘煙,入無間獄。”又,間有間隔意。詩中用“無間”一詞,亦謂人間與地獄無異。

泥洹:即“涅槃”。見《偶成》二首之一注。静安在《紅樓夢評論》中説:“今使人日日居憂患,言憂患,而無希求解脱之勇氣,則天國與地獄,彼兩失之。”人間充滿憂患,則何殊地獄。叔本華認爲最根本的解脱是達到涅槃境界,而静安於此詩中亦否定之,可見其對叔氏之倫理思想已産生懷疑。

［四］ “終古”兩句:自古至今,芸芸衆生都無超度之日,那麽釋迦牟尼也衹好在塵世終老了。

世尊:佛教尊稱佛祖釋迦牟尼爲世尊。《大乘義章》卷二十:“佛備衆德,爲世欽重,故號世尊。”

《紅樓夢評論》云:佛之言曰:“若不得衆生盡度,誓不成佛。”又云:“釋迦、基督自身之解脱與否,亦尚在不可知之數也。”静安認爲,個人衹是“小宇宙”,而世界方爲“大宇宙”,“小宇宙之解脱,視大宇宙之解脱以爲准”,釋迦不能實踐盡度衆生的諾言,故自身之解脱亦屬疑問了。

秀州

看月不知清夜長，歸橈漸入秀州鄉。[一]天邊遠樹山千疊，風裏垂楊態萬方。[二]一自名園竄狐兔，至今淥水少鴛鴦。[三]不須爲唱梅村曲，芳草萋萋自斷腸！[四]

【箋】 秀州，五代時吴越置，治所在嘉興。宋代升爲嘉興府。嘉興距海寧不過百里，爲静安自上海返鄉必經之地。城南有南湖，又名鴛鴦湖，湖畔有煙雨樓，爲嘉興之名勝。此詩作於光緒三十年(1904)。

【注釋】

［一］ "看月"兩句：看着明月，不知不覺漫長的静夜已過，歸家的船兒慢慢駛進秀州的郊外。

兩句暗寫一夜無眠。

［二］ "天邊"兩句：衹見天邊遠處的樹林，青山千疊，在春風中婀娜舞動的垂楊，真是儀態萬方。

態萬方：形容姿態、情調樣樣都美。張衡《同聲歌》："素女爲我師，儀態盈萬方。"

［三］ "一自"兩句：自從那名園荒廢、狐兔縱横之後，到如今南湖的淥水也不再有對對鴛鴦。

名園：指嘉興南湖畔明末吴昌時的園林故宅。《明史·周延儒傳》載："(吴)昌時，嘉興人，有幹才，頗爲東林效奔走，然爲人墨而傲，通廠衛，把持朝官，同朝咸嫉之。"崇禎十六年

(1643),昌時被劾棄市。吴梅村作《鴛湖曲》以吊之,中有句云:"那知轉眼浮生夢,蕭蕭日影悲風動。中散彈琴竟未終,山公啟事成何用?東市朝衣一旦休,北邙抔土亦難留。白楊尚作他人樹,紅粉知非舊日樓。烽火名園竄狐兔,畫閣偷窺老兵怒。寧使當時没縣官,不堪朝市都非故。"明《嘉興府志》:"檇李,澤國也。東南皆陂湖,西南湖尤大,計百有二十頃。其禽則鸊鷺春鋤鵁鶄,洿澤多鴛鴦,故名鴛鴦湖。"

[四] "不須"兩句:不須再唱吴梅村的《鴛湖曲》了,光是看到園中的萋萋芳草,已令人感愴無限。

梅村:吴偉業的號。吴梅村是明末清初詩人。崇禎進士,官左庶子,弘光朝任少詹事。入清後官國子祭酒。其詩多寓家國身世之感,蒼涼激楚。《圓圓曲》、《鴛湖曲》、《楚兩生行》等,皆集中之名作。

芳草萋萋:《楚辭·招隱士》:"王孫遊兮不歸,春草生兮萋萋。"崔顥《黄鶴樓》詩:"芳草萋萋鸚鵡洲。"

偶　成

文章千古事,亦與時榮枯。並世盛作者,人握靈蛇珠。[一]朝菌媚初日,容色非不腴。飄風夕以至,零落委泥塗。[二]且復舍之去,周流觀石渠。蔽虧東觀籍,繁會南郭竽。[三]譬如貳負尸,桎梏南山隅。恒幹塊猶存,精氣蕩無餘。[四]小子曹無狀,亦復事操觚。自忘宿瘤質,攬鏡學施朱。[五]東家與西舍,假得紫羅襦。主者雖不索,跬步終趑趄。[六]且當養毛羽,勿作南溟圖。[七]

【箋】 此詩作於光緒三十年(1904)秋。19世紀末20世紀初,正是中國社會發生大動盪、大變化的時期,在文學領域上,流派紛呈,名家輩出,但其中亦頗有不學淺薄之徒,率爾操觚,以盜虛聲。静安在詩中清醒地指出,趨時的文字是没有永久價值的。一個文人學者,應該努力提高修養,不要東抄西襲,人云亦云。衹有不斷精進,才能成就自己的大事業大學問。

【注釋】

［一］ "文章"四句:文學創作是千秋萬世的大事,但也是與時代一起繁榮或衰落的。同在這個時代的作者陣容鼎盛,人人都自以爲手握靈蛇之珠。

"文章"句:杜甫《偶題》詩:"文章千古事,得失寸心知。作者皆殊列,名聲豈浪垂?"

靈蛇珠:干寶《搜神記》卷二十:"隋侯出行,見大蛇,被傷中斷,疑其靈異,使人以藥封之。蛇乃能走……歲餘,蛇銜明珠以報之……故謂之隋侯珠,亦曰靈蛇珠。"曹植《與楊德祖書》:"人人自謂握靈蛇之珠。"因以靈蛇珠喻錦繡文才。静安在《叔本華與尼采》一文中引尼采語云:"人之觀物之淺深明暗之度不一,故詩人之階級亦不一。當其描寫所觀也,人人殆自以爲握靈蛇之珠,抱荆山之玉矣。"亦鄙薄自以爲是之作者。

［二］ "朝菌"四句:好比木槿在初升的太陽下綻開,顏色不是不美豔,但傍晚時一陣猛風吹過,它便凋落在泥土中。

容色:容貌神色。盧照鄰《芳樹》詩:"容色朝朝落。"

飄風:暴風。《詩・大雅・卷阿》:"有卷者阿,飄風自南。"

朝菌:《莊子·逍遥遊》:"朝菌不知晦朔,蟪蛄不知春秋。"朝菌,或謂爲一種菌類植物,或謂爲蟲名,或謂即木槿花。王氏詩意當指後者。

四句語本鮑照《梅花落》詩:"摇盪春風媚春日,念爾零落逐寒風。徒有霜華無霜質。"以朝花夕落的木槿喻趨時得勢的文人及其作品。

[三] "且復"四句:還是遠離他們而去,周行各地,參觀石渠書閣,看到那堆疊得滿滿的東觀的書籍,仿佛南郭吹竽般繁音交響。

周流:周轉流行。《離騷》:"覽相觀於四極兮,周流乎天余乃下。"

石渠:石渠閣。西漢皇室藏書之處。《三輔黄圖·閣》:"石渠閣,蕭何造。其下度過礱石爲渠以導水,若今御溝,因爲閣名。所藏入關所得秦之圖籍。"

蔽虧:李頎《無盡上人東林禪居》詩:"含吐山上日,蔽虧松外村。"王詩中因遮蔽而半隱半現。形容圖書之多。

東觀:在漢洛陽南宫。東漢明帝時班固修史之地。後爲聚藏圖書之處。庾信《皇夏樂》:"南宫學已開,東觀書還聚。"

繁會:繁音交會。猶交響。《楚辭·九歌·東皇太一》:"五音紛兮繁會。"

南郭竽:《韓非子·内儲説》:"齊宣王使人吹竽,必三百人。南郭處士請爲王吹竽,宣王説之,廪食以數百人。宣王死,湣王立,好一一聽之,處士逃。"此當以南郭竽喻僞學虚假的知識。

静安在《叔本華之哲學及其教育學説》一文中指出:"書籍上之知識,抽象的知識也,死也。……且人苟過用其誦讀之能力,則直觀之能力必因之而衰弱,而自然之光明反爲書籍之光所掩蔽。"

[四] "譬如"四句:真好比那怪物貳負的屍體,被枷鎖在南山一隅,他的軀體雖然還整個存在,但精氣早已蕩然無餘了。

貳負:古代傳説中的天神。《山海經·海内西經》載:"貳負之臣曰危,危與貳負殺窫窳。帝乃梏之疏屬之山,桎其右足,反縛兩手與髮,繫之山上木,在開題西北。"郭璞注謂漢宣帝時,"在石室中得一人,跣踝被髮,反縛,械一足",論者以爲貳負之尸象。

南山:《山海經·南山經》無貳負之事。王詩之南山當是泛指。

恒幹:指軀體。《楚辭·招魂》:"去君之恒幹,何爲四方些?"注:"恒,常也。幹,體也。"

塊:《莊子·應帝王》:"塊然獨以其形立。"成玄英疏:"塊然,無情之貌也。"

精氣:《易·繫辭上》:"精所爲物。"孔穎達疏:"云精氣爲物者,謂陰陽精靈之氣,氤氲積累而爲萬物也。"

四句緊承上文,説明濫讀之害。衹得古人之軀殼而失其精神。詩中亦暗用《莊子·天道》中輪扁之典。輪扁謂齊桓公所讀之書,皆"古人之糟魄"。

［五］ "小子"四句:我也是瞢然不懂道理,竟想學執筆爲文。好比忘記自己醜陋的樣貌,居然拿起鏡子塗朱抹粉;到東鄰西舍去借得漂亮的紫羅裙來穿起,主人雖不向我索還,但才走不幾步便趑趄難行了。

操觚:執簡。謂作文。觚,方形木簡。《文選·陸機〈文賦〉》:"或操觚以率爾,或含毫而邈然。"李善注:"觚,木之方者,古人用之以書,猶今之簡也。"

宿瘤:劉向《列女傳》:"宿瘤女者,齊東郭采桑之女,閔王之後也。項有大瘤,故號宿瘤。"因以爲醜女的典型。

施朱:宋玉《登徒子好色賦》形容一女子"著粉則太白,施朱則太赤。"

［六］ 跬(kuǐ 傀)步:半步。跨一脚。《大戴禮記·勸學》:"是故不積跬步,無以致千里。"

趑趄(zījū 姿狙):欲進又退,難以舉步的樣子。韓愈《送李愿歸盤谷序》:"足將進而趑趄。"

六句以宿瘤醜女作喻。《蕭箋》云:"深感根柢未厚,東塗西抹未足以言著述也。"

[七] "且當"兩句:還是要好好長養自己的毛羽,不要隨便想學大鵬那樣遠飛南海。

南溟圖:見《馮生》詩注。

九日遊留園

朝朝吴市踏紅塵,日日蕭齋兀欠伸。[一]到眼名園初屬我,出城山色便迎人。[二]奇峰頗欲作人立,喬木居然閲世新。[三]忍放良辰等閑過,不辭歸路雨沾巾。[四]

【箋】 光緒三十年(1904)夏,江蘇巡撫端方過上海,聘羅振玉爲江蘇教育顧問,議設師範學堂於蘇州。羅氏赴蘇任學堂監督,於撫標中軍操場興建校舍,並聘静安爲教習。此詩當爲是年重九遊留園之作。留園爲蘇州四大名園之一,舊址爲明徐時泰東園,清嘉慶年間以園主姓劉,名劉園,後改爲留園。園中有著名的留園三峰及又一村、小桃塢等勝景。

【注釋】

[一] "朝朝"兩句:我朝朝在蘇州市上奔走於紅塵之中。日日在寒齋裏讀書還是欠伸欲睡。

踏紅塵:杜安世《虞美人》詞:"直饒終日踏紅塵。"

蕭齋：此指書齋。張懷瓘《書斷》："武帝造寺，令蕭子雲飛白大收'蕭'字，至今一字存焉。李約竭産自江南買歸洛，建一小亭以翫，號曰'蕭齋'。"

兀：兀自，仍然。

欠伸：打阿欠，伸懶腰。

［二］"到眼"兩句：這座名園進入眼中，它初次爲我所領略。才出城外，美好的山色便迎人而至。

"出城"句：陸游《江亭》詩："山色迎人秀可餐。"

［三］"奇峰"兩句：挺拔的奇峰真像人般兀然而立，老大的喬木飽閱世變，居然焕發新姿。

奇峰：指留園中的太湖石。如留園三峰中的冠雲峰，高達九米，爲北宋花石綱之遺物。薛嵎《寶元靈雲二寺》詩："兩峰侵漢立如人。"

［四］"忍放"兩句：我怎忍讓這良辰隨便過卻？遲遲歸去，也不顧及路上的秋雨沾濕了衣巾。

等閑：輕易。

末句暗用"林宗巾"典。《漢書·郭泰傳》載，高士郭泰途中遇雨，折巾作墊，人慕之，稱爲"林宗巾"。

天　寒

天寒木落凍雲鋪，萬點城頭未定烏。[一]祇分楊朱歎歧路，不應阮籍哭窮途。[二]窮途回駕元非失，

歧路亡羊信可吁。[三]駕得靈槎三十丈，空攜片石訪成都。[四]

【箋】 静安在詩詞中一再歎息“窮途”和“歧路”。他徘徊於西洋哲學的迷宫中，無所適從。他在《自序》中説：“余之研究哲學，始於辛、壬之間，癸卯春始讀汗德之《純理批判》，苦其不可解，讀幾半而輟。嗣讀叔本華之書而大好之……後漸覺其矛盾之處。”因此在寫《紅樓夢評論》時，對叔氏之説“已提出絶大之疑問”。《自序二》又云：“近日之嗜好所以漸由哲學而移於文學，而欲於其中求直接之慰藉也。要之，余之性質欲爲哲學家則感情苦多而知力苦寡，欲爲詩人則又苦感情寡而理性多。”在哲學與文學之間又難以抉擇，心情矛盾痛苦。此詩作於光緒三十年(1904)冬。

【注釋】

［一］ “天寒”兩句：天寒時候，木葉凋落，凍雲滿天。城頭上千萬隻烏鴉飛翔不定。

凍雲：嚴冬的陰雲。方干《冬日》詩：“凍雲愁暮色，寒日淡斜暉。”

兩句以景言情。

［二］ “衹分”兩句：在這情景下，衹能像楊朱那樣悲歎於歧路，而不應像阮籍般爲窮途而痛哭。

上句見《病中即事》詩注。分，讀去聲。

阮籍：三國魏文學家、思想家，字嗣宗。陳留尉氏(今屬河南)人。曾爲步兵校尉。爲“竹林七賢”之一。因不滿當權的司馬氏集團，所爲詩多譏刺現實，表現憂時傷亂之情。

哭窮途：《世説新語・棲逸》：“阮步兵嘯”劉孝標注引《魏氏春秋》：“阮籍常率意獨駕，不由徑路，車跡所窮，輒慟哭而反。”

古人常連用楊朱、阮籍二典故。王褒《與周弘讓書》：“嗣宗窮途，楊朱歧路，征蓬長逝，流水不歸。”

［三］ “窮途”兩句：在窮途時回轉車馬本來不是什麽失誤，在歧路中失去了羊實在是可悲歎的。

“歧路”句：參見《六月二十七日宿硤石》詩注。

兩句意説，路走到盡頭還可轉回，而在衆多的歧路中盲目摸索更是可悲。這是静安治學的甘苦之言，不可滑眼看過。

［四］ “駕得”兩句：駕駛那三十丈的靈槎上訪天河，卻徒然帶回一片石頭到成都訪問卜者而已。

兩句典出南朝梁宗懍《荆楚歲時記》。據云漢代張騫奉命尋找黄河源頭，乘木槎經月亮至天河，於月中見一女子紡織，又見一丈夫牽牛飲河。織女取一石與騫。歸至成都，問卜者嚴君平，云：“此支機石也。”宋之問《明河篇》：“更將織女支機石，還訪成都賣卜人。”《太平廣記》卷四百五引《洞天集》：“嚴遵仙槎，唐置之麟德殿，長五十餘尺，聲如銅鐵，堅而不蠹。”嚴遵，即嚴君平。静安詩云“三十丈”，或爲概數。待考。

兩句意爲，歷盡艱辛探索前路，所得的衹是毫無意義的結果。静安數年來專意問學，學習日語、英語，又治西方哲學、無異於張騫西訪河源。然是否僅攜片石而歸呢？試閲静安此時之著述，如《哲學辨惑》、《孔子之美育主義》、《論性》、《叔本華之哲學及教育學説》、《紅樓夢評論》、《書叔本華遺傳説後》、《叔本華與尼采》、《釋理》等，當自有答案。

欲　　覓

欲覓吾心已自難，更從何處把心安。[一]詩緣病

輟彌無賴，憂與生來詎有端。[二]起看月中霜萬瓦，臥聞風裏竹千竿。[三]滄浪亭北君遷樹，何限棲鵶噪暮寒。[四]

【箋】 静安在《紅樓夢評論》中云："欲達解脱之域者，固不可不嘗人世之憂患。"而人世之憂患，又是與生俱來的，静安飽嘗憂患而無法解脱，故彷徨無著，難以心安。此詩亦光緒三十年(1904)秋初到蘇州時作。

【注釋】

［一］ "欲覓"兩句：想要尋回我的真心已自艱難，更能在何處安定下這顆心呢！

《景德傳燈録·達磨大師》載，慧可謂祖師曰："我心未寧，乞師與安。"祖曰："將心來，與汝安。"可良久曰："覓心了不可得。"祖曰："我與汝安心竟。"

［二］ "詩緣"兩句：由於生病而停止寫詩，實在已十分無奈，憂患更是與生俱來的，哪能有個盡頭！

無賴：無奈，没有什麽辦法。上句用陸游《山居春晚》詩："老廢讎書病廢詩"意。

［三］ "起看"兩句：起來看到屋上萬瓦在月光中明潔如霜，躺下來又聽到千竿翠竹在風裏摇動。

萬瓦：語本黄庭堅《秘書省冬夜宿直寄懷李德素》詩："姮娥攜青女，一笑粲萬瓦。"上句寫静，下句寫動。

"起"是動，"卧"是静。與首兩句照應，寫出心境無法平静。

［四］ "滄浪"兩句：在滄浪亭北的君遷樹上，有多少棲鵶在暮寒中聒噪！

滄浪(láng 郎)亭：蘇州現存最古的園林。原爲五代吴越孫承祐别墅。北宋詩人蘇舜欽於此臨水築亭，取《楚辭·漁父》

"滄浪之水"之意命名。江蘇師範學堂校址在滄浪亭附近,故靜安常遊此地,詩詞亦每詠及之。

君遷樹: 果木名。因見於左思《吴都賦》中,故詩人詠蘇州景物時常及此。

出　門

出門惘惘知奚適,白日昭昭未易昏。[一]但解購書那計讀,且消今日敢論旬?[二]百年頓盡追懷裏,一夜難爲怨别人。[三]我欲乘龍問羲叔,兩般誰幻又誰真?[四]

【箋】 静安經常感歎人生無常,茫茫然不知何從何去。在短暫的百年中,歡樂少而憂愁多,今日不知明日事,以致詩人把生活看成是"夢幻泡影",而尋求解脱之道。錢鍾書《談藝録》此詩云:"此非普羅太哥拉斯(Protagoras)之人本論,而用之於哲學家所謂主觀時間(Duration)乎。"作於光緒三十年(1904)冬。

【注釋】

[一] "出門"兩句: 出門時迷迷惘惘不知到何處去,而正當白天太陽明亮,幾時才到黄昏。

出門惘惘: 韓愈《送殷員外序》:"今人適數百里,出門惘惘,有離别可憐之色。"

奚適：何去。

上句本韓愈語，亦《天寒》詩“楊朱歧路”之意。

白日昭昭：《楚辭·大招》：“青春受謝，白日昭只。”又《九辯》：“去白日之昭昭兮，襲長夜之悠悠。”昭昭，明亮貌。

下句謂一日漫長，不知怎樣度過。

［二］“但解”兩句：衹懂得去買書哪管去認真閲讀，且捱過今天怎敢考慮十天半月的事情？

消日：消磨時間。曹植《感節賦》：“冀消日以忘憂。”顔之推《顔氏家訓·勉學》譏士大夫不讀書，“忽忽無事，以此消日，以此終年”。

兩句語頗頽唐。

［三］“百年”兩句：在回憶中，人生短短的百年很快過盡；而對於怨别傷離的人來説，漫長的一夜卻是難熬。

錢鍾書《談藝録》云：“‘百年頓盡’一聯，酷似唐李益《同崔邠登鸛鵲樓》詩之‘事去千年猶恨速，愁來一日即知長’；宋遺老黄超然《秋夜》七絶亦云：‘前朝舊事過如夢，未抵清秋一夜長’；皆《淮南子·説山訓》：‘拘囹圄者，以日爲修；當死市者，又以爲短’之意。”

［四］“我欲”兩句：我想乘龍上天去問問羲叔：這兩種情況究竟哪是幻覺哪又是真實的呢？

羲叔：古代神話傳説中的人物。傳説堯曾命羲仲、羲叔、和仲、和叔四人分管四方天象，並稱爲“羲和”。後傳爲駕御日車的神。《淮南子·天文訓》：“爰止羲和，爰息六螭，是謂懸車。”原注：“日乘車，駕以六龍，羲和御之。”

錢鍾書《談藝録》云：“静安標出‘真幻’兩字，則哲學家舍主觀時間而立客觀時間，牛頓所謂‘絶對真實數學時間’者是也。”

過　石　門

我行迫季冬，及此風雨夕。狂飆掠舷過，聲聲如裂帛。後船窘呼號，似聞樓櫓折。[一]孤懷不能寐，高枕聽淅瀝。須臾風雨止，微光漏舷隙。[二]悠然發清興，起坐岸我幘。片月掛東林，垂垂兩岸白。[三]小松如人長，離離四五尺。老桑最醜怪，亦復可怡悦。疏竹帶輕颸，摇摇正秀絶。[四]生平幾見汝，對面若不識。今夕獨何夕，著意媚孤客。[五]非徒豁雙眸，直欲奮六翮。此頃能百年，豈惜長行役。[六]

【箋】 石門鎮在嘉興西南60餘里，爲蘇州至海寧鹽官鎮必經之路，在江南運河之側，水陸交通甚便。静安於光緒三十年(1904)十一月，正式接受羅振玉之邀至蘇州執教，此詩當爲返鄉後赴任途經石門所作。前半極寫冬夜風雨的情景，後半則寫雨過月出，萬象皆新，心中充滿了怡悦，可見静安對此行頗懷有希望，甚至想到要振翅高飛，一展平生抱負。

【注釋】

[一] "我行"六句：我出行時正迫近嚴冬，又遇上這風雨之夜。狂風在船舷掠過，一聲聲如裂帛般發響。後邊的船在緊急地呼喊，好像聽到是樓櫓被吹折了。

裂帛：撕裂錦帛。形容響聲。白居易《琵琶行》："四絃一聲如裂帛。"

［二］ "孤懷"四句：我孤獨的情懷難以入睡，祇好躺着聽那淅瀝的雨聲。一會兒風停雨止，在船舷的縫隙中透進微光。

孤懷：孤寂的懷抱。

［三］ "悠然"四句：這時心情閑適，忽發清興，坐起來掀開頭巾眺望，祇見下弦月掛在東林上空，運河兩岸一片皓白。

清興：清雅的興致。

岸我幘：我掀起頭巾，露出前額。形容灑脱不拘。孔融《與韋端書》："不復與足下岸幘廣坐，舉杯相于。"白居易《喜與楊六侍御同宿》詩："岸幘静當明月夜。"

片月：弦月。弦月在東，當爲下弦月。

垂垂：延伸貌。

［四］ "小松"六句：小松樹像人那樣高，枝繁葉茂約有四五尺。老桑樹最是醜怪，但也令人感到怡悦。微風吹過疏竹，輕輕摇動，真覺十分秀美。

"小松"句：元稹《西齋小松》詩："松樹短於我。"

離離：茂密貌。左思《詠史》詩八首之二："鬱鬱澗底松，離離山上苗。"

六句特寫兩岸樹木，以襯自己的愉快心情。

［五］ "生平"四句：平生多次見過你們，面對着好像不曾相識。今晚是個怎樣的夜晚啊，你們卻有意取悦我這孤獨的客子。

"今夕"句：《詩·唐風·綢繆》："今夕何夕，見此良人。"

四句融景入情。《人間詞話·删稿》謂詩人對"一草一木亦須有忠實之意"，觀此可見。

［六］ "非徒"四句：我不光是睁開雙眼細看，真想要奮翅高飛。此情此景若能百年如此，我又怎怕長期出行在外呢。

豁雙眸：樓鑰《新闢門徑或謂太窄》詩："門外頓空曠，雙眸豁太虛。"

六翮：鳥雙翅中的正羽。指兩翼。《戰國策·楚策四》："奮其六翮而淩清風，飄摇乎高翔。"

四句意謂此行不僅是爲了開闊眼界，還想舒展個人的抱負。

校："樓櫓"，《静庵詩稿》作"樓擄"，誤。"緊呼號"，《詩稿》作"窘呼號"；"掛東村"，《詩稿》作"掛東林"；"離離"，《詩稿》作"離立"。

留園玉蘭花　乙巳

庭中新種玉蘭樹，枝長幹短花無數。燦如幼女冠六珈，躑躅牆陰不能步。[一]今朝送客城西隅，留園名花天下無。拔地扶疏三四丈，倚天綽約百餘株。[二]我上東樓頻目極，樓西花海花西日。海上銀濤突兀來，日邊瑶闕參差出。[三]南圃辛夷亦已花，雪山缺處露朝霞。閑憑危檻久徙倚，眼底層層生絳紗。[四]窈窕吴娘自矜許，卻來花底羞無語。直令椒麝黯無香，坐使紅顔色消沮。[五]將歸小住更凝眸，暝色催人不可留。歸來徑臥添愁悵，萬花倒插藻井上。[六]

【箋】　静安對玉蘭花有特别深的感情。辛亥去國東渡日本，作《昔遊》詩以寄故國之思，猶念念不忘蘇州天平山中數百株"爛漫向晴天"的玉蘭花。留園爲静安在蘇州常遊之地，園中景點甚多，静安唯作詩專詠玉蘭。此詩在風格上亦不類他作,語勢暢健,似從韓愈詠李花諸作中來。也許在蘇州的一年多,是静安一生中最適意的日子吧。此詩作於光緒三十一年(1905)春。

【注釋】

［一］ “庭中”四句:我在庭中新種的玉蘭樹,短短的樹幹,長長的枝梢,開了無數花朵。光鮮得像少女戴上許多美麗的首飾,在牆陰下躑躅徘徊,難以舉步。

六珈:古代婦女髮簪上的玉飾。《詩·鄘風·君子偕老》:“副笄六珈。”笄上加玉飾稱爲珈,珈數多少不一。六珈則爲侯伯夫人之飾。

［二］ “今朝”四句:今朝我送客到西城一角中的留園,園中的名花是天下所無的。它們拔地而起,高三四丈,枝葉扶疏;映照着天空,姿態美妙,總共約有百餘株之多。

拔地、倚天:楊萬里《題無頌堂袁安臥雪圖》:“拔地排瑶松,倚天立銀障。”

扶疏:枝葉茂盛紛披之狀。

［三］ “我上”四句:我登上東樓極目遠眺,樓西是一片花海,花的西邊可見到白日。仿佛海上的銀濤突然湧來,白日邊聳立着參差不齊的瓊樓玉闕。

瑶闕參差:耿湋《同李端春望》:“宫闕參差當晚日。”

四句極寫玉蘭盛開的情景。

［四］ “南圃”四句:南圃的辛夷樹亦已開花,好比在雪山的缺處露出一抹朝霞。我悠閑地憑倚着欄干久久徘徊,眼前像生起一層層絳紅的輕紗。

辛夷:即木筆花。正、二月花開,有紅紫等色。

四句以辛夷作襯。王穀祥《玉蘭》詩:“莫漫比辛夷,白賁誰能偶。”用意略同。

［五］ “窈窕”四句:那些窈窕的蘇州姑娘向來自負自誇,來到花底時卻羞慚無語。玉蘭花真的叫椒麝都黯淡無香,自然要使年

轻姑娘顔色沮喪。

四句以吴娘作襯。静安《蝶戀花》詞"當面吴娘誇善舞"同此手法。

［六］"將歸"四句：我準備回去了，還停下來凝眸細看，可是暮色催人不得久留。回家後臥在牀上更增添了惆悵——看到千萬朵花兒倒掛在天花板上。

藻井：天花板。因常繪有文彩，狀如井幹形，故稱。參見《鷓鴣天》詞（"閣道"）"不照紅葩倒井披"句注。

坐致

坐致虞唐亦太癡，許身稷契更奚爲？[一]誰能妄把平成業，换卻平生萬首詩。[二]

【箋】静安在《自序》中概述自己數年間爲學之事，感到疲於哲學而煩悶，"近日之嗜好所以漸由哲學而移于文學，而欲於其中求直接之慰藉者也"。除寫詩外，時亦填詞，自謂"余之於詞，雖所作尚不及百闋，然自南宋以後，除一二人外尚未有能及余者，則平日之所自信也"。可見静安對自己的文學才能是頗爲矜高的。詩人深知自己不是安邦治國、建功立業的人才，能成爲一位傑出的詩人，也算是《自序》中所説的"奢願"了。此詩作於光緒三十一年(1905)。

【注釋】

［一］"坐使"兩句：想很容易就達到唐虞之治，亦未免過於癡心妄

想，要期望自己成爲稷與契那般人物，又能幹什麽呢？

坐致：輕易獲得。《孟子·離婁下》："天之高也，星辰之遠也，苟求其故，千里之日至，可坐而致也。"范仲淹《紀送太傅相公歸闕》詩："坐致唐堯成大化。"

虞唐：虞舜與唐堯。傳説中的古帝名。所謂三代的聖賢之君。《論語·泰伯》："唐虞之際，于斯爲盛。"

"許身"句：許身，自許。稷契，稷與契。唐虞時的賢臣。杜甫《同元使君春陵行》："致君唐虞際。"又，《自京赴奉先縣詠懷五百字》詩："許身一何愚，竊比稷與契。"詩人杜甫，自比稷契，企圖致君堯舜，而静安卻有自知之明，知道這是不可能做到的。

［二］"誰能"兩句：誰能胡亂地把那所謂治國平天下的事業，來换掉平生的萬首好詩呢！

平成：語出《左傳·文公十八年》："舜臣堯，舉八愷，使主后土，以揆百事，莫不時序，地平天成。"又《書·大禹謨》："地平天成，六府三事允治，萬世永賴，時乃功。""地平天成"，爲堯、舜、禹三代之功業。

第三句緊承上文。兩句意謂，不願以政治家的所謂豐功偉業來换詩人的優秀作品。羅隱《煬帝陵》詩："君王忍把平陳業，祗博雷塘數畝田。"王詩則反用其意。

五月二十三夜出閶門驅車至覓渡橋

小齋竟日几營營，忽試霜蹄四馬輕。[一]螢火時

從風裏墮，雉垣偏向電邊明。[二]静中觀我原無礙，忙裏哦詩卻易成。[三]歸路不妨冒雷雨，茲遊快絶冠平生。[四]

【箋】 静安在蘇州，讀書著述，暇日則出遊，飽覽吴地名勝。閶門爲蘇州城西門，臨上塘河。河上有廣濟橋、覓渡橋、楓橋等石橋，又有留園、西園、寒山寺等園林勝跡。此詩寫夏夜遊閶門西郊的情景，意象明快，心情欣悦，静安詩中少見。覓渡橋，京杭大運河上的石橋，始建於元大德二年(1298)，建成後不用渡船，因稱滅渡橋，通稱覓渡橋。

【注釋】

［一］ “小齋”兩句：我在小小的書齋中終日祇是營營役役，忽坐上車子，馬蹄奔逸，頓覺身輕。

兀：兀自，仍是。

營營：忙碌的樣子。《莊子・桑庚楚》：“全汝形，抱汝生，勿使汝思慮營營。”

霜蹄：馬蹄。因《莊子・馬蹄》有“馬蹄可以踐霜雪”之語，故云。

［二］ “螢火”兩句：螢火出不時從風中飄墮，電光閃耀，城牆上的雉堞分明可見。

雉垣：即雉堞。城上短牆，又稱女牆。

静安《點絳唇》詞：“濕螢光大，一一風前墮。坐覺西南，紫電排雲破。”同此意境，當爲同時作。以此可窺詩詞不同的畛域。

［三］ “静中”兩句：在静中觀察自己本無罣礙，而在忙裏吟詩卻每易寫成。

觀我：《易・觀》：“觀我生進退。”王弼注謂“觀我生，自觀其道者也”。“静觀”，亦佛教與理學常用語。劉禹錫《宿誠禪師山房題贈二首》詩之一：“衆音徒起滅，心在静中觀。”又，程顥《秋日偶成》詩之二：“萬物静觀皆自得。”

無礙：佛教語。惡業引起煩惱困惑，擾亂身心，稱爲阻礙。無礙，無阻障。《百喻經·觀作瓶喻》：“法雨無障礙，緣事故不聞。”

［四］“歸路”兩句：歸家路上，不妨冒着雷雨而行，這次遊覽真痛快極了，可説是平生未有。

末句語本蘇軾《六月二十日夜渡海》詩：“九死南荒吾不恨，兹游奇絶冠平生。”極寫作者欣悦之情，然用前人詩句，僅改易一字，則似嫌蹈襲了。

將理歸裝得馬湘蘭畫幅喜而賦此（二首）

一

舊苑風流獨擅場，土苴當日睨侯王。[一]書生歸舸真奇絶，載得金陵馬四娘。[二]

【箋】 光緒三十一年(1905)冬十月，羅振玉因父喪，辭去江蘇師學堂監督。静安亦隨之辭職歸里。整理行裝時見所藏馬湘蘭蘭石小幅，喜而賦此詩。馬湘蘭，名守真，小字玄兒。明末名妓。居金陵秦淮,與名士王穉登等交遊。善畫蘭,清徐沁《明畫録》卷六稱其畫"蕭灑恬雅,極有風致"。又能詩善書法。汪中《經舊苑吊馬守真文序》云:"秦淮水逝,跡往名留,其色藝風情,故老遺聞,多能道者。余嘗覽其畫跡,叢蘭修竹,文弱不勝,秀氣靈襟,紛披楮墨之外。未嘗不愛賞其才,悵吾生之不及見也。"静安兩詩,亦熱情地讚賞湘蘭之風流才藝,並以權相馬士英反面作襯,更見愛憎之情。

【注釋】

［一］"舊苑"兩句:在秦淮舊院中,文采風流當數馬湘蘭最是擅場。她當日也曾傲視侯王如同糞土!

舊苑:指南京城南的明舊院。余懷《板橋雜記·雅遊》:"舊院,人稱曲中,前門對武定橋,後門在鈔庫街,妓家鱗次,比屋而居,屋宇清潔,花木蕭疏,迥非塵境。"

土苴(chǎzhǎ 衩鮓):糞草,渣滓,糟粕。以之爲土苴,比喻賤視。《莊子·讓王》:"道之真以養身,其緒餘以爲國家,其土苴以治天下。由此觀之,帝王之功,聖人之餘事也。"成玄英疏:"土,敕雅反,又片賈、行賈二反,又音如字。苴,側雅反,又知雅反。司馬云:土苴,如糞草也。李云:土苴,糟魄也,皆不真物也。"王國維《國學叢刊序》:"土苴百王,粃糠三古。"按,"苴"字應讀上聲,静安偶誤爲平聲。

睨:睥睨。瞧不起的樣子。

［二］"書生"兩句:我這書生的歸船中真是了不起——竟把金陵的馬四娘載回來了。

舸(gé):小船。

金陵馬四娘:金陵,即今南京。馬四娘,即馬湘蘭。《衆香詞》卷六:"馬氏同母姊妹六人,姬最小,呼四娘。"方婉儀《題馬守貞雙鉤蘭花圖卷》詩:"國香流落空留賞,太息金陵馬四娘。"

末兩句韻絶。似勝范成大"載得詩人一舸歸"之語。

二

小石叢蘭别様清，朱絲細字亦精神。[一]君家宰相成何事，羞殺千秋馮玉英。[二]

原注：馬士英善繪事，其遺墨流傳人間者，世人醜之，往往改其名爲馮玉英云。

【注釋】

［一］“小石”兩句：畫幅中小石叢蘭分外幽清，朱絲欄中的細字也充滿精神。
朱絲：朱絲欄。以銀朱在紙上畫成界道，以便寫字。
湘蘭擅書畫。王穉登《馬湘蘭挽歌詞》有“描蘭寫竹寄卿卿，遺墨都疑淚染成”、“紅箋新擘似輕霞，小字蠅頭密又斜”之語。

［二］“君家”兩句：你們馬姓的宰相成個什麼樣子——千秋萬世都羞死了那個“馮玉英”！
君家宰相：指馬士英。馬士英在南京擁立福王，任東閣大學士。專權昏憒。清兵破南京，士英在浙東抗清，兵敗被殺。
馮玉英：《明畫拾遺》載：“馬士英畫頗佳，然人皆惡其名，悉改爲妓女馮玉英。”張庚《國朝畫徵録》又載，馮玉英爲金陵妓女，善山水，筆法縱逸，頗有别趣。或曰實無其人，張庚謂人惡馬士英隳節，悉改其款姓名爲馮玉英云。
結處以馬士英作襯，語極冷峭。
王國維《敬業堂文集序》：“光緒乙巳，余歸自吴門，渭漁訪余於西城老屋，出唐解元芍藥、馬湘蘭蘭石小幅，相與把玩移晷。”可見静安對馬氏畫幅之珍愛。

戲效季英作口號詩(六首)

一

舟過瞿塘東復東,竹枝聲裏杜鵑紅。[一]白雲低渡滄江去,巫峽冥冥十二峰。[二]

【箋】《蕭箋》云:"此詩見於《人間詞話》底稿卷首,確係静安手跡。但與《詞話》内容無關,且與静安他作風格亦不盡同,一時難於遽斷。羅繼祖教授謂係静安棄餘,不足存。予以爲原稿既與《詞話》同鈔在'養正書塾札記簿'上,且係静安手跡,後面更有'静安藏書目',可以定作静安詩。"又云:"此詩之作,疑係東渡途中藉以發抒去國之情。"按,静安於光緒三十二年(1906)隨羅振玉入京,居於羅家,與季英過從頗密。宣統二年(1910)撰《人間詞話》,組詩書於詞話底稿,當亦同時之作。季英:劉大紳之字。季英爲劉鶚之子,羅振玉之婿。曾與静安共事於學部。

【注釋】

[一] "舟過"兩句:船過了瞿塘峽,還要再往東駛去。在開滿了紅杜鵑花的兩岸山裏,忽傳來陣陣竹枝歌聲。

瞿塘:峽名。長江三峽之一。西起四川奉節白帝城,東至巫山大寧河口。

竹枝:樂府《近代曲》名。本巴渝(今四川東部)一帶的民歌。

[二] "白雲"兩句:白雲低低地在江流上飄過,衹見巫峽十二峰一片冥濛。

巫峽：長江三峽之一。西起巫山大寧河口，東至湖北巴東官渡口。
冥冥：陰暗貌。
十二峰：巫山十二峰。劉禹錫《巫山神女廟》詩："巫山十二鬱蒼蒼，片石亭亭號女郎。"陳耀文《天中記》："巫山十二峰，曰望霞，曰翠屏，曰朝雲，曰松巒，曰集仙，曰聚鶴，曰浄壇，曰上昇，曰起雲，曰飛鳳，曰登龍，曰聖泉。"
此首寫放舟自瞿塘東下，純是竹枝詞體。未解深意。

二

朱樓高出五雲間，落日憑欄翠袖寒。[一]寄語塞鴻休北度，明朝飛雪滿關山。[二]

【注釋】

[一] "朱樓"兩句：華美的朱樓高高地聳立在五色祥雲之間，落日時候，久久地憑欄的女子衣衫單薄，更覺天寒。
朱樓：富麗華美的樓閣。
五雲：五色祥雲。古代常以指皇帝所在地。白居易《長恨歌》："樓閣玲瓏五雲起，其中綽約多仙子。"
次句語本杜甫《佳人》詩："天寒翠袖薄，日暮倚修竹。"

[二] "寄語"兩句：想告訴塞上的鴻雁不要再往北飛了——明朝大風吹雪，飄滿關山！
此首當有爲而發。清王朝已是日暮途窮，朝不保夕了。末兩句寫出詩人對國運的擔憂。

三

夜深微雨灑簾櫳，惆悵西園滿地紅。[一]穠李夭

桃元自落，人間未免怨東風。[二]

【注釋】

［一］“夜深”兩句：夜深時微雨灑下窗前，早晨看到西園中滿地殘紅，不勝惆悵。

簾櫳：窗簾和窗牖。

［二］“穠李”兩句：唉，豔麗的桃李花本來就自然零落的，人們未免過分埋怨東風了。

穠李：《詩·召南·何彼穠矣》：“何彼穠矣，華如桃李。”因謂華美的李花。

夭桃：《詩·周南·桃夭》：“桃之夭夭，灼灼其華。”因謂嬌麗的桃花。

怨東風：《西廂記》：“花落水流紅，閑愁萬種，無語怨東風。”此首謂春殘花落，原是時勢使然。亦當有所感。

四

雙闕淩霄不可攀，明河流向闕中間。[一]銀燈一隊經馳道，道是君王夜宴還。[二]

【注釋】

［一］“雙闕”兩句：宫門的雙闕直插雲霄高不可攀，天上的銀河仿佛流向雙闕中間。

闕：城門、宫門兩邊的高臺，中間有道路。鮑照《代結客少年場行》詩：“雙闕似雲浮。”明河：天河，銀河。杜甫《天河》詩：“含星動雙闕。”樓鑰《大龍湫》詩：“始見銀河落雙闕。”陳允平《齊天樂》詞：“雙闕明河光轉。”均以銀河與雙闕連用。

［二］“銀燈”兩句：一隊人馬持着銀燈經行馳道——人們説是君王

夜宴歸來了。

馳道：供君王行駛車馬的道路，即御道。

兩句緊承“明河”句意。一隊銀燈，恰似銀河流落。

此首疑爲諷刺慈禧太后的荒侈逸樂。

五

雨後山泉百道飛，冥冥江樹子規啼。[一]蜀山此去無多路，要爲催人不得歸。[二]

【注釋】

[一] “雨後”兩句：雨過後，千百道山泉飛濺而下。在昏暗的江樹上杜鵑鳥在悲啼。

子規：鳥名。即杜鵑。據云其鳴聲像“不如歸去”。見《嘲杜鵑》詩注。

兩句本唐王維《送梓州李使君》詩：“萬壑樹參天，千山響杜鵑。山中一夜雨，樹杪百重泉。”

[二] “蜀山”兩句：蜀山離這兒不會太遠了，杜鵑是要催人歸去，但又不能歸去啊！

兩句本李商隱《無題》詩：“蓬山此去無多路，青鳥殷勤爲探看。”

此首寫欲歸不得的情懷。

六

十年腸斷寄征衣，雪滿天山未解圍。[一]卻聽鄰娃談故事，封侯夫婿黑頭歸。[二]

【注釋】

［一］ "十年"兩句：十年來思婦肝腸寸斷，遥寄征衣，想起征人遠在大雪覆滿的天山，重圍依然未解。

雪滿天山：岑參《白雪歌送武判官歸京》詩："去時雪滿天山路。"

［二］ "卻聽"兩句：卻聽到鄰家女子談起故事：她的夫婿正青春年少，已建功立業，封侯而歸了。

黑頭：《晉書·王恂傳》載，桓温嘗稱譽王恂爲"未易才"，"當作黑頭公"。韓翃《送李中丞赴商州》詩："當年紫髯將，他日黑頭公。"謂年少而能得高位者。以鄰娃之得意作襯。

末句暗用王昌齡《閨怨》詩"悔教夫婿覓封侯"句意。

此詩殆静安自傷身世之詞歟？十載寒窗苦讀，至今猶沉屈下僚。静安在京中初次踏足官場，故所感特深。

校："穠李"，各本皆作"儂李"，誤。徑改。

定居京都奉答鈴木豹軒枉贈之作並柬君山湖南君撝諸君子（四首）辛亥

一

海外雄都領百城，周家洛邑宋西京。[一]龍門伊闕爭奇秀，昭德春明有典刑。[二]閭里尚存唐舊俗，橋門仍習漢遺經。[三]故人不乏朝衡在，四海相看竟

弟兄。[四]

【箋】 1911 年 10 月 10 日,武昌起義爆發。11 月,静安攜家眷隨羅振玉東渡,寄居日本京都。羅振玉《狩野君山博士六十壽序》云:"辛亥仲秋,革命軍起。君與内藤、富岡諸君移書勸予浮海東渡,且爲之卜宅於京都。感君高義,乃與海寧王忠愨公攜家投止,舟至神户,君與東西兩京知好咸來迎迓。"此詩爲静安在日本京都答謝鈴木而作。組詩中對日本保存了中國傳統文化習俗表示讚賞,並感謝日本學者的高情厚誼。鈴木豹軒:鈴木虎雄。字豹軒。日本漢學家。君山:狩野直喜,字子温,號君山。日本學者。湖南:内藤虎次郎,字湖南。日本學者。京都大學教授。君撝:富岡謙藏,字君撝,日本學者。京都大學講師。1910 年 8 月,京都大學的狩野、内藤、富岡等漢學家,曾到北京調查敦煌遺書的情況。静安時在學部,參與接待工作,時與狩野等討論南北曲問題,東渡後過從益密。鈴木虎雄後來回憶説:"余自君得啟蒙之利,不衹限於戲曲一事,其他如有關典籍、清朝掌故、社會風俗、日常瑣事等等,無遑枚舉。"(《追憶王静庵》)

【注釋】

[一] "海外"兩句:京都是海外的雄都,統領百城。好比周朝的洛邑和宋朝的西京。

洛邑:古都邑名。周成王時周公所築。西周定都鎬京,洛邑實爲西周之陪都,名東都。故址在今河南洛陽洛水北岸、瀍水東西。

西京:北宋定都汴京,稱東京開封府,而以洛陽爲西京河南府。京都爲日本舊都,1869 年始遷都東京。故詩中以洛邑、西京設喻。

[二] "龍門"兩句:京都的形勢,可與龍門、伊闕的雄奇秀麗相比;京都的城門,也仿佛以昭德、春明爲典範。

龍門:山名。《漢書·溝洫志》:"昔大禹治水,山陵當路者毁之，故鑿龍門，辟伊闕。”在今河南洛陽市南。

伊闕：地名。《水經注·洛水》：“昔大禹疏以通水，兩山相對，望之若闕，伊水歷其間北流，故謂之伊闕矣。”因香山與龍門山兩山相對如闕門，伊水流經其間，故名。在今河南洛陽市南。

昭德：北京宫門名。《日下舊聞考》卷四十：“南城中路曰永聚門，曰觀心殿，曰昭祥門，曰端拱之門，曰昭德門。”

春明：長安城門名，此指北京城門。參見《楊留垞六十壽詩》之二注。

典刑：典型。謂舊法、常規。《詩·大雅·蕩》：“尚有典刑。”鄭玄箋：“猶有常事故法可案用也。”

［三］“閭里”兩句：京都的民間還保存唐朝的舊俗，大學裏仍然修習漢代的遺經。

閭里：閭，里巷的大門。閭里，指平民聚居之處。黄遵憲《日本雜事詩》注：“舊俗，凡三月三、五月五、七月七、九月九，謂之節句，略如華俗。”

橋門：古代太學，水四周於外，以象四海，有四橋相通四門，稱橋門，因以代指太學。

上句寫京都民間風俗，下句寫京都大學中的漢學教學。

［四］“故人”兩句：在京都我還有不少像朝衡般的日本朋友，四海之内，大家像兄弟般和睦相處。

朝衡：亦作晁衡。唐代日本國人。字巨卿，原名阿倍仲麻吕。開元五年(717)隨日本遣唐使團至長安，就讀太學。卒業後在朝任職，官秘書監。與王維、李白等詩人友好，有詩贈答。

下句語本《論語·顔淵》：“四海之内皆兄弟也！君子何患乎無兄弟也。”

二

莽莽神州入戰圖，中原文獻問何如？[一]苦思十

載窺三館,且喜扁舟尚五車。[二]烈火幸逃將盡劫,神山況有未焚書。[三]他年第一難忘事,秘閣西頭是敝廬。[四]

【注釋】

[一] "莽莽"兩句: 廣闊的神州大地成爲戰爭之場,試問中原的文獻如今又怎樣呢?

莽莽: 無涯際貌。夏孫桐《南樓令》詞:"莽莽神州兵氣亘。"

戰圖: 作戰的地圖。入戰圖,成爲戰場。曹松《己亥歲》詩之一:"澤國江山入戰圖,生民何計樂樵蘇?"

兩句謂中國戰亂,文獻散失。

[二] "苦思"兩句: 十年來我經常想到的是能看到三館的典籍,稍可欣慰的是乘船浮海還帶有不少圖書。

三館: 唐朝有弘文(昭文)、集賢、史館三館,爲藏書、校書、修史之所。鄭樵《通志・總序》:"欲三館無素餐之人,四庫無蠹魚之簡,千章萬卷,日見流通。"

五車: 五車書。形容書之多。《莊子・天下》:"惠施多方,其書五車。"

[三] "烈火"兩句: 僥倖逃過了世界將盡之劫的烈火,三神山中何況還有未曾焚毀的圖書。

將盡劫: 見《讀史二十首》之九注。

神山: 三神山。傳説東海中仙人所居之山。名蓬萊、方丈、瀛洲。詩中指日本。

兩句謂自己逃離在革命烈火中的中國。來到日本安心讀書。

[四] "他年"兩句: 將來想起這最難忘的事——在藏書秘閣的西邊是我的居處。

秘閣: 朝廷藏書校書之所。此指京都大學圖書館。《新唐書・李邕傳》:"既冠,見特進李嶠,自言'讀書未遍,願一見秘書',嶠曰:'秘閣萬卷,豈時日能習邪!'"
靜安時居田中村,在京都大學附近,得時至大學圖書館讀書。

三

平生丘壑意相關,此日塵勞暫得閑。[一]近市一廛仍遠俗,登樓四面許看山。[二]書聲祗在淙潺裏,病骨全蘇紫翠間。[三]賃廡傭書吾輩事,北山聊爲一開顔。[四]

【注釋】

[一] "平生"兩句:我平生的意願是要隱於山林丘壑之中,今日放下了塵世事務暫得清閑。

丘壑:山陵和溪谷。謂隱逸之地。張方平《都官葉紓郎中歸三衢》詩:"一丘一壑平生志。"

塵勞:見《遊通州湖心亭》詩注。

[二] "近市"兩句:我所居的地方雖然靠近城市,但仍遠離塵俗,登樓四顧還可飽看青山。

近市:《左傳・昭公三年》:"景公欲更晏子之宅,曰:'子之宅近市,湫隘囂塵,不可以居。'"

一廛:古代平民一家在城邑中所占的房地。因以指民房。《孟子・滕文公上》:"遠方之人聞君行仁政,願受一廛而爲氓。"

登樓:王粲《登樓賦》:"雖信美而非吾土兮,曾何足以少留。"表示京都雖好,終是異國。意圖復辟。

[三] "書聲"兩句:我的讀書聲與溪澗中潺潺的流水聲相應和。而我的宿疾也在蒼翠的山林中完全痊癒了。

淙潺:流水聲。蘇軾《洞庭春色賦》:"揭春溜之淙潺。"

蘇：蘇息，恢復。蘇軾《浴日亭》詩："已覺蒼涼蘇病骨。"

［四］"賃廡"兩句：本來租借房屋啦受雇抄書啦都是該我這種人去幹的，如今對着北山，姑且爲它開顏一笑吧！

賃廡：租屋。《後漢書·梁鴻傳》：鴻過京師，作《五噫》之歌，肅宗聞而非之，求鴻。乃易姓名，與妻子先居齊魯，後又至吴，"依大家皋伯通居廡下，爲人賃舂"。王氏用此寫己避難出居日本。

傭書：受雇代人抄書。亦指爲人做筆札工作。《後漢書·班超傳》："家貧，常爲官傭書以供養。"

北山：指隱居之地。南朝周彦倫曾隱居北山（今南京鍾山），後應詔爲海鹽令。孔稚圭作《北山移文》誚之。静安詩中暗用此典。

四

三山西去陣雲稠，虎踞龍争訖未休。[一]邂逅喜來君子國，登臨還望帝王州。[二]市朝言論雞三足，今古興亡貉一丘。[三]猶有故園松菊在，可能無賦仲宣樓？[四]

【注釋】

［一］"三山"兩句：從三山西望，衹見戰雲密佈，龍争虎踞，至今尚未停止。

三山：海上三神山。指日本。

陣雲：濃雲。形如戰陣的雲。

虎踞龍争：合用"龍盤虎踞"、"龍争虎鬥"成語，以形容中國國内的戰争及軍事割據。陳師道《敬酬智叔三賜之辱兼戲楊理曹》詩："龍争虎踞竟成塵。"

［二］ “邂逅”兩句：我很高興有機會來到這君子之國，登高臨遠，還看到繁盛的帝王之州。

邂逅：偶然，僥倖。

君子國：指日本。《後漢書·東夷列傳序》：“（東夷）天性柔順，易以道御，至有君子、不死之國焉。”

帝王州：帝王居住的地方。謝朓《入朝曲》：“江南佳麗地，金陵帝王州。”本詩中指日本京都。

［三］ “市朝”兩句：市朝中的言論總是像説“雞三足”那樣誇誕反覆的，而今古的興亡也不過是一丘之貉而已。

市朝：市井和朝廷。朝野。

雞三足：《莊子·天下》載，惠施善辯，“天下之辯者相與樂之。卵有毛，雞三足，郢有天下，犬可以爲羊……辯者以此與惠施相應，終身無窮”。

貉一丘：同一個山上的貉子。喻彼此相同，沒有差别。劉敞《任城道中》詩：“今古一丘貉，成敗誰復論！”

兩句見静安對辛亥革命的態度。

［四］ “猶有”兩句：故園中的松菊也應還在，怎能不像王粲那樣作登樓之賦呢！

上句用陶潛《歸去來辭》：“三徑就荒，松菊猶存。”又，岑參《九日思長安故園》詩：“遥憐故園菊，應傍戰場開。”

仲宣：漢文學家王粲，字仲宣。王粲曾登當陽城樓，作《登樓賦》。文中抒發對天下動亂不安、個人遠離故鄉的愁苦之情。參見上首注。

校：標題“鈴木豹軒”，各本作“鈐山豹軒”或“鈴山豹軒”，誤，徑改。

頤和園詞 壬子

漢家七葉鍾陽九，澒洞風埃昏九有。南國潢池正弄兵，北沽門户仍飛牡。[一]倉皇萬乘向金微，一去宫車不復歸。提挈嗣皇綏舊服，萬幾從此出宫闈。[二]東朝淵塞曾無匹，西宫才略稱第一。恩澤何曾逮外家，咨謀往往聞温室。[三]親王輔政最稱賢，諸將專征捷奏先。迅掃欃槍回日月，八荒重睹中興年。[四]

【箋】 1912年3月，静安在京都作《頤和園詞》七古一首，記述清末史事。詩成後，羅振玉見而激賞，爲手録影印行世。此詩爲静安詩中的長篇偉製，王氏對此亦甚爲得意，在5月31日致鈴木虎雄書中云："前作《頤和園詞》一首，雖不敢上希白傅，庶幾追步梅村。蓋白傅能不使事，梅村則專以使事爲工。然梅村自有雄氣駿骨，遇白描處尤有深味。"信中以梅村相況，所稱揚梅村處，實亦夫子自道。鈴木覆信云："前垂示《頤和園詞》一篇，拜誦不一再次。風骨俊爽，彩華絢爛，漱王、駱之芬芳，剔元、虞之精髓。況且事該情盡，義微詞隱。國家艱難，宗社興亡，蘭成北徙，仲宣南行，慘何加焉。"又稱此詩"隱而顯，微而著，懷往感今，俯仰低徊，淒婉之致，幾乎駕婁江而上者，洵近今之所罕見也"。静安自以爲此詩雖不敢與白居易的名作如《長恨歌》等相比，但也可追步吴偉業的《圓圓曲》。《清朝野史大觀》卷二："海寧王國維長詞一首，佳麗無倫，以長慶之清詞，寫開元之豔跡，纏綿往復，感慨淋漓，誠此題之絶作也。"所謂長慶清詞，是指元稹的《連昌宫詞》。陳寅恪亦比之以元稹《連昌宫詞》,其《王觀堂先生挽詞》詩云:“曾賦《連昌》舊苑詩,興亡哀感動人思。豈知長慶才人語,竟作靈均息壤詞。”錢仲聯《近代詩鈔》云:“這首詩寫晚清諸史事,與王闓運《圓明園詞》可算是近代詩苑中的一對奇花異葩。”然亦有不同意這種評價的,《蕭箋》謂《連昌宫詞》“豈《頤和園詞》所能企及”,又謂“静安是時之思想境界極屬可悲”。錢仲聯、錢學曾《清詩精華録》又謂:“由於作者清遺老的立場,對慈禧多稱頌之詞,對清朝滅亡也流露了痛悼哀傷之情。”民國初年邊敷文曾爲此詩作注,載于黄濬《花隨人聖盦摭憶》中,考據史實頗詳。頤和園:在今北京市海淀區西北。原爲金主完顔亮行宫,明建爲好山園,清改建爲清漪園。郭則沄《十朝詩乘》卷二十一:“德宗親政有期,醇賢親王以慈聖深居不樂,謀別拓園苑。或曰:‘甕山大報恩寺,爲乾隆時奉母后祝釐而建,于以繩祖制,奉慈娱,誰曰不宜。’費無所出,則醇邸筦海軍,以儲餉息金,陸續撥用,初未動及正鑲。其地舊有玉瀾堂諸勝,完者葺之,頹者補之,稍有增建,遂成巨觀,即今之頤和園也。”

【注釋】

[一] “漢家”四句:漢朝傳到第七代正遇上陽九厄運,彌漫無邊的風塵使九州都昏暗了。南方又發生了武裝叛亂,大沽的門户也被外敵攻破。

漢家:漢朝。此指清朝。

七葉:七世。左思《詠史》詩之八:“金張籍舊業,七葉珥漢貂。”清朝自世祖至文宗,共傳七世。

鍾:當,遭逢。

陽九:古代術數家之説。謂四千六百一十七歲爲一元。初入元一百零六歲,内有旱災九年,謂之“陽九”。太乙數又以四百五十六年爲一“陽九”。陽九爲陽數之窮,歲運值之,終有厄會。因此“陽九”指厄運。曹植《王仲宣誄》:“會遭陽九,炎光中矇。”

澒洞(hòngtóng 哄同)：彌漫，綿延。賈誼《旱雲賦》："運清濁之澒洞兮，正重沓而並起。"

九有：九州。指中國。《詩・商頌・玄鳥》："方命厥后，奄有九有。"

潢池弄兵：語出《漢書・龔遂傳》："海瀕遐遠，不沾聖化，其民困於饑寒而吏不恤，故使陛下赤子盜弄陛下之兵於潢池耳。"因以"潢池弄兵"謂叛亂。

北沽：指大沽口。爲北方京津之門户。咸豐八年(1858)，英法聯軍攻陷大沽口，進逼北京。

飛牡：失去城門上的鎖鑰。前人認爲是亂臣賊子謀亂的徵兆。《禮・月令》："修鍵閉。"鄭玄注："鍵，牡；閉，牝也。"因稱鑰匙爲牡，鎖頭爲牝。《漢書・五行志七》："成帝元延正月，長安章城門門牡自亡，函谷關次門牡亦自亡。京房《易傳》曰：'饑而不損茲謂泰，厥災水，厥咎牡亡。'《妖辭》曰：'關動牡飛，辟爲亡道臣爲非，厥咎亂臣謀篡。'"

四句説，咸豐年間，南方有太平天國之亂，北方有英法帝國主義的入侵。

［二］"倉皇"四句：王室倉皇出逃到山中，皇帝也一去不返客死在外。太后扶持着嗣皇安撫了舊邦，從此走出宮闈管理朝政。

萬乘：帝王的車駕。

金微：山名。今阿爾泰山。盧照鄰《昭君怨》詩："肝腸辭玉輦，形影向金微。"本詩中指熱河。英法聯軍攻北京，咸豐帝倉皇逃奔熱河行宮，次年病死。

嗣皇：繼承皇位的皇子。指同治帝。

綏：安定。《書・禹貢》："五百里綏服。"孔安國傳："綏，安也。侯服外之五百里安服王者之政教。"

舊服：舊日的統治區域。服，指王畿以外的地方。

萬幾：指帝王日常處理的紛繁的政務。《書・皋陶謨》："兢兢業業，一日二日萬幾。"

四句寫咸豐帝死後,兩宫太后垂簾聽政。

［三］ "東朝"四句:東宫太后實在是敦厚無比,西宫太后的才略可稱第一。她們並没有特别對外家濫施恩澤,而是經常在温室中向群臣徵詢謀畫。

東朝:漢代長樂宫,太后所居。因其在未央宫東,故稱東朝,又稱東宫。《史記·魏其武安侯列傳》:"東朝廷辯之。"詩中指慈安太后。

淵塞:篤厚誠實。《詩·邶風·燕燕》:"仲氏任只,其心塞淵。"孔穎達疏:"其心誠實而深遠也。"

西宫:指慈禧太后。

逮:及。

外家:母家。前人認爲賢后不偏私外家。《舊唐書·長孫皇后傳》載,太宗將重任後兄無忌,"后固言不可,每乘間奏曰:'妾既託身紫宫,尊貴已極,實不願兄弟子姪布列朝廷。'""又著論駁漢明德馬皇后,以爲不能抑退外戚。"

温室:漢宫殿名。《漢書·京房傳》:"京房奏考功課吏法,上令公卿朝臣,會議温室。"

四句讚美太后不讓外戚參政,多與大臣商議國事。

［四］ "親王"四句:親王輔佐治理政事,最被稱爲賢能;將領們受命專征,很快傳來捷報。迅速地掃平叛亂,回天轉地,全國各地重見中興之年。

親王:指恭親王奕訢。時爲議政王。

諸將:指曾國藩、李鴻章、左宗棠、胡林翼等將領。

專征:受命自主征伐。

欃槍:即彗星。古代認爲是妖星,預兆着戰亂。杜甫《奉送郭中丞兼太僕卿充隴右節度使三十韻》詩:"幾時回節鉞,戮力掃欃槍。"

回日月:李賀《榮華樂》詩:"將回日月先反掌。"

八荒:八方荒遠之地。指全國。

中興年：杜甫《喜達行在所》詩："今朝漢社稷，新數中興年。"四句寫慈禧秉政後，重用奕訢及漢族將領，平定太平軍、捻軍之亂，出現了所謂的"同治中興"。

以上爲第一段。追述咸豐朝的歷史，歌頌慈禧太后任賢使能，國家重見中興。

聯翩方召升朝右，北門獨付西平手。因治樓船鑿漢池，別營臺沼追文囿。[一]西直門西柳色青，玉泉山下水流清。新錫山名呼萬壽，舊疏湖水號昆明。[二]昆明萬壽佳山水，中間宫殿排雲起。拂水回廊千步深，冠山傑閣三層峙。[三]隥道盤紆淩紫煙，上方寶殿放祈年。更栽火樹千花發，不數明珠徹夜懸。[四]是時朝野多豐豫，年年三月迎鑾馭。長樂深嚴苦敝神，甘泉爽塏宜清暑。[五]高秋風日過重陽，佳節坤成啟未央。丹陛大陳三部伎，玉卮親舉萬年觴。[六]嗣皇上壽稱臣子，本朝家法嚴無比。問膳曾無賜坐時，從游罕講家人禮。[七]東平小女最承恩，遠嫁歸來奉紫宸。臥起每偕榮壽主，丹青差喜繆夫人。[八]尊號珠聯十六字，太官加豆依前制。別啟瓊林貯羨餘，更營玉府蒐珍異。[九]月殿雲階敞上方，宫中習静夜焚香。但祝時平邊塞静，千秋萬歲未渠央。[一〇]

【注釋】

［一］"聯翩"四句：賢臣們相繼提拔到朝中的高位，而軍事大權衹

交給李西平一人。由於要建設水軍而開鑿昆明湖,再營造樓臺池沼要勝過文王的靈囿。

方召:方叔和召虎的合稱。方、召皆輔助周宣王中興的賢臣。蘇軾《石鼓歌》:"方召聯翩賜圭卣。"此以指曾國藩、李鴻章等人。黄濬《花隨人聖盦摭憶》:"聯翩方召,當指左文襄入軍機。"可備一説。左文襄,即左宗棠。

朝右:朝班之右首。指高位。同治年間,曾國藩官至直隸總督,李鴻章接其任又兼北洋大臣,掌管外交、軍事、經濟大權。

北門:《左傳·僖公三十二年》:"杞子自鄭使告於秦曰:'鄭人使我掌其北門之管,若潛師以來,國可得也。'"因以北門喻軍事要地或守禦重任。

西平:即李晟。唐德宗時曾率軍討伐藩鎮叛亂,又平朱泚之亂,收復長安,封西平郡王。此指李鴻章。

樓船:見《詠史》二十首之十注。

鑿漢池:見《詠史》二十首之九注。

文囿:指周文王在洛邑築的園囿。《詩·大雅·靈臺》載文王築靈臺,臺下有囿,囿中有沼。本詩中以指圓明園。

四句寫慈禧太后重建頤和園。"獨付"、"樓船"之語,暗寫其挪用李鴻章所管的海軍經費。

［二］ "西直"四句:西直門西種上青青的楊柳,玉泉山下引來清冷的流水。新賜給的山名稱爲"萬壽",舊時疏鑿的湖名叫做"昆明"。

西直門:在北京城西北。《日下舊聞考》卷五二:"西之北曰西直,永樂十九年立。"

玉泉山:爲西山東麓支脈,清泉密佈,故名。昆明湖之水,即自玉泉山引來。

萬壽:山名。在昆明湖北,爲西山支脈。元時稱甕山。乾隆十五年(1750)爲慶祝太后六十誕辰,改名萬壽山。

昆明:昆明湖。元時稱甕山泊,明代稱西湖。乾隆十五年

(1750),用漢武帝在長安鑿昆明池練水師故事,改名昆明湖。《日下舊聞録》卷八四:“甕山在玉泉山之旁,西湖當其前,金山拱其後,明時舊有圓静寺,後廢。今上乾隆十五年,於其地建大報恩延壽寺,命名萬壽山。並疏導玉泉諸派,匯於西湖,易名曰昆明湖,設戰船。”

[三] “昆明”四句:昆明湖、萬壽山都是美好的山水,中間宫殿排雲而起。水邊是迂回曲折的遊廊有千多尺長,建在山頂的殿閣三層聳峙。

排雲:形容宫殿之高。又爲殿名。排雲殿在萬壽山前山中部,爲萬壽山的正殿。

回廊:殿中的建築都用遊廊相接,曲折幽深。

傑閣:高閣。指佛香閣。在排雲殿後,八面三層,高 41 米。可俯瞰頤和園全景。

[四] “隥道”四句:沿山的石路盤旋而上插入雲霄,還有仿效祈年殿形制的佛家寶殿。入夜後繁燈閃耀,如同火樹怒放千花,那徹夜懸掛的明珠更是不在話下了。

隥道:有石級的山間道路。

上方寶殿:指頤和園排雲殿上層的佛香閣。閣頂作圓蓋形,其制仿效天壇的祈年殿。

放(fǎng 仿):仿效。

火樹:形容繁盛的燈火。蘇味道《正月十五夜》詩:“火樹銀花合,星橋鐵鎖開。”

明珠:指夜明珠。古時傳説富貴人家常懸掛明珠以照夜。《古今事文類聚》卷二十五:“郭況家富,懸明珠於四壁,晝視如星,夜視如日。”

不數:不足數。不值一提。

邊敷文注:“那拉后於頤和園中樹間裝設電燈數萬盞,詩意指此,然此皆光緒年間事。”

以上十二句描寫頤和園的環境建築及裝飾。

［五］“是時”四句：這時候，朝野上下都豐裕安逸，年年三月迎接皇室的車駕。長樂宫太過深嚴令人勞神，而甘泉宫卻高爽適於避暑。

豐豫：富盛安樂。虞集《廣西都元帥章公平傜記》：“地大物衆，豐豫繁息。”

鸞馭：猶言鸞駕。指慈禧的車駕。

長樂：漢宫名。宫中有臨華殿、温室殿、長信宫等。漢太后常居之。因以指清宫中太后的居處。

敝神：使人精神疲敝。

甘泉：秦、漢宫名。《三輔黄圖》卷一：“故甘泉山，宫以山爲名。宫周匝十餘里……宫南有昆明池。”甘泉爲漢帝避暑的行宫，因以指頤和園。

爽塏：高爽。《左傳・昭公三年》：“子之宅近市，湫隘囂塵，不可以居，請更諸爽塏者。”杜預注：“爽，明；塏，燥。”

邊注：“慈禧以宫中不適，每於三月移駐頤和園避暑。”

［六］“高秋”四句：秋高氣爽，風日晴和，又過重陽佳節。是太后的壽辰，開放未央宫來慶賀。宫前的臺階上擺出三部樂伎，太后親舉玉杯暢飲萬年壽酒。

坤成：《易・繫辭》：“乾道成男。坤道成女。”因以坤成謂女子生日。

未央：漢宫名。借指頤和園。光緒二十年(1894)十月初十，慈禧六十歲壽辰，在頤和園舉行慶典。

丹陛：指宫殿的臺階。因以丹朱塗之，故稱。

三部伎：演奏三部樂的樂伎。《新唐書・禮樂志十二》載，唐玄宗把宫廷樂伎分爲三部：堂下立奏者爲立部伎，堂上坐奏者爲坐部伎，又選坐部伎教於梨園，爲法曲部。

玉卮：玉杯。

萬年觴：指壽酒。《後漢書・班超傳》：“目見西域平定，陛下舉萬年之觴。”

《清史稿・后妃列傳》:"是年,太后六十萬歲,上請在頤和園受賀。仿康熙、乾隆間成例,自大内至園,蹕路所經,設彩棚經壇,舉行慶典。"

[七] "嗣皇"四句: 皇帝奉觴上壽時,自稱臣子,本朝的家法嚴格無比。皇帝向太后問膳,也没有賜坐,跟隨出遊時也很少以家人的禮數相待。

嗣皇: 繼位的皇帝。韓愈《八月十五日夜贈張功曹》詩:"嗣皇繼聖登夔皋。"王詩中指光緒帝。

上壽: 向人敬酒祝頌長壽。

家法: 指祖宗定制。

問膳: 古禮,父母進食,人子侍側,問膳食如何。《禮記・文王世子》:"食下,問所膳。"

家人禮: 指親屬日常之間的較爲寬鬆的禮儀。慈禧對光緒十分嚴厲,衹講君臣之禮而不講母子之禮。邊注:"太后御膳,皇帝及皇后等侍立於側,不賜坐。徹膳,則命帝后等立而食之。即在宫内遊幸時,亦常如此。此清代家法,古所無也。"

[八] "東平"四句: 東平王的小女兒最受恩澤,遠嫁歸來後得以在宫中侍值。太后日常臥起都偕同着榮壽公主,而在書畫文墨上則比較喜歡繆夫人。

東平: 漢光武第八子封東平王。此指恭親王奕訢。其女榮壽公主,爲慈禧之義女,封爲固倫公主。嫁額駙志端,志端卒後,益得慈禧憐愛,命侍值園中。

紫宸: 唐宫殿名。借指頤和園的宫室。

繆夫人: 指女畫師繆素筠。曾被召入園以畫藝侍奉太后左右,常代慈禧作書畫以賜諸大臣。人稱繆太太。惲寶惠《清官内之繆姑太太》:"(慈禧)所作花卉,皆由繆素筠先鉤粉本,以便照描。或徑命其代筆。素筠名嘉蕙,昆明人。其兄嘉玉,字石農,爲醇邸西席。"

以上八句以榮壽公主與光緒帝作對比,以見慈禧之愛惡。

［九］“尊號”四句：加給太后的尊號如聯珠般十六字。太官還依照定制安排膳食。再開啟瓊林貯藏盈餘的財物，又營造玉府搜集奇珍異寶。

尊號：尊崇帝后的稱號。時慈禧太后累加尊號爲“慈禧端佑康頤昭豫莊誠壽恭欽獻崇熙”十六字。

太官：官名，掌宫廷飲食宴會。清代於光禄寺下設太官署。

加豆：豆，爲古代食器。加豆，《周禮・醢人》中所載的“四豆”的一種，豆中盛有兔、雁、魚等肉汁。

瓊林：唐内庫名。以藏貢品財物。

羨餘：指地方官員以賦税盈餘的名義向朝廷進貢的財物。白居易《重賦》詩：“號爲羨餘物，隨月獻至尊。”

玉府：《周禮・天官》中所載的官署名。掌管以玉爲主的金玉玩好等珍貴之物。

慈禧太后以壽辰爲名搜刮了大量財物珍玩。光是榮禄從熱河運入京的珍玩就有一百八十巨車，二萬數千具。邊注：“慈禧好貨。晚年設玉器店於北京，凡司道以下宫缺皆可賄買。”郭則沄《十朝詩乘》卷二一評以上十二句云：“述事簡覈，亦見陽秋。”

［一〇］“月殿”四句：仙宫般的雲階月殿如同通向天上，在宫中修心養性晚上焚香，祇祝願時勢清平邊境無事，千秋萬歲永無終止。

月殿雲階：指仙境。杜牧《七夕》詩：“雲階月地一相過，未抵經年别恨多。”

上方：指天界。《雲笈七籤》卷二二：“上方九天之上。”

習静：修習安静的心性。白居易《酬裴相公見寄二絶》詩之一：“習静心方泰，勞生事漸稀。”

未渠(jù 巨)央：没有完結。渠，通“遽”。

邊注：“慈禧每於宫中焚香禮斗，祝國内太平。”

以上爲第二段，寫慈禧太后修建頤和園以及在園中行樂的情景。

五十年間天下母，後來無繼前無偶。卻因清暇話平生，萬事何堪重回首。[一]憶昔先皇幸朔方，屬車恩幸故難量。内批教寫清舒館，小印新鐫同道堂。[二]一朝鑄鼎降龍馭，後宫髯絶不能去。北渚何堪帝子愁，南衙復遘丞卿怒。[三]手夷端肅反京師，永念沖人未有知。爲簡儒臣嚴諭教，别求名族正宫闈。[四]可憐白日西南駛，一紀恩勤付流水。甲觀曾無世嫡孫，後宫並乏才人子。[五]提攜猶子付黄圖，劬苦還如同治初。又見法宫馮玉几，更勞武帳坐珠襦。[六]國事中間幾翻覆，近年最憶懷來辱。草地間關短轂車，郵亭倉卒蕪蔞粥。[七]上相留都樹大牙，東南諸將奉王家。坐令佳氣騰金闕，復道都人望翠華。[八]自古忠良能活國，於今母子仍玉食。九廟重聞鐘鼓聲，離宫不改池臺色。[九]一自官家静攝頻，含飴無冀弄諸孫。但看腰腳今猶健，莫道傷心跡已陳。[一〇]

【注釋】

[一]　"五十"四句：五十年間爲天下的母儀，可以説是後來無繼前亦無雙。在閑暇時談及平生，真是萬事紛繁，不堪回首。

五十年：慈禧從咸豐十一年(1861)發動"辛酉政變"，至光緒三十四年(1908)去世，歷同治、光緒二朝，掌握國家大權近五十年。

天下母：《漢書·元后傳贊》："及王莽之興，由孝元后歷漢四世，爲天下母，饗國六十餘載。"

邊注："慈禧每於宫中話喪亂事，時常抑鬱。恭親王女輒寬解之，始悦。"

［二］"憶昔"四句：想當年先皇巡幸北方，身爲妃子乘着屬車追隨，皇上的恩寵實在難量，在清舒館中讓代寫批示，還賜給新刻的"同道堂"小印。

朔方：北方。咸豐十年(1860)英法聯軍進攻北京，咸豐帝倉皇出宫，奔熱河。

屬車：帝王出行時的侍從車。即副車。時慈禧爲懿貴妃，故乘屬車。

内批：宫中的批示，聖旨。

清舒館：宫室名。承德避暑山莊有清舒山館。

同道堂：金梁《四朝佚聞》卷上："訓政諭旨，皆以同道堂印鈐尾爲制。"《軍機處上諭檔》："王、大臣等擬旨繕遞後，皇太后、皇上鈐用圖章發下，上繫'御賞'二字，下繫'同道堂'三字，以爲符信。""御賞"印由慈安太后掌管，"同道堂"印由同治帝掌管，而權力仍掌握在輔政大臣手裏。辛酉政變後，慈禧才正式使用兩印頒佈詔諭，直至同治十二年皇帝親政爲止。

黄濬《花隨人聖盦摭憶》："四句自是寫文宗晚年寵信那拉后，使得干預政事。"

［三］"一朝"四句：一朝皇上鑄鼎後乘龍歸天，後宫的后妃攀斷龍髯不能隨去。帝子在北渚遥望無限憂愁，又遭到南衙的權臣不滿和反對。

鑄鼎：《史記·封禪書》："黄帝采首山銅，鑄鼎於荆山下，鼎既成，有龍垂胡髯下迎黄帝。黄帝上騎。"因以"鑄鼎"爲帝王崩逝之典。

髯絶：《史記·封禪書》載，黄帝乘龍上天時，餘小臣不得上龍身，乃持龍髯，而龍髯拔落。詩中用此典，謂臣子不能追隨皇帝死去。

"北渚"句:《楚辭·九歌·湘夫人》:"帝子降兮北渚,目眇眇兮愁予。"北渚,指湖北岸的小洲。帝子,謂湘夫人。此指慈禧。

南衙:唐代宰相官署。《隋唐嘉話》卷下載,武后臨朝,其内寵薛懷義被僕射蘇良嗣搭面數十。武后知曰:"阿師當向北門出入,南衙宰相往來,勿犯他。"

遘:遇,遭到。

丞卿:丞相卿貳,指大臣。

咸豐帝死後,協辦大學士肅順等八人爲贊襄政務王大臣,對慈禧多有防範。

[四] "手夷"四句:親手剷除端華、肅順,返回京城後,衹擔心小皇帝還未有知識,特别選擇儒臣嚴加教導,再尋求名門望族爲后,以正宫闈。

端肅:指鄭親王端華和肅順。慈禧與奕訢密謀,利用新皇帝回京之機發動政變,誅殺怡親王載垣及端華、肅順三人。史稱"祺祥政變"或"辛酉政變"。慈禧自此垂簾聽政。

沖人:皇帝幼小在位,稱沖人。《書·盤庚下》:肆予沖人。孔傳:沖,童。同治帝即位時年僅六歲。

簡:揀選,選擇。

儒臣:指同治帝的師傅李鴻藻、翁同穌。

"别求"句:同治十一年(1872)九月,立户部尚書崇綺之女阿魯特氏爲皇后。後又另選員外郎鳳秀之女富察氏爲慧妃。

四句寫慈禧扶持同治帝。

[五] "可憐"四句:可憐的是,年輕的皇帝像白日西斜般逝去,十多年的恩養辛勞都付諸流水,宫中不但没有繼世的嫡孫,甚至連妃嬪生的兒子都没有。

一紀:十二年。同治在位僅十三年。

甲觀(guàn 灌):漢代樓觀名。爲皇太子所居。《漢書·成帝紀》："元帝在太子宫生甲觀畫堂，爲世嫡皇孫。"

世：父子相繼爲世。

才人：妃嬪的稱號。《漢書・外戚傳》載，惠帝張皇后"無子，乃使陽爲有身，取後宫美人子名之"。同治又另選員外郎鳳秀之女富察氏爲慧妃。亦無子。

四句謂同治帝早死無子。

［六］"提攜"四句：提攜侄子登上帝位，勞苦得像同治初年。又見嗣皇在法宫中憑着玉几接受遺命，太后更穿着珠襦在武帳中處理政事。

猶子：侄子。慈禧立醇親王奕譞之子載湉繼承皇位，是爲光緒帝。

黄圖：大地圖。指中國。《三輔黄圖・序》陳直注："黄圖二字，蓋起於西漢，取其宏大規模之義。"

劬苦：猶言劬勞、勞苦，指父母養育子女的辛勞。光緒登位時年僅四歲，尚由慈禧養育。

法宫：宫室的正殿，帝王處理政事之所。《漢書・晁錯傳》："臣聞五帝神聖，其臣莫能及，故自親事，處於法宫之中。"

凴：同"憑"。

玉几：玉製的几案。《書・顧命》載：成王没，康王即位。太史奉册命曰："皇后憑玉几，道揚末命。命汝嗣訓，君臨周邦。"孔穎達疏："見王見群臣，當玉几以出命。"憑玉几，謂繼位的帝王依着玉几以聽先王的遺命。

武帳：置有兵器的帷帳。或謂織有武士像的帷帳。《漢書・霍光傳》："太后被珠襦，盛服坐武帳中。"

珠襦：綴以珍珠的衣服。

四句寫光緒帝年幼登位，慈禧仍垂簾聽政。

［七］"國事"四句：國事在這期間有多少翻覆。近年來最憶的是懷來之辱。乘着小車在草原上艱困而行，事出倉卒，衹能在郵亭中吃些豆粥。

懷來：縣名。在北京西北。光緒二十六年(1900)，八國聯軍進逼北京，慈禧攜光緒帝倉皇出奔西安，三日後始至懷來，才得以梳洗用飯，故深以爲耻。

間關：曲折艱難。《漢書・王莽傳》："間關至漸臺。"

短轂車：一種簡陋的小車。《周禮・冬官・考工記》："車人爲車……行澤者欲短轂。"

蕪蔞：亭名。《後漢書・馮異傳》："光武自薊東南馳，至饒陽蕪蔞亭。天寒烈，衆皆饑瘦，異上豆粥。"詩中用此典。李希聖《庚子傳信録》載："駕出西直門，馬玉崑以兵從，暮至貫市。上及太后不食已一日矣，民或獻麥豆，至以手掬食之，須臾而盡。"

［八］"上相"四句：宰相留守京城樹起大旗，東南諸將也尊奉皇家。就使到宫殿上佳氣騰起，京城百姓都盼皇帝返回。

上相：指文華閣大學士李鴻章。時慶親王奕劻留守北京，與李鴻章爲全權大臣與各國議和。

大牙：主帥的牙旗。

東南諸將：指兩江總督劉坤一、湖廣總督張之洞等人。義和團運動時，劉、張等發動"東南互保"。此時亦表態支持朝廷。

坐令：致使。

佳氣：美好的雲氣。象徵吉祥興旺。班固《白虎通・封禪》："德至八方則祥風至，佳氣時喜。"

金闕：指宫闕。杜甫《北征》詩："佳氣向金闕。"

翠華：以翠鳥羽毛爲飾的旗。指皇帝儀仗。杜甫《北征》詩："都人望翠華。"

以上八句寫庚子事變經過。

［九］"自古"四句：自古以來，忠良之臣能使國家轉危爲安，直至今天我們母子還能錦衣玉食。宗廟中重聞鐘鼓祭祀之聲，離宫中的池臺也不改舊時之色。

活國：猶救國。杜甫《贈崔十三評事公輔》詩："活國名公在。"

玉食：精美的飲食。

九廟：指帝王的宗廟。祖廟五，親廟四，共九廟。

離宫：指頤和園。

邊注："慈禧仍以時駐蹕頤和園，帝及隆裕后及諸宫眷常陪從遊宴。"

［一〇］"一自"四句：自從皇帝在園中經常静養，我也含飴弄孫，别無他求自娱晚年。衹要現在腰脚還健，就不去説那傷心的舊事了。

官家：指皇帝。

静攝：静養。自戊戌政變後，光緒帝長期被幽禁於瀛臺。詩言"静攝"，宛轉之詞。

含飴：《東觀漢記·明德馬皇后傳》："穰歲之後，惟子之志。吾但當含飴弄孫，不能復知政事。"意謂含着飴糖逗弄小孫子以自娱，不問政事。光緒無子，詩中的"含飴"，當謂與"静攝"中的皇帝共同安樂。此亦美化慈禧之辭。

以上爲第三段。以慈禧太后自述的口氣，追敘五十年間之事。郭則沄《十朝詩乘》卷二十一評云："四十年間成敗興衰略備。"

兩宫一旦同綿惙，天柱偏先地維折。高武子孫復幾人，哀平國統仍三絶。[一]是時長樂正彌留，茹痛還爲社稷謀。已遣伯禽承大統，更扳公旦覲諸侯。[二]别有重臣升御榻，紫樞元老開黄閣。安世忠勤自始終，本初才氣尤騰踏。[三]復數同時奉話言，諸王劉澤號親賢。獨總百官居冢宰，共扶孺子濟艱難。[四]社稷有靈邦有主，今朝地下告文祖。坐見彌天戢玉棺，獨留末命書盟府。[五]原廟丹青儼若神，鏡奩遺物尚如新。那知此日新朝主，便是當年顧命臣。[六]離宫一閉經三載，渌水青山不曾改。雨洗蒼苔石獸閑，風摇朱户銅蠡在。[七]雲韶散樂久無聲，甲帳珠簾取次傾。豈謂先朝營楚殿，翻教今日恨堯城。[八]宣室遺言猶在耳，山河盟誓期終始。寡婦孤兒要易欺，謳歌獄訟終何是。[九]深宫母子獨淒然，卻似灤陽游幸年。昔去會逢天下養，今來劣受厲人憐。[一〇]虎鼠龍魚無定態，唐侯已在虞賓位。且語王孫慎勿疏，相期黄髮終無艾。[一一]定陵松柏鬱青青，應爲興亡一拊膺。卻憶年年寒食節，朱侯親上十三陵。[一二]

【注釋】

［一］“兩宫”四句：兩宫一旦同時逝世，天柱偏偏比地維先折。高帝、武帝的子孫還有幾人？哀帝、平帝的國統已三代斷絶。

兩宫：指慈禧太后和光緒帝。

綿惙（zhuì 綴）：謂臨終氣息微弱將絶。劉義慶《世説新語·德行》：“昔劉尹在郡，臨終綿惙。”詩中指死亡。

“天柱”句：《淮南子·天文訓》：“昔者共工與顓頊争爲帝，怒而觸不周之山，天柱折，地維絶。”這裏以天柱指光緒帝，地維指慈禧太后。

光緒三十四年（1908）十月二十一日，光緒帝死，次日慈禧亦亡。

高武：漢高與漢光武帝。此指清朝開國皇帝。

哀平：漢哀帝和漢平帝。

三絶：《漢書·敘傳上》：“至於成帝，假借外家。哀、平短祚,國嗣三絶。"漢成帝無子,立定陶恭王康之子欣爲嗣,是爲哀帝,哀帝復無子,王莽迎立中山王箕子爲帝,是爲平帝。太皇太后王氏臨朝。王莽又毒殺平帝,自立爲帝。改國號曰"新"。漢朝成帝以來國統自此斷絶。同治、光緒俱無子,由醇親王奕譞子載灃之子溥儀入承大統。故亦爲"三絶"。

［二］"是時"四句:這時太后在長樂宫中正彌留之際,還忍痛含悲爲社稷設想。已經找到伯禽來繼承帝位,又請周公出來接見諸侯。

長樂:漢宫名。太后所居。此指慈禧所居的慈寧宫。

茹痛:含痛。范成大《相州》詩:"茹痛含辛説亂華。"

伯禽:周公旦的長子。此指溥儀。

扳:引。

公旦:周武王之弟。姬姓,名旦。因采邑在周,稱周公。曾助武王滅商。武王死後,成王年幼,周公攝政。詩中指醇親王載灃。溥儀即位後,載灃任攝政王。

［三］"别有"四句:更有國家重臣深被禮遇,軍機處的元老敞開黄閣。張安世自始至終忠誠勤懇,袁本初的才氣更是飛揚難制。

升御榻:登上皇帝所坐之榻。喻不平常的禮遇。《北齊書·趙彦深傳》:"每引見,或升御榻。"

紫樞:朝廷中樞部門。陸游《感皇恩》詞:"黄閣紫樞,築壇開府。"此指軍機處。

黄閤:即黄閣。《漢舊儀》:"丞相聽事門曰黄閣,不敢洞開朱門,以别於人主,故以黄塗之,謂之黄閣。"

安世:張安世。西漢大臣。漢昭帝死,安世與大將軍霍光定策立宣帝,爲大司馬。此指張之洞。宣統即位後,張之洞爲軍機大臣。

本初:袁紹,字本初。漢末時據有冀、青、幽、并四州,爲當時最大的軍事割據勢力。此指袁世凱。光緒死時,袁爲軍機大臣。

［四］ “復數”四句：又數到同時遵奉太后遺言的人,在諸王中以劉澤最爲親近和賢能。他一人總領百官居於宰相的地位,共同扶持孺子度過艱難時期。

話言：美善之言。此指太后的遺訓。《詩·大雅·抑》:“其維哲人,告之話言,順德之行。”

劉澤：漢高祖從祖昆弟,封營陵王。後爲琅玡王。吕后死,澤與齊王等共立孝文帝。此指慶親王奕劻。

冢宰：宰相。《周禮·天官冢宰》賈公彦疏:“冢,大也;宰,官也。”

孺子:《書·顧命》:“武王既喪,管叔及其群弟乃流言於國曰:‘公(指周公)將不利於孺子(指成王)。’”溥儀即帝位時年僅四歲,故稱。

以上十六句寫慈禧、光緒之死及立溥儀爲帝之事。

［五］ “社稷”四句：可謂社稷有靈,國家有主,今朝可以祭告文祖於地下了。衹見到先帝把彌天之志都帶進玉棺中,留下的遺命還記録在盟府裏。

文祖：始祖。《書·舜典》:“受終于文祖。”

彌天：陸機《吊魏武帝》:“違率土以靖寐,戢彌天乎一棺。”李善注:“彌天,喻志高遠也。”

末命：帝王的遺命。《書·顧命》:“皇后憑玉几,道揚末命,命汝嗣訓,臨君萬邦。”

盟府：掌管盟書的官府。

黄濬《花隨人聖盦摭憶》載,光緒死後,隆裕“發德宗平日案替,皆紙條,書袁世凱淩遲處死”。又謂“隆裕揚言,當爲德宗雪恥,必殺袁世凱”。

［六］ “原廟”四句：宗廟中先帝的畫像儼然如神,鏡奩等遺物依然如新。怎知道今天新朝之主,便是當年的顧命大臣。

原廟：在正廟以外另立的宗廟。

新朝：指民國。

顧命臣：帝王臨終前托以治國重任的大臣。《書・顧命》："成王將崩，命召公、畢公率諸侯相康王，作《顧命》。"此指袁世凱。

［七］"離宫"四句：離宫一閉之後已歷三年，淥水青山也没有改變。大雨沖洗那閑置着的石獸身上的蒼苔，冷風摇動着朱門上的銅鋪首。

離宫：指頤和園。

銅蠡(luó 螺)：銅製的螺形鋪首。即門上的銜環獸面。

［八］"雲韶"四句：當年的雲韶、散樂久已無聲，甲帳珠簾也逐漸損毁。怎想到先朝所營造的宫苑，反而成爲後來囚禁君主的地方。

雲韶：相傳爲黄帝《雲門》樂和虞舜《大韶》樂的並稱。因指宫廷音樂。

散樂：古代樂舞名。見《周禮・春官・旄人》。

甲帳：《漢武帝故事》："上以琉璃珠玉、明月夜光雜錯天下珍寶爲甲帳，次爲乙帳。甲以居神，乙以自居。"

取次：隨便，相繼。

先朝：指清朝。

楚殿：指頤和園。

堯城：《史記・五帝本紀》正義引《括地志》："故堯城在濮州鄄城縣東北十五里。"相傳爲舜囚堯之所。庾信《哀江南賦》："竟遭夏臺之禍，終視堯城之變。"

黄濬《花隨人聖盦摭憶》："堯城解如堯臺。予憶民國三年，有人倡議徙清室於頤和園，又有廢十九條説，度静庵此時，必聞此言。故謂'先朝暑殿'、'今日堯城'，又以'山河盟誓期終始'句爲諷。"

以上八句寫清亡後頤和園的荒涼景象。

［九］ “宣室”四句：宣室中的遺言今猶在耳，本希望山河般的盟誓能善始善終。寡婦孤兒總是容易欺負的，而人們的歌頌和信任到底是傾向哪邊的呢？

宣室：漢代未央宫中的殿名。宣室遺言，指光緒帝的遺言。

山河盟誓：《漢書·高惠高后文功臣表》：“封爵之誓曰：使黄河如帶，泰山若厲，國以永存，爰及苗裔。”

寡婦孤兒：指隆裕皇太后和宣統。見《讀史》二首之一注。

謳歌訟獄：語本《孟子·萬章》：“堯崩，……天下諸侯朝覲者，不之堯之子而之舜；訟獄者，不之堯之子而之舜；謳歌者，不謳歌堯之子而謳歌舜……而居堯之宫，逼堯之子，是篡也，非天與也。”孟子意説，儘管天下的人信任舜，謳歌舜，然而舜畢竟是奪了堯之子的帝位。本詩用此典，亦指斥袁世凱爲篡位者。邊注：“袁氏稱帝，已於此透消息。”郭則沄《十朝詩乘》卷十一云：“數語意尤深重。”

［一〇］ “深宫”四句：深宫中的兩母子最是淒涼了，好比當年先帝遊幸灤陽的苦況。從前曾受天下人所供養，如今卻受着令人痛苦的憐憫。

灤陽：即今河北承德。

遊幸：指咸豐帝逃奔熱河事。

厲（lài 癩）人憐：《韓非子·奸劫弒臣》：“諺曰：‘厲憐王。’此不恭之言也。……故劫殺死亡之君，此其心之憂懼、形之苦痛也，必甚於厲矣。”厲人，麻瘋病人。厲人憐憫被劫殺的君主，認爲他比自己還要可憐。

［一一］ “虎鼠”四句：鼠變虎、龍變魚這些事本無定態，唐侯如今已在賓客的地位。我姑且告訴王孫：千萬不要疏失。彼此相期直到年老髮白永無終止。

虎鼠龍魚：李白《遠别離》詩：“君失臣兮龍爲魚，權歸臣兮鼠變虎。”

唐侯：《新唐書·世系表》：“舜封堯子丹朱爲唐侯。”此指宣統帝。

虞賓位：《書・益稷》："虞賓在位。"孔安國傳："丹朱爲王者後，故稱賓。"此指宣統已退位。

黄髮：指年老。《詩・魯頌・閟宫》："黄髮台背。"

無艾：無盡。

四句寫對宣統退位後的期望。

［一二］"定陵"四句：定陵中松柏鬱鬱青青，應爲一朝的興亡感到哀痛。卻憶起年年的寒食節時，朱侯親自到十三陵上拜祭。

定陵：清文宗咸豐帝之陵。在今河北遵化昌瑞山平安峪。

拊膺：拍胸，表示哀痛。李商隱《哭劉蕡》詩："天高但拊膺。"

朱侯：清朝雍正二年十二月，封明王室之後正定司户知府朱之璉爲一等侯。乾隆十四年八月，贈一等承恩侯，世襲。奉祀明陵，每年春秋二祭。

十三陵：在北京昌平天壽山南麓。明成祖、仁宗、宣宗、英宗、憲宗、孝宗、武宗、世宗、穆宗、神宗、光宗、熹宗、思宗十三個皇帝的陵墓。

四句意謂明朝之後猶能年年寒食上陵，而溥儀卻被迫居於故宫中不能到定陵拜祭。

以上爲第四段。寫慈禧太后去世後國事的變遷，並抒發作者的感慨。

校：《頤和園詞》爲静安精心傑構，寫成後經多次修改。此以《觀堂集林》卷第二十四《綴林二》所載者爲底本，校以羅振玉壬子二月手録本（簡稱"羅本"）如下：

"西宫才略稱第一"句，羅本作"西宫才略稱殊絶"。"恩澤何曾逮外家，咨謀往往聞温室"句，羅本作"内殿頻聞久論思，外家頗惜閑恩澤"。"親王輔政最稱賢"，羅本作"六王輔政最稱賢"。"北門獨付西平手"，羅本作"北門獨付元臣手"。"冠山傑閣三層峙”，羅本作“冠山傑閣三重峙”。“從游罕講家人禮”，羅本作“同懷罕講家人禮”。“東平小女最承恩”，羅本作“六王小女最承恩”。“臥起每偕榮壽主，丹青差喜繆夫人”，羅本作“臥起每偕寧壽主，笑談差喜繆夫人”。“憶昔先皇幸朔方，屬車恩幸故難量”，羅本作“憶昔先皇北狩年，屬車常是受恩偏”。“内批教寫清舒館，小印新鐫同道堂”，羅本作“因看批答親教寫，爲製金章特與鈐”。“北渚何堪帝子愁”，羅本作“北渚方深帝子愁”。“可憐白日西南駛”，羅本作“無端白日西南駛”。“後宫並乏才人子”，羅本作“後宫並乏家人子”。“草地間關短轂車”，羅本作“草地間關下澤車”。“上相留都樹大牙”，羅本作“上相留都擁大牙”。“東南諸將奉王家”，羅本作“東南諸將翊王家”。“九廟重聞鐘鼓聲”，羅本作“宗廟重聞鐘鼓聲”。“紫樞元老開黄閣”，羅本作“紫樞元老兼黄閣”。“獨總百官居冢宰”羅本作“獨總百官稱冢宰”。“便是當年顧命臣”，羅本作“卻是當年顧命臣”。“甲帳珠簾取次傾”，羅本作“甲帳珠簾即漸傾”。“豈謂先朝營楚殿”，羅本作“豈謂先朝營暑殿”。“翻教今日恨堯城”，羅本作“翻教今日作堯城”。“今來劣受厲人憐”，羅本作“今來翻受厲人憐”。

讀史二絶句

一

楚漢龍争元自可，師昭狐媚竟如何？[一]阮生廣

武原頭淚,應比回車痛哭多。[二]

【箋】 此詩作於1912年,時静安寄寓於日本京都,仍關心國内政局的發展。1月26日,在袁世凱的指使下,北洋軍將領聯名通電"贊成共和"。2月12日,清廢帝被迫宣告退位。4月,袁世凱攫取了政權。兩詩當爲此而作。

【注釋】

[一] "楚漢"兩句:楚漢雙方龍争虎鬥本來也沒話好説了,而像司馬氏那樣用陰謀手段奪取天下究竟爲什麽?

楚漢龍争:指項羽、劉邦争奪天下的戰鬥。《史記·酈食其傳》:"兩雄不俱立,楚、漢久相持不决。"本詩中以喻革命軍與清朝的鬥争。

師昭:司馬師、司馬昭。司馬昭繼其兄師任魏大將軍,專擅國政,日謀篡魏。《三國志·魏書·高貴鄉公髦傳》裴松之注引《漢晉春秋》云:"司馬昭之心,路人所知也。"即謂司馬氏篡位的野心爲人所共知。

狐媚:傳説狐狸善爲魅迷惑人,因以謂用陰謀手段迷惑人心者。《晉書·石勒載記下》:"大丈夫行事,當礌礌落落,如日月皎然,終不能如曹孟德、司馬仲達父子、欺他孤兒寡婦,狐媚以取天下也。"

次句以司馬父子喻袁世凱。認爲袁氏欺淩清室孤兒寡婦,以勢逼清帝遜位。

[二] "阮生"兩句:阮籍在廣武原頭灑下的悲淚,應比他途窮回車痛哭時更多。

阮生,指阮籍。三國文學家。爲"竹林七賢"之一。他本有濟世志,但在司馬氏殘酷統治下,衹得佯狂縱酒,全身遠禍。蘇軾《阮籍嘯臺》詩:"阮生古狂達。"

廣武,地名。在今河南滎陽縣東北。有東、西廣武城,相距二百步,中隔廣武澗。楚、漢相争時,劉邦、項羽分屯二城,彼此對峙。《晉書·阮籍傳》載,阮籍"嘗登廣武,觀楚、漢戰處,歎曰:'時無英雄,使豎子成名!'"

回車痛哭:《晉書·阮籍傳》載,阮籍"時率意獨駕,不由徑路,車跡所窮,輒慟哭而反"。

詩中當以阮籍自況。朝代的更迭,像袁世凱這樣的豎子也成爲所謂的英雄,由此而産生的悲痛要比個人自傷身世要强烈得多。

二

當塗典午長兒孫,新室成家且自尊。[一]祇怪常山趙延壽,赭袍龍鳳向中原。[二]

【注釋】

[一] "當塗"兩句:曹氏的魏國和司馬氏的晉朝已代代相傳,連王莽的"新"朝和公孫述的"成家"也妄自尊大。

當塗:三國魏的代稱。《後漢書·袁術傳》:"(術)又少見讖書,言'代漢者當塗高'。"李賢注:"當塗高者,'魏'也。"

典午:司馬氏的代稱。《三國志·蜀書·譙周傳》:"周語次,因書版示立曰:'典午忽兮,月酉没兮。'典午,謂司馬也。"典,義爲司;午,生肖爲馬。故云。《晉書·慕容暐載記論》:"當塗紊紀,典午握符。"

新室:王莽篡漢後,改國號爲"新"。

成家:東漢公孫述在蜀成都稱帝,號"成家"。《後漢書·公孫述傳》載,建武元年四月,述遂自立爲天子,號"成家",色尚白,建元曰龍興元年。

王莽竊位十三年,公孫述竊位十一年,且未能傳與子孫。

兩句以篡位奪權的曹魏、司馬氏晉和新室、成家喻袁世凱，並暗示其不能長久。

［二］“祇怪”兩句：最可怪的是那常山趙延壽，居然恬不知恥地穿着龍鳳赭袍來到中原。

趙延壽：五代時人。籍常山（今河北正定）。本姓劉，爲趙德鈞養子，改姓趙。尚唐明宗女興平公主，官至樞密使。後降契丹，封燕王、樞密使。《舊五代史·晉書·趙延壽傳》：“契丹主委延壽以圖南之事，許以中原帝之。延壽乃導誘蕃戎，蠶食河朔。晉軍既降於中渡，戎王命延壽就寨安撫諸軍，仍賜龍鳳赭袍。使衣之而往。”

《蕭箋》云：“羅振玉《集蓼編》載，是年羅氏於京都浄土寺町建樓四楹，尋增書屋，顏曰‘大雲書庫’，‘落成日，都人適有書來爲趙爾巽聘予任清史館纂修，因焚其書’。趙爾巽附袁世凱，充清史館長，清室遺老對之甚爲不滿。疑此詩爲此而發。”按，静安此詩《趙譜》編定於1912年作，時趙爾巽蟄居於青島，尚未應袁氏之聘。清朝的舊官吏投靠袁世凱者甚多，且恃袁氏之勢以淩人，故静安以趙延壽設喻，所刺者亦不止一人也。

送日本狩野博士遊歐洲

君山博士今儒宗，亭亭崛起東海東。平生未擬媚鄒魯，肸蠁每與沂泗通。[一]自言讀書知求是，但有心印無雷同。我亦半生苦泛濫，異同堅白隨所攻。[二]多更憂患閱陵谷，始知斯道齊衡嵩。夜闌促坐聞君語，使人氣結回心胸。[三]頗憶長安昔相見，當時朝野同歡宴。百僚師師學奔走，大官諾諾競圓轉。[四]廟堂已見綱紀弛，城闕還看士風變。食肉偏云馬肝美，取魚坐覺熊蹯賤。[五]觀書韓起寧無感，聞樂延陵應所歎。巾車相送城南隅，歲琯甫更市朝換。[六]贏蹶俄然似土崩，梁亡自古稱魚爛。干戈滿眼西風涼，衆雛得意稚且狂。[七]人生兵死亦由命。可憐杜口心煩傷。四方蹙蹙終安騁？幡然鼓棹來扶桑。[八]扶桑風物由來美，舊雨相逢各歡喜。卜居愛住春明坊，擇鄰且近鹿門子。[九]商量舊學加邃密，傾倒新知無窮已。幸免仲叔累豬肝，頗覺幼安慚龍尾。[一〇]談深相與話興衰，回首神州劇可哀。漢土由來貴忠節，至今文謝安在哉？[一一]履霜堅冰所由漸，麋鹿早上姑蘇臺。興亡原非一姓事，可憐惵惵京與垓。[一二]此邦曈曈如曉日，國體宇内稱第一。微聞近時尚功利，復云小吏乏風節。[一三]疲民往往困魯税，學子稍稍出燕説。良醫我是九折肱，憂時君爲三太息。[一四]半年會合平安城，祇君又作西歐行。石室紬書自能事，縞帶論交亦故情。[一五]離朱要能搜赤水，楚國豈但誇白珩。坐待歸來振疲俗，毋令後世羞儒生。[一六]勿攜此詩西渡

海，此中恐有蛟龍驚。[一七]

【箋】 狩野博士，名直喜，字君山。日本京都大學教授。狩野爲日本著名的漢學家，敦煌學者。他曾在1910年到北京調查敦煌遺書的情況，並與静安結交。此時又赴歐洲考察巴黎、倫敦的博物館所藏敦煌文獻，臨行前，静安賦此詩以贈。静安於1912年9月27日致鈴木虎雄書中説："狩野先生歐洲之行，本擬作五排送之，得數韻後，頗覺不工，故改作七古，昨已脱稿，玆録呈請教。"後又將此詩與《頤和園詞》、《蜀道難》合刊爲"壬子三詩"，以散發給詩友，可見作者對此詩的重視。

【注釋】

［一］ "君山"四句：君山博士是當今的儒宗，高高地在東海的東邊崛起。他平生雖從未想過去迎合孔孟之道，但他的精神還是與之相通的。

儒宗：儒者的宗師。世人所尊崇的學者。《史記·劉敬叔孫通列傳贊》："叔孫通希世度務，制禮進退，與時變化，卒爲漢家儒宗。"

媚：逢迎，取悦。

鄒魯：鄒國和魯國。鄒爲孟子故鄉，魯爲孔子故鄉，因以借指孔孟。庾信《哀江南賦》："里爲冠蓋，門成鄒魯。"

肸蠁（xīxiǎng 悉響）：聲氣的傳播。比喻靈感通微。司馬相如《上林賦》："衆香發越，肸蠁布寫。"

沂泗：沂水和泗水。孔子出生及講學之地。所謂"沂水絃歌"、"泗上微言"，即於此地。

［二］ "自言"四句：他自言讀書懂得實事求是，衹有彼此心印而無雷同。我也苦於半生中學得太濫，所謂的"異同"、"堅白"之説也隨意去攻習。

求是：《史記·河間獻王劉德傳》："修學好古，實事求是。"顔師古注:“務得事實,每求真是也。”

心印:佛教語。謂以心互相印證。此指心意投合、默契。

雷同:《禮記·曲禮上》:“毋勦説,毋雷同。”鄭玄注:“雷之發聲,物無不同時應者,人之言當各由己,不當然也。”兩語亦静安一生爲學之道。

異同:不同和相同之處。《漢書·朱雲傳》:“自宣帝時善梁丘氏説,元帝好之,欲考其異同,令充宗與諸《易》家論。”詩中指考據之學。静安在三十歲後,頗事校勘考據之學,輯成《唐五代二十一家詞輯》,並作跋語,又成《曲録》、《唐宋大曲考》等著述。

堅白:戰國時公孫龍子作《堅白論》,辯論名實問題。詩中指哲學。

［三］“多更”四句:自從飽經憂患,又經歷陵谷滄桑之變後,才知道學問之道是與衡、嵩並高的。夜闌時在座上聽到您的話,更使自己情緒鬱悶,氣結胸中。

更:經歷。

陵谷:《詩·小雅·十月之交》:“高岸爲谷,深谷爲陵。”毛傳:“言易位也。”此指清朝滅亡、民國建立。

衡嵩:南嶽衡山和中嶽嵩山。蘇軾《和陶五月旦日作和戴主簿》詩:“勿笑一畝園,蟻垤齊衡嵩。”

氣結:氣息鬱結。古樂府《豔歌何嘗行》:“念與君别離,氣結不能言。”

促坐:靠近坐。謂親切談話。《史記·滑稽列傳》:“日暮酒闌,合尊促坐。”

［四］“頗憶”四句:想起昔日在京城初相見的情況,當時朝野上下處處歡宴。百官們互相仿效,奔走競争,大官們唯唯諾諾,處事圓滑。

長安:唐京城。指北京。

師師:《書·皋陶謨》:“百僚師師。”孔傳:“師師,相師法。”

奔走：趨附，迎合。《左傳·昭公三十一年》："攻難之士，將奔走之。"杜預注："奔走，猶赴趣也。"

諾諾：連聲應諾，表示順從。《古詩爲焦仲卿妻作》："媒人下牀去，諾諾復爾爾。"

四句寫綱紀廢弛，官僚無恥。

［五］"廟堂"四句：已見到朝廷上綱紀廢弛，又還見京城中士風改變。那些食肉的偏要説馬肝是美味，喜歡魚的卻認爲熊掌並不珍貴。

綱紀：法度、綱常。《漢書·禮樂志》："夫立君臣，等上下，使綱紀有序。"

"食肉"句：《漢書·儒林傳·轅固》："食肉毋食馬肝，未爲不知味也；言學者毋言湯武受命，不爲愚。"顔師古注："馬肝有毒，食之憙殺人，幸得無食。言湯武爲殺，是背經義，故以爲喻也。"

熊蹯：即熊掌。《孟子·告子》："魚我所欲也，熊掌亦我所欲也，二者不可得兼，舍魚而取熊掌可也。"

四句寫士風墮落，僞學流行。

［六］"觀書"四句：韓起在觀書時怎能没有感觸，延陵季子聽到周樂時也應慨歎。那時整理好車子在城南與您送别，才過去一年就已市朝改變了。

韓起：即韓宣子。春秋昭公時曾代趙武爲政。《左傳·昭公二年》："晉侯使韓宣子來聘，且告爲政，而來見，禮也。觀書於大史氏，見《易》、《象》與《春秋》，曰：'周禮盡在魯矣，吾乃今知周公之德與周之所以王也。'"

延陵：即延陵季子，季札。吴公子。《左傳·襄公二十九年》載，吴公子札來聘，請觀于周樂，遍聽《周南》、《召南》及各國國風，並分别作出評價。參見《蜀道難》詩注［四］。

巾車：爲車子掛上帳幕，表示出發。《孔叢子·記問》："巾車命駕，以適唐都。"

琯(guǎn管)：一種玉管。曆法家用以候氣。其法以葭莩灰置於琯中,某某一節候到。某律管中葭灰即飛出,以示節候更變。"歲琯",此指新舊年交接時。宋祁《屏居寄獻侍講孫尚書》詩:"僑版農廛陋,飛灰歲琯周。"

甫更：才變。

四句以韓起、季札喻狩野。

［七］ "嬴蹶"四句：秦朝滅亡迅速得似土崩瓦解,梁國滅亡自古以來就有魚爛之説。寒冷的西風中干戈滿眼,那些小子們得意洋洋。既幼稚又瘋狂!

嬴：秦王之姓。"嬴蹶",謂秦亡。陳普《伏生》詩:"嬴蹶劉興齒舌存。"

土崩:《史記·平津侯主父列傳》:"何謂土崩?秦之末世是也。"

魚爛：魚爛自内而發,比喻因内部腐敗而自取滅亡。《公羊傳·僖公十九年》:"梁亡,此未有伐者。其言梁亡何?自亡也。其自亡奈何?魚爛而亡也。"何休注:"魚爛從内發,故云爾。"

干戈：杜甫《夔州歌十絶句》之九:"干戈滿地客愁破。"

衆雛：衆小子。對革命黨人的蔑稱。曹植《鸚鵡賦》:"憫衆雛之無知。"

稚且狂:《詩·鄘風·載馳》:"衆稚且狂。"

四句寫清王朝滅亡,革命黨人得勢。

［八］ "人生"四句：人生即使在戰争中死去也衹得由命,最可憐的是閉口吞聲心中憂傷。放眼四方,都是局縮不伸,何處可以馳騁?衹好回過頭來坐船來到日本。

兵死：被武器殺死。

杜口：閉口。焦贛《易林·比之咸》:"杜口結舌,心中拂鬱。"

"四方"句：語本《詩·小雅·節南山》:"我瞻四方,蹙蹙靡所騁。"鄭玄箋:"蹙蹙,縮小之貌。我視四方土地日見侵削於夷狄,蹙蹙然雖欲馳騁無所之也。"《人間詞話》:"'我瞻四方,蹙蹙靡所騁',詩人之憂生也。"

幡然:迅速改變。幡。通翻。

扶桑:指日本。《梁書·諸夷傳·扶桑國》:"扶桑在大漢國東二萬餘里,地在中國之東,其土多扶桑木,故以爲名。"

［九］"扶桑"四句:日本的風物向來佳美,老朋友相逢各自歡喜。選擇居所時愛住在春明坊中,選擇鄰居時要接近高人鹿門子。

舊雨:指舊朋友。杜甫《秋述》:"常時車馬之客,舊雨來,今雨不來。"因以舊雨爲舊友代稱。

卜居:以占卜擇地而居。此指擇居所。屈原有《卜居》篇。蕭子良《行宅》詩:"訪宇北山阿,卜居西野外。"

春明坊:古長安春明門内的坊陌。此指京都田中村,爲王氏在日本寓居處,地近京都大學。

擇鄰:選擇好鄰居。劉向《列女傳·鄒孟軻母》載孟母三遷擇鄰,終於"徙舍學宫之旁"。

鹿門子:後漢龐德公攜妻子隱居於湖北襄陽鹿門山中,唐詩人皮日休亦隱居鹿門山,自稱鹿門子。因以鹿門子指高人雅士。此指狩野。

［一〇］"商量"四句:我們一起討論傳統的舊學,越來越深刻細密;對新知識的追求也是無窮無盡的。我幸免因衣食而牽累主人,卻像管寧那樣慚居龍尾。

前兩句用朱熹《鵝湖寺和陸子壽》詩:"舊學商量加邃密,新知培養轉深沉。"

"幸免"句:典出《後漢書·周黄徐姜申屠傳序》:"(閔仲叔)客居安邑,老病家貧,不能得肉,日買豬肝一片,屠者或不肯與。安邑令聞,敕吏常給焉。仲叔怪而問之,知乃歎曰:'閔仲叔豈以口腹累安邑邪?'遂去。"

"頗覺"句:語出《三國志·魏書·華歆傳》裴松之注引《魏

略》曰:“歆與北海邴原、管寧俱遊學,三人相善,時人號三人爲‘一龍’,歆爲龍頭,原爲龍腹,寧爲龍尾。”裴松之案:“管幼安含德高蹈,又恐弗當爲尾。”袁枚《隨園詩話》卷九引朱草衣詩:“自慚龍尾非名士,肯把豬肝累使君。”静安詩全襲此意。

[一一] “談深”四句:交談深入時説到家國興衰之事,回望神州實在是十分可哀。中國從來都以忠節爲貴,但如今像文天祥、謝枋得那一類的人在哪裏呢?

文謝:文天祥、謝枋得。南宋末的節義之士。文爲烈士,謝爲遺民。詩意慨歎清亡後,舊官吏早已忘掉忠節,紛紛出仕新朝。

[一二] “履霜”四句:古語所説的“履霜”、“堅冰”是由來有自的,像吴亡那樣麋鹿總會游於姑蘇臺上。興亡本來不是一姓之事,最可憐的是在恐懼中的衆多百姓。

“履霜”句:語本《易·坤》:“初六,履霜,堅冰至。象曰:履霜堅冰,陰始凝也,馴致其道,至堅冰也。”因以喻事態逐漸發展,將有嚴重後果。王明清《揮塵後録》卷三:“念藝祖創業之難,思履霜堅冰之戒。今日冰已堅矣,非獨履霜之漸。”

“麋鹿”句:典出《史記·淮南衡山列傳》:“臣聞子胥諫吴王,吴王不用,乃曰:‘臣今見麋鹿游姑蘇之臺也。’”謂國家政治腐敗,定招滅亡。

一姓:指王室一族,亦指一個朝代。《國語·周語下》:“吾聞之曰:一姓不再興,今周其興乎?”韋昭注:“一姓,一代也。”

惵惵:形容衆多。

京與垓:古以十兆爲京,十京爲垓,因以京垓指衆多的民衆。

[一三] “此邦”四句:這個國家像朝陽般光輝燦爛,國家政體在世

界上可稱第一。但也略聞近來崇尚功利,也聽説小吏們缺乏風節。

曈曈: 明亮貌。

風節: 風骨節操。《三國志・魏志・王淩等傳論》:"王淩風節格尚。"

四句轉寫日本情況。静安認爲日本的君主立憲國體爲最好的政體,但又對其崇尚功利頗爲不滿。

[一四] "疲民"四句: 疲困的人民往往困於苛重的税收,學生們也不時發出種種奇談怪論。説到治國之道,我也可算是九折肱的良醫了,而您也憂時感事,爲此而再三歎息。

疲民:《陳書・后主本紀》:"以驕主御疲民,未有不亡者也。"

魯税:《左傳・宣公十五年》:"初税畝,非禮也。穀出不過籍,以豐財也。"魯國按田畝之多少徵税,以增加國庫收入。詩中以指苛税。

燕説: 典出《韓非子・外儲説》:"郢人有遺燕相國書者,夜書,火不明,因謂持燭者曰'舉燭' 云,而過書'舉燭'……燕相受書而説之曰:'舉燭者,尚明也;尚明也者,舉賢而任之。'"又:"故先王有郢書,而後世多燕説。"因以燕説指穿鑿附會之説。

折肱:《左傳・定公十三年》:"三折肱知爲良醫。"屈原《九章・惜誦》:"九折臂而成良醫兮。"謂多次折斷手臂,就能知治臂之法。此喻飽閲世事而知治國之道。

太息: 漢賈誼在上文帝《陳政事疏》中論述當時形勢,"可爲痛哭者一,可爲流涕者二,可爲長太息者六"。

静安在 11 月 15 日致鈴木虎雄信中云:"索送狩野教授詩稿,兹特呈上。惟詩中語意,於貴國社會政治前途頗有隱慮,與倫敦《泰姆士時報》意略相同。"

[一五] "半年"四句: 半年來在平安城中相會合,衹是您又作西歐

之行了。在石室中整理古書自然是您擅長的事,説到彼此的交誼,可比古代的縞帶之情。

平安城:京都古稱“平安京”。

石室:古代藏圖書之室。《史記·太史公自序》:“紬史記石室金匱之書。”

紬書:綴輯書籍。宋李宗鍔《勸石集賢飲》:“石室紬書勤亦至。”

縞帶:《左傳·襄公二十九年》“(吴季札)聘於鄭,見子産,如舊相識,與之縞帶,子産獻紵衣焉。”因以喻深厚的交情。

[一六] “離朱”四句:要像心明眼亮的離朱那樣遠到赤水中搜求玄珠。又好比楚國自有賢人,而不必衹是誇耀美玉。我等待您歸來一振衰敗的風俗,不要讓後世的人看輕儒生。

離朱:黄帝時人。相傳能百步見秋毫之末,或云見千里針鋒。《孟子·離婁上》“離婁之明”焦循正義:“黄帝亡其玄珠,使離朱索之。離朱,即離婁也。”

赤水:古代神話傳説中的水名。《莊子·天地》:“黄帝遊乎赤水之北,登乎昆侖之丘而南望,還歸遺其玄珠。”

白珩:古代佩玉上部的横玉。《國語·楚語下》載,王孫圉聘於晉,趙簡子問:“楚之白珩猶在乎?”王孫圉答曰,白珩未嘗爲寶,而楚之所寶者,爲觀射父、左史倚相等賢臣。詩中以離朱喻狩野。祝願他歐洲之行在學術上有所收穫,並認爲像狩野這樣的讀書人才真正是日本的國寶。

[一七] “勿攜”兩句:不要帶着我這首詩渡海西行,祇怕在途中會引起蛟龍驚覺。

蛟龍驚:方信孺《題龍隱岩》詩:“勿遣蛟龍驚。”

古人讚美别人的詩文書畫常用此等語,如惲恪《南田畫跋》:“他日渡江而西,幸善護持,勿使蛟龍知此其寶。”而静安卻以形容自己的詩歌,足見其自負之意。

蜀　道　難

對案輟食慘不歡，請爲君歌蜀道難。蜀江委蛇幾千折，峰巒十二煙雲間。中有千愁與萬冤，南山北山啼杜鵑。[一]借問誰化此？幽憤古莫比。云是江南開府魂，非復當年蜀天子。[二]開府河朔生名門，文章政事頗絶倫。早歲才名揭曼碩，中年書札趙王孫。[三]簪筆翩翩趨郎署，繡衣一著飛騰去。十年持節遍西南，萬里皇華光道路。[四]幕府山頭幕府開，黄金臺畔起金臺。主人朱畢多時譽，賓客孫洪盡上才。[五]奉使山陵絶馳道，幸緣薄譴歸田早。寶華庵中足百城，更將何地堪娱老。[六]

【箋】 静安於1912年2月19日致鈴木虎雄信中云："近作《蜀道難》一首，乃爲端午橋尚書方作。"端方，字午橋，號匋齋。托忒克氏。滿洲正白旗人。歷任河南布政使、湖北巡撫，攝湖廣總督、兩江總督、直隸總督。羅振玉任江蘇師範學堂監督、學部參事官，即端方所薦。辛亥革命起，端方率鄂軍人入川，部衆皆變，端方爲軍官劉怡鳳所殺。此詩敍述端方的生平事蹟及學術成就，對其被殺過程更詳細描寫，並深表惋惜。詩中對端方可謂揄揚備至，但五年後静安致羅振玉書中卻説："永(静安自稱)之《蜀道難》頗於忠敏(端方的謚號)有微辭，他日尚須補過也。"《樂府詩集》引《古今樂録》："王僧虔《技録》有《蜀道難行》。唐李白有《蜀道難》詩。"

【注釋】

［一］“對案”六句：對着几案不能進食，心情淒慘不歡。我願爲您唱一曲《蜀道難》。蜀江綿延東下幾千曲折，巫山十二峰巒都在煙雲間。其中有着千萬種冤愁——南山北山中都聽到杜鵑哀怨的啼聲。

“對案”句：鮑照《擬行路難》之五：“對案不能食，拔劍擊柱長歎息。”韓維《送曹殿丞秩滿還都》詩：“四座慘不歡。”

蜀江：指流經四川的一段長江。

委蛇（wēiyí 威移）：同“逶迤”。彎曲延綿。

峰巒十二：見《戲效季英作口號》詩之一注。

杜鵑：同上注。王維《送梓州李使君》：“千山響杜鵑。”

［二］“借問”四句：借問一聲是誰人化成此鳥？所含的幽憤連古人杜宇也不能相比。據説是江南開府的魂魄，不再是當年的蜀國天子。

開府：指高級官員。可成立府署、選置僚屬者。端方曾爲兩江總督，故稱。

蜀天子：指望帝杜宇。《文選·左思〈蜀都賦〉》：“鳥生杜宇之魄。”劉逵注：“《蜀記》曰：‘昔有人姓杜名宇，王蜀，號曰望帝。宇死，俗説云宇化爲子規。’”杜甫《杜鵑行》：“君不見、昔日蜀天子，化作杜鵑似老烏。”參見《嘲杜鵑》詩注。

［三］“開府”四句：開府出生於河朔的名門，無論是文章或政事都是絶倫超群的。早年時已像揭曼碩那樣頗有才名，中年時的書法也有趙孟頫的成就。

河朔：河北。端方世居直隸豐潤（今屬河北）。

“早歲”句：揭傒斯，字曼碩。元代文學家，與虞集齊名。有《揭文安公全集》。歐陽玄《豫章揭公墓誌銘》：“天曆、至順中，大臣有薦文士，人主必問之曰：‘其才比揭曼碩如何？’”詩意謂端方早歲功名已爲皇帝所知。

“中年”句：趙王孫，指趙孟頫。趙爲宋室之後。故稱王孫。

元代的書法大家。端方善書法,能作山水小筆,有“滿洲才子”之稱,因以相況。

［四］ “簪筆”四句:當年他簪筆出仕,風度翩翩地來到郎署,一穿起繡衣便馬上飛騰而上,十年來持着使節行遍西南,作爲皇帝的使臣光耀萬里道路。

簪筆:插筆於冠,以備書寫。因指仕宦。《漢書·趙充國傳》:“(張安世)本持橐簪筆事武帝數十年,見謂忠謹,宜全度之。”顔師古注引張晏曰:“近臣橐簪筆,從備顧問,或有所紀也。”

翩翩:形容風度優美。曹丕《與吴質書》:“元瑜書記翩翩,致足樂也。”

郎署:端方早年由蔭生中舉人,入貲爲員外郎,遷郎中。故云。

繡衣:官名。漢代設繡衣直指之職,又稱繡衣御史,杖斧持節,爲皇帝特派之執法大員。光緒二十四年(1898),端方爲記名御史,故稱。

飛騰:謂迅速升遷。端方御史當年即升陝西按察使,翌年護理陝西巡撫,並改任陝西布政使,一路飛黄騰達。

皇華(huā花):《詩·小雅》篇名,《序》云:“皇皇者華,君遣使臣也。”因以指皇帝的使臣。杜甫《寄韋有夏郎中》詩:“萬里皇華使,爲僚記腐儒。”光緒三十年,清廷派五大臣出洋考察政治,端方、戴鴻慈由日本轉美國,抵歐洲,繞地球一周而返。

［五］ “幕府”四句:在幕府山頭成立幕府,在黄金臺畔建起金臺。作爲主人,他好像朱筠、畢沅那樣爲時人所譽,他的賓客也都像孫星衍、洪亮吉那樣是上等人才。

幕府山:在江蘇南京市南。南朝宋元嘉二十五年(448)設武帳於此,故名。

開幕府:建立府署。詩中謂端方任兩江總督。府署設於江寧(今南京)。

黄金臺:古臺名。又稱金臺。故址在今河北易縣,於易水之南。相傳燕昭王所築，置千金於臺上，以延請天下賢士。築金臺，詩中謂端方在直隸總督任上招攬士人。

朱畢：指朱筠、畢沅。朱筠，字竹君，號笥河，順天大興（今屬河北）人。乾隆十九年進士，爲翰林院侍讀學士，督安徽、福建學政。姚鼐《朱竹君先生别傳》云："先生暮年賓客轉盛，入其門者皆與交密。"畢沅，字纕蘅，一字秋帆，江蘇鎮洋（今太倉）人。乾隆二十五年進士，授修撰，官至湖廣總督。洪亮吉《畢宫保遺事》云："公愛士尤篤，聞有一藝長，必馳幣聘請，惟恐其不來，來則厚資給之。"朱、畢兩人皆清代學者，又好金石之學，門下士甚多，因以況端方。

孫洪：指孫星衍、洪亮吉。孫、洪皆乾嘉年間著名學者。孫氏曾游於朱筠之弟朱珪及畢沅之門下，洪氏亦游於朱筠及畢沅之門下。洪亮吉《畢宫保遺事》云："余與孫兵備星衍留幕府最久，皆擢第後始散去。"

端方在總督任上時，亦好招賓客。《清史稿·端方傳》云："端方性通侻，不拘小節。篤嗜金石書畫，尤好客，建節江、鄂，燕集無虚日，一時文采幾上希畢（沅）、阮（元）云。"

［六］"奉使"四句：他奉命爲山陵之使，因爲横絶馳道而獲罪，所幸的是由於罷官而得以早歸田園。寶華庵中的藏書能抵百城。還有什麽地方可比得上這兒可以娱老？

"奉使"句：端方爲直隸總督兼北洋大臣時，適逢慈禧安葬，端方派人沿途照相，又在風水牆内的樹上安設電燈電線，結果被彈劾，以"大不敬"之罪名而免職。"奉使山林"，即指爲慈禧安葬事。"絶馳道"，横越馳道。古時亦爲不敬之罪。北魏酈道元《水經注·渭水三》："漢成帝之爲太子，元帝嘗急召之。太子出龍樓門，不敢絶馳道，西至直城門，方乃得度。"《清史稿·端方傳》載："孝欽皇后梓宫奉安，端方舆從横衝神路，農工商部左丞李國傑劾之，坐違制免。既而御史胡思敬又彈其貪横凡十罪，事下張人駿，覆奏入，以不治崖檢被訶斥。”
薄譴：薄責，輕微的責罰。指免官。
寶華庵：端方的書齋名。因藏有舊拓《西嶽華山碑》而得名。
百城：《魏書·逸士傳·李謐》：“丈夫擁書萬卷，何假南面百城。”因以“百城”指豐富的藏書。
娱老：太子太傅疏廣告老還鄉，安度晚年。《漢書·敘傳》：“疏（廣）克有終，散金娱老。”

嗚呼，乾嘉以還盛文物，器車争爲明時出。士夫好事過歐趙，學子考文陋王薛。[一]近來山左數吴陳，江左潘吴亦絶倫。開府好古生最後，搜羅頗出諸家右。匋齋著録苦未盡，請述一二遺八九。[二]玉刀三尺光芒静，寶雞銅禁尤完整。孤本精嚴華岳碑，千言謨訓毛公鼎。[三]河朔穹碑多輦致，中餘六代朱文字。丹青一卷顧長康，唐宋紛紛等自鄶。[四]開府此外無他娱，到處琳琅載後車。頗怪長沙儲木屑，不愁新息謗明珠。[五]比來輦轂多閑暇，倦夜摩挲窮日夜。自謂青山老向禽，那知白首隨王貫。[六]

【注釋】

［一］“嗚呼”五句：啊，乾嘉以來文物昌盛。古代的器車好像争着在這盛世中出土，士大夫們對古董的熱心要勝過歐陽修、趙明誠，而學者們對文物的考據就更超于王俅、薛尚功了。
器車：《禮記·禮運》：“天降膏露，地出醴泉，山出器車。”古人認爲古代的器與車出土，是盛世的祥瑞。

好事：謂愛好某種事業。此特指愛好金石書畫。張彦遠《歷代名畫記·論鑒識收藏購求閲玩》："非好事者不可妄傳書畫。"

歐趙：指歐陽修與趙明誠。兩人皆北宋的金石學家。歐陽修撰有《集古録》十卷，收集歷代石刻跋尾四百餘篇。爲中國現存最早研究石刻文字的專書。趙明誠所藏商周彝器及漢唐石刻甚富，編成《金石録》三十卷。

陋王薛：以王、薛爲陋。王薛，指王俅與薛尚功。兩人皆南宋的金石學家。王俅有《嘯堂集古録》二卷，録三百四十五器。並有釋文。薛尚功有《歷代鐘鼎彝器款識法帖》二十卷，録五百一十一器，摹録文字，並加考釋，爲宋代所出青銅器的重要著録。

［二］"近來"六句：近來山東的學者要數到吴式芬、陳介祺，江蘇的學者潘祖蔭、吴大澂也可算是同輩中少有的了。總督大人好古而又生得較晚，搜羅文物方面要勝於以上諸家。匋齋的著録很多難以數盡，祇能説其中一二而略去八九。

山左：指山東。

吴陳：指吴式芬與陳介祺。兩人皆清末著名的金石學家。吴式芬是山東海豐(今無棣)人，著有《攈古録金文》三卷。陳介祺是山東濰縣人，著有《傳古别録》、《十鐘山房印舉》等。兩人又合輯有《封泥考略》十卷。

江左：指江蘇。

潘吴：指潘祖蔭和吴大澂。兩人皆江蘇吴縣人。潘氏著有《攀古樓彝器款識》二卷，吴氏著有《愙齋集古録》二十六册，録有 1 026 器，間有考釋，爲清代金文著述中較佳之作。

匋齋：端方的齋名。端方著有《匋齋吉金録》八卷、《續録》二卷，附《補遺》。尚有《匋齋藏印》十六卷、《匋齋藏石記》四十四卷、《匋齋藏磚記》二卷、《壬寅消夏録》四十卷。

［三］"玉刀"四句：齋中藏有三尺長的玉刀光芒已静，在寶雞出土

的銅禁更是完整。還有精嚴的《華岳碑》孤本以及洋洋千言的記録周王誥誡的《毛公鼎》。

玉刀：此爲匋齋珍藏之品。静安《周玉刀跋》云："浭陽端忠敏公藏古玉刀一，長漢建初尺二尺八寸強，其上塗朱，赤色爛然，忠敏謂即周之赤刀。忠敏殉國後，此刀流於滬肆。"

寶雞銅禁：《匋齋吉金録》卷一載"柉楚十二器"，光緒二十七年於鳳翔寶雞三十里門雞臺出土。容庚《清代吉金書籍述評》云："禁乃承尊之器，自宋以來，没有發現過，何況同出共二十器，實乃國之至寶。1924 年春，爲美國人福開森盜運出口，售於紐約中央博物館。"

華岳碑：指《西岳華山廟碑》。徐珂《清稗類鈔・鑒賞類》："華山廟碑石久佚，流傳天壤者僅三册，一曰長垣本，一曰華陰本，一曰明本，載在典籍，盛名煊赫。朱竹垞跋云：'觀者驚心動魄。'非虚語也。端忠愍(即端方)歷年搜討，乃得全歸篋衍。"

毛公鼎：西周晚期銅器。清道光末年出土於陝西岐山，後爲陳介祺所得。陳氏卒後，端方派人至陳家強買。現存臺灣故宫博物院。毛公鼎爲一代重器，銘文長達 497 字，記述周宣王誥誡及褒賞其臣下毛公厝事。静安有《毛公鼎考釋序》。

［四］"河朔"四句：河朔地區的碑刻不少用車子運來，其中還有六代的朱書文字。尤其是晉代顧長康的一幅圖畫，真使唐宋人的畫作相形見絀。

穹碑：圓頂高大的石碑。此指漢魏碑刻。《匋齋藏石記》中所載漢《楊叔恭碑》、《魏曹真碑》、晉《郛休碑》、東魏《蔡儁碑》等，均有一定的史料價值。此外，端方還搜集了不少北朝造像及唐人碑刻。

六代朱文字：當指六朝時碑誌上的書丹文字。如西魏高昌章和十六年《畫承及妻張氏墓誌》，後三行爲朱文字，未刻。然檢《匋齋藏石記》，端方所藏碑誌中未見有書丹者。待考。

顧長康：顧愷之，字長康。東晉著名畫家，善圖寫人物，逼真細緻，爲世所重。端方藏顧愷之《洛神賦圖》，絹本設色，前半缺損，近人考證爲宋人摹本。

等自鄶：《左傳·襄公二十九年》載，吴公子季札來聘，聽樂。"爲之歌《陳》，曰'國無主，其能久乎？'自《鄶》以下無譏焉"。杜預注："《鄶》第十三，《曹》第十四。言季子聞此二國歌，不復譏論之，以其微也。"在《詩·國風》中，《鄶風》排列在後，季札認爲《鄶》以下更微不足道。

［五］"開府"四句：總督大人除此之外别無愛好，所到之處，後車中滿目琳琅滿載而歸。人們奇怪他像陶侃儲藏木屑那樣搜集無用之物，真不怕像馬援那樣招來明珠之謗。

長沙：指陶侃。陶侃封長沙郡公，故稱。劉義慶《世説新語·政事》："（陶侃）作荆州時，敕船官悉録鋸木屑，不限多少。咸不解此意。後正會，值積雪始晴，聽事廳前除雪後猶濕，於是悉用木屑覆之，都無所妨。"

新息：指馬援。馬援封新息侯，故稱。

謗明珠：《後漢書·馬援傳》："初，援在交趾，常餌薏苡實，用能輕身省欲，以勝瘴氣。南方薏苡實大，援欲以爲種，軍還，載之一車。時人以爲南土珍怪。權貴皆望之。援時方有寵，故莫以聞。及卒後，有上書譖之者，以爲前所載還，皆明珠文犀。"因稱蒙冤被謗爲"薏苡明珠"或"明珠謗"。

四句意説，端方搜集古文物，人皆以爲無用之物，故不愁被謗。

［六］"比來"四句：近時京城中多閑暇之日，晚間困倦休息時便摩挲賞玩，自夜達旦。本以爲可像向長、禽慶終老青山之中。怎想到年老頭白時還要像王粲、賈誼般辛勞在外。

向禽：向長與禽慶的合稱。《後漢書·逸民傳》："向長，字子平，河内朝歌人也，隱居不仕……與同好北海禽慶俱遊五嶽名山，不知所終。"

王賈：王粲與賈誼的合稱。王粲爲東漢末文學家，曾避亂荆州依劉表。賈誼爲西漢文學家，曾被讒貶爲長沙王太傅。宣統三年(1911)，端方被清廷起用，赴湖北帶兵。王、賈俱青年南行，因以設喻。

鐵官將作議紛綸，詔付經營起重臣。又報烽煙昏玉壘，便移旌節上荆門。[一]玉壘荆門路幾許，可憐遍地生榛莽。木落秋經灩澦堆，風高暮宿彭亡聚。[二]提兵苦少賊苦多，縱使兵多且奈何。戲下自翻漢家幟，帳中驟聽楚人歌。[三]楚人三千公舊部，數月巴渝共辛苦。朝趨武帳呼元戎，暮叩轅門詬索虜。[四]徹侯萬户金千斤，首級還須贈故人。此意公私君莫問，此時恩怨兩難論。[五]愛弟相隨同玉碎，贈官賜謚終何濟。銅鼓聊當《蒿里》歌，鐵籠便是東園器。[六]殺胡林中作帝羓，蜀鹽幾斛相交加。留取使君生面在，順流直下長風沙。[七]南樓到日人人識，猶憶使君曾駐節。將軍置衛爲周防，父老遥看暗嗚咽。[八]昔聞暴抗漢與明，規摹還使後人驚。和州有廟祠余闕，西楚何親葬穀城。[九]即今蠻邸懸頭久，枯骨猶聞老兵守。白狄誰歸先軫元，朱瑒空請王琳首。[一〇]玉軸牙籤盡作塵，《蘭亭》殉葬更無因。頗聞紀甗歸齊國，復道龍文委水濱。[一一]首在荆南身在蜀，歸魂日夜西山麓。千里空馳江上心，一時已抉城門目。[一二]可憐蕭瑟滿江潭，無限江南

與漢南。莫向翠微舊山色,西風落木歸來庵。[一三]

【注釋】

[一] "鐵官"四句: 這時候,掌管鐵路的官員和掌管建設的官員們議論紛紛,皇帝下令要認真處理而起用重臣。又傳來四川發生動亂,烽煙四起,便移駐使者的旌節直上荆門。

鐵官: 秦漢官名。主管冶鐵。將作,秦漢官名。掌管營建之事。《漢書・百官公卿表上》載,三輔屬官有"都水、鐵官兩長丞"。又載有"將作大匠",掌治宫室。

玉壘: 山名。在今四川灌縣北。此代指四川。

旌節: 使者所持之節,以爲憑信。

荆門: 今四川宜都。

宣統三年四月初十日(1911 年 5 月 8 日),皇族内閣成立,宣佈鐵路幹線國有。川鄂湘粤四省掀起保路風潮,反對鐵路國有。端方被清廷起用爲粤漢、川漢鐵路大臣。四川民衆罷市罷課,川督趙爾豐開槍鎮壓。端方奉命帶湖北新軍入川辦理川事。

[二] "玉壘"四句: 前往玉壘和荆門要經多少路? 可憐到處動亂,遍地叢生榛莽。秋天葉落時經過灩澦堆,月黑風高之夜歇宿在強盜出没的地方。

灩澦堆: 長江瞿塘峽口的險灘。在四川奉節縣東。

彭亡:《後漢書・岑彭列傳》載,公孫述命人於資中拒岑彭之兵。彭使精騎破荆門,入武陽。"彭所營地名'彭亡',聞而惡之,欲徙,會日暮,蜀刺客詐爲亡奴降,夜刺殺彭"。

四句寫端方率兵自湖北入四川,沿途荒涼破敗。九月二十八日(11 月 18 日)端方行抵資中,不敢再前進。詩用"彭亡"之典,既點出地名,亦爲端方之死作伏筆。

[三] "提兵"四句: 帶來的兵太少而賊人太多。即使兵多又有什麼用呢? 自己的部下都打出漢家的旗號,好比楚霸王在帳中聽

到四面楚歌。

戲(huī麾)下：同"麾下"。主將旌麾之下，指部下。《史記·淮陰侯列傳》："及項梁渡淮，信仗劍從之，居戲下。"

"帳中"句：典出《史記·項羽本紀》："項王軍壁垓下，兵少食盡，漢軍及諸侯兵圍之數重。夜聞漢軍四面皆楚歌，項王乃大驚曰：'漢皆已得楚乎？是何楚人之多也！'項王則夜起，飲帳中。"

四句寫端方兵駐資中，已陷入四川保路同志軍的包圍之中，連自己的部下也叛變了。

［四］"楚人"四句：三千名湖北士兵是您的老部下，幾個月來在巴、渝一帶共同辛苦。早上還到武帳前尊呼元戎，晚上卻在轅門前大罵"索虜"。

楚人三千：指端方所帶的湖北新軍兩千人。

巴渝：指四川東部和重慶地區。吴慶坻《端總督傳》："公至漢口，詔率師入川查辦，尋罷蜀督，命公署理。八月至重慶而鄂變作。九月進次資州。"

索虜：南北朝時南人對北方外族的蔑稱。索，指髮辮。清末時漢人亦罵滿人爲索虜。章炳麟《箴新黨論》："索虜入關以後，黨人已絶，而臭味所遺，百年未絶。"端方爲旗人，故被新軍中的革命黨人詬罵。吴慶坻《端總督傳》："所部鄂軍陰懷反側，十月初七日晡時，兵官劉怡鳳率軍隊持械入室，語不遜。"即謂此事。

［五］"徹侯"四句：誰能得到我的頭顱，當能封侯萬户賞金千斤，這個頭顱還是贈送給老相識吧！其中用意是爲公還是爲私你就不要再問了，這時候的恩恩怨怨雙方實在也難以評説。

徹侯：即通侯。秦漢時二十級軍功爵中的最高級。食邑萬户。多授予有功的異姓大臣。

《史記·項羽本紀》載，項羽在烏江邊被漢軍追擊，"顧見漢騎司馬吕馬童。曰：'若非吾故人乎？'馬童面之，指王翳曰：'此項王也。'項王乃曰:'吾聞漢購我頭千金,邑萬户,吾爲若德。'乃自刎而死"。五漢將分持項王屍首,皆封侯。葛虚傳《清代名人軼事》載,陸軍第三十一標隨端方入川靖亂,至資州。十月初七晨,衆兵舉三十一標第一營督隊官陳正藩爲鄂軍總司令,"即以資州城内天上宫爲司令部。陳當派隊將端方行轅包圍;將端弟兄捉至天上宫處以死刑"。

四句寫端方被革命黨人所殺。

[六] "愛弟"四句:相隨在軍中的愛弟也同爲玉碎,即使朝廷贈官和賜謚又有什麽用呢?敲擊銅鼓姑且當作《蒿里》之歌,函首的鐵籠便是東園的秘器。

愛弟:指端方之弟端錦。

玉碎:喻堅貞不屈而死。《清史稿·端方傳》:"弟端錦,字叔絅。河南知府。赴東西各國考路政,著《日本鐵路紀要》。從兄入川,變作,以身蔽其兄,極口詈軍士無良,同被殺。事聞,贈端方太子太保,謚忠敏;端錦謚忠惠。"

銅鼓:西南地區少數民族祭神的樂器。

蒿里歌:古挽歌名。崔豹《古今注·音樂》:"《薤露》、《蒿里》,並喪歌也。……謂人死魂魄歸於蒿里。"

鐵籠:端方被殺後,革命黨人以鐵籠函其首。

東園器:指棺材。《漢書·佞幸傳·董賢》"東園秘器"顔師古注引《漢舊儀》:"東園秘器作棺梓,素木長二丈,崇廣四尺。"

[七] "殺胡"四句:他在殺胡林中成了所謂的"帝羓",頭顱周圍放滿了幾十斤蜀鹽。保存好這位使君的本來面目,在船中順流直下到達長風沙。

殺胡林:地名。在今河北欒城縣西北。《資治通鑒》卷二八六:"丙子,(契丹主)至殺胡林而卒。"胡三省注:"殺胡林,蓋以契丹主死於此,時人遂以爲地名。宋白曰:'殺胡林,唐天后時襲突厥,群胡死於此,故名。'"此借指端方死事之所。

帝羓:《舊五代史·契丹傳》載,遼太宗耶律德光在殺胡林死後,“契丹人破其屍,摘去腸胃,以鹽沃之,載而北去,漢人目爲‘帝羓’焉”。

使(shì試)君:對奉命出使的人的尊稱。

長風沙:沙洲名。在安徽安慶附近的長江中,現已併入長江北岸。詩中借指武昌。以上八句寫革命黨人以鐵籠函端方之首送致武昌。

［八］“南樓”四句:首級傳到南樓之日人人皆識,還記得使君當日曾在此地駐節。如今將軍在首級四周設置了守衛防範,父老們祇能遠遠觀望暗中嗚咽。

南樓:東晉征西將軍庾亮鎮守武昌時曾登城南樓觀賞風光,後人遂於武昌建南樓以爲紀念。詩中借指武昌。

駐節:大官於外執行使命,在當地住下。節,符節。

將軍:指武昌起義的將領。

周防:謹密防護。

［九］“昔聞”四句:曾聽説性格最是猛直的漢高祖和明太祖,他們的遠略規摹還能使後人驚異欽佩。明太祖在和州建廟祭祀余闕,漢高祖與西楚霸王本無親故,但也把他禮葬在穀城山中。

暴抗:暴猛抗直。《史記·佞幸列傳》:“高祖至暴抗也,然籍孺以佞幸。”

和州:今安徽和縣。

余闕:元末大臣。爲都元帥、江淮行省參知政事。駐守安慶。陳友諒攻安慶,城陷。自殺。《元史·余闕列傳》:“及安慶内附,大明皇帝嘉闕之忠,詔立廟於忠節坊,命有司歲時致祭云。”《明史·危素傳》:“詔謫和州,守余闕廟。”端方藏有余闕所書楷書卷。鄭孝胥《端平橋制軍屬題余忠宣楷書卷》云:“尚書重忠義,甚喜得余闕。”

穀城:在今山東平陰。《史記·項羽本紀》:“始,楚懷王初封項籍爲魯公,及其死,魯最後下,故以魯公禮葬項王穀城。漢王爲發哀,泣之而去。”

詩意謂革命黨人不如漢高祖、明太祖那樣敬重敵方的英烈。

[一〇] “即今”四句:到如今武昌官府中還一直懸掛着那頭顱,還聽説有老兵看守着枯骨。唉,在白狄中誰能歸還先軫的人頭,朱瑒請求還葬王琳的首級也祇是徒然。

蠻邸:南蠻的官邸。指南方革命黨人的官府。

白狄:我國古代西北地方少數民族之一。狄族的别種。王國維《鬼方昆夷玁狁考》:“秦漢以後之隗姓皆白狄故也。”

先軫:即原軫。春秋時晉大將。《左傳·僖公三十三年》:“狄伐晉,及箕。八月戊子,晉侯敗狄於箕。郤缺獲白狄子。先軫曰:‘匹夫逞志於君,而無討,敢不自討乎?’免冑入狄師,死焉。狄人歸其元,面如生。”元,首也。

朱瑒:南朝梁驃騎府倉曹參軍。琳敗,入齊。

王琳:南朝梁將帥。字子珩,會稽山陰(今紹興)人。梁元帝時遭忌出爲廣州刺史。梁亡,降于北齊。因軍功封會稽郡公、巴陵郡王。陳將吴明徹來攻,圍壽陽。王琳兵敗被殺。《北齊書·王琳傳》載,王琳被殺後,“傳首建康,懸之於市。琳故吏梁驃騎府倉曹參軍朱瑒,致書陳尚書徐陵求琳首……持其首還於淮南”。

詩中以先軫、王琳設喻,謂革命黨人不肯歸還端方的頭顱。

[一一] “玉軸”四句:那些精美的圖書全都化爲塵灰,所收藏的古代墨蹟連殉葬也不能了。還聽説珍貴文物已被人攫取,又説他的著述也被委棄在水濱。

玉軸:以玉爲飾的卷軸。

牙籤:以象牙製成的書籤。周紫芝《鷓鴣天》詞:“讀盡牙籤玉軸書。”

《蘭亭》殉葬:蘭亭,指《蘭亭序》。東晉王羲之書。唐時爲太宗所得。太宗死,以之殉葬。周越《法書苑》:“王右軍《蘭亭禊序》真本以繭紙書。唐太宗初得之,命趙模、馮承素、諸葛貞之流榻本以賜諸王。真本入玉匣從葬昭陵。"端方藏有宋拓定武本《蘭亭序》,有王虛舟、伊墨卿、宋葆淳題識,被稱爲海内寡雙之品。

紀甗(yǎn 演):《左傳·成公二年》:"晉師從齊師,入自丘輿,擊馬陘。齊侯使賓媚人賂以紀甗、玉磬與地。"杜預注:"甗,玉甑,皆滅紀所得。"按,紀甗,當爲齊國滅紀國時所得的銅器。詩中指端方所藏的銅器已被革命黨人取得。

龍文:喻雄偉的文筆。韓愈《病中贈張十八》詩:"龍文百斛鼎,筆力可獨扛。"此指端方的著述。

[一二] "首在"四句:人頭在荆南而身軀在蜀地,他的歸魂日夜都在北京西山之麓。當初徒然地在長江上心馳千里,如今卻在城門上抉目長看。

荆南:荆州之南。指武昌。

西山:在北京城西北。此指皇帝所在的地方。

末句用春秋吴國伍子胥之典。《史記·吴太伯世家》載,吴國大夫伍子胥勸吴王夫差拒絶越國求和,夫差不聽,賜子胥死。子胥臨死時説:"抉吾眼置之吴東門,以觀越之滅吴也。"後用爲忠臣殉身之典。又,《太平廣記》卷二九一"伍子胥"條載,子胥臨終,"戒其子曰:懸吾首於南門,以觀越兵來,以鯑魚皮裹吾屍,投於江中,吾當朝暮乘潮,以觀吴之敗"。詩中用"抉目"典,亦欲以觀革命黨人之敗。

吴慶坻《端總督傳》載,"鄂軍函公首送武昌,而州紳廖承瓌斂公與公弟忠骸瘞葬州城外獅子洞。明年,鄂軍感公忠義,迎公之喪至漢口,歸元而改斂焉"。静安之言不確。

[一三] "可憐"四句:最可悲憐的是,看到江潭上的柳樹一片蕭瑟,無論是江南還是漢南都是如此。唉,不要再望那舊時蒼翠的山色了,西風落葉,歸來庵中更是淒涼了。

上兩句典出庾信《枯樹賦》:"桓大司馬聞而歎曰:'昔年種柳,依依江南;今看摇落,悽愴江潭。樹猶如此,人何以堪！'"
翠微：蒼翠的山色。何遜《仰贈從兄興寧寘南》詩："高山鬱翠微。"
歸來庵：端方的書齋名。詩中用此，暗有"魂兮歸來"之意。四句寫自己的感觸。世事發生巨大的變化，心中無限悲涼。
以上爲第三段。寫端方復出及率兵入川到被殺的經過。

觀紅葉一絶句

漫山填谷漲紅霞，點綴殘秋意太奢。[一]若問蓬萊好風景，爲言楓葉勝櫻花。[二]

【箋】 此詩作於1912年秋，時旅居京都。詩中寫日本秋山紅葉的美景，抒發作者深刻的感受。

【注釋】

[一] "漫山"兩句：楓葉，像彌漫的紅霞，鋪遍秋山，填滿谿谷。它本衹是點綴殘秋，現在卻未免太多了。
奢：多。《蕭箋》謂"點綴"一語，"似有無窮難言之意"。

[二] "若問"兩句：如果問到蓬萊三島的好風景，我就會説楓葉勝過櫻花。
蓬萊：指日本。

末句雖從杜牧《山行》詩“霜葉紅於二月花”化出,用意卻有別。櫻花爲日本國花,春日開時非常絢麗,然轉眼已滿地凋零,日人亦常以櫻花喻人生之短暫與無常。静安謂經霜之楓葉勝於櫻花,當寓其家國身世之感。

壬子歲除即事

又向殊方閲歲闌,夢華舊事記應難。[一]緇塵京洛渾如昨,風雪山城特地寒。[二]可但先人知漢臘,定誰軍府問南冠。[三]屠蘇後飲吾何憾,追往傷來自寡歡。[四]

【箋】《王國維全集・書信》載,静安於“壬子除夕前一夜”致繆荃孫書中附有此詩,並注明“國維草稿”。可知詩實作於1913年2月4日。所附之詩與定本字句出入頗大,定本中遺老的情調更濃,語亦更頹唐。詩中感憶故國舊事,不勝今昔之感。

【注釋】

[一] “又向”兩句:又在他鄉中度過一年最末的日子,當日在京城如夢般的舊事也應難記了。
殊方:他鄉。指日本。
夢華:謂追憶往事恍如夢境。《列子・黄帝》:“晝寢而夢,游於華胥之國。”南宋初孟元老有《東京夢華録》,記述北宋故都汴京之事。

［二］“緇塵”兩句：仍像昔日在京城那樣，我的衣裳撲滿了塵土；可是這裏山城中的風雪，卻使人感到特别寒冷。

緇塵京洛：謝朓《酬王晉安》詩：“誰能久京洛，緇塵染素衣。”緇塵，黑色灰塵。喻世俗的污垢。

兩句意説，自己在日本京都勞碌奔波，一如昔日，而心境卻大不相同了。

［三］“可但”兩句：豈但我們的先人祇知道漢家的禮俗，我也知道在軍府被詢問的囚徒會是誰人了。

“可但”句：臘，漢代祭祀名。漢代以戌日爲臘，即冬至後第三個戌日。這裏以漢臘代表故國的禮法、風俗等。《後漢書·陳寵傳》載，“王莽篡位後，陳咸父子相與歸鄉里，閉門不出入，猶用漢家祖臘。人問其故，咸曰：我先人豈知王氏臘乎？”李賢注引應劭《風俗通》：“臘者，歲終祭衆神之名。臘，接也，新故交接，故大祭以報功也。漢火行，衰於戌，故臘用戌日也。”王先謙集解引何焯曰：“祖臘，猶言先祖相承之臘，非祭名。注誤。”王氏以民國推翻清王朝，比作王莽篡漢，遺老氣味極濃。

軍府：軍中府庫。每用以囚禁俘虜。《左傳·成公七年》：“晉人以鍾儀歸，囚諸軍府。”

南冠：春秋時南方的楚人之冠。《左傳·成公九年》：“晉侯觀於軍府，見鍾儀，問之曰：‘南冠而縶者，誰也？’有司對曰：‘鄭人所獻楚囚也。’”

上句是説謹守清朝的正統，不承認民國。下句意説，自己在日本像被拘禁的異國囚徒。

［四］“屠蘇”兩句：即使是後飲屠蘇我也没什麽遺憾，祇是追懷往日擔憂未來而獨自鬱鬱寡歡吧了。

屠蘇：酒名。古代以屠蘇等藥草浸酒，正月初一飲之，以期健康長壽。宗懔《荆楚歲時記》：“（正月一日）長幼悉正衣冠，以次拜賀,進椒柏酒,飲桃湯,進屠蘇酒。……次第從小起。"董勳云:"以小者得歲,先酒賀之,老者失歲,故後與酒。"時静安年方36歲,已有"後飲"的老者之歎,可想見其心境之悲涼。

校: 王氏致繆荃孫書中,初稿作:"又向殊方閲歲闌,早梅舒蕊柳籠煙。歲時荆楚渾難記,風雪山城特地寒。可但先人知漢臘,定知老鶴語堯年。屠蘇後飲吾何憾,追往傷來自寡歡。"

詠　　史(五首)　癸丑

一

六龍時御天,肇跡玄黄戰。牧野始開周,垓下遂造漢。[一]洛陽縛二豎,唐鼎初云奠。趙宋號孱王,神武耀淮甸。[二]稜威既旁薄,大號乃涣汗。六合始摶心,群醜亦革面。[三]令行政自舉,病去利乃見。游士復庠序,征夫歸隴畔。[四]百年開太平,一日資塗炭。自非舜禹功,漫侈唐虞禪。[五]

【箋】 詠史五首,作於1913年2月。名爲詠史,實則借古諷今。時袁世凱已竊據中華民國臨時大總統之職位,詩人身在日本。心懷故國,對袁氏的陰謀反覆尤爲憎恨,故詩語頗爲憤激。

【注釋】

［一］ “六龍”四句：六龍依照時運以控御天體，肇始於猛烈的血戰。如牧野之戰開創了周朝，垓下之戰建立了漢代。

“六龍”句：《易・乾》：“大明終始，六位時成，時乘六龍以御天。”六龍，本指《易》乾卦的六爻。孔穎達疏：“乾元乃統天之義，言乾之爲德，以依時乘駕六爻之陽氣，以控御於天體。”因以象徵君主的統治。

肇跡：肇始，開始。《舊五代史・唐書・武皇紀論》：“武皇肇跡陰山，赴難唐室。”

玄黄戰：《易・坤》：“龍戰于野，其血玄黄。”又，“夫玄黄者，天地之雜也，天玄而地黄。”龍戰時血流於地，混合成青黄之色。兩句意説，王朝的開創，始於戰争。

“牧野”句：《書・牧誓》：“時甲子昧爽，王朝至於商郊牧野，乃誓。”牧野，在商朝之都朝歌南七十里，即今河南淇縣。周武王伐紂，在牧野大敗商軍，進佔朝歌，紂自焚死。商亡。史稱“牧野之戰”。

“垓下”句：《史記・項羽本紀》載，劉邦圍困項羽於垓下，大敗楚軍。項羽自殺。見《蜀道難》詩“提兵”四句注。垓下，在今安徽靈璧縣東南。

［二］ “洛陽”四句：唐太宗在洛陽捉住了那兩個豎子，唐朝的基業算是奠定了。趙宋雖然被稱爲“孱王”，但平定南唐時仍不失爲神明英武。

二豎：指王世充與竇建德。王世充據東都洛陽稱帝，唐太宗進兵圍洛陽。竇建德自河北來救，兵敗被擒。洛陽破，王世充、竇建德俱被殺。

孱王：懦弱的君王。《史記・張耳陳餘列傳》：“吾王，孱王也。”集解引孟康曰：“冀州人謂懦弱爲孱。”有宋一代積弱，故後世有“孱王”、“孱孩”之稱。《宋史・文天祥傳論》：“事既無成，奉兩孱王崎嶇嶺海，以圖恢復。”查慎行《夾馬營》：“當時已少廓清功,莫怪孱孩主和議。”

神武:見《詠史》二十首之五注。

淮甸:淮河流域地區。五代十國時,南唐佔據今淮南、江蘇、江西一帶。宋太祖趙匡胤出兵平南唐,統一中國。

［三］“稜威”四句:他們的威勢當已十分宏偉之時,便可以稱帝發號施令。整個天下開始同心同德,那些壞傢伙們也洗心革面了。

稜威:威嚴,威勢。

旁薄:廣大,宏偉。

“大號”句:語本《易・渙》:“九五,渙汗其大號。”朱熹本義:“九五巽體,有號令之象,汗謂如汗之出而不反也。”因以“渙汗大號”謂帝王之號令,如人之汗,一出而不可收。

六合:天地四方。指天下、人世間。

摶(zhuān 專)心:同“專心”。《史記・秦始皇本紀》:“普天之下,摶心揖志。”

革面:《易・革》:“小人革面,順以從君也。”後以喻徹底改悔。

［四］“令行”四句:號令順利施行,政治也自能發展,弊病消除後,利益便可得到。那些到處遊説的讀書人也回到學校中。外出作戰的士兵也返回田地裏。

令行:《書・周官》:“令出惟行。”孔氏傳:“從政之本,令出必惟行之。”

游士:古時四處進行游説活動的士子。

庠序:古代的地方學校。《孟子・梁惠王上》:“謹庠序之教,申以孝悌之義。”《漢書・董仲舒傳》:“設庠序以化於邑。”泛稱學校。

［五］“百年”四句:開創了百年的太平基業,但一日之間卻遭到了災難摧殘。唉,有人本來就没有立過舜、禹那樣的功勞,那就不要亂談什麽唐、虞的禪讓了。

塗炭:泥淖和炭灰。比喻艱困、災禍。

舜禹、唐虞：見《詠史》二十首之五、《坐致》詩注。

侈：誇耀、誇大。

禪(shàn 善)：以帝位讓給人。《孟子・萬章上》："孔子曰：'唐虞禪，夏后殷周繼，其義一也。'"唐堯禪讓給虞舜，虞舜禪讓給夏禹，古人認爲是"大聖之懿事"。

詩中歷述周、漢、唐、宋創業之艱，末兩句謂袁世凱並無赫赫之功而取得大位，還誇耀説是唐虞禪讓般的懿事。

二

先王號聖賢，後王稱英雄。英雄與聖賢，心異術則同。[一]非仁民弗親，非義士莫從。智勇縱自天，飢溺思在躬。[二]要令天下肥，始覺一身崇。百世十世量，早在締構中。[三]黄屋何足娱，所娱以其功。成家與仲家，奄忽隨飄風。所以曹孟德，猶以漢相終。[四]

【注釋】

[一]　"先王"四句：人們把先王稱爲"聖賢"，把後王叫做"英雄"。英雄跟聖賢的本心是有異的，而所用的方法卻相同。

先王：指上古賢明的君主。《易・比》："先王以建萬國，親諸侯。"《孝經・開宗明義》："先王有至德要道，以順天下，民用和睦。"唐玄宗注："先代聖德之主，能順天下人心，行此至要之化。"

後王：後世繼起的君主。《後漢書・董仲舒傳》："夫五百年之間，守文之君，當塗之士，欲則先王之法以戴翼其世者甚衆，然猶不能反，日以仆滅，至後王而後止，豈其所持操或悖繆而失其統與?”

［二］“非仁”四句: 如果不是用“仁”,民衆就不親近;如果不是用“義”,士子就不服從。天生下來聰明勇敢的君主,應想到民衆生活的痛苦是與自己有關的。

“非仁”句:《孟子·盡心上》:“君子之於物也,愛之而弗仁。於民也,仁之而弗親。親親而仁民。仁民而愛物。”《荀子·大略》:“仁,愛也,故親。”縱自天,天所放任,意謂上天所賦予。

飢溺:《孟子·離婁下》:“禹思天下有溺者,由己溺之也;稷思天下有飢者,由己飢之也,是以如是其急也。”

四句謂君主應以仁義爲治術,關心民衆疾苦。

［三］“要令”四句: 要使到天下人民都富足,君主才真正感到自己的偉大。王朝傳序能否十世以至百世,早在開創基業時就已定下來了。

天下肥:《禮記·禮運》:“天子以德爲車,以樂爲御,諸侯以禮相與,大夫以法相序,士以信相考,百姓以睦相守,天下之肥也。”《舊唐書·韓休傳》:“帝(玄宗)嘗引鏡默然不樂,左右曰:‘自韓休入朝,陛下無一歡,何不去之?’帝曰:‘吾雖瘠,天下肥矣。’”

“百世”句: 戴德《大戴禮記·武王踐祚》:“以仁得之,以仁守之,其量百世;以不仁得之,以仁守之,其量十世。”盧辯注:“皆謂創基之君。十百世,謂子孫無咎譽者,於十百之外,天命則有興改,其廢立大節依於此。”

締構: 猶締造。此指王朝的開創經營。

［四］“黄屋”六句: 帝王之位不足以使他快樂,所感到快慰的是他的功勞。成家仲家這些顯赫的人物,也轉瞬隨風而逝不留痕跡。所以曹孟德作爲臣子,還是以漢相相終。

黄屋: 古代帝王專用的黄繒帝蓋,亦爲帝王所居宫室,因以指帝位。《北史·魏宗宣傳論》:“至如神武之不事黄屋,高揖萬乘,義感鄰國,祚隆帝統。”

成家：東漢初年公孫述佔據成都，自立爲帝，號成家。《後漢書·公孫述傳》："建武元年，（述）遂自立爲天子，號成家，色尚白，建元曰龍興元年。"建武十一年，爲吴漢所敗，族滅。

仲家：東漢末袁術佔有江淮，自立爲帝，號仲家。《後漢書·袁術傳》："建安二年，因河内張炯符命，遂果僭號，自稱仲家。"兩年後，爲曹操所破，病死。

孟德：東漢末曹操之字。《資治通鑒·漢紀六十》引司馬光曰："以魏武之暴戾強伉，加有大功於天下，其蓄無君之心久矣，乃至没身不敢廢漢而自立，豈其志不欲哉！猶畏名義而自抑也。"曹操於建安十三年進位爲丞相，專斷國事，封魏王，但始終没有篡奪帝位，故詩人説他"猶以漢相終"。

此首寫古代的聖賢與英雄，皆以仁義治天下，爲國家百世着想。末兩句以曹操設喻。胡適《文學改良芻議》云："引史事與今所議論之事相比較。"謂袁世凱不如曹操，他不能與清朝相終而陰謀奪權篡位。

三

典午師曹公，世亦師典午。[一]赫赫荀賈輩，所計在門户。師尹既多辟，庶政乃無度。[二]季倫名家子，文采照區宇。堂堂南州牧，乃劫西域賈。[三]祖逖出東塘，戴淵踞淮浦。虎狼在堂室，徙戎復何補。[四]神州遂陸沈，百年委榛莽。寄語桓元子，莫罪王夷甫。[五]

【注釋】

［一］"典午"兩句：司馬氏仿效曹公，後世的人又仿效司馬氏。

典午：指魏、晉的司馬氏。見《讀史二首》之二注。

曹公：指曹操。曹操爲漢獻帝之丞相，掌握軍國大權，處心積慮爲其子曹丕篡漢作好準備。

兩句謂司馬氏之篡魏與曹氏之篡漢如出一轍，後世之亂臣賊子亦競相效法，宋、齊、梁、陳亦皆以"禪讓"而登帝位。

［二］"赫赫"四句：那顯赫的荀彧、賈充等人，所考慮的衹是家族的門第。作爲國家重臣，行爲卻是很多邪僻，那麽他們所推行的各種政務也必然是没有法度的。

赫赫：顯赫盛大貌。《詩・小雅・節南山》："赫赫師尹，民具爾瞻。"

荀賈：指荀彧與賈充。荀彧，曹操的謀士，建議迎漢獻帝都於許，使曹操取得有利形勢。後任尚書令，參與軍國大事。《三國志・魏書・荀彧傳》裴松之注："世之論者，多譏彧協規曹氏，以傾漢祚；君臣易位，實彧之由。"賈充，司馬氏的親信，曹魏時任大將軍司馬、廷尉，參與司馬氏篡魏的陰謀。

師尹：本指周太師尹氏，後作三公之稱。

多辟：即多僻。多邪僻。《詩・大雅・板》："民之多辟，無自立辟。"干寶《晉紀總論》："察庾純、賈充之事，而見師尹之多僻。"

庶政：各種政務。《易・賁》："君子以明庶政，無敢折獄。"

［三］"季倫"四句：石崇是名家之子，風流文采，光照天下。他身爲堂堂的南州牧，卻出外行劫西域的商人。

季倫：西晉石崇之字。石崇爲石苞之子，石苞曾鼓吹司馬氏篡魏，封樂陵郡公，故稱崇爲"名家子"。石崇能詩文，今尚存文九篇，詩十首。

區宇：境域，天下。

南州牧：石崇曾爲南中郎將、荆州刺史，領南蠻校尉，加鷹揚將軍。《晉書・石崇傳》："崇穎悟有才氣，而任俠無行檢。在荆州，劫遠使商客，致富不貲。"

［四］“祖逖”四句：甚至連祖逖也出東塘行劫，戴淵亦盤踞淮水作賊。虎狼之輩已在堂室中，再議論“徙戎”又有何補？

祖逖：東晉名將。晉元帝時豫州刺史，曾率部渡江，中流擊楫發誓，以表收復中原的決心。《世説新語·任誕》：“祖車騎（逖）過江時，公私儉薄，無好服玩。王、庾諸公共就祖，忽見裘袍重疊，珍飾盈列，諸公怪問之，祖曰：‘昨夜復南塘一出。’祖於時恒自使健兒鼓行劫鈔，在事之人亦容而不問。”南塘，秦淮之南塘岸。詩中謂“東塘”，疑誤。

戴淵：東晉征西將軍。《世説新語·自新》：“戴淵少時遊俠，不治行檢，嘗在江淮間攻掠商旅。”

徙戎：逼使移居中原的少數民族遷徙境外。《晉書·江統傳》：“統深惟四夷亂華，宜杜其萌，乃作《徙戎論》。”

［五］“神州”四句：神州大地便自此陸沈，百年來委於荒榛野草之中。真想告訴桓元子：不要光是指責王夷甫了。

神州陸沈：《世説新語·輕詆》：“桓公入洛，過淮泗，踐北境，與諸僚屬登平乘樓，眺矚中原，慨然曰：‘遂使神州陸沈，百年丘墟，王夷甫諸人不得不任其責。’”陸沈，比喻國土淪陷於敵手。

桓元子：東晉權臣桓温，字元子。桓温在永和年間，滅成漢，攻前秦，入關中。後收復洛陽，屢請還都，不果。

王夷甫：西晉大臣王衍之字。《世説新語·輕詆》劉孝標注引《八王故事》曰：“夷甫雖居臺司，不以事物自嬰，當世化之，羞言名教，自臺郎以下，皆雅崇拱默，以遺事爲高。四海尚寧，而識者知其將亂。”王衍喜談老莊，任宰相時專謀自保，政治腐敗，引發永嘉之亂，王衍被石勒俘殺。

本詩專論晉代歷史，謂司馬氏政權爲篡位所得，大臣將領皆行邪僻，以導致禍亂發生，中原大地遂陷異族之手。用意是譏諷袁世凱政權下，皆虎狼之輩，必將使中國陷於陸沉的境地。

四

塞北引弓士，塞南冠帶民。耕牧既殊俗，言語亦異倫。[一]三王大一統，乃以禹跡言。大幕空度漢，長城已築秦。[二]古來制漠北，獨有唐與元。元氏儲祥地，唐家累葉婚。[三]神堯出獨孤，官氏北地尊。英英文皇帝，母后黑獺孫。[四]用兹代北武，緯以江左文。婉孌服弓馬，瀟灑出經綸。[五]蕃將在閫外，公主過河源。所以天可汗，古今唯一人。[六]

【注釋】

［一］“塞北”四句：在塞北皆爲持弓射獵之士，在塞南多是戴冠束帶之民。耕田和畜牧本是不同的風俗，言語也有着很大的差異。

引弓：持弓。謂善於騎射。

冠帶：戴帽子與束腰帶，古代漢人的服飾。

兩句語本《史記·匈奴列傳》引漢孝文帝遺匈奴書：“先帝制：長城以北，引弓之國，受命單于；長城以内，冠帶之室，朕亦制之。”

［二］“三王”四句：三王以來所謂的大一統，是以中國的疆域而言。漢朝的軍隊徒然横度大漠，秦國早已築起了長城。

三王：指夏、商、周三代開國之君。

大一統：《公羊傳·隱公元年》：“何言乎王正月？大一統也。”後因稱封建王朝統治全中國爲大一統。

禹跡：相傳夏禹治水，足跡遍於九州。因稱中國的疆域爲禹跡。《左傳·襄公四年》：“芒芒禹跡，畫爲九州。”

大幕：同大漠。參見《詠史》二十首之十注。

長城：《史記・匈奴列傳》："於是秦有隴西、北地、上郡，築長城以拒胡。"

［三］ "古來"四句：自古以來能控制漠北的，衹有唐朝和元朝。漠北是元代的發祥地，又與唐王室有世代婚姻的關係。

漠北：指蒙古高原大沙漠以北的地區。即外蒙古。

儲祥：聚集吉祥。張九齡《開元正曆握乾符頌並序》："天固已儲祥以俟時，積分以差日，出入數代，多歷年所。"儲祥地，猶言發祥地，帝王開基創業之所。

累葉：累世。

［四］ "神堯"四句：唐高祖出於獨孤氏，母族的宫職和氏族地位在北方都是很尊貴的；傑出的唐太宗，母后是周文帝黑獺的外孫女。

神堯：指唐高祖李淵。其廟號爲"神堯大聖大光孝皇帝"。

獨孤：獨孤氏是北朝的著姓，源出於匈奴獨孤部。北周大司馬獨孤信的大女兒嫁給宇文泰之子宇文毓，後爲北周明帝。七女兒嫁給楊忠之子楊堅，後爲隋文帝。四女兒嫁給李虎之子李昞，即李淵之父。

英英：特立傑出貌。

文皇帝：指唐太宗李世民。其廟號爲"文武大聖大廣孝皇帝"。

黑獺：北周開創者周文帝宇文泰之字。唐太宗之母竇氏，其父竇毅，尚周文帝第五女襄陽公主。竇氏即宇文黑獺的外孫女。

四句説明"唐家"句意。

［五］ "用兹"四句：用這代北的武功，結合起江左的文化。婦女們都能騎馬射獵，男子們氣度瀟灑，滿腹經綸。

代北：代，指代州。今山西代縣。代北，唐代指雲、朔、蔚、忻、代五州。今山西北部地區。

江左：江東。今蕪湖、南京長江河段以東地區。

婉孌：《詩・齊風・甫田》："婉兮孌兮，總角丱兮。"鄭玄箋："婉孌，少好貌。"詩中以指少女。

弓馬：指騎射。《後漢書・段熲傳》："熲少便習弓馬。"

經綸：籌畫治理國事。《易・屯》："云雷屯，君子以經綸。"孔穎達疏："經謂經緯，綸謂綱綸，言君子法此屯象有爲之時，以經綸天下，約束於物。"

［六］"蕃將"四句：敢於把蕃將安置在京城之外駐守，公主也度過河源去和親。所以唐太宗被稱爲"天可汗"，古今以來衹有他一個人。

蕃將：指少數民族的將領。藩將多爲部落首領，亦爲唐貞觀年間的主要武力。《新唐書・諸夷藩將傳》有史大柰、阿史那社爾、執思失力、契苾何力、黑齒常之、李謹行等蕃將傳。《舊唐書・李林甫傳》："國家武德、貞觀以來，蕃將如阿史那社爾、契苾何力，忠孝有才略，亦不專委大將之任，多以重臣領使以制之。"可見唐太宗對蕃將的使用及防範手段。

閫(kǔn 捆)外：京城以外。《史記・張釋之馮唐列傳》："臣聞上古王者之遣將也，跪而推轂，曰：閫以內，寡人制之；閫以外，將軍制之。"

"公主"句：《舊唐書・太宗紀》載：貞觀十四年(640)二月，"送弘化公主歸於吐谷渾"；十五年正月，"吐蕃遣其國相祿東贊來逆女。丁丑，禮部尚書、江夏王道宗送文成公主歸吐蕃"。

天可汗：《舊唐書・太宗紀》載，貞觀四年(630)"夏四月丁酉，御順天門，軍吏執頡利以獻捷。自是西北諸蕃咸請上尊號爲'天可汗'，於是降璽書册命其君長，則兼稱之"。天可汗爲突厥語意譯，即謂天下之君長。

"古今"句：《舊唐書・太宗紀》史臣曰："況周發、周成之世襲，我有遺妍；較漢文、漢武之恢弘，彼多慚德。跡其聽斷不惑，從善如流,千載可稱,一人而已。"
此詩當爲中國邊境形勢而作。辛亥革命爆發後不久,帝國主義加強分裂中國的陰謀活動。1911 年 12 月,在俄國的策動下,外蒙古宣佈獨立,中華民國政府不予承認。

五

少讀陶杜詩,往往説飢寒。自來夸毗子,焉知生事艱。[一]子雲美筆札,遨游五侯間。孔璋檄豫州,矢在袁氏弦。[二]魏臺一朝建,書記又翩翩。文章誠無用,用亦未爲賢。[三]青春弄鸜鵒,素秋縱鷹鸇。咄咄揚子雲,今爲人所憐。[四]

【注釋】

[一] "少讀"四句:少年時讀陶淵明、杜甫的詩歌,詩中往往説到饑寒。自古以來,那些諂諛卑屈的傢伙,怎會知道生活的艱難呢?

"少讀"兩句:陶淵明《飲酒》:"飢寒況當年"、"飢寒飽所更"。杜甫《因崔五侍御寄彭高州》:"秋至轉飢寒。"《遣興五首》:"飢寒永相望。"

夸毗:《詩・大雅・板》:"天之方懠,無爲夸毗。"朱熹集傳:"夸,大也;毗,附也。小人之於人,不以大言夸之,則以諛言附之也。"因以夸毗子指阿諛媚附之小人。魏阮籍《詠懷》之五三:"如何夸毗子,作色懷驕腸?"

[二] "子雲"四句:谷永善於持筆爲文,以此而遨遊於權貴之間。陳琳作檄豫州的文章,是受袁紹的指使。

子雲:漢代谷永之字。荀悦《漢紀・成帝紀》:"谷子雲之筆札。"谷永爲王氏上客。《漢書・谷永傳》載谷永曾奏書王鳳、王譚、王音等權貴,又爲王根所薦,徵入爲大司農。

五侯: 漢成帝之舅王譚、王商、王立、王根、王逢時五人同日封侯,世稱五侯。

孔璋: 東漢末文學家陳琳之字。陳琳曾避難冀州,依附袁紹。作《爲袁紹檄豫州文》,聲討曹操。

豫州: 時劉備爲豫州刺史。

"矢在"句: 語本晉王沈《魏書》:"太祖(指曹操)平鄴,謂陳琳曰:'君昔爲本初(袁紹之字)作檄書,但罪孤而已,何乃上及父祖乎?'琳謝曰:'矢在弦上,不得不發。'太祖愛其才,不咎。"

[三] "魏臺"四句: 銅雀臺一朝建起,那些風度翩翩的文人又紛紛到來。文章實在是没有用的,即使用了也不見得是好事。

魏臺: 曹操在建安十五年冬於鄴城建銅雀臺,後人稱爲魏臺。

書記翩翩: 東漢末文學家阮瑀,字元瑜,有才華風度。曹操任爲司空軍謀祭酒,管記室,爲作軍國書檄。曹丕《與吴質書》:"元瑜書記翩翩,致足樂也。"

[四] "青春"四句: 春天時調弄鸚鵡,秋天時放縱鷹鸇。唉,揚子雲啊,直到今天還被人們悲憐!

青春: 指春天。春季草木繁茂青碧,故稱。司空圖《詩品》:"青春鸚鵡,楊柳池臺。"

素秋: 指秋天。秋於五行中屬金,其色白,故稱。《禮記·月令》:"立秋之日,鷹乃擊。"

咄咄: 嗟歎聲。

揚子雲: 即揚雄。見《塵勞》詩注。

"青春"兩句,回應上文的"夸毗子"。當有兩重含義,一是寫其游手好閑的生活;一是諷刺其處世態度: 時如鸚鵡般隨人可否,時如鷹鸇般殘暴無情。

此首當譏刺袁世凱手下的文人謀士。"矢在"一句,直點本旨。

昔　　遊(六首)

一

端居愛山水,懶性怯遊觀。同遊畏俗客,獨遊興易闌。[一]行役半九州,所歷多名山。舟車有程期,筋力愁躋攀。[二]窮幽豈不快,資想詎足歡。亦思追昔遊,攬筆空汗顔。[三]

【箋】 組詩作於1913年。時静安仍旅居日本京都,因歷書生平遊蹤所至,以寄託其故國之思。《蕭箋》云:"作者所述,皆實際經歷,且極平常,無甚驚人,何以一往情深? 蓋身棲異域,情殷故國,人之情也。"

【注釋】

[一] "端居"四句:我平居時喜歡山水,衹爲性格懶散而怕去遊覽。要與人同遊又恐遇上俗客,獨遊則意興易盡。
端居:見《端居》詩注。王維《登裴秀才迪小臺作》詩:"端居不出户,滿目望雲山。"

[二] "行役"四句:我出外跋涉已走遍半個中國,所經過的多是名山勝景。但車船總是有個期限,而自己筋力不足又愁於去攀登。
行役:行旅,出行。
半九州:王安石《杜甫畫像》詩:"餓走半九州。"
程期:特定的日期,期限。

［三］ “窮幽”四句：探尋幽深之境難道不是件快事嗎？光是留作回憶又怎值得高興呢？因此想追記舊日的遊蹤，但拿起筆來又徒感羞愧。

窮幽：窮盡幽勝之所。王充《論衡·遭虎》：“好入山林，窮幽測深。”

詎：哪里，難道。

汗顏：臉上出汗。形容羞愧。

此首概述昔遊。謂自己雖愛山水而少遊覽，故追憶時感到汗顏。

二

我本江南人，能説江南美。家家門繫船，往往閣臨水。［一］興來即命棹，歸去輒隱几。遠浦見縈回，通川流浼瀰。［二］春融弄駘蕩，秋爽呈清泚。微風葭菼外，明月荇藻底。［三］波暖散梟鷺，淵深躍鰋鯉。枯槎魚網掛，別浦菱歌起。［四］何處無此境，吴會三千里。［五］

【注釋】

［一］ “我本”四句：我本是江南人，能説江南之美；家家門前繫着小船，樓閣往下臨流水。

四句是静安家鄉海寧一帶的風景。

［二］ “興來”四句：興來時就駕船出遊，歸家後每每憑案小息。望見遠處的江浦曲折彎環，流過的河水十分瀰滿。

命棹：乘船。

隱几（yìnyǐ 印以）：靠着几案。《莊子·齊物論》：“南郭子綦隱几而坐，仰天而噓。”成玄英疏：“隱，憑也。子綦憑几坐忘，凝神遐想。”

通川：流通的河川。

浼瀰（měimǐ 美米）：水滿貌。

［三］“春融”四句：春日天氣融和，輕波起伏不定；秋日天高氣爽，更是清澈見底。微風吹拂着水邊的蘆荻，明月倒映在荇藻之下。

春融：春氣融和。亦指春暖冰融。

駘（dài 殆）蕩：蕩漾，舒緩起伏。

清泚（cǐ 此）：清澈。謝朓《始出尚書省》詩：“邑里向疏蕪，寒流自清泚。”

葭菼：見《遊通州湖心亭》詩注。

荇（yìng 幸）藻：荇，荇菜。水生植物，嫩葉可食。藻，水藻。

［四］“波暖”四句：水鳥散佈在温暖的波中，魚兒跳躍在深深的淵裏。老樹的枝椏上高掛着魚網，江浦外傳來陣陣采菱女郎的歌聲。

鳧鷖（yī 衣）：鴨和鷗鳥。泛指水鳥。《詩·大雅·鳧鷖》：“鳧鷖在涇。”

鰋（yǎn 演）鯉：鯰魚和鯉魚。《詩·小雅·魚麗》：“魚麗于罶，鰋鯉。”

枯槎：指老樹的枝椏。

別浦：河流入江海之處。

［五］“何處”兩句：哪里没有這樣的美景呢——遠在三千里外的吴會裏。

吴會（kuài 儈）：吴郡和會稽郡。泛指蘇杭地區。

此首寫江南水鄉的美景，飽含作者對故鄉的深情。

三

西湖天下勝，春日四序最。我行值暮春，山路雨初霽。[一]言從金沙港，步至雲林寺。山川氣蘇醒，卉木晝融泄。[二]老幹綴新緑，叢篁積深翠。林際蕩湖光，石根漱寒瀨。新鶯破寂寥，時出高柳外。[三]茲遊猶在眼，流水十年事。[四]

【注釋】

［一］“西湖”四句：西湖是天下的勝景，一年四季中以春天爲最美。我出遊時適值暮春，山路中剛是雨過天晴。

首句本釋紹嵩《泛湖》詩：“西湖天下勝，誰與共平章。”

四序：四季。《魏書・律曆志上》：“然四序遷流，五行變易。”

［二］“言從”四句：從金沙港步行到雲林寺，山川之氣已經蘇醒，仿佛流動在茂盛的草木中。

言：發語詞，無義。

金沙港：在杭州西湖西北的岳湖邊，金沙澗出口處。

雲林寺：即靈隱寺。在北高峰下，飛來峰前。寺中天王殿上懸有“雲林禪寺”匾額，爲康熙帝的手筆。

融泄：流動貌。何晏《景福殿賦》：“隨雲融泄。”

［三］“老幹”六句：老樹幹上點綴着新出的嫩葉，竹林中重疊着深深的翠色。樹林間摇盪着湖面的波光，巖石下沖刷着清涼的溪水。不時從高柳外傳來幾聲鶯啼，打破了山中的寂寥。

寒瀨：清寒的溪水。歐陽修《水谷夜行寄子美聖俞》詩：“石齒漱寒瀨。”

六句極寫西湖溪山之美。

［四］“茲遊”兩句：這次遊覽仿佛仍在眼前，可是時光如流水，已是十年前的事了。

“流水”句：韋應物《淮上喜會梁川故人》詩：“浮雲一別後，流水十年間。”

四

二年客吴郡,所愛郡西山。買舟出西郭,清光照我顔。[一]東風開垂柳,一一露煙鬟。遠望殊無厭,近攬信可餐。[二]天平石尤勝,巧匠窮雕鐫。想當洪濛初,此地朝群仙。盡將白玉笏,插在蒼崖顛。[三]仰躋隥道絶,俯視丘壑妍。谷中頗夷曠,有廬有田園。[四]玉蘭數百樹,爛漫向晴天。淹留逮日暮,坐見飛鳥還。[五]題名墨尚在,試覓白雲間。[六]

【注釋】

[一] "二年"四句: 在吴郡客居兩年,最欣賞的是郡西的群山。乘船出了西郊,清美的水光山色映照着我的容顔。

吴郡: 漢代置吴郡,治所在吴縣。即今江蘇蘇州。静安於光緒三十年(1904)冬到三十一年(1905)冬兩年間,在蘇州任教於江蘇師範學堂。

買舟: 雇船。

[二] "東風"四句: 東風吹開了沿堤的垂柳,露出一座座煙靄繚繞的峰巒。遠望時固然是久久不厭,近賞時更覺秀色可餐。

煙鬟: 喻雲霧繚繞的峰巒。蘇軾《淩虚臺》詩:"落日銜翠壁,暮雲點煙鬟。"

可餐: 秀色可餐。本形容女子姿色之美,後以形容山水的秀麗。樓鑰《趙資政當山堂》詩:"濃翠真欲滴,秀色幾可餐。"

[三] "天平"六句: 天平山中的奇石更是佳勝,好似能工巧匠刻意去雕鐫。遥想起天地開闢的時候,這裏一定有群仙來朝。他們把白玉朝笏,一一插在蒼翠的山崖頂上。

天平：山名。在吴縣靈巖山北，距蘇州三十里。因山頂正平，故名。山中多奇峰怪石，以卓筆峰、龍門、萬笏林諸景尤爲著名。王象之《輿地紀勝》卷五："天平山，在吴縣西二十里，巍然特高，群峰拱揖，郡之鎮也。"高啟《遊天平山記》："山多怪石，若臥若立，若搏若噬，蟠拏撐拄，不可名狀。"

洪（hǒng 哄）濛：宇宙開闢前的混沌狀態。

朝群仙：天平山有"萬笏朝天"之景。許多石柱、石峰如群臣持笏朝見皇帝般直立如林。笏，古代官員上朝時所持的手板。

［四］"仰躋"四句：沿着石級向上攀登，走到盡頭，俯視幽深的巖壑更覺妍美。山谷中頗爲平坦，有屋宇也有田園。

隥（dèng 凳）道：由石級組成的山路。

夷曠：平坦開闊。陸長源《酬孟二十新居見寄》詩："大道本夷曠。"

［五］"玉蘭"四句：有幾百棵木蘭樹，花開時一片爛漫映襯晴空。在這兒久留不去直到日暮，看着飛鳥歸回巢裏。

淹留：逗留，久留。

［六］"題名"兩句：當年題名的墨蹟還在吧，一一試在白雲繚繞的山中重覓。

題名：指在山崖或牆壁上留名題記。

兩句是别後想像之詞。

五

大江下岷峨，直走東海畔。我行指夏口，所見多平遠。［一］振奇始豫章，往往成壯觀。馬當若連屏，石腳插江岸。窈窕小姑山，微茫湖口縣。［二］回首香爐峰，飛瀑掛天半。玉龍升紫霄，頭角没雲

漢。[三]昏旦變光景,陰晴殊隱現。幾時步東林,真見廬山面。[四]

【注釋】

[一] “大江”四句:長江從岷山和峨眉山奔流而下,直走向東海之濱。我的行蹤指向夏口,所見的都是平坦的原野。

岷峨:岷山和峨眉山的合稱。

夏口:即今武漢市漢口。地當夏水(漢水下游的古稱)入長江處,故名。静安於光緒二十七年(1901)春赴武昌,參與羅振玉主持的譯述農書之事。

[二] “振奇”六句:直到江西才開始出現奇偉的景色,這些景色往往使自己大開眼界。馬當山好像連綴着的屏風,石腳直插在長江之岸。秀麗的小姑山西邊,是煙波微茫的湖口縣。

振奇:顯示出奇特。李流謙《峽中賦百韻》詩:“振奇欲何誇,頗疑造物者。”

豫章:古郡名。治所在今江西南昌。

壯觀(guàn 貫):雄偉的景觀。司馬相如《封禪文》:“皇皇哉,此天下之壯觀。”

馬當:山名。在今江西彭澤縣東北長江南岸。陸龜蒙《馬當山銘》:“天下之險者在山曰太行,在水曰吕梁,合二險爲一,吾又聞乎馬當。”

窈窕:本形容女子的嫺静美好。詩中山名小姑,用此語尤爲貼切。

小姑山:即小孤山。屹立於今江西彭澤縣北長江中。一峰獨立,故名孤山,後訛爲小姑山,有寺供奉“小姑”之像。

湖口縣:在今江西鄱陽湖通長江之口,故名。

[三] “回首”四句:回望廬山中的香爐峰,高高的飛瀑掛在天半,像玉龍般升上層霄,頭角也隱没在雲霧裏。

香爐峰:廬山北部名峰。其峰尖圓,煙雲聚散,如博山香爐之狀,故名。山中多瀑布。李白《望廬山瀑布》二首之二:“日照香爐生紫煙,遥看瀑布掛前川。飛流直下三千尺,疑是銀河落九天。”

玉龍: 喻瀑布。梅堯臣《天門泉》詩:“静若仙鑒開,寒疑玉龍蟄。”

紫霄: 高空。鮑照《登大雷岸與妹書》:“左右青靄,表裏紫霄。”

雲漢: 銀河,天河。指雲霄。李白《月下獨酌》詩:“永結無情遊,相期邈雲漢。”

［四］ “昏旦”四句: 廬山的景象晝夜間變化多端,陰晴時的隱現各有不同。幾時才能漫步于東林寺中,見到廬山真正的面目?

光景: 風光,景象。韓愈《酬裴十六功曹巡府西驛途中見寄》詩:“是時山水秋,光景何鮮新。”

東林: 寺院名。在廬山西北麓。爲我國佛教净土宗發源地。東晉僧人慧遠所建。

蘇軾《題西林寺壁》詩:“不識廬山真面目,衹緣身在此山中。”本詩從此化出。

此詩寫江行所見的美景。格調頗近姜夔同題之作。

六

京師厭塵土,終日常掩關。西山朝暮見,五載未一攀。[一]卻憶軍都遊,發興亦偶然。我來自南口,步步增高寒。[二]兩崖積鐵立,一徑羊腸穿。行人入眢井,羸馬蹴流泉。[三]左轉彈琴峽,流水聲潺潺。夕陽在峰頂,萬杏明倚天。[四]暮宿青龍橋,關上月正圓。溶溶銀海中,歷歷群峰巔。[五]我欲從駝

綗，北去問居延。明朝入修門，依舊塵埃間。[六]

【注釋】

［一］“京師”四句：在京城中厭倦了塵土奔忙，終日經常掩門獨處。雖然朝暮都望見西山，但五年來都未曾登覽。

塵土：見《壬子歲除即事》詩“緇塵”注。

掩關：閉門。

西山：北京西郊的山嶺。中以香山爲最著。“西山晴雪”爲燕京八景之一。

［二］“卻憶”四句：反而想起軍都山的遊歷，那時也衹是偶然興起。我從南口出發，一步一步攀登，越高越是寒冷。

軍都：即居庸山。在今北京市昌平縣西北。崇山峻嶺，樹森葱蘢。“居庸疊翠”爲燕京八景之一。

南口：指居庸關的南邊關口，爲北京西北的門户，又稱西關、軍都關。《水經注》卷十四：“瀔餘水出上谷居庸關東……其水歷山南，逕軍都縣界，又謂之軍都關。”

［三］“兩崖”四句：兩側的山崖如積鐵般矗立，一條羊腸小徑在中間穿過。行人仿佛墮入廢井之中，瘦馬踏着流泉行走。

眢（yuān 淵）井：枯井，無水之井。

四句極寫居庸之險。《水經注》卷十四：“（居庸關）南則絶谷，累石爲關址，崇墉峻壁，非輕功可舉，山岫層深，側道褊峽，林障邃嶮，路才容軌。”《日下舊聞考・邊障》：“（居庸關）兩山巉絶，中若鐵峽，扼控南北，實爲古今巨防。”

［四］“左轉”四句：左邊轉過是彈琴峽，流水發出潺潺之聲。夕陽照臨峰頂，千萬株紅杏燦爛地倚天怒放。

彈琴峽：居庸關中的峽谷。《日下舊聞考・邊障》：“居庸關有彈琴峽，水流石罅，聲若調琴。”

［五］“暮宿”四句：入夜後投宿青龍橋，關上的月亮正圓。在銀海般的溶溶月色中，一座座山峰歷歷在目。

青龍橋:《日下舊聞考·邊障》:"上關七里至彈琴峽,上有佛閣,又七里爲青龍橋,道東有小堡。"

［六］ "我欲"四句:我想跟隨那駱駝隊,向西去探訪居延。可是明朝卻要回到修門,依舊僕僕於塵埃之中。

駝綱:指運貨的駱駝隊。

居延:古邊塞名。故城在今甘肅額濟納旗西北。漢路博多修築以防匈奴入侵。

修門:楚國郢都的城門。《楚辭·招魂》:"魂兮歸來,入修門些。"詩中指北京城。

末兩句用"招魂"之意,以表對故國京城的懷念。

此首回憶在北京遊歷的情景。

隆裕皇太后挽歌辭九十韻

先帝將親政,旁求内助賢。宗臣躬奉册,天子自臨軒。[一]長女爰迎渭,元妃夙號嫄。未央新受璽,長樂故承歡。[二]問寢趨西苑,從遊在北園。太官分玉食,女史進銀環。[三]璧月臨華沼,明河界掖垣。銅龍宵咽漏,香獸曉噴煙。[四]禮數元殊絶,恩波自不偏。螽斯宜揖揖,瓜瓞望綿綿。[五]就館終無日,專房抑有緣。齊紈雖暫棄,漢劍故難捐。[六]

【箋】 1913年2月22日,隆裕太后去世。静安在日本聞訊,寫了長篇挽詩哀悼。在3月26日致繆荃孫書中云:“維自陰曆開歲後共作詩十餘首,而此《隆裕太后挽歌辭》五言排律九十韻,頗爲滿意,惜篇幅太長,不能寫呈。”可見作者對此詩的重視。詩中所述雖爲隆裕的一生經歷,然亦與中國近代史息息相關。隆裕,爲清德宗孝定景皇后,葉赫那拉氏。都統桂祥女。宣統帝即位後,尊爲皇太后,上徽號曰隆裕。辛亥革命爆發,隆裕太后下詔書率清帝退位。《清史稿·孝定景皇后傳》:“宣統三年十二月戊午,以太后命遜位。越二年崩,年四十六。上謚曰孝定隆裕寬惠慎哲協天保聖景皇后,合葬崇陵。”

【注釋】

［一］ “先帝”四句:先帝將要親理朝政,向宫外尋求賢德的内助。宗臣親往女家奉上典册,皇帝也親自臨軒遣使。

先帝:指光緒皇帝。

内助:妻子對丈夫的幫助。因以稱妻子。《三國志·魏書·文德郭皇后傳》:“在昔帝王之治天下,不惟外輔,亦有内助。治亂所由,盛衰從之。”

宗臣:爲世所尊仰的名臣。張九齡《奉和聖製送尚書燕國公赴朔方》詩:“宗臣事有徵。”

奉册:據《續資治通鑒·宋紀·哲宗元祐七年》載,宣仁太后命衆官議册后六禮儀制,皇帝立后,先由大臣充發册使、奉迎使,至皇后行第。

臨軒:皇帝不坐正殿而御前殿。殿前堂陛有檻循如車之軒,故稱。據宣仁太后所制册后之禮,迎后至宫,先由皇帝臨軒,遣册禮使、奉迎使,令百官詣行第班迎。

《清史稿·禮志·大婚儀》:“大婚前一日……帝御太和殿閲册、寶”,“封使至,后父率親屬朝服迎門外,后禮服迎庭中,后母率諸婦咸朝服跪。使臣奉册、寶入陳案上。后就案南北面跪,内院官西向立,讀册、寶文”。

［二］ “長女”四句：渭水邊迎來莘國的長女，元妃以前的名字叫做嫄。在未央宫新接受了皇后之璽，又在長樂宫侍奉太后。

“長女”句：《詩・大雅・大明》：“文定厥祥，親迎于渭”，“纘女維莘，長子維行”。謂文王到渭水親迎莘國的長女。

“元妃”句：《史記・五帝本紀》正義引《帝王紀》云：“帝俈有四妃，卜其子皆有天下。元妃有邰氏女，曰姜嫄，生后稷。”姜嫄是周朝祖先后稷之母的名字。《史記・周本紀》：“姜原爲帝嚳元妃。”姜原，同姜嫄；帝嚳，同帝俈。元妃，即后。

未央：漢宫名。宫中有椒房殿，爲皇后所居。

長樂：漢宫名。太后所居。此指慈禧太后的居處。

承歡：侍奉父母等長輩。

八句寫隆裕新册爲光緒帝的皇后。

［三］ “問寢”四句：她到西苑中向太后問安視寢，又跟從太后在北園遊覽。太官按定制分送玉食，内宫的女史又獻上銀環。問寢：向尊長問候起居寢食。《禮記・文王世子》：“雞初鳴而衣服，至於寢門外，問内豎之御者曰：‘今日安否何如？’”

西苑：宫苑名。在大内西。中有太液池、瓊華島。

北園：指頤和園。

太官：掌管宫中飲食宴會的官員。光禄寺置太官署。

玉食：美食。《書・洪範》：“惟辟作福，惟辟作威，惟辟玉食。”孔傳：“言惟君得專威福，爲美食。”陸游《秋夜讀書有感》詩：“太官薦玉食。”

女史：《周禮・天官・女史》：“女史掌王后之禮職，掌内治之貳，以詔后治内政。”

銀環：《詩・邶風・静女》：“静女其孌，貽我彤管。”毛傳：“后妃群妾以禮御於君所，女史書其日月，授之以環以進退之。生子月辰則以金環退之，當御者以銀環進之。”進銀環，謂被皇帝臨幸。

［四］ “璧月”四句：白玉般的明月照臨華沼，銀河來作宫殿的牆垣。

夜間聽到滴滴銅龍宫漏,早晨獸爐中吐出嫋嫋香煙。

璧月:月的美稱。詩中暗喻隆裕的容色。《南史·張貴妃傳》載。陳後主寵遇貴妃,宴樂之曲有“璧月夜夜滿,瓊樹朝朝新”等句,“大抵所歸,皆美張貴妃、孔貴嬪之容色”。

華沼:有花的池沼。謝靈運《擬魏太子鄴中集詩·平原侯植》:“朝遊登鳳閣,日暮集華沼。”

掖垣:皇宫的旁垣。杜甫《春宿左省》詩:“花隱掖垣暮,啾啾棲鳥過。”

“銀河”句,暗用李商隱《代應》詩:“本來銀漢是紅牆,隔得盧家白玉堂。”

銅龍:指漏壺。以其有銅製的吐水龍頭,故稱。李商隱《深宫》詩:“玉壺傳點咽銅龍。”

香獸:獸形香爐。洪芻《香譜》:“香獸,以塗金爲狻猊、麒麟、鳧鴨之狀,空中以然香,使煙自口出,以爲玩好。”

以上八句寫隆裕初作皇后時的生活。

［五］“禮數”四句:皇帝對她的禮數本來就已殊特,恩澤自然也不會有所偏向。照這樣應該生下許多兒子,使皇室的繼承綿綿不絶。

殊絶:特異,突出。

恩波:謂皇帝的恩澤如水波般流遍。丘遲《侍宴樂遊苑送張徐州應召》詩:“參差别念舉,肅肅恩波被。”

螽斯:《詩·周南·螽斯》:“螽斯羽,揖揖兮。宜爾子孫,蟄蟄兮。”螽斯,蟲名。以其群聚,故喻子孫繁多。揖揖,會聚貌。

瓜瓞(dié 迭):《詩·大雅·綿》:“綿綿瓜瓞,民之初生,自土沮漆。”朱熹集傳:“大曰瓜,小曰瓞。瓜之近本初生常小,其蔓不絶,至末而後大也。”因以喻子孫蕃衍綿綿不絶。

［六］“就館”四句:皇后終於没能夠就館生子,而皇帝專寵别人也許是另有緣分吧。雖然像紈扇在秋天時暫遭棄置,但故劍始終是難以抛開的。

就館:《禮記・内則》:"妻將生子,及月辰,居側室。"謂臨産時移居側室分娩。就館,即移往側室。《漢書・孝成趙皇后傳》:"故廢後宫就館之漸,絶微嗣禍亂之根,乃欲致位陛下以安宗廟。"

專房:專寵。《後漢書・安思閻皇后傳》:"后專房妒忌。"

齊紈:班婕妤《怨歌行》:"新裂齊紈素,皎潔如霜雪。裁爲合歡扇,團團似明月。出入君懷袖,動摇微風發。常恐秋節至,涼風奪炎熱。棄捐篋笥中,恩情中道絶。"後因以"秋扇"、"齊紈"喻女子被遺棄。

漢劍:《漢書・孝宣許皇后傳》載,漢宣帝微時曾娶許廣漢之女平君。後來被立爲帝,平君爲倢伃。大將軍霍光有小女,與太后有親。公卿議更立皇后,意在霍氏。宣帝"乃詔求微時故劍,大臣知指,白立許倢伃爲皇后",因以"故劍"喻對舊妻之深情。

徐珂《清稗類鈔・宫闈類・隆裕后與德宗不睦》:"隆裕后爲孝欽后内侄女,孝欽自以由西宫出身,故必以家人爲德宗后。德宗先已專寵珍妃,又頗不屬意於隆裕,顧以孝欽之强迫指定,遂勉奉之。"

以上二十四句寫隆裕被立爲后以及受光緒冷落的經過。

家國頻多事,君王企改絃。親臣用安石,舊學重甘盤。[一]調護終思皓,危疑佇得韓。東朝仍薄怒,左衛且流言。[二]玉几陳朝右,珠襦出殿前。求醫晨下詔,訓政暮追班。[三]宣室從今罷,長門自昔閑。事雖西掖秘,語已内家傳。[四]聞疾然疑作,瞻天去住難。翻因朝鶴禁,暫得對龍顔。[五]憔悴憑誰問,憂虞祇自憐。妾身甘薄命,官裏願加餐。[六]别殿春巢燕，離宫夏聽蟬。王家猶隉杌，國步遂迍邅。[七]象魏妖氛逼，鈎陳殺氣躔。輕裝同涕出，下殿但衣牽。[八]豆粥蕪亭畔，柴車易水邊。終然隨玉輦，幸免折金鞭。[九]去國誠多感，回鑾更永歎。乾坤重締造，母子尚防閑。[一〇]夢去瀛臺近，愁來渤海寬。枯桐根半死，古井水長寒。[一一]掩抑長生祝，倉皇末命宣。鶴歸寒有語，龍去迴難攀。[一二]先後同危惙，升真各後先。委裘迎濟北，負扆仗河間。[一三]

【注釋】

［一］“家國”四句：國家頻頻發生各種事故，皇帝也企圖改絃更張。起用了王安石那樣的近臣，昔日也曾跟從過甘盤那樣的有道者學習。

改絃：董仲舒《賢良策》：“竊譬之琴瑟不調，甚者必解而更張之，乃可鼓也；爲政而不行，甚者必變而更化之，乃可理也。”後因以“改絃更張”喻改革制度，變更做法。此指光緒帝企圖維新變法。

親臣：親信的臣子。《韓非子・亡徵》：“親臣進而故人退。”

安石：王安石。北宋政治家。宋神宗熙寧初年任爲參知政事、宰相，實行變法，以謀富國强兵。詩中指康有爲。時光緒帝接受康有爲的變法主張，推行新政。

甘盤：殷高宗爲王子時之師。《書・説命下》：“王曰：來汝説，台小子舊學于甘盤，既乃遯于荒野。”孔氏傳：“學先王之道。甘盤，殷賢臣有道德者。”舊學，謂舊時從學。甘盤，詩中指光緒帝的師傅、變法支持者翁同龢。

［二］“調護”四句：始終希望能得到像四皓那樣的高士來調教輔

佐,在危疑時也想有張良那樣的能人去解决問題。可是太后依然感到憤怒,左衛還不斷散佈流言。

調護:教導,説明。

皓:指漢朝的“四皓”。《史記·留侯世家》載,漢高祖想廢太子。張良爲吕后畫策,請到高祖敬重的四個鬚眉皓白的老人輔佐太子。高祖見四皓,“乃大驚,曰:‘吾求公數歲,公辟逃我,今公何自從吾兒游乎?’四人皆曰:‘陛下輕士善駡,臣等義不受辱,故恐而亡匿。竊聞太子爲人仁孝,恭敬愛士,天下莫不延頸欲爲太子死者,故臣等來耳。’上曰:‘煩公幸卒調護太子。’”

韓:指張良。《史記·留侯世家》謂張良“其先韓人也”。索隱謂“王符、皇甫謐並以良爲韓之公族”。

東朝:指太后。漢長樂宫爲太后所居,在未央宫東,故稱東朝。

左衛:唐代宿衛宫庭的禁軍機構,稱左右領軍衛。此指握軍權的榮禄。榮禄曾向慈禧呈密信,攻擊維新人士。

流言:《清史稿·后妃傳》:“上期以九月奉太后幸天津閲兵,訛言謂太后將勒兵廢上,又謂有謀圍頤和園劫太后者。”

[三] “玉几”四句:朝廷的右邊擺出了玉几,太后穿着珠襦來到殿前。清晨時下詔徵求良醫,日暮時又再次臨朝聽政。

玉几、珠襦:見《頤和園詞》“提攜”四句注。

“求醫”句:印鸞章《清鑒》卷十四:“詔求天下名醫診治帝疾。……乃以病重佈告天下,詔求天下名醫,入宫診治。”

訓政:指皇太后垂簾聽政。何剛德《春明夢録》卷下:“孝欽太后重出訓政,引見遲至黎明,則微露倦勤意矣。”戊戌八月初六日,慈禧太后發動政變。宣佈光緒帝有病,不能視事,太后復垂簾訓政。

追班:謂百官按照位次排列謁見。王得臣《麈史·朝列》:“凡朝會必集於此,以待追班,然後入。”

［四］ “宣室”四句：宣室從此不再開啟，長門宫也一直閑置。事情雖是屬於宫闈的秘密，但流言已從内廷中傳出。

宣室：指帝王所居的正室。戊戌政變後，光緒帝即被移出正室，幽禁於南海之瀛臺。

長門：長門宫，爲漢代的離宫，漢武帝之陳皇后失寵居此。詩中亦以謂隆裕與光緒分居。

西掖：宫闕西側。代指宫廷。

内家：指皇宫，宫廷。

［五］ “聞疾”四句：聽到皇帝患病心中半疑半信，仰望蒼天真是留去都難。反而有時到那隔絶的宫禁中朝見，還能得暫時看到皇上。

然疑：疑信不定。《楚辭・九歌・山鬼》：“君思我兮然疑作。”

瞻天：望天。意爲仰望皇帝。《詩・大雅・雲漢》：“瞻卬昊天，雲如何里。”

鶴禁：本指太子的居處。厲荃《事物異名録・鶴禁》：“《漢宫闕疏》：‘鶴禁，太子所居。凡人不得出入，故曰鶴禁。’”詩中指光緒帝被幽禁處。

［六］ “憔悴”四句：自己容顏憔悴有誰來問候，終日憂心忡忡衹好自惜自憐。我本人已甘心薄命，但願皇帝能强飯加餐。

“妾身”句：古樂府“妾薄命”一題。後人常以寫失寵女子。

官裏：指皇帝。周密《武林舊事・乾淳奉親》：“是日官裏大醉，申後，宣逍遥子入便門。”

［七］ “别殿”四句：在别殿中春天看到燕子築巢，在離宫中夏天聽着蟬兒鳴叫。王室還是那樣危懼不安。國家的命運就更是艱難困厄了。

巢燕：此以燕子營巢反襯光緒之無家。

聽蟬：駱賓王有《在獄聞蟬》詩，中有“不堪玄鬢影，來對白頭吟”之語。此以喻光緒之被囚及隆裕之冷落。

隉杌（nièwù 聶兀）：猶“杌隉”。困厄，不安。《書・秦誓》：

"邦之杌隉,曰由一人。"孔傳:"杌隉,不安。言危也。"

國步:國運。步,時運。《詩·小雅·白華》:"天步艱難,之子不猶。"朱熹集傳:"步行也,天步,猶言時運。"杜甫《秋日夔府詠懷奉寄鄭監李賓客一百韻》詩:"生涯已寥落,國步乃迍邅。"迍邅(zhūnzhān 屯氈),難行,困頓。

以上二十八句,寫光緒帝變法失敗後被幽禁的情況。

［八］"象魏"四句:宮闕下忽然生出妖氛,後宮中也佈滿殺氣。這時祇好流着眼淚輕裝出走,走下殿堂時唯有牽衣無語。

象魏:即"闕"。宮門外一對高大的建築物。《周禮·太宰》:"縣治象之法于象魏。"

妖氛:指禍亂、兵災。

鉤陳:星宮名。爲紫微宮外營陳星,因以指後宮。《文選·班固〈西都賦〉》:"周以鉤陳之位,衛以嚴更之署。"李善注引服虔曰:"鉤陳,後宮也。"

四句寫義和團事起,八國聯軍入侵,慈禧太后帶着光緒、隆裕出逃。

［九］"豆粥"四句:在燕亭畔吃着粗劣的豆粥,在易水邊坐着簡陋的柴車。有幸的是還能一直跟隨着太后的車駕,不用鞭折馬死道路分離。

豆粥:見《頤和園詞》"國中"四句注。

柴車:弊劣之車。太后出逃時乘的是騾車。

折金鞭:語本杜甫《哀王孫》詩:"金鞭折斷九馬死,骨肉不待同馳驅。"意謂出逃過程還算順利,不用策馬狂奔以至金鞭折斷。

其實太后出逃時極爲倉卒狼狽,詩中故爲隱諱。

［一〇］"去國"四句:離開國都固然有許多感慨,回車還京更令人長長歎息。雖然乾坤已重新締造,而母子之間仍是互相猜忌提防。

去國:離開京城。

回鑾：帝后的車駕稱爲“鑾駕”，因稱帝后外出返回爲回鑾。

“乾坤”句：謂國家重新經營創建。庚子事變後，清政府與外國侵略者訂立辛丑合約。慈禧太后自西安返回北京，繼續執掌朝政。

防閑：防，堤防；閑，獸欄。防用以制水，閑用以限獸。因引申爲防備和禁阻。

印鸞章《清鑒》卷十五：“帝久失愛於太后，當逃難在西安時，尚有時詢帝意。及回鑾後，復嫉惡如前，帝以是不再問朝政。”

［一一］“夢去”四句：瀛臺雖近，夢能到而難見，愁來時恰似渤海般寬廣。枯槁的梧桐根已半死，古井中不流動的水總是那麽寒冷。

瀛臺：清宫西側有南海，瀛臺爲南海中的小島。有板橋通出入。光緒幽禁瀛臺後，板橋旋被撤去，以杜絶其交通外人。

“枯桐”句：枚乘《七發》載，龍門有桐，其根半死半生，斫以製琴，其聲爲天下之至悲者。賀鑄《半死桐》詞：“梧桐半死清霜後，頭白鴛鴦失伴飛。”本詩中亦以喻隆裕的處境無異於失偶。

“古井”句：語本孟郊《列女操》：“貞婦貴殉夫，舍生亦如此。波瀾誓不起，妾心古井水。”此以喻隆裕獨居心如死水。

［一二］“掩抑”四句：她曾心情抑鬱地私自祝願皇帝長生。可是卻倉皇地聽到宣佈他的遺命。君王駕鶴西歸，在寒空中猶聞話語；鼎湖上神龍離去，臣下也無法追隨。

掩抑：形容心情壓抑不歡。

末命：帝王臨終時的遺命。《清史稿・德宗本紀二》：“（光緒三十四年冬十月）癸酉，上疾大漸，崩於瀛臺涵元殿，年三十有八。遺詔攝政王載灃子溥儀入承大統，爲嗣皇帝。”

“鶴歸”句：語本劉敬叔《異苑》卷三：“晉太康二年冬，大寒。

南洲人見二白鶴語於橋下曰:'今茲寒,不減堯崩年也。'於是飛去。""鶴歸",謂成仙駕鶴西歸,因用爲死的諱稱。"寒有語",點明"堯崩"(君主死亡)之意。王應麟《困學紀聞》卷十七引此典云:"山陵挽章用之。"

"龍去"句:見《頤和園詞》"一朝"四句注。

[一三] "先後"四句:皇帝和太后先後一起病危,去世也各有後先。帝位虛設,唯有迎來濟北王監國;南面臨朝,亦已選擇河間王爲帝。

危惙(chuò 綴):病危。《隆裕太后遺詔》:"吾節宣不時,偶遇微疾,遽至危惙。"

委裘:帝位虛設,唯有把故君的衣裘置於座而受朝。《漢書・賈誼傳》:"植遺腹,朝委裘。"顔師古注引孟康曰:"委裘,若容衣,天子未坐朝,事先帝裘衣也。"

濟北:指東漢濟北惠王劉壽。劉壽爲漢和帝之弟,恩寵篤密。詩中指醇親王載灃。載灃爲光緒帝之弟,以攝政王爲監國。

負扆(yǐ 倚):背靠屏風。指臨朝爲帝。《淮南子・氾論訓》:"周公繼文王之業,履天子之籍……負扆而朝諸侯。"

河間:漢章帝之子劉開,封爲河間孝王。其孫劉志,爲太后與梁冀所立,是爲桓帝。詩中指宣統帝溥儀。

《清史稿・后妃傳》:"三十四年十月,太后有疾。上疾益增劇。壬申,太后命授醇親王載灃攝政王。癸酉,上崩於瀛臺。太后定策:立宣統皇帝。甲戌,太后崩,年七十四。"

以上二十四句寫八國聯軍入侵和慈禧、光緒同時病逝的情況。

孺子垂裳日,親王攝政年。謙沖如昨日,悲感每無端。[一]淚與湘流竭,恩惟鞠子單。起居調甲觀,遊幸罷甘泉。[二]篝火俄張楚,傳烽忽到燕。大臣惟束手,小吏或彈冠。[三]閫外無盧植,山中有謝安。廟謨先立帥,廷議盡推袁。[四]灑落捐前隙,低徊憶後艱。方令調鼎鼐,不獨總師干。[五]反旆從江滸,銜恩入上蘭。君臣同涕淚,殿陛盡潺湲。[六]禮自群僚絶,權教一相專。坐令成羽翼,不覺變寒暄。[七]鄂渚寬窮寇,金陵撤外援。虚張江表勢,都散水衡錢。[八]國論歸操縱,軍心任控摶。嗣宗因勸進,祭仲自行權。[九]大内更籌轉,中宵禪草頒。琅琅宣德令,草草載書編。[一〇]帝制仍平日,官僚儼備員。鷺飛今作客,龍亢昔乘乾。[一一]城闕罘罳壞,園陵草露漙。黄圖餘禁籞,赤子剩中涓。[一二]寂寞看沖主,欷歔對講官,嘵音緣室毁,忍死爲巢完。[一三]

【注釋】

[一] “孺子”四句:孺子垂裳而治之日,是親王攝政之年。太后的謙虚謹慎一如往日,而心中的悲感卻無端而起。

孺子:稚子。《書·立政》:“咸告孺子王矣。”孔傳:“皆以告稚子王矣。”後每以指王侯的繼位者。《漢書·王莽傳下》:“立宣帝玄孫嬰爲太子,號曰孺子。”

垂裳:即“垂衣裳”。《易·繫辭下》:“黄帝、堯、舜垂衣裳而天下治,蓋取諸乾坤。”王充《論衡·自然》:“垂衣裳者,垂拱無爲也。”後因稱無爲而治爲垂裳。

謙沖:謙虚、沖和。《易·謙》:“謙沖自牧。”

［二］ “淚與”四句：她的淚水與湘江一同枯竭，她的恩情衹放在那孤獨的小孩身上。在深宫中調護他的飲食起居，再也不到甘泉宫中去遊幸了。

“淚與”句：張華《博物志》載，舜死於蒼梧，其妃娥皇、女英追至南方，在湘江邊慟哭。

鞠子：稚子。指溥儀。《書·康王之誥》：“無遺鞠子羞。”孔傳：“無自荒忽，遺我稚子之羞辱。”

甲觀：見《頤和園詞》“可憐”四句注。

甘泉：見《頤和園詞》“是時”四句注。

以上八句寫宣統初年太后的境況。

［三］ “篝火”四句：忽然間，篝火狐鳴，號稱“張楚”的亂兵又起、烽煙警報很快傳到燕地。大臣們相顧束手無策，有些小吏甚至彈冠相慶。

“篝火”句：《史記·陳涉世家》載，陳涉在大澤鄉起事，“又間令吴廣之次所旁叢祠中，夜篝火，狐鳴呼曰：‘大楚興，陳勝王。’”“陳涉乃立爲王，號爲張楚。”詩中以喻辛亥革命軍。因在武昌起義，武昌爲古楚地，此又以“張楚”況之。

彈冠：《漢書·王吉傳》：“吉與貢禹爲友，世稱‘王陽在位，貢公彈冠’，言其取舍同也。”後用爲“彈冠相慶”，多爲貶義。詩中謂小吏有傾向革命黨者。

［四］ “閫外”四句：如今京城之外再没有盧植那樣的人起來鎮壓叛亂，大臣卻像謝安那樣高卧山中。朝廷的打算是先要確立統帥，群臣的意見都是推舉袁氏。

閫外：朝廷之外。指外任將吏。《史記·馮唐列傳》：“閫以内者，寡人制之；閫以外者，將軍制之。”

盧植：東漢涿縣人。靈帝時任北中郎將。中平元年(184)三月，首先率兵討伐黄巾軍。

謝安：東晉陽夏(今河南太康)人。少有重名，隱居會稽東山，屢次推辭朝廷徵聘。年四十餘始出仕。詩中借用其隱居東山之意,謂袁世凱在故鄉彰德府隱匿,待機而起。

廟謨: 即廟謀。《後漢書·光武帝紀贊》:“明明廟謨,赳赳雄斷。”此指朝廷對戰事進行的謀劃。

廷議: 朝廷上群臣的議論。《後漢書·郭憲傳》:“時匈奴數犯塞,帝患之,乃召百僚廷議。”

袁: 指袁世凱。《後漢書·袁紹傳》:“初平元年,紹遂以渤海起兵”,袁術、韓馥等刺史、太守“同時俱起,衆各數萬,以討董卓爲名……約盟,遥推紹爲盟主”。此以袁紹比袁世凱。

[五] “灑落”四句: 朝廷大度寬宏盡釋前嫌,認真考慮日後的艱困。正要讓他掌握國家大權,而不僅僅是統率軍隊。

前隙: 前嫌。攝政王於宣統帝登位後,立即下令軍機大臣袁世凱回籍養疴,解除其軍政大權。

調鼎鼐:《戰國策·楚策四》:“故晝遊乎江湖,夕調乎鼎鼐。”鼎、鼐爲古代兩種烹飪器具,相傳商王武丁向傅説問治國之道,傅説以鼎鼐調和之説喻之,遂輔武丁以治國。後因以喻處理國政。

師干:《詩·小雅·采芑》:“其車三千,師干之試。”陳奂傳疏:“言軍士之衆,足爲扞禦之用也。”因以指軍隊。1911 年 11 月 1 日,特任袁世凱爲内閣總理大臣,旋即來京,組織新内閣。

[六] “反旆”四句: 袁氏從江畔回師北上,帶着朝廷的大恩進入上蘭。這時君臣相見,一同流淚,連殿陛都沾濕了。

反旆: 回師。袁世凱接受内閣總理任命後,立即從彰德抵湖北孝感前線,督促馮國璋第一軍從革命軍手中奪回漢口,然後帶衛隊抵京。

上蘭: 漢代長安的宫觀名。此代指清宫。

[七] “禮自”四句: 在朝中對大臣們完全不講禮數,衹由一個宰相專權。這使得他羽翼長成,不知不覺間便冷熱驟變。

“禮自”句:《魏書·官氏志》:“齊獻王勳高德重,禮絶群辟。”又,司馬光《涑水記聞》卷五:“宰相,自唐以來,謂之禮絶百僚。見者無長幼皆拜,宰相平立,少垂手扶之;送客,未嘗下階;客坐稍久,則吏從傍唱'相公尊重',客踧踖起退。"意謂宰相位高權重,對群僚不須多禮。詩意謂袁世凱高居相位,禮絶群僚,志得意滿。

成羽翼:謂力量已壯大。《史記·留侯世家》載漢高祖作歌云:"羽翼已就,横絶四海。"

袁世凱在11月16日組成責任内閣,取得朝廷全部權力。

[八] "鄂渚"四句:他在湖北江邊停止追擊窮蹙的賊寇,在南京又撤去外援。在長江兩岸虚張聲勢,徒然浪費國庫的金錢。

鄂渚:指武昌。袁氏命北洋軍攻戰漢陽後,下令停止進攻武昌,與革命黨人討價還價。

金陵:南京。革命軍在11月23日進逼南京,大敗清軍。12月2日佔領全城。

水衡錢:漢代皇室私藏的錢。由水衡都尉、水衡丞掌管、鑄造。後泛指國帑。

以上二十四句寫辛亥革命爆發,清廷起用袁世凱的情況。

[九] "國論"四句:國中的輿論由他操縱,軍心也任他控制玩弄。阮嗣宗因而勸進,祭仲也自己權宜行事。

控摶:控制,引持。《史記·屈原賈生列傳》:"忽然爲人兮,何足控摶。"司馬貞索隱:"控摶,謂引持而自玩弄。"

嗣宗:阮籍,字嗣宗。三國魏大臣。《晉書·阮籍傳》載,司馬氏執政時,曾爲從事中郎,封關内侯。後求爲步兵校尉。司馬昭欲篡位,進九錫,阮籍爲全身計,代公卿作《勸進箋》。

勸進:勸登大位。詩中謂勸袁世凱奪取政權。時段祺瑞等47名將領聯合通電,要求清廷"立定共和政體",迫使清帝退位。

祭仲:春秋時鄭國權臣。《史記·鄭世家》載,祭仲先立太子忽,是爲昭公。後宋莊公要立太子忽之弟厲公突,祭仲又許之,與宋盟。昭公忽出奔衛,厲公突立,祭仲專國政,後又迎昭公入鄭即位。

行權：權宜行事。《公羊傳·桓公十一年》："行權有道。"

詩中謂袁世凱如祭仲般玩弄權術，在清廷與革命軍之間或打或拉。

［一〇］"大内"四句：皇宫中更籌轉换，深夜裏頒下禪讓的詔書。聲音琅琅地宣佈恩德的政令，匆忙倉促地記録在史書裏。

更籌：夜間報更用的計時籤籌。"更籌轉"，謂時間過去。

禪草：指退位詔書。禪，禪讓。1912 年 2 月 12 日，隆裕太后率宣統帝退位，下詔書三道。其一關於政府遞嬗問題，其二爲宣佈優待皇室及皇族諸條件，其三爲退位後維持京内外秩序及告誡各省疆吏文。

［一一］"帝制"四句：退位後帝制一如平日，各級官僚也湊數備齊了。如今皇帝像飛鷺般作客，昔日卻是剛猛的神龍高飛天上。

"帝制"句：袁世凱與民軍代表伍廷芳所議的皇室優待條件，有"皇帝但卸政權，不廢尊號"的承諾。

備員：湊數，充數。指官員僅備名號，有職無權。據關於皇族待遇之條件，清帝退位後，不少清室的官員還繼續留任，保留過去的名分，而王公世爵亦概仍其舊，並得世襲。

"鷺飛"句：語本《詩·周頌·振鷺》："振鷺于飛，于彼西雝。我客戾止，亦有斯容。"意謂夏、殷的後代，成爲周朝的客人，如飛鷺止於西雝之水。本詩中謂清帝成爲民國的客人。

"龍亢"句：《易·乾》："上九曰：亢龍有悔，何謂也？子曰：貴而無位，高而無民。"孔穎達疏："亢陽之至，大極而盛，故曰亢龍。"盛極而衰，則不免有敗亡之悔。乾卦之體皆龍，象徵君主。

［一二］"城闕"四句：宫城中的罘罳都已損壞，園陵中蔓草叢生，冷露沾濕。大好江山衹剩下小小的宫禁，忠心的子民也衹有

宫中的太監了。

罘罳(fúsī 浮思):設在城門外的網狀建築,用以守禦。《漢書·文帝紀》:"未央宫東闕罘罳災。"顔師古注:"罘罳,謂連闕曲閣也。以覆重刻垣墉之處。"

草露漙(tuán 團):《詩·鄭風·野有蔓草》:"野有蔓草,零露漙兮。"漙,露多貌。

黄圖:指國家。見《頤和園詞》"提攜"四句注。

禁籞(yù 禦):帝王的禁苑。此指紫禁城。

中涓:君主的近侍。《漢書·曹參傳》:"高祖爲沛公也,參以中涓從。"顔師古注:"涓,絜也。言其在内主知絜清灑埽之事,蓋親近在左右也。"此指宦官。

[一三] "寂寞"四句:寂寞地看着年幼的皇帝,對着宫中的講官也不禁欷歔歎息。由於故室被毁而聲音酸苦,爲了保住家庭而忍死偷生。

沖主:幼沖之主。指溥儀。

講官:清亡後,一些遺老還輪流擔任溥儀的講官,如陳寶琛等人一直侍從左右。

嘵(xiāo 驍)音:《詩·豳風·鴟鴞》:"無毁我室……予室翹翹,風雨所漂摇。予維音嘵嘵。"嘵嘵,鳥雀因恐懼而發出的鳴聲。

忍死:在死前有所期待而勉力支持。《宋史·后妃傳·楊淑妃傳》:"生建國公。宋亡,走温州,又走福州。衆推爲主,册妃爲太后,封弟昺衛王。……卒,昺代立。至元十六年春二月,昺投海死。妃聞之,大慟,曰:'我艱關忍死者,正爲趙氏祭祀尚有可望爾。今天命至此,夫復何言。'遂赴海死。"

以上二十句寫袁世凱迫脅清帝退位。

屬者逢天壽,佳辰近上元。諸王仍入内,故相頗交歡。[一]燀赫生辰使,淒涼上壽筵。陪臣稱上客,拜表易通箋。[二]御殿心如噎,移宮議又喧。長春才受賀,寧壽遽升仙。[三]側聽彌留耗,傳從丙夜闌。嗣皇居膝下,太保到簾前。[四]母子恩無極,君臣分儼然。指天明寄託,視日但汍瀾。[五]前殿繁霜重,西垣落月圓。寺人纏玉柙,園匠奉金棺。[六]疇昔悲時命,中間值播遷。一身元濩落,九廟幸安全。[七]地軸俄翻覆,天關倏轉旋。腐心看夏社,張目指虞淵。[八]此去朝先帝,相將訴昊天。秋荼知苦味,精衛曉沈冤。[九]道路傳烏喙,宮廷諱馬肝。生原虛似寄,死要重於山。[一〇]舉世嫌濡足,何人識仔肩。補天愁石破,逐日恨泉乾。[一一]心事今逾白,精誠本自丹。山河雖已異,名節固難刊。[一二]誄德詞臣少,流言穢史繁。千秋彤管在,試與誦斯篇。[一三]

【注釋】

[一] "屬者"四句:近來剛好遇到太后的壽誕,好日子接近上元時候。諸王依然入宮中祝賀,舊日的宰相也願意結好同歡。

屬者:近時。《漢書·李尋傳》:"故屬者頗有改變。"顏師古注:"屬者,謂近時也。"

天壽:金元時以天子的生日爲天壽節。此指隆裕太后的生日。即陰曆正月十日。

諸王:指清室近支王公。

故相:指袁世凱。袁氏派人至宮中賀壽。

［二］ “燀赫”四句：那來賀壽的使者是如此煊赫，而太后的壽筵卻是那樣的淒涼。朝廷的陪臣如今稱作上客，當年的拜表已改做通箋。

燀（chǎn 闡）赫：煊赫。李白《大鵬遇稀有鳥賦》：“燀赫乎宇宙，憑陵乎昆侖。”

生辰使：袁世凱委派外交總長梁士詒爲賀壽專使，齎送藏佛一尊，聯額數幅。

陪臣：指隔了一層的臣子。即所謂的“重臣”。諸侯爲天子之臣，卿大大爲諸侯之臣，而卿大夫對於天子，則分屬陪臣。詩中指梁士詒。梁士詒在清末曾任鐵路局長，後又署理郵傳部大臣。袁世凱本爲清臣。袁氏爲總統後，梁士詒任袁世凱政府之外交總長，静安視之爲袁氏之臣，故梁氏於隆裕太后則分屬陪臣。可見静安心目中始終以清室爲正統。

拜表：表爲奏章的一種，用於陳請謝賀。進表朝賀，爲拜表。

通箋：通信。呈遞書信。梁士詒奉使賀壽，向太后呈遞國書，内稱：“中華民國大總統，謹致書大清隆裕太后陛下，願太后萬壽無疆。”

［三］ “御殿”四句：太后登殿時心中如噎，這時又喧傳移宫之議。才接受了人們的賀壽，想不到這麽快便在寧壽宫中去世了。

心如噎：《詩・王風・黍離》：“中心如噎。”謂心中如被梗塞，形容精神痛苦。

移宫：時有謡傳謂要隆裕太后移出故宫。

長春：長春節。指君主的壽誕。《宋史・太祖紀》：“宰相表請以二月十六日爲長春節。”

寧壽：清故宫中宫名。太后所居。

［四］ “側聽”四句：細聽她彌留時的消息，傳説是在三更半夜時分，嗣皇侍候在她膝下，太保也來到簾前。

丙夜：三更時候。即晚上 11 時至翌晨 1 時。

嗣皇：指溥儀。徐珂《清稗類鈔・宫闈類》：“隆裕崩時，僅宣統帝、世續、二三宫女在側而已。”

太保：指徐世昌。時徐尚爲清室太保，監督崇陵工程。聞隆裕病篤，乃入宫謁見。

［五］“母子”四句：母子的深恩是無窮無盡的，而君臣的名分也是清清楚楚的。指天爲證以表明託付的重任，眼望着小皇帝不禁涕淚交流。

寄託：謂把溥儀託付給舊臣。金梁《四朝佚聞》卷上：“臨危，召徐世昌、世續入受遺命，指幼帝以託。”

視日：看着太陽。日，指皇帝。徐珂《清稗類鈔・宫闈類》：“（隆裕）又語宣統帝曰：‘汝生帝王家，一事未喻，而國亡，而母死，茫然不知。吾别汝之期至矣，溝瀆道途，聽汝自爲而已。’”

［六］“前殿”四句：前殿降下了厚厚的濃霜，西垣上的落月正圓。宫中的太監正在纏繞玉柙，陵園的近人在安奉金棺。

繁霜：濃霜。用《詩・雅・正月》“正月繁霜，我心憂傷”意。隆裕太后卒於癸丑年正月十七日，即 1913 年 2 月 22 日。

西垣：故宫西邊的掖垣。

寺人：指太監。《詩・秦風・車鄰》：“未見君子，寺人之令。”鄭玄注：“寺人，内小臣也。”

玉柙：古代王侯的葬服。《漢書・董賢傳》“珠襦玉柙”顔師古注：“珠襦，以珠爲襦，如鎧狀，連縫之，以黄金爲縷，要以下，玉爲柙，至足，亦縫以黄金爲縷。”即所謂的金縷玉衣。

以上二十四句寫隆裕太后在壽辰不久後去世。

［七］“疇昔”四句：昔日悲傷命運多艱，中間又遇到顛沛流離。這個身軀本來已是空虚無用的了，所幸者祖宗九廟還得安全。

時命：命運。嚴忌《哀時命》：“哀時命之不及古人兮，夫何予生之不遘時。”

播遷：遷徙，流離。此指八國聯軍入侵時隨慈禧逃奔西安。

濩（huò 獲）落：意同“廓落”。杜甫《自京赴奉先詠懷五百字》

詩:"居然成濩落。"孤寂空虚,失意無用。

九廟: 指帝王的宗廟。祖廟五、親廟四,共九廟。

［八］ "地軸"四句: 大地之軸突然翻覆,天宫之門也忽然傾轉。痛心地看到社稷的毁敗,睁眼指着落日虞淵。

地軸: 張華《博物志》卷一:"地有三千六百軸,犬牙相舉。"

天關: 天門。"地軸"兩句,謂天地翻覆,清朝滅亡。

腐心: 痛心。《史記・刺客列傳》:"此臣之日夜切齒腐心也。"

夏社: 夏后氏的社宫。《竹書紀年》卷上:"(殷商成湯)十八年癸亥,王即位居亳,始屋夏社。"殷朝在夏朝的社上建屋,表示夏朝已亡。

虞淵: 傳説中日落之所。《淮南子・天文訓》:"薄於虞淵,是謂黄昏。"

［九］ "此去"四句: 此去朝見先帝,一起向蒼天申訴身世: 像秋天的荼菜,深知苦味;好比銜石填海的精衛,已曉沉冤。

先帝: 指光緒帝。

昊(hào 浩)天: 蒼天。《詩・小雅・節南山》:"不吊昊天。"謂蒼天不憐憫保佑。

荼(tú 途): 一種苦菜。因以荼苦表示艱苦,苦楚。《北齊書・顔之推傳》:"予一生而三化,備荼苦而蓼辛。"

精衛: 古代神話中鳥名。《山海經・北山經》:"炎帝之少女名曰女娃,女娃游於東海,溺而不返,故爲精衛,常銜西山之木石,以堙於東海。"後人稱之爲"冤禽",以喻沉冤難報者。

［一〇］ "道路"四句: 道路中已喧傳庸醫錯藥,宫廷上也諱言誤食馬肝。生時本是虚幻如寄,死後卻要重於泰山。

烏喙: 中藥附子的别名。相傳隆裕病重時,溥倫薦曹姓醫生入診,曹醫開方,中有附子一藥,與御醫意見不合,争之甚烈,後卒服藥而死。事亦見王元生《述庵秘録》。

馬肝: 相傳馬的肝有毒,食之可致死。《史記・封禪書》:"文成食馬肝死耳。"司馬貞索隱:"《論衡》云: 氣熱而毒盛,故食走馬肝殺人。”宋楊億《漢武》詩:“死諱文成食馬肝。”詩中亦指誤服致命之藥。

似寄:《古詩十九首》之十三:“人生忽如寄,壽無金石固。”謂人生如作客,暫寄居於世上。

重於山:司馬遷《報任少卿書》:“人固有一死,或重於泰山,或輕於鴻毛。”

[一一] “舉世”四句:整個世間都嫌她涉足政治,究竟有誰能知道她的重任呢?想要補天又愁石破,想要逐日又恨泉乾。

濡足:沾污了腳。《楚辭·九章·思美人》:“憚褰裳而濡足。”王逸注:“又恐污泥,被垢濁也。”詩意謂隆裕以太后懿旨頒佈清帝退位詔書,一些清室遺老頗爲不滿。

仔肩:所擔負的重擔。責任。《詩·周頌·敬之》:“佛時仔肩。”鄭玄箋:“仔肩,任也。”

“補天”句:用女媧補天的典故。謂無力挽救清室的危亡。

“逐日”句:《初學記》卷一引《淮南子》:“日入崦嵫,經於細柳,入虞泉之池。”意謂無法隨先帝同時死去。

[一二] “心事”四句:她的心事如今已大白於天下,她的精神本來就是一片丹誠。山河雖已改變,但名節是難以磨滅的。

精誠:至誠。《莊子·漁父》:“真者,精誠之至也。不精不誠,不能感人。”

刊:消除,磨滅。古時文字書於簡册,有誤,即削除之。謂之刊。

[一三] “誄德”四句:已經缺少詞臣去表彰她生前的德行,反而穢史中有許多流言蜚語。千秋萬世女史的彤管猶在,試與吟誦我這篇詩歌。

誄(lěi耒)德:列述死者的德行。《宋書·文帝袁皇后傳》:“乃命史臣,誄德述懷。”

穢史:歪曲歷史本來面目的史書。如前人稱魏收所撰的魏史爲“穢史”。詩中指當時的野史。隆裕寵信太監小德張,外間流言頗多。金梁《清帝外紀》、王元生《述庵秘録》等書有紀載。均謂其驕橫跋扈,貪冒盜竊,劣跡昭彰。

彤管:古代女史記事用的筆,其杆身漆朱,故名。《詩·邶風·静女》:"静女其孌,貽我彤管。"毛傳:"古者后夫人必有女史彤管之法,史不記過,其罪殺之。"

以上二十八句抒發作者的感慨,其孤臣孽子的情懷亦昭然若揭了。

按: 静安於1913年5月13日致繆荃孫書中曾提到此詩:"拙作排律用通韻,法古人,似但有一二字出入。若全首通押,現未能發現其例。惟國維乎生於詩最不喜用僻韻,致使一詩中有駢枝之語、不達之意,故大膽爲之。且其中'髯'、'僉'二字(以今已無閉口聲,故亦放膽用之)闌入'鹽'、'咸'閉口韻,尤爲從古所無。勞玉老曾以是相規,心知其非而不能改也。要之,此等詩非爲一時而作,但使後之讀此詩者惜其落韻,斯亦足矣。詩止於九十韻,亦由此故,若必敷衍成百韻,則難免無謂之語插入其間,先生以爲何如?"書中論述作詩通韻等問題,甚有見地。

癸丑三月三日京都蘭亭會詩

大撓以還幾癸丑,紀年唯説永和九。人間上巳何歲無,獨數山陰暮春初。[一]爾來荏苒經幾年,歲星百三十周天。會稽山水何岑寂,竭來異國會群賢。[二]東邦風物留都美,延閣沈沈連雲起。翻砌非無勺藥花，繞門恰有流觴水。[三]此會非將禊事修，卻緣禊序催清遊。信知風俗與時易，惟有翰墨足千秋。[四]憶昔山陰典郡日，郡中流寓多簪紱。會稽山水固無雙，内史風流復第一。[五]蘭亭修禊序且書，書成自謂絶代無。一朝繭紙閟幽宅，人間從此無真跡。後來並失唐人摹，近世仍傳宋時石。[六]此邦士夫多好事，古今名拓爭羅致。我來所見皆瑰奇，二十八行三百字。[七]開皇響搨殊未工，猶是當年河朔風。後代正宗推定武，同時摹本重神龍。[八]南渡家家置一石，流傳此日猶珍惜。偏旁考校徒區區，神采照人殊奕奕。[九]行書斯帖稱墨皇，況有真草相輝光。小楷幾通越州帖，草書三卷澄清堂。[一〇]古來書聖推内史，但有讚揚絶言議。我今重與三摩挲，請爲世人闡真秘。[一一]昔人論書以勢名，古文篆隸各異型。千年四體相嬗代，唯盡其勢體乃成。[一二]漢魏之間變古隸，體雖解散勢猶未。波磔尚存八分法，茂密依稀兩京製。[一三]《墓田》數帖意獨殊，流傳猶出山陰摹。永和變法創新意，世間始有真行書。[一四]由體生勢勢生筆，書成始覺體勢一。相斯小篆中郎隸，後得右軍稱三絶。[一五]小楷法度盡《黄庭》，行書斯帖具典刑。草書尺牘尚百數，何曾一一學伯英。[一六]後來魯公知此意，平生盤礴多奇氣。大書往往愛摩崖，小字《麻姑》但遊戲。[一七]真行巨細無間然，先後變法王與顔。坐令千載嗟神妙，當日衹自全其天。[一八]我論書法重感喟，今年此地開高會。文物千秋有廢興，江河萬古仍滂沛。[一九]君不見、蘭亭曲水埋荒煙，當年人物不復還。野人牽牛亭下過，但道今是牛兒年。[二〇]

【箋】 癸丑年三月三日，即 1913 年 4 月 9 日，静安在日本京都參加彼邦人士舉行的“蘭亭詩會”，紀念東晉永和九年癸丑(353)在會稽山陰的蘭亭盛會。三月三日爲上巳之辰，會稽内史王羲之與當時名流謝安、謝萬、孫綽、孫統、王彬之等親友 41 人修禊於蘭亭，宴飲賦詩，羲之自爲之序以申其志，並親以繭紙、鼠須筆書寫序文，即著名的《蘭亭集序》，簡稱《蘭亭序》、《禊序》。此序傳世拓本甚多，不少流傳到海外。時日本京都大學教授原田雨山等及羅振玉共約，各以所藏之佳本公開展覽，静安亦參與此會，並作詩以紀其事。詩中考訂《蘭亭序》的版本源流，闡述自己在文字書體問題上的見解，並對王羲之、顔真卿的變法精神給予高度評價。本詩可作静安的書論來讀。

【注釋】

［一］ “大撓”四句：自黄帝時大撓以來不知經歷了多少個癸丑，但人們衹説起永和九年那個癸丑。在人世間哪一年没有上巳，而人們衹記得山陰暮春之初那個上巳。

大撓：傳説中黄帝的史官，始作甲子，以干支紀時間。《吕氏春秋・尊師》：“黄帝師大撓。”高誘注：“大撓作甲子。”

上巳：節日名。取農曆三月上旬的巳日爲上巳。魏晉以後定爲三月三日。《後漢書・禮儀志上》：“是月上巳，官民皆絜於東流水上,曰洗濯祓除去宿垢疢爲大絜。”

山陰:即會稽。王羲之《蘭亭序》:“永和九年,歲在癸丑。會于會稽山陰之蘭亭,修禊事也。”

［二］“爾來”四句:自此以來歲月荏苒,又經過多少年,歲星已經130次運行周天了。而今會稽的山水是多麽岑寂,我卻來到他鄉異國高會群賢。

歲星:即土星。歲星十二年運行一周天。自永和九年至1914年,共1 560年,恰爲130周天。

朅(qiè 挈)來:來到。

群賢:王羲之《蘭亭序》:“群賢畢至,少長咸集。”

［三］“東邦”四句:東邦日本的風物以留都爲最美,藏書的樓閣深邃衆多,連雲而起。石階下盛開的芍藥花在風前翻動,還有流觴之水環繞門前。

留都:指京都。日本於明治二年(1869)遷都東京,以京都爲留都。

延閣:古代帝王藏書之所。左思《三都賦》:“延閣胤宇以經營。”此指京都大學。

沈沈(tántán 潭潭):宫室深邃貌。

翻砌:在石階上翻動。謝朓《直中書省》詩:“紅藥當階翻。”

流觴:古人于環曲的水流邊宴集,於水上放置酒杯,任其順流而下,杯停於人前,即便取飲。稱爲“流觴曲水”。王羲之《蘭亭序》:“又有清流激湍,映帶左右,引以爲流觴曲水。”

［四］“此會”四句:這次盛會不是專爲修禊,祇是借“禊序”來引發遊興。要知道風俗因時而改變,祇有翰墨能千秋萬代流傳。

禊(xì 系)事:指上巳日臨水洗濯,祓除不祥的祭祀活動。

禊序:指王羲之的《蘭亭序》。

以上十六句寫日本京都蘭亭詩會的緣起。

［五］“憶昔”四句:遥想昔年王羲之在山陰典郡之日,流寓在郡中的不少是名門望族。會稽的山水固然是舉世無雙,王内史的

風流也是世間第一。

典郡：主管一郡的政事。《晉書·王羲之傳》："羲之既拜護軍，又苦求宣城郡。不許，乃以爲右軍將軍、會稽内史。"

流寓：流落在他鄉居住的人。時中原戰亂，晉室南渡，故不少顯貴人家都流寓於江南。

簪紱：冠簪與纓帶。爲古代官員之服飾，因以指顯貴仕官。

内史：官名。相當於郡守之職。葉紹翁《登謝屐亭贈謝行之》詩："内史風流定誰識。"

［六］"蘭亭"六句：蘭亭修禊時王羲之作序並親自書寫，寫成之後也自以爲絶代所無。可是一朝這繭紙被埋入昭陵中，人間從此便失去了真跡。後來連唐人摹本也失傳了，近世衹存留宋代石本。

"蘭亭"句：《晉書·王羲之傳》："嘗與同志宴集於會稽山陰之蘭亭，羲之自爲之序以申其志。"

繭紙：以蠶繭所製的紙。

幽宅：陵墓。顔真卿《祭侄季明文稿》："方俟遠日，卜爾幽宅，魂而有知，無嗟久客。"

唐太宗喜愛王羲之書，死時命以《蘭亭序》殉葬昭陵。蘇軾《孫莘老求墨妙亭詩》："《蘭亭》繭紙入昭陵，世間遺跡猶龍騰。"邵長蘅注引《法書苑》："王右軍《蘭亭修禊序》，真本以繭紙書，唐太宗初得之。"查慎行注引歐陽修《集古録》："《蘭亭修禊序》，世所傳本尤多，世言真本葬昭陵，唐末之亂，昭陵爲温韜所發，所藏書畫皆剔取裝軸金玉而棄之，太宗時搜訪集爲十卷，模傳之，分賜近臣，獨《蘭亭》真本亡矣。"

唐人摹：唐太宗曾命褚遂良、歐陽詢等摹寫《蘭亭序》，刻於禁中。

宋時石：指兩宋時《蘭亭序》的刻石。

［七］"此邦"四句：這個國中多好事的人，争相收集古今著名的搨本。我來看到的都是瑰寶——二十八行三百餘字的《蘭亭

序》。

此邦：指日本。

瑰(guī 歸)奇：珍貴奇異之物。

“二十”句：王羲之書《蘭亭序》原跡，共 28 行 324 字。

［八］ “開皇”四句：隋代開皇年間的響搨本還不算精工，仍保留着當年河朔地區的樸拙之風。後世談到《蘭亭序》的正宗時先推“定武本”，同時的摹本中也重視“神龍本”。

開皇響搨：指傳世的《開皇蘭亭》。原石刻於隋開皇年間。現存拓本有二：一署“開皇十三年十月”，一署“開皇十八年二月廿日”。響搨，爲古代摹寫的一種方法。即把紙或薄絹覆於墨蹟上，向光照明，雙鉤填墨而成的副本。

河朔風：《開皇蘭亭》書法朴拙遲重，與河朔地區的民風相應。

定武：北宋時在定武(今河北真定)發現《蘭亭序》刻石。傳爲唐歐陽詢據王羲之真跡摹寫上石。歷來推爲《蘭亭》諸刻之冠。姜夔《蘭亭考》：“《蘭亭》真跡隱，臨本行於世；臨本少，石本行於世；石本雜，定武本行於世。”今傳世《定武蘭亭》有二：一爲元柯九思藏本，一爲元獨孤長老藏本。

神龍：指《神龍蘭亭》，因其前後有“神龍”半印，故稱。神龍爲唐中宗年號。傳爲唐褚遂良據王羲之真跡摹寫上石。“定武”與“神龍”爲《蘭亭》的兩大系統，後世據此摹刻者不絶。

［九］ “南渡”四句：南宋時文人幾乎家家存有一石，流傳到今日還值得珍惜。人們考校各本的偏旁點畫的同異，實在太拘泥了，《蘭亭》的佳本自有奕奕照人的神采。

南渡：指宋室南渡。南宋時不少文人摹刻《蘭亭》，流傳如《玉泉本》、《王沆本》、《宣城本》、《王曉本》、《唐荆川藏本》、《王伯谷鑒本》、《何氏東陽本》等，皆號稱宋拓本。

偏旁考校：考據家往往根據帖中某字損或未損，以及點畫偏旁的微小差異，以鑒定帖的搨出時代及真僞。如定武本則以“羣、帶、右、流、天”五字未損爲貴。

區區：瑣碎，拘泥。

［一〇］“行書”四句：行書中以《蘭亭序》帖可稱爲“墨皇”，何況還有其他的真書草書帖光輝相映。小楷中有幾種“越州帖”，草書中還有三卷“澄清堂帖”。

墨皇：《蘭亭序》帖歷來論者評價極高，稱之爲“墨皇”、“百代書法楷模”、“神品”、“天下第一行書”。

越州帖：即《越州石氏博古堂帖》，南宋紹興初年越州（今浙江紹興）石邦哲摹勒。所刻漢、魏、晉及唐人書凡二十七種。今僅存王羲之、王獻之及歐、虞、褚等小楷十一種。此帖摹勒精工，爲世所推重。

澄清堂：指《澄清堂帖》。南宋人所刻叢帖。現殘存宋搨本前五卷，皆王羲之書。

［一一］“古來”四句：自古以來的“書聖”，首推王羲之内史，人們對他衹有讚揚而没有非議。我如今重爲再三摩挲，願意給世人闡明其中的秘奥。

書聖：指造詣最高的書家。朱履貞《書學捷要》：“夫右軍，書聖也。”

摩挲：以手撫摩，意謂研究、琢磨。

［一二］“昔人”四句：從前人論書法，着重在它的“勢”，古文、篆書、隸書各有不同類型。千年來書法四體相接嬗代，衹有能盡它的“勢”才能形成“體”。

“昔人”句：東漢書論家蔡邕著有《九勢》一文，分别論述落筆、轉筆、藏鋒、藏頭、護尾、疾勢、掠筆、澀筆、横鱗等九種書勢。《晉書・衛恒傳》載，撰有《四體書勢》，論述古文、篆、隸、草四體書勢。文内引述蔡邕《篆勢贊》、崔瑗《草書勢贊》及衛恒《古文勢贊》、《隸勢贊》。索靖有《草書勢》，傳王羲之有《筆勢論》。四體：即古文、篆、隸、草四體。

嬗（shàn 擅）代：更替。

［一三］“漢魏”四句：漢魏之間古隸發生變化，隸體雖已解散而隸

勢還未全失。楷書中的波磔尚保存八分之法,字形的茂密還依稀看到兩漢的定製。

古隸:指漢代的隸書。

波磔(zhé 謫):即“捺”。或謂橫過曰波,微直曰磔。

八分:魏、晉時楷書亦稱爲隸書,因把波磔鮮明的古隸稱爲“八分”,以示區别。

兩京:漢西京長安和東京洛陽。代指漢代。

四句意説,漢隸變爲楷書,楷書的筆勢還保留隸意。

[一四] “墓田”四句:《墓田》等數帖的筆意獨特,流傳世上的是王羲之的摹本。直到永和年間王氏才更變成法别創新意,世間才有所謂的真行書。

《墓田》數帖:指《墓田丙舍帖》、《昨疏還示帖》、《力命表》等帖。魏鍾繇書,傳世之本傳爲王羲之臨本。書法閑雅蕭散,猶有漢魏隸書質樸之致。趙孟頫《蘭亭十三跋》:“《蘭亭》與《丙舍》絶相似。”

山陰:王羲之定居會稽山陰(今浙江紹興)。故稱。

變法:王羲之書學衛夫人、鍾繇,後來精研體勢,變法出新,改變漢魏以來帶有隸意的質樸書風,創出妍美流便的新體。陶弘景《論書啟》:“逸少(羲之字)自吴興以前,諸書猶未爲稱。凡厥好跡,皆是向在會稽時永和十許年中者。”

[一五] “由體”四句:由體生出勢,由勢生出筆,寫成之後才感到體與勢合而爲一。李斯的小篆和蔡邕的隸書,加上後來的王羲之的真行書,可稱爲“三絶”。

“由體”句:體,指結構、形體,勢,指氣勢、風格。劉勰《文心雕龍・定勢》:“圓者規體,其勢也自轉;方者矩形,其勢也自安。”筆,指用筆。

相斯:李斯。曾爲秦丞相,故稱。秦始皇二十八年(前219)登泰山,李斯書《封泰山碑》(又稱《泰山刻石》),爲秦代標準字體小篆。

中郎：指蔡邕。東漢末曾爲左中郎將，故稱。蔡邕善隸書，不少漢代碑刻，被後人附會爲其所書。熹平四年(175)，與堂谿典等寫定六經文字，其中一部分由蔡邕書丹上石，立太學門外，世稱"熹平石經"。

［一六］ "小楷"四句：小楷的法度已盡備於《黄庭經》中，而行書則以這《蘭亭序》帖爲典範。草書還有百多通尺牘，哪里會一一都是學張芝的呢？

黄庭：《黄庭經》，王羲之的小楷帖。末署"永和十二年五月"。《黄庭經》雍容和穆，爲小楷之上品。李白《送賀賓客歸越》詩："山陰道士如相見，應寫《黄庭》换白鵝。"因亦稱《换鵝經》。

伯英：東漢書法家張芝，字伯英。相傳他變易草法創爲"今草"，用筆連綿不斷。唐孫過庭《書譜》載王羲之語，謂"頃尋諸名家，鍾(繇)、張(芝)信爲絶倫，其餘不足觀"。王氏之草書，亦頗受張芝影響。前人論王書，多謂其正書學鍾繇，草書學張芝，静安則認爲王氏已自出新意。

［一七］ "後來"四句：後來的顔魯公就領會到這個意思，他平生所書氣勢磅礴，多有奇氣。大字往往喜愛摩崖石刻，《麻姑仙壇記》那種小字祇不過是遊戲之作而已。

魯公：顔真卿。唐代書法家。曾封魯郡公，世稱顔魯公。顔真卿書法，字畫剛勁，氣勢奇偉。歷來論者認爲顔真卿更變古法，自成一格，世稱"顔體"。蘇軾《東坡題跋》："(顔真卿)雄秀獨出，一變古法。"又《孫莘老求墨妙亭詩》詩："顔公變法出新意，細筋入骨如秋鷹。"黄庭堅認爲顔真卿書法"超軼絶塵"之處似王羲之，又謂"顔魯公書雖自成一家，然曲折求之，皆合右軍父子筆法"(見《山谷題跋》)。

摩崖：指在山崖石壁上的題刻。漢、魏摩崖石刻，多雄奇宏偉之作。詩中當指顔真卿的名作《大唐中興頌》。在湖南祁陽浯溪崖壁。

麻姑：指《麻姑仙壇記》小字本。顔真卿撰並書，小楷。計46行，行約20字。有刻本傳世。黄庭堅、趙明誠、陸游皆以爲僞作。

［一八］“真行”四句：先後變法創新的王羲之與顔真卿，無論是真書、行書，或是大字、小字，都是無可非議的。這些作品使得千百年來的後人嗟歎神妙，但他們當初創作時衹是爲了表現自己的天性而已。

無間：無懈可擊，無可非議。《論語・泰伯》：“子曰：‘禹，吾無間然矣。’”

嗟神妙：杜甫《戲爲雙松圖歌》：“滿堂動色嗟神妙。”

全其天：順其天性。《吕氏春秋・本生》：“天子之動也，以全天爲故者也。”高誘注：“全，猶順也。”陳奇猷校釋：“天，指天所賦於人者，即天性與生命。”

［一九］“我論”四句：我談論書法時又引起感歎，今年在這裏召開盛大的聚會。文物千年來雖有興有廢，但仍像江河般奔流萬古。

高會：盛會。

滂沛：水流盛大衆多貌。

［二〇］“君不”四句：你没有看到：蘭亭曲水已埋没於荒煙野草之中，當年的人物也不復存在。農人們牽着牛在蘭亭下走過，衹説今年是牛兒年了。

野人：指農夫。

牛兒年：癸丑年，地支生肖屬牛，故稱牛年。

静安於壬子年除夕前一夜，曾致書繆荃孫云：“春間，此間日人有蘭亭會之舉，因係永和後第二十六癸丑之故。詎知故國乃無年號可呼，與稱牛兒年何異！以之相譬，可發一笑。”時清朝已亡，改用民國紀年，故無年號可呼。末句流露出遺老的傷感。

題殷虚書契考釋

不關意氣尚青春,風雨相看各愴神。[一]南沈北柯俱老病,先生華髮鬢邊新。[二]

【箋】 1915年1月,羅振玉《殷虚書契考釋》一卷書成。此書考索文字,考求典制,稽證舊聞,創見甚多。其中不少内容,採用王國維之説,及成書,又請王氏校寫。王氏爲撰前後序各一,對此書作出高度評價,認爲“此三百年來小學之一結束也”。序成,意猶未足,復擬題詩四首,後僅成此篇。

【注釋】

［一］ “不關”兩句:不關我們還有青春時的意氣,在風雨中彼此相看,感傷無限。

“不關”句:語本陳師道《次韻晁無斁冬夜見寄》詩:“老子形骸從薄暮,先生意氣尚青春。”

風雨:喻危難和惡劣的環境。《詩·鄭風·風雨》:“風雨如晦,雞鳴不已。既見君子,云胡不喜。”因用爲朋友互相勖勉之辭。

愴神:神傷。

［二］ “南沈”兩句:南沈和北柯都已老病交侵,先生的白髮也新從鬢邊長出了。

南沈:指沈曾植。沈氏時寓居上海,顏所居曰“海日樓”。

北柯:指柯紹忞。柯字鳳蓀,號蓼園,山東膠縣人。近代學者、詩人。静安曾謂“今世之詩,當推柯鳳老爲第一”。(見鄭逸梅《藝林散葉》)是時柯氏留居北京。

先生：指羅振玉。時羅振玉48歲。次年12月29日，静安致羅氏書云："前年《殷虚書契考釋》成時，前印公寫照，維本擬題詩四首，僅成一首，故未題。其詩云云。現鳳老不知何如？乙老多痰，然無甚病，尚足支十年。公年力俱尚未艾，此數年中學問上之活動總可繼續二十年。試思此十年中之成績以度後之二十年，其所得當更何如！公之事業尚未及半，切勿以小事介於懷抱而使身體受其影響，此非維一人之私望也。"

遊　仙（三首）　乙卯

一

金册除書道賜秦，西垂佇見霸圖新。[一]已緣獲石祠陳寶，更喜吹簫得上真。[二]鶉首山河歸版籍，鳳臺歌吹接星辰。[三]誰知一覺鈞天夢，寂寞祈年館下人。[四]

【箋】《遊仙》三首，作於1915年。是年3月，静安攜眷返國，至海寧掃墓。4月至上海，羅振玉介紹與沈曾植相識，商討音韻之學，遂定交。旋即返回日本。三詩當寫於是時。以《遊仙》爲題，見於晉郭璞之《遊仙詩》十九首，《文選》録七首，李善注云："凡遊仙之篇，皆所以滓穢塵網，錙銖纓紱，餐霞倒景，餌玉玄都；而璞之制，文多自敍。

雖志狹中區,而辭無俗累,見非前識,良有以哉!"詩中假託神仙之事,以表現作者對名利的鄙棄,並抒寫其鬱抑之情。後世作者,亦多仿此意,借題發揮,竟成一大題材。静安組詩內容,當爲回國時親所歷見,語含憤激,深刺入骨。

【注釋】

[一] "金册"兩句: 玉皇大帝頒下金册除書,説要把這地方賜給秦國,眼看西邊將要興起新的霸業。

金册: 即"金策"。記載帝王詔命的連編簡策。

除書: 拜授官職的文書。《漢書·王莽傳中》:"是時争爲符命封侯,其不爲者相戲曰:'獨無天帝除書乎?'"

賜秦: 語本張衡《西京賦》:"昔者大帝説秦繆公而覲之,饗以鈞天廣樂。帝有醉焉,乃爲金策,錫用此土,而翦諸鶉首。"又,庾信《哀江南賦》:"惜天下之一家,遭東南之反氣。以鶉首而賜秦,天何爲而此醉!"鶉首,星次名。古以爲秦之分野,因指秦地。

西垂: 即西陲。西方。

霸圖: 霸業。《左傳·文公四年》:"(秦)遂霸西戎。用孟明也。君子是知秦穆公之爲君也,舉人之周也。"

兩句謂袁世凱取得政權。

[二] "已緣"兩句: 秦王已因獲得神石而立祠陳寶。秦女更高興由吹簫而得以成仙。

上句典出張華《列異傳·陳倉寶雞》:"秦穆公時,陳倉人掘地得物,若羊非羊,若豬非豬,牽以獻穆公。道逢二童子曰:'此爲媪述,常在地中,食死人腦。若欲殺之,以柏插其首。'媪曰:'此二童子名爲雞寶,得雄者王,得雌者伯。'陳倉人舍之,逐二童子。二童化爲雉,飛入于林。陳倉人告穆公,發徒大獵,果得其雌,又化爲石,置之汧、渭之間,至文公立祠,名陳寶。"

下句典出劉向《列仙傳》。謂秦穆公之女名弄玉,善吹簫,嫁與蕭史。蕭史遂教弄玉作鳳鳴,吹簫似鳳聲,鳳凰來止其屋。穆公爲作鳳臺。後弄玉乘鳳,蕭史乘龍,升天而去。秦爲作鳳女祠。

上真:神仙,真仙。《靈飛經》:"五帝上真,六甲玄靈。"

上句寫袁氏,下句寫袁氏門下攀龍附鳳的人皆得進用。

[三]　"鶉首"兩句:秦地的山河已歸於國家的版籍,鳳臺上的歌吹之聲更是上接星辰。

版籍:版圖,疆域。《明皇陵碑》:"玄菟樂浪,以歸版籍。"

歌吹(chuì):歌聲和音樂聲。吹,管樂。

[四]　"誰知"兩句:誰知到頭來不過是一覺鈞天之夢,最寂寞的是那祈年館下的人啊!

鈞天夢:見《詠史》二十首之七注。

祈年館:秦穆公的宫殿名。又稱祈年觀、祈年宫。《文選·沈約〈遊沈道士館〉詩》:"既表祈年觀,復立望仙宫。"李善注:"祈年宫在城外,秦穆公所造。"

兩句意謂袁世凱的大業不過是一場夢幻而已。

二

十賚文成九錫如,三千劍履從雲車。[一]臨軒自佩黄神印,受籙教披素女書。[二]金檢赤文供劾召,雲窗霧閣榜清虚。[三]詼諧叵奈東方朔,苦爲虚皇注起居。[四]

【注釋】

[一]　"十賚"兩句:"十賚文"已寫成,好比榮膺九錫,那三千名劍履莊嚴的臣子跟隨着雲車。

十賚文：道教語。指頒與修道者十種賞賜的文章。陶弘景有《授陸敬游十賚文》。十者名目爲：邑于長阿北阪積金山連石之鄉；號爲棲静處士；四霤飛軒，廂廊側屋；蒼頭一人；鋼鐵如意；筇竹錫杖；香爐一枚，熏陸副之；杯盤一具；大硯一面，筆紙副之；鍮石澡罐，手巾爲副。皮日休《懷華陽潤卿博士》詩之三“十賚須加陸逸仲”句自注：“十賚，猶人間九錫也。”

九錫：天子賜給諸侯大臣的九種器物，爲最高的禮遇。《公羊傳·莊公元年》“錫者何？賜也”何休注：“禮有九錫：一曰車馬；二曰衣服；三曰樂則；四曰朱户；五曰納陛；六曰虎賁；七曰宫矢；八曰鈇鉞；九曰秬鬯。”古代篡位者亦每以邀九錫爲先聲。《漢書·王莽傳》載，王莽指使九百二人上書，謂“宗臣有九命上公之尊，則有九錫登等之寵”，要求爲王莽加九命之錫。

劍履：古代大臣佩劍著履上朝，是爲榮寵。《後漢書·董卓傳》：“尋進卓爲相國，入朝不趨，劍履上殿。”

雲車：仙人的車乘。曹植《洛神賦》：“載雲車之容裔。”劉良注：“神以雲爲車。”兩句寫袁世凱攫取了國家最高權力。

［二］“臨軒”兩句：他親御前殿爲自己佩上黄神之印，還接受寶籙披閲素女之書。

臨軒：帝王不坐正殿而御前殿。見《隆裕皇太后挽歌辭九十韻》“先帝”四句注。

黄神印：道教神印。東漢元嘉二年曹氏解除瓶上已見有“封以黄神越章之印”字樣。《抱朴子内篇·登涉》：“(印)廣四寸，其字一百二十。”謂佩此印可行山林不畏虎狼。後世道士又用以施行各種法術及章奏。詩中借以指皇帝璽印。

受籙：道教徒授受符籙。籙，一種道教符書。《隋書·經籍志》：“籙皆素書，記諸天曹官屬佐吏之名有多少，又有諸符，錯在其間，文章詭怪，世所不識。”崇信道教的皇帝登基時亦受籙。《隋書·經籍志》：“後周承魏，崇奉道法，每帝受籙，如魏之舊。"

披：披閲。

素女書：指養生術、房中術書籍。素女，傳説中的神女，與黄帝同時，相傳曾爲黄帝之師，傳授房中術。王充《論衡・命義》："素女對黄帝陳五女之法。"《軒轅本紀》："（黄帝）于玄女、素女受房中之術，能御三百女。"

上句寫袁世凱攫取政權，自爲大總統；下句寫其荒淫的生活。

［三］"金檢"兩句：有金泥爲封緘的赤文可供劾召鬼神，雲霧繚繞的樓閣窗户上題有"清虚"之榜。

金檢：檢，封緘。書書以竹木簡爲之，穿以繩，於結上封泥鈐印，謂之檢。金檢，謂以金泥爲檢。謝莊《舞馬賦》："金檢兹發，玉牒斯刊。"

赤文：赤色的圖文。《藝文類聚》卷十一引《尚書中候》："帝堯即政，榮光出河，休氣四塞，龍馬銜甲，赤文緑色。"讖諱家以爲帝王受命之祥瑞。又，道教符書亦用丹書赤文。

劾召：道教以符籙法術降伏鬼魅及攝召鬼神。《抱朴子・地真》："黄帝東到青丘，見紫府先生，受《三皇内文》，以劾召萬神。"

雲窗霧閣：韓愈《華山女》詩："雲窗霧閣事慌惚，重重翠幔深金屏。"韓詩以"雲窗霧閣"寫女道士曖昧之事，本詩亦用其意。

榜：題榜。書於匾額。

清虚：清浄虚無。《雲笈七籤》卷三七："夷心静然，專想不二，過中不味，内外清虚是也。"柳宗元《龍城録》載：開元六年，上皇與申天師道士八月望日夜遊月宫，"見一大宫府，榜曰'廣寒清虚之府'。"

上句寫袁世凱的權力。下句暗示其腐朽生活。

［四］"詼諧"兩句：如今最可惱的是那個詼諧的東方朔，他曾苦苦爲虚皇來作起居注。

叵奈：不可容忍，可恨。

東方朔：西漢文學家。《漢書·東方朔傳贊》稱他性"詼諧"、"滑稽"，又謂"後世好事者因取奇言怪語附著之朔"。道教又附會其爲神仙。

虛皇：道教神名。《上清大洞真經》有"高上虛皇君"之號。又稱虛皇道君、虛皇上帝。陶弘景《許長史舊館壇碑》："結號虛皇，筌法正覺。"本詩中用以指袁氏。特借一"虛"字以寄意。

注起居：古時有職官專修《起居注》，記録皇帝的言行。《舊唐書·經籍志》將起居注列入史部，謂"以紀人君言動"。清代以翰林、詹事等兼充"日講起居注官"。

兩句疑寫于式枚事。劉成禺《洪憲紀事詩本事簿注》云：袁世凱年少時無行，好邪辟。曾師事于式枚。式枚患之，"然知其梟雄有爲，能成大事，遂舉其逐日行動隨筆詳録。曰《袁皇帝起居注》，每寫一條，手示項城（指袁氏），在宴會廣場中，必大呼'袁皇帝到了'"。後袁氏欲追回日記，式枚逃至上海，作詩寄袁氏，有"今年政事令老徐，明年皇帝是區區"之語。

三

劫後窮桑號赤明，眼看天柱向西傾。[一]經霜琪樹春前槁，得水神魚地上行。[二]盡有三山沈北極，可無七聖厄襄城。[三]蓬萊清淺尋常事，銀漢何年風浪生？[四]

【注釋】

［一］ "劫後"兩句：大劫之後的窮桑，年號稱爲"赤明"，眼看着天柱就要向西傾斜了。

窮桑：傳説中古帝少皞氏所居處。《左傳·昭公二十九年》：

“少氏有四叔……世不失職,遂濟窮桑。”詩中指中國。

赤明: 道教的年號。《隋書・經籍志》:“天地淪壞,劫數終盡……然其開劫,非一度矣。故有延康、赤明、龍漢、開皇,是其年號。”

天柱: 古代神話中支天之柱。《列子・湯問》:“其後共工氏與顓頊争爲帝,怒而觸不周之山,折天柱,絶地維。故天傾西北,日月星辰就焉。”

［二］ “經霜”兩句: 經歷霜雪的琪樹在春天到來之前就已枯槁。得水的神魚卻在地面上遊行。

琪樹: 玉樹。仙景中的樹木。朱熹《詠雪》詩:“不堪琪樹猶含凍,翻笑梅花許耐寒。”

神魚: 傳説中食之可成仙的魚。杜甫《秦州雜詩》之十四:“萬古仇池穴,潛通小有天。神魚人不見,福地至今傳。”九家集注:“世説仇池有地穴,通小有洞天,中有神魚,食之者仙。”《漢書・宣帝紀》:“東濟大河,天氣清静,神魚舞河。”

兩句以琪樹、神魚分喻在國中的失意者和得意者。

［三］ “盡有”兩句: 已有三神山沉埋於北極之下,怎會没有七聖被困厄於襄城的事呢?

三山:《列子・湯問》載,海中有岱輿、員嶠、方壺、瀛洲、蓬萊五座神山,爲仙聖所居。上帝使巨鼇十五舉首而戴之。而龍伯之國有大人,一釣而連六鼇,於是岱輿、員嶠二山流於北極,沉於大海,仙聖之播遷者巨億計。詩中用此典,以喻清朝覆亡,遺民流離失所。

七聖: 傳説中的黄帝、方明、昌寓、張若、謵朋、昆閽、滑稽等七位聖人。《莊子・徐無鬼》:“黄帝將見大隗乎具茨之山,方明爲御,昌寓驂乘,張若、謵朋前馬,昆閽、滑稽後車,至於襄城之野,七聖皆迷,無所問塗。”詩中用此典,謂聖賢亦有迷途困厄之時。

［四］ “蓬萊”兩句: 蓬萊之水變得清淺,本是尋常之事,想問問何年

何日銀河中再生起風波?
蓬萊清淺:用"滄海桑田"之典。葛洪《神仙傳》:"(麻姑謂王方平曰)自接侍以來,見東海三爲桑田。向到蓬萊,水乃淺於往者略半也,豈復爲陵乎!"
銀漢:銀河。
杜甫《天河》詩:"牛女年年渡,何曾風浪生。"本詩反用其意,盼銀河風浪之生,以寄其恢復清室之意。

和巽齋老人伏日雜詩四章 丙辰

一

春心不可掬,秋思更難量。[一]雨蟻仍争垤,風螢倏過牆。[二]視天殊澶漫,覩化苦微茫。[三]《演雅》誰能續,吾將起豫章。[四]

【箋】 1916年2月4日,静安攜長子潛明乘船返國,就上海哈同《學術叢編》編輯之職。寓大通路吴興里,時與沈曾植過從,商量古音韻學及考證金石書畫。八月中,請沈曾植爲書扇,沈氏因書近作五律四章索和。静安於8月30日致羅振玉書中,謂沈詩"晦澀難解",而其和詩,自謂"苦無精思名句",風格亦頗效原作,惝恍迷離,真意難測。沈曾植(1850—1922)字子培,號乙庵,又號巽齋、寐叟、東軒老人。浙江嘉興人。光緒六年(1880)進士,歷任南昌知府,安徽提學使,署布政使。沈氏專治遼金元史及西北地理,能詩善書。其詩被推爲“同光體之魁傑”。錢仲聯《近代詩鈔》謂静安“清亡後與沈曾植遊,所爲五律,簡雅有致”,即以此組詩爲言。又,静安在《人間詞話》中曾言“尤不喜用人韻”,“余之所長殊不在是”,此組詩雖是和作,亦不步原韻。

【注釋】

[一] “春心”兩句:春日的情懷本已不能把握,秋日的心思更是難以量度。

春心:指春天所產生的意興或情緒。《楚辭·招魂》:“目極千里兮傷春心。”

秋思(shì 試):秋心。

兩句謂春、秋兩季都令人觸發愁思而傷心。

[二] “雨蟻”兩句:大雨過後,螞蟻仍在争奪着蟻垤;陣風吹至,流螢忽又飛過牆外。

雨蟻:《焦氏易林·震之蹇》:“蟻封户穴,大雨將集。”

垤(dié 迭):蟻塚。螞蟻做窩時堆在洞口的浮土,詩中指蟻巢。

兩句景中寓意。時袁世凱稱帝不成,憂懼而死,國内政局動盪不已。7 月 26 日静安致羅振玉書云:“蜀、湘、粤三省紛如亂麻,恐步其後者尚復不少,且南北二派終有不能調和之日,不知發於何時耳。”

[三] “視天”兩句:看那老天爺,它是多麼隨便放縱;觀察事物的變化,卻又苦於微茫難測。

視天:《詩·小雅·正月》:“民今方殆,視天夢夢。”意謂天公昏亂不明。

澶(dàn 旦)漫:放縱。《莊子·馬蹄》:“澶漫爲樂,摘僻爲禮。”成玄英疏:“澶漫是縱逸之心。”

觀化:觀察變化;觀察造化。《莊子·至樂》:“且吾與子觀化而化及我,我又何惡焉。"

［四］ "演雅"兩句:誰能再續寫《演雅》啊,我真要起黄庭堅於九泉而問問。

演雅:黄庭堅寫有《演雅》詩,分詠蠶、蛛、蝶、蟻、蜂等四十餘種小動物。演雅,取推演《爾雅》之義。《爾雅》中有"釋蟲"篇,故云。

豫章:古郡名,治所在今江西南昌。黄庭堅是江西人,因稱黄爲豫章。後人輯有《豫章黄先生文集》。

末兩句諷刺各個派系政客紛紛登場。

二

風露危樓角,憑欄思浩然。［一］南流河屬地,西柄斗垂天。［二］匡衛中宫斥,棓槍複道纏。［三］爲尋甘石問,失紀自何年?［四］

【注釋】

［一］ "風露"兩句:冒着夜深風露,在高樓一角憑倚着欄干,情思無限廣遠。

危樓:高樓。

浩然:廣大壯闊貌。江淹《效阮公詩》:"中心有所思,虚堂獨浩然。"

［二］ "南流"兩句:向南流的銀河傾斜至地,北斗星座朝西的斗柄在天空垂下。

河:指銀河。夏夜所見的銀河在天空南方。

屬(zhǔ 囑)地:至地,接觸地面。

斗:指北斗七星。夏夜,由摇光、開陽、玉衡三星構成的斗柄朝西。《漢書·天文志》:"北斗七星……用昏建者杓;杓,自華以西南。”孟康注:“傳曰‘斗第七星法太白,主杓,斗之尾也’,尾爲陰,又其用昏,昏陰,位在西方,故主西南。”

兩句寫登樓所見天象。古人常以天象與人事相聯繫。本詩謂銀河南流,斗柄西垂,亦當有所指。1916 年春夏間,西南地區發動討袁戰争獲得勝利,袁世凱於 6 月 6 日病死。疑指此事。

[三] “匡衛”兩句: 匡衛之星已與中宫疏遠,而棓、槍之星卻在複道中糾纏。

匡衛: 指匡衛十二星。《史記・天官書》:“中宫天極星,其一明者,太一常居也;旁三星三公,或曰子屬。後句四星,末大星正妃,餘三星後宫之屬也。環之匡衛十二星,藩臣。皆曰紫宫。”

中宫: 指北極星所在區域。即紫微垣。古以象帝位、朝廷。

斥: 遠。

棓(bàng 棒)槍: 天棓星與天槍星。《史記・天官書》:“紫宫左三星曰天槍,右五星曰天棓。”索隱引《詩緯》曰:“槍三星,棓五星,在斗杓左右,主槍人棓人。”石氏《星贊》云:“槍、棓八星,備非常也。”

複道: 即閣道。杜牧《阿房宫賦》:“複道行空,不霽何虹?”

兩句亦以星象喻人事。上句疑謂清廢帝已無人匡衛,下句以棓槍喻動亂。

[四] “爲尋”兩句: 我想找甘公、石申問問: 衆星失紀起自何年?

甘石: 戰國時齊人甘公與魏人石申的並稱。《史記・天官書》:“昔之傳天數者……在齊,甘公;楚,唐眜;趙,尹皋;魏,石申。”集解:“徐廣曰:‘或曰甘公名德也,本是魯人。’”正義:“《七録》云楚人,戰國時作《天文星占》八卷”,“《七録》云石申,魏人,戰國時作《天文》八卷”。後世有《甘石星經》。

失紀: 謂失去正常的天象。《書・洪範》:“五紀: 一曰歲,二曰月,三曰日,四曰星辰,五曰曆數。”《史記・日者列傳》:“司馬季主復理前語,分别天地之終始,日月星辰之紀。"又,《史記·天官書》謂"定諸紀,皆繫於斗。"北斗爲諸紀所繫,詩意謂清朝覆亡,清帝退位,故失紀而亂作。

三

平生子沈子,遲暮得情親。[一]冥坐皇初意,樓居定後身。[二]精微存口説,頑獻付時論。[三]近枉秦州作,篇篇妙入神。[四]

【注釋】

[一] "平生"兩句:與我深交的沈老先生,在他遲暮之年能得彼此感情親切。

平生:舊交。静安居京都時,與國内學者移書論學,與沈曾植、柯紹忞書信來往頗多。

子沈子:猶言沈老師。《公羊傳·隱公十一年》:"子沈子曰:'君弑,臣不討賊,非臣也。'"何休注:"沈子稱子,冠氏上者,著其爲師也。"静安亦視沈氏爲師。

遲暮:指老年。時沈曾植 67 歲。

[二] "冥坐"兩句:他獨自閉目静坐,能得古代先民的深意;在樓中居住,那已是入定後的清静之身。

冥坐:同"瞑坐"。閉目而坐。蘇軾《次韻張昌言給事省宿》詩:"東臺瞑坐覺烏飛。"

皇初:班固《典引》:"厥有氏號,紹天闡繹,莫不開元於太昊皇初之首。"因以皇初稱最初的帝王。詩中指遠古時期。

定後:佛教語。學佛者擯除雜念,專心致志,觀悟四諦,稱爲禪定。入定之後,達到舍念清浄的境界,連自身的存在都已忘卻。

［三］ “精微”兩句：那精微的見解祇在他口中説出，至於是頑民還是獻民，就讓時人去評論吧！

精微：精深微妙。《禮記·經解》：“絜静精微，《易》教也。”

頑獻：頑民與獻民。《書·畢命》：“毖殷頑民，遷于洛邑，密邇王室，式化厥訓。”頑民，指殷代遺民中不肯服從周朝統治的人。《書·洛誥》：“孺子來相宅，其大惇典殷獻民。”孔穎達疏：“周受于殷，故繼之，于殷人有賢性，故稱賢人。”獻民，指殷人中接受周朝教化的人，即賢民，與頑民相對。沈曾植入民國後一直以清遺民自居，静安詩中亦把他看作是“頑民”。

［四］ “近枉”兩句：近來承蒙他賜贈《秦州雜詩》般的佳作，篇篇都精妙入神。

枉：謙詞。謂使對方受屈。

秦州作：杜甫在唐肅宗乾元二年(759)秋，率家西行，流寓秦州，作《秦州雜詩》二十首，反映社會動亂和個人的窘迫生活，是杜詩中感人至深的力作。本詩中以指沈曾植《伏日雜詩》四首。

妙入神：《古詩十九首》：“新聲妙入神。”

四

清淺蓬萊水，從君跂一望。[一]無由參玉籙，尚記詠霓裳。[二]度世原無術，登真或有方。[三]近傳羨門信，雙鬢已秋霜。[四]

【注釋】

［一］ “清淺”兩句：那已變得又清又淺的蓬萊之水，我想追隨您踮起腳去細看一下。

上句見《遊仙》四首之三“蓬萊”兩句注。

跂(qǐ 企)：踮起腳跟。《詩·衛風·河廣》：“誰謂河廣，一葦杭之。誰謂宋遠，跂予望之。”

兩句意與《遊仙》四首之三末兩句意同。

［二］“無由”兩句：我雖没有門徑去參悟修仙的玉籙，但還記得曾吟詠過《霓裳》之曲。

玉籙：指道教的符籙、道書。道教符籙，有金籙、玉籙、黄籙等。亦泛指修仙的道書。

霓裳：《霓裳羽衣曲》的略稱。傳説爲唐玄宗登三鄉驛樓望女几山及遊月宫密記仙女之歌歸而有作。劉禹錫《三鄉驛樓伏睹玄宗女几山詩小臣斐然有感》詩：“三鄉陌上望仙山，歸作《霓裳羽衣曲》。”

兩句意謂自己雖未在清朝做官，但也寫過如《頤和園詞》等歌詠清室之作。

［三］“度世”兩句：要超度世人本來就没有什麽辦法，而想自己成仙或許有些門路。

度世：謂超度世人解脱人間苦難。《維摩詰經·佛國品》：“能度諸世間。”

登真：登仙，成仙。《舊唐書·經籍志下》載有陶弘景《登真隱訣》二十五卷。

次句當有所諷。似指出仕新朝者。

［四］“近傳”兩句：近日傳來羨門子的消息——他的兩鬢也白如秋霜了。

羨門：古仙人名。《史記·秦始皇本紀》：“三十二年，始皇之碣石，使燕人盧生求羨門、高誓。”集解引韋昭曰：“古仙人。”葛洪《神仙金汋經》載有“羨門子丹法”，託名羨門子所傳，謂服之三年，仙道可成。

末兩句本李賀《官街鼓》“幾回天上葬神仙”意，諷刺入民國做官的舊人亦不得好結果。

校：静安於 8 月 30 日致羅振玉書中所附詩，與集中文字頗有出入。第一首作：“溽暑兼旬雨，虚堂徹夜凉。客懷殊澶漫，物化本冥茫。雨蟻仍争垤，風螢倏過牆。誰能賡《演雅》，欲起豫章黄。”又，“自何年”作“是何年”，“冥坐”作“瞑坐”。“存口説”作“窮口説”，“從君”作“從公”，“原無術”作“元無術”，“已秋霜”作“有秋霜”。

附沈曾植原作：

伏日雜詩簡静安

一

伏伏今年雨，湫湫後夜涼。芸生三有業，缺月一分光。象意籀重識，蟲生患未央。微風蘋末起，平旦更商量。

二

天河低案户，星氣爛如雲。巧拙時難定，嬋媛夕有親。福緣祈上將，綺語屬詞人。中夜危樓影，披雲望北辰。

三

寂寞王居士，江鄉寄考槃。論宜資聖證，道不變貞觀。漚鳥忘機喻，鷦枝適性安。善來尋蔣徑，何處有田盤。

四

遠書兼舊事，理盡獨情悲。蓍蔡言終驗，�心貫不移。藥爐修病行，講樹立枯枝。萬里羅含宅，彌襟太息時。

再酬巽齋老人

八月炎蒸三伏雨，今年顛倒作寒温。[一]人喧古

渡潮平岸,燈暗幽坊月到門。[二]迴野蟪蛄多切響,高樓腐草有遊魂。[三]眼前凡楚存亡意,待與蒙莊仔細論。[四]

【箋】 沈曾植收到静安的和詩四章後,歎賞其“辭意深美,而格制清遠”,再作七律一首作答。静安因作此詩以酬之。静安在是年 9 月 16 日致羅振玉書中亦附上此詩,並謂“乙老小病,然尚能對客長談,亦不服藥,惟避風耳”,可見其關係之密切。詩中寫新秋的景物,亦有深意寓焉。

【注釋】

[一] “八月”兩句: 八月份炎熱蒸人而三伏天卻下雨,今年的天氣異常,冷暖顛倒。

炎蒸: 暑熱薰蒸。杜甫《又作此奉衛王》詩:“三伏炎蒸定有無。”

静安於是年 9 月 14 日致羅振玉書云:“今年滬上六、七兩月不甚熱,至七月杪復熱,每日最高至九十餘度,直至十三日一雨始涼。”

兩句亦寫當時的政治氣候。

[二] “人喧”兩句: 古渡頭前人聲喧鬧,潮水已與岸平。幽静的街巷中燈光暗淡,遲月照到門前。

喧古渡: 孟浩然《夜歸鹿門歌》:“魚梁渡頭争渡喧。”

幽坊: 幽静的坊陌。坊,里巷。吴文英《夜飛鵲》詞:“人影斷幽坊,深閉千門。”

[三] “迴野”兩句: 遠野上秋蟬的鳴聲分外沉重,高樓下腐草化成爲螢火,有似遊魂。

迴野: 遠處的荒野。司空曙《送魏季高長沙覲見》:“鶴高看迴野,蟬遠入中流。”

蟪蛄：一種蟬名。夏末自早及暮鳴聲不息。《莊子·逍遥遊》："朝菌不知晦朔，蟪蛄不知春秋，此小年也。"

切響：重濁的聲音。《宋書·謝靈運傳》："欲使宫羽相變，低昂互節，若前有浮聲，則後須切響。"切響，本音韻學名詞，沈曾植爲古音韻學者，原作有"王筠沈約今焉向"之語，王筠、沈約二人亦文字音韻學家，故静安和詩亦涉及此。

腐草：腐敗的草。《逸周書·時訓》："大暑之日，腐草化爲螢。"沈曾植原作有"腐草魂成即炤遊"之語。炤，即螢火。

遊魂：《易·繫辭》："精氣爲物，遊魂爲變。"孔穎達疏："或未死之間變爲異類也。"

兩句寫初秋的夜景，當有寓意。王國維《屈子文學之精神》謂"語短則蟪蛄朝菌"，本詩中的蟪蛄，亦指政壇上曇花一現的人物。腐草遊魂，當指已死的袁世凱。

［四］"眼前"兩句：眼前有關凡與楚的存亡問題，我真想與莊周再認真討論一下。

凡楚：凡國與楚國。春秋時的國名。楚大凡小，楚常有吞凡之意。《莊子·田子方》："楚王與凡君坐，少焉，楚王左右曰'凡亡'者三。凡君曰：'凡之亡也，不足以喪吾存。夫凡之亡不足以喪吾存，則楚之存不足以存存。由是觀之，則凡未始亡而楚未始存也。'"郭象注："夫遺之者不以亡爲亡，則存亦不足以爲存矣。曠世無矜，乃常存也"，"存亡更在於心之所措耳，天下竟無存亡"。成玄英疏："夫存亡者，有心之得喪也；既冥於得喪，故亡者未必亡而亡者更存，存者不獨存而存者更亡也。"

蒙莊：指莊周。《史記·老子莊周列傳》載，莊周爲蒙縣人，嘗爲蒙漆園吏。故稱。

末兩句寫對國家朝代或存或亡的態度。充分表現了静安的遺民思想。清朝雖亡而在遺民心中仍存，而袁氏雖曾存而亦已亡矣。沈曾植《曉起》詩："猶有卮言酬漆叟，凡應常在楚常亡。”與此同意。

校：“人喧古渡”，胡厚宣藏原件作“人喧小港”。

附沈曾植的原作：

静安和詩四章，辭意深美，而格制清遠，非魏晉後人語也。適會新秋，賦此以答

木落歸根水順流，老翁無感長年秋。桊桐葉有先彫警，腐草光成即炤遊。吟比魚山聞梵入，身依鴿寺怖情收。王筠沈約今焉向，判作琅書脈望休。

題沈乙庵方伯所藏趙千里雲麓早行圖（三首）丙辰

一

華原石法河陽樹，都入王孫盤薄中。[一]千載祇傳金碧畫，誰知衣缽是南宗。[二]

【箋】 静安在滬，日與沈曾植來往，討論書畫藝術。時舊家子弟及畫商每持畫至沈氏處求售，静安因得多觀古賢真跡，故賞鑒益精，考訂益審。在致羅振玉書中，多次提到所見的金石書畫，並代羅氏選購。書中論書畫之語，甚爲精到，可供當代鑒藏家參考。沈乙庵方

伯：指沈曾植。古代泛稱地方長官爲方伯，沈氏曾署安徽布政使，故稱。趙千里(1119—1185)，名伯駒。南宋初年畫家，與其弟伯驌皆博涉書史，妙於丹青。伯駒善青緑山水及木石，得唐人李思訓父子之遺意。今故宫博物院所藏《江山秋色圖卷》，明人定爲趙伯駒作，有印本行世。此詩作於1916年。

【注釋】

［一］ “華原”兩句：范寬的石法和郭熙的樹法，都被吸收進這位王孫恣意而作的畫圖中。

華原：范寬，原名中立。北宋畫家。華原(今陝西耀縣)人。范寬善畫石，以狀如雨點、豆瓣、釘頭之皴筆寫山石。郭思《畫論》云：“峰巒渾厚，勢狀雄強，搶筆俱匀，人屋皆質，范氏之作也。”湯垕《畫鑒》以爲“得山之骨法”。存世作品有《溪山行旅圖》等。

河陽：郭熙，字淳夫。北宋畫家。河陽温(今河南温縣)人。郭熙善畫樹，枝幹如蟹爪下垂，筆勢雄健。常於巨嶂高壁作長松喬木之景。

王孫：指趙伯駒。趙爲宋太祖七世孫，故稱。

盤薄：《莊子・田子方》：“宋元君將畫圖，衆史皆至，受揖而立，舐筆和墨，在外者半。有一史後至者，儃儃然不趨，受揖不立，因之舍。公使人視之，則解衣般礴，裸，君曰：‘可矣，是真畫者也。’”般礴，意爲箕踞而坐，又作“盤薄”、“盤礴”。後人用此詞，以形容藝術家進入創作時的狀態。

［二］ “千載”兩句：千載以來，流傳下來的衹有他的金碧圖畫，誰知道他所繼承的是南宗的衣缽。

金碧畫：指以泥金、石青和石緑三種顔料爲主色的中國畫。多爲山水，因稱“金碧山水”。代表人物有唐代李思訓、李昭道父子。

南宗：明畫論家董其昌把自唐至元的山水畫家分爲南北二

宗。其《論畫瑣言》云:"禪家有南北二宗,唐時始分。畫之南北二宗,亦唐時分也,但其人非南北耳。北宗則李思訓父子著色山水,流傳而爲宋之趙幹、趙伯駒、伯驌,以至馬、夏輩;南宗則王摩詰始用雅淡,一變鉤染之法,其傳而爲張璪、荆、關、郭忠恕、董、巨、米家父子,以至元之四大家。"董其昌把趙伯駒兄弟列入北宗,而静安則以爲是南宗衣缽。

按: 静安於 1916 年 5 月 7 日致羅振玉書中,提到在沈曾植家見過一卷雪景,"樹仿郭河陽,山石仿范中立,氣象甚大,末有'千里伯駒'四字隸書款,(款亦佳)乍觀之似馬、夏一派,用筆甚粗而實有細處。向所傳千里畫,皆金碧細皴,惟此獨粗,蓋内畫近景與遠景之不同。此恐千里真本,不觀此畫不能知馬、夏淵源。(惟絹甚破碎)乙甚賞此畫,又甚以鄙言爲然,謂得後跋之……恐北宗流别中當以此爲壓卷(圖中人物面皆傅朱)也"。静安所見之畫疑即此《雲麓早行圖》,但信中已指出趙伯駒樹仿郭熙,山石仿范寬,用筆粗中有細,爲馬遠、夏圭淵源所自。

二

同時劉李並精能,馬夏終嫌筆有棱。[一]一種高華嚴冷意,百年嫡嗣在吴興。[二]

【注釋】

[一] "同時"兩句:同時的劉松年和李唐並屬精能。而對馬遠和夏圭,總嫌其筆墨帶有棱角。

劉李:劉,指劉松年。南宋畫家。錢塘(今浙江杭州)人。擅山水,筆墨精嚴,設色妍麗。李,指李唐。南宋畫家。字晞古,河陽三城(今河南孟縣)人。其山水畫一變荆浩、范寬之法,作"大斧劈"皴,筆墨峭勁,氣勢雄偉。其畫風爲劉松年、馬遠、夏圭所師法。

精能：精通熟練。

馬夏：馬，指馬遠。南宋畫家，字遥父，號欽山。生於錢塘。馬氏爲繪畫世家。曾祖賁、祖興祖、伯公顯、父世榮，皆爲著名宫廷畫家。馬遠發展李唐的筆墨雄強沉鬱的特色，以大斧劈皴寫山石，方硬嚴整，棱角分明。夏，指夏圭。南宋畫家。字禹玉。錢塘人。師法李唐，水墨蒼勁。喜用秃筆帶水作大斧劈皴。

兩句評論號稱爲"南宋四家"的李唐、劉松年、馬遠、夏圭。

［二］"一種"兩句：趙伯駒畫中的一種高華嚴冷之意，真正嫡傳的是百年後的吴興趙孟頫。

吴興：指趙孟頫(1254—1322)。元代畫家。字子昂，號松雪。湖州(今屬浙江)人。宋宗室。其山水畫取法李成、郭熙及董源、巨然，創用枯筆淡墨，淺絳設色之法，人稱其有唐人之致而去其纖，有北宋之雄而去其獷。開元代文人山水畫的先路。蔡星儀評價趙伯駒説："其青緑山水的特點，是在繼承唐代李思訓、李昭道父子的大青緑畫法基礎上，糅合了北宋文人畫家水墨山水的一些畫法和趣味，改變了唐代青緑山水的濃豔輝煌的裝飾性，代之以秀麗和清雅的文人趣味，顯得'精工之極，又有士氣'，創造了一種介於院體畫和文人畫之間的青緑山水畫。"(《中國大百科全書・美術》)趙孟頫走的路子頗近伯駒，故静安稱之爲"嫡嗣"。

三

殘縑風雪凌競處，幾度高齋拂拭看。[一]至竟裝潢無聖手，卻將明麗變荒寒。[二]

【注釋】

［一］“殘縑”兩句：殘破的縑畫那描繪風雪寒涼之處，我曾好幾次在高齋中拂拭細看。

縑：縑素，細絹。指絹畫。

淩競（jīng 京）：同“淩兢”。寒冷貌。

高齋：指沈曾植的書齋。

［二］“至竟”兩句：總因没有妙手來裝裱，卻把荒寒之境變作明麗了。

裝潢：指裝裱。古時裝裱書畫用黄蘗汁染成的“潢紙”，以辟蠹蟲，故稱。

聖手：指精於一技的人。如《水滸傳》中稱擅書法的蕭讓爲“聖手書生”。

原注：“重裝洗滌，古意稍失，先生甚爲惋惜。”按，静安致羅振玉書中所説的“一卷雪景”，疑即此卷。又謂“絹甚破碎”，沈氏購得後重新裝裱，故失古意也。

游　仙　丁巳

如蓋青天倚杵低，方流玉水旋成泥。[一]五山峙海根無著，七聖同車路總迷。[二]員嶠自沈窮髮北，若華還在鄧林西。[三]含生總作微禽化，玄鶴飛鴞自不齊。[四]

【箋】 1917年8月18日静安致羅振玉書云:“近作《遊仙》一首,係補前年斷句,録呈尊鑒。”此詩與1915年所作《遊仙》三首,同一體裁,甚至連用典亦多同。錢鍾書云:“静安語跡近雜湊,屬對不免偏枯。‘路歧’一典,三數葉内屢見不一見,亦異於段柯古之事無複使者也。静安35歲以前,詩律尚不細如此。”(《談藝録》26頁)而此詩重複用典,恐有爲而發。是年7月1日,安徽督軍張勳擁清廢帝溥儀在北京復辟。沈曾植秘密北上,静安亦不知其行蹤,十分掛念。六日致羅振玉書云:“今日情勢大變,北軍已多應段(琪瑞),戰事即將起於京津間,張軍中斷,結果恐不可言。北行諸老恐衹有以一死謝國。曲江之哀,猿鶴沙蟲之痛,傷哉!”北行諸老,指赴北京參與復辟行動的康有爲、勞乃宣、劉廷琛、章梫、沈曾植等人。復辟旋告失敗,静安於17日又致書羅振玉云:“報紙記北方情形惟在軍事一面,而寐叟等蹤跡均不一一紀,惟一紀陳(寶琛)、伊(克坦)二師傅,一投繯,一赴水。”又謂“黄樓(指張勳)赴荷使署,報言係西人迎之,殆信。又言其志在必死,甚詳,此恰公道。三百年來乃得此人,庶足飾此歷史”。自己並“留鬚”以明志,可見静安對復辟的態度。本詩故托神仙要眇之詞,以寄寓作者對復辟失敗的感慨。

【注釋】

[一] “如蓋”兩句:像傘蓋般覆蓋着大地的青天,已變得低可倚杵;方流玉水不久也變成淤泥。

如蓋青天:古人謂天形如蓋。桓譚《新論》:“天如蓋轉,左旋。日月星辰隨而東西。”《晉書·天文志上》:“蓋天之説……其言天似蓋笠,地法覆槃,天地各中高外下。”

倚杵:《初學記》卷一引《河圖挺佐輔》曰:“百世之後,地高天下。如此千歲之後,而天可倚杵,洶洶莫知始終。”古代讖諱家之説,謂若干年後,變得天卑地高,立杵於地,可倚於天。

方流玉水:傳説中有方折的水流産玉。《文選·顔延之〈贈王太常〉詩》:“玉水記方流,璿源載圓折。”李善注:“《尸子》曰:

‘凡水,其方折者有玉,其圓折者有珠也。’”
旋(xuàn 絢):不久,立刻。
兩句寫天地劇變,復辟失敗。

［二］“五山”兩句:五座仙山峙立在海中根基無著,七位聖人同乘一車也不免迷路。
五山:《列子·湯問》:“渤海之東,不知幾億萬里,有大壑焉……其中有五山焉。一曰岱輿,二曰員嶠,三曰方壺,四曰瀛州,五曰蓬萊。”
兩句寫參與復辟的人物。參見《遊仙》詩之三“盡有三山沉北極,可無七聖厄襄城”兩句及注。

［三］“員嶠”兩句:員嶠山自沉於窮髮之北,若木的花還開放在鄧林之西。
員嶠:海上三仙山之一。
窮髮:古代傳説中極北的不毛之地。《莊子·逍遥遊》:“窮髮之北有冥海者,天池也。”成玄英疏:“地以草爲毛髮,北方寒沍之地,草木不生,故名窮髮,所謂不毛之地。”《列子·湯問》謂員嶠山“流于北極,沈于大海”,故云“自沉窮髮北”。
若華:即若花。若木之花。《山海經·大荒北經》:“大荒之中,有衡石山、九陰山、泂野之山,上有赤樹,青葉,赤華,名曰若木。”郭璞注:“生昆侖西附西極,其華光赤下照地。”《楚辭·天問》:“羲和之未揚,若華何光?”
鄧林:《山海經·海外北經》:“夸父與日逐走,入日。渴欲得飲,飲于河渭;河渭不足,北飲大澤。未至,道渴而死,棄其杖,化爲鄧林。”郭璞注:“此以一體爲萬殊,存亡代謝,寄鄧林而遁形,惡得尋其靈化哉?”詩中以夸父追日喻張勳復辟。

［四］“含生”兩句:人類總要化作微小的禽鳥,或爲玄鶴,或爲飛鴞,各自不同。
含生:一切有生命的東西。亦指人類。傅玄《傅子·仁論》:“推己之不忍於饑寒以及天下之心,含生無凍餒之憂矣。”

玄鶴飛鴞：作者自注："唐寫本《修文殿御覽》引《汲冢紀年》：'穆王南征，君子爲鶴，小人爲鴞。'"又，《藝文類聚》卷九十引《抱朴子》："周穆王南征，一軍盡化，君子爲猿爲鶴，小人爲蟲爲沙。"

末兩句寫參與復辟行動者的結局。静安曾估計諸老"以一死謝國"，故有"猿鶴蟲沙之痛"。但復辟一役，僅死了幾十名張勳的"辮子軍"，諸老一無損傷，"志在必死"的張勳也安然無恙。

校：静安 8 月 18 日致羅振玉書中所附詩，與集中的文字頗有出入。兹録於下：

蕩蕩青天倚杵低，溶溶玉水旋成泥。五山峙海根無著，七聖同車路總迷。員嶠頓沉方丈北，若華還在鄧林西。含生總作微禽化，玄鶴飛鴞自不齊。

海上送日本内藤博士

安期先生來何許？赤松洪崖爲伴侶。蹴踏鹿盧龍與虎。[一]西來長揖八神主，翩然遊戲始齊魯。陟登泰山睨梁父，摩挲秦碑溯三五。[二]上有無懷所封土，七十二王文字古。[三]横厲泗水拜尼甫，千年禮器今在否？雷洗觴觚爵鹿柤，豆籩鐘磬琴瑟鼓。何所當年矍相圃。[四]南下彭城過梁楚。飆輪直邸黄歇浦，回車陋巷叩蓬户。[五]袖中一卷巨如股，《尚書》源出晉秘府，天寶改字笑莽鹵。[六]縢以《玉篇》廿三部，初唐書跡鳳鸞翥。玉案金刀安足數，何以報之愧鄭紵。[七]送君西行極漢滸，遊目洞庭見娥女。北轅易水修且阻，困民之國因殷土。[八]商侯治河此胥宇，灑沈澹災功微禹。[九]王亥嗣作殷高祖，服牛千載德施普。[一〇]擊牀何怒逢牧豎，河伯終爲上甲輔。[一一]中興大業邁乘杜，三十六葉承天序。[一二]有易不寧終安補，我讀《天問》識其語，《竹書》譌言付一炬。[一三]多君前後相邪許，太丘淪鼎一朝舉。[一四]君今渡河絶漳滏，眼見殷民常黼冔，歸去便將闕史補。[一五]明歲尋君道山府，如瓜大棗儻乞與，我所思兮衡漳渚。[一六]湖南先生北遊赤縣，自齊魯南來，訪余海上，出贈唐寫古文《尚書》殘卷景本，賦詩志謝，並送其北行。

【箋】1917年3月，日本東京大學教授内藤虎次郎攜其弟子高橋、稻葉，與富岡謙藏來華作學術考察。由青島上岸，經山東、江蘇而至上海。静安與内藤、富岡爲舊識，盛情款接，並介紹内藤與沈曾植、繆荃孫、劉翰怡等中國學者相見。10月，内藤復北遊，静安賦此詩贈别。詩中想象内藤在中國的遊蹤所見，並感謝其到訪送禮。後半段議論殷代古史，可與《殷卜辭中所見先公先王考》同讀。然以論文入詩，詞語艱澀，學究氣太濃，終非佳構。

【注釋】

［一］“安期”三句：安期先生從哪裏到來？赤松子和洪崖作爲伴侶。腳踏着龍、虎、鹿盧三蹻而來。

安期：古代神仙名。又稱安期子、安期生、安期公。傳說他居於東海,秦始皇曾使人入海求之,未至蓬萊山,遇風波而返。《史記·封禪書》:“安期生,仙者。通蓬萊中,合則見人,不合則隱。”

何許:何處。

赤松:亦稱赤松子、赤誦子。上古神仙名。各家所載不一。王充《論衡·無形》:“赤松、王喬,好道爲仙,度世不死。”

洪崖:古代神仙名。傳説爲黄帝臣子伶倫的仙號。蔡邕《郭有道林宗碑》:“將蹈洪崖之遐跡,紹巢、許之絶軌。”

蹴踏:脚踏。《維摩詰經·不思議品》:“龍象蹴踏。”

鹿盧龍與虎:即鹿盧蹻、龍蹻和虎蹻。《抱朴子·雜應》:“凡乘道有三法:一曰龍蹻,二曰虎蹻,三曰鹿盧蹻。或服符精思。若欲行千里,則以一時思之。若晝夜十二時思之,則可以一日一夕行萬二千里。”《太上登真三蹻靈應經》稱之爲“神仙三秘術”,認爲奉道之士經過修煉即可乘蹻御風遊於洞天福地。

三句以安期指内藤,赤松、洪崖指富岡等同行者。龍、虎、鹿盧指現代車船。

［二］“西來”四句:仙人們來到西方,向八神主作個長揖,然後開始在齊魯之地翩然遊戲。登上泰山眺望着梁父,摩挲着秦碑追溯三皇五帝。

長揖:拱手高舉,自上而下行禮。表示恭敬。《史記·高帝紀》:“酈生不拜,長揖。”

八神主:《史記·封禪書》載,秦始皇“行禮名山大川及八神”。八神名天主、地主、兵主、陰主、陽主、月主、日主、四時主。八神主之祠均在齊魯境内。

遊戲:指仙人在人間遊玩。王邁《念奴嬌》詞:“名在丹臺,籍通紫府,遊戲人間世。”

梁父:山名。泰山下的一座小山。《史記·封禪書》:“八神,二曰地主。祠泰山梁父。”“禪於梁父”。

秦碑：指秦始皇二十八年(前 219)登泰山時所刻的《封泰山碑》，又稱《泰山刻石》，爲丞相李斯等歌頌秦始皇統一中國的功績而刻的石碑，相傳爲李斯所書。

三五：指三皇五帝。《楚辭・劉向〈九歎〉》："背三五之典型兮，絶《洪範》之辟紀。"王逸注："言君施行，背三王五帝之常典。"

四句寫内藤遊齊魯，登泰山。

［三］“上有”兩句：上邊有無懷氏所封之土，還有七十二王的古文字。

無懷：無懷氏。傳説中的上古帝王。《管子・封禪》："昔無懷氏封泰山，禪云云。"房玄齡注："古之王者，在伏羲前"，"云云山，在梁父東"。

七十二王：《管子・封禪》："桓公既霸，會諸侯於葵丘，而欲封禪。管子曰：'古者封泰山禪梁父者七十二家，而夷吾所記者十有二焉。'"

［四］“横厲”五句：横渡過泗水拜謁孔夫子祠廟，千年前的禮器如今還在嗎？有雷、洗、觴、觚、爵、鹿、柤，還有豆、籩、鐘、磬、琴、瑟、鼓。當年孔子的學宫又在何處呢？

厲：涉水。《詩・邶風・匏有苦葉》："深則厲，淺則揭。"毛傳："以衣涉水爲厲，謂由帶以上也。"

泗水：古水名。源於今山東泗水縣東，春秋時孔子在泗水北岸講學授徒。

尼甫：即“尼父”。對孔子的尊稱。班固《白虎通・聖人》："孔子反宇，是謂尼甫。"

禮器：祭器。《史記・孔子世家論》："知魯，觀仲尼廟堂車服禮器。"

“雷洗”兩句：羅列各種禮器的名稱。《漢魯相韓敕造孔廟禮器碑》："君於是造立禮器，樂之音符鐘、磬、瑟、鼓、雷、洗、觴、觚、爵、鹿、柤、梪、籩、梪、禁……"雷，通“罍”，酒器。小口、廣肩、深腹、圈足，有蓋，肩部有環耳，腹下有鼻。洗，盥器，形如淺盆。觴，酒器，杯狀。觚(gū 孤)，酒器，喇叭形口、細腰、高圈足。爵，酒器，有流、柱、鋬和三足。鹿，酒器，通“角”，形似爵而無柱，兩尾對稱，有蓋。柤(zǔ 祖)，通“俎”，盛牛羊等祭品之器。豆，食器，形似高足盤。籩，食器，竹製，用以食果脯，形如豆。鐘、磬、琴、瑟、鼓，皆樂器。

何所：何處。

矍相圃：《禮記・射義》：“孔子射於矍相之圃，蓋觀者如堵牆。”鄭玄注：“矍相，地名。”《括地志》卷三：“矍相圃，在兗州曲阜縣南三十里。”此亦以指學宫。

五句寫内藤到曲阜謁孔廟參觀禮器。

［五］ “南下”三句：接着南下彭城，經過梁、楚，乘火車直達黄歇浦。又回車來到陋巷叩我的蓬門。

彭城：縣名。今江蘇徐州。

梁楚：指今江蘇西北部和安徽東北部地區，古梁、楚之地。

飆輪：指火車。

邸：通“抵”，抵達。

黄歇浦：黄浦江的别名。舊誤傳爲戰國春申君黄歇疏鑿而得名。詩中指上海。

陋巷：《論語・雍也》：“一簞食，一瓢飲，在陋巷，人不堪其憂，回也不改其樂。賢哉，回也。”

三句寫内藤乘車抵上海來訪。

［六］ “袖中”三句：他自袖中取出一卷粗大如股的圖書相贈，那是《古文尚書》，原出於晉朝的秘府，唐天寶年間改變它的字體，實在是太鹵莽可笑。

“尚書”句：《隋書・經籍志一》：“晉世秘府所存，有《古文尚書》經文，今無有存者。”

天寶改字：《新唐書・藝文志一》：“《今文尚書》十三卷。開元十四年，玄宗以《洪範》‘無偏無頗’聲不協，詔改爲‘無偏無陂’。天寶三載，又詔集賢學士衛包改古文從今文。”王應麟《困學紀聞》載，衛包又改“天明畏”、“自我民明畏”下“畏”字作“威”。《文獻通考》又云，漢所謂古文者科斗書，今文者隸書也。唐所謂古文者隸書，今文者世所通用之俗字也。故静安譏玄宗改《尚書》字爲鹵莽。

［七］“媵以”四句：同時相贈的還有《玉篇》廿三部，那是初唐時的書跡。如鳳鸞般飛動。古人所互贈的“青玉案”、“金錯刀”等哪能與之相比，我能用什麽答謝呢，真慚愧鄭紵之獻了。

媵（yìng 映）：古諸侯嫁女，以侄娣從嫁，稱媵。詩中謂附帶贈送。

玉篇：字書。南朝梁陳之間顧野王著。三十卷。分 542 部，略仿《説文解字》體例。收字 16 917。字下注反切，再引群書訓詁。原本衹存殘卷，内藤贈静安的爲影印本，僅存廿三部。

鳳鸞翥：《晉書·王羲之傳贊》稱羲之書如“鳳翥龍翔”。

玉案金刀：張衡《四愁詩》：“美人贈我金錯刀，何以報之英瓊瑶”、“美人贈我錦繡段，何以報之青玉案”。

鄭紵：《左傳·襄公二十九年》：“聘于鄭，見子産，如舊相識。與之縞帶，子産獻紵衣焉。”杜預注：“吴地貴縞，鄭地貴紵，示損己而不爲彼貨利。”後因以爲友朋交誼之典。

［八］“送君”四句：如今送您西行直到漢水之畔，在洞庭湖邊放眼眺望將見到娥皇、女英。再回車向北到易水，道途遥遠又阻隔，經過所謂的“困民國”，後來殷代承襲了它的故土。

極：盡頭。

漢滸：漢水之濱。滸，水邊。

娥女：娥皇和女英。傳説中舜的二妃。刘向《列女傳》卷一載，舜南巡，死於蒼梧。二妃追隨不及，没於湘水。遂爲湘水之神。洞庭湖君山中有湘妃的祠墓。

北轅：車向北駛；北行。杜甫《自京赴奉先詠懷五百字》：“北轅就涇渭。”

易水：水名。在今河北省西部，源出易縣境。荆軻入秦刺秦王，燕太子丹餞别於此。

修且阻：遥遠而阻隔。錢起《淮上别范大》詩："游宦且未達，前途各修阻。"

困民之國：《山海經·大荒東經》："有困民國，勾姓而食。有人曰王亥，兩手操鳥，方食其頭。"静安認爲《山海經》中的"困民國"爲殷故土。

因：承襲。

殷土：指商地。殷商的地域。商王盤庚遷都至殷（今安陽），歷八世，至紂亡國。

內藤此行，其中一個重要目的是訪學殷墟，考察甲骨卜辭的發現地。

［九］"商侯"兩句：商侯治理黄河在這裏視察居地，追隨夏禹疏通河流、平息災害的功勞很是偉大。

商侯：指契。《史記·殷本紀》："契長而佐禹治水，有功……封于商。"今本《竹書紀年》："二十二年，商侯履來朝。"

胥宇：察看土地以建房居住。《詩·大雅·綿》："爰及胥宇，聿來胥宇。"毛傳："胥，相；宇，居也。"孔穎達疏："自來相土地之可居者。"

灑（shī師）沈澹災：《漢書·司馬相如傳下》："昔者，洪水沸出，氾濫衍溢，民人升降移徙，崎嶇而不安。夏后氏戚之，乃堙洪原，決江疏河，灑沉澹災。"顔師古注："灑，分也；沉，深也；澹，安也。言分散其深水，以安定其災也。"灑，通"釃"。

功微禹：《左傳·昭公元年》："美哉禹功！明德遠矣。微禹，吾其魚乎！"謂如無禹治水之功，則人皆將變爲魚。爲歌頌禹功之語。

［一〇］"王亥"兩句：王亥繼之而成爲殷的高祖，役使牛力駕車，他的恩德普施千載。

王亥：殷王名。甲骨卜辭："甲午貞：乙未酒，高祖亥……"

(《墟後》二四五九)"其告于高祖王亥三牛。"(《綴一》四四五)静安於1917年撰寫《殷卜辭中所見先公先王考》,考證卜辭中的王亥,即《山海經》及《竹書紀年》中的王亥,乃殷之先公,與《世本·作篇》之"胲"、《帝系篇》之"核",《楚辭·天問》之"該",《吕氏春秋·勿躬篇》之"王冰",《史記·殷本紀》之"振",實爲一人。

服牛:駕牛。《吕氏春秋·勿躬篇》:"王冰作服牛。"《初學記》卷二十九引《世本》曰:"胲作服牛。"《殷卜辭中所見先公先王考》:"相土作乘馬,王亥作服牛,而車之用益廣。"

[一一] "擊牀"兩句:王亥爲何被人怒而擊殺於牀,就因遇到那放牧的豎子,而河伯終於也成了上甲微的臣輔。

擊牀:以手拍牀,形容發怒狀。《楚辭·天問》:"該秉季德,胡終弊於有扈,牧夫牛羊?干協時舞,何以懷之?平脅曼膚,何以肥之?有扈牧豎,云何而逢?擊牀先出,其命何從?"《殷卜辭中所見先公先王考》云:"《山海經》、《竹書》之'有易',《天問》作'有扈',乃字之誤","其國當在大河之北或易水左右","似記王亥被殺之事"。該,即王亥。王亥請有易牧牛,後被擊殺於牀上。

牧豎:指有易。豎,輕蔑之辭。

河伯:王亥的臣子。《山海經·大荒東經》:"王亥託于有易、河伯僕牛。有易殺王亥,取僕牛。河(伯)念有易,有易潛出,爲國于獸,方食之,名曰摇民。"郭璞注:"言有易本與河伯友善,上甲微殷之賢王,假師以義伐罪,故河伯不得不助滅之。"

上甲:上甲微。王亥之子,成湯之六世祖。卜辭中以上甲爲商先公之首。

[一二] "中興"兩句:上甲微的中興大業超過了相土,殷代的三十六世按上天安排的次序世代相承。

中興：上甲微滅有易後，商人日益强大，故號稱中興。《國語・魯語》："上甲微，能師契者也，商人報焉。"報，謂祭祀。《今本竹書紀年》："中葉衰而上甲微復興，故商人報焉。"

乘杜：指相土。傳説爲馬車的發明者。《今本竹書紀年》："帝相十五年，商侯相土作乘馬，遂遷于商丘。"《荀子・解蔽》："奚仲作車，乘杜作乘馬。"楊倞注："《世本》云：'相土作乘馬。'杜與土同……以其作乘馬之法，故謂之乘杜。"相土爲契之孫、昭明之子。《史記・殷本紀》："昭明卒，子相土立。"索隱："相土佐夏，功著于商。《詩頌》曰'相土烈烈，海外有截'是也。《左傳》曰'昔陶唐氏火正閼伯居商丘，相土因之'，是始封商也。"

三十六葉：三十六世，從上甲微到成湯六世，成湯至紂三十一世，總三十六世。

天序：上天安排的次序，指帝王的世系。漢武帝《元狩六年封齊王策》："朕乘天序，惟稽古建爾國家，封於東土。"

［一三］"有易"三句：《天問》中説到有易不寧，以後的事情如何補上呢？如今我讀到《天問》時才瞭解它的意思。《竹書紀年》中的無稽之談真可付之一炬了。

有易不寧：《天問》："昏微遵跡，有狄不寧。繁鳥萃棘，負子肆情。"《卜辭中所見先公先王考》云："昏微，即上甲微；有狄，亦即有易也。""謂上甲微能率循其先人之跡，有易與之有殺父之讎，故爲之不寧也。'繁鳥萃棘'以下當亦記上甲事，書闕有間，不敢妄爲之説……中間十二韻，自系述王亥、王恒、上甲微三世之事……《天問》之辭，千古不能通其説者，而今由卜辭通之，此治史學與文學者所當同聲稱快者也。"

竹書：指《竹書紀年》。晉代在汲郡的戰國時魏墓中發現，凡十三篇。述夏、商西周、春秋時晉國、戰國時魏國之史事。是書宋時已散佚,後人編有《竹書紀年》二卷,近人稱爲《今本竹書紀年》,中多爲僞託之辭。静安於是年 4 月撰《古本竹書紀年輯校》成,自序云:"《汲冢竹書紀年》佚於兩宋之際,今本二卷,乃後人搜輯,復雜采《史記》、《通鑒外紀》、《路史》諸書成之,非汲冢原書。"後又作《今本竹書紀年疏證》,自序云:"今本所載,殆無一不襲他書。其不見他書者,不過百分之一,又率空洞無事實……無用無征,則廢此書可。"又,《殷卜辭中所見先公先王考》:"《山海經》之'王亥',古本《紀年》作'殷王子亥',今本作'殷侯子亥'。"可見今本《竹書》已非信史,故静安斥之爲讕言。

［一四］"多君"兩句:感謝您與我前後呼應,使淪亡於太丘之鼎一朝重新舉起。

多:讚美,重視。

邪許(yéhǔ 爺滸):勞動時衆人用力所發出的呼應聲。《淮南子·道應訓》:"今夫舉大木者,前呼邪許,後亦應之,此舉重勸力之歌也。"

太丘淪鼎:《史記·封禪書》:"或曰宋太丘社亡,而鼎没於泗水彭城下。"又,"(新垣)平言曰:'周鼎亡在泗水中,今河溢通泗,臣望東北汾陰直有金寶氣,意周鼎其出乎?'"

兩句寫與内藤在學問上的交流。静安《殷卜辭中所見先公先王考》云:"余讀《山海經》、《竹書紀年》,乃知王亥爲殷之先公……嘗以此語參事(指羅振玉)及日本内藤博士(虎次郎)……博士亦采余説,旁加考證,作《王亥》一篇,載諸《藝文雜誌》,並謂自契以降,諸先公之名苟後此尚得於卜辭中發現之,則有裨於古史學者當尤巨。余感博士言,乃復就卜辭有所攻究,復於王亥之外,得王恒一人。"可見兩人邪許相應的高情厚意。

［一五］"君今"三句:您如今渡過黄河,横越漳水、滏水,會親眼見到殷地的人民還穿着殷代的禮服,回到日本後便可把有缺

漏的歷史填補。

漳滏：漳水和滏水，均流經安陽北面。

黼冔(fǔxǔ 輔許)：殷代的冠服。《詩·大雅·文王》："厥作裸將，常服黼冔。"毛傳："冔，殷冠也。"

[一六] "明歲"三句：明年到海上仙山的洞府中尋訪您，當向您討些像瓜般大的仙棗。我所想念的人啊在漳水之濱。

道山：仙山。又指文壇、文苑。《後漢書·竇章傳》："是時學者稱東觀爲老氏臧室，道家蓬萊山。"因以道山指文人學士聚集之地、學府。本詩中合用二意。

如瓜大棗：《史記·封禪書》："臣嘗遊海上，見安期生，安期生食巨棗大如瓜。"

衡漳：古水名，即漳水。結處與首句呼應，静安之古風章法嚴密。

題徐積餘觀察隨庵勘書圖(三首)　丁巳季冬

一

漫乙盧黄甲戴錢，北江戲語費衡詮。[一]世間盡有洪崖骨，不遇金丹不得仙。[二]

【箋】 徐積餘，即徐乃昌(1868—1946)。徐號隨庵、懋齋、冰絲。安徽南陵人。曾署淮安知府,江南鹽法道兼金陵關監督,故稱觀察。觀察,道員的俗稱。民國後,乃昌遷居上海,致力於刻書、藏書及整理鄉邦文獻工作,一生刻書近二百種,爲近代私人刻書大家。1918年初,曾將所刊《積學齋叢書》贈静安,並以《隨庵勘書圖》屬題,静安報書致謝。爲題三詩,又致書云:"久不作詩,筆意枯澀,勘書圖草草題就,第一絶反蘇堪詩意,而語意未能明瞭,甚不慊於心,有污尊卷,且恐且慚。"原題作於丁巳年,静安致徐乃昌書云:"新歲易忘甲子,圖中仍題丁巳,殊堪笑也。"可知此詩作於戊午年正月,即1918年2月。

【注釋】

[一] "漫乙"兩句:不要隨便貶低盧文弨、黄丕烈而抬高戴震、錢大昕。洪亮吉的戲語是應該商量的。

乙:作動詞用。謂放到第二位。

盧黄:盧,指盧文弨。盧爲乾隆間學者、藏書家。字召弓,浙江餘姚人。乾隆十七年進士,提督湖南學政。好校書,在刊行校定的經史諸書外,又摘取四部群書脱訛尤甚者,繫以校語,成《群書拾補》三十八種。著有《抱經堂集》三十四卷。黄,指黄丕烈。黄爲乾嘉年間著名藏書家、校勘家。字紹武,號蕘圃。江蘇吴縣人。曾官分部主事。搜購宋本圖書百餘種,藏於百宋一廛室。勤於校勘,每得珍本,即爲題跋。後人輯有《士禮居藏書題跋》。

甲:謂放到第一位。

戴錢:戴,指戴震。戴爲乾隆間著名學者,字東原,安徽休寧人。一生著書甚多,於小學、測算、典章制度方面尤多創獲,所校《大戴禮記》、《水經注》等極爲精核。錢,指錢大昕。錢爲乾隆年間著名學者。字曉徵,江蘇嘉定人。精研經史,於文字、音韻、訓詁、天算、地理、氏族、金石之學靡不淹通。參與修《續文獻通考》、《續通志》等書,有《潛揅堂文集》五十卷。

北江：指洪亮吉。乾嘉年間詩人、學者，字君直，一字稚存，號北江。江蘇陽湖人。通經史、音韻訓詁及地理之學。有《洪北江全集》。

戲語：指上句所寫的對盧、黄、戴、錢的評價。洪亮吉《北江詩話》卷三："藏書家有數等：得一書必推求本原，是正缺失，是謂考訂家，如錢少詹大昕、戴起士震諸人是也。次則辨其板片，注其錯訛，是謂校讎家，如盧學士文弨、翁閣學方綱諸人是也。次則搜采異本，上則補石室金匱之遺亡，下可備通人博士之流覽，是謂收藏家，如鄞縣范氏之天一閣、錢唐吴氏之瓶花齋、崑山徐氏之傳是樓諸家是也。次則第求精本，獨嗜宋刻，作者之旨意縱未盡窺，而刻書之年月最所深悉，是謂賞鑒家，如吴門黄主事丕烈、鄔鎮鮑處士廷博諸人是也。又次則……是謂掠販家，如吴門之錢景開、陶五柳、湖洲之施漢英諸書估是也。"洪亮吉把藏書家分爲五等，把戴震、錢大昕稱爲考訂家，置於一等；把盧文弨稱爲校讎家，置於二等；把黄丕烈稱爲賞鑒家，置於四等。洪氏是認真説的，静安稱之爲"戲語"，恐非其本意。又，鄭孝胥（蘇堪）《徐積餘隨庵勘書圖》詩中，亦把藏書家分爲考訂家、校讎家、收藏家、鑒賞家、販掠家等，謂："推源正闕失，考訂家爲最，何人可當比，唯數錢與戴。其次辨版片，錯訛不少貸。自謂校讎家，抱經覃溪類。又次曰收藏，異本廣搜致"，"吴門黄主事，斯爲鑒賞家，可喜亦其次"。又謂"稚存語雖謔，頗亦饒風味"。把錢大昕、戴震放在第一等，盧文弨（抱經）、黄丕烈放在第二、四等。静安不同意洪、鄭的説法，認爲勘書亦有其重要意義。

［二］"世間"兩句：世間不少人儘管有洪崖般的仙骨，但不遇到金丹也不得成仙。

洪崖：古神仙名。見《海上送日本内藤博士》詩"安期"三句注。

金丹：外丹家以金石爲原料燒製成的丹藥。泛指仙丹，長生不老之丹。葛洪《抱朴子·金丹》:謂服食金丹,“錬人身體,故能令人不老不死”,“遂以昇仙”。《仙佛合宗語録》:“金丹就,仙可冀。言必成仙也。”古人亦每以煉丹喻學。

本詩謂校勘之學爲研究學問之根本,與考訂之學無甲乙之别。静安本人亦極重視之,曾親自校勘《水經注》等多種書籍。末兩語強調校勘的作用,有如金丹度人。

二

朝訪殘碑夕勘書,君家故事有新圖。[一]衣冠全盛江南日,儒吏風流總不如。[二]

【注釋】

[一] “朝訪”兩句:早上訪求殘碑,晚上校勘書籍,您家的故事又添了新圖。

“朝訪”句:徐乃昌熱心訪尋古碑。狄葆賢《平等閣詩話》:“南陵徐積餘,宦游白下,好古綦篤。丙申之秋,嘗偕鄭太夷諸名士詣定林尋陸務觀題名處,倩人寫《定林訪碑圖》行卷,題者綦衆。”詩云“故事”,即指此事。鄭孝胥《題徐積餘定林訪碑圖》詩:“題名巖腹墨猶濡,惘惘相看入畫圖。一段煙雲成故事,十年江漢老今吾。鍾山遊侶誰蹤繼,乾道詩人世已無。賸就徐郎求拓本,霜�雪竹共模糊。”沈曾植亦有同題詩四首。

[二] “衣冠”兩句:想當初江南衣冠全盛之日,那些儒吏的風流文雅也還比不上您。

衣冠:借指士大夫的文明教化。乾隆、嘉慶年間,東南地區文化興盛,學者尤多。吴景奎《次韻憶錢塘二首》之一:“文武衣冠全盛日,旄倪歌舞太平人。”

儒吏：指儒士出身的有文化教養的官吏。如上詩所説的錢、戴、盧、黄，皆爲儒吏。莊有恭《送袁子才》詩："儒吏風流政多暇。"可想見乾嘉間文士風流的盛況。

三

前有隨軒後隨庵，二徐焜燿天東南。[一]海濱投老得至樂，石墨琅書共一龕。[二]

【注釋】

［一］ "前有"兩句：在前有隨軒，在後有隨庵，二徐的光輝照耀着天之東南。

隨軒：指徐渭仁。徐字文臺，號紫珊。因獲隋《董夫人墓誌》，號隋軒。上海人。徐爲嘉慶、道光年間著名的收藏家，輯有《隨軒金石文字》、《春暉堂叢書》等。

焜燿：照耀，明照。

按，隨軒與隨庵之"隨"，本作"隋"，皆因藏有隋碑而得名。

［二］ "海濱"兩句：如今臨老時在海濱尋得最大的樂趣——碑帖拓本、珍貴書籍共處於一室之中。

至樂：《莊子》有《至樂》篇。成玄英疏："至，極也；樂，歡也。言寰宇之中，頗有至極歡樂，可以養活身命者無有哉。"

石墨：指拓本。趙崡撰有《石墨鐫華》一書。

琅書：本指道書。此作書籍的美稱。

一龕：猶言一室。

《蕭箋》云："静安集中應徐積餘之請所作文字，以《桐鄉徐氏印譜序》及《隨庵所藏甲骨文字序》最爲著名。"前者除發揮其"戰國時秦用籀文、六國用古文"之見解外，並提出"兵器、陶器、璽印、貨幣四者，正今日研究六國文字之惟一材料"；後者則謂“殷虚遺物，片骨隻字，皆足以資考證。”此種意見，均極有價值。“又王氏於 1918 年有致羅振玉函云：‘頃積餘送銅器拓本六十餘來，云其所撰《吉金圖》久成，索一序即可付印。因爲撰之。並以私家藏器始原父，自行著録並首爲古器學者亦始原父爲説。此序成，渠當十分滿意也。’”

海日樓歌壽東軒先生七十 戊午

海日高樓俯晴空，若華夜半光熊熊。九衢四照紛玲瓏。[一]下枝扶疏上枝童，陽烏爰集此其宫。[二]扈從八神驂六龍。步自太平徑太蒙，我有不見彼或逢。[三]悲泉蒙谷次則窮，桑榆西即榑木東。[四]斯樓突兀星座通，銀濤湧見金芙蓉。誰與主者東軒翁。[五]樓居十年朝海童，西行偶躡夸父蹤。拄杖不化鄧林松，[六]歸來禮日東軒中。咸池佳氣瞻鬱葱。[七]在昔龐眉漢陽公，手扶赤日升玄穹。[八]問年九九時登庸，翁今尚弱一星終。[九]猿鶴那必非夔龍，矧翁餘事靡不綜。[一〇]儒林丈人詩派宗，小鳴大鳴隨叩鐘。[一一]九天珠玉戛鎗鏓，狐裘笠帶都士容。[一二]永嘉末見正始風，典刑文獻森在躬。[一三]

德機自杜符自充，工歌南山笙丘崇。翁年會與海日同。[一四]詩家包丘伯，道家浮丘公，列仙名在儒林中。平生幸挹天衣袖，自辦申轅九十翁。[一五]

【箋】 海日樓，爲沈曾植的書樓名。辛亥革命後，沈氏避居上海，於麥根路築一小樓，"終歲樓居，若與人世間隔。以途人爲魚鳥，闤闠爲峰崎，廣衢爲大川，而高囱爲窣堵波"。然時與静安相接，討論古音韻學及金石書畫之鑒藏，但亦時時未忘政治。1918 年 2 月 14 日静安致羅振玉書中云："今日詣寐叟長談，頗有所得，據寐言中山（魏國公指徐世昌）之策漸向成熟，現當以調和龍、陸爲要務。"可見沈、王二人之思想甚爲契合。己未二月，沈氏七十生日（實爲 68 歲），静安即致函送禮。函云："昨晚接益庵函，始知今日爲嶽降之辰，擬作《海日樓歌》爲壽。已得起結，而中間未成。恐午後奉祝時，尚不以初稿就正也。明人無款《玉堂壽萱圖》，其幅式素爲鑒賞家欣賞，前歲得之；又林博士昨贈《論語年譜》二册，中有各本影片可觀覽，謹以爲壽，伏乞哂收。"此詩作於 1919 年 3 月 30 日。《趙譜》編於戊午，誤。此詩亦有意仿效沈詩風格。

【注釋】

［一］ "海日"三句：海日高樓俯瞰晴空，若木之花夜半時赤光熊熊，九根枝椏四面照着縱横交錯的大道，一片明徹。

若華：見《遊仙》詩"員嶠"兩句注。

九衢：指樹枝有九個分叉。《楚辭・天問》："靡萍九衢。"柳宗元《天對》："有萍九岐。"自注："衢，歧也。"亦指繁華的街市，四通八達。

四照：《山海經・南山經》載，有木名迷穀，"其華四照"。郭璞注："言有光焰也。若木華赤，其光照地。"

玲瓏：明徹貌。

［二］“下枝”兩句：樹下半的枝葉扶疏而上部卻是光光的，日中的烏鴉聚集在上面，這就是它們的居所。

童：樹木無枝椏。揚雄《太玄・止》：“止于童木，求其疏穀。”王涯注：“童木，謂兀然無枝幹者。”

陽烏：神話傳説中在太陽裏的三足烏。《文選・左思〈蜀都賦〉》：“羲和假道於峻歧，陽烏回翼乎高標。”李善注：“《春秋元命苞》曰：‘陽成於三，故日中有三足烏。’”又，《山海經・海外東經》：“湯谷上有扶桑，十日所浴，在黑齒北。居水中，有大木。九日居下枝，一日居上枝。”《淮南子・形訓》：“若木在建木西，末有十日，其華照下地。”

兩句亦以況沈曾植，謂其如若華陽烏般光照海上。

［三］“扈從”三句：八神跟隨着他，駕着六龍從太平經過太蒙，我有見不到的他卻能逢上。

扈從：隨行。

八神：八方之神。《漢書・武帝紀》：“用事八神。”顔師古注引文穎曰：“一曰八方之神。”漢揚雄《甘泉賦》：“八神奔而警蹕兮。”警蹕，猶扈從意。

六龍：神話傳説中日神乘車，駕以六龍。《初學記》卷一引《淮南子》：“爰止羲和，爰息六螭，是謂懸車。”高誘注：“日乘車，駕以六龍，羲和御之。”

“步自”句：《山海經・海外東經》：“帝命豎亥步自東極，至于西極。”

太平、太蒙：即“大平”、“大蒙”。《爾雅・釋地》：“東至日所出爲大平，西至日所入爲大蒙。大平之人仁，丹穴之人智，大蒙之人信。”郭璞注：“即蒙汜也。”邢昺疏：“即者，即《淮南子》云‘日出扶桑，入于蒙汜’是也。”

徑：通“經”。

［四］“悲泉”兩句：宿止在悲泉和蒙谷，已經到了盡頭，但西邊的桑榆卻連接着東邊的扶桑。

悲泉、蒙谷:《淮南子·天文訓》:"至於悲泉,爰止其女,爰息其馬,是謂縣車","至於蒙谷,是謂定昏"。

次:宿止。謂日車歇息。

桑榆:《初學記》卷一引《淮南子》:"日入崦嵫,經於細柳,入虞泉之池,曙於蒙谷之浦。日西垂景在樹端,謂之桑榆。"

榑(fú 扶)木:即扶桑。日出之處。《淮南子·時則訓》:"東至日出之次,榑木之地。"兩句仍緊扣樓名。意謂沈氏雖已桑榆暮景,精神仍如朝日方升。

［五］"斯樓"三句:這座樓高高聳立與星座相通,像金芙蓉般在銀濤中湧現。誰是它的主人呢——是東軒翁。

金芙蓉:荷花的美稱,此喻海日樓。高啟《題趙希遠畫宋杭京萬松金闕圖》:"鳳凰山頭望前殿,翠濤正湧金芙蓉。"

東軒:王蘧常《沈寐叟年譜》:"宣統二年庚戌十月歸里,隱居郡城南姚家埭新居,有閣曰駕浮,有樓曰鼂采,有軒曰東軒。日惟萬卷埋身,不逾户閾。"

［六］"樓居"三句:樓居十年中衹有海童來見,偶然西遊追隨夸父的蹤跡。雖然拄杖於地但不化作鄧林之松。

海童:傳説中的海中神童。《文選·左思〈吴都賦〉》:"海童於是宴語。"李善注引《神異經》:"西海有神童,乘白馬,出則天下大水。"

夸父:見《遊仙》詩"員嶠"兩句注。鄧林松:《山海經·海外北經》載夸父"棄其杖,化爲鄧林。"《中山經》又云"夸父之山,北有桃林"。學者以爲鄧林爲桃林,詩中云"松",當含祝壽之意。

［七］"歸來"兩句:回來還在東軒中禮拜朝日。瞻望咸池,佳氣鬱鬱葱葱。

禮日:《儀禮·覲禮》:"禮日於南門外。"

咸池:神話傳説中日浴之處。《楚辭·離騷》:"飲余馬於咸池兮,摠余轡乎扶桑。"王逸注:"咸池,日浴處也。"

佳氣：美好的雲氣，象徵吉祥。李白《明堂賦》："含佳氣之青葱，吐祥煙之鬱葎。" 鬱葱：氣旺盛貌。王充《論衡・恢國》："初者，蘇伯阿望舂陵氣鬱鬱葱葱。"《後漢書・光武帝紀》："望氣者蘇伯阿爲王莽使，至南陽，遥望見舂陵郭，唶曰：'氣佳哉，鬱鬱葱葱然。'"

［八］"在昔"兩句：想當日那位白眉的漢陽公，手扶着紅日升上蒼天。

龐眉：眉毛斑白。張衡《思玄賦》："尉尨眉而郎潛兮。""龐"，通"尨"。

漢陽公：指張柬之。《舊唐書・張柬之傳》："及誅張易之兄弟，柬之首謀其事。中宗即位，以功擢拜天官尚書、鳳閣鸞臺三品，封漢陽郡公。"張柬之爲武則天時大臣，神龍元年(705)與桓彦範、敬暉合謀誅殺二張，迎唐中宗復位。

手扶赤日：謂扶助皇帝。王安石《韓忠獻挽詞》二首之一："親扶日轂上天衢。"宋姚勉《沁園春》詞："扶日中天，拱辰北極。"

玄穹：蒼天，天空。張華《壯士篇》："高冠拂玄穹。"

詩中以咸池佳氣，暗示小朝廷即將興盛；以張柬之喻沈氏，謂其助宣統復辟。

［九］"問年"兩句：問到老人的年紀，距離漢陽公 81 歲被皇帝選拔大用之時，還少十二個年頭。

問年：詢問年齡。張籍《隱者》："問年長不定。"

九九：指 81 歲。

登庸：選拔任用。《書・堯典》："疇咨若時登庸。"孔傳："疇，誰；庸，用也。誰能咸熙載績，順是事者，將登用之。"

弱：差，少於某數。

一星終：指十二年。《左傳・襄公九年》："公送晉侯，晉侯以公宴於河上，問公年。季武子曰：'會於沙隨之歲，寡君以生。'晉侯曰：'十二年矣，是謂一終，一星終也。'"一星，指歲星(木星)。古人劃周天爲十二次，歲星每年行一次，十二年終一周天,故以十二年爲一星終。

詩意謂張東之被拜天官尚書時,年已八十一,而沈氏年方七十,將來還要身膺重任。

[一〇] "猿鶴"兩句:像猿鶴般優悠自得的隱者未必不是夔、龍般的賢臣,況且老人其他各種事情無不通曉呢!

猿鶴:古時隱者在山林中與猿鶴爲伍。此喻隱逸之士。

夔龍:相傳爲舜的二賢臣名。《書·舜典》:"伯拜稽首,讓于夔、龍。"夔爲樂官,龍爲諫官。

矧(shěn 哂):何況,況且。

餘事:《漢書·敘傳》:"取舍者,昔人之上務;著作者,前列之餘事耳。"古人常把國家大事之外的事看成是餘事。如文學、藝術等皆爲餘事。沈曾植多才多藝,經、史以及地理、刑律、釋道、醫術,版本目録、書畫樂律等靡不淹通,尤精於詩。

[一一] "儒林"兩句:老人是儒林丈人、詩派宗主,他的答問如同撞鐘,撞得輕就響聲小,撞得重就響聲大。

儒林丈人:對博學多能的儒者的尊稱。《三國志·魏書·高貴鄉公髦紀》裴松之注引《晉諸公贊》,稱裴秀爲"儒林丈人"。

詩派宗:沈曾植爲同光體詩派宗主。陳衍《沈乙庵詩敘》:"吾於癸未、丙戌間,聞可莊、蘇堪誦君詩,相與歎賞,以爲同光體之魁傑也。"

"小鳴"句:語本《禮記·學記》:"善待問者如撞鐘,叩之以小者則小鳴,叩之以大者則大鳴。待其從容,然後盡其聲。"静安時向沈氏問學,與張爾田、孫德謙合稱"沈門三君"。

[一二] "九天"兩句:他的詩文如高天散落的珠玉清脆響亮,他的儀容像穿着狐裘佩上笠帶的舊都人士。

九天:天的最高處。《孫子·形篇》:"善政者,動於九天之上。"梅堯臣注:"九天,言高不可測。"

珠玉: 比喻優美的詩文。李白《妾薄命》詩:"咳唾落九天,隨風生珠玉。"

戛(jiá 莢): 戛然,象聲詞。

鎗鏓(chēngcōng 撐匆): 象聲詞,形容聲音清脆圓轉。

下句語本《詩・小雅・都人士》:"彼都人士,狐裘黄黄。其容不改,出言有章","彼都人士,臺笠緇撮","彼都人士,垂帶而厲"。謂舊都人士冠服儀容之美。寫沈氏的遺老身分。

［一三］ "永嘉"兩句: 永嘉之亂後,還能見到正始之風;舊規和文獻今都萃集在老人身上。

上句語本《世説・賞譽》。名士衛玠避亂南來投靠王敦。清談彌日,王敦曰:"不意永嘉之中,復聞正始之音。"《晉書・衛玠傳》作"永嘉之末"。永嘉,爲晉懷帝年號,時天下大亂。正始,三國魏齊王芳年號,魏晉之際,崇尚清談,人稱"正始之音"。

典刑:《詩・大雅・蕩》:"雖無老成人,尚有典刑。"指舊法、常規。

文獻: 指熟悉典籍的賢人。亦指有歷史價值的資料。

森: 衆多。《南齊書・陳顯達傳》:"信次之間,森然十萬。"

躬: 自身,身體。《禮記・孔子閒居》:"清明在躬,氣志如神。"

兩句謂世亂後未能恢復高雅之風,衹有在沈氏身上能體現舊時的道德文章。

［一四］ "德機"三句: 老人的道德充實於内而遺其形骸,寂泊不動。樂工唱《南山》之歌而笙奏《丘崇》之曲,老人的年壽將與大海、太陽一樣長久。

德機自杜: 語本《莊子・應帝王》。有神巫季咸,能知人死生壽夭。他去看高士壺子,認爲壺子像濕灰般快死了。壺子曰:"鄉吾示之以地文,萌乎不震不止,是殆見吾杜德機也。"意説顯示給季咸看的是心境寂泊,不動又不止,而季咸卻衹看到是生機閉塞將死。德機,謂至德之機,生機。杜,閉塞。

符自充:《莊子》有《德充符》篇。郭象注:"德充於内,物應於外,外内玄合,恰若符命而遺其形骸也。"

南山:指《詩·小雅·南山有臺》。爲歌詠君子"萬壽無疆"之曲。

丘崇:指《崇丘》。亦《小雅》篇名,爲笙詩,無文辭。《詩序》:"崇丘,萬物得極其高大也。"此以喻沈氏之崇高。《詩·小雅·魚麗》朱熹集傳:"按《儀禮·鄉飲酒》及《燕禮》,前樂既畢,皆間歌《魚麗》,笙《由庚》;歌《南有嘉魚》,笙《崇丘》;歌《南山有臺》,笙《由儀》。間,代也,言一歌一吹也。然則此六者,蓋一時之詩,而皆爲燕饗賓客上下通用之樂。"

[一五] "詩家"五句:老人是詩家中的包丘伯,道家中的浮丘公。列仙的名字也在儒林之中。他平生有幸的是能有機會扶持皇上,將會成爲申培公和轅固生那樣大名鼎鼎的九十老翁。

包丘伯:古儒生名。桓寬《鹽鐵論·毀學》:"昔李斯與包丘子俱事荀卿","包丘子飯麻蓬藜,修道白屋之下"。王先謙《漢書補注》謂"包、浮聲同",包丘子與浮丘伯"即一人也。"

浮丘公:古仙人名。《文選·謝靈運〈登臨海嶠與從弟惠連〉詩》:"儻遇浮丘公,長絶子徽音。"李善注引《列仙傳》:"王子晉好吹笙,道人浮丘公接以上嵩山。"

天衣:指皇帝之衣。挹天衣袖,謂扶持皇帝。

申轅:申培公和轅固生。漢代學者。《漢書·儒林傳》:"申公,魯人也。少與楚元王交俱事齊人浮丘伯受《詩》。"漢興,申公家居授《詩》,弟子自遠方至受業者千餘人。"轅固,齊人也。以治《詩》孝景時爲博士"。漢武帝時迎申培公、轅固生至,年皆八九十。

姚子梁觀察母濮太夫人九十壽詩（二首） 戊午

一

班家才學左家齊，白髮委佗稱副笄。[一]尹吉西都君子女，蘋蘩南國大夫妻。[二]栽桑海畔都成實，蘊玉川流不受泥。[三]說與慈顔應一笑，金堂石室在河西。[四]

【箋】 此詩作於 1918 年。兩詩爲賀壽作，無甚深意。姚子梁(1852—1929)，名文棟，號東木，别署暢𤲅老人，私謚景憲先生。上海南翔人。曾爲直隸補用道，因稱觀察。清亡後以遺老自居，與張爾田、金松岑、高吹萬、蔡哲夫等文酒唱酬，人稱"藝苑十四友"。姚氏撰有《東北邊防志》、《琉球地理志》、《日本國志》。

【注釋】

［一］ "班家"兩句：太夫人的才學像古代班家和左家的才女，那白髮編成的髻配上飾物，更是雍容自得。

班家：東漢文學家班彪，其女班昭，博學高才，爲其兄班固續成《漢書》，又撰有《東征賦》、《女誡》等。出入宫廷爲后妃教師，號曰曹大家。

左家：西晉文學家左思，其妹左芬，年少好學，善於文辭。入宫封貴嬪。現存詩賦二十餘篇。

次句語本《詩・鄘風・君子偕老》："君子偕老，副笄六珈。委委佗佗,如山如河。"

委佗:雍容自得之貌。副笄,古代貴婦的頭飾。髻上插簪,加以玉飾。

［二］ "尹吉"兩句:是西都中尹氏、姞氏那樣的君子之女,是南國中能采蘩蘋奉祭祀的大夫之妻。

上句語本《詩·小雅·都人士》:"彼都人士,充耳琇實。彼君子女,謂之尹吉。"都,指周朝的西都鎬京。尹吉,吉讀爲姞。尹氏、姞氏,爲周之婚姻舊姓大族。

蘋蘩:《詩·召南》中有《采蘩》及《采蘋》二詩,寫夫人采蘩采蘋以供祭祀。朱熹集傳:"南國被文王之化,大夫妻能奉祭祀。"濮氏之夫姚元滋,曾攝浙江富陽令。

兩句寫太夫人家世。

［三］ "栽桑"兩句:在海邊栽桑都能結成果實,在川流中藴藏美玉不沾污泥。

上句暗用滄海桑田之典。意謂太夫人在世事滄桑之後還能教育兒子成材。

藴玉川流:《文選·陸機〈文賦〉》:"石韞玉而山輝,水懷珠而川媚。"李善注:"譬若水石之藏珠玉,山川爲之輝媚也。"

次句亦以藴玉川流喻姚子梁的高潔。

［四］ "説與"兩句:這件事説給慈親聽也應開顔一笑——金堂和石室都在河西。

金堂:金飾的堂屋,指神仙居處。亦指華麗的居室。王嘉《拾遺記》卷十:"洞庭浮於水上,其下有金堂數百間,玉女居之。"

石室:藏書之室。見《送日本狩野博士遊歐洲》詩"石室"四句注。姚氏有歸來草堂、昌明文社書庫,藏書多達十六萬卷。

河西:《漢書·敘傳》謂班彪"家有賜書,内足於財,好古之士自遠方至",隗囂據壟擁衆,班彪"乃避地於河西"。許汝棻《景憲先生傳》:"方辛亥之秋,國禍始作,君知事不可爲,即奉母避世於南翔之别墅。"鄭逸梅《藝林散葉》:"姚東木有别業在嘉定之南翔鎮,曰蕙圃。圃臨槎溪,中有竹屋,修篁環之,夏日不燠。几案皆竹製,書册堆積。四方賓客有所過,莫不宴集於此。"

末兩句以班彪避地河西喻姚氏避世南翔。

二

麻姑原是地行仙,東過蓬萊閲海田。[一]褖飾母猶司服舊,斑衣兒況老萊年。[二]相看人瑞非今世,要見河清詑後賢。[三]我愧奚斯能頌魯,十年佇賦《閟宫》篇。[四]

【注釋】

[一] "麻姑"兩句:麻姑本來是地行仙,向東經過蓬萊,已閲遍滄海桑田。

麻姑:古仙女名。葛洪《神仙傳》載其於東漢桓帝時曾應仙人王方平召,降於人世家。

地行仙:原爲佛典中所記的一種長壽的神仙。《楞嚴經》卷八:"堅固服餌,而不休息,食道圓成,名地行仙。……壽千萬歲。"

海田:滄海桑田。

兩句寫太夫人長壽飽閲世事。

[二] "褖飾"兩句:佩着褖飾的老母還是穿着舊時的服裝,而以斑衣娱親的兒子已經到了老萊子七十之年了。

褖(xiàng 象)飾:盛飾。一説爲首飾。《漢書·孝平王皇后傳》:"褖飾將毉往問疾。"顔師古注:"褖飾,盛飾也。"又,《説文·衣部》:"褖,飾也。"

司服:掌管衣服。《周禮·春官》有"司服"之職。

斑衣：五色彩衣。

老萊：老萊子。春秋末年的楚國隱士。《列女傳》載："老萊子孝養二親，行年七十，嬰兒自娛，著五色采衣。嘗取漿上堂，跌仆，因臥地爲小兒啼，或弄烏鳥於親側。"姚子梁時年六十八。

［三］ "相看"兩句：看着這高壽的人瑞已不是生於今時，她還要見到黄河水清以使後人讚歎。

人瑞：人事方面的吉祥徵兆。王褒《四子講德論》："天符既章，人瑞又明。"此指年壽極高的人。

河清：古時傳説黄河水千年一清。《左傳·襄公八年》："周詩有之曰：'俟河之清，人壽幾何？'"張説《季春下旬詔宴薛王山池序》："河清難得，人生幾何？"

兩句謂姚母應是太平盛世時的人瑞，不應生在今天，並暗示姚母要活到清室恢復、重見太平之時。

［四］ "我愧"兩句：我自愧不如奚斯那樣歌頌魯侯之母，等十年之後再賦詠《閟宫》篇吧！

奚斯：即公子魚。見《左傳·閔公二年》。《詩·魯頌·閟宫》："新廟奕奕，奚斯所作。"

閟宫：《詩·魯頌》篇名。中有"魯侯燕喜，令妻壽母"之語。

兩句預祝太夫人百年長壽。

題某君竹刻小像

鑄金象范蠡，買絲繡平原。圖形甘泉宫，刻石孝堂山。於事豈不偉，適性非所便。[一]江南有君子，人在夷惠間。愛畫兼愛竹，孤情與雲閑。[二]自貌巖壑姿，鐫之青琅玕。畫理得簡易，竹性得貞堅。[三]朗朗浮玉山，娟娟下若川。高風寄簡畢，永與金石傳。[四]

【箋】《趙譜》編於1918年作。某君，名不詳。《蕭箋》云："静安交遊中有費寅其人。寅字景韓，號復齋，海寧人。前清任嘉興教諭。辛亥革命後，設書肆於硤石，肆中頗多善本書。費亦能詩文，有遺集四卷。此詩疑爲費寅作。集中但書某君，意不明。或又云：爲費行簡作。"

【注釋】

〔一〕 "鑄金"六句：古人以金鑄成范蠡之像，買絲繡作平原君之圖。或把形像繪於甘泉宫中，或刻石在孝堂山裏。這些事情雖然都很了不起，但總得要合自己的心意，那也不是可以隨便做到的。

"鑄金"句：趙曄《吴越春秋·勾踐伐吴外傳》："越王乃使良工鑄金，象范蠡之形，置之坐側，朝夕論政。"范蠡助越王滅吴，後即歸隱五湖，故越王思之。

"買絲"句：李賀《浩歌》："買絲繡作平原君，有酒堆澆趙州土。"欣元慶《夷白齋詩話》："李賀詩'買絲繡作平原君……'得非黄金鑄范蠡之意邪?"平原君，戰國趙惠文王之弟，名勝。秦國邯鄲，曾求救於魏信陵君，使趙轉危爲安。喜賓客，尚義氣，爲世所稱道。

"圖形"句：《漢書·外戚傳·李夫人》："李夫人少而蚤卒，上憐閔焉，圖畫其形於甘泉宫。"李夫人爲漢武帝所寵倖者。

"刻石"句：在山東長清縣孝里鋪孝堂山頂，有東漢章帝、和帝時期的石祠，祠内東、西、北三壁及隔梁石上刻有三十六組畫像。中有伏羲、女媧、東王公、西王母、風伯、雷公等神話人物及周公輔成王、孔子見老子等歷史故事圖畫。王昶《金石萃編》:"《孝堂山石室畫像題字》，石室三間，在肥城縣。畫像共十幅。"葉昌熾《語石》:"一曰題名郭巨石室，自漢而晉魏，至北齊天保，纍纍林立。"

［二］"江南"四句：江南有位君子，他的品格在伯夷和柳下惠之間。喜歡畫畫又喜歡竹，孤淡的性情像白雲般悠閑。

夷惠：伯夷與柳下惠的並稱。謂廉正之士。揚雄《法言·淵騫》:"'其爲人也奈何？'曰：'不屈其意，不累其身。'曰：'是夷、惠之徒與？'曰：'不夷不惠，可否之間也。'"

［三］"自貌"四句：自畫出那巖壑之士的容姿，鐫刻在青青的竹子上。繪畫能得簡易的畫理，用竹以取其貞堅的稟性。

自貌：自畫。

巖壑姿：隱士的容姿。黄庭堅《和答外舅孫莘老》:"少監巖壑姿，宿昔廊廟具。"

青琅玕：一種青石，喻竹。皮日休《太湖詩·上真觀》:"琪樹夾一徑，萬條青琅玕。"

［四］"朗朗"四句：像浮玉山般清朗，像下若水般静美。高尚的風節寄於簡札之中，跟金石一樣永久流傳。

浮玉山：傳説中的仙山。《山海經·南山經》:"浮玉之山，北望具區，東望諸毗。"後以稱江蘇鎮江的金山、焦山。

下若川：即下箬溪。浙江長興縣南有箬溪，南曰上箬，北曰下箬。

簡畢：簡札。《爾雅·釋器》:"簡謂之畢。"

校：詩題"題某君竹刻小像"，《趙譜》作"題費某某竹刻小像"。

題況蕙風太守北齊無量佛造像畫卷(二首)

一

湖海聲名四十年,詞人老去例逃禪。[一]憑君持此歸何處,石榻茶煙一惘然。[二]

【箋】 況蕙風,即況周頤(1859—1926),原名周儀,字夔笙,一字葵孫。號玉梅詞人,晚號蕙風詞隱。廣西臨桂(今桂林)人。況氏曾以會典館纂修,敘勞用知府,分發浙江,故稱太守,實際並未任職。況周頤爲清末民初詞家,著有《蕙風詞》、《蕙風詞話》等。此詩作於 1918 年。

【注釋】

[一] "湖海"兩句: 四十年來浪跡湖海之上聲名遠播。如今詞人老去也不免遁世參禪。

"湖海"句: 湖海,泛指四方各地。意謂浪跡江湖,不問政事。杜甫《贈鄭虔》詩:"才名四十年。"黃庭堅《呈外舅孫莘老》:"收取聲名四十年。"

況周頤 20 歲時考取舉人,曾一度官內閣中書。後爲張之洞、端方幕客,晚年居上海賣文爲活,所得的是文學上的聲名。

逃禪: 謂逃避現實而遁入禪中。杜甫《飲中八仙歌》:"蘇晉長齋繡佛前,醉中往往愛逃禪。"龔自珍《鵲橋仙》詞:"才人老去例逃禪。"

[二] "憑君"兩句: 就這樣,您持着佛像要到哪里呢——趺坐石榻

對着嫋嫋茶煙,心中猶自惘然。

石榻:坐禪者所用之榻。戴叔倫《贈翠巖奉上人》詩:"掛衲雲林净,翻經石榻涼。"詩意自杜牧《醉後題僧院》詩"今日鬢絲禪榻畔,茶煙輕颺落花風"化出。

二

不思議光無量佛,人天何處有虧成。[一]蟪蛄十里違山耳,不聽頻伽祇聽經。[二]

【注釋】

[一] "不思"兩句:無量佛的光輝不可思議,世上衆生都照遍,已無所謂虧與成了。

不思議:佛教語。謂佛理深奥微妙,不能以心思索,不能以言評議。《維摩詰經·不思議品》:"諸佛菩薩有解脱名不可思議。"慧遠義記:"不思據心,不議就口,解脱真德,妙在情妄心言不及,是故名爲不可思議。"《不思議光菩薩所説經》載,佛説法時,"諸天蒙光皆來集,因名不思議光。"

無量佛:即無量壽佛。阿彌陀佛的意譯。西方净土的教主。《觀無量壽佛經》:"見無量壽佛者,即見十方無量諸佛。"

人天:佛教語。六道輪回中的人道與天道。泛指諸世間、衆生。

虧成:缺損與完滿。《莊子·齊物論》:"道之所以虧,愛之所以成。果且有成與虧乎哉!果且無成與虧乎哉!有成與虧,故昭氏之鼓琴也;無成與虧,故昭氏之不鼓琴也。"

兩句謂佛法光明,普照衆生,無有虧成。

[二] "蟪蛄"兩句:十里蟪蛄之聲使人在山中耳根也難以清净,不想聽頻伽鳥的鳴叫而聽誦經文。

蟪蛄：蟬的一種。見《再酬巽齋老人》詩"迴野"兩句注。
頻伽：鳥名。迦陵頻伽的省稱。佛經常謂其生於極樂浄土，鳴聲清脆悦耳。《正法念經》："山谷曠野，多有迦陵頻伽，出妙聲音。"

戊午日短至

常雨常陰閟下都，佳辰猶自感暌孤。[一]天行未必愆終始，雲物因誰紀有無。[二]萬里玄黄龍戰野，一車寇媾鬼張弧。[三]爐灰撥盡寒無奈，愁看街頭戲潑胡。[四]

【箋】 此詩作於戊午年冬至日，即1918年12月23日。時國内局勢動盪，孫中山領導的護法運動失敗，護法軍政府成爲南方軍閥政權。北方政府繼續推行賣國與獨裁政策，民怨沸騰。南北軍隊爆發戰争，"全國陷於窮乏，國力疲憊，元氣損傷"(《申報》11月25日《中國特約電》)，雙方又復和談。12月11日，北方政府組成參加和平會議的代表團，準備南下談判。静安此詩，當有感於當時政局而發。日短至：即冬至日。爲一年中白日最短的一天。

【注釋】

［一］ "常雨"兩句：連綿不絶的陰雨掩蔽了全城，佳節中更感到阻隔和孤寂。

常雨常陰：久雨久陰。古人有天人感應之説。《尚書大傳》謂“貌之不恭”，則“厥罰恒雨”；“皇之不極”，則“厥罰恒陰”。《漢書·五行志》又謂“貌傷則致秋陰常雨”，“天氣亂，故其罰常陰”。詩中用此，亦寓對當政者不滿之意。

閟（bì 秘）：封閉、掩藏。

下都：天帝在地上之都。《山海經·西山經》：“西南四百里，曰昆侖之丘，是實爲帝之下都。”此泛指下界的城市。

睽孤：《易·睽》：“九四，睽孤。遇元夫，交孚，厲無咎。”王弼注：“三與己睽，故曰睽孤也……雖在乖隔，志故得行，故雖危無咎。”後因以指乖隔、分離。

［二］“天行”兩句：天體的運行未必會錯失終始，但又有誰來記載雲色的有無呢？

天行：《易·乾》：“天行健，君子以自強不息。”孔穎達疏：“行者，運動之稱……天行健者，謂天體之行，晝夜不息，周而復始，無時虧退。”

愆：失誤，喪失。

終始：《史記·封禪書》：“（黄）帝得寶鼎神策，是歲己酉朔旦冬至，得天之紀，終而復始。”《初學記》卷四引《玉燭寶典》：“冬至日南極景極長，陰陽萬物之始。”

雲物：雲的色彩。《周禮·春官·保章氏》：“以五雲之物，辨吉凶、水旱降豐荒之祲象。”鄭玄注：“物，色也，視日旁雲氣之色……鄭司農云：以二至、二分觀雲色。”《易通卦驗》：“冬至之日……其雲赤者旱；黑者水，白者爲兵，黄者有土功。”《左傳·僖公五年》：“凡分、至、啟、閉，必書雲物，爲備故也。”杜預注：“分，春、秋分也；至，冬、夏至也；啟，立春、立夏；閉，立秋、立冬。雲物氣色，災變也。”孔穎達疏：“此八節之日，必登觀臺之上，以瞻望雲及物之氣，若有雲物變異，則是歲之妖祥既見，其事後必有驗。書之者，爲豫備故也。”兩句説，天體運行是有規律的，但如今冬至已到，卻無人去管世上的祲祥。

［三］“萬里”兩句：萬里中華大地上，神龍争戰，染滿了鮮血。又見到一滿車鬼在路上，張着弓弧，原來是賊人在婚媾。
上句見《詠史》五首之一“六龍”四句注。
下句語本《易·睽》：“上九，睽孤。見豕負塗，載鬼一車，先張之弧，後説之弧。匪寇，婚媾。往，遇雨，吉。”王弼注：“至睽將合，至殊將通，恢詭譎怪，道將爲一。未至於治，先見殊怪，故見豕負塗，甚可穢也。見鬼盈車，吁可怪也。先張之弧，將攻害也，後説之弧，睽怪通也。四剠其應，故爲寇也。睽志將通，匪寇婚媾，往不失時，睽疑亡也。貴於遇雨，和陰陽也。”
上句當指南北之戰，下句疑寫南北議和之事。静安對南北雙方均無好感，故以“寇媾”喻之。

［四］“燼灰”兩句：撥盡爐中的灰燼，仍無法抵禦寒冷，懷着愁緒看那街頭的潑胡之戲。
“燼灰”句：白居易《冬至夜》詩：“心灰不及爐中炭。”宗杲《宗門武庫》引吕蒙正詩：“撥盡寒爐一夜灰。”可見静安此時心境。
潑胡：即潑寒胡戲。古代西域傳來的一種樂舞。每年十一月嚴寒時，選取健壯少年裸體而舞，觀者以水潑之。《舊唐書·中宗紀》：“御洛城南門樓觀潑寒胡戲。”又《張説傳》：“且潑寒胡未聞典故，裸體跳足，盛德何觀；揮水投泥，失容斯甚。”
末句亦當有所諷。

東軒老人兩和前韻再疊一章

緇撮黄裘望彼都，報章稠疊慰羈孤。[一]蹉跎白

日看時運，絡繹升雲半有無。[二]摶土定知非妙戲，射妖何意失陰弧。[三]國中總和元規樂，誰信文康是老胡。[四]

【箋】 静安以《戊午日短至》詩示沈曾植，沈氏和韻二首，静安甚感其意，再疊一章。《蕭箋》云："細審王、沈兩家詩，俱有譏切時政意。"然詩意太晦，難以一一指實。在語言風格上，王詩亦明顯受到沈氏的影響，轉失其少作之風華情致了。

【注釋】

［一］ "緇撮"兩句：我在想望那舊都人士——戴着緇布小冠，穿着黄色狐裘。他一再和我的詩章來安慰我這羈孤的人。

緇撮：《詩・小雅・都人士》："彼都人士，臺笠緇撮。"朱熹集傳："緇撮，緇布冠也。其制小，僅可撮其髻也。"

黄裘：見《海日樓歌壽東軒先生七十》詩"九天"兩句注。

報章：酬答的詩篇。韋迢《早發湘潭寄杜員外院長》："相憶無南雁，何時有報章。"

羈孤：羈旅孤獨的人。《文選・謝莊〈月賦〉》："親懿莫從，羈孤遞進。"李善注："羈孤，羈客孤子也。"

［二］ "蹉跎"兩句：眼看着時運流轉，深感白日蹉跎，而天上的行雲絡繹不絶，似有還無。

蹉跎白日：阮籍《詠懷》之六："娱樂未終日，白日忽蹉跎。"

時運：謂時光流轉，節序變化。陶潛《時運》詩："邁邁時運，穆穆良朝。"

絡繹行雲：《古詩爲焦仲卿妻作》："交語速裝束，絡繹如浮雲。""升雲"，疑用巫山神女之典，借男女歡會以諷南北議和之事。時北方議和代表已于 12 月 29 日離北京南下，而南方則因陝閩問題與北方僵持，代表未能派出。

［三］ “摶土”兩句：像女媧氏般摶土爲人，定知這不是一場好戲；卻想不到“射妖”會失去那暗藏的弧箭。

摶土：古代傳説，女媧氏摶土造人。《太平御覽》卷七八引漢應劭《風俗通》：“天地開闢，未有人民，女媧摶黄土作人。劇務力不暇供，乃引繩於泥中，舉以爲人。故富貴者，黄土人也；貧賤凡庸者，絙人也。”

妙戲：張衡《西京賦》：“程角觝之妙戲。”

射妖：傳説中一種與“射”有關的妖異現象。《漢書・五行志下之上》：“《傳》曰：‘皇之不極，是謂不健，厥咎眊，厥罰恒陰，厥極弱。時則有射妖。’”意謂君權不立，則人君不明，天氣亂而常陰，而産生“射妖”。又謂南方有“蜮”，“蜮猶惑也，在水旁，能射人，射人有處，甚者至死，南方謂之短弧，近射妖，死亡之象也”。

陰弧：猶言暗箭。指蜮之短弧。用《易・睽》“後説(脱)之弧”意。詩中之“摶土”與“射妖”當有所喻。沈曾植和詩有“散盡媧沙問老胡”之語，媧沙與摶土同意。

［四］ “國中”兩句：如今國中的人都在應和着庾元規的樂曲，誰知道文康原來是個老胡人呢！

元規：晉大臣庾亮之字。《隋書・音樂志下》：“《禮畢》者，本出自晉太尉庾亮家。亮卒，其伎追思亮，因假爲其面，執翳以舞，象其容，取其謚以號之，謂之《文康樂》。每奏九部樂終則陳之，故以禮畢爲名。”

文康：庾亮的謚號。又爲傳説中胡人神仙之名。《樂府詩集》卷五十一《清商曲辭・上雲樂》載南朝梁周捨《上雲樂》：“西方老胡，厥名文康。遨遊六合，傲誕三皇。……簫管鳴前，門徒從後，濟濟翼翼，各有分部。鳳凰是老胡家雞，獅子是老胡家狗。”李白有擬章云：“女媧戲黄土，團作愚下人。散在六合間，濛濛若沙塵。生死了不盡，誰明此胡是仙真？”

兩句亦有所諷。疑以“文康”指段祺瑞。10 月，徐世昌任大總統,皖系首領段祺瑞與直系首領馮國璋同時下野,但段雖不當總理,實際上仍控制内閣。静安在致羅振玉書中,常將段祺瑞稱爲"匹磾",段匹磾爲胡人。又把段、馮稱作賀六渾(高歡)、黑獺(宇文泰),高、宇文亦胡人。

附沈曾植和詩二首:

静安録示短至詩和韻奉教

月當頭夕影模糊,萬里雲羅雁孽孤。欲敂天關藏九雒,自斟玄酒禮三無。神叢簫鼓迎諸布,雨妾纏綿脱後弧。獨有澤農憂歲苦,麥膢誰與鼓嚨胡。

夜久朝元到紫都,鈞天散後客星孤。壬辰降歲猶遲待,大乙神光乍有無。北曉冥燃龍伯燭,南星秋合老人弧。低徊五百年間事,散盡嫣沙問老胡。

校:"摶土",各本誤作"搏土",據文意改。

哭富岡君撝

摇落孤生本易傷,窮冬急景去堂堂。[一]親知聚散隨流水,文獻凋殘到異方。[二]豪氣未應澆酒去,奇書須遣鑿楹藏。[三]海西一老同垂涕,千載唐音待報章。[四]

【箋】 富岡謙藏,字君撝,日本名畫家富岡百煉(鐵齋)之子。京都大學助教授。静安寓居日本時,與富岡父子時有往還。君撝篤嗜金石古籍,於古鏡亦有研究。1917 年與内藤虎次郎來華訪學,静安介紹與沈曾植、繆荃孫、劉承幹、徐乃昌、劉聚卿等人相識,並任其翻譯。君撝返日本後,年餘病卒,静安以詩致悼。

【注釋】

［一］ "摇落"兩句: 看到草木摇落,孤獨的人本易傷感。何況在深冬歲暮,時光更是急促馳逝。

孤生: 孤獨的人。柳宗元《南澗中題》詩:"孤生易爲感,失路少所宜。"

急景: 急促的時光。李商隱《幽居冬日》:"急景忽雲暮,頽年浸已衰。"静安《蝶戀花》詞:"急景流年真一箭。"

堂堂: 猶公然。薛能《春日使府寓懷》詩:"青春背我堂堂去,黄葉無情片片飛。"

按,此詩言"窮冬急景",當作於戊午年末,即 1919 年 1 月。

［二］ "親知"兩句: 親戚朋友多已離散,隨流水一去不回,而精通典籍的學者亦日漸零落,連異國日本也是如此。

聚散: 指離散。有離多聚少之意。李商隱《七月二十九日崇讓宅宴作》:"浮世本來多聚散。"

文獻: 指多聞掌故熟悉典籍的賢者。《論語・八佾》:"夏禮吾能言之,杞不足徵也;殷禮吾能言之,宋不足徵也。文獻不足故也。"朱熹集注:"文,典籍也;獻,賢也。"

［三］ "豪氣"兩句: 先生的豪氣猶存,不應隨澆酒而去;所藏的奇書,應要鑿屋楹來保存。

澆酒: 以酒灑地,指祭奠。白居易《青塚》詩:"不見青塚上,行人爲澆酒。"

鑿楹:《晏子春秋・雜下三十》:"晏子病將死,鑿楹納書焉。謂其妻曰:'楹語也,子壯而示之。'"謂慎重地藏守書籍以傳後世。

［四］“海西”兩句：在海西有一位老人跟我一同流淚，他還在等待那千年唐樂的消息。

海西：大海之西。對日本來説，中國在海西。

一老：指沈曾植。静安於 1917 年 3 月 23 日致羅振玉書云：“富岡君到後因語言不便，將一切介紹事盡由維辦理，已與之同訪乙老及藝風……乙老與富岡談甚喜。”

千載唐音：作者自注：“去歲君遊海上，東軒老人屬訪日本所傳唐代樂譜。昨聞君訃，爲之太息。”羅振玉《集蓼編》云：“念予初至時，亡友富岡君（謙藏）偕諸博士至神户相迓，才逾八載，遽作古人，爲之黯然。而君之先德鐵齋先生，年垂九十，亦扶鳩來餞。諸博士復送予至神户登舟。此邦人情之厚，令我至今感歎不已也。”

報章：回信。回音。梁江淹《池上酬劉記室》詩：“惜我無雕文，報章慚復素。”

題蕺山先生遺像 己未

山陰別子亢姚宗，儒效分明浩氣中。[一]封事萬言多慷慨，過江一死轉從容。[二]僧祇劫去留《人譜》，風義衰時拜鬼雄。[三]我是祝開美陳乾初鄉後輩，披圖莫訝涕無從。[四]

【箋】 蕺山,即劉宗周(1578—1645)。劉字起東,號念臺,學者稱蕺山先生。山陰(今浙江紹興)人。明末思想家。萬曆二十九年(1601)進士,官至工部左侍郎、左都御史。南明福王政權覆亡,絶食殉國。劉氏學説,"以慎獨爲宗旨","兢兢無負其本心"。其門人如黄宗羲、陳確等皆節義之士。《蕭箋》云:"此詩作於1919年,後爲四川綿竹曹纕衡選登天津《國聞週報·采風録》(《采風録》後有單行本)。題爲《夢坡屬題劉蕺山先生遺照》。按:夢坡爲周慶雲别號。慶雲字景星,吴興人。長居上海,金石書畫收藏極富。"

【注釋】

[一] "山陰"兩句:這位山陰的庶子能光耀遠宗,儒者的作用分明在浩氣之中。

山陰:今浙江紹興。劉宗周爲山陰人。

别子:即庶子。《禮記·喪服小記》:"别子爲祖,繼别爲宗。"孔穎達疏:"謂諸侯適子之弟,别于正適,故稱别子也。"姚名達《劉蕺山先生年譜·先世》載:劉宗周之曾祖劉槩,"字元平,以小宗而主宗政"。晚年家道漸落,曰:"吾子孫有興者可復也。"卒後二年宗周生。

亢(kàng抗)姚宗:光大遠宗,光耀門庭。《左傳·昭公元年》:"吉不能亢身,焉能亢宗?"姚,通"遥"。遠也。《明史·劉宗周傳》載:宗周爲其父坡之遺腹子,家酷貧,母章氏攜之育外家,宗周成進士後,請養其祖父母。

儒效:儒者的功用。《荀子》有《儒效》篇。

浩氣:正氣,正大剛直之氣。《孟子·公孫丑上》:"我善養吾浩然之氣。"

[二] "封事"兩句:奏上萬言的封事,中多激昂慷慨之語。過江之後一死殉國,卻是那麼從容不迫。

封事:密封的奏章。臣下上書奏事,爲防洩漏,特以皂囊緘封,故稱。《明史·劉宗周傳》載,崇禎年間,劉宗周多次上疏，痛陳政事。八年，上《痛憤時艱疏》，指出當時"官愈貪，吏愈横，賦逾逋"的情況，令崇禎"怒甚"，遂斥爲民。

過江一死：《明史·劉宗周傳》載，福王監國於南京，宗周自稱"草莽孤臣"，疏陳時政，爲馬士英等嫉恨，遂告歸。後清兵陷南都，杭州亦失守。宗周"出辭祖墓，舟過西洋港，躍入水中。水淺不得死，舟人扶出之。絶食二十三日，始猶進茗飲，後勺水不下者十三日，及聞人問答如平時。閏六月八日卒，年六十有八"。黄宗羲《子劉子行狀》載，劉絶食數日，云："吾日來静坐小庵，胸中渾無一事，浩然與天地同流。"

［三］"僧祇"兩句：在經歷世界大劫之後還留下了著作《人譜》，在風義衰微之時，我來禮拜這鬼中之雄。

僧祇劫：指"阿僧祇劫"。謂無數長之時間。《大涅盤經》下："世尊，往昔無量無邊阿僧祇劫，以諸善法利益我等。"法顯《佛國記》："菩薩從三阿僧祇劫，苦行不惜修命。"

人譜：劉宗周撰有《人譜》一卷，《人譜類記》二卷。劉氏懲姚江心學之末流，撰此以倡導實踐。《四庫全書總目》卷九三提要云："皆皆集古人嘉言善行，分類録之，以爲楷模。每篇前有總記，後列條目，間附以論斷，主啟迪後學，故詞多平實淺顯。"

風義：風操，情誼。李商隱《哭劉蕡》詩："平生風義兼師友，不敢同君哭寢門。"

鬼雄：《楚辭·九歌·國殤》："身既死兮神以靈，魂魄毅兮爲鬼雄。"

［四］"我是"兩句：我是祝開美、陳乾初的同鄉後輩，不要驚訝我打開圖畫看時涕淚交流。

祝陳：祝，指祝淵，字開美。海寧人。其事蹟附于《明史·劉宗周傳》後。祝淵於崇禎十五年入都會試，曾上疏爲劉宗周辯護，後執贄爲弟子。杭州失守後，投繯自經，不果，鬱鬱而死，年三十五。陳，指陳確。陳原名道永，字玄非，明亡後改名確,字乾初。海寧人。年四十五問學於劉宗周,黄宗羲《陳乾初先生墓誌銘》謂“其學無所依傍,無所瞻顧,凡不合於心者,雖先儒已有成説,亦不肯隨聲附和,遂多驚世駭俗之論”。陳元龍《陳氏理學乾初先生傳》:“祝(淵)以節顯,先生則巋然長德望於一鄉,皆不愧師門心印。”

披圖:展閲畫圖。

涕無從:不知眼淚從何處流出。受感動時自然流淚。《禮記·檀弓上》:“予鄉者入而哭之,遇於一哀而出涕,予惡夫涕之無從也。”

校:“僧祇”兩句,《觀堂集林》作“大千劫去留人譜,三百年來拜鬼雄”。

題敦煌所出唐人雜書六絶句

一

吏黠民冥自古然,牛毛法令弄猶便。[一]千秋仁政君知否?不課丁男祇課田。[二]《唐沙洲敦煌縣大曆四年户籍》。

【箋】 日本學者狩野直喜博士于1912年赴歐洲,在英國倫敦博物館得見敦煌所出唐人寫本,録歸多種,以寄静安。因爲草《敦煌石室碎金跋尾》,計十餘篇,並繫以小詩六首。静安是我國最早研究敦煌學的學者之一。1907年已接觸到敦煌文書,兩年後又讀到《敦煌石室遺書》及《石窟秘室十五種》。東渡日本後,更大量閲讀敦煌文獻,創獲甚多。對敦煌俗文學及社會經濟方面,如户籍、佛像、職官、民間醫藥等文書,尤爲重視,可以説是開拓了敦煌學研究的新領域。此詩作於1919年秋。

【注釋】

[一] “吏黠”兩句:官吏奸黠而民衆冥頑是自古已然的,多如牛毛的法令還可隨意執行。

吏黠:《後漢書·明帝紀》:“人冤不能理,吏黠不能禁。”

民冥:謂百姓愚昧。韓愈《諫佛骨表》:“然百姓愚冥,易惑難曉。”

牛毛法令:形容法令之繁苛。杜甫《述古》詩三首之二:“秦時任商鞅,法令如牛毛。”

便(pián 駢):安,易。

[二] “千秋”兩句:千年來的仁政您知道嗎——不徵收男丁的賦税衹須繳納田賦。

王國維《唐寫本敦煌縣户籍跋》云:“《唐六典》户部尚書職,每一歲一造計帳,三年一造户籍。”“又《六典》,凡給田之制,丁男中男以一頃,老男篤疾廢疾以四十畝,寡妻妾以三十畝。”“云不課户者,《通典》:户内有課口者爲課户,無課口者爲不課户。諸視流内九品以上官皆不課户是也。”

此首寫從敦煌户籍文書中所見到的唐代田賦制度。唐初實行計丁授田的均田法,成年男丁給田一頃。賦役則用租庸調法,減輕農民負擔,故静安稱之爲仁政。

二

女主新符出阿師,尋尋遺法付闍黎。[一]《大雲》

兩譯分明在，莫認牟尼作末尼。[二]《大雲經疏》。

【注釋】

[一] “女主”兩句：女主新的符命出自阿師手中，古尋尋教的遺法也付託給這位和尚了。

女主：指武則天。《太平廣記》卷一六三引《譚賓録》：“唐太宗之代，有《秘記》云：‘唐三代之後，即有女主武王代有天下。’”

新符：武氏代唐的符命。

阿師：稱僧人。指薛懷義。薛有寵於武則天。劉餗《隋唐嘉話》卷下載，薛懷義遇蘇良嗣於朝，不爲禮，良嗣使左右撻之。武后知曰：“阿師當向北門出入，南衙宰相往來，勿犯也。”又，《舊唐書·薛懷義傳》：“懷義與法明等造《大雲經》，陳符命，言則天是彌勒下生，作閻浮提主，唐氏合微。故則天革命稱周，懷義與法明等九人並封縣公。”

尋尋：古代西方宗教名。近代學者意見不一。或謂即祆教，或謂爲原始拜物教。《通典》卷一九三《邊防九·大秦》引唐杜環《經行記》：“諸國陸行之所經由，胡則一種，法有數般：有大食法，有大秦法，有尋尋法。其尋尋蒸報，於諸夷狄中最甚。”

闍黎：指僧人。徐陵《諫仁山深法師罷道書》：“言必闍黎和尚，書輒致敬和南。”

上句寫薛懷義陳符命以爲武后張目，下句寫《大雲經》的來源。

[二] “大雲”兩句：《大雲經》的兩種譯本分明尚在，人們不要把“牟尼”誤認作“末尼”了。

大雲：指《大雲經》。有兩種譯本。一爲後涼曇無讖譯的《大方等無想經》，一爲竺佛念譯的《大雲無想經》。王國維《唐寫本大雲經疏跋》云：此卷“蓋武后載初元年所作《大雲經疏》也。卷中所引‘經曰’及‘經紀曰’云云，均見後涼曇無讖所譯《大方等無想經》。此經又有竺法念（按，“法”當作“佛”。）譯本，名《大雲無想經》”。王氏又引《舊唐書·則天皇后傳》、

《薛懷義傳》、《新唐書·后妃傳》及宋次道《長安志》,謂經中有"女主之符",故前人"皆以此經爲武后時僞造。然後涼譯本之末,固詳説黑河女主之事。然贊甯《僧史略》謂,此經晉代已譯,舊本便曰女主,於是豈有天后云云。頗以《唐書》之説爲非"。"今觀此卷所引經文,皆與涼譯無甚差池,豈符命之説,皆在《疏》中,經文但稍加緣飾,不盡僞託歟?"

牟尼:佛教語。意爲寂静。亦指釋迦牟尼。

末尼:即摩尼,摩尼教。《佛祖統紀》卷四一:"大曆三年,敕回紇奉末尼者,建大雲光明寺。"古人常將"牟尼"與"末尼"相混,如宋人把末尼教稱作牟尼教。陸游《條對狀》謂末泥教,"兩浙謂之牟尼教"。末句意謂不要把真的誤作假的。

此首辨《大雲經》之真僞。指出"女主"之符雖由薛懷義等人獻上,而後涼譯本中早已有"黑河女主"之語,故經文當非僞造。又,静安在 7 月 29 日致羅振玉書中曾云:"(沈曾植)謂《大雲經疏》内黑河女主之事,似見《大積經》中,而僞《大雲經》中取之,黑河女主西域自有此事,但不易考耳。"8 月,静安又撰《摩尼教流行中國考》。本詩中所言"尋尋遺法",或指黑河女主之事,末句似亦言此事。待考。

三

虚聲樂府擅繽紛,妙悟新安迥出群。[一]茂倩漫收雙絶句,教坊原有《鳳歸雲》。[二]《雲謡集雜曲子》。

【注釋】

[一] "虚聲"兩句:有着虚聲的樂府詩歌繽紛多彩各自擅場,而新安皇甫松的妙悟更是迥出群倫。

虚聲:又稱"泛聲"、"散聲"、"和聲"。詞本爲應歌之唱詞,當字句整齊的詩在合樂歌唱時,聲希調促,須加一些虛聲以求委婉動聽。此爲字數不齊的"詞"之濫觴。早期的詞尤多虛聲,同一詞牌之字數故亦不統一。

樂府:指詞。

新安:指唐詞人皇甫松。皇甫字子奇,號檀欒子。睦州新安(今浙江淳安人)。王國維輯有《檀欒子詞》。皇甫松有《天仙子》詞,《詞譜》云:"《天仙子》本名《萬斯年》,李德裕進,屬龜兹部舞曲,因皇甫松詞有'懊惱天仙應有以'句,取以爲名。"静安《唐寫本雲謡集雜曲子跋》云:"《天仙子》,唐人皇甫松所作者不疊,此則有二疊。"此詩云"妙悟",當指皇甫松之詞吸取西方樂律。

[二] "茂倩"兩句:郭茂倩在《樂府詩集》中衹收了兩首題爲《鳳歸雲》的絶詩,不知教坊中原就有同調的長短句。

茂倩:郭茂倩。北宋人。編有《樂府詩集》一百卷,輯録漢魏至唐五代的樂府歌辭。

教坊:古代管理宫庭音樂的官署,專管雅樂以外的民間音樂、舞蹈演藝等。

静安《唐寫本雲謡集雜曲子跋》云,《雲謡集》中《鳳歸雲》、《天仙子》、《竹枝子》、《洞仙歌》、《破陣樂》、《换(浣)沙溪》、《柳青娘》、《傾杯樂》,"此八調均見崔令欽《教坊記》所載曲名中……《教坊記》記事訖於開元,亦足推其時代,則此八曲固開元教坊舊物矣"。又云:"郭茂倩《樂府詩集》近代曲辭中有滕潛《鳳歸雲》二首,皆七言絶句,此則爲長短句……蓋詩家務尊其體,而樂家衹倚其聲,故不同也……《鳳歸雲》二首,句法與用韻各自不同,然大體相似,可見唐人持律之寬。"

四

劫後衣冠感慨深,新詞字字動人心。[一]貴家障子僧家壁，寫遍韋郎《秦婦吟》。[二]韋莊《秦婦吟》。

【注釋】

［一］“劫後”兩句：經過浩劫之後的衣冠之士感慨尤深，韋莊的新詞字字都撼動人心。

劫：指唐末黄巢之亂。

新詞：指韋莊所作的《秦婦吟》。

動人心：《史記·趙世家》：“廣樂九奏萬舞，不類三代之樂，其樂動人心。”

王國維《唐寫本韋莊秦婦吟又跋》：“（秦婦吟）凡千三百八十六字。其首云：‘中和癸卯春三月。’則此詩乃中和三年所作。……莊遇黄寇之亂，初居洛中，旋客江南……則中和三年三月，莊已由洛渡江。”

［二］“貴家”兩句：富貴人家的屏幛和僧家的牆壁，都寫遍韋郎的《秦婦吟》詩。

障子：障通幛。以布帛爲幛，懸於堂上，可在幛上題字或繪畫。五代孫光憲《北夢瑣言》卷六：“蜀相韋莊應舉時，遇黄寇犯闕，著《秦婦吟》一篇。内一聯云：‘内庫燒爲錦繡灰，天街踏盡公卿骨。’爾後公卿亦多垂訝，莊乃諱之，時人號‘秦婦吟秀才’。他日撰家戒，内不許垂《秦婦吟》幛子。以此止謗，亦無及也。”按，《秦婦吟》失傳已久，1907 年後，斯坦因、伯希和從敦煌石窟中運走大量寫卷，中有多種《秦婦吟》寫本。羅振玉、王國維都爲作校定，現存石室寫本多達十種，可見當時之風行。

王國維《唐寫本韋莊〈秦婦吟〉跋》云：“此詩當時制爲幛子，則風行一時可知。”陳寅恪《韋莊〈秦婦吟〉校箋》：“戊辰之春，俞銘衡君爲寅恪寫韋端己《秦婦吟》卷子，張於屋壁。”

五

聖德神功古所難，千秋郅治想貞觀。[一]不知六月庚申事，夢裏如何對判官。[二]《太宗入冥》小說。

【注釋】

［一］“聖德”兩句：同時兼有聖德和聖功是古來帝王所難做到的，談到千年來國家大治就想起貞觀時代。

聖德：古代聖人的道德。至聖之德，用以稱頌帝德。《史記·五帝本紀》：“高陽有聖德焉。”

聖德神功：至聖之功。《易·蒙》：“蒙以養正，聖功也。”此指帝王的功業。《晉書·樂志下》：“肅肅清廟，巍巍聖功。”

郅（zhì 至）治：同“至治”。大治。《書·君陳》：“至治馨香，感于神明。”《文子·下德》：“欲治之主不世出，可與治之臣不萬一，以不世出求不萬一，此至治所以千歲不一也。”

貞觀：唐太宗年號（627—649）。

兩句讚美“貞觀之治”。

［二］“不知”兩句：唐太宗六月庚申日所作之事，不知他夢裏怎樣回答崔判官呢？

六月庚申：即唐高祖武德九年六月四日。《舊唐書·太宗紀》：“九年，皇太子建成、齊王元吉謀害太宗。六月四日，太宗率長孫無忌……等於玄武門誅之。”又，《太平廣記》卷一四六引張鷟《朝野僉載》：“太宗至夜半上奄然入定，見一人云：‘陛下暫合來，還即去也。’帝問：‘君是何人？’對曰：‘臣是生人判冥事。’太宗入見，判官問六月四日事，即令還。”六月四日，唐太宗發動“玄武門之變”，殺害兄弟，奪取帝位，古人認爲有傷陰德，故筆之於小説中。

王國維《唐寫本殘小説跋》:“右唐人小説斷片,亦狩野博士所録英倫博物館。記太宗入冥事,又記判官姓名爲崔子玉……張鷟不言建成、元吉事者,唐人記先皇事,特微其詞耳。”判官:王國維《唐寫本殘小説跋》:“近代鄭烺作《崔府君祠録》,引《府君神異録》,正與《僉載》同,惟以冥判爲崔府君。考費袞《梁溪漫志》載,宋仁宗景祐二年,加崔真君封號……已以崔真君爲司幽府之神。”

六

賜姓當年編屬蕃,聖天譯語有根源。[一]大金玉國天公主,莫作唐家支派論。[二]于闐國天公主李氏施畫地藏菩薩像。

【注釋】

[一] “賜姓”兩句:在當年,唐朝的賜姓編於蕃屬,“李聖天”這一譯語是有根源的。

賜姓:唐代常以國姓李氏賜予功臣或蕃屬。如阿跌先進、阿史那思摩、朱邪赤心等人都曾賜姓李。

聖天:李聖天。本名尉遲僧烏波,又譯尉遲娑跋。五代後晉時于闐王。回紇人。自稱唐宗屬。以李爲姓。後晉天福三年(938)遣使貢於晉。五年,晉册之爲“大寶于闐國王”。敦煌莫高窟有李聖天畫像。題記稱“大朝大寶于闐國大聖大明天子”。

[二] “大金”兩句:“大金玉國天公主”這一稱號,不要看成是唐家宗室的支派。

王國維於1919年9月10日致羅振玉書中云:“前晚在蔣孟蘋處見敦煌所出畫佛像二幅:一、乾德六年畫,有畫像記。二、地藏菩薩像,下署‘故大朝大于闐金玉國天公主李氏供養’。昨細考之,疑是于闐王李聖天之女嫁爲沙州曹元深妻者所作也。……大于闐金玉國,蓋李氏國號之本名。晉天福三年(按,應爲五年),册封李聖天爲大寶于闐國王,蓋以金玉之名不雅,改爲大寶。”静安旋即作《于闐公主供養地藏王菩薩畫像跋》,略云:“天公主者,本外國唐公主之詞,《五代史》謂回鶻可汗之妻號天公主。蓋回鶻盛時,每取唐公主爲可敦,後雖不娶于唐,猶號其可敦爲天公主。因之,其旁小國之女亦號天公主。此‘大于闐金玉國天公主李氏’,即聖天之女或其女孫。其所造畫像出於敦煌者,此公主嫁敦煌曹氏故也。”按,公主爲李聖天第三女,歸義軍節度使曹延禄妻。敦煌莫高窟有“大朝大于闐國天册皇帝第三女天公主李氏爲新受太傅曹延禄姬供養”像。

按: 此首寫蔣孟蘋所藏之敦煌所出地藏菩薩像。非唐人雜書。

題劉翰怡小像 己未

早歲除書識姓名,中間述作走寰瀛。[一]相逢海上驚年少,亟語尊前覺道宏。[二]汲古不嫌孤閣迥,賦詩還奪玉山清。[三]隱湖盛業千秋在,不數前朝顧阿瑛。[四]

【箋】 劉承幹(1881—1963),字貞一,號翰怡。浙江吴興人。其父錦藻爲近代著名藏書家,吴興南潯之嘉業堂藏書樓,庋藏多達六十萬卷。

静安返國居於上海,與劉翰怡過從頗密,得讀劉氏藏書。1916 年翰怡建立淞社,亦約静安參加。1918 年,又約静安爲續撰《續皇朝文獻通考》。次年,兩人同時受沈曾植之聘,充《浙江通志》編纂。題小像之詩,雖爲應酬之作,亦可見朋交的高誼。此詩作於 1919 年。

【注釋】

[一] “早歲”兩句: 早年在拜官的文書中知道您的姓名。後來爲了著述而走遍天下。

除書: 拜官授職的文書。劉在宣統間因賑災捐銀三萬餘兩,獲候補四品京堂,補内務府卿。

寰瀛: 天下;全世界。崔棁《晉朝饗樂章·三舉酒》:“朝野無事,寰瀛大康。”

[二] “相逢”兩句: 在上海相逢,驚訝您竟這麽年少;在酒筵前殷勤共語,更覺您能弘揚至道。

“相逢”句: 静安於 1916 年自日本返國居滬,時劉翰怡 34 歲。

亟語: 屢語。

道宏:《論語·衛靈公》:“人能弘道,非道弘人。”此以贊劉承幹之藏書、刻書能宏揚國學。

[三] “汲古”兩句: 鑽研古籍,不感到藏書的孤閣太遠;賦詠新詩,還要比玉山清高。

汲古: 謂研究、收藏古籍古物有如汲水於井。韓愈《秋懷》詩之五:“歸愚識夷途,汲古得修綆。”明末藏書家毛晉,顔其書樓爲“汲古閣”。劉翰怡亦喜藏書,故詩中以毛氏相況。

玉山: 神話中的仙山。顧德輝,字仲瑛,元末明初江蘇昆山人。《明史·文苑傳》載其“購古書名畫彝鼎秘玩,築别業於茜溪西,曰‘玉山佳處’,晨夕與客置酒賦詩其中”。著有《玉山璞稿》。

兩句以毛晉、顧德輝設喻。

[四] “隱湖”兩句: 像隱湖老人那樣的偉業千秋長在,相比之下,前

朝的顧阿瑛算不了什麽。

隱湖：毛晉晚號隱湖老人。毛晉一生藏書、刻書極多。版本精善，校勘、刻印亦甚講究。劉氏嘉業堂藏宋、元、明各代善本多達二百三十餘種，抄校手稿本兩千種，叢書約一千種，清人集部五千種。刻有《嘉業堂叢書》、《吴興叢書》、《留餘草堂叢書》、《求恕齋叢書》、《希古堂金石叢書》等共 174 種 2 926 卷，故可與隱湖老人之盛業相比。

顧阿瑛：即顧德輝。

贈太子少保特謚文忠梁公挽歌詞（三首）

一

海内論忠孝，無如髯絶倫。[一]盛年憂國是，苦口出詞臣。[二]屢困屠鯨手，終休飾豸身。[三]平生肝膽在，臨老故輪囷。[四]

【箋】 梁鼎芬(1859—1920)，字星海，號節庵。廣東番禺人。光緒六年(1880)進士，授翰林院庶起士，散館授編修。因上疏彈劾李鴻章而被降五級調用。後入張之洞幕，主廣東端溪、廣雅書院講席，復主南京鍾山書院。庚子事變後，被張之洞薦用爲武昌知府，擢爲湖北按察使，署布政使。光緒三十二年，因劾慶親王及袁世凱，被撤職。辛亥革命後,以遺老自居。卒,清廢帝追贈“太子少保”,謚文忠。有《節庵先生遺詩》六卷及續編。梁鼎芬卒於己未十二月,即1920年1月。各家年譜及《蕭箋》均編此詩於1919年,誤。

【注釋】

[一] “海内”兩句:談到海内的忠孝之士,没有能像梁髯那樣絶倫超群的了。

髯:指長了大鬍子的人。楊鍾羲《雪橋詩話》卷十:“梁節庵二十七歲罷官,即留鬚,每以自豪。”

次句語本諸葛亮《答關羽書》:“孟起兼資文武,雄烈過人,一世之傑,黥、彭之徒,當與益德並驅争先,猶未及髯之絶倫逸群也。”關羽自古被視爲“忠義”的典型。此亦以關羽比梁鼎芬。

[二] “盛年”兩句:在盛年時已爲國家大事而憂慮,作爲一位詞臣而能對皇上苦口勸諫。

國是:國事。《後漢書・桓譚傳》載,楚莊王謂“願相國與諸大夫共定國是”。

苦口:《韓非子・外儲説左上》:“夫良藥苦於口,而智者飲之,知其入而已己疾也。忠言拂於耳,而明主聽之,知其可以致功也。”

詞臣:文學侍從之臣。梁氏爲翰林院編修。

汪兆鏞《梁文忠公别傳》:“十年四月,疏劾北洋大臣直隸總督李鴻章,言可殺之罪八,幾罹重譴。軍機大臣閻敬銘持之而免。十一年六月。奉上諭交部嚴加議處,部議降五級調用。”

[三] “屢困”兩句:那本應大有作爲的身手卻屢遭困厄,那敢於觸犯權貴的身軀還是被迫休息了。

屠鯨:古以鯨喻無比兇暴者。《左傳・宣公十二年》:“古者明王伐不敬,取其鯨鯢而封之,以爲大戮。”杜預注:“鯨鯢,大魚名。以喻不義之人。”詩中故以“屠鯨”、“斬鯨”等語喻不畏强横、敢於鬥争。唐太宗《宴中山》詩:“斬鯨澄碧海,卷霧掃扶桑。"吴大廷《紀事》詩:"横海屠鯨手,防軍落雁都。"

休:指休官。此謂梁氏被撤職。

飾豸:豸,獬豸,古代傳説中的神獸,一角,能辨曲直。故古時監察、執法官以豸爲飾,戴豸冠,佩豸簪,穿豸服。《後漢書·輿服志》"獬豸冠"劉昭注:"獬豸,一角,性忠。見人鬥,則觸不直者。"

［四］"平生"兩句:他平生的忠肝義膽還在,臨老時依舊磊落雄奇。

輪囷:本形容樹木的盤曲或高大。此以喻人的意氣。韓愈《贈别元十八協律》詩:"窮逢致感激,肝膽還輪囷。"

二

漢曆中衰日,昌陵覆簣餘。[一]敷天思復土,一老獨馳書。[二]奉檄豚魚泣,程功象鳥俱。[三]淒涼弘演意,千載爲欷歔![四]

【注釋】

［一］"漢曆"兩句:在漢曆中衰之日,正是昌陵始建之時。

漢曆:古時改朝换代,帝王則新頒曆法,改正朔。漢曆中衰,謂國家政權中途衰落。《漢書·李尋傳》:"尋遂白賀良等待詔黄門,數詔見,陳説:'漢曆中衰,當更受命。'"並勸哀帝"改元易號"。

昌陵:清仁宗嘉慶之陵名。在河北易縣。此代指清德宗光緒之崇陵。

覆簣:《論語·子罕》:"譬如平地,雖覆一簣,進吾往也。"邢昺疏:簣,土籠也。倒上一筐土。此指建築陵墓。

清光緒帝死後三年,清朝覆亡。時崇陵尚未建就。民國優待清室條件之五,即爲修清德宗崇陵。兩句寫清朝覆亡後修建清德宗的陵墓。

［二］“敷天”兩句：整個天下的人都想着建陵之事，這一位老者獨自馳書效命。

敷天：普天下。敷，通“溥”。《詩·周頌·般》：“敷天之下，裒時之對，時周之命。”

復土：指下葬時以掘出之土覆於棺上以爲墳。《周禮·地官·小師徒》“大喪”鄭玄注：“喪役，正棺引窆復土。”賈公彦疏：“復土者，掘坎之時，掘土向外，下棺之後，反復此土，以爲丘陵。”

馳書：指梁鼎芬上書要求爲建清德宗崇陵效命之事。

汪兆鏞《梁文忠公别傳》：“奉安德宗景皇帝、孝定景皇后梓宫，於風雪中奔赴，復土禮成，奉命充崇陵種樹大臣，築室梁格莊，顔曰‘種樹廬’，工竣回京。”

兩句寫梁鼎芬以遺老身分爲建陵事奔走。

［三］“奉檄”兩句：捧讀檄文，連最卑賤的下民都不禁悲泣；完成建陵工作，連大象小鳥都來幫忙。

奉檄(xí 習)：接到文告。此當指建陵的文告。

豚魚：喻微賤者。《易·中孚》：“豚魚，吉，信及豚魚也。”王弼注：“魚者，蟲之隱微者也；豚者，獸之微賤者也。”

程功：衡量工作，計算工程的完成。

象鳥：傳説古代賢君舜和禹死後，大象和小鳥都來幫忙。《文選·左思〈吴都賦〉》：“象耕鳥耘，此之自與。”李善注引《越絶書》：“舜死蒼梧，象爲之耕；禹葬會稽，鳥爲之耘。”

［四］“淒涼”兩句：最淒涼的是弘演忠義之意，令千載的人都爲之唏噓歎息。

弘演：春秋時衛懿公的忠臣。衛懿公被翟人所殺，食盡其肉，獨舍其肝。弘演因自殺，以刀剖腹，納懿公之肝。《吕氏春秋·忠廉》：“桓公聞之曰：‘衛之亡也，以爲無道也。今有臣若此，不可不存。’於是復立衛於楚丘。弘演可謂忠矣。”

末句以弘演喻梁鼎芬。梁氏曾積極參與張勳復辟活動，故静安有此感歎。

三

來從鼎胡觀，入直承明宮。[一]任重忘衰疾，恩深飾始終。[二]贈官如故事，誄德冠群公。[三]臣意終何慕，西京渥仲翁。[四]

【注釋】

［一］“來從”兩句：他來自鼎湖的舊觀，如今又入直在承明宮中。

鼎胡觀（guàn 貫）：即鼎胡宮。漢武帝所建的宮名。《漢書·揚雄傳》：“武帝廣開上林，南至宜春、鼎胡。”又，“鼎胡”同“鼎湖”，古代傳説黃帝於鼎湖乘龍上天。

入直：官員入宮值班供職。

承明宮：漢代宮殿名。班固《西都賦》：“内有承明、金馬，著作之庭。”梁鼎芬在崇陵工程結束後回宮，“命在毓慶宮行走”，爲廢帝溥儀的師傅。

［二］“任重”兩句：因責任重大而忘記自己年老多病，因皇恩深厚而能在死後得到殊禮。

任重：《論語·泰伯》：“曾子曰：‘士不可以不弘毅，任重而道遠。’”高郢《請致仕表》：“況復夏官任重，賢路久妨，時制已過，衰疾兼甚。”

飾始終：《荀子·禮論》：“事生，飾始也；送死，飾終也。終始具而孝子之事畢，聖人之道備矣。”唐僖宗《車駕還京師德音》：“以身許國，致命捐軀，慮兹盡瘁之誠，宜飾始終之典。”朝廷予已死之臣以“褒顯名節”之禮。如贈官誄德之類，稱爲飾終。陸游《王成之給事挽歌辭》：“贈極文昌貴，君恩厚飾終。”梁鼎芬忠心侍奉溥儀，教他讀書，並爲撰寫“起居注”。張勳復辟時，梁氏已臥病在牀，強起周旋，充清室代表到總統府逼黎元洪“奉還大政”。復辟失敗,遂憂病交加,鬱鬱而終。

［三］ “贈官”兩句：追贈官銜一如朝廷的慣例,列述一生的德行亦冠於群公。

贈官：指對死者追贈官銜。梁鼎芬死,清廢帝晉贈其“太子少保”銜。

誄德：曹植《王仲宣誄》:“何用誄德？表之素旗。何以贈終？哀以送之。”謂累述並表彰死者的德行。古人據此以定謚。梁氏被謚爲“文忠”。在謚號中可稱最高規格。

［四］ “臣意”兩句：臣子的心意究竟向慕何人呢——是漢代西京的澓中翁！

澓(fú 復)仲翁：即澓中翁。漢代人名。漢宣帝爲漢武帝的曾孫,戾太子之孫。戾太子因巫蠱事被殺,皇曾孫亦坐收繫獄,遇大赦爲平民。“曾孫因依廣漢兄弟及祖母家史氏,受《詩》於東海澓中翁”。漢昭帝死,他爲霍光所立。事見《漢書·宣帝紀》。

兩句意謂梁鼎芬想效法澓中翁,教育好小皇帝,準備將來復辟登位。按,三年後,1923 年 4 月 16 日,静安亦步梁鼎芬後塵,奉清廢帝溥儀之諭,“在南書房行走”了。

冬夜讀山海經感賦

兵禍肇蚩尤,本出庶人雄。肆其貪饕心,造作兵與戎。[一]帝受玄女符,始築肩髀封。龍駕俄上仙,顓頊方童蒙。[二]康回怒争帝,立號爲共工。首觸天柱折,乃與西北通。坐令赤縣民,當彼不周風。[三]爾臣何人號相繇,蛇身九首食九州。蠚草則死蠚木枯,嗚尼萬里成澤湖。神禹殺之,其血腥臭,不可以生五穀,湮之三仞土三菹。峨峨群帝臺,南瞰昆侖虚。[四]偉哉萬世功,微禹吾其魚。[五]黄帝治涿鹿,共工處幽都。古來朔易地,中土同膏腴。[六]如何君與民,仍世恣毒痛?帝降洪水一蕩滌,千年剛鹵地無膚。[七]唐堯乃嗟咨,南就冀州居。所以禹任土,不及幽并區。[八]吁嗟乎,敦薨之海涸不波,樂池灰比昆池多。高岸爲谷谷爲阿,將由人事匪有它。斷鼇煉石今則那,奈汝共工相繇何![九]

【箋】《山海經》是一部奇書,它震撼了多少文人學者的心靈。自晉陶淵明作《讀山海經》十三首後,歷代仿效者不絶。或悠然興古帝之思,或超然作俗外之想,各以離奇幽異的詞語,吐磊落嵚崎的襟懷。静安此詩,當亦借此以抒其陵谷滄桑之慨,其中當有指切時事者,似可意會而難以坐實。《山海經》爲先秦古籍,傳爲大禹、伯益所記,然當非一人一時之作。全書十八卷,31 000 餘字,内容龐雜,資料豐富,加以詞語古奥,索解至難,連司馬遷也歎息説“余不敢言之也”。《漢書·藝文志》列之爲“形法家”,《隋書·經籍志》歸入“地理之記”,《四庫提要》稱之爲“小説之最古者爾”,近人袁珂《山海經校注》則謂其“匪特史地之權輿,乃亦神話之淵府”。静安於《山海經》有很深的研究,並考定書中所載的“王亥”爲殷之先公。此詩作於 1920 年 1 月。詩中特寫《山海經》中的横暴之徒當有所設喻。於篇末始點出作者的用意。

【注釋】

［一］“兵禍”四句：兵禍始于蚩尤，他本是出於庶人中的豪雄。放縱自己貪婪的野心，製造出各種兵器。

蚩尤：古史傳説中的人物。或謂其爲“炎帝之後”。《書·呂刑》：“蚩尤唯始作亂。”炎帝與黄帝戰敗後，蚩尤起而反抗黄帝。

庶人雄：《大戴禮記·用兵篇》：“蚩尤，庶人之貪者也。”

“造作”句：《山海經·大荒北經》：“蚩尤作兵伐黄帝。”《藝文類聚》卷十一引《龍魚河圖》：“（蚩尤）造立兵杖、刀、戟、大弩。威震天下，誅殺無道，不仁慈。”

［二］“帝受”四句：黄帝接受了玄女之符，才戰勝蚩尤，築塚埋起他的肩和髀。不多久黄帝便乘龍上天而成仙，這時顓頊才是個孩子。

“帝受”句：《龍魚河圖》：“黄帝仁義，不能禁蚩尤。黄帝仰天而歎，天遣玄女下授黄帝兵信神符，制伏蚩尤，以制八方。”《山海經·大荒北經》則謂“有人衣青衣，名曰黄帝女魃……蚩尤請風伯雨師，縱大風雨，黄帝乃下天女曰魃，雨止，遂殺蚩尤”。

“始築”句：《史記·五帝本紀》：“黄帝乃征諸侯，與蚩尤戰於涿鹿之野，遂禽殺蚩尤。”裴駰集解引《皇覽》曰：“肩髀塚，在山陽郡巨野縣重聚，大小與闞塚等。傳言黄帝與蚩尤戰於涿鹿之野，黄帝殺之，身體異處，故別葬之。”

“龍駕”句：見《頤和園詞》“一朝”四句注。

顓頊：《史記·五帝本紀》：“黄帝崩，葬橋山。其孫昌意之子高陽立，是爲帝顓頊也。”《山海經·海内經》載，黄帝妻雷祖，生昌意，昌意生韓流，韓流生顓頊。據此則顓頊爲黄帝的曾孫。

童蒙：《易·蒙》：“匪我求童蒙，童蒙求我。”朱熹注：“童蒙，幼稚而蒙昧。”

［三］ “康回”六句。康回怒而争奪帝位，自立號爲“共工”。他的頭碰撞不周山，天柱倒折，中原與西北相通。便使赤縣的民衆，受到那不周山的寒風吹襲。

康回：《楚辭·天問》：“康回馮怒，地何故以東南傾？”王逸注：“康回，共工名也。”《淮南子·天文訓》：“昔者共工與顓頊争爲帝，怒而觸不周之山，天柱折，地維絶。天傾西北，故日月星辰移焉；地不滿東南，故水潦塵埃歸焉。”

赤縣：《史記·孟子荀卿列傳》載，戰國齊人鄒衍謂“中國名曰赤縣神州”。

不周風：指西北風。《山海經·西山經》載有“不周之山”。郭璞注：“此山形有缺不周匝處，因名云。西北不周風自此山出。”徐珂曰：“郭注‘山形有缺’，乃共工與顓頊争爲帝，怒觸之所致也。”

［四］ “爾臣”十句：共工啊，你的臣子是何人自號“相繇”，蛇身上長着九個頭，在九州貪婪地到處亂吃，他咬草則草死，咬木則木枯，嘔吐時萬里之地都變成湖澤。神禹殺死他，他的血又腥又臭，流處不可以生長五穀。神禹又用泥土填塞，三次填滿，又三次崩塌。在此地群帝建起高大的臺，可以南瞰昆侖之虚。

此十句語出《山海經·大荒北經》：“共工之臣名曰相繇，九首蛇身，自環，食于九土。其所歍所尼，即爲源澤。不辛乃苦，百獸莫能處。禹湮洪水，殺相繇，其血腥臭，不可生五穀，其地多水，不可居也。禹湮之，三仞，三沮。乃以爲池。群帝因是以爲臺，在昆侖之北。”郭璞注：“歍，嘔，猶噴吒；尼，止也。”“禹塞洪水，由以溺殺之也。”“言其膏血滂流，成淵水也。”“言禹以土塞之，地陷壞也。”“地下宜積土，故衆帝因來在此共作臺。”按，《山海經·海内北經》：“帝堯臺、帝嚳臺、帝丹朱臺、帝舜臺，各二臺，臺四方，在昆侖東北。”即此群帝之臺。

蠚（hē 喝）：咬刺。《山海經·西山經》載有鳥“名曰欽原，蠚鳥獸則死，蓋木則枯”。

仞：通“牣”。滿也。

菹(jù沮)：通“沮”，濕也。“土三菹”，謂土因濕而多次崩陷。

昆侖虚：《山海經·海外南經》：“昆侖虚在其東，虚四方。”郭璞注：“虚，山下基也。”

［五］“偉哉”兩句：偉大啊，這是萬世之功，如果没有禹的話，我們都變成魚了。

兩句見《海上送日本内藤博士》詩“商侯”兩句注。

［六］“黄帝”四句：黄帝建都於涿鹿，共工居住在幽都。古來北方之地，與中原同樣肥沃。

治：治所。指王都。《史記·五帝本紀》：“與蚩尤戰於涿鹿之野”正義引《括地志》：“又有涿鹿故城，在嬀州東南五十里，本黄帝所都也。”

幽都：《書·堯典》：“申命和叔，宅朔方，曰幽都，平在朔易。”《山海經·海内經》：“北海之内，有山，名曰幽都之山。”朔易，謂歲改易於朔方，因以朔易地指北方地區。

［七］“如何”四句：爲什麽北方的君主與民衆，世世代代遭到深重的毒害？天帝降下洪水蕩滌，千年來土地又咸又硬，不長草木。

仍世：累世，歷代。《晉書·武帝紀》：“粤在魏室，仍世多故。”

毒痡(pū鋪)：毒害，痛苦。《書·泰誓》：“作威殺戮，毒痡四海。”

剛鹵：謂土地堅硬又含鹽鹵。《易·説卦》：“其于地也，爲剛鹵。”

膚：指地上的植被。

［八］“唐堯”四句：唐堯便咨嗟歎息，命令人們向南邊的冀州居住，所以大禹管治的地域，没有到達幽州和并州一帶。

咨：嘆詞。《書·堯典》：“堯曰：咨！”

冀州：指中原地區。《山海經·大荒北經》“冀州之野”郭璞

注:“冀州,中土也。”《書・禹貢》所記禹劃九州的冀州,其地約當今之河北、山西一帶。

任土:《周禮・地官・載師》:“載師掌任土之法。”鄭玄注:“任其力所能生育,且以制貢賦也。”《史記・夏本紀》:“禹乃行相地宜所有以貢。”又《河渠書》引《夏書》曰:“以别九州,隨山濬川,任土作貢。”《漢書・地理志》:“水土既平,更制九州,列五服,任土作貢。”此謂禹據九州土地生産情況以確定其貢賦之品類等級。

幽并:幽州和并州。其地約當今之河北、山西北部和内蒙、遼寧一部分地區。《周禮・夏官・職方》中的九州爲冀、兖、青、揚、荆、豫、雍、幽、并,而《書・禹貢》中的九州則無幽、并而有徐州、梁州。

［九］“吁嗟”七句:唉呀!敦薨的海已經乾涸不起波瀾,樂池中的死灰比昆明池還多。高岸成了深谷,深谷又變做山頭。這些都是人爲的,並没有别的原因。女媧斷鼇足、煉石補天,如今有誰能做到呢?又能把共工、相繇這些傢伙們怎麽辦!

敦薨:《山海經・北山經》:“敦薨之水出焉,而西流注于泑澤。出于昆侖之東北隅,實爲河原。”

樂池:《穆天子傳》:“天子三日休於玄池之上,奏廣樂三日而終,是曰樂池。”

昆池:見《詠史》二十首之九注。

高岸爲谷:《詩・小雅・十月之交》:“高岸爲谷,深谷爲陵。”毛傳:“言易位也。”

阿(ē 屙):大的丘陵。

“將由”句:韓翃《爬沙行》詩:“深藏未許風吹過,人生由命匪由他。”匪,非。

斷鼇煉石:《淮南子・覽冥訓》:“於是女媧煉五色石以補蒼天,斷鼇足以立四極。”高誘注:“鼇,大龜,天廢頓以鼇足柱之。”

則那(nuó 挪):那就怎麼樣。那,"奈何"的合音。

末數句爲全詩之旨。清室已亡,無力回天,唯有吁嗟歎息而已。篇終見意,静安遺民的心境如揭。

小除夕東軒老人餉水仙釣鐘花賦謝

偪仄復偪仄,海壖受一廛。庭除確無土,井谷深無天。[一]舐頂眠群兒,積薪庋陳編。欹枕何所見,皚皚白盛鮮。登樓何所見,矗矗萬竈煙。[二]校《雅》辨芳茶,識篆得鰋鮎。[三]興來閱畫障,卻看江南山。雲氣蕩東海,嘉樹森西園。衣帶繞北江,芳草被南阡。市樓一回合,蒼翠空無端。[四]峨峨故紙堆,兀兀文字禪。荒荒時運盡,邁邁我生觀。[五]幽谷掣巖電,回照群動前。短智躡天後,深憂居人先。[六]雨水告歲道,奪霤鳴潺潺。窮陰增積慘,逝水悲徂年。[七]時晏孰華余?長者忽有頒。便娟花數叢,爛漫珠一箄。[八]兒傾儲粟瓶,婦徹薦新盤。僮媪紛濯溉,新井汲寒泉。[九]未能插晴昊,亦足媚幽閑。徙倚温雒神,雜佩來姍姍。[一○]王母下樂池，玉勝黄琅玕。何期周饒國，一昔會群仙。[一一]蘇魂聚窟香，忘憂北堂萱。零陵惡可辟，合歡忿且蠲。[一二]相期遊汗漫，復此得薖寬。[一三]公詩天下雄，揖讓蘇與韓。我慚籍湜輩，來廁晁張間。冀以寸莛細，一叩洪鐘宣。[一四]詰朝唱倀子，政可毆神奸。賦詩答嘉貺，定致《風伯篇》。[一五]

【箋】 己未年小除夕，即1920年2月18日。沈曾植與王國維是忘年之友，在上海的寓所相近，日夕過從，論學談詩，十分投契。從贈花與答詩這小事上可見兩人深摯的情誼。釣鐘，花名。沈曾植甚愛此花，嘗有詩詠之。題爲“釣鐘花或云出羅浮，或云出頂湖。樊山賦二詩，易以雅語曰懸鐘，和韻”。按，釣鐘，粵人作“吊鐘”，是。其花形如小鐘，懸吊於枝上，故名。

【注釋】

[一] “偪仄”四句：擁擠呀，多麽擁擠呀！在海邊居住一間小屋。庭院中鋪着磚石没有泥土，像在深井深谷底下不見青天。

偪(fù 復)仄：擁擠、密集。杜甫《偪仄行》：“偪仄何偪仄，我居巷南君巷北。”

海壖(ruán)：海邊之地。指上海。

受一廛：接受居地而爲民。《孟子・滕文公上》：“遠方之人，聞君行仁政，願受一廛而爲氓。”廛，一個男子所居的屋舍。

确：堅硬。指地上鋪上水泥或磚石。

[二] “觝頂”六句：孩子們頭碰頭地擠在一起睡，古書像一堆堆木柴般放滿。靠着枕頭看見什麽——皚皚的白粉牆鮮明照眼；登上樓頂看見什麽——千家萬户升起的炊煙。

觝頂：頭頂相接觸。韓愈《祭河南張員外文》：“夜息南山，同臥一席。守隸防夫,觝頂交距。"

積薪: 積聚木柴。《國語・周語中》:"甸人積薪。"詩中當以喻藏書。

陳編: 古舊書籍。韓愈《進學解》:"窺陳編以盜竊。"

庋(guǐ詭): 置放。

白盛: 指粉飾牆壁用的白灰。《周禮・考工記・匠人》"白盛"鄭玄注:"蜃灰也。盛之言成也。以蜃灰堊牆,所以飾成宮室。"

萬竈: 萬户。王逢《無題》詩:"萬竈煙消入水犀。"

以上十句寫静安在上海居住的環境。

[三] "校雅"兩句: 校勘《爾雅》辨明"苕"與"荼"的音義,研究大篆識得"鰋"與"鯾"兩字。

"校雅"句: 静安於1916年冬撰《爾雅草木蟲魚鳥獸釋例》。自序中謂受沈曾植的啟發而作。沈氏認爲古字之假借轉注恒出入於同音諸母中。静安亦以爲"凡雅俗古今之名,同類之異名與夫異類之同名,其音與義恒相關係",並舉出"苕"(tiáo)與"荼"(tú)等字爲例,謂"皆一聲之轉"。

"識篆"句: 静安撰《兩周金石文韻讀》,其中《石鼓文》乙鼓有"黄帛其鰋,又鱄又鯾"句,静安將"鰋"、"鯾"兩字歸入"元"部韻,糾正前人釋爲"鰋"、"鮊"之誤。按,今《漢語大字典》仍襲舊説。

[四] "興來"八句: 興致到來時觀賞畫軸,回頭看看那江南山水: 雲氣在東海上浮蕩,美好的樹木長滿了西園。北江像衣帶般環繞,芳草覆蓋着南邊的小路。從市樓上放眼四望,蒼蒼翠色空闊無邊。

北江: 指吴淞江。時静安居大通路吴興里,北望可見吴淞江。

回合: 環繞。李端《巫山高》詩:"回合雲藏日。"詩意似謂環望。

無端: 無邊無際。《漢書・律曆志上》:"周旋無端,終而復始,無窮已也。”

［五］ “峨峨”四句：在高高的故紙堆中，終日辛勞地在參究着文字，不知不覺間時光流轉，一年將盡，看我的人生也是這麽消逝了。

故紙堆：舊書堆。朱熹《答吕子約書》：“豈可一向汩溺於故紙堆中，使精神昏弊，失後忘前，而可以謂之學乎？”

兀兀：猶“矻矻”，勤勉貌。韓愈《進學解》：“焚膏油以繼晷，恒兀兀以窮年。先生之業，可謂勤矣。”

文字禪：以文字闡發禪理。禪宗本來主張“教外别傳，不立文字”的，但又不得不通過文字去表達，故云。詩中以指寫文章以表達自己的見解。釋惠洪有《石門文字禪》。

荒荒：猶言昏昏。杜甫《漫成二首》之一：“野日荒荒白。”

時運：時節的變化。陶潛《時運》詩：“邁邁時運，穆穆良朝。”邁邁：往逝貌。

我生觀：《易・觀》：“六三，觀我生，進退。”觀我生，謂觀察自己的行動。

［六］ “幽谷”四句：好比在幽暗的山谷中疾馳的巖電，回照那一群群蠢動的世人，以自己短淺的智慧想要登天自然落後，可是深重的憂思卻要先於衆人。

巖電：喻炯炯有神的目光。《世説新語・容止》：“裴令公目王安豐‘眼爛爛如巖下電。’”

群動：指在活動中的群物。陶淵明《飲酒》詩之七：“日入群動息，歸鳥趨林鳴。”

四句謂自己目光如電，讀書作文以昭示世人，頗有范仲淹“先天下之憂而憂”之慨。

［七］ “雨水”四句：歲暮時已苦於雨水不斷，簷間終日霤聲潺潺，陰沉的天氣增加了内心的積鬱，悲傷過去的一年如逝水般一去不回。

歲遒：一年已盡。遒，終竟。韓愈《赴江陵途中寄……三學士》詩："空懷焉能果，但見歲已遒。"

窮陰：極其陰沉的天氣，亦指冬盡年終。本詩中兼有兩意。

徂(cú 殂)年：已逝之年。《後漢書・馬援傳贊》："徂年已流，壯情方勇。"

以上一段寫在上海的日常生活，抒發個人的悲感。

［八］ "時晏"四句：歲時遲暮，誰能爲我增添光彩？長者忽然有所賜贈：幾叢秀麗的水仙花，還有一箪爛漫如珠的釣鐘花。

"時晏"句：《楚辭・九歌・山鬼》："留靈修兮憺忘歸，歲既晏兮孰華予？"王逸注："年歲晚暮，將欲罷老，誰復當令我榮華也。"

便(pián 平)娟：輕盈美好貌。《楚辭・大招》："豐肉微骨，體便娟只。"

珠一箪(dān 單)：語本《左傳・哀公二十年》："與之一箪珠。"箪，以竹或葦編成的小箱子。釣鐘花形小，故詩中以珠喻之。沈曾植詩亦有"槽滴紅珠更覆杯"之語。

［九］ "兒傾"四句：孩子倒空了裝着糧食的罌子，妻子也撤換了薦新上供的盤子，僕人們紛紛忙着洗擦，在新井中汲起清涼的泉水。

儲粟瓶：陶淵明《歸去來兮辭序》："余家貧，耕植不足以自給。幼稚盈室，瓶無儲粟，生生所資，未見其術。"瓶，泛指大腹之容器。徹，撤去，撤换。

薦新：以時鮮的食品供祭。《禮記・檀弓上》："有薦新，如朔奠。"孔穎達疏："薦新，謂未葬中間得新味而薦亡者。"

僮媪：指小男僕和老女僕。

濯摡(gài 概)：洗拭。《周禮・天官・世婦》："帥女官而濯摡。"鄭玄注："摡，拭也。"

［一〇］ "未能"四句：花枝雖未能插在晴空之下，但亦足以使幽閑之士感到愉悦。好比顧影低徊的洛水女神，佩上各種玉飾姍姍而來。

晴昊(hào 浩)：晴空。杜甫《蘇端薛復筵簡薛華醉歌》："亂插繁花向晴昊。"

媚：取悦。

徙倚：低徊，留連。

温雒：即洛水。《易乾鑿度》："帝盛德之應，則洛水先温。"故稱温洛。温洛神，洛水女神，即宓妃。神話傳説中宓犧氏之女，溺死水中而爲神。曹植《洛神賦》："於是洛靈感焉，徙倚彷徨。"古詩詞中常以洛神喻水仙花。

雜佩：綴在一起的各種玉佩。《詩·鄭風·女曰雞鳴》："知子之來之，雜佩以贈之。"毛傳："雜佩者，珩、璜、琚、瑀、衝牙之類。"

姍姍：形容女子步履緩慢從容。《漢書·孝武李夫人傳》載漢武帝歌曰："是邪，非邪？立而望之，偏何姍姍其來遲！"

［一一］"王母"四句：西王母走下樂池，她那髮飾是黄色的美玉。没想到在周鐃國中，一夜間群仙聚會。

王母：神話傳説中的女神。《山海經·西山經》："西王母，其狀如人，豹尾虎齒而善嘯，蓬髮戴勝。"郭璞注："勝，玉勝也。"玉勝，玉製的髮飾。

樂池：見《冬夜讀山海經感賦》詩"吁嗟"七句注。

何期：豈料。

周鐃國：神話傳説中的小人國。《山海經·海外南經》："周鐃國在其東，其爲人短小，冠帶。一曰焦僥國，在三首東。"郭璞注："其人長三尺。"後世古書中的焦僥國人或謂長尺六寸。

一昔：一夜。

四句寫水仙花。以小人國中戴着黄玉髮飾的衆仙喻之。

［一二］"蘇魂"四句：它的香氣，好比能令人返魂的聚窟香，又好比能令人忘憂的北堂萱草。像零陵香般能辟去穢惡，像合歡花般能除去忿怒。

聚窟香：《海内十洲記·聚窟洲》載，聚窟洲在西海中申未之地，洲上有大樹，葉香聞數百里，名此爲返魂樹。以其根心可煉成返生香，能令死者聞氣乃活。

北堂萱：《詩·衛風·伯兮》："焉得諼草，言樹之背。"朱熹集傳："諼，忘也。諼草合歡，食之令人忘憂者。背，北堂也。"諼，即萱草。古人稱爲忘憂草。

零陵：香草名。沈括《夢溪補筆談·藥議》："零陵香，本名蕙，古之蘭蕙是也。又名薰。《左傳》曰'一薰一蕕，十年尚猶有臭'，即此草也。唐人謂之鈴鈴香，亦謂之鈴子香，謂花倒懸枝間如小鈴也。"

合歡：植物名。又名馬纓花、夜合花。古人以之贈人，謂能使人去嫌不忿。嵇康《養生論》："合歡蠲忿，萱草忘憂。"崔豹《古今注·草木》："合歡，樹似梧桐，枝葉若繁，互相交結，每一風來，輒自相解，了不相牽綴，樹之階庭，使人不忿，嵇康種之舍前。"

［一三］"相期"兩句：彼此相約共作汗漫之遊，卻又在這兒得到寬廣的天地。

汗漫：渺茫不可知。《淮南子·道應訓》："吾與汗漫期於九垓之外。"

薖（kē科）寬：寬大貌。《詩·衛風·考槃》有"碩人之寬"、"碩人之薖"語，朱熹集傳云："美賢者隱處澗谷之間，而碩大寬廣，無戚戚之意。"兩句意謂雖幽居讀書而胸懷寬廣。

［一四］"公詩"六句：您的詩歌如今稱雄於天下，可與蘇軾、韓愈分庭抗禮。我自愧像張籍、皇甫湜之流，竟敢厠身於晁補之、張耒之間。如同想要以細弱的草莖，來碰撞大鐘發聲。

揖讓：賓主相見的禮儀。詩意謂彼此相當。

蘇與韓：指蘇軾與韓愈。沈曾植詩風奇偉沈鬱接近蘇、韓。汪國垣《光宣詩壇點將録》："寐叟詩學宛陵、山谷，間出入韓、蘇。"

籍湜：張籍與皇甫湜。兩人皆韓愈的學生。

晁張：晁補之與張耒。兩人與黄庭堅、秦觀並稱"蘇門四學士"。晁、張雖游於蘇門，但與蘇軾仍是亦師亦友關係。詩意謂自己應是沈曾植的晚輩，而沈氏卻把自己看成是朋輩，故感到慚愧。

寸莛(tíng 廷)：短草莖。以莛叩鐘，語本《説苑·善説》："趙襄子謂仲尼……仲尼不對。……子路曰：'建天下之鳴鐘，而撞之以莛，豈能發其聲乎哉？君問先生，無乃猶以莛撞乎？'"意謂不自量力，以淺陋的東西向學識淵博的人討教。

［一五］"詰朝"四句：明日我要唱出侲子們逐鬼的歌，正可驅除那大奸大惡之徒。寫成這詩報答您的厚贈，定會引出《風伯篇》那樣的文章。

詰朝：明朝。《左傳·僖公二十八》："詰朝將見。"杜預注："詰朝，平旦。"

侲(zhēn 真)子：童子。古人以小童戴假面唱歌以驅除鬼怪。張衡《東京賦》："方相秉鉞，巫覡操茢，侲子萬童，丹首玄制。"劉勰《文心雕龍·祝盟》："侲子毆疫，同乎越巫之祝。"

政：正。

神奸：《左傳·宣公三年》："鑄鼎象物，百物而爲之備，使民知神奸狀。"本指能害人的鬼神怪異之物。此指巨奸。

嘉貺(kuàng 況)：好的贈品。古人獲贈品後，往往以詩報之，並希望對方酬答。蘇洵《答陳公美四首》之四："作詩報嘉貺，亦聊以相催。"

風伯篇：指韓愈的《訟風伯》文。文中以風伯喻權奸，謂其不顧旱饑，專事誅求。末云："天誅加兮不可悔，風伯雖死兮人誰汝傷。"詩中疑以指北京當局的權貴。

張小帆中丞索詠南皮張氏二烈女詩 庚申

中丞教作烈女歌，五年宿諾嗟蹉跎。去歲養痾北海上，督責乃枉高軒過。[一]我生恨識前輩晚，相國精魂箕尾遠。昔隨書局趨東閣，頃以部民謁南阮。[二]朱顔白髮韜英姿，想見手夷徵側時。十載江湖瞻北闕，一門忠孝數南皮。[三]烈女同出南皮張，清門迥與高門望。孰云部婁無松柏，鬱鬱雙幹蟠穹蒼。[四]陵谷推移名節變，昔人所尊今則賤。晝墁居然傲國工，戚施乍可呼邦媛。[五]誰與賦詩陳彝倫，濡染大筆勞山人。群公題詠吾能記，若有人兮水竹村。[六]村人皤然一詩叟，趣取大物一何有。末流那解盜聖智，異俗何時還淳厚。[七]吁嗟乎，箕斗之間析木津，間氣終然鍾婦人。兩條恒衛東流去，萬古巍巍二女墳。[八]

【箋】 張曾敭，字小帆。南皮(今屬河北)人。同治七年(1868)進士，歷任福建省布政使、山西、浙江巡撫。辛亥革命後，流寓天津。1916年，天津發生一起逼婚案，兩名張姓少女自殺。張小帆以二女爲其族人，命子張愿書二女事，章梫撰《南皮張氏二烈女傳》，清遺老勞乃宣、劉廷琛等爲詩以詠其事。静安此作，亦借二女事以宣揚彝倫節義,表達了對清朝的眷戀之情。静安於1916年12月11日致羅振玉書中云:"《張烈女詩》是一好題目,唯作長篇則頗費時日,短篇無從見好,且看詩思如何,或請乙老作之。"1920年4月23日致羅振玉書又云:"筱帆中丞所索《張烈女詩》,至前日始就别紙録出,祈轉交。"可知此詩寫定於是年4月21日。

【注釋】

［一］ "中丞"四句:張中丞叫我寫烈女歌,應諾後又過了五年,真歎息歲月蹉跎。去年在北海上養病,中丞又屈駕到訪,督促我要完成。

中丞:明清時對巡撫的稱呼。

宿諾:謂未及時兑現的諾言。《論語·顔淵》:"子路無宿諾。"朱熹集注:"宿,留也,謂宿留之諾。"

北海:指天津。1919年10月,静安患脚氣病,到天津療養。

督責:督促責備。《吕氏春秋·驕恣》:"故若簡子者,能厚以理,督責於其臣矣。"

枉:謙詞。謂使對方受屈。

高軒過:《新唐書·文苑傳》載,唐李賀七歲能辭章,韓愈與皇甫湜過其家,命賦詩,賀即作《高軒過》詩。後因以"高軒過"爲過訪的敬辭。

［二］ "我生"四句:我衹恨生得遲,認識前輩們也晚,張相國的精魂早已騎箕尾遠去。當年我曾隨着書局的人到過相府,最近我又以部民的身分來拜謁先生。

相國:指張之洞。張亦南皮人,曾任軍機大臣,故稱相國。

箕尾:箕星與尾星。《莊子·大宗師》:"傅説得之,以相武丁,奄有天下,乘東維,騎箕尾,而比於列星。"相傳傅説死後,化爲星宿,在箕、尾之間。因用爲死的諱詞。

兩句寫對張之洞的傾慕。張之洞曾掌學部,派羅振玉赴日本考察學校,購譯教科書,羅氏遂助静安川資,使留學日本。

書局：指編譯局。羅振玉應鄂督張之洞之邀，至湖北任農務局總理兼學堂監督，静安遂參與編譯農書事宜。

東閣：《漢書・公孫弘傳》傳，弘爲宰相，"於是起客館，開東閣以延賢人"。後因以東閣稱宰相招致賢士、款待賓客的地方。静安於光緒二十七年在湖北時，當隨羅振玉至總督府謁見過張之洞。此事未見著録。

部民：邑民，統屬下的人民。張小帆曾爲浙江巡撫，故云。

南阮：《晉書・阮咸傳》載，阮咸與叔阮籍爲竹林之遊。"咸與籍居道南，諸阮居道北，北阮富而南阮貧"。詩中以南阮況張子帆，謂張氏廉潔自守。

［三］"朱顔"四句：先生紅顔白髮，英風内藴，想見當年手誅女反賊的氣概。十年來雖在江湖之上仍戀顧北闕，一門忠孝之士當數南皮張家。

韜：藴含。

夷：討平，誅滅。

徵側：東漢交阯人。《後漢書・馬援列傳》："交阯女子徵側及女弟徵貳反，攻没其郡。九真、日南、合浦蠻夷皆應之，寇略嶺外六十餘城，側自立爲王。於是璽書拜援伏波將軍……援追徵側等至禁谿，數敗之，賊遂散走。明年正月，斬徵側、徵貳，傳首洛陽。"詩中以徵側指秋瑾。《清史稿・張曾敭傳》："秋瑾者，浙江女生言革命者也。留學日本，歸爲紹興大通學校老師，陰謀亂。曾敭遣兵至校捕之，得其左驗，論重辟，黨人大嘩。"

"十載"句：語本《莊子・讓王》："身在江海之上，心居乎魏闕之下。"謂身在江湖而心向朝廷。

一門忠孝：《晉書・卞壼傳》："父死於君，子死於父，忠孝之道，萃於一門。"《舊唐書・王重榮傳》："卿一門忠孝，三代勳庸。"

四句讚美張小帆的"忠孝"。"手夷徵側"一語，可見静安對革命的態度。

［四］“烈女”四句：烈女同出於南皮張氏，清門與高門遥遥相望。誰説小土坡長不出松柏，看那兩株高樹鬱鬱葱葱，蟠曲向着蒼天。

“烈女”句：章梫《南皮張氏二烈女傳》：“二烈女者，姓張氏，長曰立，次曰春。世居南皮縣偏坡營，大學士文襄公之同族人也。”

清門：寒素之家。杜甫《丹青引》詩：“將軍魏武之子孫，於今爲庶爲清門。”此指二女的家。

高門：高貴的門第。《莊子・達生》：“高門縣薄。”成玄英疏：“高門，富貴之家也。”此指張之洞與張曾敭的家。

部婁：同“培塿”。小土丘。《左傳・襄公二十四年》：“部婁無松柏。”杜預注：“部婁，小阜。”

雙幹：兩樹。指二女。

穹蒼：蒼穹。蒼天。

［五］“陵谷”四句：隨着陵谷的推移，名節觀念也發生變化，前人所尊崇的，今人卻輕賤它。在牆上亂塗亂畫的人居然瞧不起大畫家，醜八怪還被稱做一國中的美女。

陵谷推移：指改朝换代。見《送日本狩野博士遊歐洲》詩“多更憂患閲陵谷”注。

畫墁：在新粉飾過的牆上亂塗亂畫。《孟子・滕文公下》：“有人於此，毁瓦畫墁，其志將以求食也。”朱熹集注：“墁，牆壁之飾也。”

戚施：蟾蜍的别名。喻駝背的醜女。《詩・邶風・新臺》：“燕婉之求，得此戚施。”毛傳：“戚施，不能仰者。”

［六］“誰與”四句：誰人爲此而寫詩陳述倫常之道呢，有淋漓大筆的勞山人。我還記得群公的題詠，其中好像有一個人啊曾隱居在水竹村中的。

彝倫：倫常，常理。語見《書・洪範》。指種種的倫理道德。

濡染大筆：筆墨淋漓。謂大手筆。李商隱《韓碑》詩："濡染大筆何淋漓。"

勞山人：指勞乃宣。勞於辛亥革命後隱居於勞山，故稱。

群公題詠：章梫《南皮張氏二烈女傳》："勞玉初尚書、張安圃協揆、劉幼雲大臣、陳詒重侍郎皆爲詩以永其事。"

水竹村：村名。在河南輝縣。徐世昌曾隱居村中，號水竹村人。徐氏亦寫有《天津雙烈女詩》。

［七］"村人"四句：這位"村人"是一位鬚髮皆白的詩翁，他急急忙忙地攫取大位卻又得到什麽呢？末流小輩哪懂得這樣盜用"聖"與"智"的名義，詭異之俗什麽時候才能回復淳厚？

詩叟：詩翁。徐世昌能詩。有《水竹村人集》。汪辟疆《光宣以來詩壇旁記》謂其"詩則非甚工，不過略有氣勢耳"。晚年編有《晚晴簃詩匯》二百卷。

大物：指天下。《莊子·在宥》："夫有土者，有大物也。"成玄英疏："九五尊高，四海弘臣，是稱大物也。"黄庭堅《書磨崖碑後》："撫軍監國太子事，何乃趣取大物爲？"趣（cù 促），急於。徐世昌在清朝時歷任軍機大臣、皇族内閣協理大臣等高官。辛亥革命後，又任國務卿。袁世凱復辟帝制時，退居於水竹村中待時而起。1918 年 9 月 4 日，被北方各政派舉爲中華民國第二任大總統。

盜聖智：《莊子·胠篋》："田成子一旦殺齊君而盜其國，所盜者豈獨其國邪？並與其聖知之法而盜之。"意謂田成子不但盜取了國家政權，連"聖"、"智"之法也一併盜取，以保護其盜賊之身。

異俗：詭異的習俗。謂民國後"名節"、"彝倫"已變化，故民風澆薄，習俗詭異。

四句指斥徐世昌"取大物"、"盜聖智"。感歎世風日下。

［八］"吁嗟"四句：唉，在箕斗之間、析木之津，天地的間氣最後竟落在婦人身上。張氏二女像恒、衛二水東流而去，她們的墳

墓千秋萬世巍巍聳立。

“箕斗”句：天津，爲古代的幽州燕地。屬十二星次中的析木星次，在箕宿與斗宿之間。析木星次自尾宿十度至斗宿十一度之間爲“漢津”，即横跨銀河，故稱“析木津”。

間氣：古人謂世間傑出的人，上應星象，稟天地之氣，間世而出。人稟受此“間氣”，則爲賢臣、節婦等。《太平御覽》卷三六〇引《春秋演孔圖》：“正氣爲帝，間氣爲臣。”宋均注：“間氣則不苞一行，各受一星以生。”唐《竇希瑊碑》：“間氣時鍾。”詩謂間氣鍾於婦人，古人常有此説。張端義《貴耳集》卷上：“婦人中有此文筆，殆間氣也”。《古今詞話》載宋謝希孟語：“天地英靈之氣，不鍾於男子而鍾於婦人。”又，《如莽小集》：“李妃亦有《梳粧臺樂府》，不傳於世，亦閨幨中間氣所鍾也。”納蘭性德《鷓鴣天》詞：“天將間氣付閨房。”鍾，聚集。

恒衛：恒水與衛水。《書·禹貢》：“恒、衛既從，大陸既作。”孔穎達疏：“《地理志》云：‘恒水出常山上曲陽縣，東入滱水；衛水出常山靈壽縣，東入滹沱。’”兩水最後均注入海河經天津出海。

題族祖母蔣夫人畫蘭 庚申

鶗鴂先鳴草不春，天教翠墨與精神。[一]且將東海栽桑手，來作幽花寫照人。[二]新阪校知鄰小築，管公樓儻夢前身。[三]白頭二老婆娑處，可許吴興拜路塵？[四]

【箋】 此詩作於 1920 年。爲親屬題畫的詩，也流露出滄桑之感。末兩句微有諷意。

【注釋】

［一］ “鶗鴂”兩句：杜鵑鳥已經鳴叫，百草也失去芬芳。老天爺卻使夫人的翠墨畫出春天的精神。

鶗鴂(tíjué 提決)：同“鶗鴃”。鳥名。即杜鵑鳥。《漢書·揚雄傳上》：“徒恐鶗鴃之將鳴兮，顧先百草爲不芳。”顔師古注：“一名杜鵑，常以立夏鳴，鳴則衆芳皆歇。”

翠墨：色彩鮮明的墨蹟。蘇轍《次韻子瞻題孫莘老墨妙亭》詩：“旋揉翠墨濡黄繒。”

［二］ “且將”兩句：姑且用您在東海上栽桑之手，來爲這幽雅的蘭花寫照，當一位畫人吧。

東海栽桑：用麻姑“滄海桑田”之典。詩中用以暗示清朝覆亡，時移世易；亦以讚美蔣夫人如麻姑般長壽，飽歷滄桑。

幽花：古詩文中常以指蘭花。陶淵明有《幽蘭》詩。蘇轍《次韻答人幽蘭》詩：“幽花耿耿意羞春。”

［三］ “新阪”兩句：您的雅致的住宅與新阪的學校爲鄰，在管公樓上也許夢到您的前身是位畫師。

新阪：古地名。在今海寧鹽官。新阪校，指新阪的鄉校。《南史·儒林傳·顧越》：“顧越字允南，吴郡鹽官人也。所居新阪黄岡，世有鄉校，由是顧氏多儒學焉。”蔣夫人亦當爲海寧鹽官人。

小築：小型雅致的建築物，常建於山水清幽之處，作書房或别墅之用。

管公樓：趙孟頫《管公樓孝思道院記》：“仲姬名道昇，父諱仲，字直夫。倜儻宜義，晚節益自熹，鄉里稱之曰管公。無丈夫子，仲姬特所鍾愛。至元廿六年歸於我。”趙氏爲管公“刱樓三間，以祀公及公之配周”。夏文彦《圖繪寶鑒》：管夫人道昇,字仲姬,趙文敏室,贈魏國夫人。能書,善畫墨竹梅蘭。此以管仲姬喻蔣夫人。

前身:前世之身。此暗用王維《偶然作六首》之六:"宿世謬詞客,前身應畫師。"本詩指管仲姬。

[四] "白頭"兩句:在這兩位白髮蒼蒼的老人逍遥遊息之處,也許要讓趙孟頫夫婦都望塵而拜了。

二老:指蔣夫人夫婦。

婆娑:逍遥,留連遊息。譚獻《復堂詞話》:"婆娑二老,並秀一時。"

吴興:指元代畫家趙孟頫。浙江吴興人。趙孟頫及其妻管仲姬皆能書善畫,管仲姬尤擅畫蘭,故以設喻。

拜路塵:《晉書·潘岳傳》載,潘岳與石崇等諂事權臣賈謐,"每候其出,與崇輒望塵而拜"。元好問《論詩絶句》:"高情千古閑居賦,争信安仁拜路塵。"安仁,潘岳之字。趙孟頫本爲宋朝宗室,後入元爲官,前人每譏其失節。静安詩中特意拈出之,亦當有所諷。

高欣木舍人得明季汪然明所刊柳如是尺牘三十一通並己卯湖上草爲題三絶句

一

羊公謝傅衣冠有,道廣性峻風塵稀。[一]纖郎名

字吾能憶，合是揚州王草衣。[二]

原注：《尺牘》二十五云："承諭出處，備見剴切。特道廣性峻，所志各偏，久以此事推纖郎，行自愧也。"纖郎，疑即王修微。修微一字草衣道人，廣陵人，後歸許霞城給事。

【箋】 高欣木(1878—1952)，名時顯，字野侯，杭縣人。清末舉人，以書隸、畫梅、治印著名於時，所藏書畫極豐，稱"五百本畫梅精舍"。舍人，顯貴子弟的通稱。汪然明(1577—1655)，名汝謙，新安人。明末居杭州武林，與諸名士游。著有《春星堂詩集》。柳如是(1618—1664)，本姓楊，名愛，字蘼蕪。後改姓柳，名隱，又名是，字如是，號我聞室主，人稱河東君。嘉興人。明末名妓。後嫁與錢謙益，著有《戊寅草》、《湖上草》、《河東君集》。其詩文幽豔秀發，頗具才情。汪然明所刊柳如是尺牘三十一通，作於崇禎十二年至十五年間。陳寅恪《柳如是別傳》第四章有詳細的考辨。《湖上草》爲柳如是詩集名，刻於崇禎十二年己卯，爲據柳氏手寫原本而摹刻者。此詩 1920 年作於上海。

【注釋】

[一] "羊公"兩句：羊祜和謝安這樣的人物在衣冠之士中還是有的，而"道廣性峻"的人在風塵女子中卻是罕見。

羊公：羊祜。西晉大臣。《晉史·羊祜傳》載他都督荆州諸軍事時，輕裘緩帶，修德服人。卒後，人立碑峴山，望其碑者，莫不流涕。

謝傅：謝安。西晉大臣。《晉史·謝安傳》載他神識沈敏，風宇條暢。曾隱居東山，放情丘壑，後復出仕，在淝水之戰中擊敗苻堅。卒贈太傅。

詩中以羊公、謝傅喻錢謙益。參見第二首注及所引《尺牘》第三十通。

道廣性峻：語本《後漢書·許劭傳》："劭嘗到潁川，多長者之游,唯不候陳寔。又陳蕃喪妻還葬,鄉人畢至,而劭獨不往。或問其故,劭曰:'太丘道廣,廣則難周;仲舉性峻,峻則少通。故不造也。'其多所裁量若此。"太丘,陳寔之字;仲舉,陳蕃之字。柳如是交遊甚廣,性情剛烈,此以"道廣性峻"自謂,亦極確切。

[二] "纖郎"兩句:"纖郎"的名字我能想得到,應當是揚州的王草衣吧。

纖郎:指王微。錢謙益《列朝詩集·閏集》:"微,字修微。廣陵人。七歲喪父,流落北里。長而才情殊衆,扁舟載書,往來吴會間,所與遊皆勝流名士。……自號草衣道人。"又,顧雲美《河東君傳》載,錢謙益"謂天下風流佳麗,獨王修微、楊宛叔與君(柳如是)鼎足而三"。陳寅恪《柳如是别傳》第四章:"修微名微,復字修微。'纖''微'二字同義,可以通用。'纖郎'當是修微曾以此爲稱也(寅恪後見王國維題高野侯藏汪然明刻本柳如是尺牘七絶三首之一云:"纖郎名字吾能意,合是廣陵王草衣。"足徵觀堂先生之卓識也)。"許霞城,名譽卿,華亭人。

二

華亭非無桑下戀,海虞初有蠟屐蹤。[一]汪倫老去風情在,出處商量最惱公。[二]

原注:《草》中《贈陸處士》詩有"我是華亭舊時客"句,顧雲美《河東君傳》云:"君初適雲間孝廉爲妾。"故有"華亭舊客"之句。又,君初訪半野堂,在庚辰之冬。《尺牘》中第三十、第三十一皆及之。

【注釋】

[一] "華亭"兩句:當日在華亭不是没有桑下三宿之戀,這時在海虞剛見到她的遊蹤。

華亭：舊縣名。即今上海松江。
桑下戀：見《重遊狼山寺》詩"揭來"兩句注。
上句寫柳如是與陳子龍的關係。陳子龍爲華亭人，字臥子，號大樽。崇禎十年(1637)進士。南京爲清兵所陷後，在松江起兵，稱監軍。事敗亡匿，後被捕，投水死。華亭别稱雲間，"雲間孝廉"即指陳子龍。陳子龍於崇禎十一年曾爲柳如是刻詩集《戊寅草》。羅振玉《顧雲美書河東君傳册跋》："傳中記蘼蕪(柳如是之號)初歸雲間孝廉爲妾，殆先適陳臥子。"陳寅恪《柳如是别傳》第三章，專述"河東君與'吴江故相'及'雲間孝廉'之關係"云："至於陳臥子，則以文雄烈士，結束明季東南吴越黨社之局，尤爲曠世之奇才。後世論者，往往以此推河東君知人擇婿之卓識，而不知實由於河東君之風流文采，乃不世出之奇女子，有以致之也。"
海虞：古縣名。即今江蘇常熟。
蠟屐：塗蠟的木屐。古人出遊山水，常穿蠟屐。劉禹錫《送裴處士應制舉》詩："登山雨中試蠟屐。"
次句寫柳如是初識錢謙益。錢謙益爲常熟人。字受之，號牧齋。明萬曆進士。崇禎初官禮部侍郎，弘光時爲禮部尚書。清兵南下，迎降。
汪然明與柳如是通信之時，柳如是已被迫離開陳子龍，生活彷徨無着。崇禎十三年庚辰冬十一月，乘舟至虞山訪錢謙益。其《致汪然明尺牘》第三十通云："弟小草以來，如飄絲霧，黍谷之月，遂躡虞山。南宫主人，倒屣見知；羊公謝傅，觀兹非渺。……弟方耽蠟屐，或至閣梅粱雪，彦會可懷。"直至十四年六月，錢、柳始結褵於松江舟中。

[二] "汪倫"兩句：汪倫老去，風情猶在。究竟是出山還是退隱，一再商量，實在最令人苦惱。
汪倫：李白《贈汪倫》詩："桃花潭水深千尺，不及汪倫送我情。"此以指汪然明。錢謙益《新安汪然明合葬墓誌銘》謂然

明"熱腸俠骨","西陵油壁之妓,北里雪衣之女,靡不擎箱捧席,傾囊倒庋"。可見其"風情"。

出處:出山與退隱。蔡邕《薦皇甫規表》:"修身力行,忠亮闡著。出處抱義,皦然不污。"

惱公:惱人。李賀有《惱公》詩。

兩句寫汪然明與柳如是的關係。汪氏友人林雲鳳《汪然明以柳如是尺牘並湖上草見貽口占二絶》詩首句即云:"汪郎元是有情癡。"王志道《春草堂詩集序》又謂汪氏"嘗散千金以濟遊客,客遂俠之"。名士才媛常集於汪氏園中,柳如是亦曾借居其書樓,又借其遊舫春遊。柳氏致汪氏書多達三十一通,中時有商量"出處"之語。如第四通云:"某翁願作交甫,正恐弟仍是濯纓人耳。"第五通云:"今弟所汲汲者,亡過於避跡之事,望先生速擇一静地爲進退。"第八通云:"商山之行,亦視先生爲淹速爾。"陳寅恪《柳如是别傳》第四章謂"然明又一次約河東君至杭,爲之介紹佳婿"。可見汪、柳之交誼。

三

幅巾道服自權奇,兄弟相呼竟不疑。[一]莫怪女兒太唐突,薊門朝士幾鬚眉![二]

原注:顧雲美摹河東君初訪半野小相作男子服,此《尺牘》與汪然明者,皆自稱曰"弟"。

【注釋】

[一] "幅巾"兩句:河東君戴着幅巾,穿着道服,實在是奇譎非凡。男女之間以兄弟相呼,竟然彼此無猜。

幅巾:古代男子以整幅細絹裹頭的頭巾。《後漢書·鄭玄傳》:“玄不受朝服,而以幅巾見。”

道服:古代男子家居的常服。斜領大袖,四周鑲邊的長袍。方勺《泊宅編》卷四:“鄉人但塑一幅巾道服者,置之祠中。”

權奇:奇譎。有智謀。《漢書·禮樂志》:“志俶儻,精權奇。”王先謙補注:“權奇者,奇譎非常之意。”

顧苓《河東君傳》:“(柳如是)遊吴越間,格調高絶,詞翰傾一時。嘉興朱治憪爲虞山錢宗伯稱其才。宗伯心豔之,未見也。崇禎庚辰冬,扁舟訪宗伯,幅巾弓鞋,著男子服,口便給,神情灑落,有林下風。”又:“爲人短小,結束俏利,性機警,饒膽略……俶儻好奇,尤放誕。”陳寅恪《柳如是别傳》第四章:“河東君感慨激昂,無閨房習氣。其與諸名士往來書札,皆自稱‘弟’。又喜著男子服裝。”

[二] “莫怪”兩句:不要怪女子的行爲太過唐突,看看北京中的朝士有幾個是真正的鬚眉男子。

薊門:代指北京。顧炎武《薊門送子德歸關中》:“薊門朝士多狐鼠,舊日鬚眉化兒女。”王詩活用其意。

柳如是男服過訪錢謙益於半野堂,在當時是有逾常軌之事,故時流亦頗有微辭。静安以此反諷入民國做官的“朝士”。

題漢人草隸磚(二首)

一

草隸三行文廿四,誰將令適作書材?[一]全章六

十三言在，如見敦煌筆札來。[二]

原注：敦煌所出漢人手書木簡，有《急就篇》百餘字，惟首章獨全。

【箋】 此詩末作者題記云："漢人草隸'急就'、'稊稌'二專，其一藏吾邑鄒景叔大令家，其一不知藏誰氏。雪堂以拓本見遺，裝成，漫題二絶句。時辛酉季冬醉司命日，嚴寒，永觀堂炙硯書。"醉司命日，即農曆十二月二十四日，爲年終祭灶神之日。此詩作於 1922 年 1 月 21 日。漢人草隸磚刻，書體雄放蕭散，欹正大小不一，是研究漢代草書的重要文物。急就，指《急就章》，又名《急就篇》。爲古代字書，漢史遊作。晁公武《郡齋讀書志》謂其"凡三十二章，雜記姓名、諸物、五官等字，以教蒙童。急就者，謂字之難知者，緩急可就而求焉"。今本三十四章，2144 字。鄒景叔，名安，一字壽祺，號道廬。杭縣人。光緒二十九年進士。曾任丹陽知縣，故稱大令。

【注釋】

［一］ "草隸"兩句：草隸共三行 24 字。是誰人把這磚塊作爲書寫的料材？

草隸：此指帶有隸意的草書。現出土的漢代草書，皆爲草隸。

三行文廿四："急就"殘磚，洛陽出土。殘留三行，共 24 字。王壯弘《增補校碑隨筆》："急就章磚，草隸。曾歸鄒景叔，原石今在日本。"今存"急就奇觚衆異，羅列諸物名姓字，分別部居不雜廁，用日約少"24 字。"少"字後有"誠"字殘缺，或釋作 25 字。

令適（língdí 玲嫡）：磚瓦。《詩・陳風・防有鵲巢》："中唐有甓。"毛傳："甓，令適也。"令適，亦作"瓴甋"。

［二］ "全章"兩句：漢簡中《急就篇》全章 63 字都完好無缺，如見到當年敦煌的筆札。

"全章"句：《急就篇》首章共九句 63 字。敦煌漢簡《急就篇》，現僅存百餘字。王國維《校松江本急就篇序》:"古字書自《史籀》、《蒼頡》、《凡將》三書既佚,存者以《急就》爲最古……歲在甲寅,上虞羅叔言參事刊行敦煌所出木簡中,有漢人隸漢《急就》百餘字","第一簡爲觚形,三面書第一章六十三字全"。

二

不教非種生我土,要使良苗得藉根。[一]蔡癸勝之書總逸,農家言向紡專存。[二]

【注釋】

[一] "不教"兩句:不要讓異種生在我的田地上,要使良苗得以生根成長。

非種:異株,劣種。《史記·齊悼惠王世家》:"章曰:深耕穊種,立苗欲疏;非其種者,鉏而去之。"

[二] "蔡癸"兩句:蔡癸和氾勝之的著作都已亡逸,有關農家的文字卻在紡磚中得以保存。

蔡癸:漢宣帝時農官。邯鄲人。《漢書·食貨志四》:"蔡癸以好農使勸郡國,至大官。"《漢書·藝文志十》:"農九家《蔡癸》一篇注:宣帝時,以言便宜,至弘農太守。"已佚。清人馬國翰輯有《蔡癸書》一卷,收入《玉函山房輯佚書》。

勝之:氾勝之。漢成帝時爲議郎,升爲御史。《晉書·食貨志》:"昔漢遣輕車使者氾勝之督三輔種麥,而關中遂穰。"《漢書·藝文志十》載有《氾勝之》十八篇,已佚。清人洪頤煊、馬國翰等從《齊民要術》及《太平御覽》等書中輯成《氾勝之書》二卷,王仁俊又輯得佚文一卷。爲我國現存較早的一部重要農書。

農家：戰國時諸子百家之一。《漢書・藝文志》列爲"九流"之一。爲反映農業生産和農民思想的學術流派。

紡專：紡磚。此指鎮定紡車之磚。

作者篇末題記中的"稊穄"，爲殘磚所餘之字。此磚有農作物之名，故有末句之論。

校：蔡癸，各本皆作"蔡葵"，誤。且不合平仄。徑改。

張母桂太夫人真贊 壬戌四月

洪範九疇五皇極，曰逌好德錫之福。[一]吾黨張仲最孝友，有母八旬仁者壽。壽富康寧五福偕，芝蘭玉樹羅庭階。[二]應身解化亦偶然，歸處應是兜率天。[三]

【箋】 此詩作於1922年5月。張母，張鈞衡之母，卒於是年3月。静安受鈞衡之囑，爲張母之畫像作贊詩。張鈞衡(1872—1927)，字石銘、石民，號適園。浙江吴興南潯人。鹽商。幼年喪父，母桂氏撫養成人。築適園，藏書數萬卷。與劉承幹、蔣汝藻合稱江左藏書三大家。

【注釋】

［一］"洪範"兩句：上天賜下的九條大法中，其五是建立準則。喜好道德的人，天賜之福。

洪範：《尚書》有《洪範》篇。洪範，意爲大法。

九疇：九類。《書·洪範》："天乃錫禹洪範九疇。彝倫攸敘。初一曰五行，次二曰敬用五事，次三曰農用八政，次四曰協用五紀，次五曰建用皇極，次六曰用三德，次七曰明用稽疑，次八曰念用庶征，次九曰向用五福，威用六極。"

皇極：皇，大。極，至高無上。《洪範》謂"建用皇極"，即建立最高的原則。

曰逌好德：《書·洪範》："九、五福：一曰壽，二曰富，三曰康寧，四曰攸好德，五曰考終命。""逌"同"攸"。攸好德，喜好上天所訂的道德準則。

錫：賜。《書·洪範》："曰予攸好德，汝則錫之福，時人斯其惟皇之極。"

［二］ "吾黨"四句：我的朋友張子最爲孝友，有老母年過八十，仁者故能長壽。壽、富、康寧，五福齊全，子子孫孫如芝蘭玉樹，羅列於階前。

吾黨：猶言吾輩、吾儕。稱自己朋友。《論語·公冶長》："吾黨小子。"

孝友：事父母孝順，對兄弟親愛。《詩·小雅·六月》："侯誰在矣，張仲孝友。"毛傳："張仲，吉甫之友也。善父母曰孝，善兄弟曰友。"

仁者壽：謂有仁德者長壽。《論語·雍也》："知者動，仁者静；知者樂，仁者壽。"邢昺疏："言仁者少思寡欲，性常安静，故多壽考也。"

芝蘭玉樹：比喻優秀的子弟。《世説新語·言語》："謝太傅問諸子姪：'子弟亦何預人事，而正欲使其佳？'諸人莫有言者，車騎答曰：'譬如芝蘭玉樹，欲使其生於階庭耳。'"鈞衡子乃熊、孫珩，均爲鑒藏家。

［三］ "應身"兩句：如今這位菩薩化身得到解脱，也是偶然之事，歸宿之處應是高高的兜率天。

應身：指佛、菩薩的化身。佛、菩薩爲解救衆生，化身人世顯現出各種不同形象。梁簡文帝《與僧正教》："蓋以仰傳應身，遠注靈覺；羡龍瓶之始晨，迫鵠林之餘慕。"

解化：解脱轉化。死之諱詞。黄庭堅《書問政先生誥後》："楊氏之未解化而去，弟子葬之。"

兜率天：佛教謂天分許多層，第四層爲兜率天，天上衆生所居之處。《法華經·勸發品》："若有人受持讀誦，解其義趣，是人命終，……即往兜率天上，彌勒菩薩所。"

校："五皇極"，各本皆作"五星極"；"曰逌好德"，各本皆作"日逌好德"。誤。今據文意徑改。

梁溪高仲均兄弟以其先德古愚先生事實屬題爲書一絶 壬戌

學成名母今比之，方識高家兄弟賢。[一]珍重東林舊家世，惠山長有在山泉。[二]

【箋】 梁溪，即今江蘇無錫。高仲均兄弟以其父的事蹟徵求題詠。静安此詩雖是應酬之作，然拳拳厚意，可見作者對後學的關切之情。

【注釋】

［一］ "學成"兩句：有人學成之後而想要直稱母親的名，如今與之相比，便知高家兄弟的賢孝。

名母：直稱母親的名。《戰國策・魏策三》："宋人有學者，三年反而名其母。其母曰：'子學三年，反而名我者，何也？'其子曰：'吾所賢者，無過堯舜，堯舜名；吾所大者，無大天地，天地名。今母賢不過堯舜，母大不過天地，是以名母也。'"

上句謂世風浮薄，下句謂高家兄弟賢孝，想使父親名留後世而以其事蹟命人題詠。

［二］"珍重"兩句：希望你們能珍惜東林黨人的舊家世——好比惠山長有清澈的在山泉水！

東林：明末的東林黨。萬曆年間，吏部郎中顧憲成革職還鄉，在無錫東林書院講學，譏評朝政。名流高攀龍等與之呼應，名聲大著，被稱爲東林黨。天啟年間，東林黨人受到宦官魏忠賢的嚴酷迫害。《明史・高攀龍傳》載，攀龍爲御史崔呈秀誣陷，呈秀必欲殺之，使緹騎往逮。攀龍曰："吾視死如歸，今果然矣。"遂衣冠自沈於池而死。

惠山：山名。在無錫西郊。惠山泉水清美，被稱爲"天下第二泉"。

在山泉：杜甫《佳人》詩："在山泉水清，出山泉水濁。"

兩句勉勵高氏兄弟繼承清白的家風。

題西泠印社圖（二首）

一

踏弩飛雲事事新，行都社事記紛綸。[一]如今百

技都銷歇，管領湖山屬印人。[二]

【箋】 西泠印社爲中國近現代研究篆刻的學術團體。社址在杭州西湖孤山。光緒三十年（1904），由篆刻家丁仁、葉銘、王禔、吴隱等倡議發起，至1913年正式成立。其宗旨爲保存金石、研究印學。吴昌碩爲首任社長，繼任者爲著名學者馬衡。此詩作於1922年。

【注釋】

［一］ "踏弩"兩句：宋代的踏弩社、飛雲社等樣樣新奇，行都臨安的結社之事記載紛紜。

踏弩：南宋吴自牧《夢粱録·社會》："武士有射弓踏弩社，皆能攀弓射弩，武藝精熟。射放嫺習，方可入此社耳。"

飛雲：南宋周密《武林舊事·社會》載有"齊雲社"、"遏雲社"，爲蹴球、唱賺之社。

行都：指臨安。南宋以臨安（今杭州）爲行都。意爲臨時的都城，政府暫駐之都。

社事：周密《武林舊事》中記載臨安的社事甚多。如緋緑社（雜劇）、齊雲社（蹴球）、遏雲社（唱賺）、同文社（耍詞）、角社（相撲）、清音社（清樂）、錦標社（射弩）、錦體社（花繡）、英略社（使棒）、雄辯社（小説）、翠錦社（行院）、繪革社（影戲）、浄髮社（梳剃）、律華社（吟叫）、雲機社（撮弄）等，皆爲民間會社。

［二］ "如今"兩句：如今這些百戲伎藝都已經衰落銷亡，領受美好湖山的就衹有印人了。

百技：《夢粱録》及《武林舊事》有"百戲伎藝"、"諸色伎藝人"等節，列舉南宋杭州種種技藝可參看。

管領：領受、領略。陳文蔚《追賦臺治諸景有懷倉使》詩："管領湖山數上樓。"

二

把臂龍泓共入林，缶翁圖像寫倭金。[一]何由更復吾丘魄，湖水西泠深復深。[二]

【注釋】

［一］“把臂”兩句：吴缶翁可與龍泓山人一起把臂入林，日本人也出錢鑄成他的銅像。

“把臂”句：《世説新語·賞譽》：“謝公道豫章：若遇七賢，必自把臂入林。”把臂入林，相互握着手臂進入山林。因以指彼此心領神會，趨於同一境界。

龍泓：丁敬(1695—1765)，清代篆刻家，字敬身，號硯林、鈍丁、龍泓山人等。錢塘(今杭州)人。爲西泠八家之一。丁敬爲浙派篆刻的開創者，風格清剛朴茂，古趣盎然。後丁輔之從九曜山得人狀巨石，因造丁龍泓像。

缶翁：吴昌碩(1844—1927)，清末民初畫家、篆刻家。名俊卿。别署缶廬。浙江安吉縣人。其篆刻兼師丁敬、鄧石如、吴熙載、趙之謙諸家，自成一格，得渾樸古拙之趣。有《缶廬印存》等。按，出資造像者爲日人朝倉文夫。沈曾植《缶翁象贊》：“攻金朝倉，築亭王震。”秦康祥《西泠印社志稿》卷三：“辛酉。日本朝倉文夫爲吴昌碩造銅象，輦貽昌碩。印社從昌碩意，築龕藏象，即名缶龕。又建缶亭。”按，辛酉，即1921年。

［二］“何由”兩句：怎能招返吾丘衍的精魄？祇見到西泠外深深的湖水！

復：招魂。《儀禮·士喪禮》“復者一人”鄭玄注：“復者，有司招魂復魄也。”

吾丘：吾丘衍(1272—1311)元代學者、篆刻家。字子行，號貞白。浙江龍游(一説開化)人。家錢塘。嗜古學。隱居不仕。以玉筯篆入印，一矯唐宋以來篆刻積弊。後以無故被逮，義不受辱，投水死。著有《學古編》等。其《三十五舉》一文尤爲篆刻家必讀者。

兩句追懷吾丘衍。静安詩中多次表彰投水死節者，當有深意。

夢得東軒老人書醒而有作時老人下世半歲矣 癸亥

彌天海日翁，馭氣歸混茫。天上信差樂，且莫睨舊鄉。[一]峨峨帝釋宫，滃滃修羅場。人事日潰潰，蒿目無乃創。[二]平生憂世淚，定溢瑶池觴。幽明絶行理，有命那得將。[三]昨宵忽見夢，發函粲琳琅。細書知意密，一牘逾十行。[四]古意備張索，近勢雜倪黄。且喜得翁書，遑問人在亡。[五]儻有訏謨告，不假詔巫陽。倉皇未卒讀，鄰雞鳴東窗。欹枕至天曙，涕泗下沾裳。[六]

【箋】 1922年11月21日(十月初三)沈曾植病歿於上海寓所海日樓，年七十三。静安哭之慟，爲撰挽聯曰："是大詩人，是大學人，是更大哲人,四照炯心光,豈謂微言絶今日;爲家孝子,爲國純臣,爲世界先覺,一哀感知己,要爲天下哭先生。”並親爲料理刊行遺作事宜。次年 4 月 16 日,蒙古升允薦静安爲溥儀之師,被命在南書房行走,静安隨即赴北京,於 6 月 4 日“覲見即到差”。此詩當作於被命之後。夢得沈曾植之書,書中細字密意,傳達天帝遠大的謀劃,静安此時的心情可知矣。

【注釋】

［一］ “彌天”四句: 這位志氣高遠的海日翁,如今乘雲馭氣歸於混茫。在天上應能得到快樂,那就不要回顧舊鄉了。

彌天: 滿天,極言其偉大。此喻其志氣高遠。《晉書・習鑿齒傳》:“彌天釋道安。”

馭氣: 駕馭雲氣。陳鴻《長恨歌傳》:“又能遊神馭氣,出天界,入地府以求之。”此謂成仙御風而行。

差: 比較。

睨舊鄉:《楚辭・離騷》:“陟升皇之赫戲兮,忽臨睨夫舊鄉。”王逸注:“升天庭,據光曜,不足以解憂,猶顧視楚國,愁且思也。”

錢仲聯《夢苕盦詩話》謂此四語“極鬱勃蒼涼之致”。

［二］ “峨峨”四句: 帝釋的宫殿是多麽巍峨,而人間卻像修羅場那麽污濁。人事一日比一日頽敗,放眼時局恐怕也會感到痛苦。

帝釋: 帝釋天。佛教三十三天之主,爲護法神之一。居須彌山頂善見城。

潝潝(xī 吸): 形容衆口附和、詆毁誹謗。

修羅場: 古印度神話中惡神修羅與帝釋戰鬥的場所。比喻慘酷的環境。詩中以指在軍閥混戰中苦難深重的中國。

潿(wéi 圍):《説文・水部》:“潿,不流濁也。”潿潰,意謂濁水橫流。

蒿目:“蒿目時艱”之略。蒿目,放眼遠望,衹見時局艱難。

無乃:恐怕。

創(chuāng 瘡):傷痛。

［三］ “平生”四句:平生憂世的淚水,定然流滿瑶池的酒杯。陰間和陽間本斷絶往來,即使有指示也不能送到。

瑶池觴:《穆天子傳》卷三:“乙丑,天子觴西王母於瑶池之上。”意謂沈氏在天神之所仍憂念人間。

幽明:陰間與人間,鬼與人。元稹《江陵三夢》詩:“平生每相夢,不省兩相知。況乃幽明隔,夢魂徒爾爲?”

行理:使者。指傳書的人。《左傳・昭公十三年》:“行理之命,無月不至。”杜預注:“行理,使人通聘問者。”

將:持。

［四］ “昨宵”四句:昨夜忽然做夢,打開來函衹見珠玉琳琅。從細寫的字中知道用意的深密,一張信紙超過十行。

粲琳琅:形容字如美玉般光輝。

一牘逾十行:《後漢書・循吏傳》:“其以手跡賜方國者,皆一札十行,細書成文。”

［五］ “古意”四句:書法上備有張芝、索靖的古意,也雜有倪元璐、黄道周的體勢。真高興得到老人的來書,哪來得及詢問人的存亡。

張索:張,張芝,東漢書法家,字伯英。敦煌酒泉(今屬甘肅)人。善章草。三國韋誕稱之爲“草聖”。索,索靖(239—303)。西晉書法家。敦煌人。張芝的姊孫。善章草。沈曾植亦善章草,書風古樸奇崛,故詩中以張、索作喻。

勢:體勢。

倪黄:倪,倪元璐(1593—1644)。明末書法家。浙江上虞人。善行草,靈秀超逸,尤多異態新理。黄,黄道周(1585—1646),明末書法家。福建漳浦人。善書,峭厲方勁,别具面目。沈氏書法受倪、黄影響極大。其攲仄方折之處,實兼二家之長。

［六］“儻有”六句：假如天帝有遠大的謀劃相告，就不必借巫陽來傳達了。倉皇之間未能卒讀，鄰家的雞已在東窗啼叫。靠着枕頭直到天亮，眼淚流下沾濕了衣裳。

訏謨(xūmó 吁模)：大謀。宏偉遠大的謀劃。《詩·大雅·抑》：“訏謨定命，遠猶辰告。”沈曾植一直念念不忘復辟之事，“訏謨”，當指此。

假：借。

巫陽：古代傳説中的女巫。《楚辭·招魂》：“帝告巫陽曰：有人在下，我欲輔之。魂魄離散，汝筮予之。”王逸注：“女曰巫，陽，其名也。”

題湲齋少保獨立蒼茫自詠詩圖卷

一

森爽高原漢樂游，都人宴賞日無休。[一]城南車馬知多少，誰會蒼茫一段愁。[二]

【箋】 湲齋，耆齡之號。耆齡字壽民，誠勳之子，漢軍鑲黄旗人，光緒十八年進士，選庶常，改户部主事。清末曾任馬蘭鎮總兵。時爲溥儀宫中總管内務府大臣。“獨立蒼茫自詠詩”，爲杜甫《樂游園歌》末句。耆齡此圖，曾遍徵名流題詠。耆齡《賜硯齋日記》：“辛酉五月廿七日，取弢老題《獨立圖》來，往送健之，即以此圖求其代索海滄、雪橋、子培題句。"静安借題圖以抒發其家國盛衰之感。此詩作於 1923 年。

【注釋】

［一］ "森爽"兩句：這森疏而爽豁的高原是漢代的樂游苑，當時京城的人在這裏飲宴賞玩日日無休。

森爽：森疏爽豁。杜甫《樂游園歌》："樂游古園崒森爽。"

樂游：古園名。故址在今陝西西安市南郊。秦時爲宜春苑，漢宣帝改建爲樂游苑，爲都人遊覽勝地。《三輔黄圖》卷三："樂游苑，在杜陵西北，宣帝神爵三年春起。"《長安志》："樂游原居京城之最高，四望寬敞。"故曰"高原"。

［二］ "城南"兩句：城南中遊人的車馬不知多少，誰能領會杜甫獨立蒼茫時的那種深愁！

城南：長安城南爲貴遊之地。《三秦記》："城南韋杜，去天尺五。"杜甫《樂游園歌》郭知達注云："其地回望寬敞，每三月上巳、九月重陽，士女咸就此祓禊登高。幄幕雲布，車馬填塞，紅綵映日，馨香滿路。"又，葉燮《原詩》："終之以'獨立蒼茫'，此其胸襟之所寄託何如也。"

二

許身稷契庸非拙，到眼開天感不勝。[一]惟有司勳知此意，揭來原上望昭陵。[二]

【注釋】

［一］ "許身"兩句：杜甫希望能"許身稷契"，豈非計拙，經歷過開元、天寶時代，自然不勝傷感。

許身稷契：杜甫《自京赴奉先縣詠懷五百字》："杜陵有布衣，

老大意轉拙。許身一何愚,竊比稷與契。居然成濩落,白首甘契闊。"參見《坐致》詩"坐致"兩句注。

開天:開元、天寶。唐玄宗年號。開、天爲唐朝全盛之時,杜甫親眼見到唐皇朝由盛變衰,故所感尤深。

[二] "惟有"兩句:祇有杜司勳能瞭解此意,他來到樂游原上眺望昭陵。

司勳:唐詩人杜牧,曾爲司勳員外郎。人稱"杜司勳"。李商隱《杜司勳》詩:"刻意傷春復傷别,人間惟有杜司勳。"

朅(qiè 挈)來:猶言"來"。

昭陵:唐太宗的陵墓。在今陝西醴泉縣九嵕山。杜牧《將赴吴興登樂游原一絶》:"欲把一麾江海去,樂游原上望昭陵。"葉夢得《石林詩話》云:"此蓋不滿於當時,故末有'望昭陵'之句。"唐太宗是創業守成的英主,决非玄宗所能比的。

題御筆雙鴝鵒 癸亥

百種能言數穴禽,朅來枝上語秋深。[一]一從棲息丹山後,學得軒臺鸞鳳音。[二]

【箋】 此詩作於 1923 年。静安入直南書房,得溥儀"加恩賞給五品銜,並賞食五品俸",上午至宫中,下午則在寓自課,事務清閑。作爲御用文人,不免作應制之詩。一年中先後題圖十餘首,這些詩作,皆如静安在《文學小言》中所批判的"文繡的文學"、"鋪綴的文學","不足爲真文學也"。一位傑出的詩人,竟淪爲詩歌製作者,真令人扼腕歎息。

【注釋】

［一］“百種”兩句：千百種禽鳥中，能説話的首先要數到穴禽鴝鵒，它在秋深時候卻來到枝頭歌唱。

穴禽：巢於樹穴的禽鳥。指鴝鵒。鴝鵒，亦作“鸜鵒”，即八哥。宗懔《荆楚歲時記》：“（五月）取鴝鵒教之語”，“此月鴝鵒子羽新成，俗好登巢取養之，以教其語也”。《本草綱目》卷四七：“鴝鵒，巢於鵲巢、樹穴。”

［二］“一從”兩句：自從它棲息在丹山之後，便學會軒臺上鸞鳳之音了。

丹山：丹穴之山，傳説中鳳凰棲止之地。《吕氏春秋·本味》：“流沙之西，丹山之南，有鳳之丸，沃民所食。”《山海經·南山經》：“丹穴之山……有鳥焉，其狀如雞，五采而文，名曰鳳皇。”

軒臺：軒轅之臺。《山海經·大荒西經》：“西海之外，大荒之中……有五采鳥三名：一曰皇鳥，一曰鸞鳥，一曰鳳鳥。……有軒轅之臺。”

静安此時，是否認爲自己亦已如能言之鴝鵒，棲於丹山，學得鸞鳳的鳴聲呢？末兩句可見其得意之情，溢於言表。

題紹越千太保先德夢跡圖（二首）

一

富平公子逐星槎，蘭省仙郎走傳車。［一］歷盡緣邊知阨塞，更便劇郡理紛拏。［二］時清右輔多殊政，

事去東京感夢華。[三]好作《雪鴻圖記》看，未容佳話擅東家。[四]

【箋】 紹英，字越千。滿州鑲黄旗人。馬佳氏。紹英之祖昇寅，歷任盛京禮部侍郎、盛京將軍，成都、綏遠城將軍，左部御史兼都統，工部尚書等職。父寶珣，官兵部侍郎、山海關副都統。紹英於宣統間任度支部侍郎。辛亥革命後，爲溥儀宫中的内務府大臣，故稱爲“太保”。溥儀在《我的前半生》一書中，把紹英稱爲“恭順”、“出名的膽小怕事的人”。紹英家世煊赫，静安題其父《夢跡圖》，緬懷前輩的功業，亦寄寓前塵如夢的傷感。先德：稱别人的父親。詩中指寶珣。紹英本爲寶琳之子，過繼給寶珣。此詩作於 1923 年。

【注釋】

［一］ “富平”兩句：這位富平侯公子曾隨星槎青雲直上，在秘書省當過清貴的郎職又乘傳車到各處任官。

富平：《漢書・張安世傳》載，張安世少時以父任爲郎，後歷居要職，封爲富平侯。其子孫皆嗣爵貴顯。

星槎：往來於天河的木筏。見《天寒》詩“駕得靈槎”兩句注。“逐星槎”，喻進入朝廷。

蘭省：又稱蘭署、蘭臺。指秘書省。《唐六典》載，漢御史中丞掌蘭臺秘書圖籍，故歷代建臺省，秘書與御史爲鄰。

仙郎：唐人稱尚書省爲蘭省、仙省，稱其一各部郎中、員外郎爲仙郎。

傳(zhuàn 囀)車：古代驛站的專用車輛。

兩句寫寶珣出身貴家。

［二］ “歷盡”兩句：歷盡各地邊境得知險要之處，還掌管大郡處理繁重的政務。

劇郡：大郡。政務繁劇之州郡。

紛拏(ná 拿)：紛雜，繁亂。

兩句寫寶珣的歷官。寶珣歷任盛京府尹、馬蘭鎮總兵、鑲紅旗蒙古副縣長都統、鑲紅旗漢軍都統等要職。

［三］“時清”兩句：時勢清平，身爲右輔自多優良的政績。如今事過境遷，想起京城往事，深感如同一夢。

時清：寶珣爲官在號稱“中興”的同治年間，故云。

右輔：漢代右内史的别稱，即京兆尹。此指皇帝親近的高官。寶珣曾任盛京府尹，故稱。

東京感夢華：東京，北宋都城汴京。孟元老在汴京淪陷後，避難江左，作《夢華録》，追憶東京舊事，表現了對故國太平盛世的懷念。夢華，用《列子》黄帝夢遊華胥語意。見下首詩注。

［四］“好作”兩句：這也可作《雪鴻圖記》來看，不讓别人專擅這一段佳話。

雪鴻圖記：指《鴻雪因緣圖記》，滿族大臣麟慶撰。記載個人親歷之事，並附圖八十幅。劉聲木《萇楚齋五筆》卷七：“長白麟見亭河督慶，撰《凝香室鴻雪因緣圖説》三集，每集二卷，道光丁未七月，子崇實等揚州重刊本，圖畫極精工，文字亦雅飭。”“雪鴻”，語本蘇軾《和子由澠池懷舊》詩：“人生到處知何似？應似飛鴻踏雪泥。泥上偶然留指爪，鴻飛那復計東西。”因以雪鴻比喻往事的痕跡。

東家：東鄰。指麟慶。麟慶曾任南河河道總督，其子崇實曾爲成都將軍、盛京將軍，與昇寅的歷官相似。

二

萬石温温父子同，牧丘最小作三公。[一]補天事業崎嶇後，憂國情懷鬢髮中。[二]恩澤一門今自厚，承平百態昔偏豐。[三]披圖漫作華胥感，會見扶陽繼祖風。[四]

【注釋】

［一］“萬石”兩句：萬石君謙和溫厚，父子情性相同；牧丘侯是諸子中最小的，也作了三公。

萬石溫溫：《漢書・敘傳》：“萬石溫溫，幼寤聖君。宜爾子孫，夭夭伸伸。”萬石，指萬石君。《史記・萬石張叔列傳》載，漢初大臣石奮，爲太子太傅，“奮長子建，次子甲，次子乙，次子慶，皆以馴行孝謹，官皆至二千石。於是景帝曰：‘石君及四子皆二千石，人臣尊寵乃集其門。’號奮爲萬石君。”溫溫，謙和貌。

牧丘：萬石君少子慶，封爲牧丘侯，任丞相。

三公：古代稱太師、太傅、太保爲三公。

兩句以萬石君父子設喻。以石慶喻紹英。紹英之兄紹祺，官理藩院尚書；紹諴，官山西布政使、駐藏大臣。

［二］“補天”兩句：經歷許多崎嶇曲折，仍堅持這補天的事業。憂國的情懷，已見於那斑白的鬢髮之中。

補天：用女媧補天的典故。補天事業，指挽回世運的大事來。《舊唐書・音樂志一》：“高祖縮地補天，重張區宇。”

詩意謂清朝雖亡，紹英還爲溥儀的小朝廷張羅辛苦。葉夢得《石林詩話》卷上載，杜衍年過四十，鬚髮即盡白，然憂國之意，猶慷慨不已，歐陽修嘗和其詩，有“貌先年老因憂國”之句。静安詩語似本此。

［三］“恩澤”兩句：如今皇上對您的一家猶是恩深澤厚，而昔日承平時的種種情況寫在圖中更顯得多采多姿。

上句謂溥儀倚重紹英。紹英與耆齡兩人是溥儀小朝廷的主管，掌握内廷庫藏，權力頗大。下句寫圖中所見當日的承平百態。

［四］“披圖”兩句：披覽這圖畫時不要有華胥一夢之感了，將要看到扶陽侯能繼承祖先的遺風。

華胥：《列子・黄帝》：“晝寢而夢，遊於華胥氏之國。華胥氏之國在弇州之西，台州之北，不知斯齊國幾千萬里，蓋非舟車足力之所及，神遊而已。”

扶陽：指西漢大臣韋賢。漢宣帝時爲丞相，封扶陽侯。《漢書·韋賢傳》載：“韋賢字長孺，魯國鄒人也。其先韋孟，家本彭城，爲楚元王傅，傅子夷王及孫王戊。”又載韋賢“少子玄成，復以明經歷位至丞相”。

末句謂紹英將繼承祖風，發揚光大。

題春心圖（二首）

一

西内淒涼不可論，開天諸將並承恩。[一]杜陵一老滄江上，獨自心肝奉至尊。[二]

【箋】《題春心圖》二首，是静安的佚詩，《觀堂集林》、《觀堂别集》失收。二詩是爲温肅題圖而作。温肅(1878—1939)，原名聯璋，字毅夫，號檗庵，晚號清臣，别署杜鵑庵主。廣東順德人。光緒二十九年進士，授翰林院編修。曾爲湖北道監察御史。辛亥革命後以遺老自居。後參與張勳復辟活動，授爲都察院副都御史。復辟失敗後，温肅返回順德龍山故里，築杜鵑庵，取李商隱《無題》詩“望帝春心託杜鵑”之意，寄寓對清王朝眷念之情，並請畫家李儒作《春心圖》，遍徵名流題詠。題圖者計有吴道鎔、陳寶琛、朱汝珍、黎湛枝、陳毅、王國維、張學華、曾習經、何藻翔、陳伯陶、梁用弧、王乃徵、鄭孝胥、朱益藩、楊鍾羲、丁仁長、梁鼎芬等十九家。王國維題詩後署“癸亥十一月晦”,即 1924 年 1 月 5 日。《春心圖》原藏温肅家中,鮮爲人知。2003 年,温肅之子温必清以影片提供香港學海樓,並收入《翰墨流芳》集中印行,王國維二詩始得重現於世。原詩無題,題爲注者所擬。

【注釋】

［一］ “西内”兩句:唐玄宗在西内的淒涼景況,實在難以言説,諸將在開元、天寶間都曾承受過皇帝的恩澤。

西内:皇宫的西部。《舊唐書・玄宗紀下》:“三載二月,肅宗與群臣奉上皇尊號曰太上至道聖皇帝。乾元三年七月丁未,移幸西内之甘露殿。時閹官李輔國離間肅宗,故移居西内。”静安詩中以唐玄宗喻光緒皇帝。光緒被慈禧太后幽禁於瀛臺,一直至死,有如玄宗之在西内。

開天:開元、天寶。唐玄宗的年號。“開天諸將”,指在玄宗朝已爲將領而到肅宗朝仍掌兵權者,如郭子儀、李光弼等。

詩意指斥一些舊臣辜負光緒的深恩。

［二］ “杜陵”兩句:衹有那位杜陵野老寂寞地守候在滄江上,獨自一人露忠心披肝地尊奉皇帝。

杜陵:長安地名。《元和郡縣圖志》卷一《關内道・京兆府・萬年縣》:“杜陵,在縣東南二十里,漢宣帝陵也。”杜甫曾居杜陵,自稱“杜陵布衣”、“杜陵野老”。杜甫《自京赴奉先縣詠懷五百字》:“杜陵有布衣,老大意轉拙。許身一何愚,竊比稷與契。”

滄江:青蒼的江水。杜甫《秋興八首》之五:“一卧滄江驚歲晚,幾回青瑣點朝班。”

次句語本杜甫《觀安西兵過赴關中待命二首》之二:“談笑夫河北,心肝奉至尊。”《鳳凰臺》詩亦有“我能剖凡血”,“圖以奉至尊”之語。至尊,指皇帝。杜甫《杜鵑行》云:“君不見昔日蜀天子,化爲杜鵑似老烏。”“雖同君臣有舊禮,骨肉滿眼身羈孤。"其《杜鵑》詩又云:"杜鵑暮春至,哀哀叫其間。我見常再拜,重是古帝魂。生子百鳥巢,百鳥不敢嗔。仍爲餧其子,有若奉至尊。"胡仔《苕溪漁隱叢話》卷七謂二詩是在"明皇遷居西内時作,其意尤切,讀之可傷"。

静安詩以望帝、杜鵑喻光緒皇帝,讚美温肅像杜甫那樣,身在江湖而心存故國故君。

二

威鳳終期下碧天,九苞五彩焕相宣。[一]眼前咫尺丹山路,莫漫低頭拜杜鵑。[二]

【注釋】

[一] "威鳳"兩句: 那高貴的鳳凰終究會自碧天飛來,它那九種美德和五彩毛羽互相輝映。

威鳳: 鳳的美稱。《漢書・宣帝紀》:"南郡獲白虎,威鳳以爲寶。"顔師古注引晉灼曰:"鳳之有威儀者也。與《尚書》'鳳凰來儀'同意。"

九苞: 傳説鳳有九種優異的特徵。《論語摘衰聖》:"鳳有六像九苞……九苞者: 一曰口包命;二曰心合度;三曰耳達聽;四曰舌詘伸;五曰彩色光;六曰冠矩州;七曰距鋭鉤;八曰音激揚;九曰腹文户。"李嶠《鳳》詩:"九苞應靈瑞,五色成文章。"

五彩: 謂鳳鳥毛羽有青、黄、赤、白、黑五色。《山海經・南山經》:"丹穴之山,其上多金玉。丹水出焉,而南流注於渤海。有鳥焉,其狀如雞,五采而文,名曰鳳皇。"

宣: 顯明。《文選・陸機〈文賦〉》:"如五色之相宣。"五臣注:"猶如五色文彩以相宣明也。"

此以威鳳喻溥儀。並寄與厚望。

［二］“眼前”兩句：眼前咫尺就是丹山之路，不要衹是低頭禮拜杜鵑了。丹山：即丹穴之山，鳳凰產處。《吕氏春秋·本味》：“流沙之西，丹山之南，有鳳之丸，沃民所食。”此指溥儀的小朝廷。“咫尺丹山路”，活用李商隱贈韓偓詩：“桐花萬里丹山路，雛鳳清於老鳳聲。”
末句本黄庭堅《書摩崖碑後》：“臣甫低頭杜鵑詩。”汪元量《送琴師毛敏仲北行》：“臣甫低頭拜杜鵑。”
意謂如今詩人已有幸接近年轻的君主，君臣前途無量，就不必像杜甫那樣光是悲切地戀懷故君了。
温肅在 1922 年曾入北京賀溥儀大婚，賜紫禁城騎馬，1923 年與王國維、楊鍾羲等被召在南書房行走。静安此詩，對溥儀滿懷期望，得意之情，溢於言表。

題御筆牡丹（九首）

一

大鈞造物無時節，畫出姚黄歷歲寒。[一]不數城南崇效寺，一年一度倚闌看。[二]

【箋】 此詩作於 1924 年 2 月。組詩九首，以詠牡丹圖爲題，善頌善禱。《趙譜》列於癸亥(1923)年作，然觀第九首“履端”、“甲子貞餘”之語，當爲甲子年元日後作。

【注釋】

［一］ “大鈞”兩句：天地創造萬物不分時節，畫出來的姚黄名花能經歷歲寒。

大鈞：指天地、自然。《文選·賈誼〈鵩鳥賦〉》：“大鈞播物兮，坱圠無垠。”李善注：“如淳曰：陶者作器於鈞上，此以造化爲大鈞。”

姚黄：牡丹的名種。歐陽修《洛陽牡丹記·花釋名第二》：“姚黄者，千葉黄花，出於民姚氏家。……錢思公嘗曰：‘人謂牡丹花王，今姚黄真可爲王。’”

兩句稱頌皇帝畫花，如天地造物，且能不拘時節，春日的牡丹可在嚴冬盛放。

［二］ “不數”兩句：城南崇效寺的牡丹簡直算不了什麽——它衹能一年一度讓人倚闌而看。

崇效寺：在北京宣武門外白紙坊。建於元至正年間。寺中牡丹盛美，清末文人多爲賦詠。徐珂《清稗類鈔·祠廟類》：“京師崇效寺花事最盛……光緒中以牡丹名。”

二

摩羅西域競時妝，東海櫻花侈國香。[一]閲盡大千春世界，牡丹終古是花王。[二]

【注釋】

［一］ “摩羅”兩句：摩羅花在西域衹競作入時之妝，櫻花在東海日本又誇作什麽國香。

摩羅：百合花的别名。《廣群芳譜》卷四七：“百合，一名摩羅。春生。”

櫻花：花名。爲日本的國花。黄遵憲《日本雜事詩》八三：“宴罷紅雲歌絳雪，東皇第一愛櫻花。”自注：“櫻花，五大部洲所無。有深紅，有淺絳，亦有白者，一重至八重，爛漫極矣……東人稱爲花王。”

侈：誇大。

［二］“閲盡”兩句：看盡了大千世界中春天所有的花，牡丹千年萬代始終是真正的花王！

終古：久遠。自古以來。

花王：花中之王。皮日休《牡丹》詩：“落盡殘紅始吐芳，佳名唤作百花王。”參見上首注。

三

欲步元輿賦牡丹，品題國色本來難。[一]衆仙舞罷霓裳曲，倦倚東風白玉闌。[二]

【注釋】

［一］“欲步”兩句：本想追步舒元輿作牡丹之賦，可是要品評這國色天香本來就是件難事。

元輿：舒元輿(789—835)，唐文學家。婺州東陽(今屬浙江)人。所撰《牡丹賦》云：“我按花品，此花第一。脱落群類，獨佔春日。”

國色：李正封《賞牡丹》詩：“天香夜染衣，國色朝酣酒。”謂爲一國中最美者。

［二］“衆仙”兩句：好比那衆仙女舞罷《霓裳羽衣曲》，帶着倦意在東風中倚着白玉闌干。

霓裳曲：指《霓裳羽衣曲》。相傳爲唐玄宗遊月宫密記仙女之歌歸而作曲，並爲《霓裳羽衣舞》。

末句暗用李白《清平調》“沉香亭北倚闌干”意。

四

唐人競買洛城闉，籬護泥封得幾旬？[一]一自天工施點染，畫堂長作四時春。[二]

【注釋】

［一］“唐人”兩句：唐人争着在洛陽城邊買回牡丹花，又用竹籬保護，用泥土培封，能保存多少天呢？

洛城：指洛陽。

闉（yīn 因）：城曲，城隅。

歐陽修《洛陽牡丹記・花品序第一》：“出洛陽者，今爲天下第一。”宋陸游《天彭牡丹花品序》：“牡丹在中州，洛陽爲第一。”

籬護泥封：歐陽修《洛陽牡丹記・風俗記第三》：“洛陽之俗，大抵好花……以泥封裹，用軟土擁之；以蒻葉作庵子罩之，不令見風日。”

［二］“一自”兩句：自從天工略施點染之後，畫堂上一年四季都是春天了。

天工：本指天的職司，詩中指皇帝的作爲。

點染：指繪畫。

兩句意謂畫堂上掛着牡丹花畫幅，則四季皆春。

五

扶疏碧蔭護瓊姿，不怕風狂雨妒時。[一]俗諺總歸天冶鑄，牡丹多仗葉扶持。[二]

【注釋】

［一］“扶疏”兩句：緑葉扶疏護持着這美玉般的牡丹，不怕狂風猛

雨的侵害。

風狂雨妒：意謂風雨妒忌春花的美豔而摧殘之。

［二］“俗諺”兩句：俗諺説：“牡丹雖好，還要緑葉扶持。”但歸根結底還是要天工陶冶製作。

天冶鑄：天，指皇帝。冶鑄，喻繪畫。

所引俗諺見《金瓶梅詞話》第七十六回。又，《紅樓夢》第一百回“還要”作“全仗”。

六

紅梅未吐臘梅陳，數朵瓊雲點染新。[一]天與人間真富貴，來迎甲子歲朝春。[二]

【注釋】

［一］“紅梅”兩句：紅梅還未開，臘梅又已謝，幾朵美玉般的牡丹花，經天工點染分外鮮新。

瓊雲：喻牡丹之美盛。

［二］“天與”兩句：上天給與人間真正的富貴，來迎接甲子年元旦的春光。

真富貴：牡丹花向被稱爲“富貴花”，皇帝所畫的牡丹更是“真富貴”了。

甲子：陰曆干支紀年，此甲子年即 1924 年。

歲朝：《漢書·孔光傳》：“歲之朝曰歲朝。”陰曆正月初一。即 1924 年 2 月 5 日。

七

俯者如思仰者悦，古人體物有餘工。[一]不須更

誦元輿賦，盡在丹青造化中。[二]

【注釋】

［一］ “俯者”兩句：低垂的好像在思索，仰起的好像很快樂。古人摹狀事物實在是十分工致的。

上句語本舒元輿《牡丹賦》：“赤者如日，白者如月，淡者如赭，殷者如血，向者如迎，背者如訣，忻者如語，含者如咽，俯者如愁，仰者如悦。”静安易“愁”爲“思”，殆不欲在“御筆”花卉上題上不歡愉的字眼。

體物：描述事物。陸機《文賦》：“詩緣情而綺靡，賦體物而瀏亮。”

［二］ “不須”兩句：不須再吟誦舒元輿的賦了——一切都在圖畫中表現出來了。

蘇鶚《杜陽雜編》卷中：“上（文宗）於内殿前看牡丹，翹足憑欄，忽吟舒元輿《牡丹賦》云：‘俯者如愁，仰者如語，合者如咽。’吟罷方省元輿詞，不覺歎息良久，泣下沾臆。”

丹青造化：語本強至《泉上人畫牡丹》詩：“乃知丹青逼造化，獨有真假爭毫芒。”造化，本指大自然的創造化育，詩中以此喻溥儀的“御筆”，可謂極歌頌之能事了。

八

天香國色世無倫，富貴前人品未真。[一]欲識和平豐樂意，玉階看取此花身。[二]

【注釋】

［一］ “天香”兩句：牡丹花這天香國色，世間没有别的花可相比，前人把它看成是“富貴花”，品評未能真確。

天香國色：見第三首“欲步”兩句注。

富貴：周敦頤《愛蓮説》：“牡丹，花之富貴者也。”

［二］“欲識”兩句：要想知道“和平豐樂”之意，可在玉階上看看這花的容姿。

豐樂：富饒安樂。《詩·大雅·旱麓》鄭玄箋：“喻周邦之民獨豐樂者，被其君德教。”

九

履端瑞雪兆豐年，甲子貞餘又起元。[一]天上偶然閑涉筆，都將康樂付垓埏。[二]

【注釋】

［一］“履端”兩句：元日天降瑞雪預兆着豐年，在“貞”下又再起“元”，换成了新的甲子。

履端：《左傳·文公元年》：“先王之正時也，履端於始。”杜預注：“步曆之始，以爲術之端首。”履端，本指年曆推算之始。此指正月初一。

瑞雪兆豐年：《詩·小雅·信南山》：“雨雪雰雰。”毛傳：“豐年之冬，必有秋雪。”謝惠連《雪賦》：“盈尺則呈瑞於豐年。”

貞餘起元：《易·乾》：“元、亨、利、貞。”朱熹《文公易説》卷十五《文言傳》：“元亨利貞無斷處，貞了又元。今日子時便是明日亥時。物有夏秋冬生底，是到這裏方感得生氣，它自有個小小元亨利貞。氣無始無終，且從元處説起，元之前又是貞了。”又卷七：“元了又貞，貞了又元，萬古衹如此循環無窮。”李贄《四書評·論語·子罕》：“貞下起元，如環無端。”古人以元、亨、利、貞爲四德，象徵東、南、西、北四方，春、夏、秋、冬四季。貞餘起元，意謂冬天過後是春天的開始，表示天道人事循環往復,剥極必復,否極泰來,事物到了盡頭又會有新的開始。詩中用此,對新的一年充滿希望。

［二］ “天上”兩句:皇帝偶然有暇提筆作畫,便把安寧快樂送到地角天邊。

天上:指皇帝。

康樂:《禮記·樂記》:“嘽諧慢易繁文簡節之音作,而民康樂。”

垓埏(gāiyán 該延):天地的邊際。《史記·司馬相如列傳》引《封禪文》:“上暢九垓,下泝八埏。”九垓,九重之天;八埏,地之八際。

題御筆花卉四幅(四首)

一

妙絶葩經一字穠,懸知體物古來工。[一]倚天照海春無限,盡在丹青造化中。[二]碧桃。

【箋】 溥儀又涉筆作畫,寫了幾幅花卉,静安奉命題詩,了無新意。四詩當作於1924年春初。

【注釋】

［一］ “妙絶”兩句:在《詩經》中用一個“穠”字來形容桃花,實在妙

極了。可想知古人描述事物的工緻。

葩(pā 芭):華美。韓愈《進學解》:“《詩》正而葩。”後因稱《詩經》爲“葩經”。

穠:豔麗。《詩·召南·何彼穠矣》:“何彼穠矣,華如桃李。”

[二] “倚天”兩句:它倚着高天,照耀大海,春色無限,這一切,全都在皇上的丹青化育之中了。

倚天:高蟾《下第後上永崇高侍郎》:“天上碧桃和露種。”蘇軾《和蔡景繁海州石室》詩:“倚天照海花無數。”

此詩詠碧桃,竟與《題御筆牡丹圖》第七首有兩句相同。寫應制詩,無真情實感,静安亦才盡耶?

二

萬種穠花著意開,紛紛桃李盡輿臺。[一]俯思仰悦饒姿態,總被層霄雨露來。[二]牡丹。

【注釋】

[一] “萬種”兩句:萬種穠麗的春花特意盛開,那些桃花、李花紛紛都成了奴僕。

輿臺:古代分十等人,輿爲第六等,臺爲第十等。因以泛指奴僕。蘇軾《梅》詩:“天教桃李作輿臺。”

[二] “俯思”兩句:牡丹花低垂的像在思索,仰起的好像很快樂,真是多姿多態。因爲它們都曾沾過天上雨露之恩。

俯思仰悦:見《題御筆牡丹圖》第七首“俯者”兩句注。

層霄雨露:指皇帝的恩澤。洪昇《長生殿·定情》:“層霄雨露回春。”

三

葉密花繁意不勝，諸天纓絡掛層層。[一]可知青李來禽種，未抵開南日給藤。[二]藤蘿。

【注釋】

［一］“葉密”兩句：柔弱的藤蘿上葉密花繁意似不勝，有如諸天神的纓絡層層披掛。

諸天：指佛教護法的衆天神。佛經謂欲界六天，色界四禪十八天，無色界四處四天，以及日天、月天、韋馱天等諸天神合稱諸天。

纓絡：以珠玉等寶物串成戴於頸項上的飾物。《七俱胝父母所説准提陀羅尼經》卷上：“諸天嚴身，頭冠纓絡。”

［二］“可知”兩句：人們可曾知道青李、來禽的品種，還比不上開南的日給藤。

來禽：又名林檎、文林果、花紅。今稱沙果。或謂其果味甘，能招來衆禽，故名。

開南：古地名。在今雲南省大理市南。

日給藤：日給，藤本植物名。《太平御覽》卷九七引杜恕《篤論》：“日給之華與棕相似也，棕結實而日給零落。”

兩語本王羲之《十七帖》：“青李、來禽、櫻桃、日給滕，子皆囊盛爲佳，函封多不生。”李綽《尚書故實》：“王内史書帖中有《與蜀郡守朱書》，求青李、來禽、日給藤子。”

四

小山叢桂東籬菊，更寫幽花著海棠。[一]天上原無秋氣感，横汾詞句似宣房。[二]桂菊海棠。

【注釋】

［一］“小山”兩句：繪畫了淮南小山賦中的叢桂和陶淵明詩中東籬的菊花，再寫出幽雅的海棠花。

小山：淮南小山。西漢淮南王劉安的門客。其《招隱士》賦云：“桂樹叢生兮山之幽，偃蹇連蜷兮枝相繚。”

東籬菊：陶淵明《飲酒》詩：“采菊東籬下，悠然見南山。”

［二］“天上”兩句：天上本來就没有什麽悲秋之感，看那横渡汾河所作的詩真是漢武帝的大手筆啊！

天上：指皇帝。

秋氣感：傷秋之感。宋玉《九辯》：“悲哉，秋之爲氣也，蕭瑟兮草木摇落而變衰。”

横汾詞句：指漢武帝的《秋風辭》。西漢元鼎四年（前 133）秋，武帝幸河東郡，於汾陰祭后土之神，泛舟横渡汾河，與群臣飲宴，作《秋風辭》云：“秋風起兮白雲飛，草木黄落兮雁南歸。蘭有秀兮菊有芳，懷佳人兮不能忘。泛樓船兮濟汾河，横中流兮揚素波，簫鼓鳴兮發棹歌。歡樂極兮哀情多，少壯幾時兮奈老何！”此喻溥儀之作。

宣房：漢代宫名。《史記・河渠書》載，西漢元光年間，黄河決口於瓠子，漢武帝親臨決口處，發卒數萬人，並命群臣負薪以填。功成，築宫其上，名爲宣房宫。本詩中以代指漢武帝。海棠開於春日，本不與桂菊同時，然“御筆”卻並置畫中，巧奪造化，故可比漢武横汾之詩。末兩語可謂盡善盡禱，極文學侍臣之能事了。

南書房太監朱義方索題所藏陳子礪學使内直時畫册

東莞五忠書甫就，南州一老鬢成絲。[一]干戈滿眼江湖迥，應憶揮毫朵殿時。[二]

【箋】 静安爲小皇帝題詩，爲"内務府大臣"題詩，甚至不能拒絶一個卑微的太監索題。他背離了"感自己之感，言自己之言"的真正的文學主張了。陳子礪(1855—1930)，陳寶琛《陳文良公墓誌銘》："君諱伯陶，字象華，一字子礪。番禺陳氏。……壬辰(1892)一甲第三名進士。……乙巳(1905)命在南書房行走。丙午(1906)出署江寧提學使。"畫册當作於内直南書房時。

【注釋】

［一］ "東莞"兩句：才寫成了《東莞五忠傳》，在南方那位老人家已雙鬢成絲。

東莞五忠：陳伯陶撰有《明季東莞五忠傳》二卷，記明末東莞人袁崇煥、陳策、蘇觀生、張家玉、陳象明等五人事蹟。五人皆參與抗清行動，卒以身殉，故邑人稱曰"五忠"。

南州一老：陳伯陶在辛亥革命後，以遺老自居，後復移居香港九龍，自號"九龍真逸"。著有《瓜廬文剩》、《瓜廬詩剩》、《勝朝粤東遺民録》等。

［二］ "干戈"兩句：如今滿眼干戈，江湖遠隔，還應記得當年在朵殿揮毫的情景。

干戈滿眼：錢選《天台雜詩》："干戈滿眼何時定。"

朵殿：大殿的東西側堂，如耳朵於首之兩旁，因稱朵殿。

楊留垞六十壽詩（二首）

一

北扉新命忝同除，南滋經年憶卜居。[一]久歎道存温雪子，復驚文似漢相如。[二]日躔龍尾春方永，夕課蠅頭眼未疏。[三]詩話文經無恙在，天教野史作官書。[四]

【箋】 楊鍾羲(1864—1939)，原名鍾廣，名子勤，芷晴，又字悎庵，號留垞、雪橋。漢軍正黄旗人。光緒十五年(1899)進士，授編修，歷官江寧知府。辛亥革命後，寄居上海，讀書著述。有《聖遺詩集》、《雪橋詩話》等。此詩爲賀壽而作，讚美楊氏的道德文章，並以效忠小朝廷共勉。楊鍾羲生於同治三年七月十一日(1864 年 8 月 11 日)。《趙譜》編於癸亥。

【注釋】

［一］ "北扉"兩句：我有幸能跟您同奉新命爲學士，回憶起多年來在上海居住的情景。

北扉：北向的門。沈括《夢溪筆談・故事一》："學士院在禁中,非内臣宣召,無因得入,故院門别設復門,亦以其通禁庭也。又學士院北扉者,爲其在浴堂之南,便於應召。"因以"北扉"爲學士的代稱。

忝:謙詞。有愧於。

除:拜官。

南澨(shì逝):南邊的水濱。江淹《陸平原羈宦》詩:"流念辭南澨,銜怨别西津。"此指上海。

卜居:卜宅而居。《楚辭》有《卜居》篇。蕭子良《行宅》詩:"卜居西野外。"

静安與楊鍾羲、温肅、景方昶四人同時被命"著在南書房行走"。静安在上海時,亦與楊鍾羲有過從。

[二] "久歎"兩句:很久以來,我已歎息説您像温雪子那樣自存至道;又驚異您的文章好似漢代的司馬相如。

温雪子:戰國時楚國有道之士。名伯,字雪子。《莊子·田子方》載,温伯雪子曰:"中國之君子,明乎禮義而陋于知人心。"後孔子見之而不言,曰:"若夫人者,目擊而道存矣,亦不可以容聲矣。"

相如:司馬相如。西漢文學家。字長卿,蜀郡成都人。所作《子虚賦》爲漢武帝所賞識,召見,又作《上林賦》,用爲郎。《漢書·揚雄傳》:"蜀有司馬相如,作辭賦甚弘麗温雅,雄心壯之,常擬之以爲式。……孝成帝時,客有薦雄文似相如者。"

[三] "日躔"兩句:日躔於龍尾星宿,春光長在;晚上寫蠅頭小字,眼還未花。

日躔:指太陽在黄道上運行。顔延之《三月三日曲水詩序》:"日躔胃維。"吕向注:"躔,次也。……言日次胃星之軌行畔也。"

龍尾:星宿名。即箕宿。二十八宿之一。居東方蒼龍七宿之末,故稱。《左傳·僖公五年》:"丙子晨,龍尾伏辰。"北方春天,太陽視運動的度次在龍尾間。詩中用"日"、"龍"字樣,亦暗示楊鍾羲與皇帝親近。

蠅頭:指小字。《南史·齊衡陽王鈞傳》載,鈞常以蠅頭細書寫《五經》。

[四] "詩話"兩句:您寫的詩話和文經依舊無恙,蒼天真要叫野史成爲正式的史書了。

詩話:楊鍾羲有《雪橋詩話》十二卷,《續集》八卷,《三集》十二卷,《餘集》八卷。記載有清一代掌故。繆荃孫《雪橋詩話序》云:"由采詩而及事實,由事實而詳制度,詳典禮。……直與劉京叔之《歸潛志》、元遺山之《中州集》相埒。"

文經:指《八旗文經》,爲楊氏與盛昱合編的八旗人文章總集,有重要的文獻價值。

兩句謂楊氏的《詩話》、《文經》,本屬"野史"性質,因其記載翔實,故可視爲"官書"。元遺山在金朝亡後,建"野史亭",編《中州集》、《壬辰雜編》,並欲以野史爲官書也。

二

退食東華日又斜,意園重過一咨嗟。[一]徵文訪獻都陳跡,昭德春明幾舊家。[二]垂老復温銅輦夢,及時且看洛陽花。[三]與君努力崇明德,牆角西山粲晚霞。[四]

【注釋】

[一] "退食"兩句:自東華門退食歸來,已是日斜時候,重過意園,不禁咨嗟歎息。

退食:語出《詩·召南·羔羊》:"退食自公。"朱熹集傳:"退朝而食於家也。"此指退朝後歸家。

東華：東華門。宮城東門。沈括《夢溪筆談·故事一》："今學士初拜，自東華門入。"亦泛指朝廷。時静安正寄寓於司法部街東華銀行内。

意園：盛昱的園名。盛昱(1850—1899)字伯熙、伯希，號韻莳。滿州鑲白旗人。光緒三年(1877)進士，授編修、官國子監祭酒。曾支持變法運動。有《意園文略》二卷、《鬱華閣遺集》四卷。楊鍾羲爲盛昱表弟，交往極密。重過意園，盛昱早逝，故不勝咨嗟。

［二］"徵文"兩句：當時徵集尋訪文獻之事已成陳跡，在昭德門、春明門外還剩有多少舊家？

上句寫楊、盛當年編纂《八旗文經》之事。楊氏畢生搜集八旗文獻，不遺餘力，所輯之書，資料該備。繆荃孫《雪橋詩話序》："芷晴生長世家，熟諳故事，前與意園同輯《八旗文經》，《詩話》之作，與《文經》同。意園本意廣收國朝王公大人碑版，意欲勒成一書而不成。"

昭德：北京宮門名。在太和門之左，南向。爲侍衛直宿處。

春明：古宮門名。此指北京城門。清代貴族多居於各門之内。《日下舊聞考》卷三十七引《八旗通志》："順治元年，世祖章皇帝定鼎燕京，分列八旗，拱衛皇居。"盛昱所屬的鑲白旗，居朝陽門内。

舊家：猶言世家。指世代貴顯的家族、大家。

［三］"垂老"兩句：臨老時尚能重温舊日銅輦之夢，還要及時看遍洛陽之花。

銅輦夢：銅輦，太子車飾。李賀《還自會稽歌》："臺城應教人，秋衾夢銅輦。"序云："庾肩吾於梁時，嘗作《宮體謡引》，以應和皇子。及國勢淪敗，肩吾先潛難會稽，後始還家。"詩中以庾肩吾喻楊鍾羲，謂其返回北京，重温侍奉皇室之夢。

洛陽花：牡丹花。指北京中的名花。

兩句可見静安此時的得意心情。

［四］“與君”兩句：我與您努力尊崇光明之德，如牆角外的西山輝映着晚霞。
明德：光明之德，美德。《禮記·大學》：“大學之道，在明明德。”
西山：見《昔遊》詩之六“京師”四句注。
兩句語本託名李陵《與蘇武》詩：“努力崇明德，皓首以爲期。”

題貢王朶顏衛景卷（四首） 甲子

一

濡水南來千里長，盧龍東走塞雲黄。[一]豪端底怪風雲滿，目斷黄圖寫故鄉。[二]

【箋】貢王，即貢桑諾爾布（1871—1930）。烏梁海氏，號樂亭，又號夔庵。内蒙古卓索圖盟喀喇沁右旗（今昭烏達盟喀喇沁旗）人。多羅都棱郡王旺都特那穆吉剌長子。光緒二十五年（1899）襲郡王。貢王能詩善書，致力於蒙古教育事業，曾創辦崇正學堂、守正武備學堂、毓正女子學堂。辛亥革命後，發起成立蒙古王公聯合會。有《竹友齋詩集》。
朶顏衛，明代所置兀良哈三衛之一。轄地在今吉林洮兒河一帶，永樂後南移至今河北東北部長城線外。朶顏衛景卷爲貢桑諾爾布親手繪寫，圖成後曾徵當時名流題詠。夏孫桐《悔庵詞》有《八聲甘州·蒙部喀拉沁王貢桑諾爾布索題自畫朵顏衛景小卷》詞。此詩作於 1924 年。

【注釋】

［一］“濡水”兩句：濡水向南流去千里悠長，盧龍塞向東延伸黄雲低壓。

濡水：即今河北灤河。上源自内蒙多倫縣境折向東南流。長 877 千米。酈道元《水經注·濡水》：“濡水自塞外來，東南過遼西令支縣北。”

盧龍：盧龍塞。在今河北喜峰口附近一帶。《水經注·濡水》：“濡水又東南逕盧龍塞，塞道自無終縣東出，渡濡水，向林蘭陘東至清陘。盧龍之險，峻阪縈折。”盧龍塞爲河北平原通向東北地區的交通要道。

兩句寫朵顏衛的環境。

［二］“豪端”兩句：怪不得在筆下充滿風雲之氣——在京都外極目遠望，親自畫出故鄉的情景。

豪：同毫。指毛筆。

底怪：難怪。

黄圖：指京都、畿輔。庾信《哀江南賦》：“擁狼望於黄圖。”倪璠注：“玆云黄圖，謂畿輔也。”

二

杼首終葵百仞頑，錘峰今見畫圖間。[一]酈亭石挺形容妙，未記河西雙塔山。[二]

【注釋】

［一］“杼首”兩句：山形像椎狀的長頭，拔地百尺而起——如今在

畫圖中看到磬錘峰。

杼首終葵：《周禮·考工記·玉人》："大圭長三尺。杼上終葵首。"鄭玄注："終葵，椎也。"又，《方言》第二："燕記曰：'豐人杼首。'杼首，長首也。"

錘峰：即磬錘峰。在今承德市武烈河東岸，形如棒錘，高約六十米。《承德府志》卷十五："磬錘峰，近在河東，撑空聳秀，即石挺也。"

［二］ "酈亭"兩句：酈道元對"石挺"的描寫確是奇妙，但他卻没有記下那河西的雙塔山。

酈亭：劉侗、于奕正《帝京景物略》卷八："今所傳酈道元故居者，涿州樓桑村南三里，曰酈亭。"此指酈道元。劉因《遊郎山詩》："若非酈亭書生此鄉國，物色誰省曾分題。"自注："酈道元注《水經》，説郎山形勢最真。今涿郡有酈亭，其先世所居也。"

石挺：《水經注·濡水》："武列水東南歷石𧙍下，左層巒之上，有孤石雲舉，臨崖危峻，可高百餘仞。牧守所徑命選練之士，彎弧矢，無能届其崇標者。"王國維《水經注校》："(𧙍)《大典》'挺'，明鈔同。"此"石挺"即磬錘峰。

雙塔山：在承德市西郊灤水之濱。兩峰本爲一體，因風化而裂爲二。上大下小，成倒塔狀，峰勢奇險，高約三十餘米。《承德府志》卷十六："雙塔山，在縣治北八里，距喀喇河屯行宫東北八里。大小二峰，矗立百餘丈，如窣堵波，高下相亞。"

三

千巖岝崿錫伯邸，萬木沈酣武列源。[一]誰分江南兵火裏，赤山招得董源魂。[二]

【注釋】

［一］“千巖”兩句：錫伯河的王邸外千巖萬壑高峻幽深，武列河源上萬千古樹蔥蔥鬱鬱。

岝崿（zuòè 作愕）：山勢高峻貌。

錫伯：錫伯河，又名西白河，發源於今河北、遼寧交界的七老圖山，向東北流經赤峰入老哈河。兩岸崇山峻嶺，連綿不絶。

邸：指喀喇沁右旗王府。在錫伯河上游的錫伯莊（今名王爺府鎮）。始建於康熙丨八年。占地一百三十畝，有房四百餘間。

武列：今武烈河。武烈河發源於七老圖山，向南流經承德入灤河。《水經注·濡水》：“濡水又東南流，武列水入焉。”《承德府志》卷十五：“古武列水，即今之熱河。”

［二］“誰分”兩句：誰能想到在兵火彌漫之際，卻有人圖寫赤山，還能得到董源的神韻。

誰分（fèn 份）：誰料。謂意想不到。

江南兵火：疑指“江浙戰争”。1924 年 9 月，盤據江蘇的直系軍閥齊燮元，爲奪取盤據浙江的皖系軍閥盧永祥所控制的上海，爆發戰争。静安曾久居上海，故對此特别關心。

赤山：傳説中的山名。《後漢書·烏桓傳》：“赤山在遼東西北數千里。”爲死者魂神所歸之處。詩中當指赤峰。在今赤峰市東北。

董源：五代南唐畫家，字叔達。鍾陵（今江西進賢）人，亦作江南人。擅水墨和淡著色山水，多表現江南風貌，人譽爲平淡天真。沈括《夢溪筆談》卷十七：“江南中主時，有北苑使董源，善畫，尤工秋嵐遠景，多寫江南真山，不爲奇峭之筆。”沈曾植《方倫叔廉惠卿擢飲小萬柳堂縱觀書畫竟日歸後默記賦呈兩君》：“自有乾坤清氣在，霜縑招得董源魂。”

詩意謂畫中的塞外風光，竟如董源的雅淡的江南山水畫。

四

玉溪詩得少陵魂，向晚高歌武帝孫。[一]解道英靈殊未已，不須惆悵近黄昏。[二]

【注釋】

[一] “玉溪”兩句：李商隱的詩歌能得杜甫的精神，他曾在日暮時放聲歌頌武帝之孫。

玉溪：唐詩人李商隱之號。

少陵：唐詩人杜甫，嘗自稱“少陵野老”。

李商隱有《樂游原》詩三首及《鄠杜馬上念漢書》詩，皆爲漢宣帝而作。前者首聯爲“向晚意不適，驅車登古原。”後者首聯爲“世上蒼龍種，人間武帝孫”，讚美漢宣帝的“中興”。漢宣帝爲武帝曾孫，少時流落民間，後爲霍光所立。

兩句疑以宣帝喻光緒帝。謂光緒入纂大統，與漢宣帝相類。

[二] “解道”兩句：能説出“英靈殊未已”的話，那就不用惆悵“祇是近黄昏”了。“英靈殊未已”，爲《鄠杜馬上念漢書》詩第七句。“近黄昏”，李商隱《樂游原》詩：“夕陽無限好，祇是近黄昏。”意謂宣帝英魂未滅，就不必歎息國勢衰亡了。

末兩句當有感而發。貢王能詩，疑其曾有詩歌頌光緒。李商隱與唐皇室同宗，因以相況。先帝英靈猶在，皇室還是有希望的。

校：“石挺”，各本作“石梃”誤。今據王國維《水經注校》改定。

題鎮海李太夫人八徽圖(八首)甲子

一

雞鳴趨寢門,左箴右線纊。[一]我誦寐叟詩,婦智敬無曠。[二]侍櫛箴紉。

【箋】 李太夫人(1843—1918),張氏,浙江鄞縣(今屬寧波市)人。年十八適鎮海李嘉,李氏爲當地富族,夫人主持家政有條不紊,平日樂善好施,爲鄉人稱道。及卒,其子李雲書等擇取夫人一生中八件美善之行,倩翁綬琪繪圖八幅,成《八徽圖》,遍徵名人題詠。朱祖謀《彊邨集外詞》有《沁園春·八徽圖題詞》。此詩作於 1924 年。

【注釋】

[一] “雞鳴”兩句:夫人在雞鳴時分便走近内室的門向舅姑問安,左手持針,右手拿着綿和線。

寢門:内室之門。古代禮法,雞鳴時至寢門外向父母問安。《禮記·文王世子》:“雞初鳴而衣服,至於寢門,問内豎之御者曰:‘今日安否何如?’”

箴(zhēn 針):即“針”。

線纊:線和棉絮。

《禮記·内則》:“婦事舅姑,如事父母。雞初鳴,咸盥漱,櫛、縰、笄、總、衣紳,左佩紛帨、刀、礪、小觿、金燧,右佩箴、管、線、纊,施縏袠、大觿、木燧、衿纓、綦屨,以適父母舅姑之所。”

[二] “我誦”兩句:我吟誦着沈寐叟的詩篇:要敬重婦女的智慧,

不可有絲毫怠慢。

寐叟：指沈曾植。

敬無曠：《荀子·議兵篇》："敬謀無壙。"楊倞注："無壙者，言不敢須臾不敬也。'壙'與'曠'同。"

"婦智"句，見沈曾植《還家雜詩》八首之三："婦智敬無壙，田更勤得生。"静安曾書此詩於箑上以貽沈氏。

按：《八徽圖》八幅，唯此幅獨存。

二

滅燭見奇謀，墜樓奮壯節。[一]中有古兵機，實虚虚者實。[二]急智靖變。

【注釋】

[一] "滅燭"兩句：壞人到來時，她立即吹熄燭火，可見其急智；勇敢地從高樓躍下，表現了壯烈的志節。

《鎮海李母張氏太夫人墓表》："昔避居滬上，鄰人不戒於火，有外兵酗酒持械欲入。乃闔户滅燭，啟窗引避。兵以暗室無人，疾呼而去。"據《鎮海縣新志備稿》卷下《張氏傳》載，夫人"先是從姑避地上海，一夕鄰居災，人洶洶，歐卒酗酒過其門，見門啟，挾刃闖門入。氏走避旁室，闔户，刃已及户，不得闔，急滅燭，自牖躍下，昏暗中，醉卒錯愕引去"。

[二] "中有"兩句：其中包含有古代的兵法，那就是"實者虚之，虚者實之"。

兵機：用兵的機謀，兵法。

"實虚"句：《孫子兵法》中有《虚實篇》，李筌注："善用兵者，以虚爲實；善破敵者，以實爲虚。"篇中深刻地論述用兵的虚實之道。如謂："出其所必趨，趨其所不意"，"退而不可追者，速而不可及也”,“兵之形,避實而擊虚”。静安認爲李夫人滅燭墜樓之舉,與古兵機中虚實之道相合。

三

徙像全宗祏,輿姑出險巇。[一]下堂須保傅,笑殺宋共姬。[二]遇火整暇。[三]

【注釋】

[一] “徙像”兩句:遇火災時,夫人先轉移祖先的畫像,使神主得以保全。又扶持着家姑離開兇險的地方。

宗祏(shí石):宗廟中藏神主的石室。《左傳·莊公十四年》:“命我先人,典司宗祏。”孔穎達疏:“宗祏者,慮有非常火災,於廟之北壁内爲石室以藏木主。”詩中以指祖先的神主。《張氏傳》載:“及里居,婦不戒於火。氏從容命兒輩奉先代畫像、栗主,翼姑出。已則齊集家中老少男女,無一遺者,始率之而出。”《鎮海李母張氏太夫人墓表》:“先是浙之鎮海大饑……太夫人愍然憂之,開令散粟,綰年之厄……全活者以數十萬計。”

[二] “下堂”兩句:那位連下堂都一定要保姆看護的宋共姬,真叫人笑死了。

宋共姬:春秋時宋共公夫人。《穀梁傳·襄公三十年》:“伯姬(即宋共姬)之舍失火,左右曰:‘夫人少辟火乎?’伯姬曰:‘婦人之義,傅母不在,宵不下堂。’左右又曰:‘夫人少辟火乎?’伯姬曰:‘婦人之義,保母不在,宵不下堂。’遂逮乎火而死。”古代貴族婦女,有保母和傅母,保母負責保養,傅母負責傅訓。宋共姬因保傅不在而甘被燒死之事,載於《公羊》、《穀梁》、《淮南子》、《列女傳》等書,古人對之評價不一,静安詩中亦不以共姬之行爲賢。

[三] 整暇：即“好整以暇”。形容在紛亂的場合中從容不迫。見《左傳·成公十六年》。

四

門前揭竿徒，半飽君家粟。[一]報怨竟以德，爲善日不足。[二]振廩捍侮。

【注釋】

[一] “門前”兩句：在門前揭竿而起的群衆，多半曾吃過您家賑濟的糧食。

揭竿：舉竿爲旗，指造反。漢賈誼《過秦論》：“（陳涉）斬木爲兵，揭竿爲旗，天下雲集而回應，贏糧而景從。”章炳麟《張太夫人神誥》：“光緒二十四年，浙江大旱，鎮海民欲略富人宛積者。”太夫人振廩救災，“然劫略者猶不止”。《張氏傳》載：“光緒癸巳，邑大饑，佐其夫購米萬斛賑之。其後戊戌、壬寅、戊申歲祲，或出家粟，或命子雲書購外來米賑之，全活無算。”

[二] “報怨”兩句：夫人竟以德報怨，她做善事，好像整天做都做不夠。

“抱怨”句，語本《老子》六十三章：“大小多少，報怨以德。”《論語·憲問》：“或曰：‘以德報怨，何如？’子曰：‘何以報德？以直報怨，以德報德。’”

“爲善”句，語本《書·泰誓》：“我聞吉人爲善，惟日不足。”孔傳：“言吉人竭日以爲善。”

五

善交存久敬，大孝在永慕。[一]二年藥爐間，夫子知吾素。[二]病榻服勞。

【注釋】

［一］ "善交"兩句：善交友的人，時間越長越敬重。對方，大孝的人在於對父母終生的思慕。

"善交"句：語本《論語・公冶長》："晏平仲善與人交，久而敬之。"謝靈運《永初三年七月十六日之郡初發都》詩："久敬曾存故。"存，問候，關懷。

"大孝"句：《孟子・萬章上》："大孝終身慕父母。"李德林《立寺建碑詔》："空切欲報之心，徒有終生之慕。"永慕，長久地思念，終身思慕。慕，專指孝思。

［二］ "二年"兩句：兩年來奔忙在病榻藥爐之間，夫子最能知我的素志。

夫子：指張氏的丈夫李嘉。

素：平素的志向。

兩句寫夫人在舅姑病榻前服侍。

六

一朝賣作奴，終身爲非民。[一]偉哉李太君，獨拯五百人。[二]手援衆溺。

【注釋】

［一］ "一朝"兩句：衹要一朝被賣作奴隸，那就終身成爲卑賤的人。

非民：非人。不被當做人看待的賤民。

［二］ "偉哉"兩句：偉大啊李太君，獨自拯救了五百人。

太君：封建時代官員母親的封號。唐制，四品官之妻爲郡君，五品爲縣君，其母邑號，皆加太君。《小港李氏支譜》載，李嘉曾爲江蘇試用同知,張氏誥封夫人。邑人稱張氏爲李太夫人、李太君。

《張氏傳》載:"奸人誘掠良家子四百餘人,貨海外爲奴,道出鎮海。氏聞之,遣之徵五商於海關税務司,可贖矣,寧紹臺道緩之,船駛去。氏更命雲書、徵五走上海,集鄉人電告外國紅十字會,遣人齎金之南洋,贖歸四百餘人。"李太君張氏出重資贖回被販運到南洋的苦力一事,在當時廣爲傳頌,今已載入新編《鎮海縣誌》。

七

麻姑向東海,手種萬樹桑。[一]冠帶遍一郡,童童浹浦旁。[二]創學惠鄉。

【注釋】

[一] "麻姑"兩句:夫人像仙女麻姑那樣,在東海邊親手種下了萬棵桑樹。

兩句用"滄海桑田"之典,屢見前注。詩中以喻李夫人辦學培育人材之事。

《張氏傳》載,張氏"用金十餘萬,建學校四","氏教其子孫以遊學海外。顧謂兵家、法家言皆不足學,宜學農工商礦理化醫諸科,可利國濟人"。

[二] "冠帶"兩句:衣冠之士遍佈一郡,在浹浦旁人才更是繁茂。

童童:茂盛貌。《三國志·蜀志·先主傳》:"有桑樹高五尺餘,遥望見童童如小車蓋。"

浹浦:地名。在今浙江鎮海縣東南甬江畔。章炳麟《張太夫人神誥》:"清光緒二十八年,太夫人……一意爲鄉里倡學,先度鎮海浹浦建兩等小學,次設益智中學於府治。"

《張氏傳》載,張氏有子八人,孫四十四人,"秉遺訓,多有學成回國者"。

八

上有紫竹林,下有蛟鼉窟。[一]波濤萬艨艟,稽首定光佛。[二]燃燈照海。

【注釋】

[一] "上有"兩句:普陀落伽山上有觀世音的紫竹林,山下卻是蛟鼉的窟穴。

紫竹林:地名。在浙江定海縣普陀山中。相傳爲觀世音菩薩現身説法之地。普陀山與其東南的落伽山合稱爲普陀落伽山,爲中國佛教四大勝地之一。

蛟鼉窟:蛟鼉爲鱷類的兇猛水中動物,因以蛟鼉窟喻波濤險惡之處。紫竹林觀音院前有潮音洞,潮聲澎湃,如蛟鼉怒吼。

[二] "波濤"兩句:在洶湧的波濤中往來着千萬艘大船,人們都向那定光佛稽首行禮。

艨艟(méngchōng 蒙沖):古代戰船。泛指大船巨艦。

稽(qǐ 啟)首:叩首。古時一種跪拜禮。叩頭至地,爲九拜中之最恭敬者。

定光佛:佛名。梵語提洹羯佛,意譯爲定光佛、錠光佛,又稱燃燈佛。

《張氏傳》載,張氏"建燈塔於落伽山上,以利舟行"。詩中以定光佛喻張氏,謂其燃燈照海,造福往來舟旅。

按: 本組詩注釋中有關李太夫人張氏的資料,均由張氏後人王禮立教授及鎮海縣誌辦嚴水孚先生提供。

校: "左箴右線纘",各本作"左箴左線纘",誤。據文意徑改。"祏"各本作“祐”,誤。徑改。

爲馬叔平題三體石經墨本 乙丑

千載何人知拓墨,二經全帙溯蕭梁。[一]開元零落十三紙,皇祐叢殘百數行。[二]豈謂風流仍正始,直將眼福傲歐黄。[三]尚餘《君奭》篇題在,梅本淵源待細商。[四]

【箋】 馬叔平(1881—1955),名衡。浙江鄞縣人。金石學家。時爲北京大學研究所國學門導師,馬氏對漢魏石經資料作了收集、整理和全面研究,著有《漢石經集存》。静安在上海時,已時與馬衡通信,討論學術,1922 年應馬衡之聘,允爲國學門之通信導師。入京後,往還益密。1923 年夏,馬衡以所藏新出土的魏正始三體石經未剖前拓本屬題,静安爲賦此詩,後撰成《魏正始石經殘石考》。《趙譜》編此詩於 1925 年。疑誤。

【注釋】

[一] “千載”兩句:千年來是誰人懂得拓墨之法。魏《石經》二經的全帙保存當上溯至南朝蕭梁之時。

“千載”句:王國維《魏石經考四》:“拓石之事,未識始於何時。然拓本之始見於紀載者,實自《石經》始。”

二經:指魏《石經》的《尚書》、《春秋》兩經。

蕭梁：梁朝。皇帝蕭氏。

魏《石經》所刊經數，據《西征記》、《洛陽伽藍記》皆載爲《尚書》、《春秋》兩部。《隋書·經籍志》所載，亦僅存三字石經《尚書》九卷，《春秋》三卷，而注明《尚書》"梁有十三卷"，《春秋》"梁有十二卷"。王國維《魏石經考四》："《隋志》著録之二種《石經》，確爲拓本。《志》與《封氏聞見記》均明言之。觀其所存卷數，梁時所有魏石經《尚書》、《春秋》，均係完帙。"

［二］"開元"兩句：到了唐代開元年間，《石經》已散失零落，祇剩下十三紙。而北宋皇祐年間收拾叢殘，也不過百多行而已。

"開元"句：宋郭忠恕《汗簡》卷七《略敘目録》云："韋述《西京記》云：'貞觀中秘書監魏徵參詳考驗蔡邕三字《石經》凡十數段，請於九成宮秘書監内置之。後天後移於著作院。'巨按，唐開元五年得三字《春秋》；臣儀縫《石經》面題云：'臣鍾紹京一十三紙。'又有開元字印，翰林院印。"

"皇祐"句：作者自注："《隸續》所録宋皇祐間洛陽蘇望刻石，予以行款求之，得一百十二行，實止八百一十九字。"皇祐，宋仁宗年號(1056—1063)。

叢殘：指瑣碎零亂的東西。王國維《魏石經考四》："宋皇祐癸巳，洛陽蘇望得拓本於故相王文康家，刊以行世。歐陽棐《集古録目》謂其莫辨真僞，余疑其即開元内府之十三紙。"

［三］"豈謂"兩句：如今不用説承接了正始風流，人們的眼福簡直可以傲視歐、黄了。

正始：三國魏齊王曹芳年號(240—248)。正始年間，名士風流，盛於洛下。故稱"正始風流"、"正始之音"。本詩中借用此語謂《石經》。因漢末兵亂，熹平石經被毁，魏正始時更造石經，有古文、篆書、隸書三體，因稱三體石經或三字石經。

歐黄：指歐陽修與黄伯思。歐陽修搜羅金石刻文，積至千卷，撮其大要，各爲之説，後又各書其卷尾，成《集古録》十卷，共有四百餘跋，爲宋代金石學著述的名作。其子棐，復摭其略，成《集古録目》二十卷。黄伯思,字長睿,號霄賓,又自號雲林子。昭武(今福建邵武)人。北宋金石學家,學問淹通。撰有《東觀餘論》、《博古圖説》等。

王國維《魏石經考四》云:"宋以後,蘇、胡諸刻盡亡,魏石經一綫之傳,惟存《隸續》,若存若亡者又六百年。今幸《周書》殘石出於洛陽,我輩始得見正始原刻,固足傲視歐、洪諸君於千載之上矣。"洪,指洪适。南宋學者。著有《隸釋》、《隸續》,收録有石經殘字。

兩句謂得觀洛陽新出土魏石經《尚書》,眼福遠過宋人。

［四］ "尚餘"兩句: 殘石中《君奭》的篇題還在,那麽梅頤本的淵源就有待細細商討了。

君奭(shì 式):《尚書》篇名。王國維《魏石經殘石考》云:"癸亥春,乃聞洛陽復出魏石經殘石一,兩面分刻《尚書》'無逸'、'君奭'二篇,《春秋》僖、文二公,字數至千餘","鄞縣馬君兩至洛陽,復得'無逸'、'君奭'未剖時拓本,中間《君奭》篇,篇題一行與《春秋·僖卅一年》'取濟西'一行具存。"

梅本: 指梅頤本《尚書》。據《隋書·經籍志》載,東晉豫章内史梅頤向朝廷獻出孔安國的古文《尚書》,比漢代伏生的今文《尚書》多出 25 篇。

静安收到馬衡送來屬題的《石經》墨本後,曾致書馬衡云:"燈下研求尊藏正始石經殘石,'祇王殷'一石,乃《君奭》末、《多方》首之文,足證中間無《蔡仲之命》一篇。"

按: 今文《尚書》中,《君奭》下緊接《多方》,古文《尚書》則插有《蔡仲之命》,據魏正始石經拓本,可證實梅本爲僞書。

羅雪堂參事六十壽詩(二首)乙丑

一

卅載雲龍會合常,半年濡呴更難忘。[一]昏燈履道坊中雨,羸馬慈恩院外霜。[二]事去死生無上策,智窮江漢有回腸。[三]毗藍風裏山河碎,痛定爲君舉一觴。[四]

【箋】 1925年8月,羅振玉六十壽辰,静安親赴天津祝嘏,並獻賀詩兩首。賀壽詩寫得如此蒼涼感慨,古來罕見。羅、王二人私交甚厚,可是在詩中寫的都是所謂的家國之事,静安此時心中就衹有那覆亡了的清廷和出逃中的小皇帝了。雪堂,羅振玉之號。羅振玉(1866—1940)字叔蘊、叔言。浙江上虞人。金石學家,鑒藏家。在甲骨學、敦煌學等多方面均有研究。與静安有師友之誼。羅振玉於宣統元年曾補參事官,故稱。

【注釋】

[一] "卅載"兩句: 三十年來,我們如雲與龍般長相會合,近半年相濡以沫更是難忘。

卅載: 静安於1898年受知於羅振玉,至此時已歷28年。

雲龍:《易·乾》:"雲從龍,風從虎。"韓愈《醉留東野》詩:"我願身爲雲,東野變爲龍。四方上下逐東野,雖有離别無由逢。"本詩中亦以韓愈與孟郊喻自己與羅振玉的師友關係。

濡呴(xǔ許):《莊子·大宗師》:"泉涸,魚相與處於陸,相呴以濕,相濡以沫。”意謂魚困在乾涸處,互相吐沫以弄濕各自的身體,比喻在困境中互相扶持救助,呴,吐出。

［二］“昏燈”兩句：還記得在雨夜共話於履道坊中,騎着瘦馬踏着寒霜在慈恩院外。

履道坊：履道里。語本《易・履》:“履道坦坦,幽人貞吉。”白居易在洛陽所居之處。白居易《序洛詩》:“故集洛詩,别爲序引,不獨記東都履道里有閑居泰適之叟,欲亦知皇唐太和歲有理世安樂之音。”白居易《履道春居》詩:“微雨灑園林,新晴好一臨。”詩中指静安在北京的住處。羅振玉奉清廢帝溥儀之命入直南書房,1924 年 10 月 7 日至北京,即寓静安家中。

慈恩院：慈恩寺。唐代長安的名勝之所。自神龍年間始,進士登科,皇帝均賜宴曲江,題名慈恩寺中的雁塔。元稹寄白居易的《梁州夢》詩:“夢君同繞曲江頭,也向慈恩院裏遊。”此疑指溥儀出宫後的住處。

兩句寫“半年濡呴”之事。1924 年第二次直奉戰争中,馮玉祥發動北京政變,將所部改組爲國民軍,自任總司令。11 月 5 日,取消清廢帝溥儀的皇帝稱號,將其逐出皇宫。清室遺老舊臣如羅振玉輩,則到處奔走呼號。

詩中特意選用“履道”與“慈恩”,當有用意。

［三］“事去”兩句：大事已完結了,即使自己不顧死生都無上策;智計亦已窮盡,祇剩下如江漢般的九曲回腸。

上句典出《資治通鑒》卷一五六:“(盧)柔曰:‘高歡悖逆,公席捲赴都,與決勝負,生死以之,上策也。’”静安反用其意。事去,意謂清王朝已覆亡,無法挽回了。

江漢:《詩・大雅・江漢》:“江漢湯湯。”

回腸：形容江流彎曲。柳宗元《登柳州城樓寄漳汀封連四州刺史》詩:“江流曲似九回腸。”

兩句謂清朝已亡,溥儀今又被逐,一切都無法挽回,計窮力拙,祇留下無窮的痛苦。

［四］“毗藍”兩句：在暴風中山河破碎，如今痛定之後姑且爲您勸一杯壽酒吧！

毗藍風：亦作“毗嵐風”、“吠藍”。佛教語。迅猛之風。《慧琳音義》卷十三：“吠藍僧伽，劫災時大猛風名也。此風猛烈，能壞世界。”

二

事到艱危誓致身，雲雷屯處見經綸。［一］庭牆雀立難存楚，關塞雞鳴已脱秦。［二］獨贊至尊成勇決，可知高廟有威神。［三］百年知遇君無負，慚愧同爲侍從臣。［四］

【注釋】

［一］“事到”兩句：事情到了最艱難險阻之時，誓要獻出生命，雲雷屯聚之際正見先生的經綸大略。

致身：獻身。《論語·學而》：“事父母能竭其力，事君能致其身，與朋友交言而有信。”

雲雷屯：《易·屯》：“象曰：雲雷，屯。君子以經綸。”屯卦之卦象爲《坎》上《震》下，《坎》之象爲雨（水），《震》之象爲雷。因以雲雷喻艱難險惡的環境。屯，有“盈”意，“難”意。

經綸：原指織布之經緯。引申爲治理，建立秩序之意。

［二］“庭牆”兩句：看到站在庭牆上的黄雀，知道楚國難以保全；關塞上雞鳴門開，燕太子丹幸脱秦人之手。

上句典出《戰國策·楚策》。莊辛謂楚襄王曰：“楚國必亡矣！”因舉黄雀爲喻：“俯噣白粒，仰棲茂樹，鼓翅奮翼，自以爲無患，與人無争也。不知夫公子王孫，左挾彈，右攝丸，將加己乎十仞之上，以其類爲招。晝遊乎茂樹，夕調乎酸鹹，倏忽之間,墜於公子之手。”詩中以喻溥儀雖如黄雀般與世無争,仍不免被逐出宫。

下句典出《燕丹子》。燕太子丹質於秦,逃歸。到關,丹爲雞鳴,遂得逃歸。又,《史記·孟嘗君列傳》亦載有類似的故事。詩中以喻羅振玉助溥儀出亡事。溥儀出宫後,先住醇王府。羅振玉等人奔走策劃,溥儀偕同鄭孝胥、陳寶琛於1924年11月29日逃往東交民巷日本使館。次年2月24日,又在日本人保護下乘車逃往天津,在日租界大和旅館居住。

[三] “獨贊”兩句:獨自輔佐皇帝真是勇敢果斷,可知高廟威嚴的神靈還在。

至尊:指皇帝。《荀子·正論》:“天子者執位至尊,無敵於天下。”

勇決:勇敢而有決斷。徐幹《中論·虚道》:“勇決過人未足貴也。”

高廟:指死後廟號爲“高”的君主。

下句語本《漢書·車千秋傳》:千秋於武帝前爲太子辯護,自言:“臣嘗夢見一白頭翁教臣言。”武帝曰:“此高廟神靈,使公教我,公當遂爲吾輔佐。”詩中用此,謂羅氏爲溥儀輔佐。羅氏挾溥儀出逃,被委任爲顧問。

[四] “百年”兩句:知道您没有辜負皇帝對您一生的知遇之恩,我同爲侍從之臣就更感到慚愧。

知遇:賞識,優待。《晉書·阮裕傳》:“大將軍王敦命爲主簿,甚被知遇。”

袁中舟侍講五十生日壽詩 丙寅

螭首簪豪跡已陳，虎門端委事猶新。[一]瓊樓已自歸無地，寒谷那知歲有春。[二]不分道銷同甲戌，且留身在奉君親。[三]酒闌誤作承平看，雲漢昭回在北極。[四]

【箋】 此詩作於 1926 年。袁勵準(1877—1935)，字玨生，號中舟。江蘇武進(今常州)人。光緒二十四年(1898)進士，宣統三年授翰林院侍講。授翰林院編修。後任南書房行走。民國後任《清史稿》編纂、輔仁大學教授等職。擅詩文，能書畫，好藏古墨。著有《恐高寒齋詩集》、《中州藏墨録》等。静安除了寫這首壽詩外，還有壽聯一副："世亂春秋文愈治，歲寒松柏意常青。"可見兩人的交情頗厚。

【注釋】

［一］ "螭首"兩句：當年在殿前螭首簪筆侍從先帝的情景已成陳跡，而在皇宫寢門外穿着禮服晉見皇上之事尚記憶猶新。

螭首：皇宫殿前雕有螭龍頭像的石階。

簪豪：即簪毫。簪筆。古代書史手持橐囊，簪筆於頭，以備隨時紀事。《新唐書・百官志二》："起居舍人，分侍左右，秉筆隨宰相入殿。若仗在紫宸内閣，則夾香案分立殿下，直第二螭首，和墨濡筆，皆即坳處，時號螭頭。"曾豐《中都邂逅新崇德宰范純之同館著語贈别》詩："螭首終簪筆，河陽且種花。"

虎門：王宫中的路寢門。《周禮・地官・師氏》："居虎門之左,司王朝。"鄭玄注:"虎門,路寢門也。王日視朝於路寢,門外畫虎焉,以明勇猛,於守宜也。"

端委:古代禮服。《左傳·昭公元年》:"吾與子弁冕端委,以治民臨諸侯。"杜預注:"端委,禮衣。"

上句寫袁氏在清朝爲編修之事。下句寫袁氏曾在溥儀的小朝廷中任職。

[二] "瓊樓"兩句:天上的瓊樓玉宇早已是無地可歸了,在寒谷哪知一年中也會有春天。

瓊樓:月宫裏的樓臺。蘇軾《水調歌頭》詞:"我欲乘風歸去,又恐瓊樓玉宇,高處不勝寒。"

寒谷:燕地山谷名。劉向《七略别録·諸子略》:"鄒衍在燕,有谷地美而寒,不生五穀,鄒子居之,吹律而温至黍生。"

上句謂溥儀已被迫遷出清宫,臣子更是欲歸無地了。下句反用"寒谷生温"之典,謂清亡後北京不再有春天。

[三] "不分"兩句:真不甘心大道銷亡有如梁朝甲戌之際,姑且留得身在還可以侍奉君親。

不分(fèn 份):不甘。

甲戌:指梁元帝承聖三年甲戌(554)。承聖元年,元帝討滅侯景,梁朝中興有望。三年,西魏兵破江陵,元帝被殺。庾信《哀江南賦》:"中興道銷,窮於甲戌。"詩中以指馮玉祥率兵入京逼宫之事,謂清朝中興無望。

君親:君主與父母。詩中特指君主。李陵《答蘇武書》:"違棄君親之恩,長爲蠻夷之域,傷已。"白居易《秦中吟·重賦》:"上以奉君親。"

[四] "酒闌"兩句:酒闌既醉,還誤以爲身處承平時候,看那銀河回轉中天,正與北宸相輝映。

雲漢昭回:《詩·大雅·雲漢》:"倬彼雲漢,昭回于天。"朱熹集傳:"昭,光也。回,轉也。言其光隨天而轉也。"

栕(chén 辰):同"宸"。北宸,猶言北辰。北極星。《文選·

謝朓〈始出尚書省〉》:“宸景厭照臨。”李善注:“宸,北辰。以喻帝位也。”詩中“北楓”,亦指溥儀小朝廷。

題瀲山檢書圖(二首)

一

曙邨畫得南樓意,醇士圖隨碧血亡。[一]若論風流略名位,秀州何必遜錢塘。[二]

【箋】 瀲(gǎn 敢)山,指浙江海鹽縣瀲浦的雞籠山。清代道、咸年間海寧蔣光焴(1825—1895)築寶彝堂於山麓,藏書甚豐,旁搜金石書畫。戴熙爲作《瀲山檢書圖》,學生邵懿辰、錢泰吉爲作圖記。不久遂經戰亂,原圖已亡,蔣氏倩秀水畫家錢曉作第二圖,何紹基爲題詩。民國時,蔣氏後人請梁啟超再作記,静安因題此詩。

【注釋】

［一］ “曙邨”兩句:錢曙邨的畫能得南樓老人的筆意,而戴醇士的圖也隨着他的死去而銷亡了。

曙邨:錢曉,字曙初,號曙邨。秀水人。畫家。

南樓:清代女畫家陳書的字。陳書(1660—1736),號上元弟子,晚號南樓老人。秀水(今浙江嘉興)人。錢綸光之妻。善畫花鳥、草蟲及山水、人物,筆力老健,風神簡古。秀水錢氏一門,能畫者甚多。其子錢陳群、界,從孫載,族孫維城,皆從受畫法。

醇士:戴熙(1801—1860),字醇士,號榆庵。錢塘(今杭州)人。道光十二年(1832)進士。官至兵部侍郎。後引疾歸鄉。咸豐十年(1860)太平軍攻克杭州。自投水死。戴熙詩、書、畫並臻絶詣,山水師法王翬而不襲其貌,純雅有古意。

碧血:指戴熙之死。

[二] “若論”兩句:如果衹是論文采風流而略去名位不談的話,秀州錢曉哪裏會遜於錢塘戴熙呢?

名位:官職、地位。《左傳・莊公十八年》:“王命諸侯,名位不同。”

秀州:州名。治所在嘉興。

二

作記同時邵與錢,庚申重跋倍淒然。[一]三家子弟都無恙,回首滄桑七十年。[二]

【注釋】

[一] “作記”兩句:同時爲圖作題記的有邵氏和錢氏。到庚申年重爲作跋倍感淒然。

邵與錢:指邵懿辰(1810—1861)與錢泰吉(1791—1863)。邵字位西,浙江仁和人。學者。有《半巖廬遺集》等三十餘卷。咸豐十年,太平軍陷杭州,次年被殺。邵曾在戴熙自殺後爲作《戴文節公行狀》。錢字輔宜,號警石,浙江嘉興人。陳書的玄孫。學者。太平軍陷杭州,逃出往依曾國藩。著有《甘泉鄉人稿》。邵懿辰與錢儀吉、泰吉兄弟齊名。又與泰吉同在杭州,故有“作記同時”之事。錢泰吉《澂山檢書圖記》載,海昌蔣氏四世藏書,"錢塘戴醇士侍郎聞而稱善,爲寫《漵山檢書圖》而屬余記之"。

庚申:似指民國九年庚申(1920)爲第二圖重跋。

[二] "三家"兩句:三家的子弟如今都無恙,回首七十年間已是滄桑巨變了。

三家:指蔣、邵、錢三家。三家爲世交,其孫輩蔣欽項、邵章、錢駿祥尚在。

王國維《敬業堂文集序》載,海鹽之藏書家,以"蔣氏生沐(光煦)之東湖草堂、寅昉(光焴)之寶彝堂爲之後勁……其後諸家之藏,頗或散佚。至咸豐赭寇之亂,遂掃地以盡。其幸而存者,蔣氏寶彝堂一家而已"。

題鄧頑白梅石居小像

瀟灑衣冠全盛日,聯翩題詠中興時。[一]萬方鼓角窮冬夜,剪燭披圖有所思。[二]

【箋】 鄧石如(1743—1805),原名琰,以字行,號頑伯、完白山人、笈游道人。安徽懷寧人。出身寒門,勤奮力學,成爲有清一代傑出的書法家和篆刻家。其篆書取法漢碑額及《三公山碑》、《天發神讖碑》等,以隸法作篆,自成獨特風貌。隸、楷、行、草各體皆精。篆刻得力於其書,蒼勁莊嚴,清新流利,開創皖派中的鄧派。有《完白山人篆刻偶存》等。梅鏐,江寧人。梅文鼎曾孫,梅瑴成子。室名石居。梅氏爲江左大族,家中秦漢以來金石善本悉備。鄧石如曾居於梅鏐家中八年,精研金石。其繪像至今猶存。静安此詩載於《觀堂别集》卷四之末,編年丙寅。諸家均定爲 1926 年,然觀詩中“窮冬”之語,當爲丙寅冬末,已入 1927 年了。

【注釋】

［一］ “瀟灑”兩句：小像中衣冠瀟灑,正當清朝全盛之日。名流們紛紛題詠,又是國家中興之時。

瀟灑衣冠：王冕《孫元實春遊圖》:“衣冠瀟灑武前修。”今存鄧石如像,戴草笠,穿芒鞋,青衫一領,長髯紛披,頗有高士之致。

中(zhòng 衆)興：中途振興。謂國家轉衰爲盛。此指所謂的“同治中興”。經過咸豐年間的第二次鴉片戰争及太平軍的動亂之後,同治年間清王朝得到暫時穩定。故號稱中興。

上句寫鄧石如、梅鏐生活在乾隆、嘉慶年間國盛鼎盛之日。下句謂名流題詠在同治中興之時。

［二］ “萬方”兩句：如今我在隆冬寒夜萬方鼓角聲中,剪燭披覽圖像,不禁引起深思。

萬方鼓角：杜甫《秦州雜詩二十首》之四有“鼓角緣邊郡”、“萬方聲一概”之語。1926 年 7 月,國民革命軍從廣東出師北伐,至 12 月,已攻佔湖南、湖北、江西、河南、福建等省大部分地區。故云。

王國維與羅振玉的關係頗似鄧、梅,時羅、王已交惡,静安追思前事,當有深感。本詩或爲此而作。

詞(115首)

如　夢　令

點滴空階疏雨。迢遞嚴城更鼓。[一]睡淺夢初成,又被東風吹去。[二]無據。無據。斜漢垂垂欲曙。[三]

【箋】 此詞列於《人間詞·甲稿》之首,當爲現存静安詞最早之作。撰於光緒三十年(1904)春。時静安在南通通州師範學校任教,因積勞過度而患病,故詞中寫春夜的情懷,有如秋宵般蕭瑟。也許是懷念江南的故鄉,也許是相望久别的親人,淡語深情,一似秦觀佳作。

【注釋】

［一］ “點滴”兩句:點點滴滴的疏雨,灑向空階。聲聲更鼓,從高城上遠遠傳來。

首句暗示離情。何遜《臨行與故遊夜别》詩:“夜雨滴空階,曉燈暗離室。”爲此詞所自。

迢遞:遥遠貌。

嚴城:戒備森嚴的城池。古時城中入夜戒嚴,故稱。何遜《臨行公車》詩:“嚴城方警夜。”

更(gēng 耕)鼓:報更的鼓聲。

［二］ “睡淺”兩句:睡得不熟,好夢初成時,又被東風吹斷了。

黄庭堅《觀化》詩:“馬上好風吹夢去。”

［三］ “無據”三句:唉,夢境本來就是不可靠的,看,銀漢傾斜,天也

漸漸亮了。

無據：難以憑藉，不可靠。宋徽宗《燕山亭》詞："怎不思量，除夢裏、有時曾去。無據。和夢也、新來不做。"

斜漢：低斜的銀河。天將明時，銀河斜落。謝莊《月賦》："斜漢左界，北陸南躔。"

垂垂：低垂貌。朱熹《清江道中見梅》："不愁風裊裊，正耐雪垂垂。"

浣　溪　沙

路轉峰回出畫塘。一山楓葉背殘陽。看來渾不似秋光。[一]　　隔座聽歌人似玉，六街歸騎月如霜。客中行樂衹尋常。[二]

【箋】 寫秋日郊遊宴樂的情景。上半闋極寫秋光之美，秋日黄昏登山遠眺，當得此景。末句點出旨意，表現了詩人客中索寞的心境。此詞於 1904 年秋初赴蘇州江蘇師範學堂任教時作。

【注釋】

［一］ "路轉"三句：小路隨着回環的山勢拐彎，出到幽美如畫的池塘之畔。一山紅彤彤的楓葉，背映着夕陽餘暉。看來這美麗的景色，真不似蕭瑟的秋光。

路轉峰回：歐陽修《醉翁亭記》："峰迴路轉，有亭翼然臨於泉上者,醉翁亭也。"

末兩語從杜牧《山行》詩"霜葉紅於二月花"化出。

［二］ "隔座"三句：聽罷鄰座如玉般的佳人清美的歌聲,大街上,人馬踏着如霜般皎潔的月色歸去。唉,在客中的行樂,也衹不過是這樣罷了。

隔座：鄰座。李商隱《無題》:"隔座送鉤春酒暖。"

六街：唐長安城中有左右六條大街。這裏泛指城中的大街。徐夤《公子行》:"六街騎馬去如煙。"

騎(jì 冀)：一人一馬的合稱。

末句意説,自己作客他鄉,即使是及時行樂,也是没有多大興味的。尋常,平常。"尋常"兩字,有多少未盡之意。

臨　江　仙

過眼韶華何處也？蕭蕭又是秋聲。[一]極天衰草暮雲平。斜陽漏處,一塔枕孤城。[二]　獨立荒寒誰語,驀回頭、宫闕峥嶸。[三]紅牆隔霧未分明。依依殘照,獨擁最高層。[四]

【箋】 詩人眼中所見的南國水鄉蘇州竟是如此荒寒,"西風殘照,漢家陵闕",静安當有同樣的感受吧。以蒼涼的景色來渲染人物孤獨的情緒,回頭一語尤爲沉勁。此詞作於1904年秋。

【注釋】

［一］ “過眼”兩句：美好的時光匆匆過眼，如今春歸何處？很快地又聽到蕭颯的秋聲。

韶華：美好的時光。也指春光。晁補之《梁州令疊韻》詞：“過眼韶華如箭。”詞中當喻大清帝國繁盛的時期。

秋聲：歐陽修有《秋聲賦》，具體形象地描述了秋天西風吹起，草木零落時各種肅殺之聲。

兩句寫春去秋來，榮枯轉眼。

［二］ “極天”三句：暮雲平展，凋殘的秋草伸向天邊。雲層中漏出一道斜暉，正照着那孤城外的亭亭寶塔。

極天：至天。杜甫《秋興八首》之六：“關塞極天唯鳥道。”此指到達遥遠的天邊。

一塔：疑指蘇州報恩寺塔。塔高 76 米，有江南第一塔之譽。或謂指虎丘塔。

［三］ “獨立”兩句：獨立在這荒寒的天地中，誰可共語？回頭祇見那峥嶸的宫闕。

宫闕：疑指萬壽宫。城中官員爲皇帝賀壽之處。或謂指吴宫。

峥嶸：高峻。歐陽修《鵯鵊詞》：“龍樓鳳闕鬱峥嶸。”

兩句當有所寄。與屈原《離騷》“臨睨舊鄉”用意相似。

［四］ “紅牆”三句：可是隔着迷蒙的煙霧，紅牆猶未分明。祇有那夕陽殘照，還戀戀不捨地籠罩着寶塔的最高層。

紅牆：指宫牆。因塗上紅色，故稱。

依依：隱約貌。

末兩語呼應上片結處。

浣　溪　沙

草偃雲低漸合圍。琱弓聲急馬如飛。[一]笑呼從騎載禽歸。[二]　　萬事不如身手好，一生須惜少年時。[三]那能白首下書帷。[四]

【箋】 静安詞時有壯語。雄奇壯闊的景色是動人的，天遠草枯，縱馬馳驟，彎弓射獵，喧笑同歸，在這激烈的活動中，詞人領略到健康和力的美。過片一聯，骨格蒼勁。末句也是對自己一向的讀書生涯的反省。此詞作於1904年秋。

【注釋】

［一］ "草偃"兩句：風吹草偃，野曠雲低，一場圍獵開始了。弓弦聲急，去馬如飛。

草偃：草被風吹倒。《論語・顔淵》："草上之風必偃。"

合圍：四面包圍。指圍獵。

琱（diāo 凋）弓：刻鏤文采的弓。琱：同"雕"。

［二］ "笑呼"句：歡笑着，招呼隨從的騎者載禽歸去。

從騎（jì 冀）：跟隨着的騎者。《史記・魏公子列傳》："市人皆觀公子執轡，從騎皆竊罵侯生。"

載禽歸：王績《野望》詩："獵馬帶禽歸。"禽，指獵獲的禽鳥。

［三］ "萬事"兩句：世間萬事，都不如身手高強；人生在世，須愛惜少年時候。

身手：本領。杜甫《哀王孫》詩："朔方健兒好身手。"

次句本杜秋娘《金縷衣》詩："勸君莫惜金縷衣，勸君惜取少年時。”

［四］ “那能”句：怎麽能放下書帷，窮經白首啊！

下書帷：《史記·儒林列傳》載，董仲舒好學，“下帷講誦，弟子傳以久次相受業，或莫見其面，蓋三年董仲舒不觀於舍園，其精如此”。李白《行行且遊獵篇》詩：“儒生不及遊俠人，白首下帷復何益。”有諷刺意味的是，静安在一兩年後，即集中精力於學術研究，辛亥革命後，更“盡棄前學，專治經史”，白首書帷，已忘卻此時的好身手了。

浣 溪 沙

霜落千林木葉丹。遠山如在有無間。[一]經秋何事亦孱顔。[二]　且向田家拚泥飲，聊從卜肆憩征鞍。[三]衹應遊戲在塵寰。[四]

【箋】 小詞中反映出作者的人生態度。人生是漫長的征程，衹能偶然在路旁片時歇息，静安早就有厭世的思想了。末句是強作曠達之語，正由於他過於執著，以嚴肅的態度對待人生，所以才不勝於征途的跋涉，如果是遊戲塵寰的話，静安也可能會長樂終老了。此詞作於1904年秋。

【注釋】

［一］ “霜落”兩句：寒霜降落在千林之中，樹葉也全紅了。遠山隱

約，如在有無之間。

次句本歐陽修《朝中措》詞："平山闌檻倚晴空，山色有無中。"

［二］"經秋"句：山啊，您經歷着嚴峻的秋天，爲什麽依舊是這樣高高聳立。

孱顔：高峻貌。歐陽修《荆山》："壓河連華勢孱顔。"這句以峥嶸的山嶺自喻。

［三］"且向"兩句：姑且在田家中開懷暢飲，不惜沉醉；還在卜肆裏暫時休憩，一解征鞍。

拚：甘願之辭。

泥（nì 昵）飲：强留飲酒。此亦有久飲、沉湎於酒的意思。杜甫有《遭田父泥飲美嚴中丞》詩。

卜肆：術者開設的占卜鋪子。《史記·日者列傳》："（宋忠、賈誼）二人即同輿而之市，遊於卜肆中。"

塵寰：塵世。人世間。次句隱有向卜者問前程之意。

［四］"衹應"句：人生也就是這樣，在塵寰中偶然遊戲罷了。

遊戲塵寰：指以人生爲遊戲，玩世不恭的生活態度。也稱"遊戲人間"。《世説新語·排調》："世傳端明已歸道山，今尚爾遊戲人間邪？"

好　事　近

夜起倚危樓，樓角玉繩低亞。[一]唯有月明霜

冷，浸萬家鴛瓦。[二]　　人間何苦又悲秋，正是傷春罷。[三]卻向春風亭畔，數梧桐葉下。[四]

【箋】 葉嘉瑩曰:“静安先生詞有古詩之風格: 詞之爲體原較詩爲淺俗柔婉，而静安先生詞則極爲矜貴高古，其氣體乃邁越唐宋而直逼漢魏，而用意之深，則又爲古人所無。”(《説静安詞〈浣溪沙〉一首》)可稱静安知己。古詩之風格，政不易到。非有深沉摯厚的個性，不能作此獨立清苦之語。此詞作於 1904 年秋。

【注釋】

［一］ “夜起”兩句: 獨夜無眠，起來憑倚在高樓闌畔，正見玉繩兩星，低垂樓角。

危樓: 高樓。杜甫《中夜》詩:“中夜江山静，危樓望北辰。”

玉繩: 星名。《春秋元命苞》:“玉衡北兩星爲玉繩。”即天乙、太乙兩星。在北斗第五星玉衡之北。秋季夜半後，玉繩自西北轉，逐漸下沉。

低亞: 低壓，低下。“玉繩低”，意味天將亮。謝朓《暫使下都夜發新林至京邑贈西府同僚》詩:“金波麗鳷鵲，玉繩低建章。”李商隱《寄令狐學士》詩:“夜吟應訝玉繩低。”

［二］ “唯有”兩句: 衹有澄明的月色和寒霜，像水般浸濕了千家萬户的屋瓦。

鴛瓦: 即鴛鴦瓦。指互相成對的屋瓦。薛能《昇平詞》:“鴛瓦霜消濕。”

静安盛稱美成“桂華流瓦”境界極妙，此竟力擬之。其《欲覓》詩亦云:“起看月中霜萬瓦。”足見深賞此景。

［三］ “人間”兩句: 人們啊，正是傷春才罷，何苦匆匆又爲秋節而悲愁?

兩句意極深厚有味。春秋代序，憂傷未已。静安其亦有“釋迦基督擔荷人類罪惡之意”耶?

［四］“卻向”兩句：卻向着春風亭畔，細數那一葉葉梧桐落下。
是極無聊賴的動作，有極含蓄深厚的用意。梧桐一葉知秋，以“春風”反襯，推進一層。

好　事　近

愁展翠羅衾，半是餘温半淚。[一]不辨墜歡新恨，是人間滋味。[二]　幾年相守鬱金堂，草草渾閑事。[三]獨向西風林下，望紅塵一騎。[四]

【箋】此與上首當爲同時之作，結兩句用語亦近。寫别後的怨愁和寂寞，宛曲動人。柔中有剛，最見筆力。此詞作於 1904 年秋。

【注釋】

［一］“愁展”兩句：含愁鋪開翠色的羅衾，上邊半是當時玉體的餘温，半是别來零落的淚痕。
兩句寫不眠時展被相思的情景。顧夐《木蘭花》詞：“懶展羅衾垂玉箸。”同此用意。

［二］“不辨”兩句：分不清楚哪是舊日的歡情，哪是新來的幽恨，總是人間的種種滋味！
墜歡：過去的歡樂，失去了的娱樂。鮑照《和傅大農與僚故别》詩：“墜歡豈更接，明愛邈難尋。”王寀《浣溪沙》詞：“舊歡新恨總思量。”

"墜歡"應"餘温","新恨"應"淚"。次句總束,章法謹嚴。

［三］ "幾年"兩句：幾年來,在鬱金堂中兩相廝守,日子等閑過了,也不算一回什麽事。

鬱金堂：鬱金,一種珍貴的植物,可爲香料。"鬱金堂",言堂中爇炷着鬱金之香。古辭《河中之水歌》:"盧家蘭室桂爲梁,中有鬱金蘇合香。"又,沈佺期《古意呈補闕喬知之》詩:"盧家少婦鬱金堂,海燕雙棲玳瑁梁。"

兩句追悔之情,溢於言表。

［四］ "獨向"兩句：獨自向着西風林下,盼望那紅塵中一騎歸來。

紅塵一騎(jì 冀)：杜牧《過華清宫》詩:"一騎紅塵妃子笑,無人知是荔枝來。"紅塵,指馬走時揚起的飛塵。這裏也指紛擾的人世。

采　桑　子

高城鼓動蘭釭灺,睡也還醒。醉也還醒。忽聽孤鴻三兩聲。[一]　　人生祇似風前絮,歡也零星。悲也零星。都作連江點點萍。[二]

【箋】 此詞有情而無格,有韻而乏氣。"也"字四句,語淺而近滑,轉在過春山、王時翔之下矣。静安得毋有"以曲入詞"之病歟? 此詞作於1904年秋。

【注釋】

［一］“高城”四句：高高的城樓上，暮鼓聲聲，銀燈也快燒殘了。睡下，也還是醒着，醉了，也還是醒着，忽聽到天邊的孤雁三兩聲悲鳴。

鼓動：《衛公兵法》：“日没時撾鼓千槌，三百三十三槌爲一通。鼓音止，角音動。”杜甫《閣夜》詩：“五更鼓角聲悲壯。”

蘭釭：燈的美稱。武元衡《早朝》詩：“蘭釭竟曉焰。”

灺(xiè 謝)：燈燭灰。此指燈燭將滅。

醒：讀平聲。

孤鴻：阮籍《詠懷》之一：“孤鴻號外野，朔鳥翔北林。”李重元《憶王孫》詞：“天外孤鴻三兩聲。”

［二］“人生”四句：人生好比那在風前的飛絮，無論是歡樂還是悲哀，都是破碎不全的。這一切，都化成了在江上的點點浮萍。古詩詞中常以絮與萍喻人生的飄忽無定。如文天祥《過零丁洋》詩：“山河破碎風拋絮，身世飄零雨打萍。”

末句“萍”字與“絮”呼應。蘇軾《水龍吟》詞亦將“一池萍碎”與“楊花點點”聯繫，自注：“楊花落水爲浮萍。”

西　河

垂柳裏。蘭舟當日曾繫。[一]千帆過盡，衹伊人、不隨書至。[二]怪渠道著我儂心，一般思婦遊子。[三]　昨宵夢，分明記。幾回飛度煙水。[四]西風吹斷，伴燈花、摇摇欲墜。[五]宵深待到鳳凰山，聲聲啼鴂催起。[六]　　錦書宛在懷袖底。人迢迢、紫塞千里。[七]算是不曾相憶，倘有情、早合歸來，休寄一紙無聊相思字。[八]

【箋】《人間詞話》謂詞之長調近於排律，並謂排律之體，"於寄興言情，兩無所當，殆有均之駢體文耳"。静安對長調似有偏見，其集中長調僅得九首，又對南宋擅長調諸家（除稼軒外）均無好感，蓋其於此涵泳未深所致，故詞話中論及長調之語，亦多乖謬。宋人長調，多盤旋作勢，開闔跌宕，極有姿致，焉能以板滯之排律駢文設喻哉！静安每以小令之法作長調，語勢萎弱，意淺易盡，匪獨未窺兩宋之堂奥，即清初諸子亦未到也。光緒三十年（1904），秋暮，静安赴蘇州，執教於江蘇師範學堂。此詞當爲别後思家之作。然寫相思之情，跡近元、明散曲，語滑而味薄。

【注釋】

［一］"垂柳"兩句：堤上千萬縷依依垂柳，當日曾在這裏繫過蘭舟。
蘭舟：木蘭舟。船的美稱。張籍《寄遠曲》："蘭舟桂楫常渡江。"
柳下繫舟，前人詩詞中無慮千百見，已成濫調。劉過《唐多令》："柳下繫舟猶未穩。"

［二］"千帆"兩句：眼前過盡了千萬隻帆船，但那人卻没有隨着書信歸來。
"千帆"句：温庭筠《望江南》詞："過盡千帆皆不是。"

［三］"怪渠"兩句：怪不得他説出我的心思：正是同樣的思婦和遊子之情。
渠：他。
我儂：江浙一帶的方言，自稱我儂。

［四］“昨宵”三句：分明記得昨夜的夢境，多少回飛度茫茫的煙水。
韋莊《江皋贈别》詩：“帝子夢魂煙水闊。”
三句寫夢中相覓。

［五］“西風”兩句：卻被西風吹斷了我的魂夢——伴隨着蘭夜的燈花摇摇欲墜。
岑參《送關西客舍》詩：“孤燈燃客夢。”又，郭玨“燈影摇鄉夢”，蘇軾“微明燈火耿殘夢”，意境皆相似。死蛇活弄，亦何意味！

［六］“宵深”兩句：本來準備在夜深時夢到故鄉的鳳凰山中，可卻被啼鴂聲聲催起。
鳳凰山：山名。在海寧東。《海寧州志》卷二《山川志》：“鳳凰山，高三十二丈，週五里，兩翥軒舉，有翔舞之勢。”詩中代指故鄉海寧。張潮《江南行》：“妾夢不離江水上，人傳郎在鳳凰山。”
啼鴂：杜鵑鳥。姜夔《琵琶仙》：“汀洲自緑，又添了幾聲啼鴂。”

［七］“錦書”兩句：他寄來的書信猶珍藏在懷袖之中，人卻在相隔千里迢迢的塞外。
錦書：用錦織成的書信。《晉書》載，竇滔妻蘇氏織錦爲《迴文璿璣圖》以贈其夫，因以指夫妻的書信。
懷袖：《古詩十九首》之十七：“置書懷袖中，三歲字不滅。”
紫塞：北方邊塞。崔豹《古今注・都邑》：“秦築長城，土色皆紫，漢塞亦然，故稱紫塞焉。”

［八］“算是”三句：就算是不曾相憶吧。如果是有情的話，就該早早歸來，不要再寄一封無聊的相思書信了。
相思字：辛棄疾《滿江紅》詞：“相思字，空盈幅；相思意，何時足。”
全詞唯此數語佳。情感真切。

摸　魚　兒

秋　柳

問斷腸、江南江北。年時如許春色。[一]碧欄干外無邊柳,舞落遲遲紅日。[二]沙岸直。又道是、連朝寒雨送行客。[三]煙籠數驛。剩今日天涯,衰條折盡,月落曉風急。[四]　金城路,多少人間行役。當年風度曾識。[五]北征司馬今頭白,唯有攀條沾臆。[六]君莫折。君不見、舞衣寸寸填溝洫。[七]細腰誰惜。算衹有多情,昏鴉點點,攢向斷枝立。[八]

【箋】 静安長調中,以此詞爲最佳,令人想起漁洋諸作。景中見情。詠物而能撲入身世之感,便得風人深致。《人間詞話》謂:"詠物之詞,自以東坡《水龍吟》爲最工,邦卿《雙雙燕》次之。"然蘇、史之作,是何等和婉,較諸静安此詞之淒厲緊迫,自有時代身世之異。此詞借詠秋柳以寄行役之情,當作於1904年秋。

【注釋】

［一］ "問斷"兩句:試問在春來江南江北相送的時候,也是這樣令人腸斷的春色嗎?

兩語本王維《送沈子歸江東》詩:"楊柳渡頭行客稀,罟師蕩槳向臨圻。唯有相思似春色,江南江北送君歸。"寫春來的離思,爲秋柳作墊。

［二］ "碧欄"兩句:碧欄干外,是無邊的垂柳,在風前依依起舞,使

那遲遲的紅日也西沉了。

碧欄干：韓偓《已涼》詩："碧欄干外繡簾垂。"

遲遲：《詩·豳風·七月》："春日遲遲。"

兩句寫垂柳不息地舞動，時光也不知不覺地消逝了。用意頗爲警策。

［三］"沙岸"兩句：在那筆直的沙岸上，已是連朝冒着寒雨相送行客。

"沙岸"句：古人常在堤岸遍植楊柳。

兩語意似王昌齡《芙蓉樓送辛漸》詩："寒雨連江夜入吴，平明送客楚山孤。"又，周邦彦《蘭陵王》詞："柳陰直。煙裏絲絲弄碧。隋堤上，曾見幾番，拂水飄綿送行色。"亦同樣寫客中送客的感受。

此處直接寫秋柳。

［四］"煙籠"四句：重重煙靄，籠罩着一個又一個驛站。如今流落天涯，衹見到被折盡枯條的楊柳，在清曉月落時被急驟的西風吹動。

"煙籠"句：舊詩詞中"煙柳"常連寫。謂楊柳含煙，故此"煙"中即有"柳"在。"數驛"，亦用周邦彦《蘭陵王》詞"迢遞又數驛"意。劉禹錫《和東川三相公新漲驛池八韻》詩："渚煙籠驛樹。"

"衰條"句：謂折柳送别。《三輔黄圖·橋》："霸橋在長安東，跨水作橋。漢人送客至此橋，折柳贈别。"

"月落"句：意境亦與柳永"楊柳岸、曉風殘月"相類。

［五］"金城"三句：在金城路上，古來多少人因服役而辛勞跋涉。想當年，也曾欣賞它那優美的風度。

金城：古地名。在今甘肅蘭州西北。

行役：因服軍役、勞役或公務而在外跋涉。《詩·魏風·陟岵》："嗟，予子行役，夙夜無已。"亦以泛稱行旅。

"當年"句：前人常以楊柳喻人的姿容風度。《南史·張緒傳》

載,劉悛獻蜀柳數株,枝條甚長,狀若絲縷。齊武帝植之於靈和殿前,常嘗玩咨嗟,曰:“此楊柳風流可愛,似張緒當年時。”

［六］ “北征”兩句: 北征的桓司馬今已頭白,祇有攀着柳枝,淚流沾臆。

兩句典出《世説新語・言語》:“桓公北征,經金城,見前爲琅邪時種柳,皆已十圍。慨然曰:‘木猶如此,人何以堪!’攀枝執條,泫然流淚。”司馬,指桓温。桓在晉簡文帝時曾爲大司馬,故稱。

沾臆: 沾胸。杜甫《哀江頭》詩:“人生有情淚沾臆。”

［七］ “君莫”兩句: 您不要再折秋柳的枝葉了。您不是看到了嗎,正像寸寸碎裂的舞衣,委棄於溝壑之中。

舞衣: 楊柳枝葉在風前舞動,前人常以舞女喻之。舞衣寸寸,喻零落的柳葉。

溝洫: 溝渠,田間水道。姜夔《念奴嬌》詞:“祇恐舞衣寒易落,愁入西風南浦。”

［八］ “細腰”四句: 有誰愛惜它的纖細的腰肢呢? 算來祇有那多情的點點昏鴉,聚立在折斷的枝上。

細腰: 以宫中的細腰舞女喻柳。如温庭筠《楊柳枝》:“宜春苑外最長條,閑裊春風伴舞腰。”

“昏鴉”兩句:《近代西曲歌・楊叛兒》:“步出白門前,楊柳可藏烏。”静安用此而别出新意。

吴昌綬評: 起句第二、三字均當作平。“送行客”,送字宜平。折字嫌與韻溷,宜用上、去字,“溝洫”兩字宜酌。

校: “沙岸直”,手稿初作“長堤直”;“君莫折”,手稿初作“都狼藉”,後改爲“誰攬結”,再改爲“休盡折”、“休再折”,最後改定爲“君莫折”。按,手稿初稿多爲《甲稿》、《乙稿》所本,改定稿多爲《苕華詞》所本,以下不一一注出。

蝶　戀　花

誰道人間秋已盡。衰柳毿毿，尚弄鵝黄影。[一]落日疏林光炯炯。不辭立盡西樓暝。[二]　萬點棲鴉渾未定。瀲灩金波，又冪青松頂。[三]何處江南無此景。祇愁没個閑人領。[四]

【箋】 寫江南日落黄昏的美景。詞人認爲，祇有像自己這樣沉醉在其中的人，才能領略到它的美。《人間詞話》指出，作品要“有境界”，首先就要詞人對景物有生動真切的感受，寫出真景物真感情，這與本詞的詞旨是一致的。此詞作於1904年秋暮。

【注釋】

［一］“誰道”三句：誰説在人間秋天已經過盡？看，那衰柳淡黄色的細長的枝條，還在風前擺弄着它的影子。

毿毿（sān三）：細長貌。孟浩然《高陽池送朱二》詩：“緑岸毿毿楊柳垂。”施肩吾《春日錢塘雜興》詩二首之一：“錢塘郭外柳毿毿。”

鵝黄：淡黄色。小鵝淡黄的毛色。

弄影：舞弄着光影。王安石《南浦詩》：“含風鴨緑鱗鱗起，弄日鵝黄裊裊垂。”

按，鵝黄，本形容初春的柳色。這裏説，衰柳在落日的餘暉中，也染上鵝黄色了。

［二］“落日”兩句：落日返照着疏林，射出明亮的光輝。真願在西樓上立盡黄昏，欣賞這美麗的景色。

炯炯(jiǒng 迥)：光亮貌。

不辭：甘願之辭。

暝(míng 明)：日暮。

［三］“萬點”三句：樹上萬點棲鴉，還未安定下來，那像金波般流泛的月色，又罩在青松的樹頂上了。

“萬點”句：秦觀《滿庭芳》：“寒鴉萬點，流水繞孤村。”

瀲灩(liànyàn 煉豔)：水滿貌，水波蕩漾貌。

金波：形容月光浮動，因亦即指月光。《漢書・禮樂志》：“月穆穆以金波。”顏師古注：“言月光穆穆，如金之波流也。”毛滂《踏莎行》詞：“金波瀲灩堆瑶瓮。”

冪(mì 覓)：覆蓋，籠罩。

［四］“何處”兩句：在江南地方，哪兒沒有這樣的景色呢？衹怕沒有像我這樣的閑人去領略它罷了。

意説，美景隨處都有，但並不是每一個人都能感受到它的美的。

下片自蘇軾《記承天寺夜遊》化出。

蝶　戀　花

獨向滄浪亭外路。六曲闌干，曲曲垂楊樹。[一]展盡鵝黄千萬縷。月中並作濛濛霧。[二]　　一片流雲無覓處。雲裏疏星，不共雲流去。[三]閑置小窗真自誤。人間夜色還如許。[四]

【箋】 江南如詩似畫的園林麗景是令人迷醉的。尤其是江南的芳春,江南的月夜。静安對自然之美有特殊的感受,如此詞寫月下的柳色和雲裏的疏星,均有不可湊泊的神韻。此詞1905年春在蘇州作。

【注釋】

［一］ “獨向”三句:獨自行向滄浪亭外的小路,在那六曲闌干邊,曲曲都是垂楊樹。

滄浪(láng郎)亭:在蘇州。參見本書《青玉案》詞“日日滄浪亭畔路”句注。

六曲欄干:馮延巳《鵲踏枝》詞:“六曲欄干偎碧樹。楊柳風輕,展盡黄金縷。”

［二］ “展盡”兩句:那新發的千萬縷淡黄色的楊枝,在月色中化成了的霧靄。

鵝黄:淡黄色。此以形容初春的楊柳。蔣捷《洞仙歌》詞:“自鵝黄千縷,數到飛綿。”

兩句寫月下濃密的垂楊,情景甚美。

上片點化馮詞,有出藍之勢。

［三］ “一片”三句:一片薄雲飄過,再也尋不到了。可是,在雲裏的疏星卻不隨着雲兒流去。

“一片”句:白居易《花非花》詩:“去似朝雲無覓處。”

三句意境極妙。

［四］ “閉置”兩句:閉上小窗,關在房裏,真是誤了自己啊,您看,人間的夜色是這麽美麗!

閉置:《梁書·曹景宗傳》:“閉置車中,如三日新婦,遭此邑邑,使人無氣。”

吴昌綬評:“閉置句須酌。”

蝶　戀　花

誰道江南春事了。廢苑朱藤,開盡無人到。[一]高柳數行臨古道。一藤紅遍千枝杪。[二]　　冉冉赤雲將綠繞。回首林間,無限斜陽好。[三]若是春歸歸合早。餘春祇攪人懷抱。[四]

【箋】 芳春將盡,野藤細碎的紅花還在裝點著荒廢了的園林,在夕陽殘照中,眼前的景色是何等淒豔。我們聯想起清末的社會環境和政治氣氛,不也是這殘春景象麽? 此詞 1905 年春作於蘇州。

【注釋】

［一］ "誰道"三句: 誰道江南的花事已經完結了? 看,在那荒廢的苑子中,開滿了朱藤卻無人到來觀賞。

春事: 指花開遊賞之事。王炎《臨江仙》詞:"鶗鴂一聲春事了。"

朱藤: 蔓生植物。春末夏初開小花,紅色。

［二］ "高柳"兩句: 幾行高高的柳樹正臨古道,一株藤花就使千百枝頭都紅遍了。

"高柳"句: 徐凝《古樹》詩:"古樹欹斜臨古道。"

朱藤攀援在別的樹上,故使千枝紅遍。

［三］ "冉冉"三句: 那紅色的雲霞冉冉地旋繞着綠樹,回望林間,斜陽正無限美好。

冉冉(rǎn 染): 柔弱下垂的樣子。又,冉冉有漸進之義,故詞中用此,語意相關,既以形容雲霞,又以寫朱藤花葉紛披之狀。

赤雲：相關語。既指黄昏時的紅霞，也指如紅雲般的藤花。

後兩句本李商隱《樂游原》詩："夕陽無限好，衹是近黄昏。""斜陽"與"赤雲"呼應。

［四］"若是"兩句：如果春天要歸去，那就該早些兒吧，這殘春衹會攪得人心情懊惱！

末兩句又作曲折；推倒上文"無限好"之意。

吴昌綬評："前半請酌。"

水　龍　吟

楊花用章質夫蘇子瞻唱和均

開時不與人看，如何一霎濛濛墜。[一]日長無緒，回廊小立，迷離情思。[二]細雨池塘，斜陽院落，重門深閉。[三]正參差欲住，輕衫掠處，又特地、因風起。[四]　　花事闌珊到汝。更休尋、滿枝瓊綴。[五]算來衹合，人間哀樂，者般零碎。[六]一樣飄零，寧爲塵土，勿隨流水。[七]怕盈盈、一片春江，都貯得、離人淚。[八]

【箋】《人間詞話》原稿第二十四則云："余填詞不喜作長調，尤不喜用人韻。偶爾遊戲，作《水龍吟》詠楊花用質夫、東坡倡和韻，作《齊天樂》詠蟋蟀用白石韻，皆有與晉代興之意。余之所長殊不在是，世之君子寧以他詞稱我。”“與晉代興”，語出《國語・鄭語》，静安用此，意謂己之詞能別辟新境。静安固有自知之明，而此詞於集中長調亦爲合作。試方諸章、蘇兩家，其命意用事不如章，格韻高遠不如蘇，而感情深摯處則似在兩家之上，讀者三復是詞，當有會意。章質夫，即章楶；蘇子瞻，即蘇軾。其倡和之作見《全宋詞》。均，古“韻”字。此詞作於1905年春暮。

【注釋】

［一］“開時”兩句：花開的時候没有讓人們看到，爲什麽霎時間又濛濛飄墜？

濛濛：吴融《楊花》詩：“自飛晴野雪濛濛。”

按，楊花，實指柳絮。真正的楊花在早春時先葉而開，柔荑花序。柳絮則爲成熟的柳樹種子，上有白色絨毛，隨風飛落如飄絮。一般人不注意到楊柳開花，衹見其飄絮。兩句見静安體物之微。

［二］“日長”三句：春日漸長，全無意緒。小立在回廊前看着它時，便生起了迷離的情思。

日長：春末夏初，白晝漸長。章楶《水龍吟・楊花》詞：“閑趁遊絲，静臨深院，日長門閉。”

迷離：語意相關。既寫楊花的狀態，也指人的情緒。楊萬里《初夏睡起》詩：“日長睡起無情思，閑看兒童捉柳花。”各具勝處。

［三］“細雨”三句：在細雨迷濛的池塘邊，在斜暉澹蕩的院落裏——正是重門深閉的時候。

斜陽院落：秦觀《水龍吟》詞：“賣花聲過盡，斜陽院落，紅成陣，飛鴛甃。”

重門深閉：蔡伸《憶瑶姬》詞：“奈咫尺重門深閉。”

三句寫楊花飄蕩所至之處。

［四］“正參”三句：它高飛低舞，正要停下來時，人們的輕衫掠過，它又特地被這微風吹起。

參差：高低貌。章楶《水龍吟·楊花》詞："傍珠簾散漫，垂垂欲下，依前被、風扶起。"

柳絮點衣，柳絮因風起，雖因前人故事，而詞意前人所無。

［五］“花事”兩句：春來的花事，輪到楊花時已是衰殘將盡，不要指望尋回枝頭上綴滿白花的情景了。

闌珊：衰落。將殘、將盡之意。楊花飄於春暮，故云。

瓊：指白玉般的楊花。

［六］“算來”三句：細算來，這楊花正好像人世間的哀與樂那樣的零碎。

人間哀樂：辛棄疾《滿江紅·江行和楊濟翁》詞："歎人間哀樂轉相尋，今猶昔。"

者般：這般。

［七］“一樣”三句：同樣是飄零的命運，那就寧願化爲塵土，也決不逐水漂流。

三句語本蘇軾《水龍吟》詞："春色三分，二分塵土，一分流水。"

三句見骨氣。比"化作浮萍也是愁，莫向天涯去"更爲斬截。

［八］“怕盈”兩句：怕的是，在那盈盈的春江中，都貯滿了離人的淚水。

章詞云："望章臺路杳，金鞍遊蕩，有盈盈淚。"蘇詞云："細看來、不是楊花，點點是，離人淚。"王詞合二手而爲一，意更盈滿。

鷓　鴣　天

列炬歸來酒未醒。六街人静馬蹄輕。[一]月中薄霧漫漫白，橋外漁燈點點青。[二]　　從醉裏，憶平生。可憐心事太崢嶸。[三]更堪此夜西樓夢，摘得星辰滿袖行。[四]

【箋】以詩入詞，得峻健之致。"月中"一聯著意，極近王安石《雨花臺》詩"新霜浦溆綿綿白，入晚林巒往往青"的格調。下片發抒悲慨之情，末兩語似豪宕而實蒼涼，是入世人作出世語。此詞1905年春作於蘇州。

【注釋】

［一］"列炬"兩句：與朋友們宴飲初罷，列燭歸來，酒意未醒。大街上夜深人静，按轡徐行，馬蹄聲輕。

列炬：燈燭成行。杜甫《杜位宅守歲》詩："列炬散林鴉。"

醒：讀平聲。

六街：唐代京城長安六條中心大街。司空圖《省試》詩："閑繫長安千匹馬，今朝似減六街塵。"此泛指城中大街。

［二］"月中"兩句：在月色中，望去是白漫漫的一片薄霧；在小橋外，閃着一點點青光熒熒的漁燈。

漫漫：遍佈貌，無際貌。

［三］"從醉"三句：在醉裏最易憶起平生的遭遇，最令人難過的是，少年時的心事過於高超，難以實現。

崢嶸：本形容山的高峻。這裏有不平凡、奇特之意。李賀《致酒行》詩:“少年心事當拏雲。”

[四] “更堪”兩句:更那堪此夜在西樓中的夢境:摘得星辰滿袖,傲然而行。

摘星:傳説殷紂王曾建摘星樓,極高峻。揚州有摘星臺、摘星樓。後人常以“摘星”喻高昂的意氣。

末兩句補充“峥嶸心事”。可與韓愈《答張徹》詩“引袖拂天星”媲美。詞人在現實中無法實現自己的理想,衹有形諸夢寐,而夢醒之後,又更覺悲涼。

清 平 樂

櫻桃花底。相見頹雲髻。[一]的的銀釭無限意。消得和衣濃睡。[二]　　當時草草西窗。都成別後思量。[三]遮莫天涯異日,轉思今夜淒涼。[四]

【箋】 静安善寫情詞。在這些優美的小令中,我們看不到後來那位樸學大家嚴肅莊重的形像,在讀者的心目中,那祇是一個敏感工愁的情人,在爲别恨離愁而淒涼欲絶。此詞當爲1905年在蘇州之作。

【注釋】

[一] “櫻桃”兩句:記得那時在櫻桃花下相見,她低垂着頭,如雲般的髮髻也傾側了。

一“頹”字形象生動,寫出初見時的嬌羞。

［二］ “的的”兩句：歸來在閃爍的銀燈下，懷着無限的情意——怎受得了和衣而睡的寂寞啊。

的的：明亮、鮮明貌。吴融《西陵夜居》：“燈孤的的清。”

銀釭：燈的美稱。

消：這裏有“怎消”、“那禁”之意。

兩句寫當時相見歸來時的相思。

［三］ “當時”兩句：當時在西窗下草草清歡，如今，都成了别後的相思。

草草：匆匆。蔡伸《念奴嬌》詞：“草草杯盤聊話舊，同剪西窗寒燭。”

［四］ “遮莫”兩句：我不問天涯他日如何，衹想到今夜的淒涼景況。

遮莫：張相《詩詞曲語辭匯釋》：“遮莫，猶云不論或不問也。”

兩語似晏小山的韻致。

吴昌綬評：“婉曲沈摯之思。”

校：“料得”，手稿初作“遮莫”；“應思”，手稿初作“轉思”。

點　絳　唇

萬頃蓬壺，夢中昨夜扁舟去。[一]縈回島嶼。中有舟行路。[二]　　波上樓臺，波底層層俯。[三]何人住。斷崖如鋸。不見停橈處。[四]

【箋】 静安詞中頗多“造境”之語。《人間詞話》提出：“有造境，有寫境,此理想與寫實二派之所由分。然二者頗難區别,因大詩人所造之境必合乎自然,所寫之境亦必鄰於理想故也。"這裏所言之理想,實指詞人想像中之境界,古來浪漫詩人,如屈原、李白輩,其作品中率多此類虚構之境,想落天外,横被六合,以表現比現實生活更爲高遠超妙之意。此詞寫夢中所歷,縈回島嶼,曲折舟行,樓臺波上,層層倒影,惝怳迷離,殆《離騷》"曼曼求索"之意歟? 此詞疑作於 1905 年 6 月自蘇州返里途中。詞人把途中所見的情景昇華爲夢中所曆,以寄情托意。可與下一首《點絳唇》詞同讀。

【注釋】

［一］ "萬頃"兩句: 昨夜夢中,我駕一葉扁舟,駛向萬頃碧波中的蓬壺仙境。

蓬壺: 古代傳説中的海上仙山。李白《秋夕書懷》詩:"始探蓬壺事,旋覺天地輕。"本詞中亦以探蓬壺象徵對美好的理想的追求。

［二］ "縈回"兩句: 島嶼星羅棋佈,流水縈回,中有曲曲折折的船行之路。

縈回: 盤旋,回繞。王勃《滕王閣序》:"鶴汀鳧渚,窮島嶼之縈回。"

［三］ "波上"兩句: 煙波上是高矗的樓臺,俯視波底,還看到一層層的樓影。

兩句寫夢中的仙境,碧波蕩漾,上下層臺,極縹緲迷離之致。

［四］ "何人"三句: 是誰人在這兒居住? 衹見陡峭得像鋸斷似的斷崖,找不到停船之地。

停橈: 停船。橈,船槳。陳子昂《白帝城懷古》:"日落滄江晚,停橈問土風。"

末兩句寫追求失敗。"如鋸"一語,略似李白《題蘇州司空山瀑布》詩"斷崖如削瓜",譬喻雖新,然稍嫌生硬。

點 絳 唇

高峽流雲，人隨飛鳥穿雲去。[一]數峰著雨。相對青無語。[二]　　嶺上金光，嶺下蒼煙沍。[三]人間曙。疏林平楚。歷歷來時路。[四]

【箋】《人間詞話》評姜夔《點絳唇》詞“數峰清苦，商略黄昏雨”云：“雖格韻高絶，然如霧裏看花，終隔一層。”在本詞中，静安竟作效顰之舉。三四兩句，隔則不隔矣，而格韻較諸白石，則相去何止以道里計也。其實，衹要是人間好言語，則隔亦何妨，霧裏看花，自有其特殊的風致。真切與朦朧，同樣可臻美的最高境界。乙巳年六月初二(1905年7月4日)静安一度由蘇州返里。此詞當作於途經海寧峽山之時。

【注釋】

［一］“高峽”兩句：高峻的峽谷中，煙雲繚繞活動。人隨着峽中飛鳥，穿雲而去。

高峽：指作者南歸時所經的峽山。峽山，在海寧東北。古稱夾谷，自唐後更爲硤山。有東西二山，相傳爲秦始皇所鑿。

飛鳥：指清晨時離巢之鳥。

次句奇警。

［二］“數峰”兩句：那幾座經雨的青峰，相對而立，寂然無語。

兩句用擬人法，寫出空山的寂静，亦自王禹偁《村行》詩“數峰無語立斜陽”化出。

［三］“嶺上”兩句：嶺上是一片金光，嶺下卻見蒼煙凝聚。

沍(hù互)：凝結，閉塞。

兩句的確是雨後朝霽的山景。明人陳鑒《遊硤山》詩："天斧何年劈兩峰，半空金翠出芙蓉。"可參看。

［四］"人間"三句：人間已是曙色迷離，遥望那疏林外的平原，清清楚楚地看到我來時的道路。

平楚：平闊的林野。此指山外的原野。見《掃花遊》"蒼然平楚"句注。

歷歷：分明。清楚。蘇軾《木蘭花令》詞："夢中歷歷來時路。"按，《人間詞話》删稿云："余友沈昕伯紘自巴黎寄余《蝶戀花》一闋云：'簾外東風隨燕到。春色東來，循我來時道……'此詞當在晏氏父子間，南宋人不能道也。"静安深賞是詞，故己作亦屢效之。如《蝶戀花》詞："换盡天涯芳草色，陌上深深，依舊年時轍。"此謂歸途正是來時的舊路，當有其哲學上的意味。

吴昌綬評："寫景絶高，佩佩。"

踏　莎　行

絶頂無雲，昨宵有雨。我來此地聞天語。[一]疏鐘暝直亂峰回，孤僧曉度寒溪去。[二]　是處青山，前生儔侶。招邀盡入閑庭户。[三]朝朝含笑復含顰，人間相媚争如許。[四]

【箋】 詞人遺世而獨立,能瞭解他高尚節操的衹有那萬古長在的青山。他厭倦了人間無聊的争逐。孤寂、痛苦,悲劇的性格註定了静安悲劇的命運。此詞 1905 年夏歸家經峽山時作。

【注釋】

［一］ “絶頂”三句：在山的絶頂雲影全無——昨夜裏曾下了一場透雨。我來到這兒,仿佛聽到天公之語。

三句寫在山頂的感受。“無雲”與“有雨”呼應甚妙。

聞天語：岑參《送裴侍御赴歲入京》詩:“立處聞天語。”李清照《漁家傲》詞:“仿佛夢魂歸帝所。聞天語,殷勤問我歸何處。”

［二］ “疏鐘”兩句：黄昏後,寺裏疏疏落落的鐘聲,正在亂峰之間回蕩;清晨時,孤僧正涉過寒溪出去。

兩句寫山寺暮朝的情景。格調仿佛黄庭堅《松風閣》詩“野僧”數語。然此等語入詞,則似嫌太硬。

［三］ “是處”三句：這兒的青山,是我前生的伴侣,我把它招請到清閑的庭户中。

招邀：邀請。李白《寄上吴王》詩之三:“灑掃黄金臺,招邀青雲客。”

閑庭户：毛熙震《清平樂》詞:“春光欲暮,寂寞閒庭户。”

詞人把青山看成是生生世世的知己,“相看兩不厭”,這也是《人間詞話》中所説的“詞心”吧。末句猶王安石詩“廬山南墮當書案”意。

［四］ “朝朝”兩句：朝朝暮暮,青山對我含笑含顰,人間的情誼哪能相比啊!

詞人認爲,衹有青山的顰笑才是真誠的,因爲它絶對没有機心。宋郭熙《林泉高致・山水訓》云:“春山淡冶而如笑,夏山蒼翠而如滴,秋山明浄而如妝,冬山慘澹而如睡。”辛棄疾《賀新郎》詞:“我見青山多嫵媚,料青山見我應如是。情與貌,略相似。”静安當有同樣的感受。可是,詞人畢竟是生活在擾攘紛争的人世,他怎可能擺脱塵務的覊牽,長與他所愛的故鄉山水相周旋呢?

浣　溪　沙

山寺微茫背夕曛。鳥飛不到半山昏。[一]上方孤磬定行雲。[二]　　試上高峰窺皓月,偶開天眼覷紅塵。[三]可憐身是眼中人。[四]

【箋】 這是静安詞中頗受人注意的作品。葉嘉瑩《説静安詞〈浣溪沙〉一首》,特標舉是詞,謂:“近代西洋文藝有所謂象徵主義者,静安先生之作殆近之焉。”《蕭箋》亦謂“此闋以象徵手法出之”,佛雛《王國維的詩學研究》又謂“此詞應屬於作爲詞的最高格的‘無我之境’”。此詞當爲 1905 年夏歸海寧時登硤山所作。登臨抒感,意境高遠,眼界闊大,甚具特色。錢鍾書《管錐篇・毛詩正義・陟岵》謂静安此詞“詞意奇逸,以少許勝……多許”。

【注釋】

[一] “山寺”兩句:高處隱約模糊的山寺,背向着夕陽餘暉。鳥兒還未飛到半山之上,天色已昏暗了。

山寺:當指海寧峽山古寺。在峽山山頂。明王守仁《峽山》詩:“古刹淩層雲,中天立鼇柱。”即指此寺。

鳥飛不到:明張甯《遊硤山寺》詩:“古木回廊紫硤中,鳥飛不到梵王宫。”静安襲用其語。

［二］ “上方”句：高處傳來孤寂的磬聲，使行雲也凝然不動。

上方：天上仙界，指地勢最高之處，亦指寺院。杜甫《山寺》詩：“上方重閣晚，百里見秋毫。”劉長卿《宿北山禪寺蘭若》詩：“上方鳴夕磬，林下一僧還。”

定行雲：意謂響遏行雲。《列子·湯問》：“聲振林木，響遏行雲。”李賀《李憑箜篌引》：“空山凝雲頹不流。”孤磬之聲，亦足以警醒世人。

［三］ “試上”兩句：嘗試着要登上高峰，窺探那皎潔的月亮。偶然睁開天眼，遥見擾攘的紅塵。

天眼：佛教所説五眼之一，即天趣之眼。能透視六道、遠近、上下、前後、内外及未來等。《無量壽經》下：“天眼通達，無量無限。”王維《夏日過青龍寺謁操禪師》詩：“山河天眼裏，世界法身中。”

覷（qù趣）：看，窺探。

紅塵：佛家稱人世爲紅塵。《寒山》詩：“井底生紅塵。”

詞人意欲登峰窺月，追求脱離人世的高寒之境；但又眷懷衆生，開天眼而透視塵世。其殆如《人間詞話》所謂“儼有釋迦、基督擔荷人類罪惡之意”歟？

［四］ “可憐”句：可憐的是，連我自已也是天眼所見中的塵世之人啊！

葉嘉瑩云：“彼‘眼中人’者何？固此塵世大欲中擾擾攘攘憂患勞苦之衆生也。夫彼衆生雖憂患勞苦，而彼輩春夢方酣，固不暇自哀。”

按，末語爲全篇主旨。以山寺之清幽絶塵反襯世間之勞碌紛擾。已身爲紅塵中的一分子，若非登上高峰則未能知勞生之渺小虚幻。在悲天憫人中亦有自傷之意。

蝶　戀　花

閱盡天涯離別苦。不道歸來，零落花如許。[一]花底相看無一語。緑窗春與天俱暮。[二]　待把相思燈下訴。一縷新歡，舊恨千千縷。[三]最是人間留不住。朱顔辭鏡花辭樹。[四]

【箋】 馮延巳詞堂廡特大，不獨開北宋一代風所氣，千年以來，作《蝶戀花》調者，除一二傑特之士外，無不受其影響。静安是詞，亦步之趨之，用意詞語聲調皆逼肖馮作。静安論文藝，每以"古雅"爲尚，其創作亦時露摹擬之跡。此詞 1905 年夏作於海寧。

【注釋】

［一］ "閱盡"三句：我早已歷盡天涯離别的痛苦，想不到歸來時，卻看到百花如此零落的情景。
三句甚好。天涯離别之苦，不抵時光流逝之悲。加倍寫來，意尤深厚。

［二］ "花底"兩句：我跟她，在花底黯然相看，都無一語。緑窗下的芳春，也與天時同樣地遲暮了。
"無一語"，益覺悲涼。柳永《雨淋零》詞："執手相看淚眼，竟無語哽咽。"春暮，日暮，象徵着情人們年華遲暮。

［三］ "待把"三句：本來準備在夜闌燈下，細訴别後的相思。可是，一點點新的歡娱，又勾起了無窮的舊恨。
三句更著力寫遲暮的悲感。當日的别離，辜負了大好芳春，這千絲萬縷的怨恨是無法消除的。"一"与"千千"，強烈

對比。

［四］“最是”兩句：在人世間最留不住的是：那在鏡中一去不復返的青春和離樹飄零的落花。

“辭鏡”句：白居易《漸老》詩：“朱顏辭鏡去。”馮延巳《鵲踏枝》詞：“不辭鏡裏朱顏瘦。”辛棄疾《漢宫春》詞：“閑時又來鏡裏，轉變朱顏。”已覺辭費。静安兩“辭”字重用亦佳。

李煜《蝶戀花》詞：“一片芳心千萬縷，人間没個安排處。”静安此詞下闋仿佛似之。

玉 樓 春

今年花事垂垂過。明歲花開應更彈。[一]看花終古少年多，祇恐少年非屬我。[二]　勸君莫厭金罍大。醉倒且拚花底卧。[三]君看今日樹頭花，不是去年枝上朶。[四]

【箋】強作放達之語，格調頗近歐陽修，然似欠六一詞之真率。那是一位飽歷憂患的中年人的苦笑。在失去了最寶貴的青春後，他總得要抓住點什麽，而且想牢牢地抓住不放，因爲，那是他最後的慰藉了。此詞1905年夏作於海寧。

【注釋】

［一］“今年”兩句：今年的花事已漸漸過去了，明年花開也許會更

繁盛吧。

花事：花開之事。亦指花時賞花遊宴等事。

垂垂：漸漸。

䡾(duǒ 朵)：下垂。這裏形容花多而使花枝垂下。

［二］“看花”兩句：自古以來，看花遊樂總是少年人的事兒，衹怕是少年時代不再屬於我了。

終古：往昔，自古以來。元稹《看花》詩：“好花須是少年看。”陽枋《少年看花行寄示儒侄》詩：“少年看花日千遭。”袁凱《馬益之邀陳子山應奉秦景容縣尹江上看花二公竹枝歌予亦作數首》詩：“看花須著少年人。”同此用意。

［三］“勸君”兩句：勸您不要推説金杯太大了，還是痛痛快快地喝個醉吧，寧願在花底沉沉臥倒。

金罍：金杯。罍(léi 雷)，古代的一種盛酒器。《詩・周南・卷耳》：“我姑酌彼金罍，維以不永懷。”

拚(pān 潘)：甘願之辭。張掄《蝶戀花》詞：“醉倒何妨花底臥。”

［四］“君看”兩句：您看，今日在樹頭的花兒，已不是去年枝上的花兒了。兩語與“衹恐”句呼應。歐陽修《浪淘沙》詞：“今年花勝去年紅，道是明年花更好，知與誰同。”感慨略似。

吴昌綬評：“名理湛深。惟前半當請酌。”

校：“金罍”，手稿作“尊罍”，今從《甲稿》。

阮郎歸

女貞花白草迷離。江南梅雨時。［一］陰陰簾幕

萬家垂。穿簾雙燕飛。[二]　　朱閣外，碧窗西。行人一舸歸。[三]清溪轉處柳陰低。當窗人畫眉。[四]

【箋】 詞人歸向江南的故鄉，正是煙雨迷離的暮春時節。那如情似夢的景色，更使他沉醉了。此詞1905年夏作於海寧。

【注釋】

［一］ "女貞"兩句：女貞樹上開遍了小小的白花，一望煙草迷離——正是江南的梅雨時節。

女貞：木犀科常緑灌木或喬木。初夏開花，花白色。爲我國長江流域以南各地習見的庭園或緑籬樹種。古詩文中常以比喻有節操的女性。晉人蘇彦作有《女貞頌》。

梅雨：春末夏初在江淮流域雨期較長的陰雨天氣。因正值梅子黄熟時期，故名梅雨。

［二］ "陰陰"兩句：千家萬户，垂下了陰陰的簾幕，忽見一雙燕子，穿簾飛去。

簾幕：古人垂簾以隔雨。杜牧《開元水閣》詩："深秋簾幕千家雨。"

"穿簾"句：亦前人常語。馮延巳《鵲踏枝》詞："穿簾海燕雙飛去。"

［三］ "朱閣"三句：在紅樓之外，在碧窗之西，遠行人乘着小船歸來了。

一舸歸：姜夔《除夜自石湖歸苕溪》詩八首之六："長橋寂寞春寒夜，衹有詩人一舸歸。"

朱閣和碧窗，都是江南水鄉中的建築物。小船兒在兩岸無數的樓榭間穿行。

［四］ "清溪"兩句：在那清溪轉彎之處，柳陰低垂，有個人兒正當窗畫眉裝扮。

"當窗"句：《木蘭詩》："當窗理雲鬢，對鏡貼花黄。"

此亦沿途所見的情景。

浣溪沙

天末同雲黯四垂。失行孤雁逆風飛。江湖寥落爾安歸。[一]　　陌上金丸看落羽，閨中素手試調醯。今宵歡宴勝平時。[二]

【箋】 這是《人間詞》中的名作。《人間詞話》原稿第二六則云："樊抗夫謂余詞如《浣溪沙》之'天末同雲'……等闋，鑿空而道，開詞家未有之境。"又，樊志厚《人間詞・乙稿・序》云："静安之詞，大抵意深於歐(陽修)，而境次於秦(觀)。至其合作，如《甲稿》《浣溪沙》之'天末同雲'……等闋，皆意境兩忘，物我一體。"這種"無我之境"，朱光潛解釋爲："詩人在冷静中所回味出來的妙境，就没有經過移情作用。"細味此詞，純是所謂的"造境"，詞人採用擬人的想像手法，以失行孤雁的不幸遭遇與閨中的歡宴作比，寫出人生的痛苦和不平等。作者的情感是真實的。比喻是鮮明的，也能使讀者得到真切的感受。但我們總覺得，這樣的手法並不算得特别高明，它是有爲而作的。句句坐實，詞人的思路也很狹窄，缺少供幻想和聯想自由馳騁的空間。所以，這衹是一首"作"出來的詞，是好詞，但不是絶好的詞。也許，詞人爲了追求"不隔"，把運用比喻或象徵手法時所須具的朦朧美丟掉了，爲了達到"物我一體"的境界，也把"物"自身的特點丟掉了，"物"變成了"我"，那就失去了興會感發的特殊情趣。此詞涉於理路，落於言詮，跡象過顯，並未能臻于作者所認爲的"第一義"的妙悟之境。此詞1905年作於海寧。

【注釋】

［一］“天末”三句：灰色的陰雲延展向遥遠的天邊，失行的孤雁逆風飛翔。唉，在這寥落的江湖上，你要歸向何方呢？

同雲：雲成一色，天將下雪的跡象。《詩·小雅·信南山》：“上天同雲，雨雪雰雰。”

四垂：四境。曹丕《彈棋賦》：“雲布四垂。”

失行：離群。杜甫《孤雁》詩：“孤雁不飲啄，飛鳴聲念群。誰憐一片影，相失萬重雲。”

寥落：冷落，淒清。賀鑄《思越人》詞：“寥落星河一雁歸。”

首句喻社會環境的險惡。二三句以孤雁設喻，寫出個人孤獨無所依歸的處境。“失”、“孤”、“逆”，層層加重。

［二］“陌上”三句：突然，從路上射來金彈，孤雁毛羽紛飛，頹然而墜。閨中的女子正用她潔白的雙手著意烹調——今夜裏宴飲的歡樂啊，真是遠勝平時了。

金丸：葛洪《西京雜記》卷四載，漢武帝的寵臣韓嫣好彈，常以金爲丸彈射。後人沿用爲貴遊子弟射獵之典。

落羽：墜落的鳥。杜甫《歸雁二首》詩之二：“傷弓流落羽，行斷不堪聞。”

調醯（xī希）：調味。醯，即醋。

三句憤激。揭露社會中的不平等現象。富貴人家的歡樂是建築在别人的痛苦和死亡的基礎上的。

校：“陌上”兩句，手稿初作“陌上挾丸公子笑，坐中調醯麗人嬉”。後改爲“陌上金丸誇墜翼，閨中素手試調醯”。改定爲“陌上金丸看落羽，閨中素手試調醯”。

蝶　戀　花

辛苦錢塘江上水。日日西流，日日東趨海。[一]終古越山澒洞裏。可能销得英雄氣。[二]　　說與江潮應不至。潮落潮生，幾换人間世。[三]千載荒臺麋鹿死。靈胥抱憤終何是。[四]

【箋】　此詞前三語深刻。繆鉞謂“可以象徵衝突之苦”，葉嘉瑩謂“是他内心之矛盾痛苦的一幅極好寫照”，固未嘗不可如是説，但細味詞旨，仍是唐詩“人事有代謝，往來成古今”之意。以潮水漲退設喻，慨歎世界的無常，與下文“潮落潮生”相呼應。詞格沉鬱悲慨，頗含哲理。近人説詞，每愈唱愈高。即使起古人於九原下訊之，亦當結舌。此詞1905年作於海寧。

【注釋】

［一］　“辛苦”三句：錢塘江上的水是何等辛苦啊，日日向西回流，日日又東流入海。

錢塘江：浙江省内最大的河流，其上游分别稱衢江、蘭江、桐江、富春江、之江，東流至杭州閘口以下始稱錢塘江。江口呈喇叭狀，海潮倒灌，成著名的“錢塘潮”。

西流：潮漲時，水自海口灌入，故向西流。

［二］　“終古”兩句：千年萬代，越山在這彌漫無際的水流中，豈能销盡英雄之氣？

越山：泛指錢塘江以南、紹興以北的山。這裏古代屬越國。

澒洞(hòngtóng 訌同)：彌漫無際。賈誼《旱雲賦》："運清濁之澒洞兮，正重沓而並起。"兩字平仄不合律。

可能：豈能。

《録異記》載，伍子胥爲吴王所用，吴王戰敗越國後，他多次進諫，要注意越國報復，吴王不聽，反而賜劍讓他自殺。子胥臨死時，命其子把他的屍體用鮧魚皮包裹好，投到錢塘江中，以便早晚乘潮來看吴王的失敗。自此以後，江潮大起，有人見子胥乘素車白馬在潮頭上。詞意本此。

［三］ "説與"三句：我想告訴江潮，用不着這樣辛苦往來吧。潮落潮生，换了幾番人世。

人間世：人世。《莊子》有"人間世"篇。

詞意説，江潮千古以來都是這樣漲落不已，而人世間已不知多少回改朝换代。

［四］ "千載"兩句：事過千年，姑蘇臺早已荒廢，游於臺畔的麋鹿也死去了，伍子胥的靈魂抱着終古的幽憤又有什麼意義呢！

荒臺：指姑蘇臺。可參看本書《青玉案》詞"姑蘇臺上烏啼曙"句注。《越絶書·外傳》記吴地曰："胥門外有九曲路，闔廬造以游姑蘇之臺。"又《内傳》曰："申胥(伍子胥)曰：'今不出數年，鹿豕游於姑蘇之臺矣。'""鹿豕"，《史記》引作"麋鹿"。

靈胥：指伍子胥。以其死而有靈，故稱。《文選·左思〈吴都賦〉》："習御長風，狎翫靈胥。"劉逵注："靈胥，伍子胥神也。"

兩句用反《騷》方式，頗有哲學意味。

校："辛苦"，手稿作"終古"。今從《苕華詞》。

點　絳　唇

暗裏追涼，扁舟徑掠垂楊過。[一]溼螢光大。一一風前墮。[二]　　坐覺西南，紫電排雲破。[三]嚴城鎖。高歌無和。萬舫沈沈臥。[四]

【箋】 夏夜追涼，駕一葉扁舟，徜徉在垂楊蔭裏。遥望見雲層中熠熠電光，詞人在縱聲高唱。静安詞中難得這樣豪邁的意氣。此詞1905年夏夜作。

【注釋】

［一］ “暗裏”兩句：在幽暗的夏夜裏追涼，駕着一葉扁舟，直掠垂楊而過。

追涼：納涼，乘涼。杜甫《羌村》詩：“憶昔好追涼。”

徑：徑直。

［二］ “溼螢”兩句：在潮溼的夜氣中，螢火蟲的光更明亮了，一一向風前飛墮。

溼螢：許渾《宿望亭館寄蘇州同遊》詩：“露低紅草溼螢光。”

一“大”字體物入微。在天雨前螢光愈顯。“一一”句與周邦彦《蘇幕遮》詞：“一一風荷舉”有異曲同工之妙。

［三］ “坐覺”兩句：漸覺在西南方的天空中，電光撕裂厚厚的雲層，熠熠照耀。

坐覺：正覺，恰覺。

紫電：青紫色的電光。曹毗《霖雨》詩：“紫電光牖飛，迅雷絡天奔。”

［四］ “嚴城”三句：入夜後，城門關閉。我放聲高歌，無人相和，祇見千萬隻小船，沉沉地躺在河面。
嚴城：戒備深嚴的城池。
沈沈：深静貌。

浣 溪 沙

月底棲鴉當葉看。推窗跕跕墮枝間。霜高風定獨憑欄。[一]　　爲製新詞髭盡斷，偶聽悲劇淚無端。可憐衣帶爲誰寬。[二]

【箋】 景真情切，直抒胸臆，静安詞中以此等作最具特色，然每有詞語率露之病。此詞上半闋寫秋夜之景，幽深清切，意境頗佳。下半闋直而無味，收句尤爲率易，或有寄意，終覺淺露。此詞作於 1905 年秋。

【注釋】

［一］ “月底”三句：在月色中，把棲息在樹梢的烏鴉看成了葉子，剛一推窗，它們便飛墮到樹枝間了。霜夜高寒，風定後獨自憑欄凝望。
跕跕（dié 蝶）：下墮貌。《後漢書・馬援傳》：“仰視飛鳶，跕跕墮水中。”

［二］ “爲製”三句：爲了製作新詞，真把髭須都撚斷了。偶然聽演

悲劇,無端的淚下潸潸。可憐又爲誰消瘦,衣帶成寬?

髭盡斷:盧延讓《苦吟》詩:"吟安一個字,撚斷數莖須。"

《人間詞話》云:"古今之成大事業、大學問者,必經過三種之境界。"並引柳永《鳳棲梧》詞"衣帶漸寬終不悔,爲伊消得人憔悴"兩語云:"此第二境也。"本詞中是當有此意。

按,王國維完成《人間詞》及《人間詞話》後,旋即從事戲曲的研究。在《宋元戲曲考》中,把戲曲文學推尊爲"一代之文學"。王氏並認爲悲劇是文學的"頂點"。本詞謂"聽悲劇"而"淚無端",可見作者對戲曲的態度。静安對自己的文學創作才能頗爲自負,其内心深處也許想當一位大詞人、大悲劇家吧。

校:"爲製"兩句,手稿作"覓句心肝終復在,掩書涕淚苦無端"。今從《甲稿》。

少　年　遊

垂楊門外,疏燈影裏,上馬帽檐斜。[一]紫陌霜濃,青松月冷,炬火散林鴉。[二]　酒醒起看西窗上,翠竹影交加。[三]跌宕歌詞,縱横書卷,不與遣年華。[四]

【箋】 清宵遊樂歸來,餘興未已。詞人感到,生活中還是有值得回味的事兒的。在静安詞中,頗有這種峻爽豪宕之作。下半闋情境俱佳。此詞1905年作於蘇州。《蕭箋》引笑楓(陳鴻祥)文云:"據説,有一個晚上,與同伴幾個人路過滄浪亭,恰好遇到有人騎馬擎着火炬迎面而來。那時亭邊林木相當繁茂,林間宿鳥被火光驚得亂飛。一位同伴脱口吟起杜工部'炬火散林鴉'的詩句,他(王國維)聞詩大喜,沿途默想新詞,返回學堂宿舍,連夜填成了……《少年遊》。"

【注釋】

[一] "垂楊"三句: 在垂楊披指的門外,在依約的疏燈影裏,上馬時傾側着帽檐,欣然四望。
"垂楊"句: 晏幾道《木蘭花》詞:"牆頭丹杏雨餘花,門外綠楊風後絮。"
帽檐斜:《周書·獨孤信傳》:"信在秦州,嘗因獵,日暮,馳馬入城,其帽微側。詰旦,而吏民有戴帽者,咸慕信而側帽焉。"因以"側帽"稱人的放逸瀟灑的風度。陸游《花時遍遊諸家園》詩:"翩翩上馬帽檐斜。"

[二] "紫陌"三句: 郊野的道路秋霜正濃,青松樹上籠罩着清冷的月色,遊人的炬火驚散了林中的棲鴉。
紫陌: 指都城郊野的道路。劉禹錫《元和十年自朗州承召至京戲贈看花諸君子》詩:"紫陌紅塵拂面來,無人不道看花回。"
霜濃: 周邦彦《少年遊》詞:"馬滑霜濃,不如休去,直是少人行。"
"炬火"句: 杜甫《杜位宅守歲》詩:"盍簪喧櫪馬,列炬散林鴉。"

[三] "酒醒"兩句: 酒醒後忽然驚見: 西窗中投下了翠竹縱横淩亂的影子。
"翠竹"句: 杜甫《春日江村》詩:"種竹交加翠。"
兩句寫朝陽升起時的情景。

[四] "跌宕"三句: 那跌盪不羈的新詞,縱横几案的書卷,都未能與

我消遣這美好的年華啊。

跌宕(dàng蕩):放縱不拘。亦指音節抑揚頓挫。

校:"酒醒起看西窗上",手稿初作"歸來驚看西窗上"。

青　玉　案

姑蘇臺上烏啼曙。剩霸業,今如許。[一]醉後不堪仍吊古。月中楊柳,水邊樓閣,猶自教歌舞。[二]

野花開遍真娘墓。絶代紅顔委朝露。[三]算是人生赢得處。千秋詩料,一抔黄土,十里寒螿語。[四]

【箋】 吊古之詞,低徊掩抑。"絶代"一語,當發自詞人愴痛的内心。静安《詠蠶》詩云:"茫茫千萬載,輾轉周復始。嗟汝竟何爲,草草閲生死。"同此悲慨。葉嘉瑩《王國維及其文學批評》一文云:静安先生"以其深摯的感情,對此痛苦與罪惡之人世深懷悲憫,而不能無所關心。這種富於悲憫之心的情懷,乃是使静安先生終於陷入矛盾而無法解脱的一大原因"。當讀到汪容甫《經舊苑吊馬守貞文》這樣的句子:"人生實難,豈可責之以死","奈何鍾美如斯,而摧辱之至於斯極哉","俯仰異趣,哀樂由人。如黄祖之腹中,在本初之弦上。静言身世,與斯人何異"。就可以理解古來失意的文人之所以對淪落風塵的女子充滿着悲憫之心的原因了。此詞1905年秋作於蘇州。

【注釋】

［一］“姑蘇”兩句：姑蘇臺上，一夜鴉啼到曉。當年吴王的霸業，衹剩下今朝如此荒涼的情景。

姑蘇臺：春秋時吴王所築之臺，又稱胥臺。在江蘇吴縣西南的姑蘇山上。或謂此臺始基於吴王闔閭，而成於夫差。相傳吴王夫差曾攜西施遊於臺上。《越絶書》：“闔廬起姑蘇臺，三年聚材，五年乃成，高見三百里。”李白《烏棲曲》：“姑蘇臺上烏棲時，吴王宫裏醉西施。”

霸業：勢力強盛的諸侯憑藉其武力威勢建立的功業。《後漢書・西羌傳》：“晉文公欲修霸業。”吴國曾一時強大，欲稱霸中原。《史記・吴太伯世家》：“十四年春，吴王北會諸侯於黄池，欲霸中國以全周室。”

［二］“醉後”四句：我喝醉後，情懷難堪，又起了吊古之悲。仿佛那月中的楊柳、水邊的樓閣，依然有人在徵歌逐舞。

數語化自李白《蘇臺覽古》詩：“舊苑荒臺楊柳新，菱歌清唱不勝春。祇今惟有西江月，曾照吴王宫裏人。”

［三］“野花”兩句：在真娘墓前，開滿了野花。這位絶代佳人，就這樣如朝露般萎謝了。

真娘墓：唐代有吴妓真娘，時人比之蘇小小。死後葬於吴宫之側。今蘇州虎丘山有真娘墓。白居易《真娘墓》詩：“真娘墓，虎丘道。不識真娘鏡中面，唯見真娘墓頭草。”

絶代：冠絶一代。杜甫《佳人》詩：“絶代有佳人。”

朝露：古人常以朝露比喻人生的短暫。《漢書・蘇武傳》：“人生如朝露。”曹操《短歌行》：“對酒當歌，人生幾何？譬如朝露，去日苦多。”

“絶代紅顔”，詞中亦有自傷之意。

［四］“算是”四句：她的一生，總算是得到這樣的結果：成爲千年來文人墨客的詩料，葬身於一抔黄土之中，還有周圍十里寒蟬的悲鳴。

詩料：詩的素材。范成大《中秋臥病呈同社》詩："臥病窘詩料。"

"千秋詩料"，意謂後來文人好事者過吴，大多有過真娘墓憑弔之作。

一抔（pōu 涪）黄土：一抔土，即一捧土。《史記·張釋之傳》："假令愚民取長陵一抔土，陛下何以加其法乎？"長陵爲漢高祖陵，後因以一抔土指墳墓。

寒螿（jiāng 漿）：寒蟬。蟬的一種。似蟬而小，青赤。

滿 庭 芳

水抱孤城，雲開遠戍，垂柳點點棲鴉。[一]晚潮初落，殘日漾平沙。[二]白鳥悠悠自去，汀洲外、無限蒹葭。[三]西風起，飛花如雪，冉冉去帆斜。[四]

天涯。還憶舊，香塵隨馬，明月窺車。[五]漸秋風鏡裏，暗换年華。[六]縱使長條無恙，重來處、攀折堪嗟。[七]人何許，朱樓一角，寂寞倚殘霞。[八]

【箋】 此詞著意摹擬秦少游的風格，然寫景語語皆陳，抒情亦覺淺泛，唯賴末數語稍振起耳。静安長調，每苦意少而語繁，筆力欠重，境界欠大，通體渾融者甚少，蓋未於南宋諸家深下工夫所致。此詞1905年秋作於蘇州。

【注釋】

［一］“水抱”三句：江水圍繞着孤城，浮雲開處，望到遠方的戍所。垂柳中棲息着點點昏鴉。

“垂柳”句：梁簡文帝《金樂歌》：“楊柳正藏鴉。”賀鑄《浣溪沙》詞：“淡黄楊柳暗棲鴉。”“垂柳棲鴉”之語，舊詩詞中無慮千百見，何必摭拾湊韻也。

［二］“晚潮”兩句：晚潮初落，殘日餘暉蕩漾在平坦的沙灘上。張籍《宿江店》詩：“潮落見平沙。”

［三］“白鳥”兩句：白鳥悠悠地飛去，飛到那汀洲外一望無際的蘆葦叢中。

白鳥：指鷗、鷺等羽毛色白的水鳥。《人間詞話》中盛稱元好問“白鳥悠悠下”之語，認爲是“無我之境也”，愛而不舍，移入詞中。

蒹葭：蘆葦。《詩・秦風・蒹葭》：“蒹葭蒼蒼，白露爲霜。”

［四］“西風”三句：西風吹起，蘆花如雪般飛舞。遠去的船兒傾側着帆席緩緩前行。

飛花：指蘆花。蘆葦在秋日開花揚絮。蘆花下面有很多絲狀毛，風吹過則一片濛濛如雪。儲光羲《臨江亭五詠》詩之三：“蘆花白雪飛。”

［五］“天涯”四句：如今流落在天涯，還不時憶起舊日宴遊的情景：那沾染着落花芬香的塵土，被走馬揚起緩緩隨行，初升的明月偷偷地窺探着車中的佳麗。

“香塵”兩語，本蘇味道《上元日夜遊》詩：“暗塵隨馬去，明月逐人來。”

［六］“漸秋”兩句：可是，經歷過幾番秋風秋雨，偶然攬鏡自照，不禁暗驚大好的年華已换。

兩句寫遲暮之感。顧影自傷，亦前人常意。秦觀《望海潮》詞：“東風暗换年華。”賀鑄《尉遲杯》詞：“枉分將鏡裏華年，付與樓前流水。”

［七］ “縱使”兩句：即使是長長的柳條依舊，但重來攀折，已令人無限歎嗟了。

長條：指柳枝。韓翃《章臺柳》詩：“章臺柳，章臺柳，昔日青青今在否？縱使長條似舊垂，也應攀折他人手。”亦暗用桓温典。參見本書《摸魚兒》詞注。

［八］ “人何”三句：人在何處？祇見那一角紅樓，寂寞地憑倚在殘霞的光影裏。

倚殘霞：李商隱《閑遊》詩：“強下西樓去，西樓倚暮霞。”

收處見懷人之意。人去樓空，佳人何在，益增流落衰遲之慨。

校：“雲開”，《苕華詞》作“雪開”，誤。“漸秋風鏡裏”，手稿初作“漸西風鏡裏”。

青　玉　案

江南秋色垂垂暮。算幽事，渾無數。[一]日日滄浪亭畔路。西風林下，夕陽水際，獨自尋詩去。[二]

可憐愁與閑俱赴。待把塵勞截愁住。[三]燈影幢幢天欲曙。閑中心事，忙中情味，併入西樓雨。[四]

【箋】 詞人徜徉於江南秀麗的湖山之間，心中依舊充滿着無可排遣的愁緒。他是那失行的孤雁，永遠也尋不到棲身的地方。“可憐”兩句,意佳而辭拙,“塵勞截愁”,幾不成語。此詞1905年秋作於蘇州。

【注釋】

［一］ “江南”兩句：江南的秋色已漸漸地衰暮了,細算來,這時探勝尋幽之事依然不少。

垂垂：漸漸。

幽事：幽雅之事。指閒適生活中尋芳賞勝、飲酒賦詩等事。杜甫《早起》詩:“幽事頗相關。”

［二］ “日日”四句：日日來到滄浪亭畔的路上,在西風吹拂的樹林中,在夕陽返照的流水外,獨個兒去尋詩覓句。

滄浪(láng 郎)亭：在江蘇蘇州城南。是江南現存歷史最久的古園林之一。五代末年爲吴越中吴軍節度使孫承佑别墅。北宋慶曆年間,詩人蘇舜欽買下别墅,臨水築亭,作《滄浪亭記》。滄浪,取義於《楚辭・漁父》:“滄浪之水清兮,可以濯我纓;滄浪之水濁兮,可以濯我足。”

尋詩：范成大《夜坐》詩:“簿書遮斷尋詩路。”

［三］ “可憐”兩句：最令人爲難的是：憂愁伴隨着閑適的生活同時到來,我想用忙碌的俗務把憂愁堵截住。

塵勞：塵世中的勞務。事務。見《塵勞》詩注。

［四］ “燈影”四句：夜來,空對着幢幢的燈影,天也快亮了。無論是閑時的心事,還是忙時的情味,都在西樓的雨聲中一時湧來心上。

幢幢(chuáng 床)：晃動貌。元稹《聞樂天授江州司馬》詩:“殘燈無焰影幢幢。”

情味：蘇舜欽《滄浪静吟》詩:“静中情味世無雙。”

四句寫一夜不眠。萬般思緒無法排解。

浣　溪　沙

畫舫離筵樂未停。瀟瀟暮雨闔閭城。那堪還向曲中聽。[一]　　衹恨當時形影密，不關今日别離輕。夢回酒醒憶平生。[二]

【箋】 1905年11月，羅振玉以父喪辭江蘇師範學堂監督事，静安不久亦辭職歸里。此詞當爲送别羅氏之作。陳乃文《静安詞序》引此詞過片兩語，謂“方之小山、少游，何多讓也”，又謂静安詞“格高韻遠，極纏綿婉約之致，能使宋人墜緒，絶而復續”。此詞淡語深情，“衹恨”、“不關”兩虚詞尤委曲有致。

【注釋】

［一］ “畫舫”三句：在畫舫中設下了别離的筵席，音樂不停地演奏。這時，正在暮雨瀟瀟的蘇州城外，怎能再聽那一曲别離之聲呢？

畫舫（fǎng 仿）：彩繪裝飾的遊船。

闔閭城：指蘇州。春秋時吴王闔閭在此大修宫室臺觀，國力强大。故稱。李嘉祐《送嚴員外》詩：“春風倚棹闔閭城。”

［二］ “衹恨”三句：衹恨我們當時過於親密，形影不離，不關今日的别離容易。當在夜裏酒醒夢回的時候，就會憶起生平之事了。

形影：葛洪《抱朴子・交際》：“始如形影，終爲參辰。”

别離輕：韋莊《長干塘别徐茂才》：“亂離時節别離輕。”

夢回酒醒：古詩詞常見。晁元禮《如夢令》詞：“酒醒夢回愁幾許。"蘇軾《減字木蘭花》詞："夢回酒醒。"

静安於 1898 年見知於羅氏，八年來一直親密無間。"衹恨"兩句是反語。正爲今日輕易地别離而感到痛心，故憶起當時的親密情景更難爲懷。"酒醒"與上文"樂未停"呼應。

浣　溪　沙

才過苕溪又霅溪[一]。短松疏竹媚朝暉。去年此際遠人歸。[二]　　燒後更無千里草，霧中不隔萬家雞。風光渾異去年時。[三]

【箋】　苕、霅的風光，天下稱絶。可是在詞人的眼中，它卻大異於昔時了。《人間詞話》云："以我觀物，故物皆著我之色彩。"去歲還家，心情欣悦，故覺松竹媚人。如今别離情緒，更覺難堪。故詞中"景語皆情語"，無一不帶上作者的主觀色彩。此詞作於 1905 年底。時静安歸海寧度假。

【注釋】

［一］　"才過"句：我才經過苕溪，又來到霅溪。苕溪：在浙江省北部。有東西兩源。東苕溪（一稱龍溪）出天目山南，西苕溪出天目山北，在湖州附近匯合注入太湖。

霅（zhà 閘）溪：在浙江吴興縣境。苕溪、前溪、餘不溪和北流水匯入而成。苕霅地區，風景優美，古來詩人吟詠不絶。

［二］“短松”兩句：矮矮的松樹、稀疏的竹林，在朝暉中更顯明媚。去年這個時候，遠方的遊子回到他的故鄉來了。

媚(mèi 寐)：美好。這裏作動詞用。

去年：指 1904 年。時静安自蘇州暫歸海寧度歲。兩句回憶去年歸家途中所見的美景。

［三］“燒後”三句：經過野燒之後，已失去一望無際的青草。可是，千家萬户的雞聲，卻透過濃霧遠遠傳來。今日的風光已跟去年時候完全不同了。

燒(shào 少)：放火燒野草，以草灰肥田。可參看《賀新郎》詞“祇極天野燒明山郭”句及注。

千里草：《後漢書・五行志》：“童謡曰：‘千里草，何青青。’”

賀　新　郎

月落飛烏鵲。更聲聲、暗催殘歲，城頭寒柝。[一]曾記年時遊冶處，偏反一欄紅藥。和士女、盈盈歡謔。[二]眼底春光何處也？祇極天、野燒明山郭。側身望，天地窄。[三]　　遣愁何計頻商略。恨今宵、書城空擁，愁城難落。[四]陋室風多青燈炧，中有千秋魂魄。似訴盡、人間紛濁。[五]七尺微軀百年裏，那能消、今古閒哀樂？與蝴蝶，遽然覺。[六]

【箋】 詞中表達了静安對人生的根本看法。歡樂是短暫的,痛苦是永恒的。人們受着歷史和現實的重壓,無法擺脱。最後,衹得把人生歸結成一場夢幻。詞人飽歷世變,心中留下了永遠無法癒合的創傷,他畢生都在矛盾和絶望中挣扎着。研究静安思想的學者們當從静安詞中獲得啟發。此詞作於 1906 年 1 月。

【注釋】

［一］ “月落”三句: 夜闌月落,烏鵲驚飛。更聽到城頭上聲聲更柝,透過寒氣傳來,仿佛在暗暗地催促一年將盡。

“月落”句: 曹操《短歌行》:“月明星稀,烏鵲南飛。繞樹三匝,何枝可依?”

寒柝(tuò 拓): 寒夜的柝聲。柝,巡夜者擊以報更的木梆。歐陽詹《除夜長安客舍》詩:“虚牖傳寒柝。”

時爲光緒三十一年乙巳歲暮,即 1906 年初。

［二］ “曾記”三句: 曾記得那年初嬉遊的地方,一欄紅豔的芍藥在風前翻舞。我和男女青年們一起愉快地戲謔。

遊冶: 出遊尋樂。歐陽修《蝶戀花》詞:“玉勒雕鞍遊冶處。”

偏反(fān 翻): 反,翻動。《論語·子罕》:“唐棣之華,偏其反而。豈不爾思,室是遠而。”朱注:“偏,《晉書》作翩,然則反亦當與翻同,言華之摇動也。”謝朓《直中書省》詩:“紅藥當階翻。”按,“反”字平聲,用於此處不合律。

紅藥: 紅芍藥。晁補之《金鳳鉤》詞:“一欄紅藥,倚風含露,春自未曾歸去。”欄,指紅藥的欄檻。

“和士”句: 語見《詩·鄭風·溱洧》:“維士與女,伊其相謔,贈之以芍藥。”謔,戲謔,耍笑逗弄。按,古代風俗,三月踏青春遊,青年男女歡聚,以芍藥相贈,表示互結情好。

三句回憶春時歡會的情景。

［三］ “眼底”四句: 如今,眼底的春光哪裏去了? 衹有那延展向天邊的野燒,把山川城郭都照個通亮。側身眺望,衹覺得天地

都狹窄了。

野燒(shào 少)：野火。燒草以肥田。嚴維《荆溪館呈邱義興》詩："野燒明山郭，寒更出縣樓。"

側身：傾側身體，憂愁不安貌。張衡《四愁詩》："側身東望涕沾翰。"杜甫《將赴成都草堂途中有作先寄嚴鄭公》詩之五："側身天地更懷古。"

［四］"遣愁"三句：有什麽方法排遣愁情？自個兒頻頻思忖。衹恨今夜裏空自簇擁着書城，卻無法把愁城攻下。

遣愁：張耒《九日獨遊懷故人》詩："遣愁猶強插黄花。"

商略：估計，忖度。陸游《枕上》詩："商略明朝當少霽。"即用此義。

書城：藏書環列如城，極言其多。《北史·李謐傳》："丈夫擁書萬卷，何假南面百城。"因稱收藏圖書多爲"坐擁書城"。

愁城：比喻憂愁固結難解。庾信《愁賦》："攻許愁城終不破。"這裏意説，鑽進書堆中也消不了愁緒。

［五］"陋室"三句：在我簡陋的房子裏，陰風陣陣，青燈也將點殘，仿佛有千秋萬代的精魂，向我訴説人間的污濁。

炧(xiè 卸)：燈燭燒殘。

千秋魂魄：指古書中人物的精魂。羅隱《漂母塚》詩："雖然寂寞千秋魄，猶是韓侯舊主人。"與上文"書城"相應。

紛濁：紛擾，污濁。

按，静安自云："余平生惟與書册爲伍，故最愛而最難舍去者，亦惟此耳。"讀書問學，也是静安唯一的慰藉吧。

［六］"七尺"四句：人們七尺微小的身軀，在短促的百年裏，怎受得了今古以來無數的哀與樂的刺激啊。人生在世，不過像莊子的一場蝴蝶夢，很快就驚覺了。

七尺微軀：陸機《挽歌三首》之三："昔爲七尺軀，今成灰與塵。"感概略似。

哀樂：《世説新語·言語》："謝太傅語王右軍曰：'中年傷於哀

樂,與親友别,輒作數日惡。'”

末兩句本《莊子·齊物論》:“昔者莊周夢爲蝴蝶,栩栩然蝴蝶也。自喻適志與! 不知周也。俄然覺,則蘧蘧然周也。”蘧蘧(qú 渠),驚動貌。

八聲甘州

直青山、缺處倚東南,萬堞浸明湖。[一]看片帆指處,參差宫闕,風展旌旟。[二]向晚櫓聲漸數,蕭瑟雜菰蒲。[三]一騎嚴城去,燈火千衢。[四]　不道繁華如許,又萬家爆竹,隔院笙竽。[五]歎沈沈人海,不與慰羈孤。[六]剩終朝、襟裾相對,縱委佗、人已厭狂疏。[七]呼燈且覓朱家去,痛飲屠蘇。[八]

【箋】 詞人在風光秀麗的城中迎來了新的春天,在千家萬户的爆竹聲中,他依然感到痛苦和孤獨,春天,已不再屬於他的了,除了舉杯痛飲之外,還有什麽能解慰中年的羈愁呢? 此詞收入《甲稿》,爲度歲之作。各家《年譜》載,光緒三十年(甲辰)除夕,静安在故鄉海寧。三十一年冬,静安辭職歸里。然於何處度歲,則語焉不詳。佛雛《王國維詩學著述繫年》云:“1905 年冬,静安在蘇州度歲,倒大有可能。”今繫於 1906 年 1 月。

【注釋】

［一］ “直青”兩句：連綿不斷的青山展向東南，在這兒出現了開闊的平野。春城萬堞的影子，正倒浸在明麗的湖中。

萬堞：指城牆。堞，城上如齒狀的矮牆。中有射孔，以伺非常。韓熙載《宣州築新城記》：“萬堞方成，堅同石堡。”

［二］ “看片”三句：看那片帆一葉駛向的地方，正見參差的宮闕，春風吹展着旍旟。

參差：形容樓閣高低不齊之貌。耿湋《同李端春望》詩：“宫闕參差当晚日。”

旍旟（yú 餘）：旍旗。旟，爲旗的一種，上畫鳥隼，進兵時所用。

［三］ “向晚”兩句：黄昏已近，歸船的櫓聲漸密，夾雜着菰蒲叢中蕭瑟的風聲。

數（shuò 朔）：頻數，繁密。

菰蒲：兩種水生植物。菰，即茭白；蒲，蒲草。陸游《孤歎》詩：“秋聲蕭瑟滿菰蒲。”

［四］ “一騎”兩句：我騎着馬兒進入城中，正是千百條大街上燈火通明時候。

一騎（jì 冀）：一人一馬的合稱。

嚴城：古時入夜後關閉城門，故稱。李商隱《贈妓》詩：“嚴城清夜斷經過。”

［五］ “不道”三句：想不到這裏如此繁華。又聽到萬家燃放爆竹，隔院傳來了悠揚的笙竽之聲。

“隔院”、“萬家”，以别人的歡樂反襯自己的愁苦。

［六］ “歎沈沈”兩句：可歎的是，在這廣大的人群中，没有一個人能解慰我客中的愁緒。

人海：比喻人群，社會。司空圖《與李生論詩書》：“鯨鯢人海涸。”

羈孤：謂羈旅中孤獨的人。《册府元龜·閏位部·寬恕》：“慰羈孤之心。”

兩句意與黄景仁《都門秋思》詩“側身人海歎棲遲”相近。

［七］“剩終”兩句：祇剩孤獨一身，終日形影相弔。即使是勉強去應付世務，别人也會討厭自己的疏狂的。

襟裾相對：對着自己的衣衫。

委佗（wēiyī 威夷）：同“委蛇”。虚與委蛇。謂對世人隨便應付。《莊子·應帝王》：“鄉吾示之以未始出吾宗，吾與之虚與委蛇。”成玄英疏：“委蛇，隨順之貌也。至人應物虚己，忘懷隨順。”

［八］“呼燈”兩句：姑且叫人打上燈籠，去找那市中的豪士，一起痛飲新春的屠蘇美酒。

朱家：秦漢之際魯人。好結交豪士，以任俠知名。見《史記·遊俠列傳》。這裏以指俠士。

屠蘇：酒名。古代風俗於農曆正月初一飲屠蘇酒。見宗懔《荆楚歲時記》。

末兩語於豪宕中寓憤激，實有“舉世無知己”之意。

校：“倚東南”手稿改作“是孤城”；“萬堞”改作“倒懸”；“向千帆”改作“森千帆”、“歸棹晚來漸急”改作“向晚棹聲漸急”；“一騎”改作“列炬”。改稿意似稍遜，今從初稿。

人　月　圓

天公應自嫌寥落，隨意著幽花。［一］月中霜

裏，數枝臨水，水底橫斜。[二]　　蕭然四顧，疏林遠渚，寂寞天涯。[三]一聲鶴唳，殷勤唤起，大地清華。[四]

【箋】《人間詞話》中强調，寫詠物之詞，"語語都在目前，便是不隔"。又反映出詠物要得物之"神理"。可是，這談何容易。此詞著意寫梅的"幽"意，卻過於清空，不能給讀者以"真切"的感受。"月中"三句，亦有隸事因襲之嫌。此詞作於1906年初。

【注釋】

［一］"天公"兩句：老天爺也許是嫌過於寂寞吧，隨意在大地上安置了這幽潔的梅花。

幽花：古詩中常以稱梅花。張道洽《梅花》詩："幽花發短籬。"

著：放置，安排。此指花朵綴上枝頭。王維《雜詩》："來日綺窗前，寒梅著花未。"

［二］"月中"三句：在明月中，在清霜裏，有幾枝靠近水邊，在水底映出那橫斜的疏影。

月中霜裏：李商隱《霜月》詩："青女素娥俱耐冷，月中霜裏鬥嬋娟。"

"數枝"兩句，詠梅詩詞多有此境。如：杜牧《梅》詩："輕盈照溪水。"林逋《梅花》詩："水邊籬落忽橫枝。"又《山園小梅》詩："疏影橫斜水清淺，暗香浮動月黄昏。"尤其是"橫斜"一語，已成詠梅熟套，不意静安亦蹈襲之。

［三］"蕭然"三句：蕭索地回望四方，衹見稀疏的林子和遠方的江渚，天涯一片寂寥的情調。

渚(zhǔ 煮)：水中間的小塊陸地。

詞中疊用"寥落"、"蕭然"、"寂寞"等語，意複而味寡。

［四］"一聲"三句：衹聽到一聲鶴唳，像要殷勤地唤醒大地上清美

的春花。

鶴唳:鶴叫。王充《論衡·變動》:"夜及半而鶴唳。"

清華:清美華麗。形容景物之美。謝混《遊西池》詩:"水木湛清華。"

按,宋詩人林逋(和靖)高尚不仕,隱於西湖孤山,終身不娶,種梅養鶴,時有"梅妻鶴子"之説,故前人詠梅詩詞,每連類及鶴。如趙以夫《角招》詠梅詞:"底處群仙,飛來霜鶴。"

末數語有高遠之致,也許寓有作者的抱負吧。

卜　算　子

水　仙

羅襪悄無塵,金屋渾難貯。[一]月底溪邊一晌看,便恐淩波去。[二]　　獨自惜幽芳,不敢矜遲莫。[三]卻笑孤山萬樹梅,狼藉花如許。[四]

【箋】 静安論詞,於隸事用典頗致不滿。並謂"詞忌用代字,美成《解語花》之'桂華流瓦'境界極妙,惜以'桂華'二字代月耳"。又譏彈用代字,謂"果以是爲工,則古今類書具在,又安用詞爲耶"。然其自作詠物詞,仍不能免俗,如詠柳則"金城"、"司馬",詠梅則"鶴唳"、"横斜"。此詞之"羅襪"、"淩波",亦前人詠水仙爛熟之典,不意静安竟襲之,大奇。求雅反俗,不可不慎。此詞作於 1906 年初。

【注釋】

［一］“羅襪”兩句：她像一位水中的仙子，穿着潔净無塵的羅襪悄然來去，世間的金屋又怎能把她留住！

羅襪：曹植《洛神賦》：“淩波微步，羅襪生塵。”

金屋：《漢武故事》載，“膠東王（劉徹）數歲，長公主嫖抱置膝上，問曰：‘兒欲得婦不？’膠東王曰：‘欲得婦。’長公主指左右長御百餘人，皆云不用。末指其女問曰：‘阿嬌好不？’於是乃笑對曰：‘好！若得阿嬌作婦，當作金屋貯之也。’”阿嬌，即後來漢武帝的陳皇后。

兩句謂水仙花品格清高，不慕榮華富貴。

［二］“月底”兩句：在月下，在溪邊，戀慕地看了一會兒，便怕她淩波而去了。

一晌：片時。

按，黄庭堅《王充道送水仙花五十枝欣然會心爲之作詠》詩云：“淩波仙子生塵襪，水上輕盈步微月。是誰招此斷腸魂，種作寒花寄愁絶？”爲此詞所自。

［三］“獨自”兩句：獨個兒愛惜這幽潔的春花，不敢去矜憐她年華遲暮。

矜：憐惜，同情。

遲莫：同“遲暮”。

兩句既寫水仙花，亦是詞人自況。

［四］“卻笑”兩句：卻笑那孤山中的萬樹寒梅，這時已殘花狼藉了。

孤山：在杭州西湖邊。宋詩人林和靖隱居於此，種梅養鶴。今孤山中尚建有“放鶴亭”以爲紀念。

兩語以梅花作反襯。

浣　溪　沙

曾識盧家玳瑁梁。覓巢新燕屢回翔。不堪重問鬱金堂。[一]　今雨相看非舊雨，故鄉罕樂況他鄉。人間何地著疏狂。[二]

【箋】 上片用盧家海燕的典實，表現事過境遷時深切的悲懷。"不堪重問"四字，愴痛之極。過片兩語語淺而意曲，"非"、"況"兩字有味。静安屢以"疏狂"自謂，可見其內心世界。此詞在《甲稿》中緊承《八聲甘州》，疑静安此時尚出遊在外。今繫於 1906 年春。

【注釋】

[一] "曾識"三句：那覓巢的新燕，好像曾認識盧家的玳瑁屋梁，在這兒屢次飛來飛去。它哪里知道，一切都變了，怎能再尋得舊日的鬱金堂呢！

三句語出沈佺期《古意呈補闕喬知之》詩："盧家少婦鬱金堂，海燕雙棲玳瑁梁。""盧家"，見樂府古辭《河中之水歌》："十五嫁爲盧家婦，十六生兒字阿侯。盧家蘭室桂爲梁，中有鬱金蘇合香。"玳瑁，一種海龜，其甲半透明，黄黑相間，可爲飾物。"玳瑁梁"，以玳瑁爲飾的屋梁。"鬱金堂"，以鬱金和泥墁壁的廳堂，或謂指燃炷着鬱金香的廳堂。泛指女子華美芳香的居所。

三句抒寫今昔之感。時移物换，感慨係之，詞人亦有"曾經滄海"之歎歟？可參見《好事近》詞"幾年相守鬱金堂"題解及注。

［二］“今雨”三句：徒然對着新交的朋友——這哪能跟舊友相比！即使在故鄉也没有多少樂事——何況如今流落他鄉！茫茫人世，哪兒能安置下我這疏狂的人！

上句語本杜甫《秋述》：“秋，杜子卧病長安旅次，多雨生魚，青苔及榻，常時車馬之客，舊，雨來，今，雨不來。”意謂賓客舊日雨時仍來，今日雨時不來。後以“舊雨”指舊交，“今雨”指新交。疏狂：狂放不羈。白居易《代書詩寄微之》：“疏狂屬年少。”素以謹飭著稱的静安，也自命疏狂，可見其内心的矛盾。

踏 莎 行

元 夕

綽約衣裳，淒迷香麝。華燈素面光交射。［一］天公倍放月嬋娟，人間解與春遊冶。［二］　烏鵲無聲，魚龍不夜。九衢忙殺閑車馬。［三］歸來落月掛西窗，鄰雞四起蘭釭灺。［四］

【箋】寫元夜歡遊、觀燈賞月的情景，雖無甚新意，亦自可喜。“忙殺閑車馬”五字頗有諷意。此詞當作於光緒三十二年丙午元夕(1906年2月8日)。

【注釋】

［一］“綽約”三句：遊人們穿着柔美的衣裳，到處彌漫着似有還無

的芳香。華燈的清輝與素面的光彩互相交射。

綽約:柔美貌。《莊子·逍遥遊》:"綽約若處子。"

淒迷:迷茫,模糊。

香麝:周邦彦《解語花·元宵》詞:"人影參差,滿路飄香麝。"

素面:不施脂粉的面容。此泛指女子的美顔。韋莊《閨怨》詩:"素面凝香雪。"

三句寫士女看燈的情景。衣香鬢影,令人迷醉。

[二] "天公"兩句:老天爺特地使月華加倍清妍,人世中也知道要趁這芳春愉快地玩樂。

遊冶:遊蕩娱樂。顧敻《木蘭花》詞:"惆悵少年遊冶去。"

"倍放"與"解與"兩語甚煉。

[三] "烏鵲"三句:黄昏後烏鵲已悄然無聲,不夜城中魚龍變幻,在大街上那些閑人的車馬川流不息。

魚龍:古代百戲的一種。《漢書·西域傳贊》"漫衍魚龍角抵之戲"句下師古注云:"魚龍者爲舍利之獸,先戲於庭極,畢乃入殿前,激水化成比目魚,跳躍漱水,作霧障日,畢,化成黄龍八丈,出水敖戲於庭,炫耀日光。"這裏指元宵的燈彩。夏竦《上元觀燈》詩:"魚龍曼衍六街呈,金鎖通宵啟玉京。"

不夜:謂城中燈火通明,光照如晝。蘇頲《廣大樓下夜侍酺宴應制》:"燈火還同不夜城。"

九衢:四通八達的道路。《楚辭·天問》:"靡蓱九衢。"王逸注:"九交道曰衢。"殺:形容極甚之詞。

[四] "歸來"兩句:歸來時落月正掛在西窗下,鄰雞的啼聲四起,燈也將滅了。

蘭釭:燈的美稱。指香燈。王元長《詠幔》詩:"但願置樽酒,蘭釭當夜明。"

灺(xiè 謝):指燈燭熄滅。

蝶戀花

急景流年真一箭。殘雪聲中,省識東風面。[一]風裏垂楊千萬線,昨宵染就鵝黃淺。[二]　　又是廉纖春雨暗。倚遍危樓,高處人難見。[三]已恨平蕪隨雁遠,暝煙更界平蕪斷。[四]

【箋】冬去春來,時光易逝。這裏抒發的不光是年華遲暮的感慨,也許還有在探索過程中遇到挫折時的痛苦。《人間詞話》把"獨上高樓,望盡天涯路"作爲古今之成大事業大學問者必經的第一境,而本詞中正表現"望而不見"時的憂思。此詞作於1906年初。

【注釋】

［一］"急景"三句:急促的時光,流逝的年華,真像箭一般快。在殘雪聲中,開始窺到春天的面目了。

"急景"句:形容光陰速逝。晏殊《蝶戀花》詞:"急景流年都一瞬。往事前歡,未免縈方寸。"《古樂府》:"光陰似箭催人老。"

"省識東風面",意説春天到來了。活用杜甫《詠懷古跡》詩"畫圖省識春風面"句。

［二］"風裏"兩句:在春風中,那飄拂着的千萬縷垂楊,昨夜裏染上了淺淺的鵝黃色。線:指楊枝。

鵝黃:鵝兒黃。淡黄色,常以形容初春的楊柳。

［三］"又是"三句:又到了細雨迷濛的春陰時節,獨自倚遍樓上的欄干,可是,遠的人啊,在高處也難望見。

廉纖:細雨貌。韓愈《晚雨》詩:"廉纖晚雨不能晴。"

危樓：高樓。何夢樓《玉漏遲》詞："倚遍危樓孤嘯。"

[四] "已恨"兩句：早已恨那平原隨着飛雁伸展向遠方，而黄昏時的荒煙更把平原界斷！

平蕪：雜草繁茂的原野。歐陽修《踏莎行》詞："平蕪盡處是春山，行人更在春山外。"本詞用意似之。一"界"字得暝煙的神理。

荷葉杯（六首）

戲效花間體

其一

手把金尊酒滿。相勸。情極不能羞。乍調箏處又回眸。留摩留。留摩留。[一]

【箋】 静安在《人間詞話》中强調説："豔詞可作，唯萬不可作儇薄語。"組詞六首，亦可入"豔詞"之列。摹仿《花間集》中顧夐所寫的《荷葉杯》詞九首的體裁，寫相思相别的情思。此體的特色在末兩語用疊句疊字，如顧作云："知摩知，知摩知。"萬澍《詞律》釋曰："末疊三字，'摩'字應係'麽'字。設爲問答之辭，當於'知麽'二字略豆。"1906 年春，静安應羅振玉之邀入京。此組詞當爲别筵上勸酒的歌女而作。

【注釋】

［一］ “手把”六句：她手持着金杯，盛滿了美酒相勸。情到極時就顧不得害羞了。正調箏處又回眸相盼：留下麼？留吧！留下麼？留吧！

情極：感情到了極點。馮延巳《相見歡》詞：“情極處，卻無語，玉釵斜。”

不能羞：韋莊《思帝鄉》詞：“縱被無情棄，不能羞。”

這首寫酒席上相見的情意。

其　二

矮紙數行草草。書到。總道苦相思。朱顔今日未應非。歸麼歸。歸麼歸。[一]

【注釋】

［一］ “矮紙”六句：接到了來信，在短紙上草草寫着幾行字，都是説苦苦相思。如今那人的容顔大概還未改變吧。歸去嗎？歸吧！歸去嗎？歸吧！

矮紙：短紙，短書。陸游《臨安春雨初霽》詩：“矮紙斜行閑作草。”

這首寫接信後的思歸之意。

其　三

無賴燈花又結。照别。休作一生拚。明朝此際客舟寒。歡麼歡。歡麼歡。[一]

【注釋】

［一］ “無賴”六句：最没道理的是，燈焰上又結了燈花，卻在照人離别。

啊,你還是不要拚出這一生吧,明朝這個時候,我已在淒寒的客船上了。今夜裏盡歡嗎?盡歡吧!今夜裏盡歡嗎?盡歡吧!

無賴:無可如何。不合道理。因燈花結本象徵好事到來,可是卻在照人相别,故云。

一生拚(pān 潘):拚棄一生。甘願以一生爲代價。語本牛嶠《菩薩蠻》詞:"須作一生拚,盡君今日歡。"

這首寫别前的歡會。

其　四

誰道閑愁如海。零碎。[一]雨過一池漚。時時飛絮上簾鈎。愁摩愁。愁摩愁。[二]

【注釋】

[一]　"誰道"兩句:誰説閑愁像海一般寬廣?它衹是零零碎碎地不斷襲來。

愁如海:秦觀《千秋歲》詞:"春去也,飛紅萬點愁如海。"

[二]　"雨過"四句:雨過後,滿池中泛起泡沫,紛飛的柳絮不時撲上簾鈎。感到憂愁嗎?憂愁啊!感到憂愁嗎?憂愁啊!

漚(ōu 歐):浮漚,水中氣泡。許敬宗《奉和詠雨應詔》詩:"飄絲交殿網,亂滴起池漚。"漚,常以喻世事變化無常及生命之短暫。范成大《石湖中秋二十韻感今懷舊而作》詩:"身世一浮漚。"池漚飛絮,既寫春景,亦喻愁緒之空虚與零亂。

這首寫别後的閑愁。

其　五

昨夜繡衾孤擁。幽夢。一霎鈿車塵。道旁依

約見天人。真麼真。真麼真。[一]

【注釋】

[一] "昨夜"六句：昨夜裏獨自簇擁着繡被，作了一回幽夢。夢到她的香車霎時駛來，卷起塵土，我在路邊隱約地看到這位天仙似的佳人。是真的嗎？是真的！是真的嗎？是真的！

鈿車：用金寶裝飾的車子。女子所乘坐。杜牧《街西長句》詩："繡鞅璁瓏走鈿車。"鈿，讀去聲。

天人：仙人。喻女子之美。張昱《輦下曲》詩："西方舞女即天人。"

這首寫夢中路遇的情景。

其　六

隱隱輕雷何處。將曙。隔牖見疏星。一庭芳樹亂啼鶯。醒麼醒。醒麼醒。[一]

【注釋】

[一] "隱隱"六句：那像輕雷似的隱隱車聲今在何處？天色也將亮了。隔着窗户窺見稀疏的星星，在庭中的芳樹上群鶯亂啼。醒來了嗎？醒來了。醒來了嗎？醒來了。

隱隱輕雷：喻車聲。參見《蝶戀花》詞"陌上輕雷聽隱轔"句注。

牖(yǒu 有)：窗户。

芳樹：花樹。吴詠《寒食》詩："芳樹啼鶯絮亂飛。"

這首寫夢醒後的情景。

浣　溪　沙

昨夜新看北固山。今朝又上廣陵船。金焦在眼苦難攀。[一]　　猛雨自隨汀雁落，濕雲常與暮鴉寒。[二]人天相對作愁顔。[三]

【箋】 光緒三十二年(1906)春，羅振玉爲學部尚書榮慶奏調，入爲學部參事。静安遂追隨入北京。此詞收入《人間詞・甲稿》，當作於1906年2月間。時静安由蘇州取道鎮江、揚州，經運河北上。一路上所見的無非是猛雨濕雲，暮鴉汀雁，一切，都觸起了他的愁緒。

【注釋】

［一］ "昨夜"三句：昨夜才遊覽了壯麗的北固山，今朝又登上了去揚州的客船。最遺憾的是，金、焦兩山入望不遠也無法攀登。

北固山：在江蘇鎮江市東北江濱。北臨長江，山壁陡峭，形勢險固，因名北固。有甘露寺、清暉亭、淩雲亭等著名古跡。

廣陵：揚州的别名。

金焦：金山和焦山。金山在鎮江西北。有金山寺、妙高臺、七峰亭、留玉閣等古跡。焦山在鎮江東北長江中，聳立於滚滚波濤中，氣勢雄偉，有定慧寺、吸江樓等古跡。

［二］ "猛雨"兩句：一陣暴雨隨着沙汀上的雁行降落，濃濕的雲層下暮鴉歸飛，更覺荒寒。

汀雁：雁常棲息于沙汀中，故云。陸游《擬登峴》詩："風回半汀雁，雲護一天霜。"

次句一"寒"字，點出詞人的感受。

［三］“人天”句：人和天，無言相對，彼此都充滿着愁緒。
“人天”句：盧綸《七夕》詩：“人天俱是愁。”
“作愁顏”三字妙，天若有情。在詞人眼中，“物皆著我之色彩”，作者的感情移入外物中，使外物生命化、人格化。朱光潛稱之爲“同物”的境界。

鵲　橋　仙

沈沈戍鼓，蕭蕭廐馬，起視霜華滿地。［一］猛然記得別伊時，正今夕、郵亭天氣。［二］　北征車轍，南征歸夢，知是調停無計。［三］人間事事不堪憑，但除卻、無憑兩字。［四］

【箋】詞人厭倦了客中的生涯。十年來，江北江南，行蹤無定，他感到，眼前的一切都是不實在的，自己找不到一個可以安身立命的地方。末兩句頗有巧思。此詞作於 1906 年 2 月北上中。

【注釋】

［一］“沈沈”三句：遠處傳來沉沉的戍鼓之聲，廐中的馬兒發出蕭蕭的悲鳴。起來看到地上鋪滿了潔白的濃霜。
沈沈：形容鼓聲。李商隱《河内》詩：“鼉鼓沈沈虬水咽。”蔣春霖《滿庭芳》詞：“空江上，沈沈戍鼓，落日大旗孤。”
戍鼓：戍樓中響起的暮鼓。

蕭蕭：馬嘶聲。《詩・小雅・車攻》："蕭蕭馬鳴。"

霜華：同"霜花"指濃霜。以其呈結晶狀，斑駁如花，故稱。戴叔倫《二月》詩："二月霜華薄。"文徵明《念奴嬌》詞："霜華滿地，欲跨彩雲飛起。"

［二］ "猛然"兩句：突然記起當初跟她分別的時候，正像今夜旅宿郵亭這樣的天氣。

郵亭：古時設在沿途、供送文書的人和旅客歇宿的館舍。陶穀《風光好》詞："衹得郵亭一夜眠。"

［三］ "北征"三句：車轍向着北方伸展，歸夢卻飛向南方。我深知無法解決這不可調和的矛盾。

車轍：車輪輾過的痕跡。

三句説自己身上北方，心向江南。

［四］ "人間"兩句：人間事事都是虛幻難憑的，衹有"無憑"兩字，才稱得上是真的。

末句加倍寫法。

校："今夕"，手稿作"今日"。今從《甲稿》。

鵲　橋　仙

繡衾初展，銀釭旋剔，不盡燈前歡語。[一]人間歲歲似今宵，便勝卻、貂蟬無數。[二]　　霎時送遠，經年怨別，鏡裏朱顏難駐。[三]封侯覓得也尋常，何況是、封侯無據。[四]

【箋】 上半闋是想像之辭，是虚寫，是詞人理想中的家庭生活情景。《人間詞》中多此種"造境"之語。下半闋才是作者真切的感想。末兩語格調與上首相近，然稍嫌質直。此詞作於 1906 年 2 月北上途中。

【注釋】

［一］ "繡衾"三句：才鋪開了錦繡的被褥，又剔亮了桌上的銀燈，説不盡燈前歡樂的話語。
旋：隨後，接着。
三句寫初歸與妻子相聚時的歡樂情景。

［二］ "人間"兩句：如果人生中年年都像今夜這樣，便遠勝什麽高官厚禄了。
貂蟬：漢代侍從官員帽上的裝飾物。《後漢書・輿服志》："武冠，一曰武弁大冠，諸武官冠之，侍中、中常侍加黄金璫，附蟬爲文，貂尾爲飾，謂之趙惠文冠。"因用作達官貴人的代稱。
兩語套用秦觀《鵲橋仙》"金風玉露一相逢，便勝卻、人間無數"句式。納蘭性德《少年遊》詞云："尋常風月，等閒談笑，稱意即相宜。"静安當會此意。

［三］ "霎時"三句：可是，不多久便相送遠行，接着是一年又一年的傷離怨别。青春的容顔再也不能長駐鏡中了。
會短别長，年華易老。"鏡裏朱顔"之語，舊詩詞中常見。馮延巳《鵲踏枝》詞："不辭鏡裏朱顔瘦。"辛棄疾《漢宫春・立春》詞："閑時又來鏡裏，轉變朱顔。"

［四］ "封侯"兩句：即使是萬里封侯，也没有什麽了不起啊，何況現在連封侯的事也没個影兒！
封侯：古人常把拜相封侯作爲建功立業的最高理想。漢班超投筆從戎，萬里封侯，爲後人所豔羡。
一結雖出自王昌齡《閨怨》詩："忽見陌頭楊柳色，悔教夫婿覓封侯。"然用意更深一層。

減字木蘭花

皋蘭被徑。月底欄干閑獨凭。[一]修竹娟娟。風裏時聞響佩環。[二]　　驀然深省。起踏中庭千个影。[三]依舊人間。一夢鈞天衹惘然。[四]

【箋】 寫的是月夜裏的情思。一切都是那樣的清幽、静美,詞人仿佛與這清夜融爲一體了。可是,他突然省悟過來,他依舊生活在污濁的人世間,留下的衹是無限的惆悵。此詞作於 1906 年。

【注釋】

［一］ “皋蘭”兩句: 澤中的蘭草已遮蔽了徑路。在明月下,悠閑地獨凭欄干。

皋蘭: 澤中所生的蘭草。《楚辭・招魂》:“皋蘭被徑兮斯路漸。”被,覆蓋。

凭(pìng): 讀去聲。

［二］ “修竹”兩句: 修長的緑竹娟娟静好,在風裏不時聽到像佩環碰擊的響聲。

娟娟: 美好貌。姜夔《念奴嬌》詞:“楚山修竹,自娟娟、不受人間袢暑。”

佩環: 古代的衣飾,以玉製成,碰擊時發出清美的聲音。黄溍《晚泊釣臺下》詩:“清風聞佩環。”胡于《鷓鴣天》詞:“裊裊薰風響佩環。”

兩句寫清風動竹之聲。

［三］ “驀然”兩句: 突然,觸起自己深深的内省,起來踏着庭中千竿

竹影。

驀(mò 墨)然：猛然，突然。

深省：深刻的省悟。杜甫《遊龍門奉先寺》詩："欲覺聞晨鐘，令人發深省。"這裏謂風竹之聲發己之深省。

个：量詞。《史記·貨殖傳》："竹竿萬个。"《正義》："竹曰个，木曰枚。""千个影"，猶言"千竿影"。

［四］"依舊"兩句：眼前所見的依舊是原來的人世，那美好的鈞天之夢醒來，衹留下惘然的思憶！

鈞天：《史記·趙世家》載，趙簡子曾夢到天帝之所，"與百神遊於鈞天，廣樂九奏萬舞，不類三代之樂，其聲動人心"。

兩句寫從夢想跌回現實，因而惘然若有所失。

鷓　鴣　天

閣道風飄五丈旗。層樓突兀與雲齊。[一]空餘明月連錢列，不照紅葩倒井披。[二]　頻摸索，且攀躋。千門萬户是耶非。[三]人間總是堪疑處，唯有兹疑不可疑。[四]

【箋】 這首詞是上篇"一夢鈞天"的具體寫照。高聳入雲的樓閣，旗幟飄舉，萬户千門，那是詞人理想中的華嚴世界。他認爲衹有這才是"不可疑"的，而現實世界的一切存在皆非真實。理想和現實的矛盾無時不亘於静安的胸中。静安此詞，幻想奇特，寓意深新，求諸古人,得未曾有。此詞疑爲1906年春初抵北京時作。

【注釋】

［一］ “閣道”兩句：棧道上風飄着五丈大旗,層樓高高聳立,上與雲齊。

閣道：即棧道。在高樓間架空的通道。

五丈旗：大旗。宮中所用。《史記・秦始皇本紀》:“先作前殿阿房,東西五百步,南北五十丈,上可以坐萬人,下可以建五丈旗。周馳爲閣道,自殿下直抵南山。”

突兀：高聳特出貌。

與雲齊：形容樓的高峻。《古詩》:“西北有高樓,上與浮雲齊。”

［二］ “空餘”兩句：衹見高樓中一片珠光寶氣,一排排的銀燈輝煌燦爛,但卻照不到藻井上倒披下來的紅蓮花了。

上句語出班固《西都賦》:“隋侯明月,錯落其間;金釭銜璧,是爲列錢。”明月,指明月珠,即夜光珠。“連錢列”,謂珠燈像連錢般排列着。

下句語出張衡《西京賦》:“蔕倒茄與藻井,披紅葩之狎獵。”又,左思《魏都賦》:“綺井列疏以懸蔕,華蓮重葩而倒披。”李周翰注:“井中皆畫蓮花,自下見上,故曰倒披。”井,指藻井,即天花板。藻井在屋之頂端,光照不到。

兩句描寫高樓上華美的裝飾。寓意難明。

［三］ “頻摸”三句：我不斷地摸索着前進,努力地向上攀登,唉,眼前的萬户千門,究竟是真實的呢還是虛幻。

千門萬户：形容宮室屋宇廣大。《史記・孝武本紀》:“於是作建章宮,度爲千門萬户。”

是耶非：疑似之辭。漢武帝《李夫人歌》:“是耶非耶？立而望之,翩何姍姍其來遲。”

三句當有寓意。我們也可以看成是静安在哲學王國中的艱苦求索的情景。

［四］ “人間”兩句：人間中，總是有許多值得懷疑的情事，但衹有這個難以解釋的疑團是實在的，不能置疑的。
茲疑：此疑。指上邊所寫的奇境。其實這天宮般的奇境，也許是静安想像中朝廷宫殿的情景吧。從哲學上來説，静安認爲，一切都是幻想，唯有這“疑問”是永恒的，無可置疑的。

浣 溪 沙

夜永衾寒夢不成。當軒減盡半天星。帶霜宫闕日初升。[一]　　客裏歡娱和睡減，年來哀樂與詞增。更緣何物遣孤燈。[二]

【箋】 静安憂鬱的天性，隨時表現於詞中。詞人認爲，衹有文學藝術，才能使他從寂寞和痛苦中暫時解脱出來。因爲，衹有文學藝術，才能使他“超然於利害之外”，“心有所寄而後能得以自遣”。他是“爲己”而創作的。此詞 1906 年春在京作。

【注釋】

［一］ “夜永”三句：長夜漫漫，獨擁寒衾，不能成夢。看着小軒前半天的星星也逐漸黯淡消失。在那帶霜的宫闕上升起了朝陽。
“夜永”句：杜安世《剔銀燈》詞：“夜永衾寒夢覺。”
三句寫寒夜無眠至曉。“半”字甚煉。

［二］“客裏”三句：在客中的歡娛正連同睡眠時間不斷減少，年來的哀樂之情也隨着寫詞的數量日益增添。如今還有什麽能排遣獨對孤燈時的愁緒呢？

年來哀樂：《晉書·王羲之傳》：“謝安嘗謂羲之曰：‘中年以來，傷於哀樂，與親友别，輒作數日惡。’羲之曰：‘年在桑榆，自然至此。頃正賴絲竹陶寫。’”哀樂，指引起内心强烈震動的感情，這裏偏於“哀”義。

三句説年來歡少愁多，無法排遣。按，静安曾作《去毒篇》云：“感情上之疾病非以感情治之不可，必使其閑暇之時心有所寄而後能得以自遣。夫人之心力不寄於此則寄於彼，不寄於高尚之嗜好則卑劣之嗜好所不能免矣。而雕刻、繪畫、音樂、文學等，彼等果有解之之能力，則所以慰藉彼者世固無以過之。”又云：“美術之慰藉中尤以文學爲尤大。”静安在這兩三年中，致力於詞的創作，也許就是想從中獲得慰藉與解脱吧。其《拚飛》詩亦云：“歡場衹自增蕭瑟，人海何由慰寂寥。不有言愁詩句在，閑愁那得暫時消？”把内心的愁思昇華於文學作品中，這才是擺脱愁思的最好辦法。

蝶　戀　花

窣地重簾圍畫省。簾外紅牆，高與銀河並。[一]開盡隔牆桃與杏。人間望眼何由騁。[二]　舉首忽驚明月冷。月裏依稀，認得山河影。[三]問取嫦娥

渾未肯。相攜素手層城頂。[四]

【箋】 詞人也許還未能忘情於仕途,他希望能通過政治改革來實現自己的理想。在立憲派積極活動的時候,静安來到北京,免不了受到立憲風潮的影響。末兩語見意。此詞作於1906年春。

【注釋】

[一] “窣地”三句: 那低垂至地的重簾圍繞着尚書省的廳堂,簾外是四面紅牆,高得可與銀河相並。

窣(sù速)地: 猶言拂地。賀鑄《聲聲慢》詞:“簾垂窣地。”

畫省: 省,指尚書省。《漢宫儀》載,“省皆胡粉塗畫古賢人烈女”,故稱“畫省”。杜甫《秋興八首》之二:“畫省香爐違伏枕。”

“簾外”兩句: 語本李商隱《代應》詩:“本來銀漢是紅牆,隔得盧家白玉堂。”

三句意説朝廷門牆高峻,難以進入。深得“怨而不怒”之旨。

[二] “開盡”兩句: 隔着紅牆,一春的桃花和杏花都開盡了,可是,一般人哪能去放眼觀賞呢?

“開盡”句: 周紫芝《謁金門》詞:“開盡一番桃李。”

隔牆: 劉孝威《望隔牆花詩》:“隔牆花半隱,猶見動花枝。”

騁: 騁目,猶言縱目。

兩語頗有豔羡之意。

[三] “舉首”三句: 舉首翹望,忽然驚覺明月太冷了。在月裏還依稀認得山河之影。

山河影: 月中有陰影,舊謂是山河的影子。宋人潘自牧《記纂淵海》卷二引《淮南子》:“月中有物者,山河影也。”按,今本《淮南子》無此文。蘇軾《和黄秀才鑒空閣》詩:“明月本自明,無心孰爲境。掛空如水鑒,寫此山河影。”

[四] “問取”兩句: 試問問嫦娥,能否攜着她的素手直上層城之頂?

她定然未肯答應。

層城：古代神話謂昆侖山有層城九重，分三級：下層叫樊桐，一名板桐；中層叫玄圃，一名閬風；上層叫層城，一名天庭，爲太帝所居，上有不死之樹。張衡《思玄賦》："登閬風之層城兮，不死而爲床。"層城爲天帝居所，此以喻朝廷。

校："高與銀河並"手稿初作"高與青天並"、"問取常娥渾未肯"手稿初作"問訊常娥渾未肯"。"層城"《甲稿》作"閬風"。

浣溪沙

舟逐清溪彎復彎。垂楊開處見青山。毿毿緑髮覆煙鬟。[一]　　夾岸鶯花遲日裏，歸船簫鼓夕陽間。一生難得是春閑。[二]

【箋】閑適的生活，閑逸的情趣。詞人也難得這樣的心情去欣賞春日的美景。"夾岸"兩語於刻畫中見自然。此詞作於1906年春。

【注釋】

［一］"舟逐"三句：小船兒沿着彎彎的清溪曲折而行。兩岸是濃密的垂楊，偶在風吹開處窺見遠遠的青山——仿佛像那絲絲緑髮披覆着女子的髻鬟。

毿毿（sān 三）：毛髮或枝條細長貌。孟浩然《高陽池》詩："緑岸毿毿楊柳垂。"

綠髮：喻紛披的楊枝。皮日休《庭中初》詩："毿毿綠髮垂輕露。"

煙鬟：指婦女如雲般的鬟髮，也以喻峰巒。

末句設喻亦佳。

［二］"夾岸"三句：夾岸鶯啼花放，在那遲遲的春日裏；歸船吹簫擊鼓，在那西下的夕陽間。啊，一生難得的正是這春天的閑暇。宋郭應祥《菩薩蠻》詞："人生難得是清閑。"

鶯花：杜甫《陪李梓州等四使君登惠義寺》："鶯花隨世界，樓閣倚山巔。"鶯啼花放，是春天景色的特色，亦用以概指春景。

遲日：指春日。《詩·豳風·七月》："春日遲遲。"蘇軾《玉津園》詩："不逢遲日鶯花亂。"

簫鼓：漢武帝《秋風辭》："簫鼓鳴兮發棹歌。"

次句語本徐元傑《湖上》詩："風日晴和人意好，夕陽簫鼓幾船歸。"

"一生"句，可爲天下的讀書人發一浩歎。"閑"字於静安先生大概也是無緣的。

臨　江　仙

聞説金微郎戍處，昨宵夢向金微。[一]不知今又過遼西。[二]千屯沙上暗，萬騎月中嘶。[三]　郎似梅花儂似葉，朅來手撫空枝。[四]可憐開謝不同時。[五]漫言花落早，衹是葉生遲。[六]

【箋】 寫思婦之情,真切動人。前數語頗有劉皂《朔方旅次》詩的情調。過片兩語甚有新意,“手撫空枝”四字,化陳腐爲神奇,讀之令人低徊掩仰,不能自已。此詞作於 1906 年。

【注釋】

[一] “聞説”兩句:聽説金微是郎君戍守的地方,昨夜裏我便夢向金微。

金微:唐都督府名。貞觀二十一年(647)以鐵勒僕骨部地置,以金微山得名。故地在外蒙古東部。金微山,即阿爾泰山。東漢永元三年(91)耿夔、任尚等破北匈奴於此。張仲素《秋閨怨》詩:“夢裏分明見關塞,不知何路向金微。”

[二] “不知”句:不知道他如今已過到遼西了。

遼西距金微千里之遥。詞中皆以泛指邊地。句意謂昨宵金微之夢也成空了。

[三] “千屯”兩句:沙漠中分佈着千百個營壘,萬馬在月色中嘶鳴。

屯(tún 豚):指軍隊駐守之處。張逸少《北征凱旋》詩:“駿騎給千屯。”

騎(jì 冀):指馬匹。

兩句意説,女子的夢魂來到戍地,在千屯萬騎之中無法找到自己的親人。

[四] “郎似”兩句:郎君好比梅花,我好比緑葉。到來時卻手撫着空枝。

朅(qiè 怯)來:猶言去來。這裏側重在“來”。

以花葉設喻,古詩詞中常見,“空枝”一語,卻前人未道。熟意生用,有奪胎换骨之妙。

[五] “可憐”句:可憐的是,我們的開與謝都不同時啊。

梅花先葉而開,先葉而落,意謂男女雙方不能同時共處。

[六] “漫言”兩句:不要怨恨花落得太早,衹是怪葉生得太遲了。

兩語亦得怨而不怒之旨。

南　歌　子

又是烏西匿，初看雁北翔。[一]好與報檀郎。春來宵漸短，莫思量。[二]

【箋】 小詞頗含蓄有致。女子説，春夜漸短，不要再忍量了。言外之意是，在漫漫的冬夜裏，我一直在苦苦相思呢！寫閨中的别情如此深曲，當有所寓意。此詞頗有古樂府的遺意，語拙而味永。末語筆力極重。此詞作於1906年春。

【注釋】

［一］ "又是"兩句：又到了太陽西下的時分，初看到雁行向北飛去。
烏：金烏。古代神話，太陽中有三足烏。近世馬王堆出土的帛畫中也畫有此，因用爲太陽的别稱。
西匿：曹植《贈白馬王彪》詩："白日忽西匿。"匿，隱藏。
"雁北翔"：意謂冬去春來，南雁北飛。

［二］ "好與"三句：好告訴我的情人啊：春來夜晚漸短，還是不要思量了。
檀郎：晉代潘安小字檀奴，姿儀秀美，後以檀郎爲美男子的代稱。女子亦以此稱呼自己的情郎。温庭筠《蘇小小歌》："一自檀郎逐便風，門前春水年年緑。"
"春宵"句：白居易《長恨歌》："春宵苦短日高起。"

蝶　戀　花

窈窕燕姬年十五。慣曳長裾，不作纖纖步。[一]衆裏嫣然通一顧。人間顏色如塵土。[二]　一樹亭亭花乍吐。除卻天然，欲贈渾無語。[三]當面吴娘誇善舞。可憐總被腰肢誤。[四]

【箋】 北國健康美麗的少女，給詞人留下深深的印象。"天然"兩字，是静安審美的標準，"清水出芙蓉，天然去雕飾"，這就是《人間詞話》中盛稱的"自然神妙"之處。那些束腰善舞的吴娘，比起樸素大方的燕姬來，就不免"顏色如塵土"了。本詞也可以作一篇詞論讀。

【注釋】

［一］ "窈窕"三句：那窈窕的燕姬年方十五，她慣於拖曳着長裾，不願作纖纖細步。

窈窕：美好貌。《詩·周南·關雎》："窈窕淑女，君子好逑。"

燕姬：燕地的女子。指北京姑娘。

長裾：裾，衣服的前後襟。《漢書·鄒陽傳》有"何王之門不可曳長裾"之語。

纖纖步：《古詩爲焦仲卿妻作》："纖纖作細步，精妙世無雙。"

三句語本辛延年《羽林郎》詩："胡姬年十五，春日獨當壚。長裾連理帶，廣袖合歡襦。頭上藍田玉，耳後大秦珠。兩鬟何窈窕，一世良所無。"

［二］ "衆裏"兩句：她在衆人中嫣然一笑，顧盼相通，人世間其餘的美色真同塵土。

"衆裏"句：辛棄疾《青玉案·元夕》："衆裏尋他千百度。"

嫣然：形容女子之美。宋玉《登徒子好色賦》："嫣然一笑，惑陽城，迷下蔡。"

通一顧：陳师道《小放歌行》："不惜捲簾通一顧，怕君著眼未分明。"

"人間"句：顏色，容貌。指女子的容色。白居易《長恨歌》："回眸一笑百媚生，六宫粉黛無顏色。"陳鴻《長恨歌傳》："顧左右前後，粉色如土。"

［三］"一樹"三句：像一株亭亭而立的高樹，奇花初吐。除了"天然"這兩字外，要贈給她再没有别的語言了。

亭亭：高立貌。方岳《雪後梅邊》詩："一樹亭亭一樹枯。"

《蕭箋》云："所謂亂頭粗服，不掩國色，'天然'之謂也。"

［四］"當面"兩句：那吴娘當面矜誇自已善舞，可憐的是，她正被這婀娜的腰肢所誤。

吴娘：吴地女子。白居易《對酒自勉》詩："夜舞吴娘袖。"

詞意説，吴娘束腰善舞，未免作態，失卻了天然風韻。按，静安《留園玉蘭花》詩云："窈窕吴娘自矜許，卻來花底羞無語。"同此用意。《蕭箋》云："據劉蕙孫教授函告：王翁詞中新句，有實爲先君（指劉季英）所拈者。如'窈窕燕姬年十五'一詞，即因對門有賣漿旗下女，殊風致，先君戲謂王翁：有好句奉贈，先生爲續成《蝶戀花》何如？王欣然。越日遂成。……尤當注意：'慣曳長裾'，旗裝也。'不作纖纖步'，天足也。惟賣漿旗下女子足以當之。"

吴昌綬評："此詞須酌。然上兩句實自爲寫照。末兩句又爲詞人痛下鍼砭。"

玉　樓　春

西園花落深堪掃。過眼韶華真草草。[一]開時寂寂尚無人，今日偏嗔搖落早。[二]　　昨朝卻走西山道。花事山中渾未了。[三]數峰和雨對斜陽，十里杜鵑紅似燒。[四]

【箋】以古詩的手法填詞，便有拙致。"開時"兩句，頗有"千秋萬世名，寂寞身後事"的悲慨。此詞1906年春作於北京。

【注釋】

［一］"西園"兩句：西園中，落花鋪滿一地，可掃成堆。過眼的春光實在太匆匆了。

"西園"句：劉禹錫《初夏曲》三首之一："西園花已盡。"吴文英《風入松》詞："西園日日掃林亭。"

韶華：美好的時光。指春光。見《臨江仙》詞"過眼韶華何處也"注。

草草：匆匆。意謂來不及好好欣賞。

［二］"開時"兩句：花開的時候，園中寂寂無人欣賞，可是，到如今春去，人們卻在嗔怪花落得太早了。

寂寂：冷落。高適《題尉遲將軍新廟》詩："寂寂無人知。"

嗔(chēn 瞋)：怒，責怪。

搖落：凋謝，零落。宋玉《楚辭・九辯》："草木搖落而變衰。"

兩語寓意頗深。化自王維《辛夷塢》詩："澗户寂無人，紛紛開且落。"然似較王詩著跡。

［三］ “昨朝”兩句：昨朝我來到西山道上，山中的花事還未結束。

西山：當指北京城西的西山。

花事：此指花開之事。

［四］ “數峰”兩句：幾座山峰在驟雨裏遥對着斜陽，十里路中的杜鵑花紅得像野火一樣。

上句寫春末夏初晴雨不定的天氣。似比王禹偁《村行》“數峰無語立斜陽”、《泛吴淞江》詩“帶蓬疏雨漏斜陽”意境更佳。

燒（shào少）：野火。

蝶 戀 花

莫鬥嬋娟弓樣月。衹坐蛾眉，消得千謡諑。［一］臂上宫砂那不滅。古來積毁能銷骨。［二］　手把齊紈相訣絶。懶祝秋風，再使人間熱。［三］鏡裏朱顔猶未歇。不辭自媚朝和夕。［四］

【箋】 作者心中有着不可消釋的怨憤。他一再唱道：“自來積毁骨能銷，何况真紅一點臂砂嬌。”（《虞美人》）“鏡裏朱顔難駐。”（《鵲橋仙》）才行高潔的静安，飽受世人的冷眼與流言，他感到絶望的孤獨。此詞列於《甲稿》之末，疑作於1906年初春。

【注釋】

［一］ “莫鬥”三句：不要再把黛眉畫得彎彎的，像那弓樣的月牙兒，

與别人鬥美了，光是爲了這蛾眉，就得受盡千萬般造謡誹謗。

嬋娟：美好貌。李商隱《霜月》詩："青女素娥俱耐冷，月中霜裏鬥嬋娟。"

弓樣月：指新月。形狀似弓，故稱。莊棫《相見歡》詞："贏得蛾眉弓樣月兒彎。"

坐：因爲，由於。

《離騷》："衆女嫉余之蛾眉兮，謡諑謂余以善淫。"静安詞中一再用此典，可見流言蜚語對敏感的詞人刺激之深了。

［二］"臂上"兩句：臂上鮮紅的宫砂那能不滅呢？自古以來，都認爲積毁能使人骨也消蝕。

兩句可參見《虞美人》詞"自來積毁"兩句注。

［三］"手把"三句，我手持着齊紈扇誓相决絶，懶得去祝禱秋風，再使人間變熱。

三句語本班倢伃《怨歌行》："新裂齊紈素，皎潔如霜雪。裁爲合歡扇，團團似明月。出入君懷袖，動摇微風發。常恐秋節至，涼飆奪炎熱。棄捐篋笥中，恩情中道絶。"齊紈，齊地出産的白細絹。古樂府《白頭吟》："聞君有兩意，故來相訣絶。"

三句憤世之辭，極寫訣絶之意。

［四］"鏡裏"兩句：試看鏡中，幸好我青春的容顔尚在，我寧願自個兒朝夕獨處，自我欣賞。

"鏡裏"句：參見《鵲橋仙》詞注。

自媚：自相愛悦，顧影自憐。《飲馬長城窟行》："入門各自媚，誰肯相爲言。"

兩句猶《虞美人》詞"且自簪花坐賞鏡中人"句意。

校："秋風"，手稿作"西風"。今從《甲稿》。

阮　郎　歸

美人消息隔重關。川途彎復彎。[一]沈沈空翠壓征鞍。馬前山復山。[二]　　濃潑黛,緩拖鬟。當年看復看。[三]衹餘眉樣在人間。相逢艱復艱。[四]

【箋】 此詞有古樂府風調。《太平廣記》卷三百三十《中官》條引《靈怪集》載,有中官宿於官坡舍,夜見四人賦詩聯句歌曰:"床頭錦衾斑復斑,架上朱衣殷復殷。空庭朗月閑復閑,夜長路遠山復山。"後人因名此體曰《字字雙》。此詞作於1906年春。

【注釋】

［一］ "美人"兩句:美人的消息隔着重重的關山,路途曲折難行。
"美人"句:美人,指自己所想念的人。《詩·邶風·簡兮》:"云誰之思?西方美人。"李白《長相思》詩:"美人如花隔雲端。"杜甫《寄韓諫議》詩:"美人娟娟隔秋水。"
川途:指路途。原野道路。

［二］ "沈沈"兩句:在馬前是一座又一座的山嶺,那淩空的翠色仿佛沉沉地壓在征鞍之上。
空翠:指山色。因山中多草木,翠色如浮於空中,故云。孟浩然《尋香山湛上人》詩:"朝遊訪名山,山遠在空翠。"
"沈沈"兩字,亦暗示詞人的心境。

［三］ "濃潑"三句:那沿途的山色,濃濃的好像潑翻了黛墨;綿緩的山勢,又像拖曳着雲鬟。當年我曾仔細地看了又看。
潑黛:形容蒼翠的山色。黄庭堅《訴衷情》詞:"山潑黛,水

挼藍。”

兩句以遠山暗喻美人的眉黛。在“看復看”三字中見意。然顧貞觀《字字雙》詞:“煙嵐潑翠山復山”,一句可頂“沉沉”四句。

[四] “祇餘”兩句:如今祇剩下這青青的眉樣留在人間,要相逢就難上加難了。

眉樣:古代女子畫眉的式樣。羅虬《比紅兒詩》之三二:“鸚鵡蛾如裛露紅,鏡前眉樣自深宫。”古有眉譜,繪寫各種眉樣,有所謂“十樣宫眉”。這裏指“遠山眉”。

兩句意説,如今祇見到黛眉般的遠山,它卻在阻隔着我們相會。

蝶　戀　花

昨夜夢中多少恨。細馬香車,兩兩行相近。[一]對面似憐人瘦損。衆中不惜搴帷問。[二]　陌上輕雷聽隱轔。夢裏難從,覺後那堪訊。[三]蠟淚窗前堆一寸。人間祇有相思分。[四]

【箋】 無疑,這是一首優秀的作品。在静安詞中自不可多得。樊志厚《人間詞·乙稿·序》亦盛稱其“意境兩忘,物我一體”。此詞當比“天末同雲”、“百尺朱樓”兩作較勝,出語自然,情味深永。在詞的格調上頗近莊中白《蝶戀花》諸作,但筆力更爲挺健。正由於用力過重,立意刻畫,轉失卻五代北宋詞之“空靈”。寫夢中的相會與醒後的相思,雖亦“造境”之語,然皆真切動人。大概也是寄寓詞人“思君”之意吧。此詞當作於 1906 年春。

【注釋】

［一］ “昨夜”三句: 昨夜的夢中,生了多少幽恨。我騎着駿馬,她乘着香車,相對漸行漸近。

首句語本李煜《望江南》詞:“多少恨,昨夜夢魂中。”

細馬香車: 細馬,良馬。《舊唐書・職官志三》:“凡馬,有左右監,以別其粗良,以數紀名,著之簿籍。細馬稱左,粗馬稱右。”古樂府《錢塘蘇小歌》:“妾乘油壁車,郎騎青驄馬。何處結同心,西陵松柏下。”王維《同比部楊員外十五夜遊有懷静者季》:“聊看侍中千寶騎,強識小婦七香車。香車寶馬共喧闐,箇裹多情俠少年。”皆以車馬分屬男女騎乘,本詞中“細馬香車”,亦當此意。或以“寶馬香車”專屬女子,誤。

［二］ “對面”兩句: 她迎面而來,好像是憐憫我的消瘦憔悴,不惜在人群中搴起車帷殷勤相問。

搴帷: 撩起簾帷。曹植《棄婦篇》:“搴帷更攝帶。”兩句寫路遇時的情景,表現了雙方相知之深,情意之切,男子爲相思而瘦損,女子也深知而不惜搴帷訊問,其感情要比陳師道“不惜捲簾通一顧,怕君著眼未分明”來得深厚了。感恩知己,詞中當有寓意。

“似憐”,是設想對方的心理活動,“不惜”,已包含着對對方行爲的評價。

［三］ “陌上”三句: 聽着輕雷似的車聲在路上又漸行漸遠了。連夢裏也難以追從,醒後更如何問訊呢?

輕雷: 比喻車聲。可參看本書《蝶戀花》詞“百尺朱樓臨大道,樓外輕雷,不問昏和曉”句注。

隱轔(lìn 吝): 通“殷轔”。張仲甫《雷賦》:“或殷轔而鼓作。”

《集韻》:“般轔,車聲。”

覺(jiào教)後:醒來。

[四] “蠟淚”兩句:看着那窗前的風燭,已堆起了一寸多高的蠟淚,唉,在人世中我衹有相思的分兒了。

蠟淚:即燭淚。蠟燭燃燒時滴下的燭油。温庭筠《更漏子》詞:“玉爐香,紅蠟淚。偏照畫堂秋思。”田雯《白翎雀歌辭》:“窗前蠟淚已成堆。”

分(fèn份):份。末兩句寫醒後不眠的情景。“衹有相思分”,五字聲可裂石。所謂怨極而又忠厚之極,達到舊時文學批評中的“温柔敦厚”的最高境界,與黄仲則詩“此生無分了相思”各極其妙。

校:“隱轔”,手稿、《甲稿》作“漸隱”,字面穩妥。後各本皆作改作“隱轔”,字義生僻,已露經師習氣。姑從之。

浣　溪　沙

七月西風動地吹。黄埃和葉滿城飛。[一]征人一日换緇衣。[二]　　金馬豈真堪避世,海鷗應是未忘機。故人今有問歸期。[三]

【箋】 光緒三十二年(1906),静安應羅振玉之邀,第一次來到北京,暫寓羅氏家中。次年,由羅氏舉薦,被派在學部總務司行走,以後又任學部圖書館編譯、名詞館協修。在這前後兩三年間,静安的治學興趣集中於文學方面,特别潛心於詞曲。《人間詞·甲稿》、《乙稿》都在這個時候寫成。經過一段時期的詞的創作實踐後,寫成了近代最著名的文藝批評論著《人間詞話》。本詞當作於静安初到北京之時,詞中表現了他在出處問題上的矛盾。京師中污濁的氣氛使人們感到壓抑,經過西方哲學長時間陶薰的詞人,更敏鋭地洞察到行將崩潰的封建王朝的種種黑暗和罪惡,因而也無意置身於争權奪利的官場中,才來不久,他已想着回去了,回到江南海濱,重過讀書著述的學者生涯。

【注釋】

［一］ "七月"兩句:初秋七月的北國,西風早已動地勁吹,黄塵混着枯葉,滿城亂飛。

西風動地:黄公度《秋城晚望》詩:"西風動地鬢飄蕭。"

兩句寫北京秋景,亦隱喻當時不穩定的政治局勢。

［二］ "征人"句:遠道而來的客子,一日間便要换過被塵土污染的衣裳。

緇(zī資)衣:黑布之衣。《詩·鄭風·緇衣》:"緇衣之宜兮,敝予又改爲兮,適子之館兮,還予授子之粲兮。"陸機《爲顧彦先贈婦》詩:"京洛多風塵,素衣化爲緇。"又,謝朓《酬王晉安》詩:"誰能久京洛,緇塵染素衣。"

舊時北京人爲耐風塵,喜穿黑衣,然在本詞中卻别有含意。衣裳因風塵而變黑,暗示京城中環境的污濁。狷介自持的王國維在這社會環境中自然是難以適應了。

［三］ "金馬"三句:京城中的金馬門難道真是避世之所嗎?我想起海上自由自在的鷗鳥,也許此日尚未忘機吧!老朋友們現在已經詢問我的歸期了。

金馬:金馬門。漢代宫門名。《史記·滑稽列傳》:"金馬門者,宦署門也。門傍有銅馬,故謂之曰金馬門。"漢代徵召來的人,都待詔公車,其中被認爲才能優異的令待詔金馬門。

故登金馬則意味着做官揚名。

避世：隱居不出仕。《論語·憲問》："賢者辟(避)世，其次辟地，其次辟色，其次辟言。"謂賢者爲逃避惡濁社會而隱居。按，《史記·滑稽列傳》載，漢武帝時，東方朔入長安，至公車上書，詔拜爲郎，又爲侍謁者。人皆以爲狂。朔曰："如朔等，所謂避世於朝廷間者也。古之人，乃避世於深山中。"時坐席中，酒酣，據地歌曰："陸沉於俗，避世金馬門。宫殿中可以避世全身，何必深山之中，蒿廬之下！"詞中用此意。

忘機：泯除機心。無計較或巧詐之心。謂甘願恬淡與世無争。

次句典出《列子·黄帝》。謂古時海上有好鷗鳥者，每日從鷗鳥遊，鷗鳥至者以百數。其父曰："吾聞漚(鷗)鳥皆從汝遊，汝取來，吾玩之。"次日至海上，鷗鳥舞而不下。因謂人無機心，則異類亦與之相親。這裏説"未忘機"，實際上是説自己尚有用世之心，對此次入京之行頗有反省之意。

末句本李商隱《夜雨寄北》詩："君問歸期未有期。"

浣　溪　沙

六郡良家最少年。戎裝駿馬照山川。[一]閑拋金彈落飛鳶。[二]　何處高樓無可醉，誰家紅袖不相憐。[三]人間那信有華顛。[四]

【箋】 此詞寫雄姿英發的少年,騎馬閑遊,登樓痛飲,竟不知人間有哀疾之事了。葉嘉瑩《從〈人間詞話〉看温韋馮李四家詞的風格》一文,引静安此詞云:"凡此所寫皆足以證明馬上英姿之俊發之可以得牆頭佳人之問顧,之可以得樓上紅袖之相招,於是一切目成心許之韻事乃盡在不言中矣。"當爲清末北京貴遊子弟生活的寫照。此詞作於 1906 年。

【注釋】

［一］ "六郡"兩句: 那些出身六郡良家的少年們,穿着戎裝,騎着駿馬,光彩照耀山川。

六郡良家: 六郡,指漢代隴西、天水、安定、北地、上郡、西河。《漢書・地理志下》:"漢興,六郡良家子,選給羽林、期門;以材力爲官,名將多出焉。"良家子,指非從事所謂賤業的人家子弟。《史記・李將軍列傳》:"廣以良家子從軍擊胡。" 司馬貞索隱:"如淳云: 非醫、巫、商賈、百工也。"

戎裝駿馬: 孫逖《送趙大夫護邊》;"百壺開祖餞,駟牡戒戎裝。"蘇軾《臨江仙》詞序:"戎裝駿馬,至溪山佳處,輒留數日。"

次句一"照"字,寫出貴公子的神采。

［二］ "閑抛"句: 他閑來無事,抛擲金彈,射落飛鳶。

金彈:《西京雜記》載,漢武帝的弄臣韓嫣好彈,"常以金爲丸,所失者日有十餘,長安爲之語曰:'苦饑寒,逐金丸。'京師兒童,每聞嫣出彈,輒隨逐之,望丸之所落,輒拾焉。"李商隱《富平少侯》詩:"不收金彈抛林外。"

鳶(yuān 冤),老鷹。

［三］ "何處"兩句: 哪處的高樓不可以供他們歡醉? 哪家的少女不對他們起愛慕之心?

兩句用韋莊《菩薩蠻》詞意:"騎馬倚斜橋,滿樓紅袖招。翠屏金屈曲,醉入花叢宿。"

紅袖,這裏指青樓賣笑的女子。

［四］ “人間”句：他們怎會知道,人世間有年老白髮之事阿!
華顛：白頭。《後漢書·崔駰傳》:“唐且華顛以悟秦。”
末句謂貴公子終日作樂,不知老之將至。

浣　溪　沙

城郭秋生一夜涼。獨騎瘦馬傍宫牆。参差霜闕帶朝陽。[一]　　旋解凍痕生緑霧,倒涵高樹作金光。[二]人間夜色尚蒼蒼。[三]

【箋】 詞人主張要“感自己之感,言自己之言”,“故能寫真景物、真感情者謂之有境界”。此詞寫京師秋日的清晨,是真切的“寫境”,過片兩語尤得神理。末句微露旨意。此詞1906年秋初在北京作。

【注釋】

［一］ “城郭”三句：秋天到來了京城内外,一夜涼生。清晨時獨個兒騎着瘦馬,傍着宫牆緩走。那鋪滿清霜的参差殿闕,映帶着初升的太陽。
宫牆：指清故宫的城牆。
参差(cēncī 岑疵)：高低不齊貌。見《八聲甘州》詞:“参差宫闕”注。
闕：宫殿前的高建築物。通常左右各一,建成高臺,臺上起樓觀。

帶：映照。張孝祥《水調歌頭》詞："紅旆東去帶朝陽。"

［二］"旋解"兩句：才不多久，霜痕消釋，護城河上生起了綠色的輕霧；高樹倒映在波面，散出萬道金光。

凍痕：指霜痕。趙聞禮《瑞鶴仙》詞："凍痕消夢草。"

綠霧：李賀《江南弄》詩："江中綠霧起涼波，天上疊巘紅嵯峨。"

"倒涵"句：陳岩《龍潭利衆院》："日涵林壑紫光凝。"徐僑《司户攝淳安丞同官送至西湖支使有詩因次韻》詩："倒涵嵐影晴煙紫。"意境相近。

兩句的確是北國秋晨的景色。朝霜乍解，綠霧旋生，南人何能道得此語。

［三］"人間"句：回視城中萬户，依然是夜色蒼蒼！

夜色尚蒼蒼：白居易《行簡初授拾遺同早朝入閣因示十二韻》詩："夜色尚蒼蒼，槐陰夾路長。"

末句一筆兜轉，反襯宫城的高峻。亦有寓意。

校："傍宫牆"，《乙稿》作"繞宫牆"。

點　絳　脣

厚地高天，側身頗覺平生左。［一］小齋如舸。自許回旋可。［二］　聊復浮生，得此須臾我。［三］乾坤大。霜林獨坐。紅葉紛紛墮。［四］

【箋】 詞人曾經歎息過："欲爲哲學家，則感情苦多而知力苦寡；欲爲詩人，則又苦感情寡而理性多。"静安是一位既富於感情，又有邃密的理性的詩人兼學者，他徬徨於文學與哲學之間，最後終於選擇"經史、古文字、古器物之學"，以圖"遠於現實之人生，亦可暫忘生活之欲"。本詞中"側身頗覺生平左"一語，道盡了静安在 30 歲前後矛盾的心事，也是他事事乖牾的一生的總結吧。此詞作於 1906 年秋。

【注釋】

［一］ "厚地"兩句：置身於高天厚地之間，漸覺得自己平生事事乖左。

厚地高天：《詩・小雅・正月》："謂天蓋高，不敢不局；謂地蓋厚，不敢不蹐。"詩人遭逢世亂，覺得在天地之間無處容身，每有此歎。

側身：廁身，置身。杜甫《將赴成都草堂途中有作》詩："側身天地更懷古。"側身，亦有傾側身體，憂愁不安之意。《晉書・孫惠傳》："側身昏讒之俗，跼蹐凶諂之間。"

左：乖牾，不協調。這裏指理想與現實、感情與理性等方面的矛盾。静安《雜感》詩云："側身天地苦拘攣。"與此同意。

［二］ "小齋"兩句：我小小的書齋如同一隻小船，可任我左右迴旋，無拘無礙。

舸(gě)：小船。蘇軾《寒食雨》詩："小屋如漁舟，濛濛水雲裏。"

回旋：《列子・湯問》："回旋進退，莫不中節。"語意相關。以船在水中回旋設喻，謂自己在齋中讀書時取得相對的自由，游息自樂。

［三］ "聊復"兩句：姑且在這浮幻的人生中，暫時地獲得了"自己"。

浮生：《莊子・刻意》："其生若浮，其死若休。"古人以爲人生虛幻，世事無定，因稱人生爲"浮生"。李白《春夜宴從弟桃花園序》："浮生若夢，爲歡幾何。"

須臾：片刻。暫時。

兩語有沈厚的哲學意味。詞人要在虚幻的人生中掌握住“自己”，追求自我完善，獨善其身，以保持個人獨立的品格。

［四］ “乾坤”三句：乾坤是多麽廣大啊，我獨坐在經霜的樹林中，看那紅葉紛然而墮。這裏以乾坤之大作襯，表現自己廣遠的心境。

末兩語景中有情，如讀王維輞川諸什。

校：“平生”，《乙稿》作“生平”。

掃　花　游

疏林掛日，正霧淡煙收，蒼然平楚。[一]繞林細路。聽沈沈落葉，玉驄踏去。[二]背日丹楓，到眼秋光如許。[三]正延佇。便一片飛來，説與遲暮。[四]

歡事難再溯。是載酒攜柑，舊曾遊處。[五]清歌未住。又黄鸝趁拍，飛花入俎。[六]今日重來，除是斜暉如故。[七]隱高樹。有寒鴉、相呼儔侶。[八]

【箋】 此詞上片寫秋日的景色，下片追憶舊遊，抒發個人遲暮之感。長調非静安所擅，此詞意亦平庸，蓋未於南宋諸家用力故也。《人間詞話》中每多貶斥長調之語，亦屬偏見。此詞作於 1906 年秋。

【注釋】

［一］ “疏林”三句：秋晚。稀疏的林木像在掛着斜陽。遠望那蒼茫遼闊的原野，已是霧淡煙收。

首句意舊詩詞常見。如劉得仁《村中閑步》詩：“新秋高樹掛斜暉。”王實甫《西廂記》：“倩疏林掛住斜暉。”

平楚：指平闊的原野。謝朓《郡内登望》詩：“寒城一以眺，平楚正蒼然。”“楚”指叢木，“平楚”，猶言“平蕪”。

［二］ “繞林”三句：小路曲曲折折地繞着樹林，静聽那悄悄的落葉聲，我騎着馬兒踏葉歸去。

玉驄：青白色的馬。指駿馬。

［三］ “背日”兩句：背着陽光的楓葉，更覺豔紅。滿眼秋光，就是這樣使人心賞不已。“如許”兩字，包有無限情致。仿佛盧祖皋《卜算子》詞“一夜秋如許”之意。

［四］ “正延”三句：我正在流連佇望，可是卻見一片枯葉飛來，像在説與年華的遲暮。

延佇：久久地佇立，引頸而望。《楚辭·離騷》：“延佇乎吾將反。”

“遲暮”一語，爲全篇主旨。詞人年甫三十，便作此語，亦良可哀矣。

［五］ “歡事”三句：昔年歡事，再也難以追回。這是我當日帶着美酒雙柑清遊之地。

溯：逆。挽回。

載酒攜柑：馮贄《雲仙雜記》引《高隱外紀》載，南朝宋時高士戴顒，嘗攜雙柑斗酒春遊，往聽黄鸝之聲，被認爲是逸情遐舉的韻事。

［六］ “清歌”三句：佳人的清歌尚未停歇，那黄鶯兒卻應着節拍婉轉啼鳴，亂花飛進酒筵之中。

黄鸝：即黄鶯。羽毛黄色，從眼部到頭後部有黑色斑紋，嘴淡紅色。鳴聲婉轉動聽。

趁拍：蘇軾《南歌子》詞："趁拍鸞飛鏡，回身燕漾空。"

飛花入俎(zǔ阻)：韋應物《酒肆行》詩："晴景悠揚三月天，桃花飄俎柳垂筵。"俎，古代盛肉的器皿。因用爲宴席的代稱。

三句追寫舊遊歡宴的情景。"黄鸝"與"柑酒"呼應。

［七］"今日"兩句：今日重來，祇有夕陽斜暉還像過去那樣。

意説，其餘的一切，包括景物和人的感情都已大異於當時了。

［八］"隱高"兩句：高樹上傳來了寒鴉的陣陣悲啼——它們在互相呼唤着朋侣。

"隱高樹"，承上接下，既謂斜陽，又指寒鴉。吴文英《霜葉飛》詞："斜陽紅隱霜樹。"收處以寒鴉呼唤朋侣反襯自己的孤獨。

校："沈沈"，《乙稿》作"愔愔"。

蝶　戀　花

滿地霜華濃似雪。人語西風，瘦馬嘶殘月。[一]一曲陽關渾未徹。車聲漸共歌聲咽。[二]　換盡天涯芳草色。陌上深深，依舊年時轍。[三]自是浮生無可説。人間第一耽離别。[四]

【箋】光緒三十二年(1906)秋，静安曾奔父喪南歸故里。這期間所寫的詩詞充滿着悲涼的情調。本詞寫離别時的情景，殘月出門，西風瘦馬，詞人不幸的遭遇加上他憂鬱的天性，使他更感到人生的虚幻了。

【注釋】

［一］ “滿地”三句：滿地凝結著寒霜，濃得像覆上一層白雪。人們立在西風中話别，瘦馬也向着殘月不斷悲鳴。

霜華：此指嚴霜。因其每呈結晶狀，故云。張祜《旅次上饒溪》詩：“秋竹静霜華。”毛熙震《更漏子》：“滿院霜華如雪。”

“人語”兩句：張炎《清平樂》詞：“人語西風岸。”趙嘏《送僧歸廬山》詩：“馬嘶殘月虎溪頭。”所寫情境屢見於古人詩詞中。此等語似佳而實非佳，蓋以有摹擬之跡故也。

［二］ “一曲”兩句：送别時，《陽關》一曲猶未奏完，離人就已出發了。咿軋的車聲仿佛應和着歌聲，在痛苦地嗚咽。

陽關：指《陽關三疊》曲。爲古代送别的曲調。王維《送元二使安西》詩：“渭城朝雨浥輕塵，客舍青青柳色新。勸君更盡一杯酒，西出陽關無故人。”後來譜入樂府，即以詩中“渭城”或“陽關”名曲。

次句好。“漸共”一詞尤佳，寫出漸行漸遠的情景。

［三］ “换盡”三句：天涯芳草青青的顔色已换作枯黄，可是，陌頭上深深的車轍依舊是我來時的模樣。

天涯芳草：辛棄疾《摸魚兒》詞：“見説道、天涯芳草無歸路。”静安活用其意。三句爲前人未道之語。静安於是年春跟隨羅振玉入京，數月後即奔喪回里。來去匆匆，情事已更，故深感人生之無常。

［四］ “自是”兩句：這虚浮無定的人生，還有什麽可説呢？在人間最令傷心的事莫過於離别了。

浮生：《莊子・刻意》：“其生若浮，其死若休。”老莊學説認爲人生世事虚幻無定，故云。

“人間”句：耽，耽於。“耽離别”，謂沉溺於離愁之中而不能自拔。離别，在本詞中有生離死别之意。

《人間詞話删稿》盛讚王鵬運《鵲踏枝》詞，中有“有限墜歡真忍説,傷心第一生離别”之語,静安末兩句亦似效之。

吴昌绶评:“直到古人。”

蝶 戀 花

陡覺宵來情緒惡。新月生時,黯黯傷離索。[一]此夜清光渾似昨。不辭自下深深幕。[二]　　何物尊前哀與樂。[三]已墜前歡,無據他年約。[四]幾度燭花開又落。人間須信思量錯。[五]

【箋】 詞人是多感的。静安亦“古之傷心人”,憂生憂世,自入京後,眼界益大,感慨益深,發而爲詞,哀樂無端,中有多少要眇難言的心事。《人間詞話》云:“境非獨謂景物也。喜怒哀樂,亦人心中之一境界。故能寫真景物、真感情者,謂之有境界。”如此詞,則可謂有境界者。此詞作於 1906 年秋。

【注釋】

[一] “陡覺”三句:夜來突然感到情緒惡劣,新月生時,更爲自己離群索居而黯然神傷。

陡覺:忽覺。汪莘《憶秦娥》詞:“夜來陡覺霜風急。”

黯黯:心神沮喪貌。

離索:離群索居。離開同伴而孤獨地生活。《禮記·檀弓上》:“吾離群而索居,亦已久矣。”

［二］ “此夜”兩句：今夜清亮的月光還如昨夜，可是，我卻放下了深深的簾幕，甘願把自己隔絶開來。

“清光似昨”，亦前人習見。皮日休《天竺寺八月十五日夜桂子》詩：“今夜清光似往年。”張掄《壺中天慢》詞：“瓊蕊清光如昨。”

兩句謂見月添愁，故索性垂簾獨處。

［三］ “何物”三句：當日在别筵間的哀樂之情，如今又算得什麽呢！

“何物”句：馮延巳《鵲踏枝》詞：“眼前何物供哀樂。”此用其字法。意謂如今在離索中的哀樂之情更令人難受。《世説新語·言語》載，謝安對王羲之曰：“中年傷於哀樂，與親友别，輒作數日惡。”王曰：“年在桑榆，自然至此，正賴絲竹陶寫。”

［四］ “已墜”兩句：從前的歡樂已經逝去，他年的佳約又遥遠無憑。

墜歡：指已經過去的歡娱。鮑照《和傅大農與僚故别》詩：“墜歡豈更接，明愛邈難尋。”

［五］ “幾度”兩句：獨坐燈前，看着燭花多少回結了又落。要知道，在人世間苦苦相思，終歸成錯！

燭花：燈心的餘燼，爆成花形。古人認爲是喜兆。杜甫《獨酌成詩》：“燈花何太喜。”趙蕃《夜坐》詩：“燈花開落縱匆匆。”

思量：指相思。參見《蝶戀花》詞“人間總被思量誤”注。

錯（cuò）：舊讀入聲。

兩句謂相思已非一朝一夕，自怨自艾，溢於言表。

校：“陡覺”，《苕華詞》作“斗覺”。

浣 溪 沙

乍向西鄰鬥草過。藥欄紅日尚婆娑。一春祇遣睡消磨。[一] 髮爲沈酣從委枕,臉緣微笑暫生渦。這回好夢莫驚他。[二]

【箋】 此詞爲静安詞中最爲綺豔之作。或有本事,已難深考。格調近歐陽修之小令,如所謂"雖作豔語,終有品格"者。寫少女的春困酣眠,過片兩語,曲盡情態,方諸《紅樓夢》中"憨湘雲醉眼芍藥裀"一大段描寫,便覺後者辭費意盡了。此詞當作於1907年春在海寧閑居之時。

【注釋】

[一] "乍向"三句:她剛才來過西鄰,跟女孩子們愉快鬥草。紅日已照向芍藥欄邊,猶自盤桓不去。如今困倦閒眼,她大概要在睡夢中消磨這春日吧!

鬥草:即鬥百草,爲我國古代兒童及少女一種遊戲。三數人各尋春草數種,各道各目,進行比賽,以其名色吉祥而又罕見者爲勝。鬥草之戲起於南朝,盛於唐宋,可令婦兒多識草木之名。《荆楚歲時記》:"五月五日,四民並踏百草,又有鬥百草之戲。"

藥欄:紅藥欄。種植紅芍藥花圃的欄檻。古人常憑欄賞花。庾肩吾《和竹齋》詩:"向嶺分花徑,隨階轉藥欄。"張涅《祝英臺近》詞:"獨倚紅藥欄邊,傷春甚情緒?"

婆娑:盤旋,停留。宋玉《神女賦》:"又婆娑乎人間。"

［二］“髮爲”三句：她的長髮，衹因睡得太熟了，一任它鋪散在枕畔；她的嬌臉，由於泛起了微笑，漸漸地生成了靨渦。呀，這回是作了好夢吧——且不要去驚醒她！

沈酣：沈眠，熟睡。

委：垂下。《世説新語・賢媛》：“正值李梳頭，髮委藉地。”

渦：頰渦，常語稱爲“酒渦”。蘇軾《百步洪》詩之二：“但覺兩頰生微渦。”

“莫驚他”：程垓《愁停闌》詞：“昨夜酒多春睡重，莫驚他。”

下闋頗肖六朝宫體詩。梁簡文帝《詠内人晝眠》詩：“夢笑開嬌靨，眠鬟壓落花。”

晏殊《破陣子》詞：“疑怪昨宵春夢好，元是今朝鬥草贏，笑從雙臉生。”晏詞寫夢後鬥草時之笑，王詞寫鬥草後夢中之笑，皆有一“贏”意，然王詞不點明，更含蓄有味。

吴昌綬評：著一“暫”字絶佳。“沈酣”兩字宜酌，當有現成之字，思之不得。

校：《乙稿》作“漸生渦”。

浣　溪　沙

本事新詞定有無。這般綺語太胡盧。燈前腸斷爲誰書。［一］　隱几窺君新製作，背燈數妾舊歡娱。區區情事總難符。［二］

【箋】 這也許是作者對他的詞集的一份"説明書"吧。他要向讀者説清楚,特别是要向後世的箋注者説清楚: 不必細細推求每一首詞的"本事"。因爲,一,詞中的綺語可能是美人香草式的譬喻,逐句坐實之,則會弄出笑話;二,即使是真的寫戀情,也容許有藝術加工,不一定與事實全符。此詞1907年春作於海寧。

【注釋】

［一］ "本事"三句: 新詞中所寫的是不是實事呢? 這樣的綺語實在是太可笑了。在燈前悲悲切切的,是爲誰而寫啊。

本事: 原事,實事。《漢書・藝文志》:"丘明恐弟子各安其意,以失其真,故論本事而作傳。"

綺語: 佛家把藻飾不實之辭稱爲綺語。後來也稱描摹男女私情的詩文文字爲綺語。

胡盧:"胡盧提"之省。這裏有可笑、笑話之意。

［二］ "隱几"三句: 憑在几案旁窺看您新寫的詞句,背着燈暗暗地細數我們舊日的歡情,唉,一樁樁的事兒跟所寫的總不相符!

隱几: 憑着几案。几,一種小桌子。古代設於座側,以便憑倚。《莊子・齊物論》:"南郭子綦隱几而坐,仰天而噓。"

區區: 小小。

末句是真詩人之語。揭示"本事"與"製作"的微妙關係,非箇中人絶不能道。

校: "這般綺語太胡盧",手稿初作"這般隱語太壺盧",改爲"斜行小草字模糊"。今從《乙稿》。

虞 美 人

犀比六博消長晝。五白驚呼驟。[一]不須辛苦問虧成。一霎尊前了了見浮生。[二]　　笙歌散後人微倦。歸路風吹面。[三]西窗落月蕩花枝。又是人間酒醒夢回時。[四]

【箋】 詞人把人生看作是一場賭博,無論輸贏,都是没有意義的。這未免太消極悲觀了,但從中也可看到静安"鄙薄功利,輕視任何含有目的之欲求"的思想。鄙視功名富貴,無心官場的争逐,静安還是有舊時代讀書人的骨鯁的。此詞作於1907年春。

【注釋】

［一］ "犀比"兩句:人們競作犀比六博之戲,以消磨漫長的日子。呼盧喝雉之聲,此起彼落。

犀比(pí皮):用犀牛角來製作。《楚辭·招魂》:"晉制犀比,費白日些。"王逸注:"言晉國工作簙棋箸,比集犀角,以爲雕飾,投之皓然如日光也。"犀比六博,謂集犀角以爲六博之棋也。

六博:即"六簙"。古博戲。共十二棋,六黑六白,兩個相博,每人六棋。故名。《楚辭·招魂》:"菎蔽象棋,有六簙些。"

五白:古五木之戲,若能擲得五子全白,稱爲梟,得頭彩。故擲子時大聲呼喝之,以望得彩。《楚辭·招魂》:"成梟而牟,呼五白些。"猶後世樗蒲戲之呼盧喝雉。

［二］ "不須"兩句:不用辛苦地尋問人生的成敗了,在酒筵前一霎

間便清清楚楚地看到浮生的真相。

虧成：成敗，輸贏。見《題況蕙風太守北齊無量佛造像畫卷》之二"不思"兩句注。

尊前：即樽前。指酒席中。

了了：清楚。明白。劉得仁《夏日感懷寄所知》詩："了了見歧路，欲行難負心。"

兩句意説，賭博在一霎間輸贏已定，從中可悟出人生虚幻的道理。

静安每好探究人生的意義，以"看透生存意志的原形"，他在《静安文集續編·自序》中説："體素羸弱，性復憂鬱，人生之問題日往復於吾前。"在叔本華的悲觀哲學影響下，他竟否定了人生積極的意義和價值，這種思想是造成他晚年悲劇的一個重要的因素。

［三］"笙歌"兩句：笙歌聲歇，酒闌客散，人也微覺困倦了。在歸家的路上，陣陣涼風吹面。

笙歌散：司馬光《西江月》詞："笙歌散後酒微醒。"歐陽修《采桑子》詞："笙歌散盡遊人去。"

風吹面：庾信《鏡賦》："早風吹面。"晏幾道《木蘭花》詞："瓊酥酒面風吹醒。"

兩句意爲前人詩詞中習見，風吹面，謂酒更易醒了。

［四］"西窗"兩句：西窗外，落月的餘暉照着顫蕩的花枝，啊，這已是人間酒醒夢回的時候了。

酒醒夢回：見《浣溪沙》詞"夢回酒醒憶平生"句注。

兩句用形像補足"不須"兩句之意。

應　天　長

紫騮卻照春波綠。波上蕩舟人似玉。[一]似相知，羞相逐。一晌低頭猶送目。[二]　　鬢雲欹，眉黛蹙。應恨這番匆促。[三]惱亂一時心曲。手中雙槳速。[四]

【箋】 此詞接近歐陽修詞和婉的風格。寫蕩舟女子對馬上少年的傾慕之情，著重刻畫女子的心理活動，細膩優美，情致纏綿。此詞作於1907年春。

【注釋】

［一］ “紫騮”兩句：紫騮馬徘徊在岸邊，翠綠的春波照見少年的身影。波上泛着一葉扁舟，蕩槳的姑娘啊美好如玉。

紫騮：良馬名。又名棗騮。楊炯《紫騮馬》詩：“俠客重周遊，金鞭控紫騮。”

照：指照影。陸游《南園》詩：“傷心橋下春波綠，曾是驚鴻照影來。”

人似玉：謂女子如玉般潔白美好。《詩・召南・野有死麕》：“白茅純束，有女如玉。”

上句寫岸上騎馬的少年郎，下句寫水中的蕩舟女。語本梁元帝《採蓮賦》：“妖童媛女，蕩舟心許。”

［二］ “似相”三句：他啊似曾相識，我又羞於尾隨而去，一會兒低下頭來，禁不住偷偷送眼。

一晌：片時。

送目：謂以目光傳情。晏殊《更漏子》詞："才送目，又顰眉。此情誰得知。"

三句寫女郎的心理和情態。

［三］ "鬢雲"三句：敧側着如雲的鬢髮，蹙鎖着含情的黛眉——應怨恨這回相遇太匆促了吧。

"鬢雲"兩句：吕勝己《江城子》詞："眉黛蹙，鬢雲敧。"敧，傾斜，歪向一邊。

［四］ "惱亂"兩句：唉，真的一時擾亂了芳心，手中的雙槳不覺劃得更快了。

心曲：内心深處。《詩·秦風·小戎》："言念君子，温其如玉。在其板屋，亂我心曲。"白居易《和微之十七與君别及隴月花枝之詠》詩："惱亂君心二十年。"

末句一"速"字甚妙。寫出女郎心慌意亂的情態。

校："惱亂"，《苕華詞》脱一"亂"字，不合律，誤。

菩 薩 蠻

紅樓遥隔廉纖雨。沈沈暝色籠高樹。[一]樹影到儂窗。君家燈火光。[二]　　風枝和影弄。似妾西窗夢。[三]夢醒即天涯。打窗聞落花。[四]

【箋】 其室則邇，其人甚遠。詞人在這裏當有寄意。青年時代的静安，也總是在追求他的美好的理想，他没有找到政治上正確的出路，他的理想也如夢影般破滅流散了。此詞作於 1907 年春暮。

【注釋】

［一］ “紅樓”兩句：遥望您住的紅樓，隔阻着迷濛細雨。黄昏後夜色沈沈，籠罩着庭前的高樹。

廉纖：細微、纖細。韓愈《晚雨》詩：“廉纖晚雨不能晴。”

上句用李商隱《春雨》詩“紅樓隔雨相望冷”句意。下句本元稹《遭風二十韻》詩：“暝色已籠秋竹樹。”

［二］ “樹影”兩句：把樹影照落我的窗前——是您家燈火的光輝。

“樹影”句：江總《永陽王齋後山亭銘》：“樹影摇窗。”

兩句設想甚妙。

［三］ “風枝”兩句：輕風擺弄着枝葉的影子，動摇不定，仿佛像我在西窗下迷離的夢境。

風枝：戴叔倫《客夜與故人偶集》詩：“風枝驚暗鵲。”

和影弄：張先《天仙子》詞：“雲破月來花弄影。”曹組《如夢令》詞：“風弄一枝花影。”皆寫花枝弄影之美。

西窗夢：馮延巳《采桑子》詞：“一夜西窗夢不成。”本詞以夢境喻之，别出新意。

［四］ “夢醒”兩句：夢醒時，人已遠隔天涯，衹聽到一陣陣落花飄灑窗上之聲。

兩句情景交融。“夢醒天涯”四字，極煉。殘夢落花，追尋已邈，此情此景，亦難爲懷了。高其倬《夢覺偶成》詩：“天涯夢醒無人見”，仿佛似之。

校：“打窗聞落花”，手稿初作“灑窗聞落花”。

浣　溪　沙

掩卷平生有百端。飽更憂患轉冥頑。[一]偶聽鶗鴂怨春殘。[二]　　坐覺無何消白日，更緣隨例弄丹鉛。[三]閑愁無分況清歡。[四]

【箋】詞中所寫的是一位飽經憂患的中年人索莫的心境。静思身世，萬感平生，仿佛對什麽事情都麻木了。此詞作於1907年春暮。

【注釋】

［一］"掩卷"兩句：闔上了書本，想到平生，不禁百感交集。我已經飽歷憂患，現在反而變得冥頑不靈了。

掩卷：合上書本。意謂有所觸動而掩卷思量。李白《翰林讀書言懷呈集賢諸學士》詩："片言苟會心，掩卷忽而笑。"

百端：百緒，百感。韋應物《登郡樓寄京師諸季淮南子弟》詩："徒有盈樽酒，鎮此百端憂。"

更（gēng 耕）：經過，閱歷。《三國志・魏書・武帝紀》："吾預知當爾，非聖也，但更事多耳。"更事，閱歷世事。

冥頑：愚鈍無知。意謂情感麻木不仁。韓愈《祭鱷魚文》："不然則是鱷魚冥頑不靈。"

［二］"偶聽"句：偶然聽到鶗鴂的鳴聲，才爲春天的逝去而傷怨。

鶗鴂（tíjué 題决）：即子規，杜鵑。《楚辭・離騷》："恐鵜（鶗）鴂之先鳴兮，使夫百草爲之不芳。"據説這種鳥兒一鳴，草木便開始萎謝。前人常以比喻小人爲害。本詞中或有此意。

［三］"坐覺"兩句：我漸覺得再也没有什麽辦法來消磨漫長的日

子,祇好隨例做些點校文字方面的工作。

坐覺：張相《詩詞曲語辭匯釋》:“坐,猶正也;適也。”“坐覺,猶云正覺也。”

無何：猶言未做旁的事。没有别的什麽。《史記・淮南王劉安傳》:“王自度無何。”《漢書・爰盎傳》:“能日飲,亡何。”顔師古注:“無何,言更無餘事。”

隨例：隨便,照例。《周書・文帝紀上》:“天興初,徙豪傑於代都,陵隨例遷武川焉。”

丹鉛：丹砂和鉛粉。古人校勘文字所用。韓愈《秋懷》詩:“不如覷文字,丹鉛事點勘。”

兩句寫出無可奈何而又憤懣不平的心情。

［四］“閑愁”句：連閑愁都無分消受,哪能談得上清歡?

閑愁：指由無關緊要的事所惹起的愁緒,閑極無聊時所産生的愁緒。張碧《惜花》詩之一:“一窖閑愁驅不去。”

分：讀去聲。

清歡：清閒安逸的快樂。馮贄《雲仙雜記》載,陶淵明得太守送酒,多以春秫水雜投之,曰:“少延清歡數日。”蘇軾《浣溪沙》詞:“人生有味是清歡。”夏承燾《金元明清詞選》評:“極言愁多愁重的痛苦。”

按,末句當謂無時間去憂愁,更無時間去歡樂。

校:“鶗鴂”,《苕華詞》作“啼鴂”。“無何”,《乙稿》作“亡何”。

清　平　樂

垂楊深院。院落雙飛燕。[一]翠幕銀燈春不淺。

記得那時初見。[二]　　眼波靨暈微流。尊前卻按《涼州》。[三]拚取一生腸斷，消他幾度回眸?[四]

【箋】 全是晏小山的風調。語意雖佳，然終嫌有摹擬之跡。静安學北宋，每有此病，惜哉！此詞作於1907年春暮。

【注釋】

［一］ “垂楊”兩句：在那綠楊裊娜的小院中，飛來了雙雙歸燕。
垂楊深院：江南景物。古人詩詞中常見。劉一止《望海潮》詞：“垂楊深院，啼鶯清晝。”陳宗遠《春日書景》詩：“深院垂楊嫋嫋黄。”
兩句寫别後獨處的情景。以雙燕襯托自己的寂寞。

［二］ “翠幕”兩句：記得那時候兩人初見的情景——重重翠幕，遮蔽着室内的銀燈。此中有多少濃郁的春意！
翠幕銀燈：柳中庸《秋怨》詩：“翠幕卷回廊，銀燈開後堂。”
“春不淺”三字佳。唐彦謙《春早落英》詩：“樓上有愁春不淺”，張先《蝶戀花》詞：“樓上東風春不淺。”各具勝處。

［三］ “眼波”兩句：她雙臉上泛起紅暈，暗地裏流過來一瞥眼波。可是，在燈前卻奏起了悲怨的一曲《涼州》。
眼波靨暈：吴偉業《秣陵春傳奇》：“靨暈有情眉岫遠，眼波無盡遠山流。”
涼州：《涼州曲》。唐天寶樂曲，常以邊地名。《涼州曲》悲壯蒼涼，故與“春不淺”的情調不協。陸游《花時遍遊諸園》詩亦云：“常恐夜寒花索寞，錦茵銀燭按《涼州》。”

［四］ “拚取”兩句：我早甘願一生痛苦憔悴了——能禁得她幾度回眸流盼呢?
牛嶠《菩薩蠻》詞：“甘作一生拚，盡君今日歡。”趙令畤《清平樂》詞：“斷送一生憔悴，祇消幾個黄昏?”用意略似。

校：“深院”，手稿作“小院”；“飛燕”，手稿作“歸燕”；“靨暈”，手稿作

"臉暈","尊前",手稿作"燈前"。今從《苕華詞》。

浣　溪　沙

花影閑窗壓幾重。連環新解玉玲瓏。日長無事等匆匆。[一]　　静聽班騅深巷裏,坐看飛鳥鏡屏中。乍梳雲髻那時鬆。[二]

【箋】 此詞寫閨中的春思。下片刻畫百無聊賴的情態入神。如果説有寄意的話,或者是抒發文人失職之悲感吧。此詞作於 1907 年春暮。

【注釋】

[一] "花影"三句:在那幽静的窗間,落下了幾重花影?她的一雙妙手,剛解開玲瓏的玉連環。日長無事,何必匆匆度日呢。

"花影"句:陳羽《宴楊駙馬山亭》詩:"繡户窗前花影重。"

"連環"句:《戰國策·齊策》載,秦王遣使臣送玉連環到齊國。説:齊人聰明,能解此環嗎?齊王以示群臣,都認爲不能解。齊王后乃用椎把連環打破,對秦使臣説,這就解了。詞中用此典,以寫女子的巧慧。周邦彦《解連環》詞:"信妙手能解連環,似風散雨收,霧輕雲薄。"用此典以寫别後"情人斷絶"之意。静安詞亦疑有此意。

玲瓏：形容清越的玉聲。

次句詞意晦澀，不佳。

等：張相《詩詞曲語辭匯釋》："等，猶底也，何也。"

［二］"静聽"三句：留神静聽深巷裏是否傳來了馬嘶聲？坐下來細看鏡屏中掠過的飛鳥影子。這時啊，新梳的雲髻實在太蓬鬆了。

班騅：即斑騅。黑白色相間的馬。古樂府《神弦歌・明下童曲》有"陸郎乘斑騅"之句，因以指情人所乘之馬。李商隱《無題》詩："斷無消息石榴紅，斑騅衹繫垂楊岸"，亦用此意。譚獻《蝶戀花》詞："一聽斑騅，便倚闌干曲。"

下片謂待人不至，無心梳理。

浣溪沙

愛棹扁舟傍岸行。紅妝素萏鬥輕盈。臉邊舷外晚霞明。[一]　　爲惜花香停短棹，戲窺鬟影撥流萍。[二]玉釵斜立小蜻蜓。[三]

【箋】詞中寫泛舟的少女，純是《花間》格調。辭語穠麗，然終嫌有造作之跡，不及唐五代詞的天然意態。此詞作於1907年。

【注釋】

［一］"愛棹"兩句：她喜歡棹着小船傍岸而行。那濃妝的女子跟潔

白的荷花各自亭亭玉立,鬥麗争妍。在她的嬌臉邊,在船舷外,是一片明亮的晚霞。

紅妝:指婦女的盛裝。以色尚紅,故稱。

素萏(dàn 淡):白荷花。萏,菡萏,即荷花。

"鬥輕盈",意謂女子修長的身子跟出水的荷花同在水面輕盈晃動。韓愈《戲題牡丹》詩:"幸自同開俱隱約,何須相倚半輕盈。"

"晚霞",補寫上句。蘇軾《江城子》詞:"水風清,晚霞明。一朵芙蕖,開過尚盈盈。"情景相似。

［二］ "爲惜"兩句:爲了欣賞花香而暫時停棹不前,撥開浮萍偷偷地窺看水中的鬢影。

鬢影:《後漢書·朱浮傳》:"引鏡窺影,何施眉目。"

兩句寫自憐之意。惜花香,亦自惜也。

［三］ "玉釵"句:小蜻蜓斜斜的停歇在她的玉釵上了。

末句語本劉禹錫《春詞》:"行到中庭數花朵,蜻蜓飛上玉搔頭。"

末句寫出女子的情態。沉醉在自己的麗色中,久久不動,以至蜻蜓立於釵頭而不覺。

吴昌綬評:"臉邊語微妙,惜稍欠透達。"

虞　美　人

弄梅騎竹嬉遊日。門户初相識。[一]未能羞澀

但嬌癡。卻立風前散髮襯凝脂。[二]　　近來瞥見都無語。但覺雙眉聚。[三]不知何日始工愁。記取那回花下一低頭。[四]

【箋】 寫小兒女嬌癡的情態如畫，佳則佳矣，然非北宋人情調。清人王小山、鄭板橋每有此種。初學者好之、效之，扭揑作態，易墮惡道，不可不慎也。此詞1907年作於海寧。

【注釋】

［一］ "弄梅"兩句：想起兒時弄梅騎竹，一起嬉戲的日子。當門對户，彼此相識未久。

弄梅騎竹：李白《長干行》："妾髮初覆額，折花門前劇。郎騎竹馬來，繞床弄青梅。"寫小兒女天真無邪，嬉戲之狀。

［二］ "未能"兩句：她還未懂得羞澀，衹是一味嬌癡。故意立向風前，讓紛披的黑髮襯着她潔白的肌膚。

嬌癡：朱淑真《清平樂》詞："嬌癡不怕人猜。"

凝脂：凝凍的油脂，柔滑潔白，比喻人皮膚細白潤澤。《詩·衛風·碩人》："膚如凝脂。"

兩句寫少女天真情狀如畫。

［三］ "近來"兩句：近來乍一看到她時，彼此都無一語。衹覺得雙眉悄然蹙聚。

雙眉聚：謂雙眉蹙起。形容愁狀。李之儀《卜算子》詞："山是眉峰聚。"

兩句寫日漸長成，開始避嫌了。

［四］ "不知"兩句：不知什麽時候她才真正懂得春愁——記得那回在花前相遇，含情低下頭來。

工愁：善愁。舒瞻《爲堇浦太史悼亡》詩："工愁善病最憐君。"此指少女思春之愁。

吴昌綬評:“首句宜酌。”

校: 首句手稿初作“弄梅騎竹嬉遊日”,後改爲“金鞭珠彈嬉春日”,意不佳,亦爲吴昌綬所指摘,今從未改稿。

點　絳　唇

波逐流雲,棹歌裊裊淩波去。[一]數聲和櫓。遠入蒹葭浦。[二]　　落日中流,幾點閑鷗鷺。[三]低飛處。菰蒲無數。瑟瑟風前語。[四]

【箋】 寫江上的情景,意淺語熟,似佳實非佳。此等作最易誤人,所謂“麒麟楦”者是也。賴筆力尚健,不至於苶弱耳。此詞 1907 年春作於海寧。

【注釋】

[一] “波逐”兩句:清波,像在追逐着流逝的雲影。棹歌聲中,一葉扁舟緩緩地淩波而去。

流雲:李賀《天上謡》:“銀浦流雲學水聲。”

淩波:浮在起伏的波浪上。曹植《洛神賦》:“淩波微步。”

[二] “數聲”兩句:幾聲棹歌應和着櫓聲,小舟駛進了遠處長滿蒹葭的浦中。

和櫓:應和着摇櫓聲。

蒹葭(jiānjiā 兼加):没有長穗的蘆葦,初生的蘆葦。《詩·秦風・蒹葭》:"蒹葭蒼蒼,白露爲霜。所謂伊人,在水一方。"劉禹錫《武陵書懷五十韻》詩:"露變蒹葭浦。"

［三］"落日"兩句:落日時分,遥望江中有幾隻悠閑的鷗鷺。

閑鷗鷺:暗用莊子鷗鳥忘機之典。見《浣溪沙》詞:"海鷗應是未忘機"句注。

兩句表現閑適的情趣。

［四］"低飛"三句:它們低飛歇息之處,有着無數的菰蒲,在風中發出瑟瑟的響聲,如相共語。

菰蒲:菰和蒲。兩種水生植物。菰,即茭白,其實稱菰米。蒲,蒲草。

瑟瑟:風聲。劉楨《贈從弟》詩之二:"亭亭山上松,瑟瑟谷中風。"周砥《新郭》詩:"瑟瑟菰蒲響秋渚。"

校:"棹歌裊裊凌波去",《乙稿》手稿初作"棹歌緩緩凌波去","風前語",《乙稿》作"風中語"。

蝶　戀　花

春到臨春花正嫵。遲日闌干,蜂蝶飛無數。[一]誰遣一春拋卻去。馬蹄日日章臺路。[二]　　幾度尋春春不遇。不見春來,那識春歸處。[三]斜日晚風楊柳渚。馬頭何處無飛絮。[四]

【箋】　此詞爲静安自賞之作。《人間詞話》故引樊抗夫(志厚)之説,謂此數闋“鑿空而道,開詞家未有之境”。並云:“余自謂才不若古人,但於力争第一義處,古人亦不如我用意耳。”詞人所謂的“第一義”,當自嚴羽《滄浪詩話》“以禪喻詩”而來:“學者須從最上乘具正法眼,悟第一義。”又,“論詩如論禪,漢魏晉與盛唐之詩則第一義也”。這“第一義”,據葉嘉瑩解釋,“就是詩人内心深處的一種興發感動的力量”,也就是達到静安所謂的“境界”。至於此詞,是否能“妙悟天成”,“開詞家未有之境”,則尚待討論了。詞中的寓意難明,大概也是歎息王朝的没落和自己理想的破滅吧。此詞 1907 年春作於海寧。

【注釋】

［一］“春到”三句: 春天來到臨春閣中,盛開的春花是多麽美麗。春日遲遲,闌干外有無數的蜂蝶飛舞。

臨春: 閣名。《陳書・張貴妃傳》載,南朝陳後主“至德二年,乃於光照殿前起臨春、結綺、望仙三閣,閣高數十丈,並數十間。其窗牖、壁帶、懸楣、欄檻之類,並以沉檀香爲之,又飾以金玉,間以珠翠,外施珠簾”,窮極奢華。

遲日:《詩・豳風・七月》:“春日遲遲。”宋之問《春日鄭協律山亭陪宴餞鄭卿》詩:“彩雲歌處斷,遲日舞前留。”

三句寫盛時。“蜂蝶”句當有寓意。

［二］“誰遣”兩句: 是誰人抛棄了芳春而去? 看哪,在章臺路上,馬蹄日日奔忙。

章臺路: 章臺,宫名。戰國時建。在陝西長安縣故城西南隅。在臺下有街名章臺街。《漢書・張敞傳》載,漢京兆尹張敞“無威儀,時罷朝會,過走馬章臺街自以便面拊馬”。因以章臺路泛指京城中的大路。章臺路,又指風月場所。馮延巳《鵲踏枝》詞:“玉勒雕鞍遊冶處,樓高不見章臺路。”同此用意。兩語似詰責當朝者。

［三］“幾度”三句: 多少回尋春也遇不上芳春。不見春從何來,又

怎識春歸何處?

華岳《梅》詩:"尋春不遇欲空歸。"元代梅花尼《詠梅花》詩:"終日尋春不見春。芒鞋踏破嶺頭雲。"詞客惘惘情懷,自有難言之恨。又,黄庭堅《清平樂》詞:"春歸何處,寂寞無行路。"

［四］ "斜日"兩句: 日斜時候,晚風吹拂着江渚畔的楊柳。行人的馬頭所向,到處都是濛濛飛絮。

"馬頭"句: 高翥《春日北山二首》之二:"待得馬頭飛絮滿,更來沽酒看殘紅。"

兩句謂到處都是殘春景狀。事已至此,亦無可如何了。上下兩片,恰成對比。

蝶　戀　花

裊裊鞭絲衝落絮。歸去臨春,試問春何許。[一]小閣重簾天易暮。隔簾陣陣飛紅雨。[二]　刻意傷春誰與訴。悶擁羅衾,動作經旬度。[三]已恨年華留不住。争知恨裏年華去。[四]

【箋】 全詞之旨在"刻意傷春"四字。用意與上篇("春到臨春")略同,當爲同時之作,然詞語稍淺露。此詞 1907 年春作於海寧。

【注釋】

［一］ "裊裊"三句: 揮動輕柔的馬鞭,衝着濛濛飛絮。獨自歸到臨

春閣上，那美好的芳春如今又在何處？

裊裊：輕盈柔美貌。

鞭絲：馬鞭。陸游《乍晴出遊》詩："卻乘新暖弄鞭絲。"

臨春：殿閣名。參看上篇的注釋。這裏泛指華美的樓閣。

何許：何處。張炎《蝶戀花》詞："弄舌調簧，如問春何許。"

［二］"小閣"兩句：小閣中垂着重重簾幕，天時仿佛很快又到黄昏了。隔着重簾，院子裏陣陣落花飛舞。

"小閣"句：晏殊《浣溪沙》詞："小閣重簾有燕過。"

紅雨：比喻落花。李賀《將進酒》："況是青春日將暮，桃花亂落如紅雨。"意境相似。

［三］"刻意"三句：著意爲春天的逝去而悲傷，可是卻無人可訴。衹好悶悶地簇擁着羅衾，不知不覺間，一天又一天無聊地度過了。

刻意傷春：李商隱《杜司勳》詩："刻意傷春復傷别，人間惟有杜司勳。"意謂杜牧多傷春傷别之作，以寄寓憂國憂民的思想感情。本詞亦用此意。

動：不覺。動不動便。張祜《病宫人》詩："佳人卧病動經秋。"

經旬：過十天。

［四］"已恨"兩句：我已經惱恨留不住大好年華，可是，怎知道在惱恨中年華更悄然逝去！

陸游《蝶戀花》詞："冉冉年華留不住。"

兩句甚好。姜夔《琵琶仙》詞"奈愁裏、匆匆换時節"，淒婉似之。

校："小閣"，《苕華詞》作"小閤"；"誰與訴"，手稿作"無説處"；"争知"，《乙稿》作"那知"。"經旬度"，手稿初作"經旬卧"。

蝶　戀　花

窗外綠陰添幾許。剩有朱櫻，尚繫殘春住。[一]老盡鶯雛無一語。飛來銜得櫻桃去。[二]　　坐看畫梁雙燕乳。燕語呢喃，似惜人遲暮。[三]自是思量渠不與。人間總被思量誤。[四]

【箋】　夏承燾、張璋《金元明清詞選》論云："此詞寫春感與離情。暮春天氣，綠肥紅瘦，正是惱人季節。加上'所思在遠道'，更難乎爲情。"全詞關鍵在"遲暮"一語，如義山所云"刻意傷春復傷別"，借惜春以寄慨。此詞1907年春作於海寧。

【注釋】

［一］　"窗外"三句：看那窗外的綠樹，又添了多少濃陰，衹剩下紅豔豔的櫻桃，似乎要把殘春留住。

朱櫻：深紅色的櫻桃。古代視爲珍果。左思《蜀都賦》："朱櫻春熟。"

繫：縛住。楊萬里《紅錦帶花》詩："何曾繫住春歸脚。"

［二］　"老盡"兩句：當日的雛鶯已經長成，它悄悄地飛來，銜了顆櫻桃又飛去了。

老盡鶯雛：周邦彦《滿庭芳》詞："風老鶯雛，雨肥梅子，午陰嘉樹清圓。"這裏以雛鶯老去襯人的遲暮。

按，鶯銜櫻桃，前人詩文習見。《吕氏春秋·仲夏》："仲春羞以含桃，先薦寢廟。"注："含桃，鶯(櫻)桃，鶯鳥所含食。"王維《敕賜百官櫻桃》詩："非關御苑鳥銜殘。"

［三］ “坐看”兩句：獨自坐着，静看那畫梁上雙燕在乳雛。燕語呢喃，像在惋惜我已年華遲暮。

畫梁：彩繪的屋梁。盧照鄰《長安古意》詩：“雙燕雙飛繞畫梁。”歐陽修《阮郎歸》詞：“畫梁雙燕棲。”

雙燕乳：雙燕在哺育幼燕。

呢喃：燕子鳴聲。劉兼《春燕》詩：“多時窗外語呢喃。”

遲暮：比喻衰老、晚年。《楚辭·離騷》：“惟草木之零落兮，恐美人之遲暮。”本詞中亦有此慨。

［四］ “自是”兩句：我自個兒在想念着他，燕子自然是不懂得的。唉，人間總被相思所誤。

渠：它。指燕子。按，夏承燾、張璋《金元明清詞選》謂“渠”指所思的人，誤。

不與：不共。静安《蝶戀花》詞：“人間須信思量錯。”同此用意。

點　絳　唇

屏卻相思，近來知道都無益。[一]不成抛擲。夢裏終相覓。[二]　　醒後樓臺，與夢俱明滅。[三]西窗白。紛紛涼月。一院丁香雪。[四]

【箋】 這是一首刻骨銘心的情詞。相思是無法擺脱的，在夢中，在醒後，它總是揪緊着情人孤寂的心。此詞結語，真可謂“物我兩忘”，在縹緲恍惚的追尋中，別有一種幽清的韻致。在静安抒情小詞中，當以此等作品爲極則。此詞 1907 年春作於海寧。

【注釋】

［一］“屏卻”兩句：我决心要放棄相思了，因爲近來更清楚地知道相思是無益的。

屏(bìng 摒)卻：放棄，排除。

兩句從李商隱《無題》詞“直道相思了無益”化出。關鍵在“近來”兩字。相思已非一朝一夕，受够了相思之苦，才決意屏卻它。

［二］“不成”兩句：可是，相思是無法拋撇的，在睡夢裏還是要去找尋他。

不成：意謂不得，没有成效。夏承燾、張璋《金元明清詞選》注：“不成，宋人方言，謂難道曰不成。”疑非作者本意。

［三］“醒後”兩句：殘夢乍醒，望到遠處依約的樓臺——它跟我迷離的夢境那樣若明若滅。

語意從蘇軾《措日遊孤山訪惠勤惠思二僧》詩“天欲雪，雲滿湖。樓臺明滅山有無”化出。

兩句與晏幾道《臨江仙》詞“夢後樓臺高鎖，酒醒簾幕低垂”意境相近。“樓臺”一語，疑真疑幻，不必坐實之，既可指夢中尋覓時虛無縹緲的樓臺，亦可指醒後所見的樓臺，頗類近世電影中的鏡頭溶入法。

［四］“西窗”三句：西窗外一片皎白——那溶溶的涼月，正照在滿院如雪的丁香花上。

紛紛涼月：杜甫《陪鄭廣文遊何將軍山林》詩之九：“絺衣掛蘿薜，涼月白紛紛。”紛紛，形容月色之盛美。

丁香：木犀科灌木，農曆二月開小喇叭花，有紫、白兩種。白者香清，古人常植於庭院中，有“丁香院落”之語。韋驤《洛陽春·丁香花》詞：“冷豔幽香奇絶，粉金裁雪。”夏承燾、張璋

《金元明清詞選》評曰:"最後以景語作結,用月光下的白丁香來烘托人的孤寂和惆悵。"

祝 英 臺 近

月初殘,門小掩,看上大堤去。[一]徒御喧闐,行子黯無語。[二]爲誰收拾離顔,一腔紅淚,待留向、孤衾偷注。[三]　馬蹄駐。但覺怨慕悲涼,條風過平楚。[四]樹上啼鵑,又訴歲華暮。[五]思量袛有人間,年年征路。縱有恨、都無啼處。[六]

【箋】 寫别情極盡低徊掩抑之致。此詞宛曲敘來,雖無驚創之筆,然如怨如慕,自有動人心處。上下片分寫閨人遊子,各懷心事,是本色語。此詞當作於1907年春,離海寧北上之時。

【注釋】

［一］ "月初"三句: 明月初殘,閑門半掩,看着他走到大堤上去。"小"字煉。點明閨人送别後即回。大堤,當指海寧鹽官南面的錢塘江堤。

静安喜韋莊詞。本詞上片亦從韋莊《菩薩蠻》詞"殘月出門時,美人和淚辭"化出。

［二］ "徒御"兩句: 僕夫們吵吵嚷嚷的,而行人卻黯然無語。

徒御：挽車者與駕車者。《詩・大雅・崧高》："徒御嘽嘽。"詞中用此，似嫌太古硬。

喧闐：哄鬧聲。袁朗《和冼掾登城南阪望京邑》詩："喧闐車馬度。"

黯：心神沮喪貌。江淹《别賦》："黯然銷魂者，唯别而已矣。"

［三］"爲誰"三句：在這别離時候，又能爲誰裝扮好容顔？衹好忍着滿腔悲淚，待到今宵别後，偷偷地灑向孤衾。

"爲誰"句：暗用《詩・衛風・伯兮》："自伯之東，首如飛蓬。豈無膏沐，誰適爲容？"

紅淚：王嘉《拾遺記》："文帝所愛美人姓薛，名靈芸，……聞别父母，歔欷累日，淚下沾衣。至升車就路之時，以玉唾壺承淚，壺則紅色；既發常山，及至京師，壺中淚凝如血。"因以指女子别離時的悲淚。

孤衾：指獨眠時的被子。柳惲《擣衣》詩："孤衾引思緒，獨枕愴憂端。"

上片寫閨人在門前送别的情景。

［四］"馬蹄"三句：馬兒也駐足不前。衹感到心中充滿着怨慕悲涼。霎時間，一陣急風卷過原野的草木。

怨慕：怨恨，思慕。陸機《贈從兄車騎》詩："感彼歸途艱，使我怨慕深。"

條風：《淮南子・墬形訓》："東方曰條風。"周邦彦《應天長》詞："條風布暖。"

平楚：平野。

［五］"樹上"兩句：樹上的杜鵑鳥聲聲悲啼，像在訴説年華的遲暮。

歲華：歲時。這裏亦指年華。張震《宿金問戍》詩："但見容鬢改，不知歲華暮。"

［六］"思量"三句：想起來，大概衹有人生在世間才年年踏上征程，即使有恨也無處宣洩。

三句寫人生行役之苦。辛棄疾《賀新郎・别茂嘉十二弟》詞：

“绿樹聽鶫鴂。更那堪、鷓鴣聲住,杜鵑聲切。啼到春歸無啼處,苦恨芳菲都歇。算未抵、人間離别。”淒婉之情,庶幾近之。

下片寫行人别離時的心緒。

吴昌綬評:“徒御”字須酌。“怨慕”四字須酌。

校:“待流向”,《乙稿》作“各流向”。“平楚”,《乙稿》作“庭樹”。

清　平　樂

斜行淡墨。袖得伊書跡。[一]滿紙相思容易説。祇愛年年離别。[二]　羅衾獨擁黄昏。春來幾點啼痕。[三]厚薄但觀妾命,淺深莫問君恩。[四]

【箋】《金元明清詞選》評:“此詞托意戀情;從結語看,當還含有政治内容。”所論甚是。此詞寄意深微,然亦因追求“寄託”而生“隔”。1907年春暮,静安受羅振玉之薦,學部尚書榮慶命在學部總務司行走,充學部圖書局編輯,主編譯及審定教科書等事。作者初入官場,縱使他日的命運難知,但對“君恩”早已深心銘感了。

【注釋】

[一]　“斜行”兩句:紙上一行行傾斜的文字啊,淡淡的墨痕——我把他的親筆書信珍重的存放在懷袖裏。

斜行淡墨:陸游《臨安春雨初霽》詩:“矮紙斜行閑作草。”又,

《秋夜獨醉戲歸》詩:"醉手題詩淡墨斜。"意味着匆匆寫成,字體草率,墨也不及磨濃。

袖: 這裏作動詞用。放進袖中。張羽《讀書圖》詩:"袖得碧苔篇,閑來石上讀。"

伊: 他。指遊子。

［二］ "滿紙"兩句: 他呀,把相思之情寫滿信中——隨便說説自然是容易的——卻説愛年年别我而去!

滿紙相思: 朱淑真《寄情》詩:"欲寄相思滿紙愁。"陳允平《懷潘鄮屋》:"滿紙相思字,臨風欲寄君。"似覺直露。

兩句深曲有味,得"怨而不怒"之旨。

［三］ "羅衾"兩句: 我獨自簇擁着錦被,度過寂寞的黄昏。一春來在這上邊留下了多少淚痕?

羅衾: 用絲織品做成的被子。

兩句謂擁被懷人,怨極而泣。李重元《憶王孫》詞:"獨擁寒衾不忍聽。"

［四］ "厚薄"兩句: 是厚還是薄,固然衹看我的命運;至於是深還是淺,那就不必細問您的恩情了。

"妾命"與"君恩",古人詩中常連用。薛道衡《昭君辭》:"專由妾命薄,誤使君恩輕。"妾薄命,爲樂府古題。"深淺",謂君恩之深淺。"厚薄"、"淺深",語意相關,與上文"羅衾"、"啼痕"呼應。羅衾的厚薄及人所感受到的冷暖,意味着思婦的命運。這裏實際是自傷薄命,衾上啼痕的淺深多少,也意味着戀人的情意短長。"莫問"一語,故作拚棄之辭,以表現"忠悃"之意。所謂自怨自艾而終不疑君也。可與作者《蝶戀花》詞"此恨今宵那得淺? 思量舊日深恩遍"、"但與百花相鬥作,君恩妾命原非薄"參看。

吴昌綬評:"稍易數字。"

校: "厚薄但觀妾命"手稿改作"厚薄不關妾命"、"淺深莫問君恩"手稿改作"淺深衹問君恩"。《乙稿》同改稿,意較遜。今從初稿。

減字木蘭花

亂山四倚。人馬崎嶇行井底。[一]路逐峰旋。斜日杏花明一山。[二]　　銷沈就裏。終古興亡離別意。[三]依舊年年。迤邐騾綱度上關。[四]

【箋】 此當爲在北京時出遊軍都山之作。以重筆作小詞,仿佛陳其年的格調。作爲一位歷史學家的王静安,對朝代興亡自有更深刻的感慨。末兩語在寫景物中寓有哲理。此詞編入《乙稿》,作於1907年春暮。

【注釋】

[一] "亂山"兩句: 亂山從四面擠壓過來,人馬在崎嶇的山谷中如行井底。

一"倚"字寫出亂山形象。宋之問《遊陸渾南山》詩:"細岑互攢倚。"静安有《昔遊》詩,亦寫遊軍都山情景:"兩崖積鐵立,一徑羊腸穿。行人入眢井,羸馬蹴流泉。"

[二] "路逐"兩句: 小路繞着山峰左右迴旋,斜陽照射着爛漫的杏花,一山都明亮了。

"路逐"句: 猶歐陽修《醉翁亭記》"峰迴路轉"意。

"斜日"句: 照花斜陽,情景甚美。參見《昔遊》詩"夕陽在峰頂,萬杏明倚天"注。

[三] "銷沈"兩句: 萬古以來,多少興亡離别之意,都銷沈在此中了。

兩句語本杜牧《登樂游原》詩:"長空澹澹孤鳥没,萬古銷沈向此中。看取漢家何事業,五陵無樹起秋風。"

[四] "依舊"兩句:可是,人們都依舊年復一年地趕着騾隊,一路曲曲折折地度嶺過關而去。

迤邐(yǐlǐ 以裏):曲折連綿。此指曲折行去。

騾綱:載貨物的騾隊。王維曾畫《騾綱圖》。《昔遊》詩:"我欲從駝綱,北去問居延。"

吴昌綬評:"此二景應是居庸關八達嶺之作。"

蝶戀花

冉冉蘅皋春又暮。[一]千里生還,一訣成終古。[二]自是精魂先魄去。淒涼病榻無多語。[三]

往事悠悠容細數。見説來生,袛恐來生誤。[四]縱使兹盟終不負。那時能記今生否。[五]

【箋】 1907年夏,夫人莫氏病危,静安聞訊即自京趕回海寧。7月25日抵家,在病榻旁料理醫藥之事。8月4日,莫氏卒,年僅34歲。此詞爲悼亡之作,感情極爲沉痛悲涼。

【注釋】

[一] "冉冉"句:在那長滿香草的澤邊,時光流逝,芳春已暮。

冉冉:流動貌。

蘅皋:生着芳草的沼澤。蘅,蘅蕪,香草名。曹植《洛神賦》:

"爾乃稅駕乎蘅皋。"

這句本賀鑄《青玉案》詞:"碧雲冉冉蘅皋暮,彩筆新題斷腸句。"

［二］"千里"兩句:我從千里外活着歸來,可是,與她一回訣別之後,彼此已終生不能相見了。

訣:長別。《舊唐書·李勣傳》:"生死永訣。"歐陽修《緑竹堂夜飲》詩:"況兹一訣乃永已。"

終古:久遠,永遠。《楚辭·九歌·禮魂》:"春蘭兮秋菊,長無絶兮終古。"

［三］"自是"兩句:大概是她的靈魂比她的精魄更早地離開形體吧,在病榻中相對淒涼,卻没有幾多話語。

魂:古人想像人的精神能離開形體而存在,這種精神稱爲"魂"。《易·繫辭上》:"精氣爲物,遊魂爲變。"

魄:指人身中依附形體而顯現的精神,以别於能離體的魂。《左傳·昭公七年》:"人生始化曰魄。"杜預注:"魄,形也。"《太平御覽》卷五四九引《禮記外傳》:"人之精氣曰魂,形體謂之魄。"

［四］"往事"三句:遥遠的往事還可以一一細數,但説到來生的話,衹怕是來生已誤。

悠悠:長遠貌。王安石《南鄉子》詞:"往事悠悠君莫問。"

來生:佛教有三生之説,稱前生、今生、來生。人死後再投生爲人,對"今生"來説叫來生。

［五］"縱使"兩句:就算我們這盟誓能够實現,但到了那時還能記得今生嗎?

兹盟:此盟。指約來生爲夫婦之盟。陳鴻《長恨傳》載,唐玄宗和楊貴妃在天寶十年七夕,避暑於驪山長生殿,"因仰天感牛女事,密相誓心,願世世爲夫婦"。白居易《長恨歌》:"七月七日長生殿,夜半無人私語時。在天願作比翼鳥,在地願爲連理枝。天長地久有時盡,此恨綿綿無絶期。"

下片全本納蘭性德《木蘭花》詞:"欲將恩愛結來生,祇恐來生緣又短。"末兩語亦李商隱《馬嵬》詩"他生未卜此生休"之意。蘇軾《江城子》詞:"縱使相逢應不識,塵滿面,鬢如霜。"同一機杼。

吴昌綬評:"洞心駭目之言。"

校:"冉冉蘅皋春又暮。千里生還,一訣成終古"。手稿改作"日落千山啼杜宇。送得歸人,不遣居人住"。"見説來生,祇恐來生誤"。手稿改作"見説他生,又恐他生誤"。改稿意似稍遜,今從初稿。

菩　薩　蠻

高樓直挽銀河住。當時曾笑牽牛處。[一]今夕渡河津。牽牛應笑人。[二]　　桐梢垂露腳。梢上驚烏掠。[三]燈焰不成青。緑窗紗半明。[四]

【箋】 静安料理莫氏夫人喪事畢,返回北京,孤獨地度過了這年七月七日之夜。牛郎織女雙星渡河相會的傳説,使他心中又添了許多哀感。寂寞地坐在窗前,静聽那桐梢滴下的泠泠清露。也許,他想起李義山"他生未卜此生休"的詩句了吧。此詞作於丁未年七夕(1907年八月十五日)。

【注釋】

[一] "高樓"兩句:層樓高聳,真要把銀河挽住。那是我們當年七

夕竊笑牽牛的地方。首句寫層樓之高。

挽銀河：語出杜甫《洗兵行》："安得壯士挽天河。"

次句語本李商隱《馬嵬》詩："當時七夕笑牽牛。"意謂唐玄宗與楊貴妃在七夕相約世爲夫婦，以爲可永遠相守，因而譏笑牽牛織女一年一度之期了。詞中用此，寫當年與莫氏夫人的少年意興：真要挽住銀河，長相廝守，因而瞧不起牽牛的别長會短了。

［二］"今夕"兩句：可是，今夜裏卻見牽牛渡過河津，與織女相會，他反過來要笑我的孤寂了。

河津：指銀河的渡口。李白《避地司空原言懷》詩："攀星戲河津。"

兩句謂牽牛猶能有一年一度之期，而自己與莫氏今生今世再也不能相見了。一"笑"字寓意極悲。

［三］"桐梢"兩句：在梧桐梢上垂下了滴滴涼露，樹梢上掠過了受驚的烏鵲。

"桐梢"句：《世説新語・賞譽》："清露晨流，新桐初引。"戴復古《月夜舟中》詩："斷橋垂露滴梧桐。"

驚烏：許渾《登蒜山觀發軍》詩："驚烏散井桐。"

兩句寫淒清的環境氣氛。

［四］"燈焰"兩句：夜已將盡，燈焰也黯淡無光，緑窗紗上正抹上朦朧的曙色。

兩句寫一夜無眠。杜荀鶴《館舍秋夕》詩："寒雨蕭蕭燈焰青，燈前孤客難爲情。"静安"燈焰不成青"，謂已到拂曉，意更撲深一層。

吴昌綬評："此詞絶佳。"

鷓 鴣 天

樓外秋千索尚懸。霜高素月慢流天。[一]傾殘玉碗難成醉,滴盡銅壺不解眠。[二]　　人寂寂,夜厭厭。北窗情味似枯禪。[三]不緣此夜金閨夢,那信人間尚少年。[四]

【箋】 寫客中索莫的情懷。玉杯難醉,殘夜無眠,或是當時實况,然詞語較庸,未能表達内心的悲感。結處尚深婉有味。此詞當作於1907年秋。

【注釋】

［一］ “樓外”兩句: 在樓外還懸掛着春日的秋千繩索,可是,如今已是寒霜高爽的時節,皎潔的月亮正轉過中天。

秋千: 古代遊戲活動。在木架上懸掛兩索,下拴横板。玩者在板上或站或坐,兩手握索,使之前後擺動。爲婦女春日所喜愛的遊戲。一般爲臨時搭就,初夏時即拆去。歐陽修《浣溪沙》詞:“緑楊樓外出秋千。”

次句本謝莊《月賦》:“白露曖空,素月流天。”兩句謂春去秋來,時光流逝。見秋千而念及閨人。

［二］ “傾殘”兩句: 喝乾了杯中美酒,終難一醉;聽盡了銅壺滴漏,也無法成眠。

“傾殘”句: 古詩詞常有此意。邵雍《和李文思早秋》詩:“酒到難成醉。”耶律楚材《和趙庭玉子贊韻》詩:“酌殘白酒難成醉。”

銅壺：古代的計時器，以數銅壺上下疊置，盛水滴漏，最下壺中裝有直立浮標，上刻時辰。水逐步升高，浮標亦隨升，以此可知時間。戴叔倫《早春曲》："銅壺滴愁更漏長。"

［三］ "人寂"三句：愁人是這麽寂寞，秋夜又是這麽寧静。獨坐北窗之下，這種情味真似老僧參禪。

厭厭（yān 淹）：安静貌。《詩・小雅・湛露》："厭厭夜飲，不醉無歸。"

枯禪：即枯木禪。佛教徒静坐參禪，呆若枯木，故稱。楊萬里《晚晴》詩："先生老態似枯禪。"陸游《閑味》詩："身似枯禪謝世塵。"陶淵明在北窗下卧，自謂是羲皇上人，而静安卻以枯禪設喻，可見其寥索的心境。

［四］ "不緣"兩句：若不是今夜裏重夢閨中，怎會信自己年華未老？

金閨：對閨閣的美稱。晏幾道《少年遊》詞："金閨魂夢枉丁寧，尋盡短長亭。"按，金閨，又爲金馬門的别稱，常以指朝廷。本詩用此，當有雙關意。

末兩語既是悼亡，亦爲自己盛年不遇而感歎。與《浣溪沙》詞"人間那信有華顛"恰成反對。

校："慢流天"，《乙稿》作"正流天"。

蝶　戀　花

憶掛孤帆東海畔。咫尺神山，海上年年見。[一]幾度天風吹棹轉。望中樓閣陰晴變。[二]　　金闕

荒涼瑶草短。到得蓬萊，又值蓬萊淺。[三]衹恐飛塵滄海滿。人間精衛知何限。[四]

【箋】 清朝末年，政治黑暗腐敗，國事已到無可收拾的地步。滿腔“忠悃之忱”的詞人，懷着極度不安的心情，注視着封建王朝一步步走向崩潰，他已知道無力可回天了。此詞作於1907年。

【注釋】

［一］ “憶掛”三句：想當年，我在東海邊高高掛起船帆，那蓬萊仙山衹在不遠的海中，年年都可以望見。

掛帆：表示乘船出發。李白《行路難》詩：“乘風破浪會有時，直掛雲帆濟滄海。”

咫尺神山：語本李商隱《無題》詩：“蓬山此去無多路，青鳥殷勤爲探看。”楊冠卿《水調歌頭》詞：“雲海渺空闊，咫尺是蓬山。”

兩句以喻追求自己的政治理想。青年時代的王氏，思想上傾向改良運動。光緒二十四年(1898)，静安從故鄉來到上海，尋求新學，在維新人士主辦的《時務報》中當書記校對，業餘時間去羅振玉所辦的東文學社，跟日本人藤田豐八等學習外文及理化等科學。二十七年秋，東渡日本，在東京物理學校讀書，並研究哲學、心理、倫理等學。這是王氏向“西方”尋求真理的過程，也是本詞中所寫的“掛帆東海”。

［二］ “幾度”兩句：可是，多少回猛烈的天風，把我船頭吹轉。入望中的仙山樓閣，也陰晴屢變。

兩句寫追求的失敗。王氏在《時務報》工作不久，戊戌政變爆發，維新人士多被捕殺或貶逐，這對王氏的思想當有很大的刺激。後來他又醉心於德國唯心主義哲學，受到叔本華的影響，思想感情日趨悲觀失望。在這前後，寫了不少文章表示對國事的憂慮。如《教育小言十則》云：“今舉天下之人而不悦學幾何,不胥人人爲不祥之人,而胥天下而亡也。"《教育小言十三則》又云:"夫至道德、學問、實業等皆無價值而惟官有價值,則國勢之危險何如矣。"

上片典出《史記·封禪書》:"自威、宣、燕昭使人入海,求蓬萊、方丈、瀛洲,此三神山者,其傳在勃海中,去人不遠;患且至,則船風引而去。蓋嘗有至者,諸僊人及不死之藥皆在焉。其物禽獸盡白,而黄金銀爲宫闕。未至,望之如雲;及到,三神山反居水下。臨之,風輒引去,終莫能至云。"文同《無爲山寺》詩:"雲中樓閣自陰晴。"

[三] "金闕"三句:神仙宫闕一片荒涼冷落,瑶草亦已凋殘。唉,想不到來到蓬萊,正遇上蓬萊水淺的時候。

瑶草:傳説中的仙草。東方朔《與友人書》:"脱去十洲三島,相期拾瑶草,吞日月之光華,共輕舉耳。"馮延巳《鵲踏枝》詞:"霜落小園瑶草短。"

《神仙傳·王遠》:"麻姑自説云:'接侍以來,已見東海三爲桑田,向到蓬萊,水又淺於往者會時略半也,豈將復還爲陵陸乎?'方平笑曰:'聖人皆言海中復揚塵也。'"

三句寫世事的變化無常。

[四] "衹恐"兩句:我衹怕一旦發生滄桑巨變,東海揚塵,誰知道在人世間有多少矢志不移的精衛啊!

飛塵滄海:張元幹《隴頭泉》詞:"三十載黄粱未熟,滄海揚塵。"

精衛:《山海經·北山經》載,炎帝的少女名女娃,游於東海而溺死,化爲精衛鳥,常銜西山之木石,以填於東海。

詞人已預感到清室的覆亡,詞中流露出對革命的不安和恐懼。

校:"衹恐飛塵滄海滿",手稿初作"衹恐塵揚滄海滿",《乙稿》作"衹恐塵揚滄海遍"。

喜遷鶯

秋雨霽，晚煙拕。宮闕與雲摩。[一]片雲流月入明河。鳷鵲散金波。[二]　　宜春院。披香殿。霧裏梧桐一片。[三]華燈簇處動笙歌。複道屬車過。[四]

【箋】 寫晚清的宫廷生活，無甚深意。《人間詞話》中痛斥的所謂“游詞”，即此是也。静安强調“寫真景物真感情”，“即一草一木亦須有忠實之意”。虚浮矯飾，游詞是病。《人間詞話》謂李白詞“純以氣象勝”，後世唯“夏英公之《喜遷鶯》差堪繼武”，此詞亦全仿北宋夏竦的應制詞《喜遷鶯》的格調，徒寫宫中高華壯麗的氣象，終乏真切之感。其寓意已晦莫能明。此詞作於 1907 年秋。

【注釋】

［一］ “秋雨”三句：秋雨新晴，晚煙成帶。宫闕聳入雲霄。
拕（tuō 拖）：同“拖”。牽引。晚煙拖，謂晚煙牽成帶狀。

［二］ “片雲”兩句：片雲明月，流入銀河。鳷鵲觀中散射着如金波般的月色。
鳷（zhī 支）鵲：漢武帝所建觀名。《三輔黄圖》卷二：“築甘泉苑。建元中，作石闕、封巒、鳷鵲觀於苑垣内。”謝朓《暫使下都夜發新林至京邑贈兩府同僚》詩：“金波麗鳷鵲，玉繩低建章。”

［三］ “宜春”三句：宜春院裏，披香殿上，在煙霧中落下了一葉梧桐。

宜春院：唐長安宮内歌伎居住的院名。在京城東面東宫内。擅長歌舞的教坊女伎，被徵調入院，常在皇帝前演奏。按，慈禧太后極喜看戲，在宫中建有戲臺，並設有專門的戲班演出。

披香殿：宫殿名。漢時及六朝時均屬後宫。此泛指後宫的殿。

［四］“華燈”兩句：華燈密集之處，笙歌動地。複道中皇帝的車輦又隆隆經過了。

複道：高樓間架空的通道，閣道。駱賓王《帝京篇》：“複道斜通鳷鵲觀。”杜牧《阿房宫賦》“複道行空，不霽何虹？”

屬車：古代帝王出行時的從車；副車。《漢書・司馬相如傳》：“犯屬車之清塵。”顔師古注引應劭曰：“大駕屬車八十一乘。”這裏指皇帝的御輦。

過：讀平聲。

吴昌綬評：“詞境甚高，如讀唐人詩。”

校：“晚煙拕”，《苕華詞》作“晚煙拖”。

齊　天　樂

蟋蟀用姜石帚原韻

天涯已自悲秋極，何須更聞蟲語。[一]乍響瑶階，旋穿繡闥，更入畫屏深處。[二]喁喁似訴。有幾許哀絲，佐伊機杼。[三]一夜東堂，暗抽離恨萬千緒。[四]　空庭相和秋雨。又南城罷柝，西院停

杵。[五]試問王孫，蒼茫歲晚，那有閑愁無數。[六]宵深謾與。怕夢穩春酣，萬家兒女。不識孤吟，勞人床下苦。[七]

【箋】 和古人的名作，是件吃力不討好的事。《齊天樂》詠蟋蟀詞，是南宋詞人張鎡約姜夔席間同賦的。張、姜兩詞，素稱名作，尤其是姜詞，更爲歷代選家所必取。兹録如下，以供參看："庾郎先自吟愁賦，淒淒更聞私語。露濕銅鋪，苔侵石井，都是曾聽伊處。哀音似訴。正思婦無眠，起尋機杼。曲曲屏山，夜涼獨自甚情緒？　西窗又吹暗雨。爲誰頻斷續，相和砧杵？候館迎秋，離宫吊月，别有傷心無數。豳詩漫與。笑籬落呼燈，世間兒女。寫入琴絲，一聲聲更苦。"静安不善長調，此詞於原作亦步亦趨，殊少新意，韻律亦疏，未爲合作。姜石帚：前人以爲石帚即姜夔之别號。近人始疑其非，夏承燾《石帚辨》一文辨之甚詳。梁啟超有《吴夢窗年齒與姜白石》一文，謂静安亦嘗以爲疑，但未詳著其説。此詞作於1907年秋。

【注釋】

［一］"天涯"兩句：天涯流落，已爲秋節而無限悲愁，何須更聽蟲兒的切切之語呢？

悲秋：宋玉《九辯》："悲哉，秋之爲氣也。"

蟲語：指蟋蟀的鳴聲。

［二］"乍響"三句：它的鳴聲，驟然間在石階前響起。接着穿過錦繡的房門，更進入畫屏的深處。

繡闥（tà撻）：指閨房。闥，小門。

畫屏：彩繪的屏風。

［三］"喁喁"三句：它像在細語喁喁，傾訴着些什麽。聽哪，多少哀切的絃聲，伴隨着閨人軋軋的機杼。

哀絲：哀傷的弦聲。杜甫《醉爲馬墜諸公攜酒相看》詩："初筵哀絲動豪竹。"這裏以喻蟋蟀的悲鳴聲。

按,《詩·唐風·蟋蟀》:"蟋蟀在堂,歲聿其莫(暮)。"孔穎達疏:"蟋蟀,似蝗而小,正黑,有光澤如漆,有角翅,一名蛬,一名蜻蛚,楚人謂之王孫,幽州人謂之趨織。里語曰:'趨織鳴,懶婦驚。'"意謂蟋蟀催促婦女紡織,以備冬衣。次句意本此。"伊",指織婦。

[四] "一夜"兩句:一夜間,像在東堂中暗暗抽引着千絲萬縷的離恨。

萬千緒:李煜《蝶戀花》詞:"一片芳心千萬緒,人間没箇安排處。"

"離恨"兩字爲全篇之旨。"抽"字與上文"絲"字相應。

[五] "空庭"三句:空庭中悲切的蟲聲,相和着淅瀝的秋雨。南城上不再響起更柝,西院中也停歇了砧杵。

柝(tuò 拓):打更用的梆子。

杵:擣衣的木棒。

[六] "試問"三句:試問遠方的遊子,在這情境蒼涼的歲暮,那有無盡的閑愁去聽它呢。

王孫:《楚辭·淮南小山〈招隱士〉》:"王孫游兮不歸,春草生兮萋萋。"因以指遊子。這裏亦以自比。又,蟋蟀有"王孫"之名,詩中語意相關。

[七] "宵深"五句:夜深了,蟋蟀還在隨意吟唱。祇怕那沉酣在春夢中的萬家兒女,還不懂得它在勞人床下孤吟之苦。

謾與:同"漫與"。謂率意賦詩,並不刻意求工。杜甫《江上值水如海勢聊短述》詩:"老去詩篇渾漫與,春來花鳥莫深愁。"注:"今老矣,所爲詩則謾與而已,無復著意於驚人也。"詩中謂蟋蟀的鳴聲有如詩人吟詠。

勞人:勞碌的人。詩中自指。《詩·小雅·巷伯》:"勞人草草。"

床下:《詩·豳風·七月》:"十月蟋蟀,入我床下。"

校:“悲秋”,《乙稿》作“悲愁”;“蟲語”,《乙稿》初作“愁語”;“無數”,《乙稿》、手稿初作“此數”。

蝶　戀　花

簾幕深深香霧重。四照朱顔,銀燭光浮動。[一]一霎新歡千萬種。人間今夜渾如夢。[二]　　小語燈前和目送。密意芳心,不放羅幃空。[三]看取博山閑裊鳳。濛濛一氣雙煙共。[四]

【箋】 這是一首情詞。重簾、香霧,浮動的燭光,濛濛的煙氣,烘染出如夢如幻的氣氛,表現了抒情主人公恍惝迷離的心境。至於是否有所寄託,則匪易探求了。此詞作於1907年。

【注釋】

［一］ “簾幕”三句:在深深的簾幕中籠罩着重重香霧。四面銀燭照着她美麗的容顔,光影迷離浮動。

簾幕深深:蔡伸《臨江仙》詞:“簾幕深深春晝永。”

二三句猶蘇軾《海棠》詩:“故燒高燭照紅妝”之意。

香霧:指室中爇炷沉香時産生的煙霧。劉禹錫《更衣曲》:“博山炯炯吐香霧。”

［二］ “一霎”兩句:一霎間,心中便生起了千萬種新的歡意。啊,人間今夜,簡直是在夢中似的。

"一霎"之短,"千萬"之多,極寫"新歡"之意。杜甫《羌村三首》之三:"夜闌更秉燭,相對如夢寐。"晏幾道《鷓鴣天》詞:"今宵賸把銀釭照,猶恐相逢是夢中。"王詞雖由此化出,然情調卻異。

[三] "小語"三句:在燈前切切私語,暗送秋波,芳心中充滿了柔情密意,真的不肯讓這羅帳無人,良宵虛度。

目送:以目光送情。猶"目成"之意。《楚辭·九歌·少司命》:"滿堂兮美人,忽獨與余兮目成。"注:"獨與我睨而相視,成爲親親也。"

密意芳心:王琺《鷓鴣天》詞:"芳心密意兩相於。"

空(kòng 控):讀去聲。成空。

[四] "看取"兩句:看哪,那博山爐中的鳳凰,吐出兩股濛濛的香煙,合成一氣裊裊地升起。

博山:博山爐。古代的一種銅製香爐。上有蓋,刻鏤爲山巒飛鳥之狀。爐中爇香,煙自蓋中孔穴冒出。

閑裊鳳:語見陳鵠《耆舊續聞》引李後主所書《臨江仙》詞:"爐香閒裊鳳凰兒。"

一氣雙煙:語見李白《楊叛兒》詩:"博山爐中沉香火,雙煙一氣淩紫霞。"陳沆《詩比興箋》釋曰:"香化成煙,淩入雲霞,而雙雙一氣,不少變散,兩情固結深矣。"此亦本詞之意旨。

校:"小語",手稿初作"一語"。

蝶　戀　花

手剔銀燈驚炷短。擁髻無言,脈脈生清怨。[一]

此恨今宵爭得淺。思量舊日深恩遍。[二]　　花影一簾和月轉。直恁淒涼,此境何曾慣。[三]故擁繡衾遮素面。賺他醉裏頻頻喚。[四]

【箋】 此詞寫一位女子在夜裏守着喝醉了的情人,心中充滿了怨恨。大概作者是有所寄意的。以男女之情喻君臣關係,恐怕静安已是最後一批使用這種手法的詩人了。此詞作於 1907 年。

【注釋】

［一］ "手剔"三句: 親手剔亮了銀燈,忽驚燈炷已快燒盡。捧持髮髻,脈脈無言,暗生清怨。
炷: 燈中火炷。燈心。"炷短",意謂時間過去,夜已將深。
擁髻: 用手扶髻。伶玄《飛燕外傳》:"通德(伶玄之妾)占袖,顧視燭影,以手擁髻,淒然泣下,不勝其悲。"蘇軾《九日舟中望見有美堂上魯少卿飲處以詩戲之》詩:"遥知通德淒涼甚,擁髻無言怨未歸。"
脈脈: 含情不語貌。清怨: 静中的悲怨之情。錢起《歸雁》詩:"不勝清怨卻飛來。"

［二］ "此恨"兩句: 在今夜裏,怎能稍減我無窮的幽恨? 一遍遍回想他舊日待我的深恩!
意説,由於舊日恩愛之深,對比起今夜的無情,心中的怨恨就更深了。

［三］ "花影"三句: 看哪,一簾花影漸隨着月華悄轉。這樣淒涼的情境我怎麽能慣啊!
花影一簾: 王惲《洛中吟》詩:"一簾花影曉光紅。"
"花影"句呼應"炷短",怨恨良宵虚度。
"此境"句,猶姜夔《鷓鴣天》詞"鴛鴦獨宿何曾慣"之意,然較含蓄。

［四］ “故擁”兩句：特地簇擁着繡衾遮住我的臉兒——待他在醉裏頻頻地呼喚着我。

素面：潔白的臉龐。

賺：哄騙。用假象欺蒙。

辛棄疾《西江月》詞：“有時醉裏喚卿卿，卻被旁人笑問。”語近而情異。兩句委曲地寫出被冷落的情人的心理。語雖細膩，終嫌造作，試與唐人《醉公子》詞“醉則從他醉，還勝獨睡時”相較，自有真僞之别。静安《人間詞話》中力主“真切”、“不隔”，如此詞則恐怕未能達到這個標準了。

吴昌綬評：“那得字少用爲妙。”

校：“那得”手稿改作“争得”。“花影一簾和月轉”手稿改作“月影移簾風過院”。“直恁淒涼，此境何曾慣”。手稿改作“待到歸來，傳盡中宫箭”。改稿意似較遜，今從初稿。

蝶　戀　花

黯淡燈花開又落。此夜雲蹤，終向誰邊著。[一]頻弄玉釵思舊約。知君未忍渾拋卻。[二]　妾意苦專君苦博。君似朝陽，妾似傾陽藿。[三]但與百花相鬥作。君恩妾命原非薄。[四]

【箋】 此詞比興寄託之跡較顯，饒宗頤《人間詞話平議》特意舉出，謂其“拳拳忠悃，寄意正與乙庵（沈曾植之號）相近”。連静安也要借樊志厚之口,把“觀物之微,托興之深”作爲自己詩詞之特色,可見作者並非“專尚賦體”而反對比興的。然静安此類有“寄託”之詞,每受理性之干擾而失真,情與境俱淺,未能達到他所追求的“深微”之旨。此詞作於 1907 年。

【注釋】

[一] “黯淡”三句:黯淡的殘燈中,燈花結了又落。這夜啊,他如雲般無定的行蹤,究竟停歇在哪兒呢?

燈花:古人謂結燈花則有喜訊。釋雲岫《會法眷藏主》詩:“燈花開落兩三番。”静安詞中屢云燈花開落,以表現希望和失望的情緒。

雲蹤:謂遊子行蹤如行雲般無定。李白《玉真仙人詞》:“行雲本無蹤。”

“此夜”兩句:檃括馮延巳《蝶戀花》詞:“幾日行雲何處去?忘卻歸來,不道春將暮。百草千花寒食路,香車繫在誰家樹?”

[二] “頻弄”兩句:不住地撫弄着頭上的玉釵,想起舊時的盟約,我知道,您是不忍心把它全都背棄的。

玉釵,古人常以爲信物。此亦當爲情人所贈者。

兩語猶《離騷》“忍而不能舍也”之意。

[三] “妾意”三句:我的情意苦於太專一,而您卻苦於太廣泛;您像光輝燦爛的朝陽,而我卻像向陽的葵藿。

傾陽藿:曹植《求通親親表》:“若葵藿之傾葉,太陽雖不爲之回光,然終向之者,誠也。”杜甫《自京赴奉先縣詠懷》詩亦云:“葵藿傾太陽,物性固難奪。”因以喻忠愛的天性。藿,豆葉。藿並不傾日,然葵藿常連用,故類及之。

“君似”兩句,句式全仿古人。如李白《古意》詩:“君似女蘿草,妾似菟絲花。”

[四] “但與”兩句:我如今祇與百花歡樂地共度芳春,我深信,無論是您的恩情還是我的命運,本來都是不算薄的。

相鬥作：馮延巳《鳳棲梧》詞："莫作等閑相鬥作，與君保取長歡樂。"張相《詩詞曲語詞匯釋》云："言莫作尋常之戲耍，須謀求長久之歡樂"，"鬥，喜樂戲耍之辭"。

上文既謂"雲蹤"，又怨君意"苦博"，此處卻謂君恩"非薄"，這大概就是所謂"忠愛之忱"吧。

校："終向"，《乙稿》作"究向"。《苕華詞》作"知向"。"原非薄"，《乙稿》作"元非薄"。

虞 美 人

碧苔深鎖長門路。總爲蛾眉誤。[一]自來積毀骨能銷。何況真紅一點臂砂嬌。[二]　　妾身但使分明在。肯把朱顔悔。[三]從今不復夢承恩。且自簪花坐賞鏡中人。[四]

【箋】 謡諑蛾眉，千古同慨。狷介執著的王静安，也許會有更深的感受吧。陳寅恪在《海寧王静安先生遺書序》中説："古今中外志士仁人往往憔悴憂傷繼之以死，其所傷之事，所死之故，不止局於一時間一地域而已，蓋别有超越時間地域之理性存焉。而此超越時間地域之理性，必非其同時間地域之衆人所能共喻。然則先生之志事多爲世人所不解因而有是非之論者，又何足怪耶？"静安爲世人所誤解、誹謗，而終能獨行己志，努力追求自己心目中的理想，在學術上取得傑出的成就，這是跟他倔強而執著的精神分不開的。本詞真所謂“言近而指遠,意決而辭婉”(《人間詞·甲稿·序》),表現了詞人最真切的內心世界。此詞作於1907年。《乙稿》題下注云:“《甲稿》末之《蝶戀花》本填此調,因互有優劣,故兩存之。”

【注釋】

［一］“碧苔”兩句:濃緑的苔蘚封鎖着通往長門宫的道路,衹因爲有着美麗的容顔而受到人們的嫉妒。

長門:漢朝宫殿名。漢司馬相如《長門賦》序載,漢武帝陳皇后失寵,退居在長門宫,愁悶悲思,使人奉黄金百斤,請司馬相如爲作《長門賦》,以圖感動武帝,復得親幸。

蛾眉:女子的眉細長彎曲,如蛾的觸鬚。因以代指美人。《離騷》:“衆女嫉余之蛾眉兮,謡諑謂余以善淫。”本詞中著一“誤”字,其意亦良苦了。

［二］“自來”兩句:從來知道,譭謗太多能使人骨也銷蝕,何況是我潔白的肌體上那一點鮮紅的守宫砂呢!

積毁骨能銷:語出《史記·張儀列傳》:“衆口鑠金,積毁銷骨。”形容譭謗交集,使人無以自存。

臂砂:張華《博物志》卷四:“蜥蜴或名蝘蜓。以器養之,食以朱砂,體盡赤。所食滿七斤,治擣萬杵,點女人支體,終年不滅,惟房室事則滅,故號守宫。”守宫砂點於臂上,亦稱臂砂。古人以爲貞潔自持的象徵。兩語頗爲憤激,殆有爲而發。可參看《蝶戀花》詞(“莫鬥嬋娟”)題解及注。

［三］“妾身”兩句;我衹要使自己清清白白地活着,怎會悔恨生就這美好的容顔?

但使:衹使,衹要。

分明:意謂自己保持節操、清白做人。

兩句猶《離騷》:“亦余心之所善兮,雖九死其猶未悔”之意。

［四］“從今”兩句:從此以後,承恩之事連夢也不復做了,還是自個兒簪花打扮,對着鏡子好好地欣賞自己吧!

夏承燾、張璋《金元明清詞選》評云:"下片末三句寫出一個不屈服的人的心聲。"縱使在現實中不可能再望得到恩寵,詞中的抒情主人公還是堅持"不降其志,不辱其身"的操守。丁壽田《唐五代四大名家詞》甲編謂自温庭筠《菩薩蠻》"照花前後鏡"脱化而來,"但王詞覺牢騷氣稍重矣"。

吴昌綬評:"深美閎約。"

校:本詞手稿作:"紛紛謡諑何須數。總爲蛾眉誤。世間積毁骨能銷。(手稿初作:世間白骨尚能銷)何況玉肌一點守宫嬌。

妾身但使分明在。肯把朱顔悔。從今不復夢承恩。且自開奩坐賞鏡中人。"今從《觀堂長短句》。

蝶戀花

百尺朱樓臨大道。樓外輕雷,不間昏和曉。[一]獨倚闌干人窈窕。閑中數盡行人小。[二]　一霎車塵生樹杪。陌上樓頭,都向塵中老。[三]薄晚西風吹雨到。明朝又是傷流潦。[四]

【箋】　静安每以"隔"字譏彈南宋詞人,如謂白石"二十四橋仍在,波心蕩、冷月無聲"、"數峰清苦,商略黄昏雨"、"高樹晚蟬,説西風消息"皆如霧裏看花,終隔一層。其實他本人的某些作品又何嘗不"隔"?《人間詞·乙稿·序》中,静安借樊志厚之名,稱此詞:"意境兩忘,物我一體,高蹈乎八荒之表,而抗心於千秋之間。"細味之,則覺其用意雖深而用力太過,未免傷氣。夏承燾、張璋《金元明清詞選》評:"此詞似寫離情。上片是寫會見以前的情景,她獨倚闌干,等待着情人的到來。下片寫會合以後的分離。"此解似嫌稍實。全詞皆寫樓中人無望的等待,下片牽入陌上行人作襯,是加倍寫法,並無"會合"之意。此詞作於 1907 年秋。

【注釋】

［一］"百尺"三句: 那百尺高的紅樓,正臨着寬闊的大路。不管黄昏還是清晨,樓外總傳來輕雷似的車聲。

百尺朱樓: 極言樓之高,古詩文中常見。此當取其臨高遠望之意,並暗示樓中人高尚的品格。

輕雷: 喻車聲。司馬相如《長門賦》:"雷殷殷而響起兮,聲像君之車音。"本詞中或用此,寓思君之意。

［二］"獨倚"兩句: 窈窕的佳人啊,孤獨地憑倚着樓畔的闌干,無聊中把路上的行人一個個細數。

窈窕:《詩・周南・關雎》:"窈窕淑女,君子好逑。"形容女子的美好。"閑"字、"數"字表現女子的寂寞和期待。"小"字反襯朱樓之高。寫出高樓俯瞰的神理。

［三］"一霎"三句: 霎時間車子駛過,卷起飛塵,撲向樹梢。唉,路上的行人和樓中的女子,都在這紅塵中不知不覺地老去了。

夏承燾、張璋《金元明清詞選》:"'陌上樓頭,都向塵中老',是説離愁能使人老。辛棄疾詞'人言頭上髮,都向愁中白',也證明這個問題。"按,一"老"字爲全詞主旨。詞人爲自己年華漸老、志業無成而惋傷,所感甚大,當不盡爲離愁也。"塵中",紅塵之中,指紛鬧的人世。又,夏承燾、張璋《金元明清詞選》謂詞中之車是"機動車",亦可不必。"一霎"句補足"輕雷"。

［四］"薄晚"兩句: 傍晚時候,西風吹來了冷雨。到了明朝,當更爲路上積滿潦水而憂傷。

薄晚：臨近夜晚。

流潦(lǎo 老)：指雨後路上流水或溝中積水。周邦彦《大酺·春雨》詞："行人歸意速。最先念、流潦妨車轂。"謂路上的泥濘積水，妨礙行人驅車趕路。而本詞意是説，樓外終日車過，依然不見遊子歸來，何況是流潦遍路、車馬斷絶的明朝呢！

末兩語極著力，極曲折。用意難明，焉能謂之"不隔"？雖然"隔"，亦不失爲佳製。

蝶　戀　花

連嶺去天知幾尺。嶺上秦關，關上元時闕。[一]誰信京華塵裏客。獨來絶塞看明月？[二]　如此高寒真欲絶。眼底千山，一半溶溶白。[三]小立西風吹素幘。人間幾度生華髮。[四]

【箋】《人間詞話》一開端就標舉出"境界"之説，云："詞以境界爲最上，有境界則自成高格，自有名句。"第五十一則又云："'明月照積雪'、'大江流日夜'、'中天懸明月'、'黄河落日圓'，此種境界可謂千古壯觀。"此詞當爲登居庸關而作。寫絶塞看月的情景，過片數語，從"明月照積雪"化出，然境更大，意更深，自是高格名句。詞人孤峭的人格，高潔的襟懷，均於詞中得之矣。此詞 1907 年秋作於北京。

【注釋】

［一］“連嶺”三句：巍峨不斷的山嶺離天還有幾尺？嶺上是秦時的關口，關上是元時的城闕。

去天：古人形容山嶺高峻，常謂其去天不遠。李白《蜀道難》詩：“連峰去天不盈尺。”《辛氏三秦記》：“武功太白，去天三百。”

“嶺上”兩句：《日下舊聞考》卷一五四：“居庸關，世傳始皇北築時居庸徒於此，故名。”又：《元史·世祖紀》：“至元十七年五月辛丑朔，命樞密院調兵六百人守居庸南北口。”

［二］“誰信”兩句：我這個沾滿京華塵土的客子，誰想到會獨自來到遥遠的塞上，欣賞那明潔的秋月？

京華塵：陸機《爲顧彦先贈婦》詩：“京洛多風塵，素衣化爲緇。”又，蘇軾《次韻蔣穎叔錢穆父從駕景靈宫》詩：“軟紅猶戀屬車塵。”自注：“前輩戲語：‘西湖風月，不如東華軟紅香土。’”東華，即京華、京師。因以京華塵土指大都市的繁華。

絶塞：遼遠的關塞。《吕氏春秋》、《淮南子》皆謂居庸爲九塞之一。

［三］“如此”三句：這樣高寒的境界真是世上所無，眼底的千萬重山嶺，多半都溶進了皎潔如水的月色中。

三語極佳。《人間詞話》所示“千古壯觀”之境界，可評静安是詞。名句，作者代不數人，人不數語。静安《昔遊》詩：“暮宿青龍橋，關上月正圓。溶溶銀海中，歷歷群峰巔。”可以參看。

［四］“小立”兩句：小立片時，西風吹拂着我頭上素白的帽巾，唉，人生中又添了幾多白髮！

素幘：白頭巾。每用於凶事、喪事。幘，包頭髮的巾。班固《白虎通·三軍》：“王者征伐所以必皮弁素幘何？伐者凶事，素服示有悽愴也。”時静安悼亡未久，仍在服中，故云。

華髮：花白頭髮。因風吹帽巾而想及華髮，慨歎年華漸老。

月色、山色、素幘、華髮，均從一“白”字寫，更覺情景的高寒。

校：“關上元時闕”手稿初作“關上何年闕”。

浣　溪　沙

似水輕紗不隔香。[一]金波初轉小回廊。離離叢菊已深黃。[二]　　盡撤華燈招素月,更緣人面發花光。[三]人間何處有嚴霜。[四]

【箋】 秋宵清會,黄菊佳人,知静安此時樂也。心上的嚴霜乍解,詞人感到人間還是值得留戀的。此詞作於 1907 年秋。

【注釋】

［一］ “似水”句: 像水一般透明,像水一般蕩漾——輕盈的紗帳隔不斷裊裊幽香。

“似水”兩字,既形容輕紗,亦暗喻詞人的情懷。

納蘭性德《采桑子》詞:“天樣紅牆,衹隔花枝不隔香。”首句所自。既是花香,也是玉體之香。

［二］ “金波”兩句: 溶溶的月色,剛轉過回廊那畔。一叢叢深黄的菊花,正爛熳開放。

金波: 形容月光浮動,因亦即指月光。《漢書・禮樂志》:“月穆穆以金波。”顔師古注:“言月光穆穆,若金之波流也。”《人間詞話》云:“詞忌用代字。美成《解語花》之‘桂華流瓦’,境界極妙,惜以‘桂華’二字代‘月’耳。”此處亦以“金波”代月,静安亦不能免俗耶?

離離: 繁茂貌。孔方平《陪李端叔遊潁昌西湖》詩三首之一:“霜風吹老菊離離。”

［三］ “盡撤”兩句: 把華燈全都撤下,讓月色顯得更加皎潔。正因

有了佳人的靚妝,才映發得秋花更爲光豔。

兩句情景極美。燈月交輝,不如撤燈招月。張九齡《海上懷遠》詩"滅燭憐光滿",李煜《玉樓春》詞"歸來休放燭花紅,待踏馬蹄清夜月",當解此趣。

次句寫人花相映,亦古詩詞中常見之語。如崔護《遊城南》詩"人面桃花相映紅",温庭筠《菩薩蠻》詞"花面交相映"等皆是。

[四] "人間"句:在這美好的人世間,哪會有肅殺的嚴霜呢!

憂鬱悲觀的詞人,畢竟是有他熱愛生活的一面的。曾鞏《詠柳》詩:"不知天地有清霜。"同一機杼。

蝶　戀　花

翠幕輕寒無著處。好夢初還,枕上惺忪語。[一]殘夜小樓渾欲曙。四山積雪明如許。[二]　莫遣良辰閑過去。起瀹龍團,對雪烹肥羜。[三]此景人間殊不負。簷前凍雀還知否。[四]

【箋】 小詞寫冬日圍爐烹羜的閒適生活,表現了文人的情趣。末句忽作轉折,微露詞旨。此詞見於《乙稿》,當作於1907年初冬。

【注釋】

[一] "翠幕"三句:垂下翠色的帷幕,擋住黎明時候的輕寒。好夢

初醒。還躺在枕上惺忪自語。

"翠幕"句：柳永《鬥百花》詞："翠幕輕寒微透。"晏殊《鵲踏枝》詞："羅幕輕寒。"

惺忪：蘇醒時的狀態。如云"睡眼惺忪"。

［二］"殘夜"兩句：夜色將殘，小樓外已露出曙光。啊，四圍山嶺的積雪，竟是這般明亮！

謝靈運《歲暮》詩："明月照積雪。"祖詠《終南望餘雪》詩："終南陰嶺秀，積雪浮雲端。林表明霽色，城中增暮寒。"意境略近。宋人陽枋《曉起四山積雪》詩："果見青山盡白頭。"不及"明如許"三字之神韻。

［三］"莫遣"三句：不要讓這美好的日子白白度過，起來泡好了龍團佳茗，對雪烹煮鮮美的肥羊。

瀹（yuè躍）：以湯煮物。這裏指泡茶。李曾伯《水調歌頭》詞："小駐瀹龍團。"

龍團：茶葉品種名。宋代有大龍團、小龍團茶，皆爲貢品。即後世的烏龍茶。

羜（zhù柱）：出生五個月的小羊。即羊羔。《詩·小雅·伐木》："既有肥羜。"

按，三句暗用党家姬之典。祝穆《古今事文類聚前集》卷四載，陶穀學士，買得党太尉家妓，遇雪，陶取雪水烹團茶，謂妓曰："党家應不識此。"妓曰："彼粗人，安有此？但能於銷金暖帳中，淺斟低唱，喫羊羔兒酒。"本詞云瀹茶烹羜，則欲兼党、陶之樂矣。

［四］"此景"兩句：人們真的没有辜負這美景啊，可是簷前的凍雀能瞭解其中樂趣嗎？

按，《太平寰宇記》載，山西大同縣東有紇真山，山上終年積雪，鳥雀往往凍死，故彼人語曰："紇真山頭凍死雀，何不飛去生處樂？"（按此實爲唐昭宗語）此謂簷前凍雀未知屋中圍爐取暖之樂，當有所慨。陸夢熊《曉起見雪》詩"夜静無風冷莫支,簷前凍雀早應知"意似遜此深曲。

校:"初還",《苕華詞》作"初回"。

浣 溪 沙

漫作年時別淚看。西窗蠟炬尚汍瀾。[一]不堪重夢十年間。[二]　　斗柄又垂天直北,客愁坐逼歲將闌。[三]更無人解憶長安。[四]

【箋】 此詞寫歲暮中的客愁,中有刻骨之痛。静安悼亡詞中,以此最爲沉摯,蓋其内涵亦更深厚也。讀之令人掩卷憮然,不怡累日。此詞當作於1907年冬。

【注釋】

［一］ "漫作"兩句:不要把它當成是年時的别淚,看哪,西窗的蠟炬,在風前猶自燭淚縱横!

年時:年初。可參看《蝶戀花》詞"千里生還,一訣成終古"句注。

西窗蠟炬:李商隱《夜雨寄内》詩:"何當共剪西窗燭,卻話巴山夜雨時。"後人因以爲思念家人之典。又,李商隱《無題》詩:"春蠶到死絲方盡,蠟炬成灰淚始乾。"

汍瀾:淚流貌。《後漢書·馮衍傳》:"淚汍瀾而雨集兮。"

［二］ "不堪"句:啊,十年間的情事,那堪在今宵重夢。

按,静安與莫氏結縭時始 20 歲,莫氏卒時,静安已 31 歲了。“十年”兩字,自有不堪回首之痛。

[三] “斗柄”兩句:那北斗七星的斗柄,又垂在天空的正北面。客中的愁緒,在一年將盡時更爲加劇了。

斗柄:北斗七星中末三星,像斗之柄。《鶡冠子·環流》:“斗柄北指,天下皆冬。”

直北:正北。

坐逼:更逼。張相《詩詞曲語辭匯釋》:“坐,甚辭,猶深也;殊也。”

[四] “更無”句:這時啊,恐怕再没有人在懷念京城中的我了。

長安,唐帝國的京城。這裏指北京。杜甫《月夜》詩:“遥憐小兒女,未解憶長安。”杜詩意謂孩子們還不能理解母親對月懷人的心事。詞中用此,謂妻子已逝,孩子們更不懂得懷念遠客在外的父親了。静安三子,長子潛明方八歲。

校:“客愁坐逼”,《苕華詞》作“官書坐會”。

謁　金　門

孤檠側。訴盡十年蹤跡。[一]殘夜銀釭無氣力。緑窗寒惻惻。[二]　落葉瑶階狼藉。高樹露華凝碧。[三]露點聲疏人語密。舊歡無處覓。[四]

【箋】 此調用入聲韻,繁絃促拍,宜於表現内心抑鬱不伸的感情。

試誦一過,當能體會到詞人氣結腸斷的深悲。詞字多用齒音,聲情一致。静安自評其詞"往復幽咽,動摇人心",觀此信焉。此詞作於1907年冬。

【注釋】

[一] "孤檠"兩句:在孤燈畔,自訴盡十年來飄零蹤跡。

按,静安自光緒二十三年至三十三年間(1897—1907),行蹤飄忽無定。二十三年赴杭州應鄉試,不中;二十四年到上海依羅振玉。二十七年赴武昌農務學堂任譯授,復赴日本留學。二十九年受聘於南通師範學堂。三十年就任江蘇師範學堂教員。三十二年隨羅振玉入京。"訴",自己向自己傾訴,非與友人憶舊。

[二] "殘夜"兩句:秋夜將殘,燈火也黯淡無光了。緑窗底陣陣牽人愁緒的輕寒。

銀釭(gāng 剛):銀燈。

惻惻:這裏形容寒意的淒切。周邦彦《漁家傲》詞:"幾日輕陰寒惻惻。"

[三] "落葉"兩句:白石臺階畔落葉縱横,高樹的露珠在緑葉上晶瑩閃耀。

瑶階:玉階。常以指宫殿的臺階。

露華:杜甫《江邊星月》詩二首之二:"況乃露華凝。"

凝碧:凝成碧玉。喻濃緑。這裏形容葉露。杜甫《白絲行》:"萬草千花動凝碧。"

[四] "露點"兩句:露滴的清響漸疏,而屋外行人的語聲漸密。從前的歡娱啊,再也無處可覓了。

露點聲:指零露之聲。孟浩然《夏日南亭懷辛大》詩:"竹露滴清響。"

兩句寫由夜乃晨的情景。極寂寞之意。"舊歡"一語,微露悼亡之旨。

校："孤檠側"手稿初作"孤燈側"。

蘇　幕　遮

倦憑闌，低擁髻。豐頰修眉，猶是年時意。[一]
昨夜西窗殘夢裏。一霎幽歡，不似人間世。[二]
恨來遲，防醒易。夢裏驚疑，何況醒時際。[三]涼月
滿窗人不寐。香印成灰，總作回腸字。[四]

【箋】 開頭即寫夢境，然夢中已有淒涼之意，夢醒之後，更難以爲懷。静安伉儷情深，於此可見。《人間詞話》讚美"以血書"之文學，此真以血書者也。此詞 1907 年冬作於北京。

【注釋】

［一］ "倦憑"四句：她困倦地憑着欄干，低着頭捧持髮髻。豐滿的臉頰，修長的雙眉，這一切，都像年時的情意。

擁髻：以手扶髻。舊詩文中常以寫女子含愁之狀。

豐頰修眉：葛勝仲《江城子》詞："豐頰修眉，鶴氅擁仙翁。"

起四句爲"昨夜"三句倒敘，寫夢中與亡妻相見的情景。

［二］ "昨夜"三句：在西窗下，昨夜夢中短暫的幽歡，全不似在人間那樣。

幽歡：柳永《晝夜樂》詞："何期小會幽歡，變作離情別緒。"語意相關。幽會中的歡娛，亦暗示幽冥中相見。

人間世：人世。《莊子》有《人間世》篇。

［三］ “恨來”四句：恨她來得太遲，又怕醒得容易。在夢裏也暗自驚疑，何況是醒來時候！

四句婉曲。“夢裏驚疑”四字，有無限悲涼。

［四］ “涼月”三句：涼月照進窗間，愁人不能成寐。印香將燒成灰燼，那裊裊的香煙，總幻出回腸九曲般的字樣。

香印：打上印的香。元稹《和友封題開善寺十韻》詩有“香印白灰銷”之語。馮延巳《鵲踏枝》詞十四首之四：“香印成灰，起坐渾無緒。”又，李煜《采桑子》詞：“綠窗冷靜芳音斷，香印成灰。可奈情懷，欲睡朦朧入夢來。”詩詞中每以喻心灰意冷。

回腸字：前人詩詞中常以某種曲折形態的東西比喻“回腸”。秦觀《減字木蘭花》詞：“欲見回腸，斷盡金爐小篆香。”静安《菩薩蠻》詞亦云：“碧闌干十二，都作回腸字。”可參看。

校：“猶是年時意”手稿初作“猶有年時意”。

菩　薩　蠻

玉盤寸斷葱芽嫩。鸞刀細割羊肩進。［一］不敢厭腥臊。緣君親手調。［二］　紅爐赬素面。醉把貂裘緩。［三］歸路有餘狂。天街宵踏霜。［四］

【箋】 這完全是北國的情調。寫冬夜圍爐歡宴的情景，絶非南人所易道也。此詞好在一“真”字,當非静安所自誇的“天末同雲”之作所及。此詞見於《人間詞・乙稿》,當作於 1907 年冬。《蕭箋》云:“在京作。疑與賣漿旗下女有關。”

【注釋】

［一］“玉盤”兩句:白玉盤中盛着切成寸寸的柔嫩的葱芽,操着鸞刀,細細割開鮮美的羊肩進奉。

寸斷葱芽:《後漢書・陸續傳》載陸續母“斷葱以寸爲度”。

鸞刀:環上有鈴的刀。用以切肉。潘岳《西征賦》:“雍(饔)人縷切,鸞刀若飛。”

羊肩:古人認爲是羊體最嫩美處。

［二］“不敢”兩句:我怎敢説這羊肉有膻味而厭棄它呢,因爲是您親手調製的啊。

腥臊(sào 掃):肉類的騷氣。《吕氏春秋・本味》:“夫三群之蟲,水居者腥,肉玃者臊,草食者膻。”

［三］“紅爐”兩句:紅泥火爐的熱氣烘得臉兒紅紅的,趁着醉意解開了身上的貂裘。

赬(chēng 稱):赤色。此作使動詞用。

兩句寫醉中的“狂”態。

［四］“歸路”兩句:歸路上猶有餘狂,在大街上乘夜踏霜歸去。

天街:指京城中的街道。薩都剌《就用韻贈鐵將軍》詩:“烏靴曉踏天街霜。”

兩句寫歸去時豪興未已。静安《曉步》詩云:“一事能狂便少年”,信然。

醉落魄

柳煙淡薄。月中閑殺秋千索。[一]踏青挑菜都過卻。陡憶今朝，又失湔裙約。[二]　落紅一陣飄簾幕。隔簾錯怨東風惡。[三]披衣小立闌干角。摇盪花枝，啞啞南飛鵲。[四]

【箋】 閨中春日的閑愁。思春的女子對一切都已無心，清明的踏青春遊，上巳的湔裙幽會也等閑過卻了，她衹怨春天消逝得太快——爲什麽當初卻没有抓緊機會盡情歡樂呢？静安也許是藉以抒發志士失時之慨吧。此詞作於1908年春。

【注釋】

［一］ “柳煙”兩句：淡薄的煙靄籠罩着楊柳，在月色中，鞦韆的繩索低垂，無人遊戲。

柳煙：韋莊《酒泉子》詞：“柳煙輕，花露重。”

殺：極其之辭。

秋千：古代女子兒童的遊戲器械。可參看《鷓鴣天》詞“樓外秋千索尚懸”句注。朱淑真《生查子》詞：“無緒倦尋常，閑卻秋千索。”

［二］ “踏青”三句：踏青挑菜的好日子都白白度過了，忽然記起，今朝正是上巳，又誤了湔裙的佳約了。

踏青挑菜：踏青，踐踏青草，謂春天到郊野遊覽。舊俗以清明節爲踏青節。挑菜，唐代風俗，農曆二月初二日曲江拾菜士民遊觀其間，謂之挑菜節。賀鑄《鳳棲梧》詞：“挑菜踏青都過卻，楊柳風輕，擺動秋千索。”上片從此化出。

過：讀平聲。

湔（jiān 煎）裙：洗滌裙子。古代的一種風俗。《荆楚歲時記》引《玉燭寶典》曰：“元日至月晦，今並酺食度水，士女悉湔裳酹酒於水湄，以爲度厄。今世人唯晦日臨河解除，婦人或湔裙。”後人亦於三月初三上巳時湔裙，並爲幽會之約。

三句謂屢誤佳期。

［三］“落紅”兩句：一陣陣落花飄來簾幕，隔簾的人兒啊，你錯怨東風無情了。

意説，花殘自落，不能責怪東風。王建《宫詞》：“自是桃花貪結子，錯教人恨五更風。”又，陸游《釵頭鳳》詞：“東風惡，歡情薄。”用意相似。

［四］“披衣”三句：披衣在闌干角上小立片時，忽見花枝摇盪——驚起了鵲兒啞啞地向南飛去了。

披衣小立：陸游《秋夜觀月》詩：“披衣小立月明中。”

南飛鵲：曹操《短歌行》：“月明星稀，烏鵲南飛。”

虞　美　人

杜鵑千里啼春晚。故國春心斷。［一］海門空闊月皚皚。依舊素車白馬夜潮來。［二］　　山川城郭都非故。恩怨須臾誤。［三］人間孤憤最難平。消得幾回潮落又潮生。［四］

【箋】 這是一首眷念“故國”的詞,充滿了屈原式的孤憤。王國維在《屈子文學之精神》一文説:“屈子自贊曰廉貞……其於懷王又有一日之知遇,一疏再放,而終不能易其志。”他又一再讚美伍子胥死義的精神,看來他早已作好爲清王朝“殉節”的打算了。1908年春,静安自北京返海寧,續娶潘氏爲妻。此詞當作於是年春暮。

【注釋】

［一］ “杜鵑”兩句: 暮春時節,千里江山中杜鵑鳥正不歇地悲啼。追思故國,春心也爲之而斷絶。

杜鵑: 傳説古蜀帝杜宇,失國後化爲杜鵑鳥,鳴聲甚悲。後世常以喻失國之君。參見《嘲杜鵑》詩注。

春心: 指芳春時的心事。《楚辭・招魂》:“目極千里兮傷春心。”又,李商隱《錦瑟》詩:“望帝春心托杜鵑。”

兩句寫追懷故國時愴痛的情緒。

［二］ “海門”兩句: 海門東望,空闊無邊,照臨着皎潔的明月。依舊看到伍子胥的英靈,乘着素車白馬在夜潮中到來。

海門: 指錢塘江口。曹勳《臨江仙》詞:“樂振海門潮。”

皚皚(ái 捱): 潔白貌。

素車白馬: 枚乘《七發》謂海潮“浩浩溰溰,如素車白馬帷蓋之張”。《録異記》載,伍子胥死後,海門山潮頭洶高數百尺,有人見他乘素車白馬在錢塘潮頭上。後人用此典,常以喻時刻不忘故國的情緒。參看《蝶戀花》詞“靈胥抱憤終何是”句注。

［三］ “山川”兩句: 故國的山川城郭今已成非,人們的怨怨恩恩,曾幾何時也都成誤。

上句典出陶潛《搜神後記》卷一。謂漢遼東人丁令威學道成仙,化鶴歸來。“徘徊空中而言曰:‘有鳥有鳥丁令威,去家千年今始歸。城郭如故人民非,何不學仙塚纍纍。’”

兩句寫出代異時移之後,環境和人們感情的變化。

［四］ “人間”兩句: 在人世間,最難以平息的是人心中的孤憤之情,

又能經得起幾回的潮落和潮生啊！
孤憤：耿直孤行，憤世嫉俗。《韓非子》有《孤憤》篇。《史記·韓非傳》索隱："孤憤，憤孤直不容於時也。"
潮落潮生，亦喻世事的反覆變化。

菩　薩　蠻

西風水上摇征夢。舟輕不礙孤帆重。[一]江闊樹冥冥。荒雞叫霧醒。[二]　　舟穿妝閣底。樓上佳人起。[三]驀入欲通辭。數聲柔櫓枝。[四]

【箋】吴昌綬手鈔本《人間詞》，鈔於宣統元年(1909)三月，録入此詞。故此詞當作於1908年秋。以紀夢爲題材，追憶江南故里的生活。上片寫水鄉的晨景。過片兩句，未至蘇州、無錫一帶的人，是無法體會其妙處的。收兩句有"江上數峰青"的神味。

【注釋】

［一］"西風"兩句：西風吹拂着江水，像在摇撼着行人的遠夢。船兒輕盈地向前駛去，孤帆也沉沉地掛起。
摇征夢：周之琦《好事近》詞："笱將摇夢上輕舟。"錢瑗《清平樂》詞："摇夢波無定。"
次句造語生硬。"重"字湊韻。高啟《廣陵孫孝子愛日堂》詩："長江暮雨孤帆重"，何等自然。

［二］“江闊”兩句：江流寬闊，兩岸的樹影迷冥。在晨霧中傳來陣陣雞聲，把人唤醒。

冥冥：昏暗貌。

荒雞：在半夜不照一定時間啼叫的雞。《晉書・祖逖傳》：“中夜聞荒雞鳴。”

［三］“舟穿”兩句：船兒在妝閣下穿過，樓上的佳人已起床了。

妝閣：女子的閨房。江南水鄉，女子的妝樓多臨水際。

［四］“驀入”兩句：猛然來到這兒，正想殷勤致意，可是船兒一下子又駛過了，衹聽到幾陣柔和的櫓聲。

通辭：致辭通意。曹植《洛神賦》：“無良媒以接懽兮，托微波而通辭。”

末語櫓聲波影，令人撫玩無斁，即之已杳。可惜“枝”字趁韻。

蝶戀花

落落盤根真得地。澗畔雙松，相背呈奇態。[一]勢欲拚飛終復墜。蒼龍下飲東溪水。[二]　溪上平岡千疊翠。萬樹亭亭，争作拏雲勢。[三]總爲自家生意遂。人間愛道爲渠媚。[四]

【箋】這是一首詠松的詞，以澗邊盤屈的雙松與岡頭争高的萬樹作比，寫在不同環境中松樹各種不同的生態，描畫了一幅壯美的勁松圖。末兩句是全詞的主旨。詞人認爲，松樹的高低不同之態，都是爲了適應生活環境的，而人們卻憑自己的主觀想像，把它們人格化了。此詞作於1908年。

【注釋】

［一］“落落”三句：松樹疏疏落落的，盤根錯節，真得地而生。看那澗畔的雙松，各相背向，呈現出奇特的姿態。

落落：稀疏貌。孫綽《遊天台山賦》：“蔭落落之長松。”

盤根：樹木根幹盤曲。庾信《枯樹賦》：“白鹿青松，青牛文梓，根柢盤魄，山崖表裏。”又，《至老子廟應詔》詩：“盤根三樹低。”

得地：沈約《高松賦》：“鬱彼高松，棲根得地。”謂松根的生勢與地相宜。

首句全本杜甫《古柏行》詩：“落落盤踞真得地。”

［二］“勢欲”兩句：它的枝柯的形勢，仿佛要向天上奮飛，最後還是低墜下來了——像蒼龍飛下來飲着東溪的水。

拚飛：翻飛。見《拚飛》詩注。

“勢欲”句：猶謝道韞《擬嵇中散》詠松詩“瞻彼萬仞條，騰躍未能升”之意。

蒼龍：詩詞中常以喻松。如陸游《雲門》詩：“護丹松老臥蒼龍。”

［三］“溪上”三句：溪上是低平的山岡，上有一層層的翠色，千萬樹高高聳立，争作淩雲之勢。

亭亭：劉楨《贈從弟》詩：“亭亭山上松，瑟瑟谷中風。”

千疊翠：形容山上長滿緑樹，遠望去層層疊疊。劉因《高亭》詩：“山影酒摇千疊翠。”

拏雲：猶淩雲。這裏既形容松樹枝幹高聳之狀，亦喻其志向高遠。李斗《揚州畫舫録・草河録下》：“廳前多古樹，有拏雲攫石之勢。”

［四］“總爲”兩句：它們這樣都是爲了使自己生機發展，而在人們

心中,卻認爲松樹是爲人而媚了。

生意:生機。張九齡《感遇》詩之一:"欣欣此生意,自爾爲佳節。"

渠:他。指人們。"爲渠媚",爲他人而媚,如所謂"迎客松"之類。"自家生意遂",當是静安畢生所追求的目標。這也許就是陳寅恪在《王觀堂先生紀念碑銘》中所説的"獨立之精神,自由之思想"吧!

浣 溪 沙

已落芙蓉並葉凋。半枯蕭艾過牆高。日斜孤館易魂消。[一]　　坐覺清秋歸蕩蕩,眼看白日去昭昭。人間爭度漸長宵。[二]

【箋】 寫悲秋的情懷而不落俗套。以詩法入詞,骨格硬朗。起兩語,寫景中有寓意,芙蓉萎謝,蕭艾得時,正是清末政治局面的寫照。然冠以"半枯"兩字,深諷入骨。此詞 1908 年秋作於北京。

【注釋】

[一] "已落"三句:芙蓉花早已零落,連同葉子也凋殘了,那半枯的蕭艾長得高過牆來。日斜時候,在孤館中更易使人難受。

芙蓉:指荷花。《楚辭・離騷》:"製芰荷以爲衣兮,集芙蓉以爲裳。"

蕭艾：蒿類植物名。即艾蒿。《楚辭》中常以喻小人。如《離騷》："何昔日之芳草兮，今直爲此蕭艾也？"

孤館：謂獨處於館舍中。秦觀《踏莎行》詞："可堪孤館閉春寒，杜鵑聲裏斜陽暮。"

［二］ "坐覺"三句：正感到清秋已在曠遠無際的空間歸去了。眼看着白日也毫不留情地逝去，在這時候啊，人們怎能度過這越來越長的夜晚？

坐覺：正覺，恰覺。

蕩蕩：渺茫，空曠廣遠貌。昭昭：明亮。静安《出門》詩："白日昭昭未易昏。"意雖相反而感慨則一。

末兩語意本《楚辭·九辯》："去白日之昭昭兮，襲長夜之悠悠。"

蝶　戀　花

月到東南秋正半。雙闕中間，浩蕩流銀漢。[一]誰起水精簾下看。風前隱隱聞簫管。[二]　涼露濕衣風拂面。坐愛清光，分照恩和怨。[三]苑柳宮槐渾一片。長門西去昭陽殿。[四]

【箋】 借用宫詞的體裁，以寓對"君國"的情思。封建宫廷中，專制君主和宫人的關係，純粹是主奴關係，宫人們仰承君主的鼻息，盼望能得到恩寵，這與文人們希冀進入朝廷，謀取官位是一致的，所以歷來文人宫詞中的宫怨,實質上也就是文人失意時的怨憤。此詞作於1908年秋。

【注釋】

［一］ “月到”三句:月亮轉到東南方的天中,正是秋半時候。在宫殿的雙闕中間,銀河在浩蕩奔流。

“月到”句:在北半球地區,秋天時月亮偏向東南。

雙闕:古代宫殿前的高建築物,左右各一,建成高臺,臺上起樓觀。以兩闕之間有空缺,故名雙闕。《古詩十九首》:“兩宫遥相望,雙闕百餘尺。”

銀漢:銀河。秋天時,銀河傾斜向西方的天空。參見静安《戲效季英作口號詩》六首之四注。

［二］ “誰起”兩句:是誰人起來在水精簾下窺看? 衹聽到晚風吹送來隱隱的簫管之聲。

水精簾:形容質地精細而色澤瑩澈的簾子。元稹《離思》詩:“水精簾下看梳頭。”

上句寫失寵的宫人。下句寫君王在别殿作樂。即下文的“怨”與“恩”。

［三］ “涼露”三句:涼露沾濕了她的衣裳,西風拂面。她自個兒在欣賞明月的清光——分别照着宫中兩處的承恩和孤怨。

“涼露”句,寫出失寵者在露天凝情久立。“坐愛”兩句,寫同一明月照耀下兩種不同的命運。

［四］ “苑柳”兩句:苑中的楊柳和宫裹的槐樹,望去連成一片,唉,長門宫西去就是昭陽殿了。

苑柳宫槐:喻承雨露之恩者。

長門:漢武帝的陳皇后失寵,居於長門宫中。因以指失寵后妃的居處。

昭陽殿:漢成帝皇后趙飛燕所居,因以指得寵者承恩之處。王昌齡《長信宫》詩:“玉顔不及寒鴉色,猶帶昭陽日影來。”

兩句補足“恩”、“怨”之意。饒宗頤《人間詞話平議》評云:“拳拳忠悃。”或謂爲影射珍妃之事。

菩　薩　蠻

回廊小立秋將半。婆娑樹影當階亂。[一]高樹是東家。月華籠露華。[二]　　碧闌干十二。都作回腸字。[三]獨有倚闌人。斷腸君不聞。[四]

【箋】 所寫的也是上首《蝶戀花》詞的“恩”“怨”之意,但更爲淒婉,蓋其怨亦深矣。下片之意亦屢見於前人詩詞中。碧闌、倚闌,回腸、斷腸,從字面取巧,格調不高。此詞作於1908年秋。

【注釋】

［一］ “回廊”兩句:在曲折的走廊中小立片刻——這已是秋天將半的時節了。衹見枝葉扶疏的樹影,零亂地撒滿階前。

回廊:杜甫《涪城縣香積寺官閣》詩:“小院回廊春寂寂。”

婆娑:扶疏,紛披。《世説新語・黜免》:“槐樹婆娑,無復生意。”

［二］ “高樹”兩句:高樹那邊就是東家,清美的月色籠罩着露裏的嬌花。

東家:指東鄰美女。宋玉《登徒子好色賦》:“天下之佳人,莫若楚國;楚國之麗者,莫若臣里;臣里之美者,莫若臣東家之子。"謂承恩者。

月華：張若虛《春江花月夜》詩："願逐月華流照君。"

露華：露的美稱。舊詩詞中用此，每指花上的露。如李白"春風拂檻露華濃"、權德輿"時菊洗露華"等句，皆與花連言。蔡伸《虞美人》詞："月華澄淡露華濃。"

［三］"碧闌"兩句：那折折曲曲的碧闌干啊，像成了回腸的字樣。"十二"，極言其曲處之多，《西洲曲》："樓高望不見，盡日欄杆頭。欄杆十二曲，垂手明如玉。"

回腸：形容內心的焦慮和痛苦。以闌干之曲比喻腸的回轉，亦舊詩詞中常用的手法。可參看《蘇幕遮》詞("倦凭欄")注。

［四］"獨有"兩句：獨有倚闌的人兒啊，她的痛苦是別人所不知道的。

君：指倚闌人所思念的人。辛棄疾《賀新郎》詞："休去倚危闌，斜陽正在煙柳斷腸處。"

鷓　鴣　天

己酉除夕和吴伯宛舍人

絳蠟紅梅競作花。客中驚又度年華。[一]離離長柄垂天斗，隱隱輕雷隔巷車。[二]　斟醁酹，和尖叉。新詞飛寄舍人家。[三]可將平日絲綸手，繫取今宵赴壑蛇。[四]

【箋】《人間詞話》云:“詩之三百篇、十九首,詞之五代北宋,皆無題也,詩詞中之意不能以題盡之也”,“詩人題而詩亡,詞有題而詞亡,然中材之士鮮能知此而自振拔者矣”。静安詞甲乙稿中,除二三詠物之作外,率皆無題。晚年之詞,今僅存四篇應酬唱和之作,並皆有題,未免有背初衷了。吴伯宛,即吴昌綬(1868—1924)。浙江仁和人。有《松鄰遺詞》一卷。舍人,吴昌綬曾官内閣中書,故稱。此詞作於1910年2月9日。

【注釋】

[一] “絳蠟”兩句:蠟燭和紅梅各自作花,争妍鬥麗。作客他鄉,忽驚又過一年了。
絳蠟:絳紅色的蠟炬。“絳蠟”句,意説絳蠟上結了燭花,照耀着盛放的紅梅。金德啓《紅梅》詩:“姑射冰姿凝絳臘。”
客中:時静安尚寓居北京。

[二] “離離”兩句:衹見那明亮的北斗七星在天中低垂着長長的斗柄,還聽到隔巷傳來輕雷似的隱隱車聲。
離離:歷歷分明貌。《尚書大傳》卷五:“離離若參星之錯行。”
長柄垂天斗:見《浣溪沙》詞“斗柄又垂天直北”句注。
輕雷:喻車聲。見《蝶戀花》詞“樓外輕雷聽隱轔”句注。
兩句寫在除夕時索居無聊的情景。

[三] “斟醁”三句:斟滿了美酒,細和着友人的險韻詩句,把新詞迅速寄到舍人的家裏。
醁醑(lùxǔ 緑許):美酒。白居易《戲報渚宫》詩:“黄醅緑醑迎冬熟,絳帳紅爐逐夜開。”
和尖叉:蘇軾有《雪後北臺書壁》詩二首,末句一押“尖”字,一押“叉”字,王安石次韻和之,蘇軾又再次韻相答,因用爲朋友間唱和押險韻之典。

[四] “可將”兩句:您能否以當日寫大文章的手段,來縛住今宵將要遊行到山壑中的長蛇呢?

絲綸：《禮·緇衣》："王言如絲，其出如綸。"後因稱帝王詔書爲絲綸。六朝、隋唐時，由中書舍人掌制誥（撰擬詔旨），以有文學資望者充任。吴昌綬爲内閣中書，故詞中稱"絲綸手"，其實清朝的内閣中書，其職責僅爲繕寫文書，兼掌撰擬、記載、翻譯等事務，權力遠不如隋唐時的中書舍人了。劉克莊《卜算子》詞："閑袖絲綸手。"

赴壑蛇：蘇軾《守歲》詩："欲知垂盡歲，有如赴壑蛇。"喻時間之流逝，如長蛇赴壑，無聲而迅速。因用爲歲盡的常典。又，前人亦以繫蛇喻尋章覓句。柳宗元《讀韓愈所著〈毛穎傳〉後題》："索而讀之，若捕龍蛇，搏虎豹，急與之角，而力不得暇。"孫樵《與王霖秀才書》："讀之如赤手捕長蛇。"本詞中用此典，亦兼有兩意。希望對方能再和自己的新詞。吴昌綬的手稿中有詞，題爲"庚戌元日再賦《鷓鴣天》呈人間先生正和"，當爲讀到静安和作後再和之作。

校：《苕華詞》題爲"庚申除夕和吴伯宛舍人""庚申"，目録標題作"庚戌"。手稿之末，吴昌綬補録此詞，又誤書爲"庚子除夕和吴伯宛舍人。"吴昌綬原唱手稿作"己酉歲除"，據以校改。

百字令

戊午題孫隘庵南窗寄傲圖

楚靈均後，數柴桑、第一傷心人物。[一]招屈亭前千古水，流向潯陽百折。[二]夷叔西陵，山陽下國，

此恨那堪説。[三]寂寥千載，有人同此伊鬱。[四]

堪歎招隱圖成，赤明龍漢，小劫須臾閱。[五]試與披圖尋甲子，尚記義熙年月。[六]歸鳥心期，孤雲身世，容易成華髮。[七]喬松無恙，素心還問霜傑。[八]

【箋】 静安在1911年辛亥革命爆發後，攜眷隨羅振玉移居日本京都，專治經史之學。1916年回國後，爲《學術雜誌》編輯，繼續從事甲骨文及考古學的研究。本詞作於1918年。詞中借題圖以寄寓“亡國遺臣”的感慨。孫隘庵，即孫德謙(1873—1935)。字受之、壽芝。江蘇蘇州仁和人。精研經史，能書畫。歷任上海政法、大夏、交通等大學教授。與張爾田、王國維同爲沈曾植所賞，被稱爲“三君”。南窗寄傲，語見陶潛《歸去來辭》：“倚南窗以寄傲，審容膝之易安。”静安詞中亦多用陶詩中語。

【注釋】

［一］ “楚靈”兩句：自楚國屈原之後，就數到柴桑的陶淵明是第一傷心人物了。

靈均：屈原的字。《楚辭・離騷》：“名余曰正則兮，字余曰靈均。”

柴桑：古縣名。在今江西九江市西南。晉詩人陶淵明故里在柴桑栗里原，因以柴桑代稱陶淵明。陶在東晉亡後，隱居不仕，緬懷故國，與屈原同調。

［二］ “招屈”兩句：那招屈亭前千古的流水，百折千回地流向潯陽。招屈亭：亭在湖南常德，相傳於屈原投水處爲招屈原之魂而建。祝穆《方輿勝覽》卷三十《湖北路・常德府・武陵縣》：“招屈亭，在城南。相傳三閭大夫以五月五日由黔中投汨羅，土人以舟救之。”唐人汪遵《招屈亭》詩：“三閭溺處殺懷王，感得荆人盡縞裳。招屈亭邊兩重恨，遠天秋色暮蒼蒼。”

潯陽：即今九江。

兩句意説，陶淵明是屈原的繼承者，陶詩是沿着《楚辭》一脈而來的。

［三］ "夷叔"三句：像伯夷、叔齊那樣隱於西陵，像山陽公那樣屈於下國，這亡國的大恨那堪重説呢？

夷叔：伯夷和叔齊，商朝末年孤竹君之兩子。周滅商後，伯夷叔齊隱於西山(即首陽山)，采薇而食，終於餓死。後世把他們作爲亡國遺臣的代表人物。陶淵明《飲酒》詩之二："積善云有報，夷叔在西山。"

西陵：指西山。

山陽：縣名。故城在今河南修武縣西北。漢建安二十五年，曹丕廢漢獻帝爲山陽公。

下國：諸侯國。《文選·王逸〈魯殿靈光賦〉》："初恭王始都下國。"李善注："以天子爲上國，諸侯爲下國。"陶淵明《述酒》詩："山陽歸下國，成名猶不早。"《晉書·恭帝紀》載，劉裕迫恭帝禪讓，"以帝爲零陵王。"陶詩即詠此事。

兩句以夷叔喻晉朝的遺老，以山陽公喻被劉裕廢黜的晉恭帝。亦暗喻清廢帝溥儀。

［四］ "寂寥"兩句：誰知在寂寂無聞千載之後，有人卻抱有同樣的憂憤。

伊鬱：憤懣，憂煩。班彪《北征賦》："永伊鬱其誰愬？"

兩句暗用陶淵明《詠貧士》詩："從來將千載，未復見斯儔。"意説，孫隘庵也像陶淵明那樣，念念不忘覆滅了的王朝，心中充滿着悲憤。

［五］ "堪歎"三句：最可歎的是，他寫成了這招隱之圖後，人世間又經過了幾多歲月，劫數也轉眼終盡了。

招隱：招人歸隱。晉左思、陸機有《招隱》詩。招隱圖，指《南窗寄傲圖》。

赤明龍漢：道教的年號。《隋書·經籍志四》："天地淪壞，劫數終盡……然其開劫,非一度矣,故有延康、赤明、龍漢、開皇,是其年號。其間相去四十一億萬載。"又,段成式《酉陽雜俎》卷一:"赤明開運,歲在甲子。"《雲笈七籤》卷二《靈寶略紀》:"龍漢一運,經九萬九千九百九十九劫,氣運終極,天淪地崩,四海冥合,乾坤破壞,無復光明。經一億劫,天地乃開,劫名赤明,有大聖出世,號曰元始天尊,以《靈寶》教化,其法興顯。"

小劫:佛經謂天地的形成到毀滅謂之劫。《法苑珠林·劫量述意》:"夫劫者,蓋是紀時之名,猶年號耳。"《智度論》卷三八:"時節歲數,名爲小劫。"道家亦襲用此語。《雲笈七籤》卷二《劫運》載,夫運三千六百周,天地氣及,乃謂之小劫。李白《同族姪評事黯遊昌禪師山池》詩:"一坐度小劫,觀空天地間。"

三句歎息清王朝的覆滅。

［六］"試與"兩句:試展開此圖,找出圖上所署的干支,還是記載着與晉朝義熙相同的年月。

甲子:甲爲天干首位,子爲地支首位,以干支相配,可得六十數,統稱六十甲子。甲子用以紀歲月。

義熙:晉安帝的年號(405—419)。義熙十四年戊午十二月,宋王劉裕殺安帝,立恭帝,逾年,晉室遂亡。沈約、蕭統謂陶淵明之作,"義熙以前書晉年號,永初以來惟書甲子"。以示其"易代抗節"之意,後人因用"義熙年月"爲眷懷故國之典。静安題《南窗寄傲圖》,亦在戊午年,故稱"義熙年月",以寄寓對覆滅了的清王朝的懷念。按,沈約、蕭統之説,前人早已辟其妄,陶淵明詩亦有晉安帝年而書甲子者。

［七］"歸鳥"三句:像歸鳥投林般的心願,像無依孤雲般的身世,這使人的頭髮也容易變白了。

歸鳥:陶淵明有《歸鳥》詩,抒寫"倦飛知還"的心事,與《歸去來辭》同意。

心期：心願。

孤雲：陶淵明有《詠貧士》詩七首，其一云："萬族各有託，孤雲獨無依。"以孤雲自喻，寄寓"寧忍饑寒以守志節"之意。

三句寫歸隱田園，固窮終老之志。

［八］"喬松"兩句：賴有這高大的松樹依然無恙，這經霜歲寒的豪傑與仁人志士質素的本心是一致的。

喬松：陶詩中多以松柏自喻，以寄其高尚的志節。《歸去來辭》："三徑就荒，松菊猶存"，"撫孤松而盤桓"。

素心：淡泊的心地。陶淵明《移居》詩之一："聞多素心人，樂與數晨夕。"

霜傑：指松樹。陶淵明《和郭主簿》詩："芳菊開林耀，青松冠岩列。懷此貞秀姿，卓爲霜下傑。"

霜 花 腴

己未用夢窗韻補壽彊邨侍郎

海濱倦客，是赤明延康，舊日衣冠。[一]坡老黎邨，冬郎閩嶠，中年陶寫應難。[二]醉鄉盡寬。更紫萸、黄菊尊前。[三]剩滄江、夢繞觚棱，斗邊槎外恨高寒。[四]　回首鳳城花事，便玉河煙柳，總帶棲蟬。[五]寫豔霜邊，疏芳籬下，消磨十樣蠻箋。[六]載將畫船。蕩素波、涼月娟娟。[七]倩酈泉、與駐秋容，

重來扶醉看。[八]

【箋】 此詞作於 1919 年己未。時静安寓居上海,兼任哈同辦的所謂“倉聖明智大學”教授,並應藏書家蔣孟蘋之請,爲他編寫《密韻樓書目》,又參加纂修《浙江通志》的工作。在這期間,與清室遺老沈曾植、朱孝臧、況周頤、吴昌綬等同遊,思想也日益與他們接近。是年朱氏壽辰,命人繪《霜腴圖》,取吴夢窗詞“霜飽花腴”之意,在滬詞人如況周頤等皆填《霜花腴》詞爲壽。静安此詞,爲壽辰過後補作。這首壽詞中,也可以嗅到静安的遺民氣味。《人間詞話》卷下,謂壽詞當“爲詞家所禁”,附録又謂“余填詞不喜作長調,尤不喜用人韻”。不意此詞全犯之。夢窗:吴文英,字君特。南宋詞人,有《夢窗甲乙丙丁稿》詞四卷。彊邨:朱祖謀(1857—1931),字古微。後改名孝臧,號漚尹,又號彊邨。浙江歸安人。光緒進士。累遷至禮部侍郎。辛亥革命後,以遺老自居。專力於詞,嘗刻唐宋金元詞爲《彊邨叢書》,尤喜夢窗詞,親爲校訂,其詞集《彊邨語業》中亦多用夢窗韻之詞作。

【注釋】

[一] “海漘”三句:這位蟄居在海邊的倦客,是飽經劫難的舊日衣冠之士。

海漘(chú 唇):海邊。班固《東都賦》:“西蕩河源,東澹海漘。”時朱彊邨客居上海,故云。

倦客:倦於作客他鄉的人。鮑照《代東門行》詩:“傷禽惡弦驚,倦客惡離聲。”

赤明延康:本道教年號。語見《隋書·經籍志四》。《元始天尊度人經》:“元洞玉律,龍漢延康。眇眇億劫,混沌之中。溟涬大梵,寥廓無光。赤明開圖,運度自然。”上陽子注:“東方得九氣,以分天境,劫號龍漢;南方得三氣,以分天境,劫號赤明;西方得七氣,以分天境,劫號延康;北方得五氣,以分天境,劫號開皇。"這裏指清王朝的統治日子。可參看《百字令》詞"赤明龍漢"句注釋。

衣冠: 古代士以上戴冠。衣冠連稱,指世族、士紳。三句寫朱彊邨的遺老身份。

[二] "坡老"三句: 恰如蘇東坡流放在黎,韓冬郎避難於閩嶠那樣,中年時的哀樂之情,想要排解也不容易。

坡老: 蘇軾號東坡居士,因稱。

黎邨: 黎村。蘇軾在元符年間被流放到海南島儋州。儋州爲黎族與漢人雜居之地。

冬郎: 韓偓,字致堯,小字冬郎。唐末詩人。在昭宗朝曾任兵部侍郎。後以不附朱全忠而被貶斥,南依閩王王審知而卒。韓偓晚年之作,頗有沉鬱悲憤之語。

閩嶠: 後梁時王審知據今福建之地,被封爲閩王。閩嶠,指今福建地區。

中年陶寫:《世説新語・言語》:"謝太傅(安)語王右軍(羲之)曰:'中年傷於哀樂,與親友别,輒作數日惡。'王曰:'年在桑榆,自然至此,正賴絲竹陶寫。'"陶寫,陶冶性情,排除憂悶。

[三] "醉鄉"兩句: 醉中的天地是非常寬廣的,何況在酒杯前還有紫萸黄菊呢!

醉鄉: 指飲醉後神志不清的狀態。聶夷中《飲酒樂》詩:"安得阮步兵,同入醉鄉遊。"醉鄉寬,意説在醉中尋求自由解脱。黄庭堅《鷓鴣天》詞:"萬事令人心骨寒,世途唯覺醉鄉寬。"朱孝臧《霜花腴》詞用夢窗韻:"酒杯自寬。繫舊情、長駐花前。"與此同意。

紫萸、黄菊: 重九應節之物。古人在重陽節佩茱萸囊,插菊花,以祓除不祥。杜範《復用韻以見别情》詩:"紫萸黄菊家家酒。"

[四] "剩滄"兩句: 如今,身在滄江之上,而魂夢卻長繞故宫的觚棱。恨的是那高寒之境,即使想乘槎犯斗,也無路可通。

滄江: 以江水呈青蒼色,故稱。朱孝臧《戚氏》詞:"滄江倦客吟晚。”

觚棱(gūlíng 孤零):宫闕上轉角處的瓦脊。“夢觚棱”,有懷念故國之意。陸游《蒙恩奉祠桐柏》:“回首觚棱渺何處,從今常寄夢魂間。”

斗邊槎外:張華《博物志》載,舊説云,天河與海通,近世有人居海渚者,年年八月有浮槎,去來不失期。此人乘槎而去,竟至天河,見到織女牽牛。斗,指斗宿,南斗六星。與牛宿相鄰。羅隱《送支使蕭中丞赴闕》詩:“海邊麋鹿斗邊槎。”

上半闋寫朱彊邨的身世。並以蘇軾韓偓相喻,表現朱氏在清朝滅亡後的遺老情懷。

[五] “回首”三句:回想當年在京城中芳春的花事,就是玉河畔籠煙的垂柳,也都棲息着鳴蟬。

鳳城:鳳凰城。京都的别稱。謂帝王所居之城。此指北京。

花事:賞花之事。泛指美好的情事。

玉河:河名。《燕都遊覽志》:“玉河,即西苑所受玉泉注入西湖,逶迤從御溝流而東以注於大通河者……西堤舊有高柳,垂蔭水面。”汪佃《玉河柳》詩:“御溝新柳暗如煙,萬縷長條碧可憐。”

三句回首往事,寫今不如昔之感。

[六] “寫豔”三句:如今,悠閑地描寫着經霜的秋花,採擷那籬邊的黄菊。就這樣,消磨着歲月,美好的詩句寫滿了各式的蠻箋。

寫豔:《南史·蘇侃傳》:“蘭涵風而寫豔,菊籠泉而散英。”這裏謂用詩詞歌詠美豔的花,亦指繪寫《霜腴圖》。

疏芳:《楚辭·九歌·湘夫人》:“疏石蘭兮爲芳。”疏,有陳别、佈置之意。

十樣蠻箋:唐代四川造的彩色箋紙。有深紅、粉紅、杏紅、明黄、深青、淺緑、銅絲、淺雲等十色。韓浦《寄弟洎蜀箋》詩:“十樣蠻箋出益州,寄來新自浣花頭。”

三句寫朱氏從事詞的創作和研究。“寫豔”兩語,謂其雅致。

［七］“載將”兩句：駕着畫船，蕩漾在萬頃素波之中，欣賞那娟娟涼月。

素波：漢武帝《秋風辭》：“横中流兮揚素波。”

二語猶姜夔《揚州慢》詞“波心蕩、冷月無聲”之意。

［八］“倩酈”兩句：真的想叫那酈縣的菊泉留駐這秋花的容色，好讓我們再來時帶醉相看。

倩(qìng 慶)：請。

酈泉：《初學記》卷二七引應劭《風俗通》：“南陽酈縣有甘谷，水甘美，云其山上有大菊，水從山上流下，得其滋液，谷中有三十餘家，不復穿井，悉飲此水，上壽百二三十，中百餘，下七八十者，名大夭。菊花輕身益氣，令人堅彊故也。”又盛弘之《荆州記》：“酈縣菊水，太尉胡廣久患風羸，恒汲飲此水，後疾遂瘳，年近百歲。”庾信《謝滕王集序啟》：“酈縣菊泉，差能延壽。”

秋容：指菊花。這裏以喻朱彊邨。

扶醉：俞國寶《風入松》詞：“明日重扶殘醉，來尋陌上花鈿。”

末兩句祝辭。祝願朱氏健康長壽。

清　平　樂

庚申況夔笙太守索題香南雅集圖

蕙蘭同畹。著意風光轉。[一]劫後芳華仍婉晚。得似鳳城初見。[二]　　舊人惟有何戡。玉宸宫調曾諳。[三]腸斷杜陵詩句，落花時節江南。[四]

【箋】　況夔笙，即況周儀。後改名周頤，别號蕙風。廣西臨桂人。清末詞家，著有《蕙風詞話》、《蕙風詞》等。況氏曾以會典館纂修，敘勞用知府，分發浙江。故稱太守。梅蘭芳赴上海演出，以“黛玉葬花”、“嫦娥奔月”等劇轟動一時。況蕙風是梅蘭芳的戲迷，特往觀賞，並爲賦詞多闋。1921 年梅氏再至上海，名流爲作“香南雅集”於趙尊岳家中，吴昌碩、何維樸等爲圖以紀此時盛事。梅氏遍徵文人題詠。在這應酬之作中，也可看到王氏的遺老立場。《蕙風詞話補編》卷三：“辛酉暮春，畹華南下，香南雅集，僅越日而圖成。”是以香南雅集當爲辛酉(1921)之事。《趙譜》作“庚申”當誤。趙尊岳《蕙風詞史》：“畹華去滬，越歲更來。先生(況周頤)屬吴昌碩爲繪《香南雅集圖》，並兩集於余家，一時裙屐並至。圖卷題者四十餘家。畫五幀，則吴昌碩、何詩孫、沈雪廬、汪鷗客也。”況周頤圖之《清平樂》詞云：“本來金粟前身，香南莫忘蘭因。”自注：“‘香南’字見《五燈會元》潞府妙勝臻禪師章次。”又《蕙風詞話續編》卷二：“潞府妙勝臻禪師。僧問：‘金粟如來爲什麽卻降釋迦會裏?’師曰：‘香山南，雪山北。’閨秀吴蘋香(藻)詞名《香南雪北》本此。”吴藻《香南雪北詞自序》謂其所居處“地多梅花”，“因取梵夾語，題其室曰‘香南雪北廬’”。故以“香南”指“梅”，雅集亦專爲梅氏而設。

【注釋】

［一］　“蕙蘭”兩句：芬芳的蕙草和蘭草都同生在田圃中，晴日好風特意地吹拂着它們。

蕙蘭：芳草名。《楚辭》中常以喻賢人君子。《楚辭・離騷》：“余既滋蘭之九畹兮，又樹蕙之百畝。”

畹(wǎn 碗，又讀 yuàn 怨)：古代地積單位。或謂三十畝爲畹，或謂十二畝。説法不一。

風光：“風光”，同“光風”。《文選・謝玄暉〈和徐都曹〉》：“日華川上動，風光草際浮。”李善注引《楚辭・招魂》曰：“光風轉蕙，氾崇蘭些。”王逸注曰：“光風，謂雨已日出而風，草木著光也。”

兩句寫況、梅兩人的交誼。況周頤字蕙風。梅蘭芳字畹華，首句"蕙"、"蘭"亦點況、梅兩人的名號。一、三句分嵌"畹"、"華"兩字。

［二］"劫後"兩句：經過世亂之後，這芬芳的花草依然是這樣的美好，但怎似得當年在京城中初見的時候啊！

婉晚：同"婉娩"。柔順美好貌。張華《永懷賦》："揚綽約之麗姿，懷婉晚之柔情。"

得似：怎似。

鳳城：鳳凰城，指京城。静安在北京學部任職時，當觀賞過梅氏演出。

兩句謂梅氏丰采猶昔，並抒發時移世易之感。

［三］"舊人"兩句：舊人衹有何戡還在，他曾熟悉宫中的《玉宸宫調》。

何戡：唐長慶時著名歌者。劉禹錫《與歌者何戡》詩："舊人唯有何戡在，更與殷勤唱渭城。"

玉宸：指天上宫闕。這裏指帝王的宫殿。黄庭堅《吴君送水仙花並二大本》詩："何時指上玉宸殿。"

玉宸宫調：《新唐書・禮樂志十二》："《涼州曲》，本西涼所獻也。其聲本宫調，有大遍、小遍。貞元初，樂工康崑崙寓其聲於琵琶，奏於玉宸殿，因號《玉宸宫調》。"此謂京劇。慈禧太后是京劇迷，常在宫中演劇。這裏以何戡比梅蘭芳。

［四］"腸斷"兩句：當吟誦起杜甫"落花時節江南"的詩句的時候，就更令人心情痛苦了。

杜陵：指杜甫。杜甫《江南逢李龜年》詩："岐王宅裏尋常見，崔九堂前幾度聞。正是江南好風景，落花時節又逢君。"李龜年是開元、天寶時的著名歌者。

兩句寫自己寓居上海時的心情。借杜甫詩語抒發今昔之感，流露出對清王朝眷懷之意。

《人間詞話》附録謂蕙風"題《香南雅集圖》諸詞，殊覺泛泛，無一言道着"，然王氏此詞卻語語坐實，轉失詞味矣。

附　録

汗德像贊

人之最靈，厥維天官。外以接物，内用反觀。小知閒閒，敝帚是享。群言淆亂，孰正其枉。大疑潭潭，是糞是除。中道而反，喪其故居。篤生哲人，凱尼之堡。息彼衆喙，示我大道。觀外於空，觀内於時。諸果粲然，厥因之隨。凡此數者，知物之式。存於能知，不存於物。匪言之艱，證之維艱。雲霾解駁，秋山巉巉。赤日中天，燭彼窮陰。丹鳳在霄，百鳥皆喑。谷可如陵，山可爲藪。百歲千歲，公名不朽。

按： 此贊録自《静庵文集·續編》，作於光緒二十九年(1903)八月。趙萬里《王静安先生年譜》否定其爲詩，蕭艾《王國維詩詞箋校》及近人一些輯本則列入詩中。“贊”雖爲韻語，與詩體例不同。本書將“贊”及“對聯”編入附録。

叔本華像贊

人知如輪，大道如軌。東海西海，此心比理。在昔身毒，群聖所都。吠陀之教，施於佛屠。亦越柏氏，雅典之哲。悼兹衆愚，觀影於穴。汗德晚出，獨辟扃塗。鑄彼現象，出我洪爐。觥觥先生，集其大成。載厚其址，以築百城。刻桷飛甍，俯視星斗。懦夫駭馬，流汗卻走。天眼所觀，萬物一身。搜源去欲，傾海量仁。但指其學說言嗟予冥行，百無一可。欲生之戚，公既詔我。公雖云亡，公書則存。願言千復，奉以終身。

按： 此贊爲佚文。刊於光緒三十年四月(1904 年 6 月)《教育世界》雜誌第 77 號。

某君像贊

懿與先生，蜚遁貞吉。敬以持己，恕以待物。

修能既加，内美斯發。聲溢庠序，榮謝簪紱。遂棄儒服，言貿素絲。陋彼三倍，謹我再思。於賈爲廉，於人爲畸。五湖四水，式此清徽。

按：此贊録自王國維致蔣汝藻書。撰寫年月不詳。原件藏上海圖書館。書略云："某君像贊，率占數句，不成文理。然此等極無謂事，正如此乃可稱耳。"見《王國維全集·書信》中華書局 1984 年版 457 頁。

徐母太□人像贊

早挺勁節，荼苦所從。晚受胡福，其樂融融。繹袝潔白，玉樹青葱。五世萃於一堂，五福集於一躬。劬勞以壽其身，慈儉以大其宗。巋然懷清之臺，穆如敬姜之容。是殆兼古列女之賢仁智貞順辨通者歟。

按：此贊録自王國維致蔣汝藻書。撰寫年月不詳。原件藏上海圖書館。書略云："像贊草草擬就，請詧收。"見《王國維全集·書信》中華書局 1984 年版 458 頁。

代羅振玉作挽沈紘聯

問君胡不歸，赤縣竟無乾淨土；
斯人宜有後，丹心喜見鳳皇雛。

挽沈紘聯

壯志竟何爲，遺著銷煙，萬歲千秋同寂寞；
音書淒久斷，舊詞在篋，歸遲春早憶纏綿。

按：兩聯録自王國維致羅振玉書(1918 年 3 月 24 日)。原件羅繼祖藏。書略云："今日與抗父送昕伯之喪。此次代公作挽聯一，又自作一"，"近昕伯在巴黎之遺物已到，聞無隻字筆跡，亦一奇事。其老母至今未知其死，亦可憐矣"。見《王國維全集·書信》中華書局 1984 年版 254 頁。

挽勞乃宣聯

五嶽岱宗高，尚有勞山峙東海；
九重歸䀹厚，不須皋羽慟西臺。

按： 此聯録自王國維致蔣汝藻書（1921 年 8 月 16 日）。原件藏上海圖書館。共兩書，前書略云："昨晚談甚快。挽勞玉初聯擬就，請酌之。"後書略云："午刻寄一緘，亮蒙詧入。挽聯擬改數字較妥、録後請酌。"下聯前段，初作"百朋天錫厚"。見《王國維全集・書信》中華書局 1984 年版 315 頁。

挽沈曾植聯

是大詩人，是大學人，是更大哲人，四照炯心光，豈謂微言絶今日；

爲家孝子，爲國純臣，爲世界先覺，一哀感知己，要爲天下哭蒼生。

按： 此聯録自王國維致羅振玉書（1922 年 11 月 27 日）。原件羅繼祖藏。書略云:“挽乙老聯録呈,語未修飾而意頗到。”見《王國維全集·書信》中華書局1984年版331頁。

壽哈同聯

書亥人應來絳縣;
復丁篇擬續黄門。

按: 此聯録自王國維致蔣汝藻書(1923年8月)。原件藏上海圖書館。書略云:“哈園下月生日,弟擬送一壽聯,擬請代購二元之泥金七言聯,並請大筆代書,或煩欣木先生一書均可。”見《王國維全集·書信》中華書局1984年版362頁。

壽袁勵準聯

世亂春秋文愈治;
歲寒松柏意常青。

按： 此聯録自王國維致袁勵準書(1926年)原件藏北京圖書館。書略云："前日擬壽公一聯。屬取舊有定邸製紙，屬廠中畫朱絲裝褙，擬自書之。乃裝成寄來，並未畫格，遂不敢下筆。兹送上，請飭送沈庵宫保處，(並附致沈一函)請其代書，用二人下款。否則，污此佳紙，亦可惜也。聯語云'世亂春秋文愈治，歲寒松柏意常青'，尚不墜壽聯俗套也。"見《王國維全集·書信》中華書局1984年版449頁。

挽　聯(二副)

有子有孫有曾孫有玄孫，五世同堂，償得早年苦節；

曰富曰壽曰康寧曰好德，九疇錫福，誰云天道無知。

五世萃於一堂，五福萃於一身，苦節溯當年，天道報施真不爽；

内以教其孫曾，外以庇其戚黨，寒家有内助，高堂慈訓苦難忘。

按： 兩聯録自王國維致蔣汝藻書。撰寫年月不詳。内容與《徐母太□人像贊》相近，所挽者疑亦爲徐母。原件藏上海圖書館。書略云："挽聯已擬就，請正。連日哈園有會，晚間又遇一舊友，頃歸始撰就。奉呈,請政。”見《王國維全集·書信》中華書局1984年版458頁。

人間詞甲稿序

王君静安將刊其所爲《人間詞》,詒書告余曰:“知我詞者莫如子,敍之亦莫如子宜。”余與君處十年矣,比年以來,君頗以詞自娱。余雖不能詞,然喜讀詞。每夜漏始下,一燈熒然,玩古人之作,未嘗不與君共。君成一闋,易一字,未嘗不以訊余。既而暌離,苟有所作,未嘗不郵以示余也;然則余於君之詞,又烏可以無言乎?夫自南宋以後,斯道之不振久矣!元、明及國初諸老,非無警句也,然不免乎局促者,氣困於雕琢也。嘉、道以後之詞,非不諧美也,然無救於淺薄者,意竭於摹擬也。君之於詞,於五代喜李後主、馮正中,於北宋喜永叔、子瞻、少游、美成,於南宋除稼軒、白石外,所嗜蓋鮮矣。尤痛詆夢窗、玉田。謂夢窗砌字,玉田壘句。一雕琢,一敷衍。其病不同,而同歸於淺薄。六百年來,詞之不振,實自此始。其持論如此。及讀君自所爲詞，則誠往復幽咽，動揺人心。快而沈，直而能曲。不屑屑於言詞之末，而名句間出，殆往往度越前人。至其言近而指遠，意決而辭婉，自永叔以後，殆未有工如君者也。君始爲詞時，亦不自意其至此，而卒至此者，天也，非人之所能爲也。若夫觀物之微，託興之深，則又君詩詞之特色。求之古代作者，罕有倫比。嗚呼！不勝古人，不足以與古人並，君其知之矣。世有疑余言者乎？則何不取古人之詞，於君詞比類而觀之也？光緒丙午三月，山陰樊志厚敘。

人間詞乙稿序

去歲夏，王君静安集其所爲詞，得六十餘闋，名曰《人間詞甲稿》，余既敘而行之矣。今冬復彙所作詞爲《乙稿》，丐余爲之敘，余其敢辭，乃稱曰：文學之事，其内足以攄己，而外足以感人者，意與境二者而已。上焉者意與境渾，其次或以境勝，或以意勝。苟缺其一，不足以言文學。原夫文學之所以有意境者，以其能觀也。出於觀我者，意餘於境。而出於觀物者，境多於意。然非物無以見我，而觀我之時，又自有我在。故二者常互相錯綜，能有所偏重，而不能有所偏廢也。文學之工不工，亦視其意境之有無，與其深淺而已。自夫人不能觀古之人之所觀，而徒學古人之所作，於是始有僞文學。學者便之，相尚以辭，相習以模擬，遂不復知意境爲何物，豈不悲哉！苟持此以觀古人之詞，則其得失，可得而言焉。温、韋之精豔，所以不如正中者，意境有深淺也。珠玉所以遜六一，小山所以愧淮海者，意境異也。美成晚出，始以辭采擅長，然終不失爲北宋人之詞者，有意境也。南宋詞人之有意境者，唯一稼軒，然亦若不欲以意境勝。白石之詞，氣體雅健耳，至於意境，則去北宋人遠甚。及夢窗、玉田出，並不求諸氣體，而惟文字之是務，於是詞之道熄矣。自元迄明，益以不振。至於國朝，而納蘭侍衛以天賦之才，崛起於方興之族。其所爲詞，悲涼頑豔，獨有得於意境之深，可謂豪傑之士奮乎百世之下者矣。同時朱、陳，既非勁敵；後世項、蔣，尤難鼎足。至乾、嘉以降，審乎體格韻律之間者愈微，而意境之溢於字句之表者愈淺，豈非拘泥文字，而不求諸意境之失歟？抑觀我觀物之事自有天在，故難期諸流俗歟？余與静安，均夙持此論。静安之爲詞，真能以意境勝。夫古人詞之以意勝者，莫若歐陽公，以境勝者，莫若秦少游。至意境兩渾，則唯太白、後主、正中數人足以當之。静安之詞，大抵意深於歐，而境次於秦。至其合作，如《甲稿》《浣溪沙》之“天末同雲”，《蝶戀花》之“作夜夢中”、《乙稿》《蝶戀花》之“百尺朱樓”等闋，皆意境兩忘，物我一體。高蹈乎八荒之表，而抗心乎千秋之間。駸駸乎兩漢之疆域，廣於三代，貞觀之政治，隆於武德矣。方之侍衛，豈徒伯仲？此固君所得於天者獨深，抑豈非致力於意境之效也。至君詞之體裁，亦與五代、北宋爲近。然君詞之所以爲五代、北宋之詞者，以其有意境在。若以其體裁故，而至遽指爲五代、北宋，此又君之不任受。固當與夢窗、玉田之徒專事模擬者，同類而笑之也。光緒三十三年十月，山陰樊志厚敘。

按：《人間詞甲稿序》與《人間詞乙稿序》，署名爲“山陰樊志厚”，《趙譜》證其出於王國維手筆。故編入本書附録。

人間詞顧隨序

作序難，爲佳書作序尤難。蓋書既佳，則讀者具眼,自能領略之,不必待序之説明與吹噓。況乎珠玉在前,率爾成篇,必貽佛頭著糞之譏。或者自家有一段意思,藉爲書作序而發,借花獻佛,亦自可喜,顧隨今者則又無有。然而啟旡師兄校注《人間詞》及《人間詞話》行將出版,顧隨終於爲之序者,則以一者師兄前次曾以序囑,亦即諾之,若不作,則是不信。二者顧隨平日喜讀此二書,茲欲假一序結香火因緣。三者爾來坊間翻印舊書,或加標點,或加箋注,而句讀往往訛謬,文字往往錯植,每一翻閱,心目俱爲之不快。師兄此書,標點正確,箋注詳明,校對更爲仔細,出版後以一册置案頭,明窗浄几之間,時一流覽,亦浮世偷生之賞心樂事,故益樂爲之序。若夫静安先生之創作與議論,則又何需説明與吹噓乎?茲亦不贅云。二十二年十月顧隨序於舊京東城之蘿月齋。

王國維詩詞繫年

光緒十七年辛卯(1891) 14歲

七月十七日,爲"伯氏"踵成挽詩一首,已佚。十月,成《九月團臍十月尖》詩一首,已佚。

光緒十九年癸巳(1893) 16歲

十二月二十四日(1894年1月)作集七古挽居頌卿夫人詩一首,已佚。

光緒二十一年乙未(1895) 18歲

十一月二十六日,代父代陳季宣作諸某某夫人挽詩一首,已佚。

光緒二十二年丙申(1896) 19歲

正月十八日,代父爲子研祖母寫挽詩五律四首,已佚。(以上均載静安父乃譽日記)

光緒二十四年戊戌(1898) 21歲

作《詠史二十首》(載《學衡》66期)。《雜詩》三首(見《静安詩稿》)。

光緒二十五年己亥(1899) 22歲

作《嘉興道中》、《八月十五夜月》、《紅豆詞》四首、《題梅花畫箑》、《題友人三十小像》二首、《雜感》。(以上見《静安詩稿》)

光緒二十九年癸卯(1903) 26歲

作《書古書中故紙》、《端居》三首、《嘲杜鵑》二首、《五月十五夜坐雨賦此》、《遊通州湖心亭》、《六月二十七日宿硤石》、《秋夜即事》、《偶成二首》、《拚飛》、《重遊狼山寺》,《塵勞》、《來日二首》、《登狼山支雲塔》。(以上見《静安詩稿》)

光緒三十年甲辰(1904) 27歲

作《病中即事》、《暮春》、《馮生》、《曉步》、《蠶》、《平生》、《秀州》、《偶成》、《九日遊留園》、《天寒》、《欲覓》、《出門》、《過石門》。(以上見《静安詩稿》)

作《如夢令》(點滴空階)、《浣溪沙》(路轉峰回)、《臨江仙》(過眼韶華)、《浣溪沙》(草偃雲低)、《浣溪沙》(霜落千林)、《好事近》(夜起倚危樓)、《好事近》(愁展翠羅衾)、《采桑子》(高城鼓動)、《西河》(垂柳裏)、《摸魚兒》(問斷腸)、《蝶戀花》(誰道人間)。(以上見《人間詞·甲稿》)

光緒三十一年乙巳(1905)　28 歲

作《留園玉蘭花》、《坐致》、《五月二十三夜出閶門驅車至覓渡橋》、《將理歸裝得馬湘蘭畫幅喜而賦此》二首。(以上見《静安詩稿》)

作《蝶戀花》(獨向滄浪)、《蝶戀花》(誰道江南)、《水龍吟》(開時不與)、《鷓鴣天》(列炬歸來)、《清平樂》(櫻桃花底)、《點絳唇》(萬頃蓬壺)、《點絳唇》(高峽流雲)、《踏莎行》(絶頂無雲)、《浣溪沙》(山寺微茫)、《蝶戀花》(閲盡天涯)、《玉樓春》(今年花事)、《阮郎歸》(女貞花白)、《浣溪沙》(天末同雲)、《蝶戀花》(辛苦錢塘)《點絳唇》(暗裏追涼)、《浣溪沙》(月底棲鴉)、《少年遊》(垂楊門外)、《青玉案》(姑蘇臺上)、《滿庭芳》(水抱孤城)、《青玉案》(江南秋色)、《浣溪沙》(畫舫離筵)、《浣溪沙》(才過苕溪)、《賀新郎》(月落飛烏鵲)、《八聲甘州》(直青山)、《人月圓》(天公應自)、《卜算子》(羅襪悄無塵)、《浣溪沙》(曾識盧家)。(以上見《人間詞·甲稿》)

光緒三十二年丙午(1906)　29 歲

作《戲效季英作口號詩》六首。(見手稿)

作《踏莎行》(綽約衣裳)、《蝶戀花》(急景流年)、《荷葉杯》六首、《浣溪沙》(昨夜新看)、《鵲橋仙》(沉沉戍鼓)、《鵲橋仙》(繡衾初展)、《減字木蘭花》(皋蘭被徑)、《鷓鴣天》(閣道風飄)、《浣溪沙》(夜永衾寒)、《蝶戀花》(窣地重簾)、《浣溪沙》(舟逐清溪)、《臨江仙》(聞説金微)、《南歌子》(又是烏西匿)、《蝶戀花》(窈窕燕姬)、《玉樓春》(西園花落)、《蝶戀花》(莫鬥嬋娟)、《阮郎歸》(美人消息)、《蝶戀花》(昨夜夢中)。(以上見《人間詞・甲稿》)《浣溪沙》(七月西風)、《浣溪沙》(六郡良家)、《浣溪沙》(城郭秋生)、《點絳唇》(厚地高天)、《掃花遊》(疏林掛日)、《蝶戀花》(滿地霜華)、《蝶戀花》(陡覺宵來)。(以上見《人間詞・乙稿》)

光緒三十三年丁未(1907)　30 歲

作《浣溪沙》(乍向西鄰)、《浣溪沙》(本事新詞)、《虞美人》(犀比六博)、《應天長》(紫騮卻照)、《菩薩蠻》(紅樓遥隔)、《浣溪沙》(掩卷平生)、《清平樂》(垂楊深院)、《浣溪沙》(花影閑窗)、《浣溪沙》(愛棹扁舟)、《虞美人》(弄梅騎竹)、《點絳唇》(波逐流雲)、《蝶戀花》(春到臨春)、《蝶戀花》(裊裊鞭絲)、《蝶戀花》(窗外緑陰)、《點絳唇》(屏卻相思)、《祝英臺近》(月初殘)、《清平樂》(斜行淡墨)、《減字木蘭花》(亂山四倚)、《蝶戀花》(冉冉蘅皋)、《菩薩蠻》(高樓直挽)、《鷓鴣天》(樓外秋千)、《蝶戀花》(憶掛孤帆)、《喜遷鶯》(秋雨霽)、《齊天樂》(天涯已是)、《蝶戀花》(簾幕深深)、《蝶戀花》(手剔銀燈)、《蝶戀花》(黯淡燈花)、《虞美人》(碧苔深鎖)、《蝶戀花》(百尺朱樓)、《蝶戀花》(連嶺去天)、《浣溪沙》(似水輕紗)、《蝶戀花》(翠幕輕寒)、《浣溪沙》(漫作年時)、《謁金門》(孤檠側)、《蘇幕遮》(倦凭欄)、《菩薩蠻》(玉盤寸斷)。(以上見《人間詞・乙稿》)

光緒三十四年戊申(1908)　31 歲

作《醉落魄》(柳煙淡薄)、《虞美人》(杜鵑千里)、《菩薩蠻》(西風水上)、《蝶戀花》(落落盤根)、《浣溪沙》(已落芙蓉)、《蝶戀花》(月到東南)、《菩薩蠻》(回廊小立)。(以上見吴昌綬手批《人間詞》手稿)

宣統二年庚戌(1910)　33 歲

作《鷓鴣天》(絳臘红梅)。(見《苕華詞》)

1911年　34歲

作《定居京都奉答鈴木豹軒枉贈之作並柬君山湖南君撝諸君子》四首。(見《觀堂别集》)

1912年　35歲

作《頤和園詞》、《讀史二絶句》、《送日本狩野博士遊歐洲》、《蜀道難》、《觀紅葉一絶句》。(以上見《觀堂集林》)

1913年　36歲

作《壬子歲除即事》、《詠史》五首、《昔遊》六首、《隆裕皇太后挽歌辭九十韻》、《癸丑三月三日京都蘭亭會詩》。(以上見《觀堂集林》)

1914年　37歲

作《題殷虚書契考釋》。(見《王國維全集·書信》1916年12月29日《致羅振玉》書)

1915年　38歲

作《遊仙》三首。(見《觀堂集林》)

1916年　39歲

作《和巽齋老人伏日雜詩四章》、《再酬巽齋老人》(以上見《觀堂集林》)。《題沈乙庵方伯所藏趙千里雲麓早行圖》三首(見《觀堂别集》)。

1917年　40歲

作《遊仙》、《海上送日本内藤博士》。(以上見《觀堂集林》)

1918年　41歲

作《戊午日短至》、《東軒老人兩和前韻再疊一章》(以上見《觀堂集林》)。《題徐積餘觀察隨庵勘書圖》三首、《姚子梁觀察母濮太夫人九十壽詩》二首、《題某君竹刻小像》、《題況蕙風太守北齊無量佛造象畫卷》二首(以上見《觀堂别集》)。

作《百字令》(楚靈均後)。(見《苕華詞》)

1919年　42歲

作《海日樓歌壽東軒老人七十》、《哭富岡君撝》、《題蕺山先生遺像》、《題敦煌所出唐人雜書六絶句》(以上見《觀堂集林》)。《題劉翰怡小像》(見《觀堂别集》)。

作《霜花腴》(海淯倦客)。(見《苕華詞》)

1920 年　43 歲

《贈太子少保特謚文忠梁公挽歌詞》三首、《冬夜讀山海經感賦》、《小除夕東軒老人餉水仙釣鐘花賦謝》、《張小帆中丞索詠南皮張氏二烈女詩》(以上見《觀堂集林》)。《題族祖母蔣大人畫蘭》、《高欣木舍人得明季汪然明所刊柳如是尺牘三十一通並己卯湖上草爲題三絶句》(以上見《觀堂别集》)。

1921 年　44 歲

作《清平樂》(蕙蘭同畹)。(見《苕華詞》)

1922 年　45 歲

作《題漢人草隸磚》二首(見《觀堂别集》)。《張母桂太夫人真贊》、《梁溪高仲均兄弟以其先德古愚先生事實屬題爲書一絶》、《題西泠印社圖》二首(以上見《觀堂别集》)。

1923 年　46 歲

作《夢得東軒老人書醒而有作時老人下世半歲矣》、《題濩齋少保獨立蒼茫自詠詩圖卷》二首(以上見《觀堂集林》)。《題御筆雙鴝鵒》、《題紹越千太保先德夢跡圖》二首、《楊留垞六十壽詩》二首(以上見《觀堂别集》)。《題春心圖》(見《翰墨流芳》影印手稿)。

1924 年　47 歲

作《題貢王朵顔衛景卷》四首(見《觀堂集林》)。《題御筆牡丹》九首、《題御筆花卉四幅》四首、《南書房太監朱義方索題所藏陳子礪學使内直時畫册》、《題鎮海李太夫人八徽圖》八首(以上見《觀堂别集》)。

1925 年　48 歲

作《羅雪堂參事六十壽詩》二首(見《觀堂集林》)。《爲馬叔平題三體石經墨本》(見《觀堂別集》)。

1926 年　49 歲

作《袁中舟侍講五十生日壽詩》、《題澉山檢書圖》二首。(以上見《觀堂別集》)

1927 年　50 歲

作《題鄧頑白梅石居小像》。(見《觀堂別集》)